U0054602

企業風雲

＄官商陰謀＄

薛聖東◎著

目　次

楔子
想當幹部就對著鏡子照一照

　　濱州市委綜合一處副處級調研員王若歆一狠心，便讓髮廊理髮師把自己烏黑漂亮的後背式頭型剪成了個不長不短的「二八開」的公務員髮型。在衛生間裡，王若歆看看鏡子裡改變頭型後的自己，輕輕摸摸整成了簡單的「二八開」的小分頭，忽然之間，眼睛一亮：原來從前的自己其實就好比一把有著華麗刀鞘的工藝刀，外表好看，內裡卻是一把沒有開刃的刀，中看不中用，現在不同了，此時的自己已經變成一把開刃的鋒利快刀，儘管刀刃鋒利無比，但是外邊卻裹著一層普通的棉布，絲毫不被人所注意，他一瞬間全明白了，他腦子徹底開竅了，官場的扮相就應該平淡、隱忍、低調、含而不露，藏鋒內守，平凡普通，但是，卻時時蓄勢待發。王若歆解開腰帶，對著馬桶，突然，心裡莫名奇妙地產生了一種洩憤的欲望，眼前的馬桶成了他說不出具體對象的真實存在的可惡的仇敵，成了阻礙他事業進步，讓他總也抬不起頭的小人、惡鬼、昏君、喪門星、攔路虎、絆腳石，隨著心裡一句「吃屎去吧！」的自語，體內的尿液暢快而迅急地奔湧而出，隨之而來的是一種小人物才有的極大快感如低壓電流一般傳遍了全身，王若歆感覺全身的毛孔都張開了，不停地向體外宣洩著積聚已久的壓抑緊張和鬱悶晦氣。

第一章
想獲得機遇，就先做個有準備的人

一

　　提起濱州市現任市委書記唐天明的秘書王若歆的成長過程，用一句專業的話來說就是戲劇性。對於這一點，王若歆的心裡也自有一番不平常的波折。王若歆1990年北京經貿大學畢業後回到濱州，被分配在市外經委的綜合處，一幹就是十幾年，雖然各種嘉獎先進的榮譽獲得了不少，工作學術研討的文章也發表了許多，可就是官場不走運，自己十幾年點燈熬油的辛苦，才換來個副處級虛職調研員的角色。王若歆百思不得其解，看看同期進機關的幾個主兒都接二連三地神氣地提拔了起來的，心裡說：「自己究竟差在哪？那些弱智腦殘、不學無術的人都能提拔當上個處長副處長的，人模狗樣的，上哪說理去？這個倒楣黑暗的官場算是完了，幹一天算一天，混吧！」於是精神上消沉得很，健康狀況也不佳，隔三差五地感冒發炎打滴流，弄得像個病秧子似的。

　　2003年春天，市外經委裁減，幹部實行機關內部交流，正好市委這邊的綜合處缺少實實在在的筆桿子，王若歆歪打正著被選到市委辦公廳綜合一處，一時間，王若歆感覺似乎好多年不和自己來往的命運又回來啦，老天給他悄悄地開啟了一扇偏門，人一下子就變得精神起來。

　　王若歆的妻子武文娟是濱州二中的數學教師，看著自己的老公在政府裡常年沒啥起色，心疼丈夫，也替丈夫著急，如今，看王若歆歪打正著被選到市委辦公廳綜合一處工作，心裡也高興起來。

　　這天晚上，兩個人說著體己話，武文娟隨口對王若歆說：「若歆，我聽人家說，官場的人都信點啥，有的還偷偷拜一拜的呢，前些日子，

借我們同事的一本官場小說看，裡邊還有官員到廟裡燒頭香的呢，大年初一燒炷頭香，功德布施就要二十萬呢！」

「二十萬算什麼？還有三十萬、四十萬的呢，你說的這些這個事我懂！不過咱也不能病急亂投醫不是？我有時也在想，有棄沒棄的也打它兩竿子？打總比不打好，想在官場混，不能太死性，這下換了地方，又是在市委領導的眼皮底下，無論如何要在人事關係上活絡活絡，開創一下局面，否則，民意測驗，公開競聘這兩關你就別想過！你說是不是？」

「若歆！你說得對，現在的人都很現實，你不和人家事前溝通交流感情，做些鋪墊，那不投你的票是必然的，就是交流溝通了投不投票還不一定呢，哪有白辦事兒的，所以，咱們該大方就大方，寧肯家裡緊點，也不能面子上緊，從這個月開始，你的工資，就別往家裡交了，下班以後活泛一下，和同事打打牌、喝點小酒啥的，該跑的跑，需要送的呀，咱送！咱豁出去了！哪怕拉饑荒，咱也得拚！」妻子武文娟攥起拳頭在胸前揮舞了一下，那勁頭兒那神情就和歌劇《紅岩》裡準備英勇就義的江姐一樣。

「嘿嘿，老婆這話有道理，天下哪有免費的午餐？捨不得孩子套不住活狼，不豁上老婆呀，勾不住流氓，謝謝老婆的理解，我會努力的。」

「淨胡說八道，我可告訴你，不許學壞！學壞可不行！」武文娟拉長了臉，立著眼說道。

「放心！我向已故的鄧主席英靈發誓，絕不腐敗！絕不落後！追求卓越！敢於成功！奉獻社會！造福家庭！」

這番套話對專寫材料的筆桿子王若歆來說，簡直是張嘴就來。

妻子武文娟被王若歆逗樂了：「哈哈！向已故的鄧主席發誓，你就是向已故毛主席英靈發誓，我也不聽，我要看行動！我要看結果。若歆，咱不開玩笑，我聽人家說，清風觀香火就挺靈驗的，遠道的都來，何況咱們這地道的濱州人，咱也選個日子，去清風觀一趟，心誠則靈，

我還就不信了，我老公一點官運沒有？」

「誰說不是呢？你老公有官運！肯定有！一定有！現在就有！你老公我今天神采飛揚！」王若歆也大聲地說，那勁頭就像傳銷課上的情緒訓練一樣。

兩人互相注視著，開心地笑了。

王若歆還真的翻書選了個日子，頭天的晚上，夫妻倆沐浴更衣，分床而臥。第二天一大早，穿戴整齊地早早地來到清風觀。請了香，點燃後，虔誠地拜四方，然後，把香上好。來到老君殿裡，拜過之後，把事先備好的一百元錢，放進功德箱裡。然後到了呂祖殿，雙膝跪地，雙手舉著籤筒一陣地猛搖，胳膊都痠了，籤也沒掉出來。旁邊立著的道士過來，幫王若歆調整了一下搖籤筒的姿勢，這一回，王若歆深深地吸了一口氣，閉上眼睛，又是一陣勻速的搖動，搖動，再搖動，終於，一支暗紅色的竹籤子掉在地上。

旁邊的道士喊道：「求籤一次，十元，請這位先生把錢放進功德箱裡！籤子給我！」

王若歆低頭一看，這才看到面前的檯面寫著幾個醒目的大黃字：求籤一次十元！王若歆趕緊掏腰包，結果一下子掏出張一百元面值的，王若歆看看紅色百元面值人民幣上的毛主席的像，感覺人民幣上的毛主席那睿智的眼睛正在注視著自己，心裡一陣的激動，毫不猶豫地直接把那張紅色的「老人家」塞進了功德箱裡。

道士這時對照竹籤上的號碼，從牆上對應的號碼上撕下一張黃紙條來。王若歆接過一看，上面寫著：

八二籤

古人泥馬渡康王

籤文：月已落，風又緊，身無篷；

水底影，若要如心，三春一景。

　　解曰：案前誠求祈保穩，凡事慎之。

　　卦象：險中有救之象，到底危而有救。

　　又曰：莫說今年運已通，誰知做事不相同；

　　　　　屋漏更兼逢夜雨，破船又遇打頭風；

　　　　　幾泥龍隱藏深處，一旦鵬飛直上天；

　　　　　若得金口人借力，前途自你著先鞭。

　　王若歆看著籤文，一臉茫然地看看旁邊站著的年輕道士。

　　道士對王若歆說：「拿著籤，到旁邊屋裡，有人負責專門解籤。」

　　王若歆衝著站在一邊看的愛人武文娟一招手，兩人趕緊奔旁邊屋而去。

　　進到隔壁房間，見不大的屋內擺了一張桌子，兩把椅子，一把椅子上坐著一位長相老成的中年人，看王若歆夫婦二人進屋，便和顏悅色地說：

　　「請坐，不好意思，道觀只備了一把客椅。」

　　「不客氣，道長，沒關係，文娟，你坐著，我和道長站著說話。」王若歆邊說便把武文娟輕輕按在椅子上，然後，雙手把籤條交給道長。

　　「這個籤，可是有問題，請問，你準備求什麼？」中年道長看了一眼籤文便立刻問道。

　　「對呀，求什麼呢？」王若歆看了一眼武文娟接著說道：「要說求，那要求的可多了去了，對不對？文娟！」王若歆被道人一問，也感到茫然，看看道人再看看文娟，說：「功名利祿、富貴壽喜、房子兒子，無論哪一樣，誰不想要？」

　　「那可不成，念頭不能雜亂，心不能太貪，這樣吧！你把生辰八字寫下，然後到客堂去求個功德符，到呂祖殿前燒了，再求一籤，咱們再看看，好不好？」道人的態度堅決而不容否定。

　　「那好！我這就去辦！」王若歆拿起筆寫完生辰八字和姓名，便拉著文娟又奔客堂而去。

　　交了五十元的功德錢，領到了一張功德符，準備填寫時，王若歆才
搞明白：原來這陰間世界的政府和陽間世界的政府辦事程序都是一樣兒
一樣兒的，就跟到政府信訪辦上訪似的。首先，你要填寫你的個人真實
的自然情況、姓名、出生年月、民族、宗教信仰、加入何黨派團體、家
庭住址、家庭固定電話、居民身份證號碼，然後是填寫請求辦理和解決
的事情和問題。王若歆一邊填寫一邊搖頭，覺得自己在陽間的政府機關
工作十幾年了，結果發現自己對人世間道理的明白程度竟然還存在這樣
大的差距，想到這一大早地進了清風觀裡，前後沒多一會兒的工夫，花
進去二百五十元錢之後，自己才買到真正的申請辦事兒的門票，看來自
己也真是個二百五，實在是慚愧，心裡想著不由得心裡暗笑，暗笑之後
又感歎，深感自己真該好好省悟一下。

　　王若歆想明白了，他在大大的黃裱紙製成的功德符上所求何事一覽
裡簡單明確地寫上兩個字：「升職」。心說：「找政府辦事，囉囉嗦嗦
說一大堆，寫一大篇的出力不討好，一定要明白事兒，聰明點，內容簡
單明瞭，意思明確直接，這樣領導才知道你要幹啥？政府職能部門的同
志們解決起來也有針對性不是？」

　　王若歆和武文娟夫妻倆像兩個迷路的人一樣，拿著封好的功德符急
匆匆地再次來到呂祖殿前。

　　站在呂祖殿前的道士手裡敲著木魚，對王若歆說：「把符點著，放
到香爐裡，然後跪下。」

　　於是，王若歆便按吩咐跪在大香爐前，道士在旁邊，敲著木魚，念
念有詞，看著功德符燃盡。

　　道士說：「可以起來啦！上去求籤吧！」

　　王若歆趕緊起身，幾步走進殿裡，再次跪下，拿起籤筒，閉上眼睛
搖起來。這回業務熟悉了，搖了五六下，就有竹籤落了地。王若歆撿起
一看：八十二籤。心說：「邪了門兒了！」便要起身。

　　這時旁邊的道士說話：「請這位先生把求籤的錢放進功德箱。」

　　王若歆心說：「這回我可不能再二百五了！」轉身對站在殿外的武

文娟喊道：「老婆，拿十塊錢來！放進去！」王若歆的心情一下子低落了許多。

　　拿著第二次求的籤，王若歆心灰意冷地來到隔壁房間，到了桌子跟前，一屁股坐下，把籤條往中年道士眼前一推道：

　　「和剛才那籤一樣！」

　　道士接過籤條看看，頭也不抬地說：「這回求什麼明確了？」

　　「明確了，求升職——！」王若歆有些沒好氣地低沉地回答道。

　　「我跟你說，今年是癸未羊年，你是沒希望了。不過，明年是甲申猴年，你的本命年，是個轉捩點。」道士抬頭看看王若歆，面無表情地說道。

　　「這籤是什麼意思？」

　　「是這樣，兩次求籤都是泥馬渡康王，說明為官求官之人，根基不牢，無貴人扶持。但是，還好，畢竟還是個王嘛！說明，你還是有官命的！」

　　王若歆聽著點點頭，扭頭使勁眨了下眼睛和武文娟遞了個眼色。

　　「道長，你怎麼稱呼？」

　　「十八子李，名景玄！」

　　「哦，李景玄道長，你是高人，你看如何能心想事成呢？」王若歆的情緒好了許多。

　　李景玄看了一眼站在桌旁的武文娟，又看看王若歆。

　　王若歆便抬頭對武文娟說：「文娟，你先迴避一下，我和李道長單獨說兩句話。」

　　「好的！我迴避，你們好好談！」武文娟笑著走出屋子。

　　屋子裡一下子靜了下來，「李道長，你幫我好好看看，以前，我也不明白，在政府機關一幹十幾年，連個副處長也沒混上。」

　　「請問先生左右稱呼？」

　　「免貴姓王，名若歆。」王若歆說著，掏出筆來，在桌面的紙上工工整整地寫了自己的名字。

「王先生，王—若歆，這歆字是羨慕的意思，對吧？」李景玄看看寫在紙上的名字問道。

「對，是羨慕的意思！這是文言書面用字，道長有學問！」

「哎，哪裡，哪裡。不瞞你說，你的面相妨礙了你！」

「面相？我的面相怎麼了？爹媽給的呀！」

「面相！對，就是面相！」

「我的面相惹誰了？面相又怎麼了？」王若歆一頭的霧水，一臉的無辜。

「我跟你說，根據你的生辰八字，以及你的面相，都表明你是堂堂正正的高官之相，你想啊，哪個領導敢用你？用你還不把領導給頂了？領導形象差點的，長相困難點的，跟你站在一起，不認識的還以為你是領導哪！」

王若歆聽到這裡，心裡不由得「咯噔」一聲，他忽然想起多年前，在一次外經委的招商活動中，有位同事和自己開玩笑，說：「若歆，你真是一表人才呀，今天的衣著、風度、流利的英語，你真可以和咱周國臣主任有的一拚了！」當時話到耳朵裡，王若歆沒往心裡去，還覺得是同事恭維嫉妒自己哪，但是，時隔多年的今天，讓李景玄的一句話挑醒了、說愣了。

「做個道場調一下吧！你看如何？」

「行啊！做吧！我沒意見啊！」王若歆回答道。

「我知道你沒意見，但是，你得做功德！」

「怎麼做功德？」王若歆不懂也不解。

「你交九百元功德錢，我再告訴你破解方法。」

王若歆有些懵，但是，轉念一想：「既然有要求，就要敢捨！錢是什麼東西，錢是身上的灰，地裡的草，沒了還會有。官是什麼？官是命，沒了就沒了，別想找回來。」想到這，王若歆掏出錢包，點出九百元錢交給李景玄。

「這功德錢是我晚上給你辦事用的，將來如了願，你可要到觀裡來

還願，否則對你不利！明白不？」王若歆點點頭。

「另外，我告訴你兩件事，一是你要靠住一個人，讓他幫你說話，幫你辦事，否則，靠你自己，白扯！把精力、錢物用在對自己的提拔有用的人身上，別撒胡椒麵！從今天出了清風觀之後，你遇到的第一個能管你的人就是你要依附和幫助你的貴人，一定要記住！第二件事，你要立刻換一下現在的髮型，別留背頭呀，你沒聽說從男人的髮型判斷男人？

頭髮一邊倒，混得比較好；

頭髮往前趴，混得比較差；

頭髮兩邊分，正在鬧離婚；

頭髮往後背，情緣一大堆；

頭髮貼頭皮，不是貪腐就是賴皮；

頭髮短短根根站，白天是領導，晚上是混蛋。」

「哈哈！哈哈！道長有意思，真沒想到，道長身在道觀，社會上的段子還一套一套的呢。」

「我這話說給你了，信不信由你。」

「道長，你說這哪跟哪呀！穿衣戴帽個人愛好，乾乾淨淨的有什麼，怎麼還戴著眼鏡看人？這都什麼年代了？」王若歆嘻嘻哈哈地笑著說道。

「是啊！你說得對，道理也說得通，這都什麼年代了？怎麼還戴著眼鏡看人？但是，中國人中不是人的人畢竟大有人在呀！不！我是想說，這中國人不是一般的人，就是這種德性，你要不認可，那也沒辦法，當我沒說，把錢給你，栽跟頭是你自己的事！」李景玄說著，把錢往王若歆面前一推。

「別！道長，我只是不理解，沒別的意思。但是想想，他媽的中國人還就是喜歡看表面，喜歡對別人品頭論足的。說到頭型，確實！60、70年代電影看多了都知道，人物一出場，三七開頭型肯定是革命派，對半兒腔兒溝分的肯定是漢奸叛徒反動派！準沒錯！」

「這就對了嘛！能這麼想就好，所以，今後簡單些，樸素些，衣著上也要大眾化一些，尤其顏色，越大眾化越好，讓人認不出你才好，明年是你的本命年，從現在開始調整，明年你肯定翻身上馬！明不明白？不相信？」李景玄看著眼睛直直的王若歆再次發問。

「信！我信！行，我回去，明年事成，我準來，李景玄道長！」

「道人不打妄語，抓緊回去辦要緊管用的事吧！」此時的李景玄和藹平靜像是一位善解人意的老大哥。

王若歆心情大好，出了清風觀，在下山的路上，王若歆把李景玄的話向武文娟詳細地學了一遍。

武文娟說：「甭管靈不靈、準不準的，你就照辦不誤！聽人勸吃飽飯嘛！不聽好人言，吃虧在眼前，咱就照著做。」

「是啊！明年就是本命年了，老大不小的，為了老婆，為了孩子，為了我們的家庭，說什麼也得努把力。人努力，天幫忙；不跑不送，原地不動，天上不可能掉餡餅。」

「說得是！」

「文娟，李景玄說，出了清風觀遇到的第一個管我的人就是我的貴人，這不是說你嗎？」

「胡扯！我管你，我能對你的進步負責？說我是你的貴人，這我願意聽。」武文娟仰著頭，脖子像是別了根木棍兒似地僵直著，得意洋洋的樣子。

「管我的人，不是你，那又會是誰呢？管我的人，可多了，可是對我的未來進步說了算的那就是市委組織部。對，就瞄著組織部。俗話不是說，跟著組織部，年年有進步嗎？行啊！就當作咱們給領導送了一回禮吧！即使不辦事，也不貴不是，先混個臉熟也行！嘿嘿！」

「一百，一百元，五十元，十塊，九百塊，來回打車三十元，這一套下來，共計花了一千一百九十元。」武文娟說道。

「還是學數學的，快速計算，一千一百九十元，一千一百九十，好兆頭！官場上的吉祥數，好！陪我下山，剪頭去！」

「行！我幫你好好參謀參謀，可別整得太醜，讓我瞅著心裡犯堵噁心得慌！」

「這不會！你老公底板在這呢，不會醜到哪去，再說，咱不能自己作踐自己不是？」

「是！咱不能夠呀！要是把我老公頭型毀了，我和他急！」

「沒那麼嚴重，理短了，再長嘛！古人云：『髮如韭，剪復生。』」王若歆說著，抬手攏了一下頭髮，心說：「告別嘍，我高貴的背頭。」

　　王若歆剪了個不長不短「二八開」的公務員髮型，在家中衛生間裡，王若歆心情複雜地看著鏡子裡改變頭型後的自己，輕輕摸摸整成了簡單的「二八開」的小分頭，忽然眼睛一亮，一瞬間，他開竅了，他感覺過去的自己就好比一把有著華麗刀鞘的工藝刀，外表好看，內裡卻是一把沒開刃的刀，中看不中用。現在不同了，此時的自己已經變成一把開刃的鋒利快刀，儘管鋒利無比，但是外邊卻裹著一層普通的棉布，絲毫不被人所注意。他全明白了，官場的扮相就應該是平淡、隱忍、低調，含而不露，藏鋒內守，平凡普通，但是，卻時時蓄勢待發。王若歆解開腰帶，對著馬桶，突然，心裡莫名奇妙地產生了一種洩憤的欲望，眼前的馬桶成了他說不出具體對象的真實存在的可惡的仇敵，成了阻礙他事業進步，讓他總也抬不起頭的小人、惡鬼、昏君、喪門星、攔路虎、絆腳石，隨著心裡一句「吃屎去吧！」的自語，體內的尿液暢快而迅急地奔湧而出，隨之而來的是一種小人物才有的極大快感如低壓電流一般傳遍了全身，王若歆感覺全身的毛孔都張開了，不停地向體外宣洩著積聚已久的壓抑緊張和鬱悶晦氣。

二

　　換了頭型之後，王若歆穿衣裳也特別注意。領導穿什麼衣服，他也順著穿一樣顏色的衣服，市委辦公廳綜合一處是為市委書記服務的，處

長就是市委書記秘書，王若歆對於頭銜掛長的同事均敬而有禮，既不遠也不近，笑臉相待。對於工作他採取平時少說話、只幹活、不摻和事兒的原則，低調從事，暗暗地觀察著、等待著，等待著那位第一個管他的貴人的出現和到來。

　　人生的機遇總是在人不經意和意想不到的突然和忽然的時刻降臨，然而，這樣的難得機遇卻是留給有準備的人的。2004年春節剛過，武文娟所在的濱州市二中高二年級便提前開課。武文娟是數學組的組長，教高中數學已經小有名氣。

　　這天臨近下班的時候，石校長把武文娟叫到辦公室單獨談話：「武老師，咱們長話短說，有個既是私事又是公事的事情交給你，而且，只能交給你，因為，我感覺這件事交給別人我不放心呀！」

　　「甭管公事、私事的，石校長，只要是您吩咐的，我全力以赴！沒問題！」

　　「好好！這就好！沒啥說的，咱們之間難得有這份信任！其實，這件事也不是什麼非得全力以赴的事，關鍵是面子和周全，當然如果效果好，那自然再好不過！」

　　「您說吧！」

　　「是這樣，市教育局孫局長今天中午親自約我吃了頓便飯，交代給我一個任務，李小艾你認識吧？」

　　「在二班，總分在四十名以上徘徊，數學是弱項，雖然是文科班，但是……」

　　「跟你說吧，這李小艾是市委組織部副部長李田野的女兒，我這也是才知道的。所以啊，李部長找了孫局，讓孫局想辦法。不過我估計這事是孫局破車亂攬載，大包大攬地想討好李部長。這個咱先不管它，我是說，既然孫局把這活又交給我，所以，我想到了你。」

　　「我明白了，石校長的意思是給李小艾加點小灶唄？」

　　「對！對！就是這個意思，面子，情意都得送！這事不好辦哪！」

　　「原來是這事，石校長，看你難的，這事交給我，肯定讓你滿意！」

「那我就和孫局說啦！不過，你可要裝著不知道李小艾是李部長的女兒。因為，孫局特別交代這一點，說李部長告訴孫局，不許孫局告訴我。」

「我明白！你放心吧，石校長！我不給你添亂。」

武文娟本來就對細眉細眼的李小艾有一種好感，儘管李小艾學習差點，但是，畢竟二中可是濱州市的重點高中呀，李小艾再不濟，也不能說是差學生。

當天晚上回家，當武文娟把給李田野的女兒李小艾加小灶的事告訴王若歆時，小倆口沉浸在一種興奮之中。

「若歆，我給你說，我從石校長的辦公室裡出來的時候，心就一個勁兒地跳。你說，本來是上趕著巴結人家，都輪不上的事，如今忽然落在咱自己頭上，你說巧不巧？」

「老婆，我說嘛！我的第一個貴人準是你，看來李景玄算得還挺準呢！文娟呀，看來你老公的機會終於來了，這樣的好事，咱何樂而不為呢？再苦再累咱也得幹呀。不過，老婆你可要辛苦了。」

「為了你，為了咱這個家，辛苦點算啥？只要你心裡有良心就行。」

「這話說的，我這良心還不是你給的？這事也有我的一份，我也跟著你一起工作，嘿嘿！這件事咱倆好好設計一下！」

「有啥設計的，我好好地補習功課不就完了！」

「看你說的，學問大了，學問大了去了！絕不是好好地補習功課這麼簡單。」王若歆用手攏了一下小分頭，「這是個契機，是個我結識李部長的絕佳契機，火候一定要好好把握一下！」

「我明白了，你說怎麼辦？」

王若歆思索了片刻，說道：「你不要上門去補課，這樣非常不好，你也不自在，時間一長，對方心裡就會把你完全看成是一個不用白不用的公差或者就是一個賺外快的補課老師。你呀，把小艾直接接到咱們

家，我呢，在家裡給你們做點清淡的粥水小菜，回來就吃，吃完後就學。兩天一補習，學完之後，咱倆一起當作散步再給小艾送回家！你看如何？」

「那樣就辛苦老公了！」

「看你說的，這是個系統工程，什麼辛苦不辛苦的，有多少人想辛苦還排不上隊，撈不著呢！」

「你說的這倒也是。」

按照王若歆的設計，第二天晚間放學的時候，學生們離校了，武文娟和前來接女兒李小艾的柳豔燕進行了接洽。在教室裡，武文娟氣定神閒地把石校長的吩咐，和自己的補課方案不緊不慢地說了一遍。這讓原本計畫每次接武文娟回家裡補習的柳豔燕感到有些意外。看著武文娟的外貌，柳豔燕覺得眼前這個數學老師和李小艾介紹的情況基本相同。

「這多不好意思，讓武老師補課已經過意不去了，況且，讓小艾去家裡，這又添麻煩，多不方便呀？」

「柳大姐，沒關係的，我的孩子沒在身邊，不礙事的，小艾這個孩子，平時我就喜歡。」武文娟說著，順勢摟摟身邊的李小艾。

「武老師，那我恭敬不如從命，那我就聽你的，你就辛苦費心了。」

「不客氣，石校長交代的事就是自己的事！」武文娟嘴上說著讓人聽著圓滑而自然的場面話，連她自己的心裡都感到詫異：「什麼時候變得這麼老練了？」

事情定了下來，柳豔燕便開車帶武文娟和李小艾直接到了王若歆和武文娟的家裡。

柳豔燕沒有上樓，看了一下錶，說道：「武老師，我看咱們兩家住得還挺近的，那我每次讓小艾吃過飯之後，我送她過來吧。」

「不用，這多麻煩，繞來繞去的。補課時，我和小艾一起回我這，補完課，我再散步送小艾回家。吃飯的事，你不用操心，我吃什麼，小艾吃什麼，不會餓到你的寶貝女兒的，哈哈！」

「這多不好意思，你看。」

「沒事，這樣不耽誤時間。好了，小艾，和我上樓吧！」說著，拉著小鳥依人般的李小艾上樓了。

　　為李小艾補課的計畫正式進入實施階段。剛開始的第一個月裡，為李小艾每週補課兩次，每次一個半小時，中間不休息，等於連續兩個課時。後來調整為每週三次。王若歆和武文娟的女兒由武文娟的父母照看，所以，小家庭平時是個溫馨的二人世界，補完課，王若歆和武文娟領著小艾，邊說話，邊散步，十分鐘的路，到了李部長家樓下，李小艾便有禮貌地甜甜地說：「王叔叔、武老師再見！」揮揮手跑進樓裡去。王若歆和武文娟總是站在不遠處，看著小艾進樓了再離開，絕不讓公寓的保安看見。就這樣，近三個月的補習，李小艾在月考中，獲得了很大的進步，數學成績一下子提高了一大截，由原來的排名四十，一下子躍居二十名。晚上，開始補課時，李小艾高興的話多起來。

「武老師，昨天，我爸、我媽看了成績，可高興了，他們說了，這下數學過了關，將來選專業就可以選財金專業了！」

「對！文科生，數學如果強，就主動了很多！能學習財金專業，將來工作就更好找了。」武文娟說道。

「我爸我媽也是這個意思，他們還讓我一定要謝謝武老師！」

「謝什麼？我是你的老師，你現在可是我的入室弟子呀！說謝，見外了！」

「嘻嘻，對！我是武老師的入室弟子！」李小艾甜甜嗲嗲地說道。

　　這天，武文娟的補課內容是分析此次月考的試卷，一個多小時的時間過後，王若歆和武文娟一起送小艾，走到李副部長家公寓大院時，王若歆看見李田野副部長和愛人柳豔燕破例地站在路口等著。李小艾看見，「爸爸媽媽」叫著，撒嬌地跑過去。

「啊！李部長？李部長好！嫂子好！真沒想到，小艾原來是部長的

千金呀！」

王若歆在機關裡多次見過李天野副部長，也曾看見過柳豔燕和李田野在一起，所以，主動地上前打著招呼，表情上顯出很意想不到的樣子。

「是王若歆，王秘書，綜合處才來的對吧？」

「是的，去年從外經委過來的！王若歆！」

「王若歆，我知道，你可是外經委的一支筆，材料不錯，才子呀！」

「李部長過獎。部長管幹部，濱州市這麼多幹部，人名、特點、履歷，過目不忘，真是太絕了，無法想像呀！」

「做組織幹部工作嘛，這是必需的基本功，沒辦法的，來！到家裡坐坐吧！你說這事辦的，整了半天，武老師的愛人是咱們的王秘書！」

「李部長，嫂子，時間不早了，你們早早休息，小艾這孩子也辛苦，高中的學生特別不容易，根本談不上有個像樣的休息。」王若歆很體貼地說道。

「可不是，看著孩子每天熬夜拚命，想起來就心疼！」柳豔燕回答道。

「高考不僅考孩子，也考家長呀，簡直是煎熬！」王若歆順著柳豔燕的話說道。

「真是煎熬！沒辦法！」柳豔燕跟著感慨。

「媽，爸爸，武老師今天晚上說了，我是武老師的入室弟子！你們知道嗎？」李小艾得意而且自豪地說道。

「哈哈，那太好了，若歆，我不叫你王秘書了，今天太晚，就不請你們夫妻進家了，改天咱們兩家單獨坐坐，入室弟子可得拜師呀！哈哈！」李田野語氣和藹。

「我同意！我贊成！」小艾舉著右手說道。

「部長，你太忙，不用這麼客氣，小艾就交給文娟，我們倆沒啥事的。」

「別再客氣！若歆呀，都是自家人，今後別見外，有事多溝通！」

李田野淡然地說道。

「說得是啊！小艾成績提高了，我們還沒謝師哪！」柳豔燕也幫襯地說道。

話說到這份上，王若歆也不好再裝，便說：「部長，那這樣，哪天我安排，請部長和嫂子！」

「哎，又說些外道話，啥你安排、我安排的！好啦，你們也早回去休息，聽我電話！」

「好的！嫂子再見！部長再見！」

「武老師明天見！」

王若歆和武文娟分別和李部長和柳豔燕握手告別。

回到家裡，洗漱之後，王若歆上床，摟著武文娟，做著鬼臉，陰陽怪氣地說道：「老婆，你怎麼，這麼地厲害呀？」

「那有啥？小事一樁，我個別給小艾透露點題型不就得了，又不是洩露考題！只要不是腦子進水，被電擊了，腦殘了，一準能猜明白，更何況，小艾是個多伶俐的女孩子呀？」

「是啊！沒看是誰家的崽崽？濱州市委管幹部的組織部副部長的腦子，那是人腦子？」

「那不是人腦子，是什麼腦子？」

「對呀？比人腦子高級的是什麼腦子？猴腦子？哈哈」

「哈哈！傻樣！」

三

這是一個週六的晚上，在濱州市嘉友多酒店，一家三星級酒店名為泰山廳的中餐宴會廳裡，李田野和柳豔燕宴請王若歆和武文娟。李田野左面是武文娟，右邊是王若歆，武文娟和柳豔燕兩個人中間坐著李小艾。五個人坐在溫馨又顯高貴豪華的宴會廳裡，暖色調的大瓦數燈光照著五個人的臉，讓每張洋溢著輕鬆愜意的笑臉顯得更加的精神。

　　李田野親點的酒菜陸續上來了。李田野和王若歆喝白酒，武文娟和柳豔燕喝紅酒，李小艾喝蘋果醋。

　　李田野舉起手中的酒杯笑著說：「來，咱們共同舉杯，今天的宴會是單純的家庭聚會，我只說一層意思：讓我們為了快樂和幸福共同舉杯祝福！我今天就不稱呼武老師，我叫弟妹，若歆，來，咱們共同舉杯！」李田野說完一仰脖子把杯中酒一口喝乾。

　　王若歆雙手小心翼翼地端著小酒杯，恭敬地看著李田野乾了杯，又轉過身來，端著酒杯衝著柳豔燕笑笑：「嫂子，謝謝，我乾杯了。」說完，緩緩地把酒喝乾。

　　「若歆，不要侷促，難得在一起聚聚，吃菜，喝酒！」邊說邊從身後服務員手中拿過那瓶十年陳釀的茅臺酒要給王若歆親自斟酒。

　　「部長，這可使不得，讓我來。」王若歆趕緊站起身來，從李田野的手中搶過酒瓶，站起身來鞠著躬慢慢地為李田野的酒杯斟滿酒之後又把自己的酒杯斟滿。

　　王若歆把酒瓶遞給身後的服務員，端起酒杯來說道：「部長，嫂子，若歆和文娟能和部長、嫂子和小艾在一起家宴，這是我們夫妻的偏得和福份，我敬部長和嫂子一杯！」

　　「這敬酒哪有一下子敬一對兒的？我說呀，若歆，也別見外了！今天，你和我們家老李單獨喝，我和文娟，我們姐妹倆單獨喝，大家說好不好？」柳豔燕爽朗地笑著。

　　「對！這個提議和方案不錯，我贊成。若歆，你坐下，就按你嫂子的提議咱們倆單獨喝。俗話說，喝酒就和扶貧一樣，要一幫一對紅兒，不能一敬一大片，容易出紕漏，哈哈！」說著和王若歆端著的酒杯碰了一下，「來，弟妹，你們也喝！」

　　柳豔燕端著酒杯和武文娟的酒杯使勁碰了一下。「弟妹，來乾杯，小艾，陪你們老師一起乾杯！」一仰脖把酒乾了，又招呼道：「弟妹，吃菜！別客氣！」

　　第二杯酒下肚之後，王若歆原本有些拘謹的心情在李田野夫婦自然

熱情的影響下放鬆了許多。李田野安排的菜肴都是宴請賓客的硬貨：海參、鮑魚、龍蝦、海膽，每人還有一大罐子佛跳牆。大家吃著李田野親點的美味，一邊沒話找話地談著每道菜的味道。

李田野這時說道：「小艾啊，你這入室弟子，得舉行拜師儀式才行呀！今天這機會，還不趕緊給老師敬茶！」

李小艾聽著甜兮兮地笑著說：「那是！我是要給老師敬茶的！」李小艾站起身端起一杯茶，擎在胸口，然後雙手捧著，先鞠了一恭說道：「請老師用茶，弟子李小艾敬茶！」

李田野和柳豔燕看著都哈哈大笑！

「使不得！沒這個講究的！」武文娟擺著手說。

李田野看了柳豔燕一眼，柳豔燕便起身，從旁邊衣架的包裡拿出一個紅包。「弟妹呀，你關心小艾，小艾也整天回來說喜歡武老師，你拿小艾像自己孩子，我沒別的意思，尊師重教，古上傳下來的禮，這是拜師禮，你可務必收下！」

「不行！不行！這絕對不行！嫂子，我肯定不收！」武文娟站起身來和柳豔燕推讓起來。

「收吧！收下吧！給弟子點面子嘛！」李小艾跑到武文娟身邊可愛地勸著。

王若歆剛想勸，李田野說話了：「若歆，咱哥兒倆換大杯喝吧！女人的事咱們男人不摻和！」

站在李田野身後的女服務員趕緊給兩個用來喝紅酒的高腳杯子各倒了半杯酒。

王若歆的腦子急速地旋轉著：「拜師給錢這個節目太突然了，實際上自己應該想到的，眼下李部長開始和自己論起哥兒倆來，自己可不能不知深淺、不知高低地給個竿子就接著往上爬，那豈不是愚蠢？絕不能，堅決不能。」想到這裡，王若歆正了一下身子說道：「部長，嫂子，我有個想法，不知合適不合適。」

柳豔燕、武文娟、李小艾聽王若歆說話，停止了爭執！

「你說，有啥想法，說說看？」李田野的臉色因為酒勁的作用泛著紅光。

「部長！若歆從大學畢業之後一直在外經委綜合口工作，業務單一，寫了十幾年的文字材料，對社會、人生、官場都缺乏認識和經驗，部長是做幹部工作，管幹部的，閱人無數，對人生、社會、官場都有豐富的閱歷和認識，可以說是筆寶貴的人生財富，這可是書本上無法學到的，所以，我有心想請部長能收下我王若歆這個學生！」王若歆這番話說得實在，讓聽者聽著，既不感到肉麻還覺得挺誠懇的。

「王若歆，你還別說，說到閱人無數，這話我願聽！說我對人生、社會、官場有些感悟，這也是有的。幹部工作說到底是關於人的工作，是為領導識人、用人、選人，提供依據的工作，責任重大，對從事這項工作的人來說，人品德行的要求是第一的。毛主席他老人家說過，領導就做兩件事：『出主意，用幹部。』而一位領導人的識人、用人卻集中地反映和展示著一個領導幹部的道德情操和能力與才華。有些人喜歡任人唯親；有的領導寧用奴才不用人才，寧用庸才也不用幹才；有的領導武大郎開店，比他高一點的他就不用；還有的領導利欲薰心，把用幹部、提拔幹部，當成自己謀取私利的手段，唯錢是舉！現在好多出問題的幹部，事後組織上總結教訓常常有一條叫做帶病上崗，說明什麼問題？用人錯誤！對幹部缺乏清晰透徹的瞭解和調查研究，嗨！總之，不一而足，令人扼腕歎息呀！若歆，你年輕，人生道路還很長，你這張白紙，如何寫，如何畫，確實是個重大問題，好！衝著你這番真誠和虛心，你這個弟子我認了！」

王若歆立刻站起：「謝謝老師！接弟子入門，請受弟子一拜！」說著退後一步，雙膝跪地，一頭磕到地。

「哎！快起來！」李田野一把將王若歆扶起。「若歆，意思到就好！」

王若歆站起來，舉起酒杯：「弟子敬老師一杯！」說完一飲而盡。

「好！痛快！若歆你快坐下！我這人看人不會錯，弟妹呀！若歆是

個好男人！是塊兒好材料。」

「部長，好男人也得有好人、貴人、高人帶著，否則，也是白瞎！」文娟馬上接話道。

「別管他們，弟妹，咱姐妹倆喝紅酒。老李，我告訴你，若歆可是交給你了！」

「哈哈！瞧瞧，當家的發話了！」李田野衝著王若歆開心地笑著說道。

王若歆走到文娟跟前，拿起紅包，藉著酒勁，耍著怪，笑著說：「老師在上，請笑納弟子心儀！」

「哈哈！」李田野見此也樂得自然地下坡，「好！收下！自己學生的，應該收下！」

文娟也在一旁幫襯著說道：「這就對了嘛！」

宴會氣氛一下升溫提速進入高潮。「若歆，來，再乾一杯！今晚挺高興！」李田野顯得情緒非常不錯。

「部長，人家說了，乾白酒是同甘共苦，乾！」

「嗨，這有道理，還真是這麼回事！那喝紅酒哪？」李田野喝乾了杯中的酒問道。

「喝紅酒就是同歸於盡呀！」

「嗨！有意思，同歸於盡！紅酒，紅色，象徵著鮮血的赤紅！這比喻也不錯！那啤酒哪？」

王若歆轉臉看看柳豔燕和李小艾，再看看武文娟，吃吃地壞笑著，湊到李田野耳邊小聲說道：「同流合汙！」

「哈哈！黃色的啤酒，同流合汙，好！」李部長忽然一個大聲，把大家都逗樂了！

「若歆呀，太有才了，以後，有好的段子，即時交流豐富一下！」

「好的！部長！」

「爸，我拿蘋果醋敬你和王叔一杯！咱們同流合汙，嘻嘻！」李小艾的主動摻和讓宴會的氣氛更熱烈了。

李田野打開了話匣子，從自己坐機關當辦事員說起，談到由辦事員當上市委副書記的秘書。而自己陪伴的市委副書記當上市委書記，然後又進入省裡當了省委副書記，李田野一路陪伴，最後被首長安排進省委組織部當處長，從省委組織部又回到濱州市委組織部擔任副部長。

「若歆，機關工作就是首長工作，當秘書要做好被誤解、被矇騙、被出賣、被噁心、被誣陷、被排擠、被踐踏、被蹂躪、被戲弄的種種準備！領導動嘴，秘書動腿；領導示意，秘書會意；領導批示，秘書闡釋；領導滿意，是秘書的心意呀！」

王若歆一邊專注地聽著，一邊不住地點頭。

「做一個好秘書要能保守得住大祕密，耐得住大寂寞，忍得住大孤獨，守得住拮据和清貧、清苦，受得住大委屈、大窩囊，吃得了大苦，隱忍的功夫要達到斷指不皺眉，笑臉淡定吃蒼蠅！眼觀六路、耳聽八方的境界。」

「吃蒼蠅！真噁心！」李小艾聽著插話道。

「對！吃蒼蠅！我給你們講一個勇於吃蒼蠅的真人真事，這人就是原濱州市軍分區的副參謀長。有一年的『八一』建軍節，部隊組織軍地『雙擁』聯歡活動，當時把咱們濱州市四大班子都請去了。宴會開始後，氣氛熱烈，副參謀長到第一桌來敬酒，正趕上服務員剛端上一盆黑魚湯上來。這時，有好幾位首長都看到黑魚湯盆裡漂著一個綠豆蠅，場面氣氛瞬間緊張起來。政委先是眉頭一皺，剛要發話，就見這位副參謀長拿起湯勺，一下子把綠豆蠅舀到嘴裡，說道：『這黑魚湯放胡椒粉才對，怎麼能放胡椒粒兒呢！』一下子把尷尬的場面化解了。」

李部長說到這，大家都樂了。

「你們別笑！這就是政治，這就是官場！」李田野表情凝重地說道。

「部長說得對。曾國藩曾說：『打掉牙和血吞！養活一團春意思，撐起一根窮骨頭！』」王若歆接著話茬說道。

「若歆，看來你不愧是讀書人！好！你引用得好！官場有時需要大聰明小智慧，有時又需要小智慧大糊塗，但是官場切忌小聰明大糊塗，

更不可大智慧小糊塗。作為一個秘書，你要時時擺正位置，認清自我。你雖然不是領導，但你是領導的影子，是領導的拐棍兒，你是領導的辦公用品。如果把官場比作是一場盛宴，有的領導就是盤中的肉，有的領導就是盤中的菜，有的領導就是盤中的湯；秘書混得好可能是湯，也可能是盤子，而有的只能是領導放筷子的筷子座！官場上這些事你必須知道，有些人你必須瞭解！不知道，不瞭解，你就是個官場上的瞎子、聾子、二傻子，你寸步難行！」

李田野說到感慨處，顯得有些滄桑傷感，搖搖頭，端起酒杯，和王若歆又碰了一杯。

「部長說得太深刻，簡直是入木三分。聽部長這一說，才明白官場學問之大。」王若歆感慨道。

「雖然我們身在官場，但不能有官像，官氣要淡，人味要濃！喜怒要不顯，秘書的臉是政治的晴雨表，你不能因為自己臉上的表情，而無意中暴露了領導的隱祕！這個錯誤犯不得，太低級！」

在此次宴會後不久，機關評職晉級，以王若歆的年頭資歷，完全可以競聘副處長實職的，但是，按照李田野的意思，王若歆依然在競聘的崗位欄目內填了個副處虛職的崗位，而且，王若歆還和同處的同事說，自己不成材，這輩子只能湊和寫寫材料養家糊口還行，這腦袋上根本就掛不得個『長』兒字，如今混了個副處級就已經很知足了，根本不敢有其他的奢望和想法。王若歆這種不爭不搶、知足常樂的低調，一下子換來機關人緣的大好，大夥都喜歡和這位與世無爭的同事相處！

2005年，李小艾順利地通過了高考，高考成績比預想的還要理想，當李小艾最後接到中國財經大學錄取通知書之後，李田野又組織兩家人熱熱鬧鬧地聚了一回，而李田野在李小艾上大學的前夕，正式出任濱州市市委常委兼組織部長！可謂好事連連。

李田野出任組織部長之後不長時間，便把王若歆私底下叫到家裡，把一大檔案袋有關濱州市委、市政府、市人大、市政協副局級以上領導

幹部的情況材料，交給了王若歆，鄭重其事地布置了作業，要求王若歆死記硬背，務必記牢！再三叮囑：仍然低調處事，紮實幹活。

　　結果不到半年的工夫，從市委辦公廳主任和市委秘書長嘴裡便傳出了王若歆好記性、活地圖的讚譽。當王若歆在不溫不火的狀態下解決了正處調的職務時，市委辦公廳的同事才多少有些醒過味來，但是沒有人知道，王若歆是市委組織部長李田野的拜門弟子。而當省委平息處理了濱州市有史以來發生的最大政治地震時，由於王若歆不是實職處長，又不專門直接服務於哪個書記，加之自身要求嚴格，低調自律，因此沒有受到一點的粘連。

　　2005年下半年起，濱州市陸續發生了大批官員集體涉黑、市政府常務副市長出逃國外，上市國企創億股份公司高管集體違法違紀等一連串影響巨大的腐敗案件，讓濱州市進入了建國以來最大面積的政治經濟地震的災難之中。隨著正陽省委對濱州市市委、市政府班子，尤其是對濱州市公檢法系統不斷做出較大的調整，一些因為相關幹部被查處而空出的領導幹部的職位陸續得到了補齊。為了讓濱州市的局面從根本上徹底改變，市委書記王仁傑被調離至省政協擔任省政協經委主任，經正陽省委書記賀國慶特別點將，由省委專職常委唐天明正式出任中共濱州市市委書記。市委常委兼組織部部長李田野事先得知唐天明不帶秘書前來，便借勢工作，穩穩地把王若歆推了出來。實踐證明，李田野這一番對王若歆特別部置的作業太有針對性和實用性了。王若歆出人意料地當上了濱州市委書記唐天明的秘書，成了濱洲第一秘。

　　2006年9月18日，是「九一八」七十五周年紀念日，唐天明正式走馬上任濱州市委書記，王若歆正式出任濱州市委書記唐天明的秘書。

　　這天晚上9點18分，濱州市全城同時拉響了防空警報，王若歆聽著一遍一遍的防空警報，感覺這一天實在是有紀念意義，俗話說：「主榮僕顯。」參加工作以來，一直低頭幹活的王若歆，第一次感覺到伸直腰、挺起了胸之後，深深呼吸的那種舒服感，那是一種社會所賦予的尊

嚴和自信感。他明白了多年來人們所拚命追求的就是此時此刻自己這種實實在在聽得見、摸得著的充實感，他感到了自己的肉皮囊前所未有的被充氣的感覺。王若歆來到衛生間的鏡子面前，用手攏了一下二八分的小分頭，嚴肅地板了一下面孔之後微微一笑。王若歆在興奮愉悅之餘，他當然清楚地記得兩年前清風觀裡，李景玄道長曾經的那一番話。

幾天之後，王若歆專門去了一趟清風觀，上了香，還了願，找到李景玄道長：「道長慈悲，您還認識我吧？」

「我有些印象，我能想起來，不過得需要慢慢地回憶一下。」

「成功就應該兌現承諾，當年你說的話我照做了，你的話也基本靈驗了，我得有所表示不是？這是五千塊。」王若歆說著把裝錢的信封塞給李景玄。

沒想到的是李景玄用手一擋，把信封推了回來。

「心誠則靈，感應道交。如果你有心想積點功德，我就勸你多做些好事，少做些虧心的事，這比啥都強。」李景玄說道。

王若歆聽了李景玄的話，感覺李景玄這位道長的脫俗非同一般，於是坐下來，遞上名片：「道長，你既然對這一行這麼精到，為啥不在市裡邊開個門面房呢？」

王若歆有些不解地繼續說道：「那樣的話，生意肯定錯不了！」

李景玄搖搖頭，說道：「這話錯了，王秘書，我們道人在做這些事兒的時候，很看重因果、機緣、慧根和福報，不是什麼話都可以隨便胡說，什麼錢都可以拿、都可以掙的人，否則，功德何來？豈不是和走江湖、坐地攤的混飯吃的人混為一談？現在的社會風氣已經很成問題了，有很多假道士、假和尚滿大街地化緣行騙，影響非常惡劣，我們再這樣唯利是圖，不是亂上添亂嗎？」

「高！道長果然不俗，恕我剛才話語冒昧，褻瀆了道長，我不是有心的，所以，還請道長不要介意。」王若歆神情虔誠。

「沒關係。上次你來抽籤，我就覺得王秘書你這人吧，給我的

感覺很投緣，所以，就和你說了點心裡話，沒曾想還被我言中了，嘿嘿！」

王若歆和李景玄道長之間的話語交流愜意起來，兩個人越說越近乎，最後，在離去的時候，王若歆又一再地要求下，請李景玄最終收下了一千元，並要了李景玄道長的手機號碼，王若歆這才心安意爽地離開了清風觀。

四

濱州市的情況對於正陽省委專職常委唐天明來說，不僅有所耳聞，多次的巡迴調研，使他對濱州市各方面的情況瞭解掌握得比較多，所以，賀書記親自點將，讓自己擔任濱州市的一把手，唐天明明顯感覺到賀國慶書記及省常委們的多方斟酌。身為北京下派的領導幹部，有過進藏多年鍛鍊的經歷，在中央黨校受過專門的深造，既有基層工作經驗，又有機關任職經歷，應該說，唐天明的內心並不缺乏底氣，但是，從媒體上公布的唐天明個人簡歷上看，唐天明的履歷上沒有過擔任地級市一把手的經歷。所以，唐天明在和省委書記賀國慶的談話中，隱約感到了賀書記話中隱含的些許的擔心。赴任之日，賀國慶書記親自把唐天明送到濱州市。

唐天明乘坐省委書記的專車，去高速公路的途中，賀國慶右手抓著唐天明的左手，緊緊地握著，語重心長地說了這樣一番話：「天明同志，濱州的形勢複雜，亂後思定，民心思穩，你這一把手是關鍵的關鍵呀！」

「國慶書記，您放心，我一定團結好濱州四大班子，迅速改變濱州的面貌。」

「天明同志，你知道的，把王仁傑同志調換下來，根本的原因就在於王仁傑同志安於平穩，得過且過，推來擋去的官場太極作風，在任七年，不敢抓，不敢管，沉默多於行動。作為一個市委書記，這種太平官的作風如何能行？濱州市各類問題的出現，不是偶然，而是必然中的必然，你說是不是？」

　　「對！書記說得對，我們的看法是一致的。市委書記要向省委負責，是黨風廉政建設的第一責任人。那麼，誰對市委書記負責？當然是濱州市的黨政班子各委辦局的一把手。」

　　「天明，我們說一起了，說到底就是要一級抓一級，一級一級地逐級向上負責，抓住了責任制，法律法規及各項工作才能真正落在實處。以你的思想高度、領導能力和水準來說，我是沒什麼不放心的，我是擔心我們領導人員身邊的同志，天明呀——！問題和紕漏往往出在不被我們注意的身邊同志身上，所以，操心，操心，操持照顧，一個地方想不到，有時就捅了大簍子，難呀！」賀國慶握握唐天明的手，感慨地說道，話語中透著幾許的無奈和憂慮。

　　「國慶書記，我已經想好了，這上任後的第一件事就是立規矩，管好秘書、司機，身邊的人。」

　　「噢！對了，天明，這次赴濱州履新，你連原來的秘書都不帶了？真有你的！」

　　「一切從新開始，不帶框子，不帶調子，濱州市的工作，就用濱州市的人，秘書也應該流動流動。」

　　「哈哈！有性格，行！天明，我相信，你在濱州的任上會有一番作為的！」

　　「謝謝國慶書記的信任，我一定不辜負國慶書記和省委的期望。」

　　唐天明一上任，他沒有急著燒所謂新官上任的「三把火」，而是一邊熟悉幹部、瞭解情況，一邊頻繁地結合瞭解的情況和新任市長何玉亮不斷地交流溝通，統一思想。在唐天明看來，濱州市作為一個沿海經濟帶上的開放城市，市委、市政府及市直國企中如此大量的領導幹部捲入到涉黑腐敗等案件之中，足以說明，濱州市問題的複雜。儘管案件查辦了，涉案的幹部處理了，但是，懲治和預防腐敗的工作仍然不能放鬆，形勢依然嚴峻，尤其是民眾廣泛關注的社會問題、社會矛盾依然尖銳突出，它仍像大海中湧動的暗流一般深不可測。解決問題，扭轉局面，這

首先需要打造一個堅強有力的市委、市政府班子和隊伍。而打造堅強有力的班子和隊伍，統一思想、理清思路又是頭等大事。磨刀不誤砍柴工，風風火火地新官上任三把火的盲目做法，不適合當前濱州整體發展建設的實際需要。濱州市的全面工作需要從長遠出發，紮實有力、有理有序地推進，需要的是勻而慢的硬火。唐天明的心裡因為有了這樣的思路，所以，有所側重地抓緊時間搞起走訪調研來。

這一天，唐書記帶著新任秘書王若歆乘車對濱州市的市容、交通、衛生等情況進行巡視，車輛以三十公里的時速逐街行進著。車行至濱州市燃氣供熱集團公司大樓，唐天明看見燃氣供熱集團公司大樓門前聚集了一大群的人，吵吵嚷嚷的樣子。唐天明讓司機呂建設把車速放慢，打開一半車窗。

只見一位五十六七歲模樣的男子，手裡拿著一把錘子，正情緒激動地揮舞著，對著站在大樓門前的保安喊道：「讓葉揚出來！讓葉揚出來！有本事腐敗，為什麼沒膽量面對職工群眾。」

一樓門前的一扇玻璃門被打碎，玻璃碎片散落了一地。兩個保安拎著警棍神情緊張地堵在門前，和手裡拿一把錘子那位男子僵持著。

唐天明讓司機呂建設把車開到離人群較遠的地方停下來，跟坐在副駕駛位置的王若歆說道：「王秘書，你去瞭解一下，看什麼情況？」

王若歆答應著下了車，一溜小跑地去了，過了十幾分鐘，王若歆又一路小跑地回到車裡。

「書記，這些人是燃氣集團分流下崗的職工，有買斷的，有內退的，都是對集團不滿意。」

「都有哪些不滿？」唐書記問道。

「他們說，既然集團公司工人多崗位少，要求買斷、內退，分流下崗，但是，為什麼放著自己的職工不用，把自己的職工打發下崗，卻偏偏要從農村招募一批合同工？什麼意思？都嚷嚷找葉總。嚷嚷著去市委、市政府上訪哪！」

「自己的工人不用，偏偏招用農民工，咄咄怪事啊！玻璃也是他們

砸的？」

「是他們砸的，但是，砸玻璃的錘子卻是職工從保安手裡奪下來的，有一個保安，已經跑到樓裡躲起來了！」

「哦，看來，凡事都得深入調查，如果不瞭解情況的，很容易直接產生上訪職工帶著錘子來公司鬧事砸玻璃的錯覺。」

「是呀！唐書記，您說得對。您剛來濱州，類似這樣的問題確實很多！」

「走！回去吧！對了，王秘書，我看那個拿錘子喊口號的職工像是個挑頭兒的，你回頭瞭解一下那位拿錘子職工的情況、家庭住址，找時間我們去看看！我們就從這件事入手，深入瞭解一下濱州市民的心聲和反映。另外，注意！這事兒先別和燃氣集團打招呼！」唐天明說道。

「好的，我明白！書記，我馬上落實！」

當天晚上7點多鐘，由王若歆帶路，唐天明來到位於港區碼頭附近的燃氣供熱集團公司的家屬宿舍樓。老式的筒子樓裡，過道是一排欄杆，站在過道可以望見樓下和樓上的一切。

王若歆敲了一下其中的一家房門，門開處，一位中年婦女上下打量著王若歆：「找誰呀？」

「不好意思！打擾一下，我想找一下徐學東的家！」

「你們是哪的？」中年婦女一臉的警惕。

唐天明這時上前一步說道：「這位同志，你好！我叫唐天明，是咱們濱州市新來的市委書記，想到徐師傅家走訪一下！」

「唐書記？你是新來的唐書記？」中年婦女此時一臉的狐疑和不解，她覺得一個堂堂的市委書記到群眾家中走訪，這怎麼著還不是前呼後擁、記者攝影的跟著一大群。

「是的，我是唐天明，麻煩您，徐師傅住幾號？」

中年婦女沒有回答唐天明，而是忽然轉頭，衝著屋裡招呼道：「老公，老公，你快來！」隨著中年婦女的喊聲，屋裡傳來「來了！來

了！」的應聲。「這是市委唐書記，要到大徐家走訪，你快帶唐書記過去！」中年婦女小聲地說著，衝著男人噘了一下嘴。

「啊！唐書記好！請跟我來吧！」男子笑著在前面引路。

徐學東的家在走廊的盡頭，男子使勁敲了幾下門，喊道：「大徐！開門！市委唐書記家訪來了！」

開門的正是徐學東。昏暗的燈光下，徐學東比白天顯得更加蒼老。

王若歆看見徐學東開了門，趕緊說道：「是徐師傅吧，您好！我叫王若歆，是咱們濱州新來的唐天明書記的秘書。這位就是唐書記，今天特地到你的家走訪走訪，敘談敘談，不知方便不？」

王若歆得體的開場介紹打消了徐學東的疑問和顧慮，徐學東有些發愣地看看唐天明和王若歆。

「你好啊！徐師傅，我們可是不請自來呀！」唐天明主動伸出了手。

徐學東握住唐天明主動伸出的手，有些苦笑地說道：「方便！方便！歡迎唐書記！屋裡邊請！」

筒子樓的樓道建築設計是簡單的，沒有私密可以隱藏，如同工人們的性格一般，直來直去的。一戶、兩戶，接二連三地有人開門走出來，都來到了徐學東的家。徐學東的家是一室一廳的房子。小客廳裡擺著一架上下鋪的鐵管床，小客廳也被改成了一間臥室。

屋子裡瀰漫著一股煎鹹魚的味道。

「徐師傅吃過飯了吧？」唐天明說話的口氣像是鄰里之間打招呼。

「剛吃完！嘿嘿！」徐學東的回答讓人感到，徐學東的心情比較輕鬆。

好事的幾位工友們聽說新來的市委書記唐天明書記下來走訪，也都擠進屋裡，有坐的，有站著的，兩間屋子擠得滿滿的。唐天明和徐學東坐在床邊。唐天明看到一位老太太和一位婦女盤著腿坐在床上在看電視，那位中年婦女看來是徐學東的愛人，看到有人進來，趕緊起身，把電視聲音關到很小。

唐天明問徐學東：「這位老人家是你的母親還是岳母？」

「這是我老媽，和我們一起過！媽！這是咱們濱州新來的唐書記！」

「大娘，你好啊！我是唐天明，來你們家串串門！」

「你好唐書記！快坐！」老太太熱情地說道。

唐天明和徐學東坐在床邊。王若歆接過徐學東愛人遞過來的折疊椅子，打開坐下，拿出本子，等著記錄。

「大娘，你吃飯了？」

「吃了，小兒媳婦做的稀飯、餅子、煎鹹魚。」

「大娘，您今年高壽？」

「今年，八十虛歲。這是我的老兒子，老兒媳婦！我四個孩子，兩個閨女，兩個兒子。老頭子沒了之後，開始是輪流，一家半年的，後來，我哪也不去了，就在老兒子家算了，小倆口和我合得來！嗨嗨！」老太太笑著說道。

看來老太太是個熱情人，有話嘮，非常願意聯絡人。

「大娘，你們家有幾口人在燃氣上班的？

「四個孩子，一個女婿，加上我老伴兒，有六口人都在燃氣上班。現在，一個不剩，退休的退休，下崗的下崗，都回家來了，一個也不剩！沒有在燃氣上班的了！」老太太說著神情黯然了起來。

「這個家屬宿舍是哪年建的？」唐天明換了個話題問徐學東。

「哪年建的？82年還是83年？82、83那樣吧！」徐學東回答道。

「你是接班進的工廠？」

「是，我是79年，最後一批招工，我哥是78年占的接班名額！」

「那時候，能上燃氣工廠上班，人家可羨慕了！」提起當年孩子們參加工作的話題，老太太興奮起來。「當年，一說在燃氣公司這樣的國營全民企業，還是大廠子上班，小夥子找對象都非常順當，像濱州紡織廠的女工，就都想和這幾個大廠子的小夥子搞對象。我這小兒媳婦就是濱紡的，那時工廠職工登記了，便可以打分評，小年輕的基本上都能分上房子，這個房子就是小兒子結婚後第二年分的。」老太太的記憶力非常好。

　　「唐書記，那時候，廠子裡逢年過節還分東西，粉條、白麵、大米、豆油，對了，還有刀魚、鮁魚。有一年過春節，趕上分刀魚，一人十斤刀魚，一拿寬的大刀魚，全家分了一大麻袋，一直吃到正月十五還沒吃完呢，家常燜、油炸、醃了煎著吃。」老太太沉浸在一種優越的回憶之中。

　　「大娘！這都是哪個猴年馬月的事啦！現在，連個毛也分不著了！」外屋有人插嘴說道。

　　「誰說分不著？逢年過節，這幫子司機們大包小捆的，成箱成筐地往頭頭們家裡搬！」

　　「淨雞巴瞎操心！那是領導們分，沒咱們工人的份兒！」

　　「說得是！」

　　外屋傳來一陣議論。

　　「一心跟著黨，到老沒人養；有心靠兒女，孩子全下崗。嗨，沒啥指望！」老太太嘟唸著，讓人聽了感覺還一套一套兒的。

　　「媽，您少說兩句，聽人家唐書記咋說！」徐學東看到母親嘮叨，心裡有些不快。

　　讓唐天明沒想到的是，看著比自己還要蒼老的徐學東，竟然比自己的年齡還小，是60後的人，這讓唐天明有些意外。唐天明這位從山東沂蒙革命老區走出來的農民兒子，心裡有一種對底層與生俱來的連帶感，他的眼睛裡不由得產生了關愛和關注的目光，他環視了徐學東的屋內布置。屋子裡沒有什麼像樣的家用電器，冰箱是他已經很多年沒有看到的那種墨綠色的單開門老式冰箱，十四寸的彩電看來也有很多年頭，圖像已經出現雪花點。坐在屋子的角落裡還有一個大小夥子，靜悄悄地在上網。

　　「這位小夥子是你的兒子？」

　　「是，大學畢業，找了一份工作，剛剛不到二年，便辭職了，也不和我們兩口子商量，說是要與幾個朋友合夥創業，當老闆！」

　　小夥子聽到父母說話，站起來，很有禮貌地給唐天明行了個禮：「唐書記好！」

「你好，要當老闆？好！有志氣！」

「唐書記，我們就是個普通工人，沒臉管孩子，也沒資本、沒資格管孩子，誰讓父母沒本事、沒能耐？能闖就闖吧！我們不干涉孩子！沒準孩子就闖成了！」徐學東的愛人無奈地感慨道。

「是啊！我們這個時代，一天一個變化，確實難以把握，但是，只要努力上進，總是有收穫。」唐天明也很感慨地回應道。

「徐師傅，我白天看見大夥兒聚在公司門前，不知為什麼事？」唐天明把話頭轉到正題上。

「哦，唐書記，原來你今天也看見了，真是太好了，太巧了。唐書記，這麼跟您說吧，其實吧，我們這些人也沒啥想法，一開始，工廠說得明白，深化企業改革。改革是大潮流，下崗分流、買斷、內退的，這些我們沒意見，誰讓我當初進國企來著。一個時代，一個形勢；一個形勢，一個政策。情況就是這麼個情況，我們當工人的沒有任何辦法可以對抗這一切。但是，非常可氣，又非常讓我們這些職工不解的是，明明是工廠本來就需要人，卻偏要把自己的職工趕回家，然後再招募一大批農民工來幹活，我們搞不懂。我們並不是說農民工就低人一等，我們是覺得共產黨的企業，就得有共產黨的規矩，國家的企業本來是可以搞好的，就是讓這些腐敗昏庸的頭頭們，把國營企業搞壞了！明眼人一看就知道，農民工代替國企正式職工這裡邊的貓膩和道兒道兒。」

唐天明點點頭，接著問道：「這個問題，你們反映過多少次？」

「這個問題，早在幾年前大家就不滿意，但是沒辦法，權力在領導手裡。因為，大家有意見不滿意，所以，葉揚藉著改制，清理職工，他就是想把企業變成自己的獨立王國。」

「唐書記，這問題我們每次反映，公司都百般拖延，不做正面答覆，最後都不了了之！」

「大家可以按照程序向上一級機關反映嘛！」唐天明對著外屋插嘴的職工回應道。

「唐書記，別說了，官官相護！老百姓說話難，去年有一次，我

們上訪，葉揚事先和公安局協商好，一下子，扣了我們好幾個工友。現在不是有套嗑嘛：『老百姓在思考，為啥玩不過當官的？原因是：你和他講道理，他和你犯渾；你和他犯渾，他和你講法制；等你和他講法制了，他又和你講政治；你和他講政治，他就和你講國情；你和他講國情，他和你講接軌；你和他講接軌，他和你講起中國特色來，有理沒理都讓他們說了！』」

「和誰說理呢？動遷不走是釘子戶，反映情況必須按程序，上訪告狀就是反政府了，房價上漲是市場行為，動遷補償是政策規定沒商量，產權七十年不到點，說是規劃用地把老百姓攆走，工資福利成了施捨，所謂集體商量是一頭熱，招工聘用有最低年限，但是，不想用你就提前辭退，唐書記這都是些什麼事？」

「就看咱們工人好欺負！我看，什麼時候把工人逼急眼了，像阿富汗、伊拉克、巴基斯坦、塔利班那樣的來點人體炸彈，這些領導幹部才會知道厲害！」

「別他媽胡說八道！閉嘴！」外屋的聲音有些激動，明顯是故意衝著唐天明書記說的。

「你現在做什麼工作？」唐天明微笑著問徐學東的愛人，他有意換了個話題，控制一下家訪現場的氣氛和節奏。

徐學東的愛人聽了，歎了口氣，表情沉重而傷感，沒有回答。

「我愛人原來在濱紡上班，濱紡破產後，拿點補償回來待著。這兩年一直做家政月嫂，沒想到半年前不小心，幹活時腰間盤突出，現在一直在家待著。」徐學東替愛人回答道。

「徐師傅是什麼時候下崗的？」

「單位整了兩套方案，一套是買斷，另一套是內退發市民最低生活費；我是兩年前內退的。」

「唐書記，我腰脫，他內退，你說這日子怎麼過？學東也到處幹臨時工，回到家，累得唧唧歪歪的。我們家天天吵架，這一個月還好，挺消停的。」徐學東的愛人開口說了話，眼裡便冒出淚水。

「唐書記，不怕你笑話，我們家這半年多，吃飯都是對付，買一回肉都得掂量掂量，心情不好能不吵嘛，心裡發急。現在，想通了，吵架也不解決事，都挺不容易的，幹了一天活，挺累的，不吵了，想吵架也沒勁兒。大人、孩子平平安安的，老娘健康，老婆的腰病不犯，我就燒高香了！」徐學東說到最後，嘴角掛著一絲的苦笑，眼裡噙著淚花。

唐天明點點頭問道：「咱們居民現在用氣，做飯時火苗怎麼樣？」

「怎麼樣？做飯時，火苗小得像貓奶子一樣！」外屋裡有人插話道。

「濱州幾大怪，喝水痛快做飯慢，燒氣買罐猛用電，家裡有煤氣，也得備個液化罐。」

「唐書記，人家葉揚說了：『我不管老百姓有氣沒氣，我他媽自己有氣就行！』」

「唐書記，我們上班工人一個月一千六七百塊，都是工作二三十年的老工人，這些當頭頭的一年拿二三十萬年薪，虧損企業憑什麼還拿這麼多年薪？」

「唐書記，你哪天去公司查一下崗，看看副總以上的下午都在哪？」

「還不是打麻將，泡桑拿！」

「男盜女娼的，連他媽的司機都跟著腐敗！沒一個好東西！」

「說點要緊的，唐書記來一趟不容易！還有心思說些雞毛蒜皮的！」

「怎麼是雞毛蒜皮的事？公家的車隨便用，老總們一人一臺車，還格外再配一臺車一個司機，管理混亂，沒見過這麼自在的司機們，這還是雞毛蒜皮？」外屋站著的幾個職工七嘴八舌地說著，最後，互相之間掐了起來。

王若歆兜裡放著錄音筆，但是仍然認真地不停地邊聽邊記錄。

「唐書記，讓職工買斷、內退，這是葉揚一夥兒的鬼把戲，想先把職工裁減了，好和香港的港商合作！」一個職工大聲說道。

「和港商合作？」唐天明感興趣地問徐學東。

「嚷嚷著有這消息，說是眼下的所有工作，都是為引進外資，搞併購做準備！」徐學東平靜地說道。

「各位工友師傅們，據我瞭解，燃氣集團是個有著五十多年歷史的老國營企業，近五千多職工，是咱們濱州國企裡的虧損大戶，可以說濱州燃氣公司的歷史見證了國企的變遷。眼下，關於這引進外資對國有企業實行併購的事，這是受國家法律法規和政府嚴格限制和管理的，事關國有資產的安全，事關職工的合法權益，事關社會的和諧與穩定，所以，我們絕不能允許有絲毫的漏洞，市委、市政府對此會高度負責。王秘書，你回頭和市政府以及國資委方面瞭解一下，看看到底是怎麼個情況！」

「好的，書記，待會回去，我就落實此事，爭取明天一上班，就向你彙報。」王若歆清脆地回答道，這回答也是在向屋內屋外的人在說。

唐天明滿意地點點頭，對徐學東說道：「徐師傅，這真的感謝你們，讓我這個初來乍到的新手，及時瞭解到了重要的新情況。」

「哪裡，我們哪懂這些問題的奧祕，只是著急，不解，瞎找一氣，找不到正地方！」

「濱州去年發生了建市以來最嚴重的政治地震，在人民群眾中造成極為惡劣的影響，黨和政府的形象受到很大的損害，這些事件暴露出許多積澱的深層次問題。濱州市要振興，要發展，我們每一位濱州人都責無旁貸。我受省委委派，來濱州任職，深感責任重大，擔子沉重，今天在這裡，我首先向今天在座的各位工人師傅們表態，濱州市委市政府將在聯繫群眾、服務群眾方面，做出徹底的改變。首先是接待市民來信、來訪的工作，做到有門可進，有人負責；問題有反映，事情有回音。我在這裡代表新的市委、市政府領導班子向大家承諾：我們一定做到用真心去理解，用誠心去迎接，用公心去化解。用真心去理解才能真正瞭解群眾困苦，用誠心去迎接才能真正換取群眾的信任，用公心去化解才能真正贏得群眾的擁護。我們將會用實際的工作，看得見的業績，取信於民，讓每一位濱州的市民來分享祖國改革開放的建設成果，讓我們濱州

市老百姓收入不斷提高，生活得充裕，生活得安寧，生活得幸福，生活更文明！讓我們的濱州更加美好！」

「唐書記，說得好！」外屋的幾個工人率先鼓起掌來。

王若歆也被唐天明書記的講話深深地打動了，他在心裡說：「今天回去，立刻挑燈夜戰，一定要把書記夜訪困難職工家庭這件事好好整理一下，形成一份有分量的紀要。」

「徐師傅，今天冒昧家訪，收穫很大，這是我唐天明的名片，大家可以寫信，也可以打電話！」

「唐書記，您放心，我們老百姓雖然文化水準不高，但絕不是不知好歹、不知深淺的人，我們不會輕易地寫信、打電話給您添麻煩的。」

徐學東的臉上寫滿了誠懇和實在，「謝謝大家的理解！謝謝！我祝福大家！」

唐天明的手和徐學東的手緊緊地握在了一起：「謝謝！唐書記！」

五

第二天，唐天明上午一到辦公室便忙著埋頭批閱文件，王若歆敲門進來，走到辦公桌的右前側一米左右的位置上恭敬地站好，然後說道：「唐書記，關於燃氣公司和香港方面的合作，市發改委、國資委我都問過了，據他們掌握的情況，確實是有這回事。燃氣公司準備讓香港方面全面收購，但是由於國家有嚴格的規定，所以，他們準備搞合資股份制，但是一直在由哪方控股的問題上糾結，眼下，還沒有新的進展，因此，也就沒有正式報到上面來。」

唐天明聽著點了點頭，身體向後緩緩地一仰，說道：「不管老百姓有氣沒氣，他自己有氣就行！這叫什麼話嘛！這哪像一個國企老總說的話！當然了，我們還要深入調研，不能偏聽偏信，我們不排除職工群眾和個別人情緒用事。」

「唐書記說得對，是需要深入調研，凡事不簡單地輕易下結論。」

「是的，凡事不輕易地下結論，這又是為了什麼？這是為了對群眾、對黨和政府高度的負責。若歆呀，你對這個葉揚有多少瞭解？」昨天晚上的家訪讓唐天明的心裡難以平靜，心裡有一種說不出的酸楚的滋味。

「唐書記，是這樣，你吩咐準備家訪的事情，我做了一下瞭解，有一些活的情況。」

「噢，什麼活情況？」

「葉揚1956年4月出生，濱州人，出身工人家庭，參加工作後，念的是濱州電大土木工程專業，一直在燃氣分公司工作，為人處事很會討領導喜歡，所以，94年就被破格提拔為分公司經理。1998年燃氣公司成立集團公司，原來的總經理魯大河當了集團董事長，再次力排眾議，把葉揚從二級公司經理的位置上一下子破格提拔為集團公司的總經理。當時，反響很大，爭議也很大，畢竟從一個分公司經理一下子提拔成副局級的領導幹部崗位，跨越有些太大。但是，老經理魯大河死活地堅持，到處做工作，甚至對市委組織部說，不提葉揚，工作沒法開展。2003年，老經理年齡到站不能再超期工作了，但是，還是這位老經理魯大河跟市委組織部說，讓誰來幹董事長，都沒問題，只要不讓葉揚幹就行，還為葉揚羅列了七條劣跡：欺上瞞下，陰險虛偽，膽大妄為，心術不正，拉幫結夥，忘恩負義，無德無能。」王若歆看著手裡的筆記本說道。

「哈哈，還真不少咧！」

「是啊！當時組織部門說了：『魯總，提拔葉揚，可是你死活堅持，到處做工作要求提拔的，現在又是你尋死覓活地死活堅持，到處做工作要求不用，這還有沒有組織原則啦？』魯大河這位老爺子仗著是建國前十來歲就參加革命工作，資歷老，不管那一套，什麼話都敢說，什麼話都敢罵，弄得組織部門很為難。不過，葉揚已經不是剛當總經理時的葉揚了，市委、市政府方面的關係活泛，所以最後魯大河的話沒管用，葉揚還是繼續當總經理，但是，燃氣集團不再設董事長了。噢！對了，唐書記，這是我昨天連夜整理的關於唐書記您夜訪困難職工，深入

調查研究，掌握第一手材料的紀要，時間緊點，肯定粗糙一些，請唐書記先看一下，哪不合適，我再調整。」說著，上前一步，上體前傾，極自然地行了一個鞠躬禮，把手中大筆記本中的幾頁用A4紙華文宋體三號字列印好的材料恭恭敬敬地放到唐天明書記面前。

唐天明接過列印好的材料，臉上微笑著。

「哈哈，若歆，你辛苦了，我正要就昨天夜間家訪的事找你合計一下呢，你就帶著問題幹上了！而且還幹出來了，辛苦，辛苦！這樣很好！秘書工作就是要有這種超前意識和超越意識，有對全域的全面把握，更要有對工作、對問題的強烈的敏銳感，心裡想著群眾，心裡裝著責任，腦子裡思考著問題啊。」

「是！唐書記，我記下了，我一定按唐書記的思路去做！」王若歆應和著。

唐天明看了一眼材料的題目，標題是「深入群眾，傾聽群眾呼聲，把握百姓生活脈搏」，副標題是「市委唐天明書記對燃氣集團家屬樓職工夜訪情況紀要」。

「這個題目倒也不錯，若歆呀！」

「嘿嘿！唐書記，您說！」

「這『深入群眾，傾聽群眾呼聲』，有套話的感覺，如果改成『在交流中關心，在關心中瞭解，切實掌握群眾訴求』，或者，再簡單一些：『在交流中關心，在關心中掌握群眾訴求』，你看是不是更好些？」

「太好了！還是書記視野寬廣，唐書記高屋建瓴！」

「哎！可不能這麼說。這材料嘛，也是學術，好文章是改出來的，咱們共同研究，一起推敲！」

「哪裡話！唐書記您謙虛，您這一點撥，題目上這麼畫龍點睛地一修改，我的思路也一下子豁然開朗了，嗨！真是提高太大！人們總說在首長身邊提高快，都是光憑了想像，如今身在其中，我是切身感受到了什麼叫做高人指點，什麼叫做仙人指路啊！」

「哈哈！沒你說的那麼玄乎！」

「真的！唐書記！我說的是心裡話！」

「這我相信，秘書工作和領導之間也有個相互融合的過程，相互默契的過程，善於深入問題、研究問題的領導，往往會在細節上，深挖細摳，而一些官僚主義、形式主義嚴重的領導幹部，則會把工作完全推給秘書，秘書寫什麼，他唸什麼！把秘書當作拐棍和扶手。所以，我相信你說的是真心話！若歆，今後要用心、細心、盡心地研究問題，文字材料的學問大著呢！」

「『用心、細心、盡心地研究問題』，我明白了唐書記！我一定牢記這『三心』原則。」王若歆恭敬地站立在辦公桌的右前側一米左右的位置，兩手放在身前，左手搭在右手上。

「我認為我們要以此次夜訪職工為契機，在市委、市政府、人大政協中，廣泛開展一次整頓作風的工作。通過反思濱州的政治地震給濱州市的全面發展和建設以及百姓生活所帶來的負面影響，汲取教訓；通過改善作風，化解潛在的社會矛盾和危機；通過真正為民辦事，辦實事，辦好事，打造現代化的和諧濱州，打造文明化的幸福濱州。昨天我在徐學東家的講話要點，你的材料中都有吧？」

「都有！我是帶著錄音筆的，但是，唐書記剛才說汲取教訓，反思濱州的政治地震給濱州市的全面發展和建設以及百姓生活所帶來的負面影響，這個觀點沒有寫進去。」

「若歆，那沒關係，我還是先看一下，還可以再充實一些，然後你再重新整理。有關反思政治地震給濱州市的全面發展和建設以及百姓生活所帶來的負面影響這一塊，我安排王曉航書記責成專人落實，再交給你彙總。」

「好的！明白！」

「這次家訪的重要性在於，這是我到濱州來，面對亂象紛紜的濱州形勢所遇到的第一個工作抓手，這一點是非常主要的，我們要好好地做一下文章。若歆呀，自古文章百萬兵呀！好的文章，作用不可低估啊！」

「我明白了，唐書記，今後，您出思想，我出點力。說實在的，這次家訪，對我的內心也是一次震撼。我一直在機關工作，深入基層不夠，這一次是難得的學習，我感覺自己的人生太幸運，太偏得，遇到您這樣對百姓懷著深厚情意，又有宏觀高度和思想的一位幹實事的高級領導。」

「哈哈，言過嘍！言過嘍！若歆，談到對人民群眾有深厚情意，這你說對了，我就是把人民群眾當作我自己的兄弟姐妹和我自己的父親、母親，而不是以父母官自居。道理再簡單不過，我本身來自於沂蒙老區，又在西藏工作多年，我對群眾沒有一絲隔閡，沒有一毫的虛假，因為，我本身就是群眾。」說到這裡，王若歆看到唐天明的眼睛閃著淚花。

「唐書記，為了做好您的秘書，田野部長特別讓我做了一些功課，看了許多有關您過去援藏時候的事蹟報導，事先增加一下感性認識，所以，您和我說對人民和百姓的關係的比喻，我聽著心裡非常舒服，非常溫暖，不像有些領導幹部的報告，大話說得很多，但是，太空！」

「這句話你說到實處了。作為一名黨員領導幹部，尤其是手中握有重權的領導幹部，對人民有沒有感情，先看是不是張口就來大話、空話、套話，一句話，要有真情實感才行。」

「明白！唐書記！」

唐天明點點頭，接著說道：「你剛才談到葉揚的情況，這樣說來，這裡面還真有些故事！我們既不能聽風就是雨，照單全信，也不能不理睬、不關注，要深入調研。」唐天明和王若歆對著眼神說。他停頓了一下，忽然像想起一件事似的，對王若歆說道：「對了，若歆，我還得謝謝你呢！昨晚上，旖旎來電話，說你的老同學喬麗麗對她很關照，她已經上班了，工作條件、工作內容，旖旎都很喜歡。你和你的老同學關係看來很不錯，你的老同學力度不小啊！」

「謝啥？旖旎喜歡最主要，為書記分一點憂，我這當秘書的心裡也安心不是？」

　　「若歆，真有你的！」唐天明開心地笑著，他由衷地對王若歆的主動工作和細心感到滿意。

　　來濱州上任的時候，他原打算把原來的秘書帶過來，可是冷靜一想，這領導用人也不能總盯著一個用著順手的便往死裡用不是，張秘書跟自己整整幹了六年，也該提一下，所以，這次到濱州上任之前，他接受了市委組織部長李田野的推薦，答應試用王若歆。俗話說：「是騾子是馬一跑一溜，根本就不用太長時間，就能看出能力的高低。」果不然，短短的時間裡，王若歆在經手的工作上連連出彩，這讓唐天明很滿意。尤其是唐天明有意地試探和小考驗了一下，結果和效果都出人意料的好，這讓唐天明暗暗地對組織部長李田野的好印象也加深了許多。女兒旎旎的事，他是和王若歆第一次見面時，介紹自己的情況時說的。當時是隨便說說，沒想到自己這個秘書對自己的事特別地上心和在意，緊著聯繫老同學和旎旎聯繫，並且這麼短的時間裡，竟然為旎旎找了個工作，他為若歆這個一秘的聰明能幹由衷地感到高興。這件事說明王若歆是真的實心、誠心、忠心地要和自己好好幹一番事業了，至於是否鐵心，還得繼續考驗。這也讓唐天明心中對組織部長李田野的好印象又增加了許多。

　　唐天明去徐學東家的走訪，一方面是向外界傳遞出自己具有親民、務實、樸實的工作作風，同時也讓唐天明猶如管中窺豹一般對濱州市的市直國有企業的改革現狀和城市未來發展走勢有了一個直觀的認識和瞭解，也為日後下決心全面整合濱州市的能源企業布局做了心理上的鋪墊。

第二章
能為領導辦件愜意的私事
勝過送禮百倍

一

　　初冬午後的陽光懶懶的，市委機關的大樓今年的暖氣供暖比往年早了些日子，估計是行政處出於唐書記新上任的緣故，所以，儘管是初冬，暖氣燒得卻挺熱烈。王若歡的辦公室是個北屋，但是窗戶衝著西方，初冬的陽光照著王若歡，讓他感到有些慵懶。今天唐書記上任之始第一次表揚和肯定自己，更添彩的是老同學竟然幫了自己這麼大的忙，這真是意想不到的事情。王若歡心情很好地新沏了一杯茶，美美地點擊電腦滑鼠，看見新來了一封E-mail，是老同學喬麗麗發來的一封英文函件。王若歡心裡有些不高興，告訴喬麗麗多少次了，用中文！用中文的！在國外待上個十年八載的，還真把自己當美國佬了。E-mail的內容簡單明瞭：

　　若歡老同學：你好！
　　　　你交辦的唐旖旎工作的事，老同學替你給辦妥了，怎麼樣，效率高吧？估計唐旖旎已經和國內溝通，不知唐書記反響如何？當市委書記的秘書可是個不好端的飯碗，伴君如伴虎，伺候人的事不容易，但願並相信此事會對你的工作和事業有所裨益。盼告！
　　　　　　　　　　　　　　　　　　　　　　　　致安！

　　王若歆看完電子姨妹，立刻振作精神，迅速地敲打著鍵盤，很快一封中文E-mail寫好了。

　　喬麗麗老同學：你好！

　　　唐旖旎的事，做得實在太好了，簡直讓我感到意外和想不到！！！前些日子我只是在信中簡單提了一下，沒曾想老同學這麼幫襯，這對我剛剛開始的秘書事業助力很大，感謝老同學，讓我在濱州的老一面前非常的有面子。這個忙幫得確實大，不僅幫了唐書記，也實實在在地幫了老同學我的大忙。咱們之間我不想虛假客套，來日方長，有用得著我的地方，老同學儘管說。今日一早，唐書記已面謝我，說昨天夜裡和旖旎電話，得知旖旎的事，如此順利，老一心情別提有多高興了。

　　　另外，昨晚，我和唐書記去燃氣公司職工宿舍家訪，職工們對燃氣集團葉揚的反響非常強烈，這已引起老一的關注。正如前幾次你說過的那樣，我也認為濱州市能源相關行業，確實會有一次大的改革，這次的家訪估計會促使唐書記對濱州的全面工作布局和思路的形成。唐書記的愛人眼下在省政府人防辦工作，年齡上也快到站了，唐書記和愛人非常喜歡唐旖旎，唐書記還把女兒的照片貼在電腦和手機上做牆紙。我能當市委書記的秘書，我也覺得很偶然、很突然，說實在的，一點思想準備都沒有，既然幹上了，那就幹好。我這個人沒啥要求和野心，咱一心當好書記的服務員，優質服務，確保滿意。現時有個時髦的做優秀下級的段子，是這樣說的：

　　　我們向領導保證：

　　　領導的要求就是我們的追求；

　　　領導的脾氣就是我們的福氣；

　　　領導的鼓勵就是我們的動力；

　　　領導的想法就是我們的做法；

領導的酒量就是我們的膽量；

領導的表情就是我們的心情；

領導的嗜好就是我們的愛好；

領導的意向就是我們的方向；

領導的小蜜就是我們的祕密；

領導的情人就是我們的親人！

我們還要向領導保證做到：

1. 領導沒來我先來，看看誰坐主席臺；

2. 領導沒講我先講，拍拍話筒響不響；

3. 領導說話我鼓掌，帶動臺下一片響；

4. 領導吃飯我先嘗，看看飯菜涼不涼；

5. 領導喝酒我來擋，誓把生命獻給黨；

6. 領導睡覺我站崗，跟誰睡覺我不講！

　　老同學，你看了這個一定覺得可笑，一定會以為昔日的男子漢，成了馬屁精了是不是？哈哈！不會的，王若歆永遠是王若歆，他和王祕書是兩碼事。

　　對了，老同學，估計接下來就是赴美探望女兒的事，依目前情況看，唐書記肯定一時走不開，最大的可能是唐書記的愛人赴美。但是也有可能因為老同學你的這層關係的緣故，老一會特意安排我陪同唐書記愛人同往，屆時委託我去面謝老同學，我想這也是很有可能的，這樣的話，我們老同學重逢指日可待，希望老同學根據情況適當做一些鋪墊性的工作。餘言後續，即頓！

順致　商祺大安

若歆書

2006年11月16日

王若歆點擊滑鼠，把回覆郵件發給了喬麗麗。

　　王若歆和喬麗麗是中學時代相互比較要好的同學，雖然喬麗麗出國駐在，但是，多年來同學之間仍保持著不遠不近的聯繫。王若歆自當上唐天明書記的秘書後，兩人之間的交流忽然多了起來，不僅溝通的深度大幅加大，話題也廣泛起來。這次讓王若歆心裡暗暗佩服的是喬麗麗的遠見和預見性是如此地切中要害，而且是那樣地不經意和自然。因為，在得知自己擔任唐天明的秘書時，兩人曾有過郵件溝通，當時喬麗麗就在郵件中讓王若歆做一番功課，這番功課與市委組織部長李田野布置的功課內容大相逕庭。喬麗麗讓王若歆把所掌握的唐天明書記的家人、親友情況都羅列一遍，當得知唐旖旎正在美國留學時，喬麗麗當時就讓王若歆要在不經意的時候或者自然的情況下，切入這件事。果不其然，在唐天明書記心中分量最重要的是他的乖乖女兒的事情，而一旦切入此事之後，喬麗麗又在如此短的時間裡，把事情辦了，這讓王若歆對自己的這位老同學的能力和思路為之刮目相看，佩服不已，感激不已。

　　如今說起給領導送禮，什麼禮最重？送錢會把領導害了，送禮物會把領導累了，只有解決領導的實際問題，幫領導辦實事這個禮最為理想，因為這個禮無形無象，但卻最讓領導感到送禮者心中沉重的分量，這個禮比起任何錢物來都顯得高雅脫俗，能送成這份禮會讓你迅速地和領導融合在一起，這個禮最容易讓領導笑納和接受。試問：世上有什麼樣的送禮回報能和領導融合在一起、結合在一起的效果和目的而相提並論的？所以，王若歆的心裡對喬麗麗的感激之情自不待言。

　　作為喬麗麗的大學同學，王若歆當年對喬麗麗在大學期間的戀愛情況比較瞭解，因為同是老鄉，所以，王若歆和喬麗麗保持著不即不離的關係。直到畢業兩個人都回到濱州市參加工作，彼此間才逐漸聯繫多了起來。王若歆分配在市外經委綜合處，喬麗麗進了濱州藥業集團公司，作為同一個系統工作的大學同學，兩個人關係密切起來。對喬麗麗的底，王若歆門清得很，自然不會去追求喬麗麗，倒是因為喬麗麗有過曾經滄海的那一段，反而使兩個人的交流中多了幾分豁達和大方。不過，當年喬麗麗業務做得風生水起的，率先當上了科長，腰包很鼓，這讓龜

縮在外經委綜合處當科員的窮酸狀態的王若歆，感到自慚形穢，自認不如，在喬麗麗面前，常常覺得很沒面子。而且，王若歆至今也不知道搞不清喬麗麗能夠出外駐在的真正緣由，他只是暗暗地佩服這位在大學讀書時就大方敢闖、喜歡事事出風頭的女同學，有魄力，有能力，接人待物自然柔和。沒靠山、沒門路的王若歆，時常覺得自己窩囊，混得連女同學都不如，只好心灰意冷地每天一勞本神地爬格子，讀書，寫材料，包括戀愛、結婚、生孩子、過日子也像工廠的生產流水線作業一樣按部就班。但是，誰又想到命運的風向標忽然有一天轉了向，而隨之而來的一切就如同冥冥之中真的有一股神祕的力量在操控和計畫似的。

二

下午4點多鐘，王若歆的手機響了，是新任國資委主任欒蔚然的來電。

「王秘書，我是欒蔚然呀！」

「欒主任好，有什麼指示？」

「嗨！啥指示也沒有。是這樣，我和劉時雨主任今天晚上想約咱們濱州一秘坐坐，怎麼樣？方便嗎？」

「哈哈！欒主任，看領導說的，咱們之間沒問題，我這當小秘書的，自由是領導給的，我得看咱們老一今天晚上，有沒有事情安排才行。」

「濱州老一的日常工作日程還不是你這大秘書一手安排？哈哈！」

「哪裡，也不全是這樣。現在都4點半多鐘了，目前看，今天暫時應該沒有活動。你知道，唐書記這人太好了，一個高級領導幹部，工作學習，學習讀書，我給他當了這二個月的秘書，宴會、酒局的，除非上級來的，又非得唐書記必須出面的，否則，下班就回友誼賓館，給唐書記當秘書太好了。」

「你說得是。在省裡的時候，咱們唐書記就是這樣的為人，大夥都知道，不拿手機，不拿包，不揣錢，書生氣十足的！」

「欒主任，別胡說啊！敢說書記書生氣？你知道書生氣是什麼涵義嗎？」

「是啥涵義？」

「是年輕、幼稚、太嫩、不成熟的意思！以後可別胡亂說呀！」

「哎喲！老哥我還真沒往深裡想，哈哈！要怎麼說，組織部門和你們這些當秘書的，思維和大夥不一樣呢？今後注意，一定！謝謝老弟提醒！這麼說，今天晚上定下來了？」欒蔚然拖著長音兒，等著王若歆回話。

「我沒意見，只是……，行吧！這樣5點半，若是書記走了，我給你個短信，你安排車，過來接我吧！」

「那好！我等你短信，到時候，國資委的那臺136號本田，市委大門斜對面的路口上。」

「好的！」王若歆優越感十足地翻動著手腕，把電話扣上。

王若歆的辦公室的門總是故意開著，王若歆可以通過餘光掃視到經過走廊的人。下班時間到了，唐天明直接走了進來。

「若歆啊，我回去了，你也早點下班吧！昨天晚上加班，肯定沒休息好吧！」

唐天明在白天工作和公開場合，稱呼王若歆為王秘書，而在下班後、單獨在一起及非正式公開場合下，則親切地稱呼「若歆」，這些細節讓王若歆明白唐書記這樣做既是規矩，也是一種信號。

王若歆看唐天明書記進來，趕緊站起來。「沒事的，我再把今天的事簡單歸攏一下，紀要中有關您補充修改的地方，我都重新整理了，等市紀委把那部分相關材料轉過來，我再彙總一遍就能交給您了！」

「好！這個材料很關鍵，明天我和玉亮市長溝通一下，曉航書記也在親自督辦此事，絕不搞長篇大論，材料一成，就立刻召開市常委擴大會！」

「明白！你放心，唐書記！」

　　唐天明微笑著點點頭走了。

　　王若歆來到窗前，目送著唐天明書記走出大樓，走向小轎車，又看著唐天明的小轎車啟動快速駛離市委機關大院之後，先給欒蔚然的手機發了一條赴約的短信。很快，欒蔚然回覆了短信：「十分鐘後下樓！」

　　王若歆又給武文娟發了一條晚上有應酬的短信，然後，關了電腦，關燈，關門。綜合一處的人早已下班，大樓裡靜悄悄的。武文娟回覆短信到了：「老公，少喝酒，多吃菜，清淡些！」王若歆看看短信，心裡暖暖的。王若歆多年來在機關做文秘工作，已經練就和養成了走路輕無聲音的功夫，他腳步匆匆地下樓，路過二道門衛時，還不忘記得體地向臉上始終掛著微笑的保安點頭示意，還以微笑。

　　王若歆走過馬路，拐過路口，便看到136號本田車停在那，來到136號本田車前，車門就打開了，欒蔚然笑呵呵地坐在車裡等著他。

　　「老弟，不容易！不容易！」欒蔚然拉著坐進車內的王若歆的手不放，兩個人都坐在後座上。

　　「謝謝，蔚然主任，你總這麼客氣！」

　　「見外不是！我這撇家捨業地從省會到濱州，幸虧遇上若歆老弟你這麼個知音，實實在在的，否則，我這兩地生活的別提多寂寞了！」欒蔚然拉著近乎顯然有些誇張地說道。

　　「那趕緊，把嫂夫人接來呀！」

　　「那不成！鐵打的官府，流水的幹部，幹一幹再說吧！嘿嘿！」

　　「欒主任是心懷鬼胎呀！」

　　「嘿嘿！看老弟說的！」

　　欒蔚然拍拍王若歆的肩膀，兩人說笑著，小車開到「船長碼頭酒家」。

三

　　到了包間，已經提前到了的劉時雨副主任站起身來，拉著王若歆的手說道：「哈哈！王大秘書！若歆老弟，來！快請坐下！」又對著欒蔚

然說道：「主任，菜我已經按你的意思點好了，如果不合適，待會兒再點！」

「哎，沒那麼多講究，小範圍坐坐，是吧？若歆老弟！」

「對！主任說得對，跟兩位主任一塊兒單獨坐坐，沒啥講究！心情和氣氛才是最要緊的！」

「說得是！我說若歆老弟，今天晚上還有一位朋友參加小聚，你應該認識！」欒蔚然衝著王若歆意味深長地一眨眼。

「誰呀？主任還和我賣關子？」

「葉揚！燃氣供熱集團的葉揚！你們是老相識吧？」欒蔚然淡淡地一笑說道。

「我還以為是誰呢，葉揚，我知道，濱州一個地級市，地方不大，但是彼此沒打過交道！」

王若歆話音未落，門開了，葉揚推門進了包間。葉揚滿臉堆著笑，一副自來熟的樣子，把左手拎著的一個大方便袋直接放在桌上，從方便袋裡拿出兩盒酒來，衝著欒蔚然和劉時雨先一擺手，就對著靠欒蔚然右側位置坐著的王若歆伸出手來。

「王秘書好！我是葉揚，我多次見過你，認得你，但你不認我，哈哈！這下好了！」葉揚沒用欒蔚然介紹。

王若歆站起來和葉揚拉著手，葉揚的手勁挺大，手掌肉多皮兒軟。

「葉揚，你怎麼搞的？我好不容易把王秘請出來，你卻遲到，太不像話了！」欒蔚然一板正經地板著臉。

「我錯了！我認罰！我檢討！我改正不成嗎？」

王若歆心裡一下子明白剛才欒蔚然衝著自己意味深長的一眨眼，今天晚上的局是專為葉揚準備的，事情一準是和昨天晚上唐天明書記家訪有關。

「咋改正？有啥實際行動呀？」劉時雨也跟著起鬨。

看來葉揚和欒蔚然、劉時雨之間的關係不錯。

葉揚一指擺在桌上的兩盒酒說：「今天晚上主任請王秘，沒有好

酒、真酒怎麼行！這不，我專門淘來兩瓶紅花郎，借王秘的光，我們也嚐嚐！」

「葉總，看你說的，今天是出資人國資委請客，咱們應該是借欒主任的光兒才是！」王若歆趕緊糾正道。

「對！對！王秘說得對！咱們借國資委的光兒！看我這嘴，還沒喝呢，這就開始漏風了！哈哈！」葉揚自我解嘲地說著。

「算了吧！我還不知道你，你是嫌船長碼頭酒家的酒水太貴，擔心我和時雨點『小拉菲』乾紅吧？哈哈！」欒蔚然開著玩笑。

「就是，咱們主任都幫著你省酒錢呢！你還心裡沒數。」劉時雨酸溜溜說著挖苦話。

「嘿嘿！哪能那麼沒面子！嘿嘿！」葉揚不停地摸撓著自己的後腦，自我解嘲地說道。

「葉揚，菜都上齊了，別光顧了扯沒用的，趕緊倒酒呀！」欒蔚然故意顯得不高興的樣子。

「好嘞！服務員，趕緊倒酒！」葉揚答應著喊了一嗓子，又馬上說：「不用，我們自己來。」說著站起身來，開酒盒子，開瓶子蓋，一陣忙亂之後，便拿著酒瓶子在每人面前的高腳酒杯裡斟上了酒，一瓶紅花郎見了底。

欒蔚然端著酒杯，笑瞇瞇地看著王若歆道：「好啦！若歆老弟！啥也不說了，咱們一塊兒聚聚，雖然是一塊兒喝杯小酒，咱們喝一大口怎麼樣？」

「蔚然主任，時雨主任，還有葉總，你們都是領導，都是老大哥，我沒問題。」說著就要和欒蔚然碰杯。

「慢著！」欒蔚然按住王若歆舉杯的手，說道：「叫『老大哥』不假！但是，今天這裡邊可沒有領導！說『領導』不是罵我們嗎？哈哈！」欒蔚然說著和王若歆碰了一下杯子，和劉時雨、葉揚分別碰杯，然後喝了一大口。

王若歆看欒蔚然喝了一大口，便和劉時雨、葉揚兩人分別碰了一下

杯子，也喝了一大口。

「若歆，現在大家每天上班就得和領導打交道，喝酒也難免和領導喝酒，所以，朋友們在一塊堆兒坐坐，就不要再把領導提溜出來搓搓著玩，太沒勁，見外，累！我最珍惜兄弟之間喝酒，沒啥拘束，有事沒事地一塊兒坐坐，一聊一扯，全解了不是？」欒蔚然顯得很隨和、凡事看得很開的樣子。

「蔚然主任說得實在，說得對！難得！大家整天上班都繃著臉，小心謹慎的，難得輕鬆快樂。為了快樂，我敬三位老大哥一杯！」王若歆說著與三人再次碰杯，四人同時喝了一口酒。

「若歆說到點子上了，人活著就得想開了，心裡保持著怎麼都快樂。忙了，快樂，生活充實；閒了，輕鬆，自在輕鬆；升了，快樂，受到重用而快樂；沒提拔原地不動，也快樂，少操心不勞神嘛；發財了，快樂，想買啥就買啥；沒發財錢少，也快樂，低碳生活節約簡單；名氣大，聲名遠揚，快樂；名氣小，默默無聞，還是快樂，少干擾難得清靜；有應酬，快樂，廣結人緣；沒應酬，下班按時回家，陪陪老婆孩子，一樣快樂。總之，怎麼都快樂！大家說對不對？」劉時雨接著王若歆的話頭說道。

「時雨主任這套理論高，能做到可是一種境界呀！」王若歆回應道。

「不怕辦不到，就怕想不到，人活著就是得往快樂處著想，對不對？王秘書來乾一杯！」

王若歆剛準備舉杯，欒蔚然卻對王若歆說道：「若歆，聽說昨晚唐書記到燃氣集團家屬宿舍樓家訪了？」欒蔚然還是主動點了題。

「是！是我單獨陪唐書記去的。主任消息挺靈通的嘛！」王若歆把本已舉起的酒杯放了下來。

「這話說的，我靈通啥？是上午時雨主任和我說的。老葉下午又來了一遍電話，蒙頭轉向地有些慌了，一時不知咋好。我說：『這有啥！咱們市委書記家訪，說明咱們老一深入群眾，辦事紮實，有啥大驚小怪的？書記有啥舉措，找咱大內總管王秘一問不就得了？』」

「看你說的，我哪是什麼大內總管？小秘書，大服務。」王若歆淡淡地說道。

「哎，話可不能這麼說，有個短信不是這樣說嗎？叫闖蕩江湖四條法則：『認不認識領導沒關係，只要認識領導秘書就好；懂不懂得政策沒關係，只要懂得官場政治就好；明不明白道理沒關係，只要明白大小高低就好；做沒做過壞事沒關係，只要辦過領導的私事就好。哈哈！」

欒蔚然一說完，劉時雨接話說：「這個短信還是我轉發老葉的呢！」

葉揚有些不自在，挨近王若歆說道：「工人嘴裡能說什麼好話？我是關心唐書記的態度！唐書記是不是不高興了？」

「今天沒外人，我說幾句實在話，幾位老大哥千萬別說我假惺惺地，說話虛。我是第一次陪同書記到工廠職工家裡單獨走訪，我能感受到唐書記對工人師傅的那份感情的真摯。昨天晚上，你們不在場，確實感人生動。當然了，你們公司的情況和印象確實不盡滿意。」葉揚聽著臉色有些難看。王若歆接著說道：「不過，唐書記畢竟是抓大局的。唐書記，人家是省級領導，大家風範，喜怒不可能貼在臉上，也不會輕易地相信職工的反映和外界的傳言。唐書記說話、行事非常謹慎紮實，這一點大家必須要清楚。所以，具體上，你們要爭取主動，相關補救措施一定要抓緊跟上。因為唐書記是想通過此次家訪作為來濱州後全面開展工作的契機和工作抓手，主要是由整頓機關工作作風入手，切實解決濱州的熱點、難點、焦點問題，從而實現帶隊伍的目的！這幾天就準備召開常委擴大會，到時候大家就知道新精神了。」

「若歆，你這一番話管用，說得好啊！方向，目的，把握住了這兩點，所有問題的處理都有了針對性。你說是不是，老葉？」欒蔚然問道。

「明白！明白！學問，學問呀，要不怎麼說必須請高人坐坐呢！」葉揚也忽悠道。

「葉總，可別給我戴高帽子。燃氣的問題很突出，積累的矛盾也很深，這樣下去，與市委市政府新班子不合拍嘛！工人總鬧事，總是點眼

藥，那還不成了領導重點要抓的暗點和黑點了嗎？對企業、對個人都不利呀！」王若歡誠懇地說道。

「王秘書，那你幫著出出主意，點點步，眼下最要緊的是幹點什麼工作？」葉揚急切地問道。

「我說，眼下最要緊的工作是喝酒！你要找王秘出主意，待會兒喝完了酒，我給你們倆機會，你好好請教一下王秘！」欒蔚然的話，表面顯得不太高興，實際上是把握和拿捏著酒局的火候和節奏。

「對對，出資人說得對！眼下最要緊的工作是喝酒！來！咱倆第一次喝酒，老兄單敬老弟一杯！」葉揚反應極快地接過話茬，說完舉杯，主動和王若歡面前的杯子碰了一下，一舉手、一揚脖，把杯中酒全乾了。

「葉總，好酒量，那我也得陪著不是？」王若歡說著舉起杯子準備乾杯。

「別！敬酒的全喝，被敬的隨意，你喝一口就行！」葉揚伸手擋住王若歡的酒杯說道。

「若歡老弟，你看人家葉總已經全光了！管他好歹的，你就舔一舔吧！」欒蔚然這樣一說，把大家都逗樂了。

兩瓶紅花郎酒下肚之後，葉揚嚷嚷著上紅酒，上啤酒。

欒蔚然板了一下面孔，對王若歡說：「今天是小聚，朋友們在一塊兒，喝酒是形式，是個過程，聯絡感情、放鬆心情、活躍思想，這是主要的。我和時雨主任先走一步，委裡有幾件大事，我和時雨主任要合計一下！你們倆單獨喝，慢慢再聊聊！挖挖根源，找找突破口，老國企的問題要慎重，尤其是職工利益和穩定的工作問題。好了，你們單獨聊，我們走了。」說著起身。

王若歡也趕緊起身，拉著欒蔚然的手說：「那我送送主任！我聽主任的，和葉總再交流交流！」

「對！這樣就對了！別見外！老葉呀！把一秘陪好！多向王秘學習學習！別怕花學費，機會難得呀！」欒蔚然說著把王若歡按回到座位上。

「那是！那是！機會難得！嘿嘿！」葉揚和劉時雨主任使勁握了一下，王若歆通過眼睛的餘光看見劉時雨和葉揚相互之間遞了個彼此心領神會的眼色。

王若歆還是站起身來和葉揚把欒蔚然、劉時雨兩位主任一直送到電梯口，看著兩個人進了電梯，這才返回包間。

四

兩人一回到包間，葉揚便把座椅往王若歆的旁邊挪了挪：「王秘，咱哥倆接著喝！紅的？還是啤的？」

「整點啤的！說說話吧！」

「那好！服務員，來兩紮鮮榨的生啤！」

「葉總，咱們蔚然主任是老大哥，我跟你說點實的，你想辦法把下崗的那些工人返聘或者重新上崗。燃氣公司是個火山口，千萬別讓書記市長從燃氣公司開始下手。下崗職工千萬要安撫好，一方面職工下崗分流，一方面大量招募農民合同工，太說不過去呀！這給別人留把柄，外界也說，農民進城和工人搶飯碗啦！」

「明白！我完全明白！我一定把這塊兒給處理好！」

「現在的領導，最關注的就是穩定。『為官一任，造福一方。』說得很清楚，是造福一方，不是兩方，這你要搞明白！工作有業績，不出重大事故、事件，領導就有福。」

「精闢！老弟闡述得太精闢！老兄我一直在企業做具體工作，看問題窄，不像老弟，在領導身邊，把握政策、掌握方向。所以，今後，咱們哥倆搞搞聯誼活動，有事沒事地在一起聚聚，多指點指點！讓老兄開開眼界，提高提高！」葉楊說的話倒也誠懇。

「行！既然是欒主任的關係，今後，我叫你老葉，需要我王若歆的地方，儘管說，我會盡力！來！咱們一起乾一杯！」王若歆舉起杯中的生啤和葉揚使勁碰了一下杯子。

乾過一杯啤酒，葉揚放下杯子，吐著氣說道：「啊！痛快！兄弟，

太痛快了！蔚然主任評價老弟，真誠實在！沒有架子！好交！果然。」

「老葉，兄弟今天說的話哪說哪了，記住！好好品，老葉，明白不？」王若歟覺得一杯紮啤灌得有些猛，酒勁上來，打了個酒嗝！

「明白！明白！老兄我明白！這樣，咱們換個地方，休息一會兒！走！」

「算了！不用！安排人送我回去吧！」

「見外不是！咱倆還沒喝透呢！聽老兄的吧！」

王若歟跟著葉揚走出酒店，葉揚的司機，早在車裡等著，把兩個人送到金孔雀休閒娛樂城。一番沖淋蒸洗之後，王若歟覺得身體清爽了許多，腦子也清醒了。兩個人換上休閒服，王若歟跟著葉揚一路來到貴賓休息室，看著葉揚輕車熟路的樣子，王若歟知道葉揚是常客。葉揚按了一下茶几上的呼叫按鈕，不一會，門開處，一下子進來了七八個穿戴暴露的小姐，個個扭姿作態地打著飄眼！

「兄弟，這是第一批後選幹部，還可以來兩批！」葉揚對王若歟說完，便對著進來的小姐掃來掃去，那勁頭就像恨不得長出八隻眼睛一樣。

「老兄！你儘管來！別管我！我不見外！」王若歟說這話時湊近了葉揚的耳朵。

「這叫什麼事嘛！」葉揚又看看小姐們，又看看王若歟，心有不甘地衝著媽媽桑笑笑，然後說道：「不好意思！暫時先下去吧！」

「沒關係！領導們請休息好！」媽媽桑有禮貌地彎了一下身子，手一擺，小姐們無聲地退了出去。

「老葉！葉兄，我知道你剛才心裡想說什麼？」

「哈哈！老弟知道老兄心裡話？」

「老兄剛才心裡肯定在說：『媽的！裝什麼裝？不嫖娼顯得你廉潔？顯得你偉大呀？』」

「哈哈！哈哈！老弟太有意思了！哈哈！哈哈！」葉揚被王若歟逗

得直樂。

「老兄你可別笑，我說的是真心話，這種社會觀念已經形成一種羊群效應，普遍的議論並不奇怪，作為國企領導，你可能也會覺得，這共產黨幹部怎麼只敢說進口就不敢說出口呢？」

「嘿——！老弟，你別說，這句話，我還真在肚子裡轉悠了幾十年了！還真叫你給說中了！我也覺得怪，你看不僅咱中國的幹部是這樣，你看咱中國的古董物件也是這樣。花瓶吧，口大眼兒細肚子大；還有那個貔貅，更是邪乎，連個屁眼兒都不長，只吃不拉，哈哈！」葉揚興奮地說道。

「你可真行，老葉，把領導比作貔貅了，行！老兄，既然咱倆準備好好交往，這事就不能不約法三章，雖說官場上常說男人四大鐵關係：一起扛過槍的，一起嫖過娼的，一起坐過牢的，一起下過鄉的。但是，我覺得真正的鐵關係絕不應該是這樣，我不嫖娼，並不是為了在老葉你面前或者其他人面前表白自己一塵不染，如何純潔乾淨，如何如何地崇高偉大、脫俗不凡等等！全錯了，我一點也不認同，我只是覺得朋友之間交往最好是簡單一些。首先聲明一點，老葉，你該幹啥幹啥！我不反對，也不妨礙老兄，這說明兄弟我不見外。反過來，我不找小姐，也是不見外，你也不用防著我，好不好？」

「老弟既然話說到這個份兒上，哥哥我不勉強，心意到了，你領了我這份情意就行！嘿嘿！老弟呀，你成熟！到底是政府和企業有區別呀！」

「老葉，說實在的，好朋友之間關係好，根本不在這方面，都是實實在在的，用不著整得那麼累，根本不用整這些浪費時間的節目！」

「這個，老兄我明白，如今這招待人的事兒就是這樣讓人頭疼，人家吃不吃、做不做是一回事，但是，你準不準備、想沒想到，可就是另一回事啦。老弟你理解我這份心意就行！我只是覺得應該讓老弟盡興一下，大家不是常說：『有福同享，有樂同歡』嘛！哈哈！」

葉揚說出「有福同享」時，王若歆以為葉揚接著會說出「有難同

當」來，沒想到葉揚卻說出了「有樂同歡」，這讓王若歆覺得眼前這個表面葉揚，大大咧咧、粗粗拉拉的國有企業的老總，不僅腦子聰明，大智慧中還帶著新意，可以說是一塊兒地道的老乾薑，慢慢地就能品出辣味來。王若歆覺得自己如今身為副省級市委書記的秘書，不僅說話、辦事嚴謹紮實不能讓首長倒了架子，維護首長形象，就是私人拉關係和社會交往從此也得分分高低門檻。

「老兄，老弟高看你，有樂同歡，有新意，有思想。朋友在一塊兒是相互促進、相互啟發、共同進步的，對不對！咱不能一起天天落後不是？」

「老弟，你放心，老哥是個明白人，好話、要緊話你都不用重複二遍。上訪的事，我回去馬上想個周全的安撫之策，燃氣集團絕不能當靶子，絕不能成為市委、市政府新班子開局工作的抓手！也絕不能再拖濱州國企的後腿兒。」

「事關政治高度，這話說得好，壞事變好事，格局大些，大方一些，職工其實很好說話！具體的你去辦，辦了還要出動靜，要緊的是讓唐書記高興！素材你提供，材料我來幫你寫！要爭取主動！」

「那還說啥！我再不主動，那就是等死，而且死法很笨，死得很慘！會讓整個濱州國企系統笑話我葉揚，說我是頭豬，你說是吧？」

「哈哈！老兄！是不是的，還不是你說？對不對的，還不是你幹？抓緊吧！我想先回去了，你再玩會！」

「別！要不按個足？」

「算了！以後有時間！」

「哦，對了！讓司機送送你吧？司機在車裡等著哪！」

「讓司機送？那你還能玩好？」

「嘿嘿！這四處冒煙的，老兄哪有心思玩呢！說實在的，要不是借你的光，我也來不成，我也得回去了！」

「哦，老葉，我想起個事！」

「說！兄弟！」

「你們公司裡有沒閒車？總不開車有些生，我想練練！」

「這好辦！我那有臺半新的本田，你先開一陣，自動檔的，練練手，挺好的，我給你換個外地牌子！」

「那樣最好！先開一段兒時間，我也不跑遠道，平時還有唐書記的車呢！」

「那就這樣，最遲明天下班，把車交給你，老弟你就放心練吧！哎！對了王秘，你先稍等我一下！我去去就來！咱倆一起走。」

葉揚像是突然想起什麼，一路小跑地出去了。王若歆只好躺著看電視，等了十來分鐘，葉揚跑進來：「這張貴賓卡，老弟你拿著！」

「老葉！你這是幹啥？不用！」

「別！千萬別推辭！你聽我說，這卡不記名，有密碼，可掛失！可消費！也可提現，但要交點手續費。你拿著，聽老哥的，累了，過來放鬆一下；你不來，讓弟妹過來享受一下，美美容，做個SPA，都是很好的！」葉揚的口氣不容人推辭。

王若歆看看葉揚，兩個人的目光交會了一下：「那我不客氣了！謝謝葉兄啊！」

「那還謝啥，以後慢慢處，你就知道了，做人做事方面你儘管一百個放心，老哥不是胡來的人。」

「那樣最好，老兄不玩了，咱們回去吧！」

當王若歆穿戴整齊和葉揚走過休閒城的接待大廳時，王若歆瞟了一眼大廳中間的宣傳廣告架上的行銷告示：「歡迎您辦理休閒城會員充值消費卡，鑽石卡：五萬；金卡：三萬；銀卡：一萬。普通貴賓卡五千元。」王若歆不由自主地下意識摸了一下上衣口袋，那裡裝著葉揚送的一張銀卡。王若歆衝著門前的迎賓禮儀小姐微微一笑，一點頭，抬頭挺胸地出門，直接坐進已經等候在門前的車裡。

王若歆回到家，一進家門便看見武文娟正在客廳看著電視。

「文娟，還沒睡？」

「大秘書未歸,老婆怎麼敢睡?回來得滿早的嘛!」

「沒啥大事,就趕緊結束,不能耽誤時間。以後應酬的事肯定少不了,文娟,你這樣總等著我,休息不好,白天教學還累,會影響健康的!」

「那我也願意!」武文娟接過王若歆脫下的衣服。

「老婆,你真好!」王若歆一嘴酒氣地趁勢親了武文娟的臉頰一口。

「這就完了?來點實惠的!」

「老婆說得對,不能總是口頭表揚不是?應該來點實惠的,你看!這是什麼?」王若歆掏出銀卡遞給武文娟。

「卡?金孔雀休閒城的銀卡?」

「跟你說!這卡不記名,有密碼,可掛失!可購物!可提現!歸你了!」

「若歆,卡裡有多少錢?」

王若歆伸出食指:「一萬!」

「啊!不會出事吧?哇塞!」武文娟眼睛瞪得直直的,像受了驚嚇的小動物的眼睛。

「出啥事?低調點,別太張揚不就得了!一萬就嚇成這樣?」

王若歆是從心裡覺得應該給武文娟點什麼禮物,儘管這個卡來自於別人的贈送,而且見不得光,但是自己這一路的進步,確實離不開武文娟的幫助和配合。

武文娟雙手把卡放在胸前,仰著頭閉著眼睛說道:「以後啊,你要是晚上有應酬,我就去美容!去健身!」

王若歆站起身來,摟著武文娟的肩膀,湊近耳朵輕聲說道:「你還可以去翻臉呢!」說完向武文娟的耳朵裡吹了口氣。

「哎呀!壞蛋!癢死了!」武文娟在王若歆的懷裡撒著嬌。

五

以整頓作風、加強隊伍建設為主題的市委常委會前期準備工作已經

完成，偏偏在這個關口，省委、省政府關於大力開展「信用城市」活動的通知先下來了。唐書記只好指示立刻召開濱州市黨政機關、企事業單位、高等院校領導幹部大會，全力宣傳和貫徹落實省委、省政府關於大力開展「信用城市」活動的指示精神，全力推進「信用濱州」建設活動的落實。

王若歆認真學習了中央和省裡下發的關於「信用城市」活動的相關精神和內容，結合自己的學習體會，趕緊為唐天明擬定了一篇二千字左右的發言提綱，準備交給唐書記備用。王若歆覺得這項工作的重點在政府一邊，何玉亮市長肯定要講得多一些，而唐書記在大會上是最後總結講話，這就不能走何玉亮市長講話的路子，必須在何市長講話思想高度的基礎上再提升一個層次。所以，王若歆在準備這篇發言提綱時，借鑑和把握了上次整理家訪紀要的經驗，以「信用鑄就輝煌」為題，通過信用追根溯源，尤其是把信用的基調定格在中國共產黨與人民血肉相連、生死與共，建立新中國，建設新社會，不斷取得新成就方面。按照這個題目，完全是做一個大的報告和講座的容量，二千字的講話提綱材料字數明顯太少，但是，王若歆覺得重要的是思想，關鍵的是創新的角度，唐書記的思路一旦確定，講話可長可短，最終的目的還不是看效果？

拿著寫好的講話提綱，王若歆走進唐天明的辦公室。

「唐書記，本週五召開信用濱州活動貫徹落實會議，我為您準備了一個講話提綱，主要是準備了一些素材，以便於您參考。」王若歆把材料夾輕輕地放到唐天明的面前。

唐天明頭也沒抬，直接打開資料夾，迅速地看了一眼，說道：先放我這吧！」仍然沒有抬頭。

王若歆看了這個情景，心裡加著小心地退出唐天明的辦公室。回到自己的辦公室，肚子裡充著氣，心裡打著鼓。看到msn上顯示喬麗麗線上有空中，便把寫材料的事和喬麗麗在msn上網聊了起來。

「老同學，俗話說得好，伴君如伴虎呀！摸不透領導到底想什麼？」

「那是自然，要怎麼叫領導？凡是當領導的，都喜歡端著，讓下屬感到他們的權威。」

「每天工作起來，事事都得加著小心，真不知道如何伺候才好，伺候人的活兒真不是人幹的活呀。」

「那是必然！你只有處處加著小心，領導才覺得自己的威嚴所在，才有一種君臨天下的感覺，否則，誰還當領導？你只有伺候好領導，做得人下人，才能最終讓人伺候。《聖經》上說：人只有做僕人才能做主人。」

「那倒也是！是這個理，吃得苦中苦，方為人上人嘛，我不是發牢騷，僅僅是說說而已！這次信用濱州建設活動大會，老一要講話，我準備些素材，也是想讓領導的講話新穎光彩些！誰知拍馬屁拍在馬腿上，唉！」

「你大可不必放在心上，下級討好上級不必要求每次都得到領導的表揚和微笑，關鍵是你要堅持做下去，守住你這秘書的本份，潤物細無聲地這樣做下去，一心低頭耕耘，不去想著回報。回報可不是由自己決定的。」

「是，耕耘是耕耘，收穫是收穫，耕耘了不一定有收穫，因為還有天意、天時，但是，不耕耘絕對不會有收穫！」

「加油啊！難得你們這些給領導當下手的，如此用心！你們這些共產黨幹部太累、太辛苦了。老同學，你要善於抓機遇，兩手抓，兩手硬，表現要在兩個平臺一起搭，這樣人生才有意思，豐富多彩！」

「老同學說得有道理！我會品味！」

「說得是！這還差不多，你總不至於當一輩子秘書吧？」

「你這話說到根本上了，為什麼當秘書？當秘書究竟為了啥？我也一直在想！」

「這還用想？當秘書的目的是為了最終不當秘書！」

「老同學，真是高見！見解精闢，確實不一樣，到底在國外這麼多年，感悟深刻！」

「也沒啥，就像當初我出國駐在，然後打拚，幹自己的事業一樣，還不是為了不打拚，最終擁有自己做主、自己說了算的一片天地？」

「精闢！太精闢！謝謝指點！心情大好！」

「謝啥！咱們一起努力，互惠共贏！別忘了，你手裡還有張唐旖旎的牌，在老同學這存著呢，哈哈！」

「說得好，共贏！我們有信心。」

結束了與喬麗麗的談話，王若歆心裡一下子又開闊許多。事在人為，做秘書首先得區分開自身的兩個屬性，平常心地對待自己的角色。低三下四加著小心、服務加熱情，這是誰的行為？這是王秘書的行為！這是王秘書的本職工作！你王若歆有啥不滿意的？有啥意見？低三下四加著小心、細心服務加熱情的這個人可不是你王若歆本人，就是哪一天龍顏大怒，唐書記把王秘書罵得狗血噴頭，臭屎滿臉，惡名震天，這些也與你王若歆本人沒有一絲一毫的關係。進了機關大樓，這就像演員拍戲進場一樣一樣，不是這個道理嗎？沒有這點智商還想在機關混？死去吧！此時此刻，王若歆領悟到這個境界層次上，王若歆的心裡別提那個美，別提那個甜了。他手裡拿著份材料，眼睛的餘光卻掃視著走廊裡過往的人員，臉上沒有表露出任何喜悅表情，但心裡快樂極了。

人一旦有了一個好心情，好事便接踵而來。值班室轉來唐天明書記的信函，雖然市委機關的信函郵件，統一由收發室做了一次消毒，但是，王若歆還是把這些寄給唐書記的信函放到專用的消毒櫃裡又做了一通消毒，之後才開始一件件處理。一封用濱州燃氣集團專用信封寫給唐天明的信引起王若歆的注意。信封上的字體歪歪扭扭，一看就知道寫字的人沒啥文化。王若歆馬上想到那些鬧事的工人。拆開信封，王若歆先看了看寫信人的落款，見是「徐學東敬書」，便細細地看了起來。

　　尊敬的唐書記您好！

　　　自從您到俺家家訪之後，我們全家這些日子總在一塊兒說

唐書記和別的共產黨幹部不一樣，工友們也說，唐書記待人親近，沒架子，說話實在，暖人心。唐書記告訴您一個好消息，集團公司葉總找我談話了，和我談得挺好！他和我說，燃氣公司多年虧損，既有政策原因，也有市場原因，更有歷史原因。公司當時安排下崗分流也是迫於各方面的壓力，安排下崗，雙方自願商量。至於招農民合同工，主要是用較少的費用，便於管理。眼下，看到下崗內退的技術職工生活困難，工作沒著落，確實是個實際問題，公司領導班子很理解，準備比照合同工的方式，再返聘一批技術職工。我聽了之後覺得能有這樣的安排，肯定是唐書記您深入基層，親自過問的結果。今天我和第一批五十名返聘技術職工已經上班，第一天上班心情激動，大夥讓我做代表給您寫封信，表達我們這些普通工人的謝意。大夥都非常滿意，我也不太會說，不過，我老娘、我愛人，都讓我捎話，歡迎唐書記到家裡作客，我們家包餃子歡迎您。上次您來，連杯像樣的熱茶也沒來得及給您沖，真讓我們難過！我們這些返聘職工忠心祝願唐書記身體健康，工作順利，忠心祝願唐書記領導全市人民把咱們的濱州市建成全國一流的美麗城市！

敬禮！

濱州燃氣徐學東代表職工們敬書

王若歆看了信，心裡激動地說：「葉揚呀！葉揚！算我王若歆沒看走眼，這事辦得好！關於提交市委常委會對燃氣集團家屬樓職工夜訪情況紀要那份材料，估計要重寫了；即便是不重新寫，燃氣集團也不會輕易成為靶子，因為到時候替葉揚說話的除了欒蔚然以外，還有徐學東這些上訪職工代表。」

王若歆撥通葉揚的手機：「老葉，我是王若歆！」

「老弟，有啥吩咐？」

「沒啥吩咐。事情辦得不錯嘛！徐學東給唐書記寫信，表揚你了！回頭我給你複印一份，寫得不錯。」

「唐書記什麼態度？」

「唐書記還沒看呢，你倒是心急！我先給你通個氣，這事辦得挺主動，老葉，看來是得高看老兄了！」

「哪裡！還不是你王大秘書，若歆老弟，高人指點，我也就是及時抓落實唄！嘿嘿！」

「用了啥招兒，讓徐學東的信，像抹了蜂蜜似的？」

「嘿嘿！嘿嘿！火到豬頭爛，花點小錢，而且是正常合理的支出，都走了財務帳的，你放心，你老兄不會犯錯誤的。糟糕的是我這脾氣和我這張嘴，不太會說好話，經常讓人抓辮子，今後得加小心呀！」

「對！即使是話趕話也得注意。雖然俗話說：『話糙理不糙。』但是，既然理不糙，為啥讓話糙呢？說話不注意很容易讓人上綱上線的，什麼『不管老百姓有氣沒氣的，我有氣就行！』這類話更要不得！」

「別提這事了，全他媽的小人作怪。我這班子裡有壞蛋，以後有時間我和你好好說，原話的實際情況根本不是這回事。」

「但是，這話畢竟捅出來了，你還不是越描越黑，影響很壞？」

「是呀，吸取教訓吧！好在眼下職工們思想通了，面上的事平息了，所有事都好辦！」

「高！我得向老兄你好好學習！行了！我現在給唐書記送信去！撂了！」

王若歆放下電話，把徐學東的來信，去複印室複印了兩份，然後把原件放到一個資料夾子裡，便奔唐天明辦公室來。

到了辦公室門口，王若歆站住了，心想：「這種報喜不報憂的事情是讓唐天明下班前看呢，還是明天一上班看呢？按理說這樣的信件最好是在領導上午一上班的時候。至於那些糟心的來信和文件，最好是領導不在房間的時候，放到領導的辦公桌上。而且，領導處理這些不愉快或

者棘手信函、文件時，一定不要出現在領導面前，因為，那等於主動給領導送上個出氣筒，莫名其妙地挨一頓狗屁訓叱，自找沒趣，划不來不是？」王若歆想了想，最後還是敲了書記的門。

「書記，燃氣集團的徐學東，來信了！」王若歆一邊報告，一邊觀察著唐天明書記的面部表情。

「哦！給我的來信？這麼快就有回饋？」

唐天明的面部表情是舒展的，他接過打開的資料夾，一手戴上花鏡，身體後仰了一下，看起信來。

「哎呀！這工人就是樸實，務實！說話實在！若歆，讀讀普通工人的信，是另外一種感覺，你說是吧？」

「是，我看了之後，也覺得心裡熱乎乎的，挺近乎的！」

「對！就這個感覺，挺近乎的，我們的領導幹部如果能在這樣的信件中，體會到近乎，我說呀，說明和群眾貼心，能接上地氣！你說是不是？」

「是！書記家訪這樣的大動作，燃氣集團一班人，看來還是提升到一定高度來認識和處理了。這樣的做法，應該在相關企業單位進行交流，相互借鑑，有助於化解矛盾，解決遺留問題和爭議問題。」

「嗯，是這個意思，原來的常委會計畫不變，還是要抓作風整頓，再加上一條，因地制宜，解決實際問題！」

「明白！唐書記！那份紀要是不是可以修改一下，再充實一些，書記家訪後，燃氣班子的相應措施和辦法？」

「都加上！另外，把這封職工來信到時也複印給常委，讓大家共同感受來自企業一線的普通員工對濱州市美好未來的願景！」

「明白！唐書記，我馬上去辦！」

王若歆從唐書記的辦公室出來，心情感覺非常的好，因為這樣一來，自己的這份運籌之情對葉揚和欒蔚然兩個人來說是心照不宣的。

六

由濱州市黨政機關、企事業單位、高等院校領導幹部參加的大力推進「信用濱州」建設活動大會在濱州市人民禮堂隆重召開。這也是濱州市市委、市政府新班子上任之後，第一次在這樣規模的大會上集體公開亮相。濱州市政府副市長陳希英主持會議，「信用濱州」活動領導小組成員、辦公室主任、濱州市政府常務副市長鞠勇傳達了中共正陽省委、省政府關於開展「信用城市」建設活動通知的文件，接著，「信用濱州」建設活動領導小組副組長市長何玉亮就「信用濱州」建設活動講了話。何玉亮市長由副轉正，得益於濱州市的政治大地震，如果高原副市長不犯法外逃，真要是論資排輩，市長的位置無論如何也輪不到何玉亮。

何玉亮市長聲音洪亮，聲音像電視新聞的播音員：「同志們！這次會議非常重要，這是在濱州市以往工作水準的基礎上展開的。全面推進信用濱州建設活動，意義重大而且深遠。目前，我們正陽省的信用指數在全國已經從過去的倒數狀態變成現在的正數的前二十名，這個成績很不容易呀！目前，濱州全市金融機構不良貸款2.3個億，如果我們集中精力狠抓三年，結果一定會更好，所以，我們大家要以百倍的信心，對此次會議精神認真學習，抓好貫徹落實。今天我講三點：

一、統一思想，痛下決心，全面落實信用濱州的建設活動工作。

全面落實信用濱州的建設活動工作關係到我們城市市場經濟體制的建設；關係到濱州市的外來投資環境；關係到我們濱州金融生態的環境安全；關係到我們濱州整體形象問題；關係到公民自然人和法人的財產安全。信用濱州的建設不僅僅關係到我們濱州市的今天也關係到濱州市的明天，這是一個事關全域的大問題。大家都知道南方浙江省溫州等相當一些地方，私人間個人相互借款如今都已經不用打借條了，就憑這一點而言，人家這種信用良好的局面也不是一天、兩天形成的，即便是這樣，今天，人家浙江省仍然重視信

用建設。所以，我們要向人家學習，我們要不惜奮鬥三至五年乃至十年、二十年，全面改變濱州現在的信用狀況，用實際行動和效果來向人家看齊。

二、突出重點，抓好四個方面：

（一）是努力抓好政府的信用工作。我們的政府有表率示範的作用。連政府說話都不算數，社會將會如何？『要錢沒有，要命有一條。』這些話都是市面上流行過的；有這樣一個真實的故事例子：有位領導幹部，頭天晚上與人家喝酒時答應的事情，第二天，人家到辦公室來找他辦理，這位領導說：『我昨晚能答應你也就不錯了，你怎麼還能到辦公室來找我呢？』大家聽聽，這哪還有一點誠信可言？講信用表現在政府對投資商、對金融機構都必須做到借債還錢，借錢必還，否則就談不上信用政府。要做到有計畫地還，必須還，尤其是各縣區，政府的承諾必須要兌現，政府在信用方面要為社會做好表率！

（二）是努力抓好國有企業的信用工作。我們濱州市國有企業比較多，各單位都不同程度地存在著這樣和那樣的歷史遺留問題，對於到期債務必須要還，企業的信用等級務必要提高，國企的信用度在信用城市的建設中舉足輕重。發展中出現的問題，我們就用發展的態度認真地對待，認真地謀發展，促發展，通過發展消化和解決遺留的問題。

（三）是努力解決金融機構不同程度存在的一些遺留問題。解決這些問題的關鍵是決心問題，借債還錢，天經地義，人都不講信譽，一次、兩次之後，便沒人和你來往，這是一個道理。我們得有一個說法！

（四）是在體制機制問題上，要有所創新和突破，依法辦事，走法治的道路。

三、這項工作是一把手工程，一把手要帶頭抓，要廣泛宣傳，要營造一

　　個氛圍，達成一個共識，不講信用是可恥的，是沒人和你來往的。
我們要共同努力，創造濱州美好的未來！」

　　聽了何玉亮市長的講話，王若歆就知道市長的講話材料出自市政府辦公廳的副主任兼秘書一處的處長曹玉賢的筆。王若歆心裡有底了。他覺得他所提供給唐書記的講話提綱，將會使唐書記的講話以政治高度和文化歷史內涵讓與會領導幹部對唐天明書記刮目相看。王若歆心裡興奮起來，他的兩隻耳朵此時像狼的耳朵一般豎立起來，猶如是在萬籟俱寂的深夜，一隻狼警覺地站在溝坎之上，輕輕地顫動著耳輪，全神貫注地捕捉著來自任何方向的聲音。

　　在一陣熱烈的掌聲歡迎之後，會場上一下子變得靜悄悄的，唐書記開始講話了。

　　「同志們！大家好！今天這次大會的內容是經過市委、市政府工作會議慎重討論研究後決定的。鞠勇同志傳達的報告、玉亮同志的講話，我都一致贊成，希望大家會後，結合本單位實際抓好貫徹和落實。」

　　唐書記的語調低緩，低緩中透著厚重和磁性般的親切，靜悄悄的大會會場把唐書記的話音與語氣襯托得讓人感到莊重和嚴肅。

　　「同志們！市委和市政府為什麼要把信用濱州建設這項工作放在如此突出的位置上呢？我們認為現階段大力開展信用濱州建設工作對於全面促進濱州市的全面發展建設有著非常重大的意義，也有利於我們及早地從過往發生的一系列腐敗案件的負面影響下走出來。我來濱州時間很短，還處在調查研究階段。現在，我們借助中央省委省政府的部署的東風，靜下心來，用專門的精力、專門的時間來研究和解決『信用濱州』的建設問題，這非常難得。據我瞭解，前些年，濱州市一系列的取暖費拖欠、工資拖欠、工程款拖欠等等的拖欠問題，困擾著我們，那時候如果我們刻意地講信用濱州的問題顯然不太現實。現在，時機成熟了，我們要借東風，借氣候，抓重點，抓源頭，研究措施，制定計畫，紮紮實實地推進，抓一個解決一個，消滅一個減少一個，抓緊推進，通過認真總結成績、經驗，找出我們濱州市的差距，把信用城市的建設工作推向

深入。今天，藉這個機會，我講幾點學習體會，和大家一起交流探討，請大家指正：

第一，誠實守信這一話題要從政治的高度深刻認識。

一、中國共產黨的執政基礎就是誠實守信

誠實守信不僅是公民的道德和流通領域的問題，必須從政治的高度來深刻認識，誠實守信才能凸顯出極其深刻的涵義和深遠的意義。我們中國共產黨的執政基礎就是誠實守信，中國只有一個執政黨，這是不容懷疑的現實，我們中國共產黨為什麼能執政堅持到今天，並且，在歷經了無數運動風雨考驗之後，仍然受到全中國人民的擁護，這其中的道理就在於我們共產黨人講誠信。如果一個政黨失去了誠信，那就失去了一個執政黨的執政的基礎。回想當年我們中國共產黨領導下的工農紅軍三十萬人，經過二萬五千里的艱苦長征，到達陝北的時候，已經不足三萬人，但是，我們共產黨人卻把長征變成了宣言書，變成了宣傳隊，變成了播種機，實現驚天地、泣鬼神的鳳凰涅槃！」

唐書記的聲音激蕩慷慨，王若歆激動了、興奮了，唐書記正是按照他所擬定的發言材料提綱，展開發言的。

「宣言書、宣傳隊和播種機的背後除了流血犧牲以外，更多的是以人民的利益為重，更多的是一點一滴的誠實守信的行動。當年，我們的紅軍籌措軍糧，很多時候都是迫不得已靠打白條的，但是，儘管是白條子，我們的人民卻願意接受，敢於接受紅軍的白條子，敢於接受我們共產黨人的白條，此時紅軍白條子的信譽度，它在人民心中勝過國民黨土匪軍閥手中的銀票和黃金、白銀，這種極高的信譽度所依靠的就是我們共產黨人誓死捍衛人民利益的宗旨。我們的工農紅軍和中國共產黨的成功不像俄國的『十月革命』那樣來自於一夜的暴動，我們共產黨人的成功是數十年英勇奮鬥流血犧牲的結果。1949年新中國成立時，我們中國共產黨黨員人數為三百萬，然而，有名可查的黨員烈士就達三百七十萬之多。我們大多數的共產黨員沒有看到五星紅旗升起這一天，他們用鮮血和生命捍衛和鑄就了我們中國共產黨的信仰、威信，這種信仰、威信

正是中國共產黨人執政的基礎，執政的資格——誠信。同志們看看前蘇聯解體垮臺的一幕，僅僅是憑莫斯科市葉利欽一個市長的命令，便能任由幾個人隨意給蘇共的大樓貼封條，就是這樣一件極為惡劣的事情，卻沒有一個人站出來反對和制止，說明什麼？牆倒眾人推呀，蘇共已經失去了誠信，沒有人民再擁護它。大家知道，不久前，我國南方的一個鄉政府遭到上訪農民和圍觀群眾的衝擊和哄搶，事件導致整個鄉政府全部癱瘓，這說明什麼？說明我們這個鄉政府的誠信和威信已經在當地人民心中喪失殆盡。

就在蘇聯東歐的社會主義政黨和國家紛紛垮臺的同時，我們中國共產黨領導下的社會主義國家，保持著歸然不動的基礎，這再一次用事實雄辯地證明了在近代中國，任何一個僅憑大肆地宣稱能夠對國家的發展、對民族的命運負責的政治團體，如果不能集合、產生、擁有共產黨人這樣一批為了主義，為了人民的利益，拋頭顱灑熱血而義無反顧的先驅者，就不能贏得隨之而來的前仆後繼捨生忘死的追隨者，他們的宣言再冠冕堂皇，也只能是一紙空話。

我們共產黨人的宣言書是用鮮血和真誠寫成，我們共產黨人的宣傳隊是用生命組成，我們的誓言是用鮮血寫就，我們的播種機是在捍衛人民利益的浴血奮戰中，播撒著革命的種子。誠信是任何一個執政黨執政的根本，是任何一個執政黨的靈魂，這一點，我們共產黨做到了，所以，我們的黨是偉大的，它的偉大就在於共產黨人對人民講誠信！」

「嘩！……」會場上響起暴雨般長時間的掌聲。王若歆也激動了，他深深地為唐書記富有真情實感的講話所感染，他心裡說：「領導啊，領導，你不愧就是領導。雖然材料是別人寫的，素材是別人提煉的，但是，只要過領導你這嘴那麼一說，同樣的話，效果就大不一樣，簡直是是太神奇了！太令人不可思議了，唐書記呀，您太鼓舞人心了！」

隨著唐書記不停地擺手，會場上掌聲停息了，唐書記接著發言。唐書記指出：當前社會矛盾還很突出，不穩定因素還很多，這些都是對建設和諧社會極為不利的，各類情況、各類問題都存在，濱州市的各級政

府、各部門尤其不能掉以輕心！唐書記接下來講的內容，王若歆都已經熟記在腦子裡：誠信是社會文明的標誌；誠信是人民群眾的期待；誠信是社會發展的基本保障。誠信是最基本的倫理道德，失信寡助，守信多助。不講誠信終難逃脫失敗的命運，終難逃脫覆滅的命運！所以，我們必須具備誠信的品質，必須具備誠信的能力，必須具備誠信的行為。

大會結束，王若歆接過唐書記的公事包，跟在唐書記等市委、市政府領導的身後十幾步的距離上一起走出會場。快到轎車前時，他緊趕幾步，拉開車門，用左手掩護著唐書記坐進轎車。王若歆關好車門，從車後快步繞到車前，坐進副駕駛位置，對司機老呂笑笑說：「回市委！」老呂點點頭便發動了轎車。王若歆轉身看了一眼唐書記，唐書記一上車便閉上了眼睛，王若歆便正了一下身子，目視前方，一路上不說話。

回到唐天明書記的辦公室，王若歆趕緊忙著給唐書記燒水沏茶。

當一小杯熱茶端到唐書記面前時，唐天明書記說話了：「今天，會場效果還不錯吧？」

王若歆挺了一下腰，一板正經地說道：「唐書記，您的講演，太感人了。我旁邊的幾位同志還說，第一次聽唐書記的講話，就感覺像是聽了一場實實在在的黨課一樣，生動、感人，都說在理兒上，不教條，不機械生硬，都願意聽！還有的說，唐書記的講話那才叫真正的黨性教育呢！大家還說呢，今後，市委黨校要定期請唐書記講講。」

「哈哈！若歆，這也有你一份功勞呀！」

「看唐書記說的，這也是盡我的所能，儘量按照唐書記的思路，搜集點素材而已！」

「同樣的素材也有高度、角度、深度、冷熱度的不同呀！」

「是！唐書記！」王若歆點著頭。

「若歆，通過你這兩次的材料整理，我是從心裡滿意，你這個市委書記的秘書在整材料方面，確實上路子、合拍子了！」

「謝謝書記肯定，我一定繼續努力鑽研，保障和服務好書記的工作！」

「哈哈！沒事，你去吧！」唐天明和藹地笑著說道。

王若歆覺得唐書記今天的笑容是到濱州上任後最燦爛的。

王若歆回到辦公室，想了想，先在小筆記本上記錄了一下剛才唐書記的話，便關上辦公室的門，和李田野部長通了個電話，簡要彙報了一下近來的工作情況。

當李田野聽到唐天明說王若歆整材料「上路子、合拍子」的評價話之後，嚴肅地說：「這麼短的時間換來唐書記『上路子、合拍子』這句評價，不易呀！說明你王若歆用心、盡心了，但是，千萬不能翹尾巴！」

「那是，您放心部長！學生，一定謙虛謹慎！」

「謙虛謹慎是必需的！重要的是研究問題，思考問題。眼下，唐書記著眼於濱州的發展大略上，所以，你要多在戰略的高度，從宏觀上多為唐書記出謀畫策，獻計獻策，多借鑑一些外省市的成功經驗，他山之石嘛！多提供素材，引發和促進唐書記的有益思考，激發領導的靈感！這一點至關重要，這一點尤其備受領導的喜歡，你要多用心！」

「明白！謝謝老師指點！學生一定謹記！」

「另外……若歆，你最近怎麼開上車了？挺瀟灑的嘛！」

「哦！是這樣，朋友出國，讓我先開一陣，這車子怕停，所以，我就開些日子！」

「若歆呀！」

「學生在！」

「你記住我說的話，官場如戰場，看似平靜如水，實則暗流湧動、險灘密布、漩渦不斷呀！你是個市委書記的秘書，不比常人，也不比普通的領導幹部，從某種意義上說，你就是市委書記的鏡子、影子，你的一舉一動都要考慮到領導因素、政治因素，你明白嗎？」

「老師！學生明白了，今天就把車子停回去，類似事情，今後一定不理、不惹！」

「這就對了！要深潛，你知道嗎？」

「學生明白了！」

「好啦！沒事了！」

「老師多保重！過些天我去看您！」

「不用！天天見面的，哈哈！掛了！」

王若歆等到電話耳機裡傳來「嗡──嗡」的忙音，才把手中的電話慢慢地放下。

王若歆放下電話，又趕緊打開電腦，他的心裡裝著喬麗麗提醒自己的那張牌──唐旖旎。他要給喬麗麗寫信，他要讓喬麗麗抓緊運作，協助辦理相關的手續，儘快促成唐書記或唐夫人赴美探親的事。王若歆此時的心情就如同自己就是唐天明，心裡迫切地想著準備親自赴美探望女兒一樣。

第三章
獻身機會稍縱即逝，
膽怯猶豫能讓你立馬出局

一

　　唐書記赴美探望女兒的事情，正如王若歆和喬麗麗所預料和設計到那樣，赴美探望女兒的事情最後由王若歆陪同唐天明的愛人唐愛玲大姐一起前往，成行的時間定於2007年的春節前期。

　　去美國乘飛機要由濱州乘飛機或坐火車到北京，再由北京轉機直飛美國洛杉磯。

　　當王若歆乘坐的飛機在濱州機場起飛後，坐在王若歆旁邊的唐天明的愛人唐愛玲大姐，便興致勃勃地打開了話匣子：

　　「若歆呀！這次斡旋的事真是幫了大姐一個大忙！我和老唐說過幾次，你說巧不巧？這事怎麼就讓若歆給辦了呢！」

　　唐愛玲也和唐天明一樣，注意公開和私下場合對王若歆的稱呼。

　　「大姐！這是應該的，也可以說是天意。你想呀，要是沒有我的老同學正巧在美國，咱們上哪找人幫這個忙去？要是我沒在唐書記身邊做秘書，我也沒有這麼巧的機會幫書記做點事不是？完全是機緣，當然，船到橋頭自然直嘛！以唐書記的威望和地位，沒準，斡旋的事可能會辦得更好，你說是不是愛玲大姐？」

　　「話可不能這麼說，老唐是個死板的人，社會交往很不活泛的。我和我們家老唐說了，你這新選的王秘書可是個貴人，不管怎麼說，我覺得緣份一半，天意一半，嘻嘻！你說是吧！」

王若歆看看唐愛玲的笑臉，也回以微笑。

「若歆呀！你放心，我們家老唐聽我的，以後有話，就單獨跟大姐說！有事就讓大姐去辦！聽見沒有？」唐愛玲說著，輕輕地拍拍王若歆放在扶手上的右手手背之後，把手搭在王若歆的手上，並且意味深長地轉頭瞥了王若歆一眼。

王若歆身體有些熱，嘴上說道：「我明白！謝謝大姐！」

「謝啥！說謝不見外了？」唐愛玲邊說，又拍拍王若歆的手背。

唐愛玲的情況，王若歆從李田野部長那裡知道了一些。唐天明當年被選調進藏後不久與第一個妻子離婚，唐愛玲是唐天明在中央黨校學習時，經黨校老師介紹後戀愛結婚的。唐愛玲當時在國務院下屬的一個二級局做科員，兩個人婚後經歷了很長一段時間的兩地生活。唐天明後來從西藏調到北京工作，後來又從北京交流至正陽省委擔任政策研究室主任，唐愛玲便隨唐天明一起調動，被安排在正陽省人防辦任處級調研員。三年前，唐天明擔任省委專職常委，一直到2006年9月出馬兼任濱州市委書記。

唐愛玲是個地道的河北人，唐愛玲的父親離休前是一個副部級幹部，唐愛玲的父親早年曾在北京的部隊工作，唐愛玲是隨父母進京的。後來唐愛玲的父親轉業到地方上工作，唐愛玲沒有隨父母一起調動，自己留在了北京。為唐愛玲撮合婚事的是唐愛玲的父親在中央黨校工作的老戰友。

濱州市駐京辦事處主任梁忠田，在北京機場進港出口，雙手舉著個牌子，牌子上用藍色的美術字體寫著：濱州市駐京辦。梁忠田雙手舉牌子的姿勢像是運動會開閉幕式上運動員入場的引導員。王若歆遠遠地一眼便看到，雖然他對濱州市駐京辦主任梁忠田不熟悉，但是，他對此人的簡歷情況很熟悉。梁忠田今年五十五歲，但是，長相比實際年齡還要老。梁忠田看王若歆和唐愛玲走過來，便放下牌子，左手持牌，躬著腰，臉上堆滿了笑。

「這位一定是唐書記愛人吧！您好！您是王秘書？」

「梁主任好！果然好眼力！接待專家呀！」王若歆一上來便給了梁忠田一個「戴高樂」。

臨來北京之前，王若歆專門和李田野部長通話，報告此行的日程。李田野對王若歆擔任唐書記秘書之後的首次國外出訪之行，而且是陪伴唐夫人，做了點撥，無非是心要細、腿要勤、腦子要活、出手要大方一些之類的常規。但是，尤其重要的一環還是北京中停轉機，既然唐書記指定濱州市駐京辦安排接待，李田野便特別交代王若歆，那就是場面上儘量製造梁忠田和唐愛玲單獨見面談話的機會，不要不長眼睛，並對駐京辦的情況和梁忠田的情況做了重點的介紹：梁忠田年紀已大，在北京幹了七八年，眼下駐京辦面臨撤銷，心裡有些想法和打算，這很正常，不正常的是容易產生是非，被人當作道具。王若歆知道，李田野部長所提這道具之說無非是兩層意思，一是王若歆或唐愛玲被梁忠田利用，被對外拉大旗做虎皮；二是梁忠田自編自導，要麼說王若歆說什麼了，要麼說王若歆轉達唐書記說什麼之類，不小心日後揹了黑鍋。總之，官場就是是非之地！

「王秘書，我預定的是友誼賓館，咱們走吧！」

「什麼？上什麼友誼賓館？就一宿兒的事，老唐囑咐過，簡單住一宿，明天和旅行團接洽好就行！」唐愛玲不高興的話中又有意顯出隨和低調的態度來。

「那怎麼行！我當駐京辦主任八個年頭了，唐夫人可是我接待的第一個真正的貴客。王秘書，你說是不是？」

梁忠田又把球推給王若歆，這官場太極拳就是如此，本來很簡單的事，也會暗藏玄機，不惹事都能像乳豬一樣時常被別人烤得外焦裡酥的。王若歆心裡明白，此時如果馬上回答「是」，那等於說唐書記假公濟私，讓唐書記授人以柄，這不是悄悄地把唐書記放到爐子上準備開烤嗎？王若歆瞅瞅梁忠田，看看梁忠田那一腦門子的履歷表和田字格，心說：「笨！真笨！怪不得全國各地的駐京辦都嚷嚷著中央要取消呢？就

這雞巴素質，哪個領導能放心？哪個城市能放心？好事辦成尷尬事，簡單事辦成彆扭事，不趕緊撤銷才見鬼呢！還他媽的美其名曰『駐京辦』？」想到這裡，王若歆說道：

「梁主任，你這就說得不對了！唐書記愛人怎麼成了濱州駐京辦的貴客？大姐是誰？這是咱自己的大姐，怎麼能當成客人呢？這不生份了嘛！」

梁忠田忽然遭到王若歆這一番搶白，原以為剛才這順手推一把，能賺個便宜，王若歆能接著自己的話茬，說幾句順溜兒話，沒曾想讓這王秘書一句話給撥摟了回來。但是，心裡迅速地轉念一想：「可不是嘛，自己是幹嘛的？真是頭瞎眼笨驢，豬腦子呀？電擊了？腦子進水了？眼下，全國上下正在抓這樣的壞典型呢，想抓還抓不著呢，自己可倒好，變著法地給領導上眼藥，讓領導被動？想死呀！真是白活一把年紀了。」於是心裡後悔得不得了，跺了跺腳，笑著趕緊抹灰堵洞地說：

「哈哈！嘿嘿！王秘書，還是王秘書，王老弟說得對！大姐是咱自己的親人，是我的親大姐，跟濱州市駐京辦有啥關係？嘿嘿！大姐呀！你千萬別往心裡去，我這做接待工作的，有時候犯職業病，專業術語掛在嘴上，不小心就把單位給扯出來了！嘿嘿！」

論年紀，梁忠田比唐愛玲大幾歲，但是，仍然裝著小。梁忠田說著，從唐愛玲的手裡接過行李。

唐愛玲微微一笑，不說話，眼睛只管看著王若歆。

王若歆知道自己剛才這句話，那是摳耳朵眼兒，手法輕重深淺正好合適，摳對了地兒，大姐舒服著呢！便笑著說：「忠田主任，咱倆雖然沒打過交道，但是，我拿你老大哥不見外，唐書記信任咱，咱們得珍惜呀！」

「行！老哥明白！那就聽大姐的意思。」

「梁主任，這事兒不怪您，怪我們家老唐。我們不是外人，北京我待過多年，友誼太貴，咱們沒必要花那個冤枉錢，你聽我的，聯繫一下燕京酒店吧！」

「哎喲兒嘿！我都忘了大姐也是地道的北京人了！那就按大姐您的意思辦！請上車！」梁忠田說著，掏出手機，撥號，吩咐事情：「燕京酒店，兩個標間，餐廳一個包間，我們現在就往燕京去！落實好，給我電話！」

「看！梁主任就是專家、行家！」王若歆忽悠了一句。

「服務！服務！路子熟點！嘿嘿！」梁忠田笑著回答道。

「梁主任，還有啊！晚餐，日本料理定食吧！簡潔，節省時間。」唐愛玲不緊不慢地說道。

「這怎麼行？無論如何也得好好招待一番！這個聽我的吧！」梁忠田擺出一副東道主的架勢。

「大姐平時一不喜歡喝酒，二不喜歡晚餐吃得多，唐書記提前都囑咐過的！另外，大姐說今天晚上想做做髮型！」

「對！出國嘛，是要做做髮型！那好，我聽你的！」梁忠田「嘿嘿」笑著，三人走出機場。

二

入住酒店後，梁忠田拿著唐愛玲的行李便陪同唐愛玲進了房間，距離開飯時間，還有一段時間。王若歆直接拿著自己的行李到了房間，打開電視，喝著茶等著梁忠田。他看出來梁忠田的勁頭兒，就是想單獨和唐愛玲單獨待一會兒，談談私事。過了有一個多鐘頭，梁忠田過來敲門，王若歆開門一看，梁忠田的情緒明顯不高，神色有些不自然。

酒店的日本料理定食，一百五十八元一位，很是不錯。

唐愛玲想著做髮型，吃了沒多少，就嚷嚷著吃好了：「王秘書！我晚餐吃得少，你陪陪梁主任，我去做頭了！」

「行！我陪梁主任坐一會兒！」

「梁主任，我失陪了！不見外，你們哥倆兒慢慢用。」唐愛玲顯得很清高，但又故意裝著熱情的樣子。

「沒事兒！沒事兒！您去做髮型！大姐，別忘了拿著房卡簽單！」

梁忠田說話的神情有些不太自然。

「我知道，對了！梁主任，這個你收好！工作上的事，我從來不摻和，你有啥想法只管回去和老唐直說說，沒啥事兒的，這個可是堅決不可以！」唐愛玲說著，從小手提包裡拿出一個信封，放到餐桌上，然後推到梁忠田的面前。「你們坐！我去了！」說著，笑笑走了！

梁忠田的臉色瞬間變白，看著王若歆苦笑了一下！王若歆心裡明白，唐愛玲之所以不是單獨當面回絕退還梁忠田的信封，而是當著自己的面，大有深意和用意，看來官場就需要秘書這樣的道具。

「梁主任，碰壁了？」王若歆看唐愛玲走開了，微笑著小聲說道。

「嗨！老弟，也沒啥，三千美金，潤滑一下嘛！我也沒啥大想法！」梁忠田自我解嘲地說道。

「這就是老哥你不懂遊戲規則了。唐愛玲是誰？那是唐大姐，是濱州市人民的大姐，你這個比唐夫人大好幾歲的人，不是也稱呼唐夫人大姐嗎？」

「是呀！沒錯，那又怎樣？」梁忠田有些不解。

「唐大姐怎麼可能要你的錢？你把唐大姐當什麼人了？唐大姐作為市委書記的愛人就這麼沒素質、沒覺悟？給錢就要？你把唐大姐擺到貪婪成性的腐敗幹部們低素質的老婆一級的檔次了，你這是埋汰人，大錯特錯了！」

「錯了？老弟，我絕沒有低看唐大姐的意思。說實話，三千美金，這不算啥事兒，我只是覺得，湊巧大姐出國，想先潤滑一下，順便說說我的個人想法，事成了再──」

「服務員，來兩壺清酒！」王若歆衝著服務員招呼了一聲。

「對！來清酒！老弟呀，駐京辦遲早是要撤的，我這年齡距離退休還有幾年，怎麼也得有個位置不是？」

「事情該辦還得辦，關鍵是怎麼辦！但是，你一定要考慮唐大姐的內心感受才行。」王若歆說著，伸出右手臂，晃動著手掌，在梁忠田的眼前做著蛇形前進的動作。

　　清酒端來了，梁忠田搶著給王若歆面前的酒盅倒酒。

　　看著酒杯裡倒滿酒，王若歆也趕緊搶過酒壺：「老大哥，太客氣！應該我先來的！」說著給梁忠田面前的酒盅倒滿酒。

　　「王秘書，老大哥的事，你也都看見了，老弟幫幫忙吧！大哥可是個實實在在有情有義的人呀！」梁忠田說著，把信封慢慢推到王若歆的面前。

　　「忠田老大哥，看來我是引火焚身呀！行吧！我幫你把錢花出去！」

　　「辛苦老弟！你天天在書記面前，我的事很簡單，要求不高！」

　　「老大哥，咱不能簡單的一句要求不高，就完事了！這是給領導出難題知道嗎？」

　　「那你說怎麼辦？」梁忠田有些糊塗。

　　「有個方案、有一個目標，這樣最好！領導也好根據你的要求來擺布擺布，你說是不是？」

　　「對！太對了！行！還是老弟高明，回頭我琢磨一下，給你發短信。來！我敬老弟一杯！」兩人笑著，碰杯一飲而盡。

　　王若歆和梁忠田聊著天，兩人把兩壺清酒喝完。

　　王若歆和梁忠田在餐廳門口分手，一個人回到房間洗浴之後，躺在床上看電視。手機裡收到梁忠田的短信：「王秘書若歆老弟，老大哥沒有別的想法，只想找一個待遇好一點的事業單位，我初步想了一下，如果能安排到濱州市醫學院等類似的單位任個副職，最理想！虛職也行呀！你看著運作，需要老哥如何配合，儘管吩咐，後謝！晚安！梁忠田。」王若歆看著梁忠田的短信，眼前浮現著梁忠田那副沒有著落的面孔，不由得笑起來。

　　這時，房間的電話響了：「若歆呀！睡了嗎？」是唐愛玲的聲音。

　　「大姐，還早呢，沒有，你做完頭了？我洗完澡，看電視哪！」

　　「哦！梁主任走了？」

「走了！大姐去做頭，我們倆也沒待多長時間，一人喝了一小杯清酒，嘿嘿！」

「喝酒，你們這些男人！若歆呀！你能來一下嗎？」

「大姐客氣，您和我這當秘書的還見外？好的，我馬上過來！」

王若歆說完，放下電話，趕緊穿上襯衣，穿上褲子，脫掉拖鞋，換上皮鞋，便一路快走，奔唐愛玲的房間裡來。

「若歆，你來！」唐愛玲已經站在房間門前，手把著門，把一副笑臉的王若歆讓進屋裡。

「我離開之後，梁主任不高興了？」唐愛玲關上房門問道。

「沒有！我把他嚴肅地教育了一番，狠摟了他一頓。我說：『梁主任，你一把年紀的人，送禮也不看看對象？這種行為是對唐大姐、唐書記的嚴重褻瀆和不尊重，把唐大姐、唐書記視為占便宜、收錢辦事的貪腐領導。』」

「坐吧！」

隨著唐愛玲的手勢，王若歆自然地坐在桌前的椅子上。

「批評得對！老唐是濱州市的一把手，多少雙眼睛盯著他，我身為市委書記夫人，也同樣有多少雙眼睛在死死地盯著我。我是老唐的家屬，老唐剛剛上任，這梁主任就用這種方式來添堵，我再傻也不能給我們家老唐臉上抹黑不是？你說讓濱州的幹部怎麼看我？若歆，你說我能怎麼答覆他？他在我房間坐了半天，嘮嘮叨叨地說他的事蹟、履歷，我哪管這些呀！臨了出門，把信封往茶几上一擱，沒等我說話就走了！真要命。哎，你狠批他一頓，他怎麼說的？老梁也是奔六的人了，該不會小心眼兒吧？」

「我和老梁說了，別把事情弄得這麼俗！大姐是通情理的人，樂意為別人幫忙、做善事的！」

「說得是。好多人，都說我面善，長得像觀音呢！」

「是！大姐一副慈祥面孔。」

「我這髮型，做得還不錯吧？」唐愛玲歪著頭慢慢地旋轉了一圈身

體，對王若歆打著飛眼問道。

王若歆這才注意到唐愛玲身著寬鬆的白色浴服，原本稍顯肥臃的身材，倒也顯得勻稱。新做的短髮，使人精神很多。

「不錯！確實不錯，這個頭做得值，大姐，你好年輕呀！」

「淨瞎說，大姐都五十多了，還有啥年輕不年輕的！」

「看大姐說的，氣質、風度、韻味兒擺在那呢！」

「真的？」

「那還有假？真的！」

「哈哈！明知道你們男人說假話，但是，聽著吧，心裡舒服受用。我說若歆呀！剛才我洗了澡，忽然感覺這脖子疼得不得了，所以，讓你過來，想辛苦你，給大姐捏幾下！」唐愛玲說完坐到床邊，端著範兒抬頭看著王若歆。

「嗨！就這小事兒，好辦！來大姐，您是坐椅子，還是就坐這床邊？」

「就坐床邊吧！」唐愛玲說完擰了一下身體，把後背衝著王若歆。

王若歆使勁搓了搓手，一雙手便柔軟地按在唐愛玲的脖子上。

「手法重了，說一聲，感覺還好吧？」王若歆輕聲問道。

「挺好的！哎，老梁這人，你瞭解多少？」

「跟老梁沒直接打過交道，不過，聽別人說過不少，老梁人挺老實的，不滑！」

「是！依我看，老梁也是個老實人，沒啥能耐！」

「大姐！火眼金睛！」

「倒不是啥火眼金睛，只是閱人無數。老梁一把年紀了，有想法很正常！」

「在餐廳，老梁說，也沒啥大要求，他想去濱州醫學院等類似單位謀個副職的差事！虛職也成。」

「在房間裡，他說過調整的想法，去高等院校當領導？這個主意好，那裡當然清閒！」

「大姐！我覺得老梁的個人問題，不僅僅是老梁個人的問題，這關係到濱州市幹部隊伍的思想穩定，要是趁著駐京辦撤銷妥善解決一下，對提升唐書記的威信很有幫助！」

「哦，對這件事你是這麼想的？」

「大姐，您看啊，撤銷駐京辦是中央自上而下的舉措，這駐京辦撤銷後幹部得到妥善安置，對於今後的幹部工作也有好的促進作用。否則，大夥會說，這組織上不負責任，是推完了磨殺驢吃！再有類似的工作，會增加工作阻力的。」

「好！不錯，有高度！聽了你這一番話，我也有些透亮兒，我得跟老唐說說。怪不得老唐誇你哪！說王秘書眼睛裡有活兒，腦子裡想事，研究事兒，看事想問題，有高度！」

「大姐，唐書記過獎了！我這也是被唐書記給帶出來的。不研究問題，思想高度不拔高，跟不上節拍呀！大姐，你想啊，這件事如果沒有老梁找過你這件事，那就是純粹的公事，與唐書記不挨一點邊兒。但是眼下，老梁來找過大姐你，又是藉這個機會，所以，我覺得這事就與唐書記的個人威信有關係了。我只是覺得這當秘書的對領導要負責，要凡事用心盡心，不能簡單從事。」

「好啊！若歆，我的好弟弟，你對老唐好！對大姐也好！」

「那當然！這是應該的嘛！咱們是啥緣份，你說是吧？」王若歆手上溫柔地按摩著，嘴上抹著蜜，甜膩膩地說著好聽話。

隨著王若歆兩隻手的動作，唐愛玲嘴裡開始發出輕輕的哼哼聲，「真舒服啊！」唐愛玲忽然一把抓住王若歆的一隻手，順勢一帶，把王若歆拉得坐了在床上，接著便抱住王若歆親了起來，濃烈的香水味道，和唐愛玲擦得鮮紅的嘴唇，刺激著男人的感官。王若歆沒有絲毫猶豫地回應了唐愛玲的摟抱和親吻，兩個人翻滾在床上。

事後，唐愛玲輕咬了一下王若歆的胸脯，用手撫弄著王若歆胸前稀疏的幾根胸毛，臉貼在王若歆的胸前，小聲說道：「我的好弟弟，你太棒了！大姐這麼多年真是白活了！」

　　男女間一旦突破肉體的障礙，相互交流上便進入直白和流暢。

　　王若歆聽了，低頭親了一下唐愛玲的腦門，唐愛玲的一雙水汪汪的老眼睛裡，一半兒是哀怨，一半兒是快活。

　　「天明書記，這方面有問題？」

　　「怎麼說呢？我發現我們結婚二十多年來他在這方面表現好的時候吧，都是在工作職務剛調整之後的那幾個月裡，再過了一段，又沒戲了！哎！對我是帶答不理的。我有時想呀，一個大男人的，不應該呀！我說，你們男人是不是都這倒楣德性！都屬於他媽的政治動物？」唐愛玲的牢騷中帶出一句京腔京韻的國罵來。

　　「大姐，我可不同意你的看法，我就不是政治動物！」

　　「嗦！你呀！你是一隻還沒變成政治動物的政治動物！」唐愛玲用手指點著王若歆的腦門說道。

　　「不會的，若歆自有做人的原則，我絕不會淪為政治動物。」

　　「但願吧！我希望你能把握好自己，活得真實一些。」唐愛玲的語氣充滿了關愛又透著許多的無奈！

　　男女之間一旦突破肉體的障礙，相互交流便直白流暢了，兩個人的談話像是多年的知心朋友。

　　「哈哈！對了！大姐，明天早晨，老梁過來陪咱們吃早餐呢！我回房間睡去吧？」

　　「你真的要走？」唐愛玲的語氣像是對一個多年的情人在說話。

　　「我怕睡過了頭兒，被動！」

　　「親愛的，聽我的！放心睡吧！我安排叫早了！」

　　唐愛玲說著，親了王若歆一口，隨手把床頭櫃上的燈關了。房間的黑暗中，王若歆聽著唐愛玲輕微勻稱的呼吸聲，那是一個此時此刻正準備進入甜蜜夢鄉的快樂幸福的老女人發出的。王若歆心潮起伏難以入眠，今天，算是交私糧嗎？不對！那麼就應該是被偷了私糧？也不對，這是自己順從願意的，男女間的事誰說得清楚？不過，唐愛玲主動在先

倒是真的。不管怎樣，現實情況是一直潔身自好的自己已經下水了，這一點沒有什麼好辯解的。

多年以來，王若歆和武文娟兩個人始終相親相愛地廝守，王若歆對來自外部的情色誘惑堅守著自己的生活原則。可如今，不惑之年的自己，為什麼忽然就這麼輕易地放棄了呢？究竟是什麼原因，難道是對官場的畏懼感？還是自身人性的本來軟弱？不！從飛機上唐愛玲一開始拍擊他的手背開始，他的內心似乎就有了這種預感；那麼婉言拒絕？不！唐愛玲的方式是直接甚至有點強暴式的。拒絕她，把她推開的結果會是什麼？只能使此次出國旅行一路不快，自己只會從此退出現有的圈子，不！他不會把她推開的。這一點，唐愛玲她好像已經知道了他內心深處隱藏的犬儒心理：不拒絕，不抗拒，接受和沉默？她好像已經知道他內心深處隱藏和壓抑了多年的，不！準確地說是封藏多年的發洩情欲的念頭？在王若歆的腦海中，情欲、罪惡、愛情、圈子、職場、規則、權力遊戲的概念交織成一團，他熱烈地論證推理著，他在人性與理性之間不停地掙扎與徘徊中，最後終於昏昏地睡了過去。

三

女人在充當和扮演孩子的母親角色時是理智的，她們的情欲也和男人一樣，熱度一旦釋放，便輕鬆快活地從如饑似渴的窘境中解脫出來。所以，並不是女人善變，尤其是上了年級的女人更是如此。唐愛玲從登上飛往美國的飛機時刻起，似乎便把昨夜那突如其來的那番轟轟烈烈的一夜情忘得一乾二淨，滿腦子都是女兒唐旖旎的事情。王若歆眯著眼，昨天夜裡睡得不實，他感覺有些疲倦，他忍受著耳邊傳來的唐愛玲不停地嘮叨著女兒唐旖旎的故事，他心裡忽然覺得唐愛玲和自己的一夜情真的如西方文化所說的「杯水主義」，自己是被唐愛玲用來解渴的、解決急需的一時困難的。不過，這樣也好，不累，大家看得開些，關係好處。不過，這中間會不會有這樣的因素，唐愛玲顧及自己的領導夫人面子和架子，怕自己擺不正位置。王若歆，你算什麼東西，你真的以為

和領導夫人做了一次愛，從此便成了司湯達筆下《紅與黑》中德瑞那夫人身邊的那位于連了？或者是莫泊桑筆下《漂亮朋友》中的杜洛瓦了？便從此可以肆無忌憚、有恃無恐地對和自己有了一夜情的女人吆五喝六的？王若歆想到這些，心裡慢慢地坦然起來，原來心中壓著的罪惡感、自責感，也開始漸漸地逃遠。

　　大家開心快樂，能咋的？王若歆阿Q般地自我安慰著：「都不吃虧！不損失什麼！是不是？」想著，想著，心裡想通了，疲勞感也消失了，他又找回了自己當秘書角色的感覺：昨天晚上那是王秘書在做愛，不是王若歆在做愛，王秘書你要集中精力，全神貫注，認真聽領導的講話才是。於是，王若歆開始認真聽著唐愛玲講述的唐旖旎的故事，自己還不時地插上幾句話，讓唐愛玲感覺得到自己也是好關心她的寶貝女兒。

　　唐愛玲的簽證探親期是一個月，王若歆是一週的訪美旅遊簽證。喬麗麗和唐旖旎在機場迎接二人的到來，唐愛玲一見女兒，便被唐旖旎給俘擄過去，纏著再也分不開。一切都和王若歆和喬麗麗事先在msn中所預料到的，王若歆單獨住酒店，日程上分頭活動。王若歆其實心裡也明白，這次出國的機會，完全是藉喬麗麗為唐旖旎安排工作的力度所賜，唐天明藉機給王若歆一個出國機會，一是表示感謝，二是想通過王若歆此行再促進一下與喬麗麗的關係。

　　「老同學！總算看見真人兒了！一晃都十幾年了。」王若歆拉著喬麗麗的手說。

　　「怎麼？嚇著了？我是不是老了？」

　　「看你說的，不是說女人四十剛剛開始嘛！」王若歆嘴上如此說，心裡卻另有一番感覺──「喬麗麗臉色晦暗，神情倦怠，說話時中氣不足」。

　　「沒看出來！當了大秘書，會說話了。真的不一樣！」喬麗麗臉上的笑有些澀。

「老同學，光顧了說話，我給你介紹，唐大姐！這位就是我的大學同學，喬麗麗，喬總！」

唐愛玲總算掙脫女兒唐旖旎的俘擄，疾走兩步，來到喬麗麗面前。「啊！早就聽說喬總的芳名，人和名字一樣的漂亮！」

「這是唐夫人！」王若歆補上一句。

「唐夫人好！」喬麗麗拉著唐愛玲的手熱情地說道。

「多虧了喬總幫忙，旖旎才有人照顧！真不知怎麼感謝您才好！」

「感謝啥！見外不是！老同學一句話，我得趕緊辦呀！哈哈！」喬麗麗這番話是在抬王若歆。

唐愛玲絕頂的聰明人聽話聽音，跟著說道：「說得是呢，都是機緣巧合，緣份！喬總，不，我叫你麗麗，好不好妹子？」

「媽——，你可不能叫喬總妹妹，我還叫喬總喬姐呢？」

「瞎說！沒大沒小的！叫阿姨！」

「別！可千萬別叫阿姨，都把我叫老了！」

「對！我也不喜歡別人叫我阿姨！」

「那這樣，咱們各論各的，我也和老同學若歆一樣稱呼您唐大姐！」

「哈哈！有趣！麗麗，我告訴你，唐書記可是給你捎了一份好禮物，你一定喜歡。」

「太客氣了，唐大姐！這怎麼好意思！」

「唉，不是什麼大禮物，一點心意，我告訴你，是專門為女人準備的，是純正的長白山產的蛤蟆油，又叫雪蛤油、林蛙油。」唐愛玲故意壓低了聲音笑著說道。

「這個我當然知道，我是濱州醫保公司的，哈哈！大姐太客氣，這東西很貴的！」

喬麗麗這樣一說，唐愛玲反而來了情緒：「那樣更好，我告訴你麗麗，這種中國林蛙，長白山亞種的輸卵管乾製品，備受明、清醫家推崇。據說清朝時期，哈蟆油就已是被譽為『八珍之首』的上等宮廷貢

品，其滋補營養成分不亞於人參、燕窩、冬蟲夏草什麼的。這種乾品脹發後直接在烹調中使用，非常方便。我告訴你麗麗，這女人呀，就得注意保養，做菜、做粥，補腎益精、養陰潤肺，效果可好了！」唐愛玲似乎覺得只有這樣才能表達出對喬麗麗的感謝之情。

「唐大姐！你太客氣了，這東西我過去吃過，品質好的太少。我的工作太忙，沒耐心，所以，多年沒吃了！」

「看你說的，麗麗，這也是我們家老唐的一點心意，專門找人從黑龍江買了二斤，保證質優純正，你儘管放心用！用完了告訴大姐，我再給你寄。」

喬麗麗當然明白唐愛玲這位市委書記夫人此番用意，場面、情面經驗老道，她是在傳遞一個信息，那就是這份有軟黃金美譽的保健營養禮品的分量。

「那就謝謝大姐和唐書記的美意，我就不和大姐客氣了！」

「這就對了，麗麗！」

「走吧！我先把若歆送到酒店去。旖旎，你帶你媽媽回自己的公寓，咱們晚上到酒店用餐！我要好好歡迎來自祖國的親人！哈哈！」

「謝謝！謝謝！老同學，我和唐大姐成了祖國慰問團了，專門來慰問和看望你這個志願軍戰士！哈哈！」

「哈哈！還是王秘書會說！」唐愛玲給了王若歆一個眼色。

四

酒店咖啡廳臨窗的一個臺位，王若歆和喬麗麗相對而坐，悠閒地品嘗著咖啡，柔和的陽光透過明亮的落地玻璃透進咖啡廳。王若歆此時的心情如同在一個週日的下午同朋友一起喝下午茶一樣，慵懶隨意。

「感謝美國聯合航空公司把我從大洋彼岸送到美利堅合眾國，科技的進步讓我們縮短了距離，簡直不可想像，不太適應，昨天從北京起飛的時候是2月8號12點，今天到了洛杉磯還是8號12點多鐘，哈哈！」

「別忘了，這是美國時間！時差不適應吧？」

「還行！畢竟是第一次出國，提前研究了一番！」

「老同學，這些年你在政府裡，虧了很多呀！」

「說得是，沒辦法。這下好了，這次託老同學的福，沾老同學的光了！」

「話可不能這麼說，機緣巧合，一半一半吧。首先是你自己努力當上濱州市老一的秘書，這很不簡單，有了這個平臺，你的機會會很多很多！」

「那謝謝老同學吉言，不過，老同學也得多幫我才是！」

「那沒啥說的，都是老同學，說啥幫不幫的，太客氣！對了！這次來，唐書記沒有格外囑咐什麼？」

「沒有！只是走的時候，一再說要謝謝你，給旖旎安排得這麼好！」

「老同學，實話和你說，在美國辦事靠的是dollar，沒有美金，寸步難行。嬌生慣養的唐大小姐，來美國留學三年了，口語還結結巴巴的，怎麼可能找到好的工作，想都別想！」喬麗麗說完，抿著嘴直直地看著王若歆。

王若歆有些懵，他心裡隱約知道一點，旖旎的學習狀況。

「老同學，為了唐旖旎花錢了？」王若歆問道。

「我與唐旖旎現在工作的這家證券公司達成協議，除了支付唐旖旎每年三萬美金的工資以外，還要另外支付一萬兩千美金的費用，科目為培訓費！這下明白了？」

「啊！這就是說，老同學每年額外要拿出四萬二千美金來，那等於老同學花大錢白養活唐大公主了？」

「嗨！這算什麼？這不都是為了給你鋪路，為咱們辦事嗎？交朋友還得請客吃頓飯不是？也不能完全說是白養活。」

「真的沒想到！」王若歆感到有些意想不到。

「若歆，現如今給領導辦事，拿著幾百萬的現金上竿子搶著辦，都排不上號，咱們這樣的偏得呢！嘿嘿！哎！老同學，手磨藍山咖啡味道

如何？」

「啊！味道不錯，地道！」王若歆聽了喬麗麗一席話，有些分神，他心裡有些不安起來。「老同學，這麼做！不會讓唐書記犯啥錯誤吧？」

「這話說的，我們也沒讓唐書記徇私枉法、違法腐敗的，我只是讓你知道這件事，心裡有數，適當的時候嘛！啊——，你不妨透露一點。當然，咱們做這件事於私嘛是看你的面子，於公嘛也是想加強一下關係，好關照關照你這位大秘書，對不對！」

喬麗麗的遣詞造句出入進退十分得體，這讓王若歆深深地佩服喬麗麗這位在國外打拚多年的老同學處事的老辣和縝密。

話既然說到這個份上，王若歆這個聰明人心裡明白，喬麗麗所有這些工作都是有的放矢。情歸情，事歸事，商場講利潤，官場講利益，還不都是一個「利」字？想到這裡，王若歆心裡一下子敞亮了許多。

「老同學，咱倆之間沒說的，你有啥事，我能幫上啥忙，儘管說，受人點滴之恩，當以湧泉相報。」

「還是自己老同學！若歆，未來我們合作聯誼的空間很大，眼下，我想讓你幫一個人！」

「誰？」

「創億集團的任信良。」

「創億集團的事我瞭解一些，任信良因為創億集團的案件被關了十個月之後放了，去年市委組織部下了個文，是個待分配的處理決定。好像任信良現在開了個公司在做買賣，我和他沒打過交道！」

「這些我都知道！信良出事之前，我和他通過電子E-mail聯繫過，勸過他！提醒過他！但是，一切都晚了。後來，他成立了一個小公司經商，我和他一直保持著聯繫。任信良是個人才，替人揹了黑鍋，眼下很消沉！所以，我想通過你幫幫他！」

「我一個小秘書怎麼幫他？」

「我有一個大方案，需要些時間進行安排運作，你只要配合我就

行！」

「那沒問題！只要我能辦到的，老同學你一句話，我絕沒有二話。」

「唉！其實也沒什麼，我只是想幫他重新站起來！要求嘛，也不高，只要能重新起用任信良，而且是名正言順地起用。」

「老同學，我知道任信良當過你的經理，但是，你這部下也忒仗義了吧？簡直是女俠嘛！哈哈！」

「沒你說的那麼邪乎！對了！老同學，嫂夫人還在學校教書？」

「她不教書能幹什麼？就像我似的，不當秘書能幹什麼？我們倆可比不上老同學你有本事，可以縱橫商場，劈波斬浪的！」

「看讓你說的！都是命運安排，我倒是打心裡羨慕你和武文娟的生活！」喬麗麗擺擺手說道，話語中透著幾分傷感和落寞。

「對了，老同學，一直不好意思問你的個人生活！老公還是那位加拿大人？」

「早離了！我後來找了個老美，也是離過婚的，在一起過了四年，最後也分手了。嗨！說不上是誰的問題，總之，過不到一塊去！」

「麗麗，你有孩子嗎？」王若歆輕聲問道。

以前郵件來往，王若歆從不涉及喬麗麗的私生活。喬麗麗聽了點點頭。

「男孩？女孩？幾歲了？」

「是個女兒，十二歲了！」喬麗麗說完，拿起手機操作一番，把手機遞給王若歆。

王若歆看到手機螢幕上顯示的是一位眉清目秀的小姑娘。王若歆端詳著，忽然歪著頭，舉得有些不對勁，說道：「嗨！我說老同學，我怎麼看你的寶貝女兒絕對是一個純種的中國人呀！沒有一點混血的味道！乖乖！」

「哈哈，你看得真挺仔細，我的女兒隨母親！」喬麗麗淡淡地回答道。

「那你和女兒一起生活？」

「沒有，女兒和我的父母一起生活在蒙特利爾！我經常回去的！」喬麗麗低頭看著手機螢幕上女兒的照片，頭也不抬地回答，語氣中帶著憂鬱。

「對了，恕老同學直言，我今天一下飛機，一看到你，當時有些吃驚。」

「怎麼？」

「咱們這麼多年沒見面，你的變化太大，昔日美麗活力四射的風采沒了，你的氣色很不好，是不是身體方面不太好？」

「哼，真讓你說著了。是的！我這些年雖然事業上取得了所謂成功，但是卻經歷了兩次失敗的婚姻，去年春天又被診斷出乳腺癌，唉！我對人生有些疲倦了，只有看到孩子的時候，才感到生活有意義。」

王若歆聽著點點頭。

「那你的身體？沒抓緊好好醫治一下？」

「治了，美國的醫療水準比較先進，發現得早，去年春天做了個微創，接受了化療，頭髮掉得厲害，你看我帶著假髮套呢！」

「還真看不出來，你帶著假髮套，我還以為你的頭髮有啥秘招保持得這樣好呢！」

「我這髮套是真髮製成的，所以，逼真一些。」

「老同學，咱們也是人到中年了，健康、親情應該放在第一位，事業可不是拿命換來的。」

「說得是。人到了中年之後，想的問題和年輕時考慮的完全不一樣。年輕的時候過多的是顧忌面子尊嚴，以及情感釋放的感覺，等到中年，人更多的思考和心態卻在於責任和親情、友情，唉——，所以，我想做點事情。」

王若歆聽著點點頭。

「老同學，我回想了一下，細品了一下，總覺得吧，任信良和有些領導幹部截然不同。他這個人很善良，有責任心，有才華，有能力，生

活上有品位，所以，我想幫幫任信良。」

「老同學，你是不是愛上他了？」

「不錯，確實有這方面的原因。」

「好啊！咱們一起努力，把任信良搶回你的身邊！」

「這個嘛！眼下我是沒戲了！任信良自從他妻子石美珍去世後，又和濱州日報社的記者傅彬彬戀上了。我聽任信良的公子任雲飛說，任信良和傅彬彬兩個人是認真的，任信良出事後，傅彬彬仍然和從前一樣愛他。不過，任雲飛覺得傅彬彬太小，好像不太願意接受。」

「這事鬧的，那老同學你打算怎麼辦？」

「先幫任信良翻身吧！其他的，考慮也沒用，男女之間的事要看緣份，看上天安排！」

「老同學，我理解你，你放心，我會盡全力配合幫助任信良的！」

「謝謝若歆！」喬麗麗說完，把視線移向窗外，接著說了一句：「唉！命運折磨人呀！」喬麗麗的眼角閃動著淚光。

五

晚上的歡迎晚宴，喬麗麗安排吃日本料理，這個創意看來是經過喬麗麗精心設計的。

「大姐！美國是個移民國家，融匯了世界各地的文化，中餐在國內天天吃，西餐嘛，美國的西餐也很豐富，這些日子，大姐會天天吃西餐，考慮到大姐不喝酒、晚餐吃得少的習慣，我安排吃日本料理！」

「麗麗！你想得真是周到！太客氣了！」

「應該的！大姐不遠萬里來到美國，為了支援美國人民的社會建設，這是一種什麼精神？這是國際共產主義精神嘛！」

「哎喲！麗麗，你真逗！我都成了白求恩了！」

王若歆打心裡佩服喬麗麗的場面控制力，尤其是下午的一番詳談，使他覺得身在官場、身在商場，處處用心皆學問，事事洞明皆文章。穿著和服、踏著木屐的料理店侍應生，款款地端上托盤，每人面前的托

盤內，是黑色湯盂盛放的熱氣騰騰乳白色的魚湯，魚湯中浮著一條赤黃色花紋的魚。這是喬麗麗為唐愛玲、王若歆的到來而精心準備的日本料理中的名菜──清燉虎豚。王若歆在濱州有一家最有名、最豪華的日本料理店裡吃過這種清燉虎豚，而且聽廚師現場做了介紹。河豚魚的種類很多，在我國分布有幾十種，且其形狀、顏色各不相同。河豚又名氣泡魚，是暖水性海洋底棲魚類，在世界上有二百多種，我國占七十多個品種，在我國各大海區都有分布，個別品種也進入江河產卵繁殖，每年春季是河豚的繁殖季節。其頭圓形，口小，背部黑褐色，腹部白色，鰭常為黃色。虎豚為豚魚中的名貴珍希品種，虎豚全身布滿一道道鮮豔的赤黃色橫紋，非常美麗。中大型河豚魚可長到五十多公分長，以做生魚片為主，而清燉河豚魚則選用鮮活的十五公分左右的小型河豚，加入特製的湯料慢火燉製而成，味道極其鮮美，儘管價格昂貴，但是料理店卻需要就餐顧客提前兩天或一天預訂。

「哎呀！真是賞心悅目！日本料理就是這一點好，不用吃，也能把肚子看飽！哈哈」唐愛玲興致極高，看到了思念中的女兒，這一下午的時間，看來母女親熱得不錯。

「大姐，若歆！歡迎你們的到來！我提前預訂的清燉河豚，算是為你們接風！」

「謝謝！太好了！虧你想得出來！麗麗！」聽唐愛玲的話，說明這河豚宴對於她並不陌生，而且，還是深愛此道。

「大姐！趁熱喝吧！」

「別讓來讓去的！咱們大家一起！」唐愛玲說著，帶頭用湯勺舀了一勺魚湯送入口中，閉著眼睛，品味著：「啊！真是地道！」

「地道就好！喜歡喝，過幾天，咱們再來！」喬麗麗回答道。

幾個人都為精美的湯盂中鮮美的魚湯所誘惑，低頭喝起來。

「麗麗，千萬別！咱們之間可千萬，這東西忒貴！這又是美國！這樣，咱們口味一樣，等你回濱州，我好好招待！說真的，我聽旖旎介紹說，喬總公司實力雄厚，你應該回濱州發展發展，支援家鄉建設嘛！哈

哈！」唐愛玲連吃帶喝了一陣之後，抬起頭，用餐巾紙輕輕沾了一下，抹著鮮豔口紅的嘴唇說道。

「哈哈！謝謝大姐！說到支援家鄉，支援祖國，我們一直在做，只不過是通過我們在香港公司的名義。」

「都投了濱州什麼項目？」

「這些年，我們根據國家發改委發布的資訊資料進行分析，中國和其他經濟發展速度較快的國家一樣，都面臨著能源的危機。可以這樣說，能源項目是個非常值得深研和具有前瞻性的課題，就濱州而言，能源問題尤其是民用能源問題表現尤為突出！」

唐愛玲聽著點點頭。

「大姐一定知道中、俄兩國圍繞天然氣的談判從2006年就已開始，但一直未取得多少進展。當時普京簽署了每年向中國供應八百億立方米天然氣的管道協議，但是雙方未能解決價格分歧。其實，對於這種結果，人們並不感到奇怪。因為在中、俄兩國的民用貿易中，能源是唯一一項俄羅斯有著絕對優勢，而中國又迫切想得到的戰略資源，因此俄羅斯不會輕易放棄運用這個籌碼的機會。事實上，在十幾年來的中、俄能源合作的起伏之中，俄羅斯從來沒有放棄使用能源這個籌碼，而且效果極佳。不過，俄羅斯也亟需像中國這樣的穩定的能源消費大市場，一是市場需求穩定、龐大，二是中國有足夠的實力來付錢。但是，在東亞能源輸出市場問題上，俄羅斯一直對中國抱有疑心，希望通過多元化，比如讓韓國和日本的參與等，來減小對中國一國市場的依賴。」

「你說得太好了！到底是搞經濟、做投資的專家，說起經濟與投資來，國際背景、國際形勢、經濟導向的都是一套一套的。旖旎，你要下功夫向喬總好好學習，守著專家不進步，那才是傻子！麗麗，那你們是打算投資石油、天然氣了？」

「大姐，此言差矣，你聽我接著說。我剛才說中國從俄進口天然氣，其實，中國在現有的能源消費中，對俄羅斯並無太強的依賴。2006年，中國從俄羅斯進口石油一千五百萬噸，算上近幾年的增量，在中國

二億噸的石油進口量中，還占不到百分之十的份額。再以天然氣為例，在中國每年消耗的八百億立方米天然氣中，只有四十億立方米源自進口。這種情況下，俄羅斯的天然氣中國是等得起的。據俄公開的天然氣網絡布局計畫，俄國天然氣公司為將天然氣輸往中國設想了三條路徑，其中兩條從中國東北的黑龍江進入，一條從中國的新疆進入。至於管道的建設，初步計畫俄境內的管線建設將由俄羅斯負責籌資，中國境內的管線建設將由中國自己籌資。」

「我有些糊塗！真是太專業了。」

「別著急！慢慢聽我說。正因為我們國家看到與俄羅斯的天然氣合作需要假以時日，所以，國家就把Liquefied Natural Gas就是液化石油氣，簡稱LNG，列入『十一五』規劃中，中國石油大連LNG項目就是國家『十一五』重點建設項目，已經開工，今後，大連的LNG項目主要通過接收來自澳大利亞、卡達等國家的LNG資源，供給遼寧省等用戶的城市燃氣和工業燃料，替代燃料油、石腦油、汽油、液化石油氣、煤氣等，同時可以開展天然氣下游利用項目建設，建立完整的LNG產業鏈，並開發冷庫、空分、冷能發電、輪胎粉碎等冷能利用，實現經濟、環境和社會效益的有機統一。隨著溫室效應加劇，全球環境保護和汙染減排的呼聲越來越高，都加劇了對清潔能源的需求。天然氣作為清潔能源越來越受到青睞，很多國家都將LNG列為首選燃料，天然氣在能源供應中的比例迅速增加。液化天然氣正以每年約百分之十二的高速增長，成為全球增長最迅猛的能源行業之一。而濱州市是個能源嚴重缺乏和建設布局後勁嚴重不足的城市，抓住了能源建設問題，也就抓住了城市建設發展的命門。大姐你想，能源建設問題是主流，抓住這個主流，圍繞這個中心，會有多少商機？是不是自不待言？」

「太好了！太好了！簡直太精彩了！我們家老唐今天在這裡聽聽就好了，不！讓濱州市黨政一班人好好聽聽你的講座，才對！」唐愛玲鼓著掌說道。

「哎！大姐，您過獎、過獎！我這才從哪到哪呀？差遠了！只不過

鸚鵡學舌而已！真正的高人在濱州呢！」

「這話怎麼說的？」

「大姐，我剛才這些見解和論點，也都是別人點撥的。不瞞您說，對於濱州市能源宏觀建設，以及發掘商機的這些課題，我是得益於我的老領導任信良！」

「任信良？幹啥的？」唐愛玲把目光投向王若歆。

「哦，大姐，您來濱州市的時間短些，任信良是濱州市第一家也是唯一一家上市國有企業——創億股份公司的最後一任法人代表、董事長。2005年底，因為，創億集團公司原董事長劉志恆、總經理曲成文等操縱股票交易，受了牽連，代人受過，揹了黑鍋，讓市檢察院拘了十個月，後來做了不起訴處理，市委組織部做出決定等待另行安排工作。咱們喬總當年就是任信良手下的得力業務幹將，業績突出，被派到國外駐在的。」王若歆在做這番介紹的時候，用餘光瞥了一眼身旁的喬麗麗。

看來喬麗麗對自己這番有關任信良受了牽連、代人受過、揹了黑鍋這幾句評語很滿意。他不由得為喬麗麗的老於世故、計謀之高深而折服。以唐愛玲的聰明程度應該正好符合喬麗麗設局的需要，太聰明容易理解偏，不聰明聽不出話外音又容易誤事，說得太白又容易令人尷尬。

「哦，原來是這樣，聽你這一說，這任信良可是個難得的人才呀！一個國企老總有這樣的高度和見解，確實難得！麗麗，你們國外對國內資訊滿靈通的嘛！」

「現在是啥時候？經濟一體化，經濟資訊瞞不住！除非國家機密！嘿嘿！我覺得國外公司機構有時候接受新資訊的程度，比你們地方政府還快，真的！」

「是啊！是得走出國門，好好學習別人的長處！」

「任信良任總正是基於對國際經濟形勢的分析和研究，敏銳地做出了關於未來濱州市國企改革，尤其是濱州大能源戰略的構想與判斷，我們克拉基金亞州香港公司已經在一年前與濱州的大型國企在溝通接洽。」

「與哪家公司？有進展？」唐愛玲顯得很熱心。

「與濱州市燃氣供熱集團的專案暫時因為體制方面的原因叫停了！濱州能源我們也在接觸，唉！幹事業光有好的項目，沒有合適的人才也是白搭呀！」

「說到體制，我們總在說改革改革，而有些方面的改革要麼慢，要麼縮手縮腳的！」唐愛玲感慨道。

「尤其是在用人方面更是如此。不過，如果和二十年前相比，國內現在已經不錯了，未來肯定會更好的！」

「對！未來肯定會更好。老妹對濱州的未來有信心，我們也有信心，我代表我們家老唐歡迎老妹到濱州投資建設。我以水代酒，祝你們克拉公司興隆發達！」

「謝謝唐大姐！」喬麗麗舉起水杯，邊說邊微笑著。

四個人的水杯共同碰在了一起！

六

聞名世界的美國拉斯維加斯賭城，對於王若歆來說是神祕遙遠的夢境，然而，這次的美國之行，讓曾經的夢境化成了現實。此時此刻，王若歆就置身於籠罩在奇異夜色中的拉斯維加斯賭城中，五彩繽紛的燈光讓他彷彿感到現實中的拉斯維加斯賭城在夜色中有仍然保留著夢一般的感覺，炫耀、刺眼、嘈雜、躁動、興奮，拉斯維加斯賭城是屬於黑夜的，而這個黑夜是被啟動了的黑夜，既有夜晚的黑暗，又有白晝的耀眼炫目，賭城裡所有有生命的個體都在瘋狂地宣洩著。

王若歆非常滿意喬麗麗對自己短暫的美國之行日程的巧妙安排，這種巧妙安排可謂匠心獨具，其巧妙的深意在於，這位老同學似乎窺伺到了自己內心的想法，而這種想法也不便於被故意地擺到臺面上晾曬和理論一番。喬麗麗的所有安排都表現得漫不經心和隨意自然，而這看似漫不經心和隨意自然其實又都源於老同學之間內心的那份默契。

這天晚上，原計畫是喬麗麗說準備陪著王若歆逛逛賭城，但是，喬

麗麗領來了一個人。

「若歆，你看，我把誰領來了？」喬麗麗說完，把身體讓在一邊，把身後的人亮在王若歆的面前。

「王若歆！王秘書，恭喜高升呀！」

「嗨！金秘書，金大社長！是你！」

站在自己面前的，身著筆挺的西裝，挺著滾圓肚子，腦門上閃著油光的正是二年多前和高原副市長一起出逃的華濱（日本）貿易株式會社的社長，高原副市長的前任秘書金光皓，眼下仍被國家公安部通緝中呢。

王若歆心裡驚訝的同時又感到有些矛盾。「哎呀，金秘書，金大社長，你怎麼在這裡？」明知故問地說道。

「好久不見，想老弟了唄！我們若歆老弟，如今高升，當上了濱州市老一的秘書了，恭喜恭喜，我得來蹭杯喜酒喝呢！」金光皓嘻皮笑臉地抓著王若歆的手使勁搖著說道。

「前些日子，喬總和我說到你要來，我說，過去和若歆老弟關係不錯，我得盡盡地主之誼嘛！」

「金秘書客氣！」

當年金光皓給高原副市長當秘書的那些年，兩個人因為工作上的關係沒少打交道。不過，那時候的王若歆只是提供文字材料，提供相關文件資料的一個辦事員，是一百個熱情加服務也不一定換來一個笑臉的小角色，金光皓是常務副市長大秘書，兩個人之間差著很大的臺階。如今，對於金光皓這樣的特殊人物，忽然拉起近乎來，這讓王若歆心裡加了一些小心。

「來，今天的活動，我做東。」

「金秘書，我是撲克、麻將一竅不通的人，就是想參觀一下。」

「我也是這個意思。若歆，你們兩個大男人，又都是秘書幫、秘書系的，一塊兒嘮嘮，休閒一下，我一個女同志領著你進賭城逛遊，你也放不開。另外，我身體有些不舒服，就讓金秘書代勞吧！」

「那好，老同學這幾天總陪著我，耗神，我也覺得不好意思。行，我聽你的，你回去好好休息！」王若歆關心地說道。

「就是的，你的情況我瞭解，咱們不賭，咱們進去走走，看看表演節目也是不錯的，來吧！咱們走累了，找個酒吧喝杯酒這樣總可以吧？」

「若歆，老金就是想和你嘮嘮，彼此今後有個溝通什麼的，也沒什麼事！」喬麗麗在一旁說道。

「那我就不客氣，只好讓金秘書破費了！」

「看你這話說的！跟我走吧！」金光皓笑著說道，親熱地摟著王若歆的肩膀，和喬麗麗分手，兩個人離開了酒店房間。

王若歆跟著金光皓乘車直奔當地最豪華級的賭場——凱薩皇宮。一到了賭場，王若歆震撼了，他感覺自己一下子進入了一個巨大的老虎機的海洋世界，熱鬧嘈雜的場面不亞於大型的農貿市場一般。

「太讓人震撼了！氣勢太大了！」

「怎麼樣？震住了吧？」金光皓看著王若歆臉上的表情笑著拍拍王若歆的肩膀說道。

「老美，就是大器！整啥玩意，都是往大了整！」王若歆一邊看，一邊點著頭。

「小賭為樂，大賭為罪。要不，小賭一把，小玩一下？若歆，好不容易來一回，試試手氣吧，看看運氣，也是不錯的！」金光皓笑瞇瞇地勸道。

「聽我的，小玩一下，就二百美金，我給你換幣去！」金光皓說著掏出錢包來。

王若歆一把拉住金光皓，說道：「金秘書，心意，小老弟領了，咱們到處多轉轉，過過眼癮就行，我這個人終身不賭的，你可別拉我下水！哈哈！」

「要不咱們去看表演吧！」金光皓把嘴湊到王若歆的耳邊說道：

「老弟，脫衣舞表演，嘿嘿！」

「我以為是什麼事呢，那點破事不看也罷！哈哈，咱們到處逛逛，一會兒去酒吧！」

「行！那就聽你的，進了這裡，咱們主隨客便。」金光皓熟門熟路地在王若歆的前邊引著路。

賭城裡的熱鬧並沒有讓王若歆興奮起來，即便一杯一杯地喝著金光皓特意要的白蘭地人頭馬XO，王若歆也沒有感到應有的刺激，相反，王若歆故意眯縫著眼睛，笑嘻嘻地陪著金光皓聊大天，心裡面清醒地琢磨著金光皓和喬麗麗兩人之間的關係。經過幾天的交流，王若歆明白所有這一切的活動安排，都不是憑空隨意的安排，喬麗麗的安排計畫如同一根無形的長長的鏈條在自己的身上不停地盤繞著。原本香氣濃郁的人頭馬XO，在王若歆的嘴裡失去了那獨特的生命之水的活力，讓他感到有一種苦澀辛辣的味道。從落實唐旖旎的工作開始，到唐愛玲的美國之行，再到提拔起用任信良，再到開發濱州市能源產業，以及金光皓的出現，這一系列的精心巧妙的設計安排，喬麗麗像是在下一盤圍棋。這一切讓王若歆對自己的這位昔日的大學女同學徹底地側目相視，原本是想借用一下這位老同學給唐書記辦點私事，以示忠心，以便於進一步靠攏領導的，沒曾想反倒被這位老同學把自己當作了一枚棋子和一張重要的牌，而快意地使用著。

王若歆的心裡忽然感到一種以往從未有過的失敗、恐懼與擔心，他為自己成了顆棋子兒而悲哀可憐，這是一種男人尊嚴與成就的失敗感；他為自己的賴以生存依附的並為之服務的領導唐天明書記擔心。怪不得如今人們總說，官場的風險越來越大，官越大風險也越大。你不犯錯誤，你不想犯錯誤，但是，有些人一門心思地挖坑設井地等著、拉著你去犯錯誤。他們研究你的身體每一個部位，找出其中的痛癢差別與要害之處。他們研究你的親人、親屬祖宗八輩兒。總之，他們要加入到這個群體中來，為的就是接近你。你除非是一塊頑石，刀槍不入。但是，你不可能是一塊頑石，你是一個有血有肉、有感情的生命體，在某些方

面，你甚至還不如一個雞蛋有一個外殼的保護。王若歆覺得從參加工作那天起，黨政機關對制度建設的力度就保持著高壓態勢，可以說是常抓不懈的。以前自己工作接觸的範圍和層次有限，所以沒有意識到高深層面和層次所面臨的外來力量的衝擊和干擾；如今，身在其中了，方才感到這來自商業和社會的外來力量的機智與巧妙，才切身感受到圍繞著尋找和創造政府制度漏洞過程中的這種博弈般的聰明與機智。

蒼蠅不叮無縫的雞蛋，難道說唐書記現在成了個有縫兒的雞蛋？還是自己這個新任的秘書有意或無意地故意給這隻原本完好的雞蛋悄悄地鑽了個細細的孔兒？王若歆在心裡懊惱地糾結思忖著：「自己這位老同學喬麗麗真正的最終目的究竟是要得到什麼呢？唐天明、唐愛玲、唐旖旎，還是任信良，加上自己，不！所有的這一切僅僅是表象而已，所有的人都是喬麗麗的棋子和手中的牌，棋子可以隨時移動和拿掉，而牌可以根據局勢隨意而出，那一枚枚棋子所占據的空間，才是喬麗麗最終要得到的『氣』眼，每一張牌的背後又都是喬麗麗布局的砝碼。難道自己就沒有利用別人？如今的自己不是同樣在利用老同學這個資源，不是也把喬麗麗當作自己仕途官場上的一枚棋子兒嗎？」王若歆想，在這種相互的關係中，喬麗麗對於自己今後的仕途發展究竟是個貴人還是災星呢？

王若歆的耳朵裡此時聽到金光皓嘴裡說著高原副市長的小保姆懷的那個孩子生下來以後如何了，高原副市長說得好，最後辦事不爽快了，走狗奴才下場可憐了等等。

王若歆笑著，輕輕晃動著手中的酒杯，兩隻眼睛瞅著酒杯中那晶瑩透明的琥珀般顏色的白蘭地酒液，裝著醉意濃濃的樣子，打著岔兒說道：「人生如夢呀，生命之水，生命之水呀，法國的干邑，真是名不虛傳呀！」

「若歆，說實在的，論關係，咱們倆過去確實是純工作關係，沒有深交過。我呢，如今又是個通緝犯，按理兒，我不該主動找你，但是，我在國外這兩年，心裡實在憋悶窩囊，越尋思越不得勁，所以，聽喬麗

麗說你要來，我就是想找你說說話，別的真沒啥事兒！」

「看你說的！金秘書，你老哥過去工作上可是沒少還給我笑臉，你有你的情況，和我扯不到一塊去，所以，我們之間交往絕對沒什麼障礙，我不會因為你是通緝犯就看人下菜碟，不理你了。」

「如今時過境遷，現在琢磨琢磨心裡真是覺得沒意思，我們這當秘書的都是一個小棋子兒！」

「後悔了？」

「若歆，我跟你說吧，這當領導的都是自私鬼，最後都是為了自己。」金光皓的話中明顯地帶著對高原副市長的不滿。

「你和高市長沒在一塊兒？」

「開始的時候，一直在一塊的，後來人家覺得咱的使命完成了，自己躲清閒去了，說是陪老婆，狗屁，還不是想甩掉我，真沒勁，也好，各玩各的吧！」

「高市長現在在哪？」

「在加拿大，有大半年沒聯繫了。」

「你沒把家屬帶出來？」

「別提了，當時高市長走得急，我這邊沒敢和家屬說，後來事態發展超出了我的預料，也就跟著領導隨緣吧！不過，如果早知道有一天是準備跑到國外的，我也會做些鋪墊，不至於這麼被動不是？所以，老弟你現在當了市委書記的秘書，先不要說政治的重要性，我勸你也留個心眼，為退路做好準備，要工作生活、機關社會兩個平臺一起搭建，明白嗎，這可是老哥的由衷之言呀！」

「我知道，謝謝你金秘書，我理解你的心情，當一個人被利用完之後，當作閒棋冷子扔到一邊時的感受。不過，事已至此，就該隨緣嘛，只要沒被抓住，就把生活安排好，也別讓自己太苦。」

「你說得是呀！我這人這輩子算是毀了！細心回味一下，就是走錯了路，跟錯了人，辦錯了事呀！」金光皓一臉的憂傷，舉起杯來，將杯中的白蘭地一飲而盡。

「金秘書，慢點喝，人生沒有後悔藥可吃，想開些吧，時機成熟的話要不就回國投案。」

「投案？你讓我投案自首？」

「哎！別急嘛！我也就是順嘴一說，我想你畢竟是跟著領導拎包的，責任又不在你。」

「嗨！責任是不在我，可我是他媽的別人偷驢我拔橛子，再說得恰當點，我是不僅拔橛子，而且連驢都替別人偷回來，你說我傻不傻？」金光皓的眼裡滾動著渾濁的淚水。他掏出手帕擦了擦眼睛，說道：「我出來這麼久了，第一次找人說說心裡話，心裡痛快多了，來！喝酒！」說著給兩個人的酒杯裡一下子加滿了琥珀色的白蘭地。

「若歆，我不叫你『王秘書』，不是我金光皓在你面前擺老資格，你聽大哥一句話，進官場不難，難的是能一路平穩走到底，更難的是急流勇退，功成身退。你看，哪個領導幹部不是在退的問題上出事？」

「老兄說得對，官場身不由己，自己做不了自己的主，要麼前進無望，要麼繼續前進一準出事兒，結果只好想著退路，但是無路可退，所以退國外來了，不是嗎？哈哈！」

「有意思，說得對，逃跑到國外的也都是萬般無奈，但凡有個好結局、好發展的，以這些領導們的智商絕不會去犯讓人看了都明睜眼露的低級錯誤的。」

「做官只是過程，任何領導也靠不住，我想好了，做幾年秘書，然後弄個說閒不閒、說忙不忙的角色，平平淡淡地過到退休就行！」

「你四十不到吧？退休還早呢！」

「早不早的，我是對官位沒啥奢求的，我的前任就是個例子，跟唐書記幹了三年，照樣交流到一般崗位上。」

「明白就好！在中國，伺候人的活兒是押寶賭博、炒股票撞大運，要自己做自己的主，別做政治的犧牲品。」

「金秘書，我這美國之行，遇到昔日的同行，今天晚上，聽了你的這番話語，真是勝讀十年書呀！」

「過譽，我這是有感而發，實踐出經驗教訓嘛！領導們做事不留遺憾，只考慮自己的利益，所以，若歆呀，好好活著，活得輕鬆瀟灑一些，咱也別留遺憾。」

金光皓把頭扭向吧臺方向，王若歆順著金光皓的視線看去，吧臺前，幾個穿著暴露性感的金髮白人女郎，叼著煙捲在扭來扭去地巡視著，四處拋著媚眼。其中一個，大約是接到了金光皓眼神的暗示，扯了一個女伴兒一路扭過來。

「金秘書，我明天回國了，網路方便，今後常聯繫，我回酒店了！」

「別呀！過來了，我安排，開開洋葷。」

「算了，我接受不了，不和你客氣！」王若歆看出金光皓醉生夢死的生活狀況，打定了主意，準備和金光皓告別。

金光皓握住王若歆伸過來的手，注視了一番王若歆，歎了一口氣說道：「好吧！嫖賭自願，我不強拉你。你不比我，你還有美好的明天，我不一樣，玩一天算一天。人生一世，草木一秋。再會，王秘書，祝你前途一帆風順！」

「謝謝！也謝謝你的白蘭地，也祝你心想事成！哈哈」

王若歆和金光皓使勁地握握手，王若歆又禮貌地對站在一邊的兩位白人女郎微微一笑，擺了擺手，瀟灑地轉身離去。

看著王若歆離去的背影，金光皓左摟右擁著兩位白人女郎，臉上充滿了無奈寂寞的苦笑。

因為就在一個多月以前，金光皓收到他曾經的小情人上官亞男寫的信，信中說：性變態的丈夫和她玩性虐遊戲，意外的是，在遊戲中丈夫被她用絲襪勒死了，她不是故意的，她完全是在丈夫嚴厲粗暴的命令下做的，她闖下了大禍。由於婚姻不幸福，整天和一個虐待和被虐待狂生活在一起，度日如年，活著沒意思，所以決定告別這個世界，留下這封信，希望金光皓能照顧一下國內的親人。上官亞男的筆跡潦草，落款處連日期也沒寫。金光皓接到信後，趕緊給日本方面打電話。沒曾想接電

話的是上官亞男丈夫的妹妹。電話中說：上官亞男一個多月前死於煤氣中毒，上官的丈夫是在當天被絲襪勒死的，警方鑑定夫婦兩人的死均屬於自殺。上官亞男那封遺書正是她寄出的。

　　金光皓心裡時常裝著上官亞男這個曾經的小情人，這個農村女孩子，從處女到熟女，完全是經他金光皓一手打造。要不是高原副市長讓他物色好幹事的人，做好除掉蔡澤藩的周密的計畫，他是絕對捨不得賠上屬於自己的女人上官亞男的。

　　上官亞男的一笑一顰，尤其是兩人做愛時，上官亞男在床上的憨憨的嗲聲嗲氣的叫聲，都讓他時不時地想起來。每當那一刻，他便像是吸食了毒品一般，必須閉著眼睛，慢慢地「飄」進那個屬於他與上官亞男的二人世界裡去！兩個人每次約會，都是剛一關上門，上官亞男便猛烈地把他擁抱住，嘴裡一個勁兒地說著心肝、肉、腸子、胃的親熱話。兩個人之間的親吻如同餓狼吃肉一般地撕咬，那似乎不是在相互脫衣而是在相互扒皮。上官亞男每次所表現出的性饑渴狀態讓金光皓感到恐怖，上官亞男那陰水肆虐而滾燙的下體讓金光皓感到刺激和激動，同時還讓他感受到了什麼是真正的熱情。瘋狂過後的上官癱軟地閉著眼睛，那樣子像是想要死去一般。再過一會兒，上官亞男才睜開眼睛，起身點上一支煙，然後躺靠在金光皓的身上，歪著頭慢慢地吞著煙，吐著霧。然而，金光皓現在面對的殘酷現實是：上官亞男死了。這對金光皓的打擊太大了，他還幻想著上官亞男離婚或者能逃出日本與自己重逢，過逍遙日子呢。

　　金光皓與上官亞男時常在固定的時間有電話溝通，他瞭解很多她婚後的生活情況。她的丈夫是個土生土長的北海道男人，比她大十八歲，是個地道的農業戶。這個男人長得矮粗黑胖，煙鬼、酒鬼、賭鬼、色鬼集一身，尤其是讓上官亞男受不了的是，這個老日本男人在性事上屬於能力低下但是還非常好色變態的那種，他喜歡讓上官亞男沒完沒了地口交。他有個習慣，每天早晨一睜眼，拿來當天的報紙，一邊看報，一

邊讓上官亞男跪著為他口交。儘管口交的結果是日本老男人沒啥反應，但是，上官還必須這樣做，否則，迎接上官的是一頓毒打和折磨，這幾乎成了上官亞男每天必需的一項晨早家務工作。老男人什麼時候報紙看完了，上官的晨早家務活兒什麼時候結束。而且，老男人的變態還表現在，有時上官來月經，老男人會讓上官騎坐在他的嘴上，灌他吃月經，灌他喝尿！並且，還要上官對他不停地大聲喊：「你是我的痰盂，你是我的馬桶。」上官亞男看著覺得噁心，不做不行，不說也不行，因為稍有不從，就會遭到這個日本老色鬼、老變態狂的一頓毒打和折磨。

金光皓多次和上官亞男說：「沒想到這個異國婚姻讓你吃了這麼多的苦！離婚吧！到加拿大來！」

但是上官亞男說：「我怎麼走？所有的證件都在他的手裡，我又不敢去報警，因為，當地的警察對這類事說成是家事。」

半年前，上官亞男和他通話時說：「如果她能拿出六百萬日元，對方同意離婚，算是賠他的聘禮，賠他的損失。」

「六百萬日元？小日本發瘋了？要這麼多錢，還講不講理，別忘了，你還陪他睡了一年多呢！」金光皓當時就火冒三丈地對著話筒罵起鬼子來。

上官亞男在電話裡一邊抽泣，一邊唉聲歎氣地說：「唉！沒辦法，誰讓我當初財迷心竅呢，我誰也不怪，我認命了。」

「你放心，不就是五十萬人民幣，八萬美金嘛，給我點時間，我去籌錢，早些離開這個畜生。」金光皓好言安慰道。

然而，這一切徹底結束了。金光皓閉著眼睛，他想像著當時SM遊戲進行的情形：上官亞男在老鬼子的命令下，肉絲襪在黑胖老鬼子的脖子上緊緊地纏了兩道，她騎坐在黑胖老鬼子的身上一面享受高潮帶來的快感，雙手一邊拉緊絲襪，等到仰著頭使勁叫床的上官亞男從高潮的瘋狂極點中反應過來時，身下的老鬼子已經氣斷身亡，眼睛睜得大大的，面孔是恐怖的紫色。

　　謀畫、出逃、被通緝，自從上官亞男死了之後，金光皓一想到真正的幕後主使——高原如今在大洋彼岸逍遙自在，自己就感到做奴才的可悲可憐和後悔。逃離了祖國，舉目無親，連個說知心話的人都沒有，他徹底感到了遊魂孤鬼的滋味，後悔已經晚了。實際上在當年踏入官場跟著高原走錯第一步開始，就註定了今天的結局和下場。他有時想過回國自首，反正都是高原一手指使，但是，自從最後發生了深圳白金龍大酒店的那起謀殺案，情形就變了，他不再是個腐敗案件中的小走卒，他還是個殺人的主謀。上官亞男死了，一切成為了過去的回憶，發生在深圳白金龍大酒店的那起謀殺案，從此死無對證，除非高原和自己主動坦白，再不會有人知道了。王若歆，這個市委書記的秘書，沒準在未來能讓自己的回國之路變得簡單也未嘗可知。看著王若歆離去的背影，金光皓左摟右擁著兩位白人女郎苦笑著若有所思。

第四章
官場上布局網繆是系統工程，
如同春種秋收一般

—

　　王若歆要回國了，在經過安檢時，王若歆衝著前來送行的唐愛玲、喬麗麗、唐旖旎三人擺著手示意。唐愛玲、喬麗麗、唐旖旎三人看王若歆走進候機大廳後，三個人一起向機場外停車場走去。

　　唐愛玲開著玩笑說：「麗麗妹子！若歆在北京大學念書的時候，追沒追過你呀？」

　　「哈哈！我呀，早戀，那時已經和你們北京一主兒正談著呢！王若歆根本沒戲！哈哈！」

　　「我說嘛！你們都是濱州人，看來是你沒給他機會！哈哈！」

　　「大姐，你沒聽王若歆酸溜溜地說我，說我眼睛裡只有成功人士？」

　　「妹子！你還年輕！又漂亮，又有實力的，應該考慮再找一個！」

　　「大姐，這事玄！看緣份，看機遇吧！」

　　「也是！婚姻這事兒可不是搶來的！」

　　三人坐進轎車，喬麗麗和唐愛玲坐在後邊，由唐旖旎開車。

　　「你看！這變化多大？旖旎這才幾天工夫，就會開車了！」

　　「這都是喬總關照、要求的，一開始也不敢！」唐旖旎已經改換了對喬麗麗的稱呼。

　　「學了本事，好好幹，多替你喬總分憂！」

　　「知道了──我的老娘！」唐旖旎發著嗲說道，她打開了車內的

音響。

車內環繞音響中流水般地傾瀉出鄧麗君演唱的歌曲〈南海姑娘〉：

椰風挑動銀浪／夕陽躲雲偷看／看見金色的沙灘上／獨坐一位
美麗的姑娘
眼睛星樣燦爛／眉似新月彎彎穿著一件紅色的紗籠／紅得像她
嘴上的檳榔
她在輕歎／歎那無情郎／想到淚汪汪／濕了紅色紗籠白衣裳
哎呀南海姑娘／何必太過悲傷／年紀輕輕才十六半／舊夢失去
有新侶做伴

唐愛玲也隨著歌曲小聲地哼唱著。「媽，這是喬總最喜歡的歌曲！喬總聽，百聽不厭！」

「是嗎？鄧麗君的歌就是好聽。麗麗妹子，鄧麗君的歌你還喜歡哪幾首？」

「鄧麗君的歌，我除了喜歡這首〈南海姑娘〉，還喜歡她唱的那首〈梅花〉。」

「〈何日君再來〉、〈獨上西樓〉、〈夜來香〉，對還有〈甜蜜蜜〉，也都很好聽的。」

「〈甜蜜蜜〉嘛，還好，那幾首歌曲，我聽著反胃，嘿嘿！太傷感，弄得就像是活不起了似的！」喬麗麗輕輕地擺了擺手說道。

「哈哈，那是！那是！」唐愛玲笑著討好地應和著。

喬麗麗笑笑，不再說話，她閉上了眼睛，假裝休息，隨著帶有桑巴慢搖舞曲風格的歌曲循環播放，腦子裡浮現著任信良的身影。時隔十二年多，任信良的身影、風采在她的心裡依然是那麼清晰，任信良依然是那麼英俊、幹練、成熟、富有男人味兒。喬麗麗儘管藉王若歆的此次美國之行，和這位老同學近距離促膝談心，讓壓抑許久的心情經過釋放舒暢了許多；但是，她仍然感到意猶未盡。王若歆這位昔日的老鄉、同

學，太適合做自己傾訴的觀眾了，而且，是她多年來所尋找的那種非常
值得信賴、能夠產生互動的理想的觀眾。而任信良則不同，如今的任信
良是曾經與自己有過肌膚之親，並且有了生命果實的人，他是自己女兒
的父親，從某種程度上說是自己的親人；況且，任信良眼下是心有所
屬，並且任信良並不知道曾經的那一夜之後又發生了什麼。所以，喬麗
麗心裡的計畫在一廂情願的意識驅動下充滿了糾結和矛盾。

　　喬麗麗每當想起當年自己出國前的經歷，便常常陷入內心痛苦的糾
纏中。儘管如今的喬麗麗已非昔日喬麗麗可比，有美國合法公民身份，
身居大基金投資公司的高管之位，有錢有地位，該享受的、能享受的，
也都享受過，而且還正在享受著，照理沒有不隨心願的；但是，喬麗麗
卻時常覺得，歲月流逝中的這一切變化，就如同一個人從一個汙濁的泳
池中跳入另一個汙濁的泳池一樣，儘管前一個泳池的腥臊氣可以立刻被
洗掉，但是後一個泳池的酸臭味又接著浸染了全身，無論如何換泳池，
都無濟於事，原因是水汙染了，汙濁感與泳池無關。
　　作為女人，喬麗麗清楚地記得自己的第一次性事，那是發生在大學
四年級的盛夏。她的男朋友是他大學同班的同學，家是北京當地的。那
年夏天，男朋友的舅舅一家出國了，讓他負責照看一下房子，就這樣，
在那個炎熱的無處躲藏的夏日裡，喬麗麗和男朋友躲在開著冷氣的別墅
裡享受著二人的世界，一對青年戀人，一座豪華別墅，一個外邊炎熱內
部清涼的獨立私密的空間，讓兩個人不約而同地進入到一種狀態之中。
男朋友屬於很懂得的那種，他問過喬麗麗的月信期之後，用手指頭動了
幾下，便掐算完畢，沒有任何懸念地毫不猶豫地抱起了沒有反抗只有迎
合的喬麗麗，一路走上二樓的臥室。男朋友溫柔體貼，喬麗麗並沒有感
到太多的疼痛，相反，因為男朋友能把握住射精的時節，讓喬麗麗在初
次嘗試性生活的時候，便感受到了高潮的快感。喬麗麗在高潮來臨的那
一刻，痛快地、深深地、狠狠地咬著男朋友的肩膀。幾次沒有任何防護
的性生活過後，喬麗麗心裡總是不踏實。於是，有一天自己一個人去了

醫院做了個全面的婦科檢查，檢查結果讓喬麗麗大吃一驚。醫生告訴她，她的輸卵管位置不太好，堵塞不通，婚後會影響生育。醫生說她的情況並不嚴重，以現在的介入式技術，婚前及時治療，再配合治療多運動，是沒有問題的！喬麗麗也像所有被愛情沖昏了頭腦的女人一樣，智商急劇下降，竟然把這個結果告訴了男朋友。男朋友一聽，轉著兩個滴溜溜的黑眼珠子，狡黠地「嘿嘿」一笑說：「麗麗，這不是太好了嗎？省得咱們去買避孕套了！」說著，便把喬麗麗壓倒在床上。就這樣，一直待了一個夏天。當男朋友已經順利地找到工作上班之後，喬麗麗才發覺屬於自己的所謂愛情仍然很遙遠。好在沒有什麼死去活來的心痛與傷悲，喬麗麗平靜地與男朋友分手，回到了濱州，通過親屬的介紹進入濱州醫藥保健品進出口公司。

大概是骨子裡的好強和愛情的失敗，使得喬麗麗在工作上越加超出常人地努力，短短幾年的時間，便當上生化業務科的科長，生意場上的歷練，也讓喬麗麗成熟了很多，尤其是接人待物、人情往來，處關係、辦私事方面的能力大有見長。作為一個家境平平的大學生，要在市外貿企業裡立足，還要想出人頭地，無異於是個夢想，這點道理對早熟的喬麗麗來說她清楚得很。早熟讓喬麗麗比同齡人或者比自己年紀稍大一些的人，更多了幾分與人打交道的智慧，她明白，在市外貿企業裡立足，並且出人頭地這個夢想要想變為現實，除非借助於公司老總的青睞，否則只能是癡人做夢。所以，喬麗麗當時就暗中瞄準了公司的老總劉志恆。她用盡心計地利用業務上的關係和機會盡可能自然巧妙地接近劉志恆，她每次出差、出國都想著給劉志恆總經理買上一份小禮物，像名牌鑰匙包、腰帶、領帶之類的，或者是當地的土特產茶葉、糖果、巧克力、食品、保健品什麼的，每次她又是把話斟酌得讓劉志恆喜笑顏開，在氣氛極佳的氛圍裡收下這些東西。

「小喬啊，業務是生活，生活也是業務，你肯動腦筋，善於琢磨，外貿公司就需要你這樣能幹的！」

「謝謝！劉總多栽培，我從校門直接進公司的門，也是用心摸索著

幹，還得劉總多幫我！」

「好說！好說！」劉志恆轉業後在公司業務員面前喜歡把架子端得穩穩的，他既要做到口出哲言，指導於民，又要做到娓娓道來，貼近群眾。不過劉志恆有一點喬麗麗心裡清楚，劉志恆似乎特別有意給員工們留下一種對本單位的女性敬而遠之的印象。喬麗麗幾年的努力和積累，保持著與劉志恆的比較通暢的上下級關係，但是，喬麗麗覺得該把自己的想法直接告訴劉志恆，否則，你自己不說，人家領導怎麼知道你內心的想法，又怎麼幫助你成全你呢。雖然大家平時都說，領導英明、明察秋毫的，員工們有什麼思想活動，領導都掌握，但是，儘管如此，當部下的還是應該主動向領導表明心跡，敞開胸懷。於是，在一個靜悄悄的下午，喬麗麗來到劉志恆的辦公室，她把自己的想法和業務發展思路全盤地端了出來：要求公司派自己去外國駐在。這種做法的後果，喬麗麗不是沒想過，這完全近乎於一次賭局，她想到了最壞的結果：從此不得重用，在公司幹不下去，被迫離開公司。但是，有一種結果絕對不會出現，劉志恆不會因為一個員工提出所謂非份的要求而槍斃自己。喬麗麗豁出去了，喬麗麗就是喬麗麗，她管不了那麼許多。富貴險中求，機會賭中取，小心和安穩只能換來貧賤、平淡，但是喬麗麗所需要的是富貴中的安逸，而不是貧賤中的平淡。為了自己的夢想能變為現實，喬麗麗在走進劉志恆的辦公室之前，她調整好了心態，排除了擔心顧慮等意念的干擾，心態平靜地敲門之後，乾脆而且優雅地扭動了劉志恆辦公室的門把手。

劉志恆微笑著聽完喬麗麗的陳述，臉上的表情不僅平靜而且和藹，不大的眼睛看著喬麗麗好像若有所思，他沒有表示可否，反倒岔開話頭和喬麗麗嘮起了家常。

「人在江湖，身處生活之中，每一個人有每一個人的角色呀，工農兵學商官員角色不同，責任地位也不同，但是，有一規矩是一樣的，規矩最重要！」

喬麗麗不住地點頭。

「小喬啊，你就是聰明懂事兒的女孩，不僅聰明懂事兒還懂規矩，咱們的周國臣主任常常教導，人關鍵是懂規矩，規矩是門學問，也是一門藝術。」

「廣交會上，周國臣主任見過你，對你們展臺的業務評價很高，對你的印象也很不錯呀！」

「都是劉總領導的結果，我們這業務還不是劉總扶持？」

話主要是劉志恆說得多，喬麗麗靜心地聽。從公司業務到國外生活，從國外的人際交往方式，到國內人與人之間關係，甚至談到歷史文章、文學小說。時間慢慢地流逝，原以為最多二三十分鐘的事，喬麗麗沒想到劉志恆竟然和自己談了近兩個鐘頭的時間。

與劉志恆談完話之後，喬麗麗在回家路上感到一頭的霧水：到了家裡，連飯也顧不得吃，便仔細地回顧和回味了劉志恆和自己說的每一句話。她用文字進行了整理，她在談話中提到的歷史文章、文學小說、市外經委周國臣主任、無規則遊戲等詞句下，用紅筆使勁地畫上了橫線。

喬麗麗像個追求明心見性的苦行僧，她煞費苦心地苦思深悟了幾天之後，忽然間覺得自己似乎已經明白了劉志恆談話的玄機。這次談話中，聽似無關的市外經委周國臣主任才是總經理劉志恆說話內容的重點中的重點，自己提出的出國駐在要求僅僅是個話題而已。如此看來，劉志恆似有意又似無意地向自己傳達一個資訊，周國臣主任對自己感興趣。什麼歷史文章、文學小說、無規則遊戲等等統統都是鋪墊而已。話沒有明說，這話也不能明說，可是作為喬麗麗，她完全聽懂了。一個人一旦思想通了，路線對了，所謂的面子也就可以扔掉了，接下來的只是如何幹的問題了，而不是什麼敢不敢幹的問題！喬麗麗一旦想通，她便開始付諸行動。她知道機會對人來說是平等的，但是機會最後屬於誰，可就是取決於誰的付出能換來機會的青睞了。她在兩天之後給劉志恆的BP機上留言：「為了公司業務的發展，喬麗麗時刻準備著！只要是劉總揮手！」這一條傳呼機留言一旦發出，就意味著喬麗麗接受「規矩」。

又過了些日子，劉志恆把喬麗麗叫到辦公室，鄭重其事地說：「小喬，我為了你的事，可是絞盡腦汁，現在，機會來了！你趕緊回去，好好修飾裝扮一下，你晚上6點鐘，打車到藍島的度假村7號樓，今天晚上我們和周國臣主任見面，成敗在此一舉！我這當領導的，為了部下的進步，也算是盡力了，不成你可千萬別怪我！」

劉志恆的韜略就是這樣，他總是在達到自己目的的同時，才會權衡利弊地考慮順便帶著讓對方上船，而且是讓對方付出相當的代價。

「您放心！劉總，我不會給劉總丟面子的，一定把周主任陪好！」喬麗麗心裡明白，劉志恆這是把別人賣了，還要讓別人說聲「謝謝」的做法，但是，規矩、規則、自己的追求、社會的現實，使她顧不了這些，願打願挨吧。

喬麗麗回到家裡，沐浴更衣、梳洗化妝、著意地打扮了一番，晚上6點整準時趕到藍島度假村的7號樓。

「喬科長，真是年輕有為呀！」周國臣端起酒杯說。

喬麗麗和劉志恆坐成對角線，周國臣坐在圓桌的上賓位置上。

「都是我們劉總領導的結果！」

「哈哈！喬科長會說話！志恆，你這個部下懂事聰明！來咱們乾一杯！」

「歲月不饒人呀！志恆你看，眼瞅著咱們就讓喬科長這荏兒年輕人給擠老了，哈哈。」

「主任說得是，咱們和她們這荏兒人是正經的兩代人！」

「周主任，第一次有機會和主任在一起聚會，這是我們劉總的偏愛，也是我的偏得，主任是我的前輩，主任今後不見外的話，就叫我麗麗好了！我先代表我們領導，單獨敬您一杯！」喬麗麗站起來，走到周國臣主任的身邊。

「哈哈！這樣好！這樣好！麗麗，我聽清楚了，先代表你們領導，

敬我一杯，如果我沒有理解錯，你應該是準備敬我兩杯的，這我可吃不
消！」

　　「嘻嘻！周主任英明，您說得對！是準備敬您兩杯，但是，不是讓
您也喝兩杯。創億藥業的規矩，敬酒的乾杯，被敬的隨意，所以，我喝
兩杯，主任您隨心情！」

　　「主任，喬麗麗表現不俗吧？」劉志恆笑著問道。

　　「不錯！強將手下無弱兵，麗麗有水準，有氣魄！酒品看人品，麗
麗，你先喝！」

　　喬麗麗優雅地舉杯，一揚脖，一杯酒下肚，接著拿過劉志恆面前的
酒杯，又是一揚脖一杯酒下肚。然後，兩隻酒杯倒置地在周國臣面前晃
了一下。

　　「主任，我乾了！」

　　喬麗麗本來就對酒精有一種天然的免疫力，加上到了外貿做生化藥
材生意後與廠家客戶總打交道，所以，迎來送往，商務交流之中，酒量
倍增，白酒、紅酒、啤酒來者不拒。在酒桌上，落落大方，爽快隨意，
不做作，不扭捏。所以，創億藥業的同事們凡是與喬麗麗喝過酒的都說
和喬麗麗喝酒是一種愉快的享受。年過五十的周國臣主任，身材魁梧，
一米八幾的大個子，官場的成功如意，人顯得格外精神十足。加上喬麗
麗的出現與內心的感覺，讓周國臣主任的情緒舒緩並漸漸地高漲起來。

　　「麗麗，表現不賴！我也不能像有些不講究的人，人家女同志高姿
態舉杯全光了，自己卻小心眼兒，斤斤計較地舔一舔！嘿嘿！沒意思！
我也全光了！」一語雙關地說完，舉杯一飲而盡。

　　「哈哈，謝謝主任！還是主任有氣度！」喬麗麗聽著周國臣一語雙
關含著惡俗惡搞的酒桌玩笑，裝著沒聽見似地落座放下酒杯，繼續奉承
地說道。

　　三個人的酒喝得很順暢，情緒都很好。

　　等到白酒喝完，進入紅酒的時候，劉志恆看了一下傳呼機說道：
「主任，看來我要失陪一下，有點急事。太不好意思！」

「沒事！工作要緊。你們這當一把手的，就是事情多，可以理解。」周國臣顯得十分善解人意和隨和，令人覺得沒有一點官架子。

「劉總，你忙吧！我會陪、照顧好主任的！」喬麗麗主動向劉志恆表著決心。

「聽聽！你聽聽！我開始說什麼來著，真是強將手下無弱兵呀！哈哈！」周國臣哈哈笑著說道。

「小喬，我可把咱主任交給你嘍！主任要是喝不好，我可拿你是問！」

「沒問題！劉總，你放心吧！」

「好，有你這話，我放心。主任，你們慢慢喝，多交流交流！小喬，機會難得，你要多請教主任喲！」

「放心吧！頭兒！」喬麗麗的臉上紅撲撲的，前幾杯酒下肚猛了點，上來就喝酒，沒吃啥東西，胃裡空，所以酒精有些上臉。

劉志恆一走，屋子裡靜了許多。

「麗麗，就咱們兩個人，就別分組討論了，來，坐近一些！」

「好的，聽主任的。」

喬麗麗起身把椅子往周國臣面前拉了拉，隨後把餐具、酒杯也移過來。

喬麗麗重新坐好之後，周國臣顯得有些醉意的樣子：「麗麗，今天咱們這個週末喝得比較投入，難得呀！」

「確實難得！感覺和主任喝酒特別地爽！」

「真的？」

「真的！在主任面前，我怎麼敢撒謊？」

「哈哈！來，麗麗，咱們倆單獨爽一個！」說著舉杯湊到喬麗麗的嘴邊，一隻手自然地搭在喬麗麗的肩膀上。

一瞬間，喬麗麗腦子裡反應了一下，她立刻全都明白了，但緊接著，腦子裡便有一個聲音在問自己：「喬麗麗，今天你幹啥來的？」心裡的那個我幾乎不加停頓地立刻回答道：「來陪領導喝酒，陪領導快

樂，讓領導給自己辦事來著！」心裡一問一答之間，喬麗麗歪著頭看了周國臣一眼，不，確切地說是飄了個飛眼兒過去。

然後，喬麗麗低頭張嘴把周國臣舉在自己面前的酒吮吸而盡，然後，笑嘻嘻地說道：「主任別耍賴！您也得喝！」

「嘿嘿！嘿嘿！我喝！我當然喝！」周國臣笑著說道。

喬麗麗半倚半靠地端起酒杯順勢把酒灌進了周國臣的嘴裡。

周國臣和喬麗麗兩個人又喝了一瓶紅酒，然後像是約定好的一樣，周國臣一手摟著喬麗麗，一手拿著西服，兩個人晃晃悠悠地來到樓上的客房。周國臣走路時的晃悠看來是有意的，進了屋子，隨手使勁把門一關，一把扯掉脖子上的領帶，順勢往沙發上一扔，穩穩地走到喬麗麗的面前，一彎腰一抬頭之間，便把喬麗麗抱起來。

「小美人，浪漫嗎？」

喬麗麗沒回答，只是斜著眼睛笑著。

「哈哈！小美人，還會鼓勵人呐！」

周國臣抱著喬麗麗，幾步來到床前，一下子把喬麗麗拋起落入彈力十足的大席夢思床上。

周國臣這個情場上的老手，非常嫻熟地把握著男女性愛的前戲節奏，不急不躁，滿有情調的，這讓很久沒有和男人交媾以釋放那隱藏在身心深處處於睡眠狀態的那股能量的喬麗麗得到一種非常快樂的享受。伴隨著這種享受，多巴胺物質通過喬麗麗大腦下垂體的分泌腺不斷地釋放出來。周國臣儘管五十已過，但是，不失男人的風度和魅力。喬麗麗覺得這次的性活動在心理上並沒有什麼令自己不快的，她反而在那一刻明白和理解了為什麼那麼多的年輕的女孩子偏偏要找老男人的原因。周國臣的身體狀況也不錯，表現得很勇猛。

事後，周國臣色迷迷地湊在喬麗麗的耳邊問道：「怎麼樣？小美人，我這位老同志表現還不錯吧？是不是雄風猶在呀！」

喬麗麗點點頭，說道：「主任，真沒想到！你就像三十來歲的年輕

人似的！」

「嘿嘿！天吶！小美人你真會誇我！我呀！小美人，我是咱們村新來的老牛官！哈哈！哈哈！」周國臣受到床上性夥伴的熱情鼓勵，激動快樂地說道。

自從和周國臣有了肉體上的交往開始，喬麗麗覺得事情順了很多，她成了周國臣招之即來，揮之即去，既懂事又招人喜歡的女朋友，但是，絕不是情人關係。因為，喬麗麗憑著女人的直覺和敏感知道像她這樣與周國臣有關係的女人絕不在少數。她不吃醋，她個人的目的非常明確。於是，有一天，周國臣就喬麗麗出國駐在工作的事和她攤牌，前提是出國前替周國臣完成一項任務。喬麗麗很高興，正式的交換就要開始了，周國臣給自己安排一項任務很正常，這種交換的機會可是花錢也買不著，上趕著送禮，有時人家也不一定理你。但是，喬麗麗壓根也沒想到周國臣給自己安排的任務會是讓自己去陪任信良。

所以，當她靜靜地看著雜誌等著那人出現，而推門進來的人卻是任信良時，她當時的心裡也是「咯噔」一下！不過，她保持著表情的自然和鎮靜。當任信良進了大洗浴間裡時，她的心裡才平穩片刻。任信良，她太熟悉了，同在一個公司，任信良還是她的直接領導，業務上幾乎天天打交道，個人關係相處得沒說的。任信良人長得又很帥，位居公司的副總，喬麗麗對此不僅並沒覺得牴觸，反而有一種強烈的渴望。她對官場上深層次的事基本不瞭解，對為什麼要讓自己和任信良發生關係，她的心裡只是畫著問號而已。她盼著與周國臣之間交換交易的儘快成功，所以，在她的心裡對大洗浴間裡的任信良產生了一種迫切的要求。在這種心態之中，對於任信良會如何看賤自己，喬麗麗已經完全不計較了。

等到那天她和任信良一起洗鴛鴦浴，一起上床時，她才有些明白官場上的規則和遊戲的深奧，以及周國臣的真正意圖。不過，她不關心這些，作為女人，作為一個和男人上床的女人，她喜歡作為男人的任信良那份真誠、羞澀。事後每每回想起任信良故意裝出的那副玩世不恭的墮

落樣子，喬麗麗心裡便暗暗地發笑，越覺得任信良可愛得有趣，有趣得可愛，總也忘不掉。

　　曾經滄海難為水，過去的成為記憶，人不可能重新回到從前，但是，人有能力選擇今後，不是嗎？自己正在努力地一步一步地改變著，不！是努力地創造著。男人和女人到了中年，思考的已不單純是情欲，相對於家庭和孩子來說，中年人更多的考量是責任與義務。娜娜的乖巧和美麗，無時無刻不讓自己想到任信良。女兒像爸爸，尤其是女兒娜娜淘氣時露著壞笑的模樣，更讓喬麗麗想到任信良。任信良這個只與自己有過一夜歡情的男人，不！確切地說只有二個多小時的歡愉，然而正是這二個多小時的歡愉，讓喬麗麗她有了身孕。喬麗麗是在出國後發現自己懷孕的，對於一個醫院確診難以懷孕的女人，而忽然卻有了身孕，這意味著什麼？憑著女人的直覺感到這是冥冥之中這是上帝的安排和賜予。她的文化修養和國外的文化習俗氛圍，使得喬麗麗在經過一陣迷亂的思考之後，毅然決然地做出了當未婚媽媽的決定。經過正常的分娩，女兒誕生了。看著懷中哺乳的女兒，伴隨著女兒哺乳的一吮一吸，她的心也在一緊一緊的。她實在太疼愛女兒了，喬麗麗真心地相信這是上帝專門賜予她的恩典。她有時看著熟睡中的可愛女兒，就覺得女兒是上帝專門郵給自己的一封信，為此，她要仔細地珍藏著。所以，當朋友們後來給她介紹男朋友時，喬麗麗第一個要求或者說條件就是男方必須喜歡並接納自己的女兒，否則免談。

　　喬麗麗多年前看過諾貝爾文學獎獲得者托妮·莫里森的小說《寵兒》，小說中的女主人公塞絲因為要躲開農奴主的追趕，不想使自己的女兒淪為奴隸，而親手殺死了自己襁褓中的女兒。結果十八年後，女兒陰魂不散，反覆地前來折磨她。這個小說的故事，讓喬麗麗大為不解，她簡直無法理解和無法容忍這個親手殺死自己女兒的女人，她覺得縱使有天大的理由，作為一個母親也不能對自己的孩子下毒手。孩子真的是上帝的賜予，是活生生的生命，生命絕不是濫愛縱欲的結果。所謂的愛

只有通過對生命的呵護才能延續和傳遞下去，這才能稱得上真愛；所謂
的善只有通過對生命施予和捨得行為，才能稱得上真善

　　喬麗麗覺得，自從有了女兒，特別是隨著女兒的一天天長大，她
覺得自己的生命從此不再僅僅屬於自己，自己是在為另一個生命──女
兒娜娜而活著。尤其是當去年的春天她被檢查出乳腺癌晚期時，最初的
幾天，她的腦子裡一片空白，但是，最後，她還是想到了娜娜。為了給
娜娜一個完整的愛，讓娜娜的一生沒有遺憾，所以，她要盡一個母親的
所能所有。當喬麗麗心裡產生幫助任信良重返國企、恢復工作職務的
時候，她深深地知道，自己計畫中的所作所為，對於不知內情的任信良而
言，任信良只會把這一切的幫助和援手當作一位好朋友、好同事的熱心幫
忙，而絕不會聯想到男女方面的那種深層次的關係。但是即便如此，這
種幫助和機會對於任信良的事業而言實在是太重要了：可想而不可遇，
可遇而不可求。如今大幕拉開，一切都已經悄然有序地各就各位了。

　　想到這裡，喬麗麗心情愉快美美地睜開眼，打起精神頭兒，主動和
唐愛玲就落實政策讓任信良重新工作的話題嘮起嗑兒來。

二

　　王若歆回國後的當天晚上，就和武文娟一起帶著從美國捎回來的特
產禮物，悄悄地去了李田野部長家裡。王若歆此次美國之行，買了五隻
美國產的女式天美時（Timex）機械錶。

　　武文娟戴著新買的天美時錶，一進門就攬著李部長的愛人柳豔燕
說：「嫂子，若歆這次去美國，真會買東西，你、我和小艾一人一塊
Timex。」

　　「若歆，看你！好不容易出一趟國，買這麼貴重東西？」柳豔燕客
套道。

　　「嫂子！這Timex牌子不算貴，特有名。Timex石英電子運動系列
的是世界銷量第一的手錶品牌，被稱之為『一百五十年創新不斷的領導

品牌』。我給你們三位女士買的是傳統機械型的，大家做個紀念！嘿嘿！」

「來了，若歆！快進屋，你打了電話之後，你嫂子剛準備的普洱老茶！咱們倆到書房嘮嘮，讓女同志單獨聊吧！」李田野站在客廳口笑容可掬，和藹地招呼著王若歆。

「老師好！」王若歆自然地鞠了一躬，一邊換著拖鞋，一邊說：「老師，這是美國的一點特產，開心果、大杏仁兒、深海魚油、維生素營養化妝品啥的，送給你和嫂子！還有給您專門買的藍山咖啡！」王若歆說完，把手中的口袋轉身遞給柳豔燕。

「哈哈！謝謝！來，若歆！」李田野表現出的對於王若歆的到來的那種熱情、那種神情像一位老師對待有著多年深厚情意的學生一般。柳豔燕和武文娟在一邊拉著手親熱著。

李田野的書房安靜幽雅，房間兩邊是整齊莊重的實木書櫃。不大的書房中央專門擺放了一套藤製的座椅：兩把藤椅，一副精巧的方形藤茶几。

「坐吧！若歆！有什麼新鮮的事，說來聽聽！哈哈！」李田野坐下後，一邊往茶壺裡投茶，一邊自言自語道：「這塊兒餅還是你嫂子十五年前去雲南出差的時候買回來的，正宗的易武正山野生老樹大葉種，當時才十塊錢一塊。幾塊餅買回來，當時生澀苦得很，就扔到一邊去了！我是個不講究的人，這幾年呀，普洱茶熱炒起來，多少瞭解了一點茶葉常識，搬了兩次家，幾塊餅找不著了！沒想到讓你大嫂前幾天給翻騰了出來，裏在一個破報紙裡，打開一喝，嗨！綿軟醇厚、回甘韻長，那叫一個大家風範，看來這老茶確實有講究呀！」李田野沉浸在自己無意收藏的幾塊生茶轉化成熟的喜悅和甜蜜之中。

「老師喜歡喝普洱了，這好辦，學生也喜歡喝茶，只是還不太懂，等學生給老師淘弄幾塊好的來！」

「別！千萬別！你沒研究過，別上當受騙。別的不說，我這塊七兩的十五年以上的易武正山老樹生餅，現在，市場上已經炒到三千塊一個

餅了！你說離譜不離譜？胡鬧嘛！咱可別花那個冤枉錢，這茶葉就是喝的，別當真！有了就喝，沒有不喝！」

「老師，您的這番話透著哲理，老師修煉的心境就是既脫俗又入化，無牽無掛的！」

「人生在世，用心很重要，如何留心更重要。看得開，放得下，自在、隨緣。所有的一切都是身外之物，都是為人民服務的東西。明白了這一點，人就活的有方向，才能不犯或少犯低級的錯誤。」

「老師說得對！人不能成為物質的奴隸，應該是精神和物質主人！」

「說得對，來！喝茶！前些日子，我看一篇小文章，裡面說了個幽默小笑話──個記者採訪一位喝了一輩子茶又對茶據說很有研究的老先生，小記者大談茶文化、茶歷史，說了半天，老先生問小記者：『說了半天說完了吧？』小記者點點頭。老先生問：『這茶是幹什麼的？』小記者說：『是用來品的。不是常說：一泡湯，二泡茶，三泡、四泡是精華，五泡、六泡清香在！』老先生擺擺手說：『錯了，茶是用來解渴的！』哈哈，所以，我忽有所感，還專門寫了一篇這方面的體會文章，等我轉發給你，是關於茶道方面的。」

「哈哈，有意思，謝謝！那我可要好好拜讀老師的佳作！」

「哪裡，談不上什麼佳作。怎麼樣？味道如何呀？」

「好喝！對了，解渴！哈哈！感覺真的太好了！」王若歆順勢用了李田野剛說的幽默故事，有意地隱瞞了自己對普洱茶的研究。

「嘿嘿！光說好不行，要說出好在什麼地方、如何好才行。若歆，你看這茶青！」李田野打開紫砂壺蓋，用茶針挑起壺裡的茶葉，「典型的龍牙鳳尖。你看這長長的葉子，又粗又長又嫩的梗子，純粹的野生大樹茶青。」看到王若歆臉上表露的有些不明白的神情，李田野接著說道：「正宗的雲南普洱特徵就是龍牙鳳尖，也稱一槍配兩葉，一片大葉，兩小片嫩葉，一個長梗，而且，只有大樹老樹的茶青梗子才能這樣長而嫩，普通的臺地茶青，長不成這樣，如果也這樣，那就變成木本化了！」

「啊！如果老師不說，還真不知這裡面的學問，這茶真的好喝，嗓子滑滑的、甜甜的。」

「哈哈！這就是回甘！怎麼樣？美國之行還好吧？」

「第一次出國！就是時間短點！」

「對呀！沒出過國，出國也是蜻蜓點水，難免呀！浮皮潦草，起不到出國的目的！」

「老師說得對！怎麼著也得需要半個月，也好讓人體驗得深些不是？這可倒好，像趕集一般！」

「出去一下，總比不出去強嘛！這次唐大姐還滿意吧？」

「滿意！太滿意了！我的老同學太夠意思了！老師，我跟您說，我的老同學喬麗麗為了安排婿旎，每年額外拿出了四萬兩千美金來呢！」

「哦？有這事兒？那這麼說，等於讓人家白養了？」

王若歆點點頭。

「嗨！也難怪，現在數孩子問題最重要。何市長的女兒從省政協調來，前些日子調整為東港區的團委書記，結果招來一番議論，說什麼現在的領導幹部安排子女走曲線救國路線，把子女都往『共青婦』（工會、共青團、婦聯的簡稱）安排。實際上如果咱們淡定地想想，這也都是在情理之中的，天下哪個父母不為子女操心呀？你看！唐書記這不就是個生動的例子嗎？對了！你那位老同學這麼賣力，不會有啥想法吧？」

「還是老師英明！哈哈！沒想法是不正常的，想法肯定有的！老同學和唐愛玲說了！」

「是哪方面的事？」

「一是準備讓任信良恢復工作，落實政策；二是在濱州進行投資建設，參與能源產業這方面。老同學所在的國際克拉基金公司亞洲香港分公司，已經在濱州市悄悄地運作很長時間了。」

「是嗎？提到任信良，任信良的問題和情況可是比較複雜。唐書記來得晚些，任信良的處理，唐書記根本不瞭解，如果咱們唐書記真的打

算辦這件事，我還真得替唐書記事先好好設計設計呢，你這個資訊太重要了！」

「老師說得對！老同學讓我無論如何幫幫任信良，她所介紹的情況，連唐大姐都說，任信良真是少有的人才和高人。老同學求我做的具體工作是把任信良下一步寫的關於濱州市能源發展戰略及國有企業整合的報告，直接交給唐書記，事先做些鋪墊工作。」

「這倒是個方案，但是，需要些時間來運作呀，可急不得。」

「喬麗麗也是這麼說，說要花點時間，運作得自然一些。」

「這就對了嘛！你這個老同學有腦子，這件事你這麼辦，等任信良的調研報告出來，先不管真的假的，你複印兩份，一份直接交給組織部，先讓我做做作業，然後再報唐書記。」

「老師，我明白您的意思，你放心，我按您說的辦！」

王若歆說完，又把北京轉機途中，梁忠田送美金，被唐愛玲拒付，以及王若歆對唐愛玲的一番話重新複述了一遍，但是，省去了最後收下梁忠田的美金的事。

「老師，我覺得這也是一個情況，畢竟涉及幹部調整問題！」

「若歆，你成熟了，你考慮得對，分析對，唐愛玲做得也對，你對唐愛玲說的話，說得更是恰到好處。駐京辦馬上就要撤銷了，老梁的工作調整，會給一些幹部的心理帶來影響，這是個契機，掌握得好，無疑於在不經意間，提升老一的政治威信，增加幹部們對濱州市新班子的信任；反之，弄不好，老梁也不是個省油的燈。我特別瞭解他，小聰明，小心眼，實際上笨得讓人著急；表面誠懇老實，實際上私心很重，一旦個人問題沒有解決到位，他很可能藉唐愛玲大做文章，胡說八道，詆毀唐書記！」

「老師分析得太深刻了，老梁確實不是省油的燈，不僅私心重，而且還不精明，容易添亂。老師不愧是專門做領導幹部工作，分析得太深，官場政治的學問實在是太大了！」王若歆感慨道。

「其實呀，人的問題才最大，人的學問才最深。我們自己很想簡

單，但是人不簡單呀，社會就這樣，我們也沒辦法！只能逼迫自己虛點，柔點，複雜一點。」

「說實在的，有時候覺得一個幹部幹了二三十年的，個人有點想法也是可以理解的，只是——」王若歆猶豫了沒有接著往下說。

「一個幹部有想法是正常的，沒想法才是極不正常的，問題是如何正確對待和處理這些想法，這才是問題的關鍵。就以老梁這個問題來說，駐京辦這麼多年來做的工作，有可以擺到桌面上的，有不能擺到桌面上的，總之，是些穿針引線、跑前跑後的差事，好人不願意幹，賴人又幹不到好處，就是這樣一個角色，一幹十幾年，臨了，辦事處撤了，心裡能是啥滋味？卸磨殺驢？飛鳥盡，良弓藏？這一類的心態肯定有，換了誰都一樣的。做幹部工作要善於換位思維，去體察幹部內心深層次的感受才行。」

「老師！要是老梁能聽到部長這一番理解人、體貼人的話，我想一定非常欣慰的。找機會，我一定和老梁說說！」

李田野擺擺手。「那倒不必，把幹部工作做到家，做到位，做細，做透，是我這個組織部長應盡的責任，這就算是對市委書記負責了，哈哈！」

三

第二天王若歆到了班上，在自己的電腦郵箱裡，收到了李田野部長的郵件，點擊一看，還真是一篇挺大篇幅的有關茶道方面的文章，題目是〈品悟茶道助修行〉，王若歆趕緊認真地閱讀起來：

　　道無處不在，處處都在，古往今來的大智慧修行者所以用心於生活，體道於吃喝拉撒之中，並由此延及生活中的每一個行業、每個方面。人活在世上，由生到老到死，是個漸進的過程，古往今來的大智慧修行者，除了性命雙修的靜功修行以外，往往都在生活中選擇一兩項諸如：琴棋書畫、經卷研閱、

著書立說、課徒傳教、參佛禮神、遊歷山水、品茗小酌、術算勘輿、行醫施藥、武藝拳術、好友論道、花鳥魚蟲等等自己喜歡的技藝和愛好，當作修行過程中怡情怡性、靜心養氣、變化氣質、收心煉己的道器而加以利用和善用，以此促進功業道行。因此說，大修行者是熱愛生活的，是回歸自然的、生機盎然富於樂趣的，並非局外人所說死氣沉沉、不近人情，不食人間煙火的。

　　以我本人的業餘生活為例，我從小喜歡喝茶，並喜歡與飲茶相關的事物。隨著年齡的增長，品茶年頭長了，與飲茶有關的文章和書籍讀得多了，有關茶道方面的知識也豐富起來，總算對中國的茶和世界的茶葉有了一些親身的瞭解體驗和比較。當然喝茶的檔次也在逐漸提高、所喝茶葉的品種也逐漸增多。儘管中國的、世界的名茶我品嘗得非常多，但是若真的論起茶來，我仍然不敢說自己懂茶，因為關於飲茶的學問太深厚了。所以，我每每把自己定位於一個愛茶之人。幾十年來，我在品茗鑑賞中，在對茶道的感悟中，慢慢地接受著茶的滋潤，感受著茶的韻味，慢慢地加深著對茶道的認識。綠茶的清香、靚麗，清純、淡雅；青茶的醇厚甘鮮，回甘悠久，音韻獨特；紅茶的紅豔透明，鮮紅明亮，滋味醇厚，回味雋永；普洱茶的濃豔馥郁，優雅醇香、蕩氣回甘，凝重順滑；黑茶的紅濃、醇和，爽滑、回甘，陳香濃郁。不同的茶氣、茶味帶給了我不同的感受。茶葉作為世界三大飲料（茶葉、咖啡、可可）之一，在中國有著幾千年的茶葉種植歷史和茶葉飲用文化。茶葉與中國人的生活息息相關。百姓居家生活開門的首七件事──柴米油鹽醬醋茶。喝茶雖說排在七件生活必需大事的最後一件，但也足以說明茶葉在中國人生活中的重要性。中國人飲茶思源，以茶待客，以茶會友，以茶聯誼，以茶育人，以茶代酒，以茶健身，以茶入詩，以茶入藝，以茶入畫，以茶起舞，以茶歌吟，

以茶興文，以茶興農，以茶促貿，以茶致富；修佛者以茶明性，以茶參禪；修道者，以茶入道，以茶助行；從而形成了中國獨特的茶道、茶文化。

中國的茶道源自中國道家，至今已有數千年的歷史，茶道之說早在千年以前就有了文字和詩歌的記載。品茶論道、悟道、修道是道家修煉者修身養性、體悟大道真諦的方便法門之一。它通過以茶悟道、以茶修道、茶道一體的有機結合，將茶之藝、茶之德、茶之理、茶之情、茶之學融合為一體，以飲茶、品茶為手段的修行法門，以「靜、和、真、怡」為核心內容的茶道總綱。「人能常清靜，天地悉皆歸。」靜為道之本，一個「靜」字大如天，靜是靈魂，修真就是追求一個真靜。靜是和之體，和為靜之用。有了靜與和構成的身心，才能去追求道之真源，才能享受到茶道帶來的怡情怡性的美感和樂趣。佛教的興盛，茶被佛家賦予了更豐富的佛家修行的理念。佛教以苦為「苦、集、滅、道」四諦之首，而茶性本苦，苦後有甘。藥聖李時珍在《本草綱目》中說：「茶苦而寒，陰中之陰，最能降火，火為百病，火清則上清矣。」（李時珍在這裡所說的茶性是指未經加工的茶，也即生茶。後人為調和茶性，以利養生、治病，於是出現了以發酵為手段生產的，適宜人們需要和喜愛的茶葉產品。）所以，佛家的修行者們通過品茶來品悟人生，修習佛法，參悟「苦」之諦。佛家茶道在道家茶道的基礎上，進一步豐富和發展，形成了要求飲茶者在品茶的過程中追求「放下、靜定、平等、自在」具有佛家方便特點的茶道，也就是今天我們常講的「茶禪一味」、「味味一味」、「無味之味」。茶室也因此被賦予了用於修行的道場涵義，而受到人們的禮敬。唐朝中期，被後人譽為「茶聖」的陸羽在道友僧人皎然的幫助下，完成了著作《茶經》三卷，真正使飲茶由藥用、飲用轉變為品飲，使得飲茶由一種習慣、愛好、生理需求昇華

為文化、修養和境界，為品茶修道推波助瀾，為茶道體系的完備奠定了理論基礎，使得茶道大行天下，王公貴族莫不以此為風雅時尚。

對中國茶文化的貢獻僅次於陸羽，被稱為茶界「亞聖」的皎然，在其所作〈飲茶歌誚崔石使君〉一詩中，集中地表達了他對茶學的高深見解，詩云：

> 越人遺我剡溪茗，採得金芽爨金鼎。素瓷雪色飄沫香，何似諸仙瓊蕊漿。一飲滌昏昧，情思爽朗滿天地；再飲清我神，忽如飛雨灑輕塵；三飲便得道，何須苦心破煩惱。此物清高世莫知，世人飲酒多自欺。愁看畢卓甕間夜，笑向陶潛籬下時。崔侯啜之意不已，狂歌一曲驚人耳。孰知茶道全爾真，唯有丹丘得如此。

全詩主旨藉讚譽名茶，表達飲茶的獨特感受：「滌昏昧」、「清我神」，於「三飲」品茶之中「得道」、「破煩惱」。皎然的「三飲論」與唐朝詩人盧仝的「七碗茶論：一碗喉吻潤；兩碗破孤悶；三碗搜枯腸，唯有文字五千卷；四碗發輕汗，平生不平事，盡向毛孔散；五碗肌骨清；六碗通仙靈；七碗吃不得也，唯覺兩腋習習清風生……」有異曲同工之妙。皎然在他的茶詩中首次使用「茶道」一詞，對茶文化底蘊的追求顯然已進入更深層次。飲茶感受的不僅僅是口腹之欲，還有更重要、更高層次的功能，那就是通過飲茶追求更寬廣的精神世界，讓你在飲茶之中神清氣爽，體輕身清，飄然欲仙。

茶道的盛行，使茶道的功效不再是修道者的專利，飲茶的意趣更受到大眾普通人的接受和歡迎。達官貴人，文人雅士紛紛作詩撰文，詠茶賦茶。如唐朝末期著名人物劉貞亮對茶事有著獨到的見解，提出了著名的「茶有十德說」：「（1）以茶散

鬱氣，（2）以茶驅睡氣；（3）以茶養生氣，（4）以茶除病氣；（5）以茶利禮仁；（6）以茶表敬意；（7）以茶嘗滋味；（8）以茶養身體，（9）以茶可行道；（10）以茶可雅志。」豐富和發展了陸羽《茶經》中「精行儉德之人，若熱渴、凝悶、腦疼、目澀、四肢煩、百節不舒，聊四五啜，與醍醐甘露抗衡也」的籠統「茶德」觀點。

　　唐朝以後，北宋皇帝趙佶、明朝皇帝朱權等更是以帝王的身份大力提倡茶道。趙佶在〈大觀茶論〉中說常飲茶可以「祛襟滌滯，致清導和」而達到「沖淡閒潔，韻高致靜」的境界。朱權則在〈茶譜〉中直接說到以茶悟道可以「探虛玄而參造化，清心神而出塵表」。茶道發展至此，已絕非買點好茶便端杯送飲這般簡單。品茶論道，品茶悟道，品茶修道，飲茶品茗，已經遠離了茶葉本身的物質實質，而進入了形而上的精神層次的證悟。這就是中國的茶道，一門屬於東方藝術的文化。

　　從中國各地不同的地理環境、飲食習慣以及人文特點所形成的形式不同的飲茶習俗，的確可以說是文化現象或者是一門獨特的藝術。然而，如果把茶道僅僅理解成文化或藝術，顯然無法全面詮釋「茶道」中「道」的哲學內涵，更無法體會古人在品茶中那種：「探虛玄而參造化，清心神而出塵表」的精神境界。因此，中國茶道除了自身的文化特徵和藝術歸屬外，更是一門意境深遠的哲學，表現了中國道家先師數千年來修煉的思想積澱。茶道作為道家修煉的法門之一，它表現出來的四大理念：天人合一、物我融合（兩忘）的哲學基礎；智者樂水、仁者樂山的人文思考；澀中品滑、苦盡甘來的審美訴求；道法自然、韻高致靜的哲學體悟。這四大理念相輔相成，又互相依存，共同支撐著「以茶修道，以茶悟道，以茶證道」的哲學大廈。

　　中國茶道即人道，它體現了道家哲人的氣質神韻；同時又在茶味、茶湯、茶色的變化中，體悟茶藝本身陰陽互根、動

靜互易的大道規律。在目視其形、鼻聞其香、口品其味的氣、味、神的變化中，體會物我同根、應目會心、隨想妙得的體會，從而使修道者得到精神上的昇華。身心形得到了陶冶，成為中國道家養生長壽的重要組成部分。

中國茶道歷經數千年的發展，自先秦到魏、晉、南北朝的奠基，到唐、宋、元、明、清得到極大的發展，又經古茶馬古道傳往東南亞乃至全世界，如今已經成為世界三大飲料之首。尤其是到了今天，經現代科學研究證明，飲茶作為一種飲料，不但能使大多數人喜愛和接受，而且還有其他飲料所不能及的養生保健作用。

除此以外，中國人的飲茶習俗，除了其本身的文化和藝術內涵以外，的確還有著一定的治療作用。以茶治病的事例在中國歷代的中藥古方中有許多記載。如：清代趙學敏在《本草綱目拾遺》中就指出：「普洱茶能治百病，如肚漲、受寒，用茶膏薑湯發散，出汗即癒；口破喉損、受熱疼痛，用茶膏五分嚥口過夜即癒；受暑、搽破皮者，研敷立癒；茶水味苦、性刻，解油膩，祛肉毒，枯澀，逐痰下氣，刮腸通泄，消食化痰，消胃生津，功力尤大也。」書中還提到：「治瘡痛化膿，年久不癒，用普洱茶隔夜腐後敷洗患處，神效」。《普劑方》中記載：「治大便下血，臍腹作痛、裡急重症及酒毒，用普洱茶半斤碾末，百藥煎五個共碾細末，每服兩錢，米湯引下，日兩服」等。《滇南見聞錄》中記載：「其茶能消食理氣，去積滯，散風寒，最為有益之物。」《驗方新編》中記載：「治傷風、頭痛、鼻塞，用普洱茶三錢，蔥白三莖，煎湯熱服，蓋被臥，出熱汗癒。」唐朝陳藏器更在《本草拾遺》中指出：「諸藥為各病之藥，茶為萬病之藥。」而被譽為「中國醫聖」的李時珍早在《本草綱目》中就提到：「茶體輕浮，採摘之時芽蘗初萌，正得春發之氣。味雖苦而氣則薄，乃陰中之陽，可升可

降。」可見我們的祖先對於茶葉的藥用、保健作用，早有研究，積累了豐富的經驗。現代科學研究分析發現了茶葉中含有幾百種化學物質，尤其是茶葉中的咖啡鹼、茶鹼、可可鹼、兒茶素、黃酮類、多種維生素、蛋白質以及鈣、磷、鐵、碘、鎂、鉬、銅、錳等人體必需的微量元素，這些成分對人體極為有利，因此也得出了經常飲茶，對保健極為有益的結論。茶中有禪，禪茶一味。佛教僧眾坐禪飲茶始於晉代，至唐興盛。唐代茶聖陸羽曾在寺院學習烹茶術近十年，其所著《茶經》所記載「煎茶法」就源於叢林（僧眾常聚之所）：開元年間，靈巖寺大興禪教，學禪，夜不許寐，只准僧人飲茶。僧人自備茶葉，隨處煮茶「終使僧人飲茶成風」甚至達到「唯茶是求」的境界。由於寺廟崇尚種茶，因此就把佛家精義與飲茶融為一體，「茶佛不分家」、「茶禪一味」、「茶禪一位」即由於此。唐代產生的「禪茶一味」禪林法語與「吃茶去」的佛家機鋒有著深層關聯。關於「吃茶去」這一公案，源自唐時名僧從諗，時人稱其「趙州古佛」。有一遊僧新至趙州禪院，從諗禪師問道：「曾到過此間嗎？」僧答：「曾到過。」禪師道：「吃茶去。」來一僧又問，又答：「不曾到。」禪師又道：「吃茶去。」院主問趙州禪師：「為什麼到也說『吃茶去』，不曾到也說『吃茶去』？」禪師馬上回說：「你也『吃茶去』。」趙州禪師的「吃茶去」機鋒得到眾僧的喝彩，從此，「茶禪一位」廣泛流傳，飯後三碗茶成為禪寺的和尚家風。自古至今，禪師們講究喝茶，他們並不因渴而飲，而是以茶顯露禪機，所謂由「吃茶去！」而得悟大道。道家飲茶與佛家飲茶異曲而同工，另有一番特色。道家人飲茶尤重自然品味，唾棄世俗熱心於名利之人形而上學華而不實的品茶之風；視茶為天賜給道家修行者的瓊漿仙露，飲茶提神不嗜睡，有益於體道悟道，增添功力和道行，忘卻紅塵之煩惱，享受逍遙自在的精神

樂趣。道家修真南宗白五祖玉蟾在〈水調歌頭‧詠茶〉一詞中
寫道：

> 二月一番雨，昨夜一聲雷。
> 槍旗爭展，建溪春色占先魁。
> 採取枝頭雀舌，帶露和煙搗碎，煉作紫金堆。
> 碾破春無限，飛起綠塵埃。
> 汲新泉，烹活火，試將來，放下兔毫甌子，滋味舌頭回。
> 喚醒青州從事，戰退睡魔百萬，夢不到陽臺。
> 兩腋清風起，我欲上蓬萊。

　　茶的藥用經神農發現解毒作用後，歷代醫家又有了很大的
發展。唐李績、蘇恭《新修本草》論茶葉說：「下氣消食，作
飲，加茱萸、蔥、薑良。」唐陳藏器《本草拾遺》說：「茶為
萬病之藥」，「破熱氣、除瘴氣，利大小腸」。宋陳承《本草
別說》中講道：「治傷暑，合醋治泄瀉甚效。」元王好古《湯
液本草》中說：「清頭目，兼治中風昏憒，多睡不醒。」明李
時珍《本草綱目》說：「濃煎，吐風熱痰涎。」李士材《本草
圖解》說：「清頭目，醒睡眠，解炙爆毒、酒毒，消署，同薑
治。」茶的藥用功能散見於古代著名醫家的醫學經論之中，其
中清代著名醫家王士雄所撰《隨息居飲食譜》所載茶功用言簡
意賅，論述精錬，深受本人推崇。王士雄在其所著《隨息居飲
食譜‧水飲類》中對茶的功能是這樣表述的：微苦微甘而涼。
清心神，醒睡除煩；涼肝膽，滌熱消痰；肅肺胃，明目解渴，
不渴者勿飲。以春採色青，炒焙得法，收藏不洩氣者良。色
紅者已經蒸盦（[an]），失其清滌之性，不能解渴，易成停飲
也。普洱產者，味重力峻，善吐風痰，消肉食。凡暑穢痧氣，
腹痛，干霍亂、痢疾等症初起，飲之則癒。」總結歸納茶葉的

藥用和養生的功能大致有以下諸項：利水下氣、除困醒神、清心除煩、明目清腦、止渴生津、清熱解毒、滌熱降火、祛痰清肺、通便止痢、消暑除悶、消食化膩、祛風解表、除口臭、堅牙齒、怡情怡性等。正因為茶葉有如此多的好處，所以，中國素來有飲茶可以延年益壽的美談。

茶的豐富功能使茶成為中國人的驕傲，民族的自尊、自信和自豪。飲茶可以思源。近年來颳起的「普洱茶風」，被現代文化人引以為時尚，南方有嘉木，天下重普洱。喝熟茶，品生茶，藏老茶，在玩茶者中形成一股風氣。

品茶韻，為茶葉分類，按理說用不著後人再多費口舌。中國地域廣泛，西南地區作為茶葉的原產地，由於地域的原因，以及加工工藝的不同，在幾千年的漫長演變中，形成了不同地域、不同特色的茶葉產品。茶葉是用來喝的，它是消費品，它同煙、酒、藥、食品等生活日用品一樣，是供人消費的。各地不同的茶葉產品中都有精工細作的佳品和分等級的主導產品。即使精品茶葉再昂貴，也不會如同金玉古玩一般供人們永久保存，所以，作為茶葉消費者和茶葉收藏者應該拂去人為在茶葉產品身上的神祕面紗。以茶葉分類來說，一直以來眾說紛紜，有以顏色論者，有以地域論者，有以加工工藝論者，有以形態論者等等。以顏色論者把中國的茶葉分為：綠、青、白、黃、紅、黑六大類。以加工工藝論者：把中國的茶葉分為：生茶（非發酵、綠茶）、輕發酵茶、半發酵茶、全發酵茶、後發酵茶。生茶主要是各類綠茶、白茶等非發酵茶葉。輕發酵茶代表茶品有黃茶。半發酵茶主要是烏龍系列，分為閩、粵、臺、桂四大路。全發酵茶主要是指紅茶、黑茶兩大類，其中紅茶著名的品種有安徽祁門紅茶、福建小種正山紅茶、滇紅茶、川紅茶四大主要品種；斯里蘭卡、印度、英國生產的紅茶產品應該說源流在中國，其紅茶茶葉風格、味道與中國的四大紅茶品種

有共通之處，別有一番風味特色。普洱茶主要產於我國雲南瀾滄江流域的西雙版納、思茅、臨滄等地，以當地獨有的大葉種茶為原料，經過當地特殊工藝加工而成，因為集散於古普洱府一帶，而得名普洱茶；由於古時交通不便，在悠悠萬里的茶馬古道上，獨特的氣候條件，優質的雲南大葉茶經過自然發酵、後熟、加工製成了團、餅、磚、坨等狀，便於儲存、保質、運輸，年代越長品質越高、價格也越貴的普洱茶。後發酵茶是中國雲南的茶葉在特殊的地理環境下，在獨特的氣候環境下，因為交通的不便，在特殊的運輸條件導致茶葉在漫長的運輸途中產生的非故意人為的自然後期發酵現象，是不經意的錯誤中產生的意外良好的收穫。由於過去邊銷的茶葉馬幫多從雲南普洱出發，所以，有了「普茶」、「普洱茶」之稱。所以說真正的普洱茶概念是採用雲南大葉種茶青，茶青在自然的條件下經過非人工的自然轉化，由生變熟的茶葉。但是，今天的普洱茶自上個世紀70年代開始，採用烘青的辦法進行殺青，雖然烘青與曬青的目的都是為了終止茶青的氧化過程，但是，經過曬青的茶青所保留的自然活性物質相對於烘青工藝的茶青而言要多得多。我們今天所買到的出自烘青工藝的生茶餅，即使貯藏再多的年份，也難以達到理想的自然熟化的效果，因此要選擇雲南大葉種的曬青茶，千萬不能購買摻有蒸青和烘青的普洱茶。否則五年、十年之後，便是一堆廢品。當然，也就別談什麼保值增值、奢談品飲普洱茶的甘、醇、順、滑、活、厚、漿的滋味和陳韻了。而經人工渥堆快速發酵工藝生產的熟茶，孤陋寡聞者由於對中國地區的黑茶沒有品飲的對比和鑑賞，還自得其樂地以為自己所喝者乃傳統意義的普洱茶，殊不知實際上僅僅是在品飲雲南生產的黑茶而已。從某種角度可以這樣說，現代普洱茶中的熟茶已經成為了一種雲南生產的黑茶系列產品，與廣西、湖南、湖北、四川生產的黑茶沒有質的區別，都是經過渥

堆噴水全發酵的茶葉，將其稱為「普洱黑茶」更為貼切。所以說，品飲一杯地道的通過真正的曬青工藝的生茶經過自然非人工轉化成熟的普洱茶，對於今天的玩茶者們來說已然是一種難得的享受和奢望了。所以，我們今天買茶、存茶、泡（煮）茶、品茶就應該具備一顆平常心，學會買茶、存茶、泡（煮）茶、品茶。尤其是品茶的四個重要環節：一看（看茶湯色澤），二聞（聞茶的香型氣味），三嘗（品嘗茶湯的口感），四評（評判葉底色澤形態），更要用心領會和比較學習。飲茶時讓身心在品茶中回歸於自然狀態，在輕鬆忘我的意境中，專注、安靜得到安逸、安樂的美感。因為在我們按照茶道藝術的要求去品茶的同時，我們本身已經進入了不修而自修的悟道過程中，這也許正是中國茶道的魅力所在。正如同正宗的普洱茶採天地之正氣，集歲月之磨練，得自然之造化而成茶中之智者一般，於時光的流逝中受益，於歲月的洗禮中受惠。普洱茶緩慢的成熟藝術，與道家修真的自然純真法旨悄然暗合，這就是真正普洱茶的靈魂實質。非獨普洱茶如此，中國各地茶葉的採集、製作、貯藏，都遵循天時、地利與人相合的道理。品飲綠茶有如感受青春的美麗，品飲青茶（烏龍鐵觀音）有如感受壯年的驃悍和憨實，品飲黑茶有如體味人到中年的厚重與成熟，品飲陳茶我們更能體會到人生的苦澀中的回甘。趙州和尚一句「吃茶去」成為千古禪宗佳話，更是禪機畢露，大顯修真本色，茶道之內涵豐富大手哉，深矣！

王若歆讀著文章，心裡佩服，李部長真是博學專精，這喝茶都喝到這個份上了，也太高深了，看來自己也得深入補課，否則，這層次上怎麼快速提高？這當秘書為首長服務的就得像過去老師課堂上所說的那樣，要交給學生一碗水，老師就得事先備好一缸水的道理是一樣的，說不準哪一天，唐書記茶興大發，品玩起茶道來，這當秘書的現學現賣怎麼來得及呢？

　　讀完了李部長的文章，王若歆少不得回覆一封讀後感。想到此番出國買了兩盒哥倫比亞咖啡，帶到辦公室，準備買個濾過式咖啡機，沒事的時候也優雅地品嘗一杯，或者招待客人，增添一番情調，這看了李田野的文章之後，立時改變了主意，他決定和領導的嗜好合上拍，把咖啡立刻送人，咖啡機從此也不用買了。他忽然想起上次葉揚送了自己一個休閒健身卡，所以他想到把從美國帶回的一盒哥倫比亞咖啡送給葉揚，體現一下禮尚往來應該不錯。讓王若歆沒想到，葉揚在電話裡連聲地謝謝推辭，說自己喜歡喝雲南的普洱茶，喝福建的岩茶，不喜歡喝咖啡這種外國的洋玩意；告訴王若歆別客氣，留著自己喝吧；並且說，如果王秘書喜歡喝咖啡，今後會給王若歆弄些世界頂級的咖啡嘗嘗，保準你王若歆連想都沒過，包括產自印尼蘇門答臘島的麝香貓咖啡，比藍山咖啡強一百倍！

　　王若歆聽著葉揚說著蘇門答臘島上經過麝香貓體內發酵排泄後產生的咖啡豆，想像著電話那頭葉揚身臨其境的樣子，心裡更是一陣一陣地說不出來的失落感。心裡說：「媽的，幸虧沒有先和葉揚說自己喜歡喝咖啡，否則，露怯得會更嚴重。」

　　王若歆聽葉揚說完，「嘿嘿」一笑說：「自己也沒有喝咖啡的習慣，也是特別喜歡喝茶，送咖啡給老兄是為了表示自己出國回來的一點心意。」

　　葉揚那邊一聽王若歆喜歡喝茶，興致更高了，說：「正巧，一個小兄弟剛在市委對面開了一個茶莊──紫源茶舍，最近正尋摸著做點普洱茶方面的生意呢。我看呀，這事你幫幫忙，個別關係協調一下，有時候只須打個電話就行，具體跑腿兒的事兒由我那小兄弟去辦，到時候分成少不了你的。」

　　王若歆回答說：「這事簡單，舉手之勞嘛。但是，說好了，別講什麼分成，到時候給準備幾塊陳年老茶餅，品品，送送人就行。」

　　葉揚那邊連說：「這個簡單，自然的，少不了有好茶喝的。這一半天就找時間到紫源茶舍品品茶，嘮嘮。」

葉揚上次化解職工上訪的事做得很不錯，這讓王若歆感受到葉揚這樣的國企老總的聰明和機智，所以，心裡邊覺得自己在機關裡占著一個大服務員的臨時角色，多和葉揚這樣的企業家老闆交往好處多多，所以，就應下了葉揚說的推銷茶葉的事。

四

王若歆的美國之行，有好幾件事對他來說是有生以來的第一次。然而，在這些有生以來的第一次事情中，最讓王若歆內心感到彆扭、愧疚，時不時備受罪惡感折磨的，當屬他與唐愛玲的一夜情。從美國回來之後，王若歆每天見到唐天明書記時，他就總覺得心裡不得勁，彆扭得要命。他明白，這是心中有愧，做了對不起人的賊事兒，感到不安的結果。所以，當一個多月之後，王若歆得知唐愛玲返回濱州時，心裡著實地緊張了一陣。但是，該面對的還要面對。王若歆坐著唐書記的車，到了機場，和司機呂建設忙著拎行李，熱情地噓寒問暖，像什麼事兒都沒發生似的。

上了車，王若歆沒話找話地對唐愛玲說：「大姐一路勞累，可要倒倒時差，在濱州好好休息幾天。」

唐愛玲說：「我沒那福氣，還準備急著回省城上班呢！」

唐愛玲這樣一說，倒讓王若歆輕鬆了許多。

唐愛玲回國了，轉天是週末，唐書記由司機呂建設開車把他送回省城家裡。日子就這麼一天一天地過去，唐愛玲沒有打電話過來，王若歆自己不想、也不可能主動想給唐愛玲打電話。慢慢地，王若歆還真的把和唐愛玲之間發生的那件事給忘了，這讓王若歆覺得輕鬆自在了許多，見到唐書記心裡也不再有那種愧疚和不安的感覺了。

這天王若歆正在自己的辦公室辦公，忽然接到一個短信：「若歆，給省城家裡回電話，我有話說，大姐！」王若歆一看號碼，知道是唐愛玲打來的。心想：「領導夫人辦事就是穩妥，人家不直接打電話，免得

遇見不方便的事。」王若歆心想：「會有什麼事呢？」他關上辦公室的門，又在裡面把門反鎖上，這才撥通了唐書記在省城的宅電。

「大姐！你好！有啥事？」

「若歆呀！沒啥事，就不興打個電話？這麼長時間了，我就等著你的電話，你卻連個聲兒也沒有！」唐愛玲的話裡明顯帶著埋怨和不滿。

「不是的！大姐，我是擔心，我是怕，我是為唐書記想。」

「擔心什麼？怕什麼？若歆呀，你真的不想大姐？」

「看大姐說的，我能不想嘛！」王若歆說著假話應付著。

「告訴我，你都怎麼想？」

「大姐，我日以繼夜、夜以繼日地想！嘿嘿！」王若歆恢復了鎮定，嘴裡的假話順溜了許多。

「淨瞎說，什麼日呀、夜呀的，沒見到你一點實際行動。省城到濱州滿打滿算就二個半小時的路程，怎麼著，你也能抽空跑一趟來看看大姐。撒謊！沒良心的！」

「大姐，我的好大姐，我總覺得這讓別人戴綠帽子，心裡對不住唐書記。」

「哦！你心裡不安是為這個？若歆，我告訴你，你那個唐書記只要有官兒帽子戴，他才不管別人再給他戴什麼綠帽子、黑帽子、白帽子呢！」電話那頭的唐愛玲聲音挺高，停了片刻：「你在聽嗎？」

「我在聽，大姐！」

「給你說正經事兒，濱州經濟技術先導區不是開始建了嘛！」

「是的！沒錯，報紙電視臺最近正報導，這可是唐書記和何市長重點抓的規劃建設項目。」

「這我知道，濱州經濟技術先導區的建設專案挺多，眼下市裡邊正在籌備建設單位的招投標工作，喬麗麗喬總的公司首先準備投資興建十個地下液化石油氣的儲存罐。」

王若歆一聽，知道唐愛玲和喬麗麗之間又溝通了許多。那十個地下大型儲存罐每個容積十萬立方米，可以說是未來濱州市市民生活的保

障，是重中之重的工程，馬虎不得。想到這裡，王若歆心裡立刻明白，唐愛玲電話的目的絕不是簡單的男女私情。

果不然，唐愛玲說道：「若歆呀！我的一位河北老鄉是專門從事建築行業的，規模挺大，這些年幹了不少的優質工程，所以，這次來省城，這兩天跟我合計，讓我幫著引薦引薦。這事兒，我不方便直接跟老唐說，你明白嗎？」

「大姐，這我明白，需要我做什麼，你儘管說！」

「我說嘛，還是若歆心疼大姐。我是這樣想的，我這老鄉做了這些年，路子都很熟，規矩也非常懂，尤其是像這樣的重點工程，資質、規模都得夠入局的條件才行，咱們只管引薦引薦。我的意思是，你和他在一塊嘮嘮，把情況和關係捋捋，最後把他需要認識的人，幫著約約，剩下的都讓他去做好了！你看怎麼樣？」

「行！沒問題，我聽大姐的！」

「那好！那你就抓緊時間來省城一趟，我讓他候著你。到時候大姐在家裡給你做好吃的！」

「這些我都聽大姐的。但是，大姐，我走不開呀！唐書記事兒多，公事都是明擺著，不好請假呀！」

「若歆，你真笨！誰家沒個紅白喜事兒的，編嘛！留著腦子幹嘛用的？虧你還是堂堂的市委書記的大秘書！」唐愛玲的話中明顯帶著不滿、焦急和期待。

王若歆拿著話筒想了想，說道：「大姐，要麼，這樣辦，我就說我堂兄的兒子結婚，我這當叔叔的必須參加，這樣的話，估計唐書記一準給假！」

「對嘛！事在人為，今天是週一，明天或後天，我等你！」

「明白！我這就去找唐書記，事情定下後，我給大姐電話！」

王若歆和唐愛玲互道了再見之後，王若歆便找唐書記請假。

唐天明和藹地說：「若歆，這北邊人兒嘛，禮兒重，講究多，結婚

慶祝宴請兩天的很正常，咱們也得隨俗不是，既然是自家親戚，人家考慮你的工作，隨你的方便任選一天，我看好事就趕個早，送禮送個巧，你明天去，住一天，還顯得重視！」

「謝謝！唐書記的理解，我都不好意思，正是您忙的節骨眼上，我這為私事請假，您看！」

「哎，別這樣說，我在省裡工作這些年，耳薰目染的，我很理解，去準備一下吧！」

「好的！謝謝唐書記！回頭給您捎喜糖來！」

按照唐愛玲的計畫安排，王若歆在中午前趕到省城。唐愛玲開著一輛銀灰色的馬自達小車已經在長途汽車站出口迎候了，唐愛玲看見王若歆從出口出來，一擺手，王若歆便拎著包快步趕緊走過來，直接上了車，坐在副駕駛的位置上。

唐愛玲開著車，穩重嚴肅又不失親切：「長途客車還舒服吧？」

「舒服！挺寬鬆的，比坐小車舒服！」

「是啊！自己開車出來，緊張疲勞，帶著個司機又不方便，這多好，坐長客寬鬆自由，還有大姐接站！」

「說得是！關鍵是大姐接站是獨一無二的！嘿嘿！」

「中午，大姐給你包餃子吃。大姐包的餃子，是大姐到瀋陽出差，瀋陽的老邊餃子店掌勺師傅傳授給我的調餡方法，不外傳的！」

「那我得好好品嘗品嘗大姐的手藝！」

「吃完餃子，休息休息，晚上6點約了我的老鄉李官火，李官火在頂峰海鮮坊宴請你，專門為你接風！」

「頂峰海鮮坊，我聽說是省城最貴的酒店？」

「管他哪！李官火有得是錢！人家可不是一般的個體戶。」

兩個人說著話，車一路開到省委家屬樓院。省委常委們都是獨立的別墅樓，大院門口有武警戰士負責站崗警衛。大院內林木繁茂，寬敞靜謐。正是中午時間，大院內看不著人影，小松鼠竟然在路中間逗留，看

著轎車開到跟前，才調皮地一下子竄到路邊的草叢裡。

「大姐，這裡環境真好！生態和諧呀！哈哈！連松鼠都不怕人！」

「是！這松鼠多得是，早晨一出門，都在家門口轉悠，像小寵物，可愛極了！」

「領導們的住宅環境真是太好了！」

「還行！我和我們家老唐過了這麼些年，唯一讓我感到滿意的就是這套宅子，所以，他去了濱州當書記，我沒同意搬家！」唐愛玲說著，把車停好。

「請進！老弟，參觀一下你們書記的小家吧！」唐愛玲打開門，把王若歆讓進家裡。

「啊！不錯！真不錯！」王若歆一邊換著拖鞋，一邊上下左右地觀看著。

唐愛玲在衣帽間換好衣服，對著站在門廳的王若歆優雅地一擺手說道：「來吧！我領你參觀一下。這麼大的房子，眼下就我一個人兒，雇了個定點保姆，一週來二次，打掃房間，空空蕩蕩的！」

唐書記的家是三層樓，每層兩個大房間，裝修簡單、明亮，家裡的擺設和裝飾品也不多，倒顯得清亮整潔。三樓兩個房間，一間臥室，一間書房，都是唐旖旎專用的。二樓一間主臥，一間是唐書記的書房，看來唐書記的書房是整個家中的重點，六個兩開門的大書櫃，擺了兩面牆，一面牆上懸掛著唐書記自己手寫的書法作品：「慎獨」，筆力粗重，濃墨重彩。

「大姐，書記的書房很有特點！」

「哼！我對他那些東西不感興趣，除了政治就是歷史的！看看臥室吧！」

王若歆隨著唐愛玲來到隔壁的臥室。寬敞的臥室裡一張寬敞的大床，被子是鋪好的，或者說是唐愛玲早晨起床沒有疊被的習慣。

唐愛玲極自然挽起王若歆的胳膊，擁著王若歆來到臥室的衛生間：「水都燒好了，洗個熱水澡吧，浴服放在梳洗臺上！」說完，眼睛熱辣

辣地看著王若歆。

王若歆看看唐愛玲，心裡說：「幹嘛來了？不就是那點事兒嗎？那我就洗洗澡，體驗一下省委領導的洗浴間！」

等王若歆穿著浴服從衛生間出來，臥室厚厚遮光的窗簾已經拉上，床頭的檯燈已經打開，儘管是白天，但是臥室的氣氛顯得更如同夜晚一般溫馨安靜。唐愛玲已經躺在床上靜候了，臉上的脂粉和口紅一看就是新添上去的。

「若歆，來呀！」唐愛玲的聲音充滿了曖昧和熱烈。

王若歆來到床前坐下，和順勢擁上來的唐愛玲抱在一起，他發現唐愛玲是一絲不掛地躺在被窩裡。

「若歆，親愛的，我好愛你！我太愛你了！」

王若歆感覺耳朵濕漉漉的，他無法回敬同樣的甜蜜話語，如此的年齡和地位的差距，沒有任何的共同相處，僅僅是肉欲的釋放，怎麼能和愛扯到一起？

「若歆，我好想你！」

「我也想你！」

「真的？」

「那還有假？我不是和你說我日以繼夜、夜以繼日地想嘛！」

「真的？」

「真的！」

兩人熱吻著，「那就快點來吧！」唐愛玲熱烈地擁吻著王若歆。

兩個人親熱過後，唐愛玲貼著王若歆的耳朵說：「親愛的，你先休息一會，大姐去給你包餃子。餃子煮好了，我喊你！」說著親了王若歆一口。

王若歆便美美地睡了一覺，這一覺雖然比較短，但是，王若歆醒來的時候，卻覺得感覺非同一般。

一樓是餐廳、客廳、廚房、衛生間。唐愛玲把煮好的餃子放到沙發

前的茶几上。

「若歆，趁熱吃吧！」

「還是一起吧！我等你！」

「不用，很快的！你先吃！」

「大姐，這大房子太令人心情舒暢了！」

「嗨！家有萬石糧，一日只吃三餐；家有千間房，一宿就住七尺，反正就那麼回事。」唐愛玲站在餐廳門口，回頭對坐在沙發上的王若歆大聲說著，說話那神情像看破紅塵似的。

「大姐！你說得對，一個人的『財』無須太多，除生活必需外，能夠略有結餘就行。德國的叔本華不是說過：『財富就像海水，喝得越多，就越感到口渴。』關鍵還是一個人的觀念。」

唐愛玲又端著一盤餃子進來，邊走邊說：「若歆，還是你們讀書人願意琢磨。要按我說，啥觀念不觀念的，依我說都是個官兒念，就是做官的官！」唐愛玲擔心王若歆聽岔，緊著補充道。

「高！官兒念，這個提法高！還是大姐有深度！」

「別管啥官啥念的，吃餃子要緊！好吃不如餃子，舒服不如躺著，趁熱吃！好吃吧？」

「別說，大姐調的這餃子餡兒，確實與眾不同，吃一回想一回呀！嘿嘿！」王若歆一邊吃，一邊讚不絕口。

「今後你是想餃子，不想我了吧？」

「怎麼會呢，我不是說了，我是我日以繼夜、夜以繼日地想嘛！」

「嗛！油嘴滑舌，說得好聽，少打馬虎眼！你們男人呀，心兒裡面想什麼，我還不知道？個個都是做夢想著當官兒！當大官兒！」

「哈哈！嘿嘿！大姐，您要這麼說，我還真不好意思往下接了。對了，大姐，剛才您說官兒念，確實有深度！耐人回味！」王若歆又一次地奉承道。

「現在吃餃子要緊！好吃就多吃點。」

「啊──太好吃了！肉香悠長，油滑不膩，回味不絕，與眾不同，

獨具特色，確實別有一番特色風味！」王若歆嘴上誇著好，心裡面回味著唐愛玲提出的「官兒念」一說，頗有感慨：為做官而做官，終至落馬者，不都是那些「官念」扭曲、信仰迷失、貪欲橫流、以權謀私，最終在名利中迷失了方向而走上不歸之路的人嗎？

唐愛玲和王若歆準時來到頂峰海鮮坊，李官火已經在那恭候了。李官火給人的第一印象是個敦厚熱情實在的北方漢子，穿戴上也很樸實，倒像是一名政府機關的公務員。

李官火恭敬地遞上名片，王若歆接過名片，很認真地看了一眼，只見名片上面印著：正陽洪鑫建築工程公司總經理李官火。

王若歆笑了一下：「我們政府公務員不印名片，不好意思！」說著落座。

李官火「嘿嘿」笑著說道：「知道，這我知道。王秘書幾點到的？」

王若歆看了唐愛玲一眼說道：「下午剛到，到省委辦點事，就一路緊著趕過來了，多虧大姐開車，路熟！」

「王秘書，辛苦，多虧了大姐費心，又讓你專程！」

「哪裡的話！見外！」王若歆客套道。

菜是事先點好的，雖然樣數少，但是精緻、名貴。

「官火，我把王秘書介紹給你了。我這不喝酒，晚上吃得少，王秘書就交給你了，你們倆男人好好喝酒嘮著，我就不陪了！」唐愛玲說著站起身來。

王若歆和李官火也趕緊起身：

「唐大姐，你看，你這，少吃幾口也好呀！」李官火有些不解。

「李總，大姐說得對，有啥事咱們倆合計，讓大姐回去休息！」

「老李，沒事的，我都和王秘書說了，你們談！不過，老李，別把王秘書灌醉，喝完酒你給他送正陽大廈，我幫他訂了房，大廈清靜安全些，你具體去前臺辦一下手續！」唐愛玲對李官火囑咐道。

「放心吧！唐大姐，我一定照顧好咱王秘書！」李官火這時候才露出原汁原味的河北方言口音來。

唐愛玲又轉身對王若歆說：「若歆，有事給我打電話！」

送走了唐愛玲，李官火和王若歆把杯換盞地喝起來。王若歆對李官火的印象不錯，話也挺投緣，所以，事情談得也很順，對於下一步的方向、目標，王若歆做到了心中有數。按照王若歆的說法：「我這負責上層協調的，是管戰略的，至於找了誰、具體再需要做什麼工作，那是你李官火具體搞戰術方面的問題，我王若歆王秘書一概不予以考慮。」李官火對於王若歆的觀點思路，佩服得可以說是五體投地。王若歆喝一杯酒，李官火就陪兩杯酒，弄得王若歆的心情非常的愉快。

酒足飯飽之後，李官火說準備了下一站的節目，王若歆說，大可不必，朋友之間別太累，本人確實不喜歡複雜節目，就是想休息。於是，李官火晃晃地幫著王若歆拎著包，出門打的直奔正陽大廈。

李官火上前臺付款為王若歆辦理了入住手續，陪著王若歆來到房間，把王若歆的包一放，對王若歆說道：「老弟！今天咱哥倆喝得痛快！你好好休息，等我到了濱州，找機會再請老弟！」說完，和王若歆握手道別。

李官火走了，王若歆燒水準備沏茶，拉開皮包，一個厚厚的信封在裡面，拿起信封一看，裡面是兩萬塊錢。王若歆咧著嘴微微一笑，知道這是李官火送的。

王若歆放好包，到衛生間洗漱完畢，準備上床休息。這時，房間電話響了，拿起話筒，裡面傳出：「親愛的先生，歡迎入住正陽大廈，我們正陽大廈養生專業護理團隊，以一流的技術、一流的服務，使你身心愉快，精神倍增！」王若歆聽了剛要放下電話，電話中傳來：「先生，我們的護理人員，已去您的房間；如不滿意，我們即時給您調換護理人員！」接著電話便掛了。王若歆心想：「乖乖，這服務還真帶勁啊，啥花招都有。」王若歆放下電話，眼睛無意間，正好看到床頭櫃的電話機

旁擺著一個黑色金字提示牌：「公安機關提示：酒店內嚴禁賣淫、嫖娼；嚴禁吸毒、販毒；嚴禁賭博。」王若歆看了，微微一笑。這時門鈴響了，王若歆應著門鈴聲，起身去開門。門開處，一位穿著白色護士服，戴著護士帽的女孩子站在門前，婷婷玉立，透著一股強烈的青春激烈的氣息。

「您好！領導。」

女孩子笑得很嫵媚，甜兮兮的，這讓王若歆不由得想起紫源茶舍那位如水果一般韻味的叫宋菁的女孩來，立刻好感頓生。

「進來吧！小同志！」王若歆邊說，便隨手關上門。「小同志」的稱呼從嘴裡溜出來，連王若歆自己都感到新奇有趣。「啊！哈哈！不錯！不錯！嘿嘿！嘿嘿！哈哈！小同志，什麼學歷？」

王若歆喝了酒，身體晃晃悠悠地上下打量著這位女孩子，心說：「如今這做保健按摩工作的都開始和醫療衛生行業接軌了。」「家什麼地方的？叫什麼名字？」王若歆的腔調此時此刻就像一位上了年紀的離退休老幹部。

一下子問得多，小姐的回答也是一連串的。王若歆別的沒記住，單單記住了這位小姐的名字：「畢贏」！畢贏？這名字如果諧音，王若歆心裡感覺怪怪的，王若歆心裡那根不能承受輕微觸動的敏感神經被觸動了。

「這都是什麼時代？發展得也太快了，現如今連他媽做小姐的那玩意兒都要必贏！必贏？有贏就有輸！有勝利就有失敗！有入局就有出局！有上臺就有下臺！有得意就有失落！怎麼可能只贏不輸？媽的，不行！絕對不行！堅決不行！你不是嗷嗷地嚷嚷著叫著、喊著，告訴地球人兒要必定能贏！必定要贏嘛？好吧！我今天就讓你贏個夠！」王若歆心裡說。

王若歆趴在床上，閉著眼心裡揣摩著主意，慢慢地享受著畢贏小姐的體貼按摩。這種服務很正規，床頭櫃上黑色金字提示牌明白地寫著：「公安機關提示：酒店內嚴禁賣淫、嫖娼；嚴禁吸毒、販毒；嚴禁賭

博。」畢小姐確實太體貼了！隨著按摩的深入，畢贏小姐脫掉了護士大褂和內衣，只穿一個比吉尼小褲頭，開始用乳房為王若歆按摩著。這說明這服務也很不正規，不過人家不會去明說。王若歆心說：「好吧，我讓你贏個夠！」趴在床上的王若歆被畢贏小姐的體貼按摩逗弄得一時性起，翻身便將畢贏壓在身下，兩下子扯下畢贏的褲頭就要上馬。

畢贏小姐用手緊緊捂住下陰：「別！領導，您千萬別！您是有身份的人，不能來粗的呀，您有身份呀！」

王若歆一聽，頓時冷靜過來，嘴上說道：「是呀！我是有身份的，確實不能來粗的。但是，畢贏小姐，我可以來硬的，哈哈！說！多少錢？」

「全套八百，過夜一千五！」

「哈哈！沒問題，同意！」

「那好吧！讓我拿套套！」

「拿套套幹嘛，怕我有病？還是你有病？」

「不！不！不是那個意思！領導，太危險了，這樣對雙方都好！」

「好個屁！我不戴那個塑膠袋，全套二千！做不做？」

畢贏看看王若歆，眨著眼睛，猶豫了片刻輕聲說道：「那好吧！」

一番荒唐之後，王若歆又和畢贏小姐打情罵俏地親膩了半天，他沒打算留畢贏小姐過夜，而是起身下床，點了三千塊給畢贏。

畢贏有些不解，但是，立刻便摟著王若歆使勁親了一口：「謝謝了領導！」

王若歆摟著畢贏說：「謝啥？你也不容易，小畢呀！你今後改個名字吧！別叫畢贏了！」

畢贏傻乎乎地笑著問：「領導，這可是我爺爺讓我爸媽給起的名，叫了二十五年了，寓意深刻，我爸媽期盼我這一生事事通達、路路皆贏呢！哎！對了，領導，那按你說改個啥名好？」

「要我說呀，今後你就叫畢業算了！還上口！畢贏這個名字，有些惹事！」

「那好吧！再見領導，我知道了，你休息好！下次來省城，別忘了給我打電話！」畢贏臨走時，掏出張卡片，順手放到床上，然後擺擺手，像卡通人物似的。

「好的！再見了！畢業小姐！」

王若歆心裡美滋滋的。他覺得與畢贏小姐的相遇是天意，尤其是「畢贏」這個名字，更激發了自己內心潛藏深睡的靈感意識。畢贏！我王若歆官場通達，路路皆贏！事事必勝！官場的政治就是搞定和被搞定的關係，就是安全與危險的關係，就是存在和滅亡的選擇和結局！官場上論的是輸贏，而不是對錯與是非。你要入局就必須要面對。其實，所謂的面對既不是讓你去同流合汙，也不是讓你保持完全對立的心態。同流合汙意味著走上了一條不歸之路，而完全的對立就意謂自身的不入局和出局，那樣的話，活在官場上將是寸步難行，而最終成為官場的另類，無法生存。王若歆心裡清楚得很，所以，他有自己的官場算盤：以安全為第一要務，以全身、保身為根本法則，絕不貪圖眼前的利益。沒看見「貪」字的寫法嗎？「貪」字就是今天的錢財。古人的聰明智慧明明告訴你，這錢財好比豐收的果實，可不是立馬就來的物件兒，人如果心急氣躁、急功近利想要得到今天的錢，就是貪財；官場中人有了這毛病，那就是貪官！我王若歆王秘書可不想做那種要麼整天提心吊膽、鬼鬼祟祟、惶惶不可終日，要麼喪心病狂、膽大妄為、無法無天、窮奢極欲，但是最終都落得個身敗名裂、家破人亡、身陷囹圄結果的貪官！我王若歆王秘書有自己的奮鬥和理想目標，我王若歆王秘書追求的是內心的成功感、成就感、自豪感、滿足感、自由感以及解脫感，和最終的立足於官場上的主人翁優越感。

五

王若歆回到濱州後，時不時地便會想起此次省會一行中一錯再錯的豔事，腦海裡邊不時交替浮現出唐愛玲和那個叫畢贏小姐的音容姿態。尤其是那個畢贏，不！現在應該叫畢業小姐了，不知道是不是真名，

反正這個畢贏小姐讓他記憶深刻，畢業小姐別有一番風情，另有一番風韻。想著，想著，便身臨其境地覺得畢贏小姐摟著自己的脖子，兩人之間說的親熱話。

「老公，跟你做愛，真是太爽了！乾脆！我給你做老婆吧！」

「行啊！沒問題！但是說好了，我不給你錢！」王若歂說著假話。

「我不和你要錢，我給你錢，哎！老公，咱兩人兒要是做了夫妻，肯定和諧，你老婆我，啥花樣兒都會，你也就不用出去胡搞了不是！嘻嘻！」

「說得是！咱倆做了夫妻，我肯定本本份份的，你說在外邊兒胡搞，偷偷摸摸的，搞得亂八七糟的，啥意思？影響還不好！」王若歂說著親了親畢贏小姐粉嫩的臉蛋。

畢贏小姐論長相，落落大方，氣質像電影演員，素質又像政府公務員，柔韌性像體操運動員，言談舉止，溫文爾雅，天吶！乾脆說吧，簡直是女中極品。這麼好的姑娘，嗨！她怎麼就會是一個做保健按摩的服務小姐呢？她怎麼就淪落成一個性服務工作者呢？蒼天呀！現實太殘酷了！太不可思議，打死也不像，打死也沒人信呀！王若歂滿腦子想著這個女孩子，他甚至幾次忍不住要撥打電話，想把畢業小姐一個電話招到濱州來悄悄養起來。他此時的內心簡直不能忍受眼睜睜地看著如此人間尤物竟然這樣被人糟蹋！可是，反覆想想，又覺得確實不妥，最終還是忍痛放棄了這個想法。

不曾想，過了一個星期的時間，王若歂忽然覺得陰部瘙癢難忍，尿急尿頻起來。為此，王若歂便找藉口躲著武文娟。武文娟憑著女人的直覺感到事情不對！

「王若歂，你說！你給我老實說！到底怎麼回事？」

「沒怎麼回事呀——！」

「還沒怎麼回事？你從省城一回來就怪怪的，連著一個星期了，天天晚上你都躲著我？你以為我不知道，你，你就是得了——」

　　王若歆一下捂住武文娟的嘴。

　　武文娟氣喘不出來使勁一下子推開王若歆的手：「心裡沒鬼，你怕我說？」武文娟的眼睛裡轉著眼淚。

　　王若歆一看這陣勢，反倒清醒冷靜，忽然一下子嚴肅起來。

　　王若歆站在客廳中央，雙手插腰，挺著肚子，板著臉拉著長腔說道：「武文娟同志，我希望你清醒一下！你還是黨員吧？你還是市委書記王秘書的家屬吧？現在──，我們要講政治，在如此大是大非面前，你無論如何必須冷靜，絕不能因為小頭而壞了大頭！哪頭兒輕？哪頭兒重？你要搞搞清楚！況且──，事情並不是像你想像的那麼糟。話說回來，即便是那麼糟，你也要必須站在我這一邊，因為我是你的丈夫。我們是什麼關係？你我夫妻之間是一損俱損，一榮俱榮。什麼是聰明，什麼是愚蠢，你看著辦！」

　　王若歆此時說話的口吻和腔調，都如同唐天明書記一樣。

　　「我是你老婆，我當然知道哪頭兒輕，哪頭兒重。」武文娟眼裡的淚水此時一下子湧了出來，傾瀉了一臉。武文娟一邊扯著面巾紙擦臉，一邊抽泣地說道：「我告訴你，王若歆，你要是對不起我，你算是缺八輩子德了！」說著，「嗚嗚」地哭起來，肩膀在哭泣聲中抖動著。

　　王若歆看著心裡也一陣發緊，上前摟著武文娟的肩膀說：「老婆，我是誰？我是你的丈夫王若歆，我是愛你的！我們一路走過來，還要一路走下去──，現在，我們的家庭生活正處在關鍵的發展時期和上升階段，我們有事要一起面對才是。好了，親愛的，別哭了，老婆！」說著，親了親武文娟的耳朵。

　　「不許你騙我！聽見沒有？」

　　「不騙你！不騙你！」

　　「你要是敢騙我，我就活吃了你！」說著，武文娟對著王若歆的肩頭狠咬了一口。

　　「哎喲！」王若歆咧著嘴喊叫著，看著武文娟的臉上，被淚水弄得亂八七糟的，像個小花臉。「你真咬呀？真想吃人不成？」

「就想吃人怎麼了？看你還敢不敢騙我？」

「我要是真騙你，那不早就和你說拜拜了？還能這樣守著你？」

「你敢和我說拜拜？我是跟定你了！」

「這就對了嘛！我是分不開的，我想分也分不開。」

「知道就好！」武文娟哭過之後，明顯氣消了許多。

「女人寧可活在愛的欺騙裡，也不能活在欺騙的愛中。」王若歆的心裡忽然間產生了這樣的感想。他既後悔又感到窩囊，因為他眼下還無法斷定究竟是唐愛玲同志沒把盤子刷乾淨，還是那個護士模樣的叫畢贏的小姐沒有對碗進行消毒，總之，現在的煩惱都是由於衛生情況不過關所導致，他在搞不清具體責任對象的情況下，心裡承受著一個受害者的痛苦。

「快洗洗臉去！臉都花了！嘿嘿！」

「笑！笑！笑你個頭，還不是讓你整的，躲開！」武文娟推開王若歆進了衛生間。

儘管武文娟這個葫蘆被暫時按下去了，但是，王若歆心裡仍然害怕和擔心。想了想，便打車去了濱州市軍分區門診部。十幾分鐘，化驗結果出來，王若歆得的是淋病。王若歆有些發憷，雖然大夫是自己的一個關係，但是，畢竟這是一件絕對不可以公開的事情！

「你這是接觸了？」

「啥接觸？我他媽的上哪接觸去？」王若歆當然不能露怯。

「你放心！這淋病嘛，在外國，就像是感冒發燒似的，打針吃藥，三天沒事！有的人機體免疫力下降感染的機率就大些，不過，老弟以後可得注意嘍！」

王若歆邊聽邊點點頭。

一連三天，王若歆和唐書記請假出來打吊瓶，他也在觀察唐書記的一舉一動，尤其是唐書記去衛生間的次數和表情，不過，沒有任何的異

常。難道說人家唐書記回家過生活，很注意？可是，唐愛玲已經是過了更年期的人了，不存在避孕的問題呀！或許真的是畢業小姐的衛生工作存在問題。

唐書記倒是很關心王若歆，還到王若歆的辦公室來問候：「若歆呀，怎麼樣？好些了？」

「謝謝書記，嗓子疼！咽道炎！上呼吸道感染，估計是上火？或者是哪一下不注意著了涼。打過吊瓶好多了！唐書記，你也要當心，正趕上換季呢，都得注意！」

「好的，你要多喝水，別著急上火！」

「明白！謝謝書記！」

唐天明一走，王若歆便打開電腦，在《秘書心語》語錄筆記文檔中，開始寫近期自己的感悟：

> 大秘書與小秘書的區別：大秘書不僅會做事還會造勢，大秘書不僅會做鬼還會做人；小秘書只會做鬼不會做人。小秘書只會報條子、拉關係、狐假虎威，大秘書不僅會報條子、拉關係而且謙虛謹慎。小秘書拉關係介紹項目，大秘書協調關係幹專案，小秘書寫的材料是文件報告，大秘書寫的材料是思想和策畫。大秘書與小秘書之間最根本一條區別和分水嶺：大秘書能夠回歸自我，不丟失本性；小秘書卻喪失本性，丟失本我，萬劫不復！記住吧：到什麼時候都別相信領導的鬼話，因為，那些鬼話，連鬼都不相信。記住吧：到什麼時候都要相信領導愛人的話，因為，那些話，連鬼都騙不過。記住吧：你就是一個秘書，你啥也不是，你只是領導的辦公用品！如果不信，那你只好等著倒楣、倒大楣吧！
>
> 領導說隨便，秘書就沒電。秘書有暗器，首長沒脾氣。秘書不帶長，講啥也白講；秘書不帶長，放屁也不響！
>
> 老婆是u盤，用的時候，隨插即用，可是，千萬別忘了，你

想不用了，必須按照相應的嚴格程序，有條不紊地點擊退出或彈出，等待電腦給出此活動硬碟可以安全拔除的指令語言後，你才可以從容地取下u盤來；否則，不按程序，圖省事，強行拔除取消u盤的結果是，你的相關資料會全部喪失，也就是說，你的財產、地位、名譽、正常的生活，統統都會化為烏有。

妓女小姐為何必須全身心地投入，因為這也是一種職業道德操守行為的要求。行有行規，家有家法。嫖客花錢去買春，雖然是一種消費行為，但是也不能光顧了自己舒服，應該彬彬有禮，和藹和氣，體貼並體諒人家做小姐的賣身感受，體諒人家的尊嚴，理解人家生活的辛酸，這些體現和體諒反映的是一個社會的最起碼、最基本的人性修養和品德！相對應的，作為從事性工作的妓女來說，注意保潔衛生是對嫖客健康和自身健康負責任的態度，體現的是一個社會的文明與進步。

財富的獲取不外乎：掙錢、賺錢與來錢三種方式。能掙錢的永遠是辛苦的勞動人民，他們要獲得財富就得出力；能賺錢的是有錢的人或者是具有賺錢思維和相關專業知識能力的人，他們靠的是頭腦與心勁兒，他們通過對錢的運作與運用，以錢生錢，最終獲得大批的財富；能來錢的只能是有錢人或擁有權力與國家政府資源的人才有可能，當今社會，什麼來錢最快？那就是擁有權力與政府資源，這是來錢最快的途徑，也是最能讓人瘋狂並失去人性的不歸之路。古人云：「人生酒色財氣四堵牆。」但是，卻忘了說：權力是一扇窗！權力是一扇門。對於理智的平安的本份的人生來說，權力只能是一扇眺望美景的窗戶，用它來怡情逸性；對於瘋狂的冒險的所謂成功人生來說，權力卻是一扇門，打開這扇門，門外便是萬丈的深淵！

六

王若歆從美國回來後，主動和任信良通了幾次電話，電話中關於喬

麗麗計畫運作任信良重新回到國企工作的打算說得比較婉轉，只是介紹濱州市新班子上任後的舉措，不時地誇誇任信良的才能。但是，2007年的中國經濟形勢正猶如一頭雄勁猛闖的犛牛，包括早市賣菜的老頭、老太太們在內，似乎人人都沉浸在牛市的興奮之中。任信良也不例外，剛剛組建起來的小公司風生水起的，訂單不斷，心情正二般地好著呢，對於王若歆的話，任信良也只當作是一種朋友間的友好交流而已，根本就不往心裡邊去。王若歆沒辦法，又不能把有些話說得太透，心裡覺得喬麗麗說得有道理，這事需要花費些時間來運作，急不得，所以，只好按照喬麗麗的請求，把一些相關的動態資料轉給任信良。

王若歆自打在省城接受了唐愛玲指派的差事回到濱州，便按照唐愛玲的意思和李官火的要求開始活動起來。幾番運動下來，連王若歆都暗自覺得那套話簡直是一個模子刻出來的，基本上都是王若歆一個電話打過去，開口就是：「張局長、李局長嗎？我是唐書記的秘書王若歆，今天晚上方不方便呀？唐書記的愛人來濱州了，想約你小範圍坐坐，一塊嘮嘮，你看如何？」這番話之後，除非當天晚上確有其他重要安排，無法分身，可以說接到王若歆電話的人幾乎百分之百都能按時赴約。到了約定的時間，王若歆和唐愛玲、李官火準時赴約。李官火是場面上的老手，一系列的安排自然不必王若歆和唐愛玲操心，更有趣的是常常出現請客的一方變成了被請的一方。王若歆在參加這類小聚的時候，往往是酒過兩巡，便起身借故告辭。當然，好多時候，王若歆充當了一個不可或缺的角色，酒杯一端根本就無法離開。在這種情形下，王若歆只好隨緣，幫著打著圓場，說著笑話，調節著酒桌的氣氛。還有一個值得交代的是，儘管是以唐愛玲的名義約請有關領導，但是，唐愛玲還時常做出故弄玄虛的爽約之舉來。比方說，約的人已經在飯店包間等著了，可是到場的只有王若歆和李官火。這時，不是李官火的電話就是王若歆的電話響了，是唐愛玲打來的，請被約的人講話。於是，便出現被約請的人拿著電話，一陣應和：「好的，明白，放心，沒關係，大姐見外了，改日再聚」之類的話。杯盞交錯之間，酒酣耳熱之際，王若歆也有些迷

糊，感覺酒喝得有些大，不間斷頻繁的酒局，讓他感覺有些不勝酒力。

新成立不到半年的濱州市經濟技術先導區建設專案的招投標工作是面向社會的，以公開、公平、公正為原則，等到建設專案陸續進入投標階段的時候，王若歆真正見識了什麼叫做經濟實力的抗衡，什麼叫做以經濟實力為後盾的話語權。他原先還一直擔心和揣測，以為李官火這樣走馬燈一般的活動會不會惹出什麼漏洞來，會不會像人們時下裡常說的能牽出什麼領導腐敗大案來。但是，一切的發展和運作都是非常規範的、平穩平靜的，有舉牌相互競標的，有媒體參與報導的，有審計單位參與監督的，但是，結果不言而喻，也在王若歆的預料之內，以喬麗麗的美國克拉基金公司為後盾的正陽洪鑫建築工程公司，還真的過關斬將地拿到了好幾處大的建設工程項目。

一天，李官火在王若歆下班時，等在市委大樓的外面，看見王若歆下班步行回家，一個電話把王若歆叫到自己的寶馬X6車上。

「有事哪？」

「沒事就不能和咱們王大秘書見見面？嘿嘿！」李官火笑得嘴角扯得長長的。

「看來心情不錯嘛！都中標了！是該高興高興了。」

「那是，不過也不能忘了你這個大媒人呀！」

「看你說的，競爭靠實力，我可沒幫什麼忙，倒是蹭了老兄不少的局，吃喝玩樂的。」

「這算啥事，大家一塊兒樂和，交朋友嘛！這不，大姐囑咐了，讓我過來看看你。」

「我有啥好看的，老兄，別搞錯了好不好？」

「是真的，你看，那是給你的。」李官火一邊開車，一邊說，隨手指了一下後車座上的一個黑色手提包。「你看看！」

「啥玩意？」王若歆說著轉身一把拎過鼓鼓的手提包，「哎喲，好沉！啥玩意？差點抻了我的腰！」

「哈哈！我就想把老弟的腰給抻了，讓你辦不成正經事兒，哈哈！」李官火故意發著壞笑。

王若歆拉開一看，當時就愣住了：「這是……？」

「五十萬，給你的，一點意思，將來還有！」

「這絕對不行，絕對不行！」王若歆覺得自己的腦門子上一陣地冒冷汗。

「哪有啥不行的，有財一起發，有錢一起花嘛，這可是大姐的意思。」

「我真的不能收！」

「收著吧，大姐說了，讓你改善改善。」

王若歆搖搖頭，隨手把包拉好，重新放回後座上：「這樣，李總，我不是外人，這個你先拿回去，回頭我和大姐商量一下，旖旎正在美國呢，聽說最近又貸款供了一棟房子，吃緊著呢，我不缺錢花！」

「你看，大姐交代好的，這怎麼好？」

「沒事，咱們是自己人，你只管按我說的辦，我去和大姐說。」

李官火看著王若歆態度堅決，只好答應了王若歆。

王若歆回到家裡，想了一下，覺得無論喬麗麗後來如何在生意上和唐愛玲之間有何溝通和計畫，到了這個份上，自己應該把唐旖旎參加工作的真實背景告訴唐愛玲。眼下李官火送來的五十萬人民幣，讓王若歆覺得唐愛玲對自己的實在和誠心。再者，自己一個當秘書的安全進步是要緊的大事，不能因為區區五十萬把自己的前程和命運給毀了。一旦，哪一天，哪個環節出了問題，牽扯出自己來，一查還有五十萬的問題，這可是後悔也來不及挽救的事。想到這裡，王若歆給唐愛玲去了電話。

「若歆，官火剛才和我通話了，我都知道了，你是成心地氣我是不是？」

「大姐，不是那個意思，我這裡正有件事要和你說你呢！」

　　王若歆把去美國時，在喬麗麗處瞭解到的情況，以及眼下喬麗麗鼓動唐旖旎貸款買房供樓的擔憂說了一遍。

　　唐愛玲沉默了一會兒說道：「若歆呀，你這一說，大姐心裡什麼都明白了，行啊！無所謂的事，現在不是都說在商言商嘛！還好，大姐沒白疼你，我記著呢，若歆，我會處理好旖旎那邊的事，免得將來有什麼被動。不過嘛，你也不用太擔心，大姐心裡有數，我會和官火交代清楚的，放心好了。不過，咱倆可說好了，用錢了，你過來拿！」

　　和唐愛玲結束通話，武文娟斜著媚眼酸溜溜地看著王若歆：「怎麼了？出什麼事？神神祕祕，驚嚛嚛的。」

　　王若歆把下班後發生的事告訴了武文娟。

　　「若歆，這件事你做得對，咱可不能被五十萬人民幣砸死。」

　　「說得對，我王若歆怎麼能值五十萬呢？」

　　「老公，你現在這位置可不比從前。你看咱家這小半年來，吃的、喝的、用的，有多少？這在過去連想都不敢想。咱應該知足，吃點、喝點也就罷了，千萬別在錢上犯錯誤。有福也要慢慢享，細水長流的。我不求別的，只求咱們日子過得安穩就行，我可沒有什麼貪心。」

　　「文娟，你說得對，妻賢夫禍少呀，往往一個幹部的落馬都是因為家裡有個十足的貪妻。有你這一番話，我心裡更安穩了。你放心好了，一旦涉及到現金，我一定把握政策，堅決不收。」

　　「說到可要做到，不許給我藏奸，男人有錢就變壞，你可別給我耍心眼兒。」

　　「這個你只管放心，我心裡有數。另外，今天紫源茶社的馮經理給我打電話，讓我抽空過去一趟呢，說是給我準備了些老茶餅，要不是李官火下班找我，我就把老茶餅拿回來了。收點茶葉不算啥吧，領導？嘿嘿！」

　　「煙酒糖茶不分家的，我同意。」

　　「其實嘛，我這想著老茶餅的事，也不是為我自己。文娟你知道嗎？我出國回來去看李部長，沒曾想李部長對普洱茶相當有研究的，所

以，正巧幫朋友的忙，推銷了一點茶葉，咱們收幾個茶餅也是應該的嘛！」

「李部長那邊，你可要盯緊了，勤彙報著點。李部長也是市委常委之一，你這市委書記秘書怎麼當上去的，你心裡最清楚。」

「這個我當然清楚，所以，想著淘幾個好茶餅送給李部長呢！」

「我的意思是別誤事，別等著人家送了，你再拿著送給李部長，那還不涼菜了！遇見合適的，咱自己花錢給部長買！」

「老婆，我走到今天這一步，都是你一路支持，咱們夫妻間就不客氣了，我一定努力工作以優異成績回報老婆對我的厚愛，請老婆大人看我的實際行動吧！」王若歆看著武文娟洋溢著愛意的臉龐，心裡充滿了一種從未有過的格外踏實的幸福感。

第五章
權力是隻無形的手，一不留神就會有意外發生

一

　　濱州市駐京辦事處的撤銷工作在2008年春節前完畢，這項工作搶在了全國五百餘家地級市駐京辦撤銷工作的前面，從中央到省裡都對此給予了肯定。濱州市駐京辦撤銷工作的做法和經驗，被媒體概括為：敏銳的政治嗅覺，與時俱進的科學發展觀念，以及與之相配套的嚴格的審計及監督制度，高度負責的人性化幹部管理工作。官方媒體的評論是嚴肅的，所有的資訊都來自於第一手情況的調查，這些宣傳讓濱州市委市政府新班子的面子上增彩許多。為此而受益的第一個人當然是濱州市駐京辦主任梁忠田。市委組織部在濱州市駐京辦事處撤銷前，安排人和梁忠田進行了談話，明確了下一步的使用情況。春節前夕，《濱州日報》登出了市委組織部的任命公示：梁忠田任濱州市經濟技術先導區管理委員會專職機關黨委書記兼任濱州市經濟技術先導區管理委員會辦公室副主任（正處級）。

　　梁忠田對這樣的安排感到非常的理想和滿意：級別不變，具體職務上有虛有實，梁忠田心裡想著這件事的運作過程，覺得要好好登門感激一下王若歆。王若歆接到梁忠田的電話之後，向梁忠田透露了其中的奧妙，首先美國之行中，就此事和唐大姐進行了交流，由唐大姐側面做唐天明書記的工作，其次是從美國回來後，專門為此事向李部長進行了彙報。李部長是什麼人呀，那是管全市組織幹部工作的，濱州市駐京辦的撤銷工作從大處說關係到全國，從具體講，關乎整個濱州市幹部隊伍的

穩定。李部長也覺得此事的處理要提升一個新高度，要體現出技巧和藝術來，所以，就主動拿方案。唐書記是管全面的，管戰略的，所以，自然順水推舟，水到渠成。至於你當初提出的到濱州醫學院之類的單位謀個閒職的想法，那簡直太沒水準了。

梁忠田聽了王若歆的這番話，當時在電話裡就感動得話語哽咽起來：「王秘，若歆老弟，啥話也別說了。老大哥官場這一輩子，臨了，沒曾想遇到你這個貴人。這份情意，這份恩情，我說什麼也得表示一下。」

王若歆連說：「份內的事，趕巧了，幫幫忙是應該的，官場上誰不求誰呀！」

梁忠田卻說：「話可不能這麼說，你無論如何也得答應老大哥登你這個門。家裡實在不方便，咱哥倆約個飯店喝頓酒總成吧！」

王若歆還是那句話：「朋友之間，沒有必要。老大哥到新單位，人生地不熟的，樣樣都得從新應付打點，咱們來日方長。」

梁忠田說：「若歆老弟，你幫老大哥這麼大的忙，你如果不讓我表示，我會吃不好、睡不好的，算是求求你了。」

王若歆聽梁忠田這麼說，便說了個活話：「這些日子確實太忙，身不由己。等過完春節，再約幾個朋友，找時間小聚一下。」這才把梁忠田安撫好。

其實，王若歆心裡知道，梁忠田的打法就是送錢，而自己站在市委書記秘書的位置上，得處處加著小心，不能因為貪心犯了大事。凡事不能急功近利，得給人家一個延期表示的機會，這才是大智慧。況且，梁忠田在北京送行的時候已經出了血，雖說錢不多，但是畢竟被自己運作掉了不是？

比起梁忠田人事安排得理想滿意來說，傅彬彬可就不那麼幸運了，一件不經意的情況，導致自己被人事調動了。這件事說起來非常令人感到弔詭和可笑。

2008年來了，不僅來得快，而且來得猛，金融危機的衝擊席捲全球。中國的2008年的開局也是災害接踵，先是南方遭遇雨雪災害，接著西藏的少數藏獨分子打砸搶鬧事，5月剛過，就發生了「五一二」汶川特大地震。濱州市自打頭年起就傳著要組建成立濱州市報業集團公司的消息，沒曾想，這改革步伐還真夠快的，濱州日報社內部開始了機構調整改革，機構調整改革的第一項內容就是日報社人員的工資和福利待遇的調整。如此一改，傅彬彬所在部門的編輯、記者們收入大減，一時間，牢騷怪話、流言蜚語的便紛紛揚揚地此起彼伏。本來自打過了春節，傅彬彬就覺得渾身懶洋洋的，整天煩悶，加上和任信良的婚事發展出現了阻礙，心情始終不好，看著那些閒得只知道關心別人的同事，傅彬彬感覺待在日報社裡憋悶得很，心裡越發地無聊，便時常找藉口出去閒逛。說來也怪，伴隨著動盪和不安，似乎所有事情的變動都暗中約定好了一般，像是踩到了倒楣點上，一個接一個的。

這天下午，傅彬彬從外面閒逛回來，正在報業大廈一樓大堂等電梯，忽然看見濱州市海藻雜誌社筆名「鐵犁」的主編小跑似地過來。傅彬彬便笑著打招呼。

「大作家！好久不見，怎麼想起到報社串門來了？」

「我哪裡有閒心串門，我們馬上就要變成一家人了！美女大記者總是這樣光彩奪目的！」

鐵犁四十出頭，白白淨淨，站在傅彬彬面前，說著話自然地抬起右手撫了一下頭髮，又順勢扶了一下無邊的眼鏡。傅彬彬在鐵犁的這一動作中，不經意間看到原來鐵犁長著一雙比女人還女人的細手，手上的皮膚是近似蠟燭白的顏色，細細的手指就像畫上的彈琴刺繡的古代女人的手一樣纖細，傅彬彬在心裡感到怪異彆扭的同時，又覺得好笑好玩有趣。

「看你說的，還光彩奪目哪？奔四，都成昨日黃花了！」

「可不能這麼說，女人四十歲才剛剛開始呢！」

「哈哈！託您的福！哎，你說咱們成一家人？你是說要合併？」

「那──倒也不是什麼合併，而應該說是整合。」

　　「喊！咬文嚼字，那還不是一回事兒！這成立報業集團，沒聽說把雜誌社也一塊兒合進來呀！是真的？」

　　「那還有假！這是最新的精神。」鐵犁壓低了嗓門，看看左右沒人，接著說道：「為了使咱們濱州文化產業布局更加合理，市委剛剛通過方案，海藻雜誌社今後由過去的直接隸屬文聯，改由隸屬報業集團了，仍然屬於事業編制，哈哈！背靠大樹好乘涼，今後，我的日子好過了！」鐵犁笑著說，那樣子美得不得了。

　　「這樣說來，還真得好好恭喜恭喜，祝賀祝賀！祝賀我們的大作家高升呀！」

　　電梯門開了，傅彬彬和鐵犁邊說邊走進電梯。

　　「那──有啥恭喜和祝賀的，職務不變！職務不變！嘿嘿！」鐵犁在說到第二個「職務不變」時，還特地壓低了聲音。

　　傅彬彬心裡覺得好笑，心說：「男人都是官迷，個個都是官場動物，凡事最先看重的就是位階職務。」傅彬彬趕著話隨口說道：「大作家，要是職務給調一下，也挺好的，雖然是個虛職活，不過，其實也沒啥意思，你現在多好，說了算！正宗的老大！主編大人，乾脆，我到海藻幹算了！」傅彬彬在說這話時，完全是句玩笑，根本沒走腦子，可是，這話已經就說出來了！於是，便笑著說：「當然啦，主編大人還不一定要哪！是吧？」

　　「這話見外！這話見外！咱們傅大記者也是響噹噹的名聲在外呀，我這小廟小寺的，往裡拉扯還來不急呢！傅大記者，你要是能來，說實在的，還真能助我一臂之力呢！既然這樣，我現在正好去和咱們老大彙報關於將來合署辦公的事，順便要說些業務上的打算和人事的問題，咱們說好了，一言為定！」鐵犁的語氣根本不容傅彬彬回話。

　　傅彬彬張著嘴巴剛要說話，「哎」字沒出口呢，那邊鐵犁已經急匆匆地出了電梯的門。傅彬彬看著鐵犁急匆匆地往報社社長辦公室走去的背影，使勁兒跺了一下腳，想緊趕幾步把鐵犁攔回來，但是，轉念一想，自己只是隨口一說的事，人家也未必就當真。

　　沒曾想，十幾天過去之後，離譜的怪事發生了。報社社長忽然安排人通知傅彬彬到社長辦公室。傅彬彬馬上來到社長辦公室。

　　社長見了傅彬彬客氣了兩句之後，社長一本正經地說道：「小傅呀！關於你提出調到海藻雜誌社工作的事，報社幾位主要負責領導經過開會交換意見，認為這是件好事！」

　　「社長，什麼？我調海藻雜誌？」

　　「對呀！不是你讓鐵犁找的我？另外，大家也反映你多次說在報社憋悶、沒意思嘛！」

　　「我，我，社長──」傅彬彬感覺一陣氣堵，噎得自己說不出話來。

　　「所以呀，小傅，社裡領導們也認為這是好事，這樣如此一來既可以充實海藻雜誌社的業務力量，為《海藻》雜誌的拓展注入新的活力，二來對於雜誌社的人事改革工作，也是一個的促進，三來對於雜誌社的編輯業務力量也是一個有力的加強，四呢對報社這塊的人事調整也是個促動，難道說這不是一件好事？常務辦公會議已經決定，下月起你正式到海藻雜誌上班就任，近日就可以抓緊辦理交接手續了。」

　　傅彬彬聽著社長的話，瞪著眼睛，眼淚在眼裡打著轉轉，張著嘴一時說不出話來，心裡想說：「社長呀，鐵犁也真是，我只是和他隨口一說，開開玩笑，他倒當真了。再說了，人事調動這麼大的事，怎麼著也應該和我本人正式地商量一下再說嘛！」傅彬彬嘴上雖然沒有說出來，但是，她從社長的臉上看出了嚴肅和不容更改的決心，她明白自己在莫名其妙的狀態下一個恰當的時機裡被別人算計了。她心裡立刻就明白了，事情已經成為定局，自己的牢騷話被喜歡那些關心別人比關心自己還重的人彙報給了領導。自己和鐵犁的一句隨口說的話，被鐵犁完全當了真，並且鄭重其事地跑到報社申請調人，而報社的領導們正好藉此由頭，趁勢藉坡下驢。

　　事已至此，傅彬彬在心裡暗暗地叫苦的同時，克制著自己的情緒，忍住了眼淚，深吸了一口氣，說道：「社長，不管怎麼說，今後《海藻》雜誌也是報業集團的一個板塊，都是在您統一的領導之下，

我的成長和進步當然也少不了社長您的關心和栽培啊！」傅彬彬微笑著說道。

此時的傅彬彬已非多年前的傅彬彬那麼稚嫩，短短的兩年間他和任信良經歷了那麼多的變故，內在的處事功力亦非昔日之淺薄。傅彬彬心裡清楚得很，以社長和自己父親不親不近的曾經業務上的關係，眼下只能順風駛船，明明知道自己挨了一軟刀子，也得微笑地謝領導的情。

「哪裡，哪裡，工作需要嘛！不過，你考慮得對，雜誌社是報業集團的一個板塊！」社長很敞亮地笑著回應。

「這次調動，都是社長一手罩著，事情才這樣順，才這樣快。」一旦調整了心態，傅彬彬在說過年話兒方面是毫不遜色的。

「小傅，看你說的，我能怎麼罩著，我都是五十六歲的人了，正奔六哪，哪能和你們年輕人比？你看你，這次去海藻，一去就是挑大樑的！」

「就是去挑大樑也離不開社長幫扶！」傅彬彬微笑著握著社長伸過來準備送客的手說道。

傅彬彬從社長辦公室出來後，心裡如同一口吞下一塊兒又粘又涼的粘糕，堵得心裡難受，眼淚直在眼眶上轉轉。她一路小跑地回到自己的宿舍關上門一面哭，一面「流氓、騙子、政治惡棍、官僚、混蛋」地自言自語地罵了一頓。哭罵過之後，傅彬彬平靜下來，她覺得這事怪不得別人，怪只怪自己平日裡清高孤傲而牢騷話又太多，惹人嫉妒，自然有人給領導打小報告，領導聽到小報告自然感到不快，倒楣也就自然是早晚的事，要怪也只能怪自己那天和鐵犁見面多了那句嘴。嗨，這鐵犁也真是的，這麼大的一檔子事怎麼能不和人家好好合計一下再說。

想到這裡，傅彬彬給鐵犁辦公室打了個電話：「喂！是鐵犁主編嗎？」

「我是鐵犁，你是？」

「我是傅彬彬！」

「啊！傅大美女記者，不，今後應該叫傅大美女編輯！嘿嘿！」電話裡傳來鐵犁流氣的笑聲。

「我，我，真是讓你害慘了！哪有這麼離譜的事？人事調動這麼大的事，我一句玩笑，你也當真，即便是真的，你也得和我商量一下不是？」

「對不住！對不住！傅大美女，我對你的文筆可是仰慕已久，我真是求賢若渴、如饑似渴、望梅止渴呀！哈哈！說實在的，咱們濱州這個城市，小地方，人才難覓。不過，話又說回來啦，雜誌社和報社可都是報業集團的，你就是不跟我說，我也想辦法準備挖你去！」

「鐵犁！你還有理了，一套一套的，你知不知道人家的感受？」

「傅大美眉，傅大美女，傅大編輯，千錯萬錯，好在木已成舟，樹已成橋，生米煮成了熟飯。作為一家人，下一步，合署辦公，對於你來說，也就是換個樓層而已。改日你來雜誌社報到，我和雜誌社全體同仁隆重為你接風，給你賠罪，好不好？那就這樣，我先撂了，哈哈！」

傅彬彬放下電話，想著自己有些離譜地被人家稀裡糊塗地人事了，心裡鬱悶，感到非常的窩囊。這時手機裡收到一條由陌生號碼發送來的短信：「魚對水說：『你看不到我的眼淚，因為我在水裡。』水對魚說：『我能感覺到你的眼淚，因為你在我心裡！』一切偉大的行動和思想，都有一個微不足道的開始。上帝能為我們關上一扇門，也能為我們開啟一扇窗戶，因為，上帝知道我們熱愛陽光！讓我們一起追求快樂！祝天天快樂！鐵犁。」看完短信，傅彬彬把鐵犁的手機號碼保存在手機裡。

傅彬彬雖然是外經貿大學畢業，但是，出於對文學的酷愛，所以，在文學方面的造詣早已超越大學中文專業的水準，絕不是一般文學青年可比。看到鐵犁發來的那富有詩意、富有哲理的優美文字短信，心情一下子好了許多，腦子也清醒了，像是抹了清涼油似的。她此時想，既然事情已經不可逆轉，那就隨順而安、隨緣放曠吧！反正算是單位內部調

動，正好可以從事自己的純文學專業，寫點多年來一直想寫，又一直沒時間沒機會寫的散文、小說啥的，豈不是更好？再說，編輯部的工作悠閒得要命，讀書、喝茶，自在得要死！想到這裡，心裡反倒阿Q起來，心裡說：「哼！有意思，這事我傅彬彬正求之不得呢！」

二

宿舍的牆上掛著傅彬彬和任信良三年前拍的婚紗照，照片上寫著「佳緣」二字，傅彬彬穿著白色的婚紗，任信良穿著白色的禮服，兩人親暱地靠在一起相互注視著。看著牆上照片裡的任信良，傅彬彬眼睛眨著，不由自主地「吧嗒吧嗒」嘴巴。她感覺此時正如同在吃一塊兒香甜的奶油蛋糕，送進嘴裡不用咀嚼，它便慢慢地融化在嘴裡，然後再香甜地嚥下去。那滋味好像渾身上下都因為吞嚥了奶油蛋糕而變得香甜氣十足了。看著牆上照片裡的任信良，此時的傅彬彬忽然對婚姻產生了一種強烈的渴望感，她有了一個新的想法，那就是自己掏錢買房子儘早和任信良結婚，她要把任信良趕緊娶過來，而不是把自己嫁到翡翠園中任信良的家裡去。

這樣一個接一個的念頭像一個接一個的火苗，這一個接一個的火苗最後滙聚成了一個火球，越燃越大，把傅彬彬燒得渾身燥熱起來。她忘記了這離譜的人事調動帶給自己的憋悶和窩囊，她心情美美地給任信良發了個短信：「良子！我想你，我想見你！晚上6點，黑天鵝酒店西餐廳，好嗎？」傅彬彬一顆躁動的心隨著短信一起飛了出去。其實，她完全可以拿起電話直接和任信良交談，但是，傅彬彬的心裡藏著一份半年來壓抑著的羞澀和遮掩。這次任信良沒有讓她失望，沒有讓她多等待一秒，在她心想的一瞬間，短信來了：「彬彬，我也想你！6點見！」傅彬彬看著短信，一抹的紅暈沖上臉頰。

「黑天鵝大酒店嗎？我是濱州日報社的，0519或者0516這兩個房間，有沒有預訂出去？哦，沒有！那好，0519房間預訂兩天！對，必須是0519！今天下午5點之前辦理入住手續！好的，謝謝！」

傅彬彬放下電話長出了一口氣，她看了一眼牆上大婚紗照中的任信良，自言自語地笑著說道：「壞蛋！看我怎麼收拾你！」

傅彬彬提前來到黑天鵝大酒店，辦理了入住手續，拿著0519房間的鑰匙卡便上了樓。她進了房間，首先脫衣洗了一個熱水澡，然後，描眉畫臉地修飾一番，渾身上下弄得香噴噴的之後，這才從容地來到二樓的義大利那不勒斯餐廳，選了一個比較好的位置坐下來，一邊點菜，一邊等著任信良。她為任信良點了一份香草汁羊排、一份那不勒斯蔬菜湯、一份主廚沙拉、一份正宗的義大利生火腿、一份義大利番茄蒜蓉烤麵包，當然，她自己的那份和任信良一樣，最後要了一瓶義大利乾紅，她正優雅地用手指點著菜單呢，一抬頭，看見任信良正一聲不吭地站在她的身後看著她的一舉一動。

「嚇死人呀！真壞！不聲不響的！」傅彬彬撒著嬌氣。

任信良時常感覺傅彬彬要麼表現出50前一般的成熟和守舊，一會又表現出80後一般的孩子氣來，讓任信良這個老男人著實地體會到年齡的差距帶來的跳躍性感覺。

「哈哈！滿像樣子嘛！請看！」任信良說著從身後拿出買的那束藍玫瑰鮮花。

「呀！鮮花！真好。」傅彬彬說著一把搶過任信良手中的藍玫瑰，長長地使勁嗅了一口！「哇！真清香！」接著又「唉！」的一聲。

「怎麼？不喜歡！」任信良坐在傅彬彬的對面，一面打開餐巾，一面問道。

「我是心疼錢，太不實惠了！」傅彬彬一邊嗅著花香，一邊小聲地說道。

「嗨嗨！真是只許你們當領導的放火，不許我們當群眾的點一回燈？都吃上西餐啦！還哭窮？三十年前有一位中央領導就曾說，全國人民都吃上西餐了，中國就實現共產主義了！」

「說什麼呀！吃西餐，還不是為了接地氣，與群眾打成一片，與群眾縮短距離？」傅彬彬故意板著面孔拿著腔調說著報紙上的套話。

　　任信良一臉壞笑跟傅彬彬對著眼色說道：「我代表廣大人民群眾，謝謝領導美意！」任信良拿起桌上乾紅酒瓶，看著上面的商標和說明，對傅彬彬說：「領導，如果沒猜錯，領導還安排了專門的房間，以便於和我這個群眾代表近距離、面對面、全方位地做進一步深入交流，對不對？」

　　傅彬彬被任信良逗得也頑皮地舉手，搖了搖房間鑰匙卡說道：「說對了，今天領導就是要和群眾緊緊地打成一片，與群眾心貼心、心連心！」說完，自己先憋不住：「噗哧」笑出聲來。

　　任信良招呼了一下餐廳服務員。「晚餐不開酒了！這瓶酒換成國產的長城乾紅赤霞珠，連同酒具給送到房間去！」

　　傅彬彬跟著說道：「0519房間！簽單！」說著把房卡遞給服務員看。

　　「彬彬，今天這是為慶祝中國奧運勝利閉幕，還是？我看這神情、情緒有點不太對勁兒呀？」

　　「算讓你猜對了！真窩囊，真憋火！」

　　「怎麼，遇到什麼煩心事了？」

　　「良子，你說我倒不倒楣，我被人事調動了！」

　　「被人事調動？」

　　「可不？開玩笑一句話，報社把我調海藻雜誌社當編輯了。真氣人，我算是明白什麼叫暗算了！」

　　對於傅彬彬的這句話，任信良多有瞭解，濱州日報社內部錯綜複雜的人際關係，常常讓傅彬彬發牢騷。

　　「就這事兒？我還以為什麼要緊的事呢。只要你身體好好的比什麼都強，其他都是身外物。自己人事被調動只能說明和領導之間的個人關係被動唄，還能有啥好說的？再說了，到雜誌社我看也不錯，掙錢少點但是挺清閒的。」任信良喝了口水，有些不屑地說道。

　　「說得是沒錯，但是，心裡窩火呀，你說當領導的怎麼能這樣呢！良子，你說領導是不是都這德行？聽不得不同意見，喜歡拍馬溜鬚、送禮舔屁股的。」

「嗍呵！我們的傅大記者也說起葷口來了，新鮮！」

「哼，還不是讓這些小人混蛋給氣的！給逼的！」

接著，傅彬彬把事情的原委又從頭至尾地和任信良說了一遍。任信良像個認真的聽眾耐心地聽著，此時此刻，傾訴是一種宣洩和釋放，而傾聽則是一種關懷和慰藉。發洩完牢騷，傅彬彬的情緒變得快樂了，兩個人吃完了西餐，一起來到0519房間。

一進房間，任信良如到家一般，脫衣準備洗浴，一邊說：「彬彬，看來真開竅了，搶銀行了吧？」

「不搶銀行，就開不起房咋的？又不是成年累月地包房，反正我是想開了！」傅彬彬回答著。

「女人想開了，我們男人也想通了！」任信良吐了一下舌頭，穿著褲頭兒進了衛生間。

傅彬彬衝著任信良的背影撇了一下嘴，手裡使勁開著乾紅的酒瓶，她開了酒瓶，把乾紅倒入透明的鯉魚形態的玻璃醒酒器中，晃動了一下，放到茶桌上，觀賞著燈光映照下的玫瑰色的乾紅酒液，酒液在經過了一番搖晃之後，吸收了大量的氧氣，正慢慢地從惰性中甦醒，雖然酒液恢復了平靜，但是熱情的活力在平靜中正在不斷地增長。

一會兒的工夫，任信良穿著鬆軟寬大的白色浴服香氣四溢地從衛生間裡出來。

「哎呀，好久沒這麼享受了！真放鬆！」任信良搓弄著潮濕的頭髮說道。

「是啊！我們這才叫真正的享受，真正的放鬆，因為是花我們自己的錢！」傅彬彬回答道。

「多少錢一宿？」

「你忘了？我們報社和黑天鵝是合同單位，淡季三折，不到五百塊兒！」

「不錯！價格不錯！我剛把調研報告和申請交上去，我相信市裡會

有個安排。等我恢復了工作，就能補發一些工資，你喜歡，咱們每週來一次！」

「花公款開房？我才不來呢！我不成了賣身的小姐啦？老公，我想好了，我要自己買房子，差不多大小的，六七十平米就好，咱們倆住輕鬆足夠了。」

「你準備貸款？」

「是啊！那有什麼大驚小怪的，大前年炒股賺的錢，我還有四十多萬呢，我再貸點款，不成問題的。照現在的發展形勢，濱州市房價將來還得漲，早買早省心。前幾天，我還去看了一個海景樓盤，新開發的，明年1月份交房，我們報社的同事有關係，代我交了一萬塊的誠意金，哪天咱們倆一起去看看？不滿意，誠意金可以要回來的。」

「好啊！只要你中意，彬彬，房子還是我來買吧！這幾年我也沒給你買什麼？」

「不！我不用你的錢！信良你記住了，一個一心一意和男人真心廝守的女人，是不會亂花心愛男人一分錢的！你知道嗎？我想好了，我一定要把你這個老男人娶過來！」

「嘿嘿，真的？那我就打扮得漂漂亮亮地嫁過去好了！」任信良做著怪臉，故意扭了一下腰，開著玩笑地說道。

「信良，你還記得我們的第一次嗎？」傅彬彬的聲音輕緩下來。

「當然記得，是我們現在這黑天鵝的1910房間呀，我說的沒錯吧？」

「還行！一點也沒錯！」

傅彬彬點著頭，滿意地笑了，臉上緋紅起來。她站起身來，把椅子搬到任信良的身邊，身體往任信良的身上靠靠，任信良順勢把手搭在傅彬彬的肩上。

傅彬彬端起高腳酒杯，仰著臉，眼睛裡流動著深情說道：「衷心祝願老公！早日官復原職！」

「也祝賀我的彬彬，工作調動，心情愉快！」

　　兩個人的酒杯清脆地碰撞在一起。

　　傅彬彬和任信良乾完一杯酒，傅彬彬放下酒杯，拿起手機，手指一番操作，《激情燃燒的歲月》主題曲便在0519房間裡響了起來。樂曲響起首先是銅管聲部勾勒出一幅寥廓的天空；緊接著的弦樂奏出氣勢磅礡的第一主題，那是火紅的太陽躍升出遼闊的海面，朝霞烘托著冉冉的紅日，躍上聳高的山頂；流水般美妙的鋼琴旋律此時此刻彷彿在傾訴著那個讓人魂牽夢繞的激情燃燒的歲月，質樸柔和的旋律，宛如一隻白色的蝴蝶，又似一隻潔白的鴿子，輕快地翻飛著；急劇的鼓點敲擊出第一主題的變奏，那鼓聲的敲擊彷彿是心臟的劇烈的「咚咚」跳動，表現出正在與死神和命運進行殊死的抗爭，黎明前的黑暗與光明、生存與死亡的殘酷爭鬥、希望與毀滅相互交織著；一番殊死的較量之後，大提琴奏出了森林與古堡般的靜謐；在寂靜中，異常柔美的小提琴獨奏為歷盡磨難的生靈開啟了一種可能，彷彿是劫後餘生的他在急切地呼喚和找尋她的摯愛，木管的深情回應，加重了這種劫後重逢的相互傾訴和久別重逢的纏綿；隨後一個個樂器聲部逐次加入，恰似朵朵蓮花在一瓣一瓣地綻放，露出美麗的花蕊，天空中烏雲正遠遠地散去，燦爛的陽光普照著大地；當木銅管聲部與弦樂聲部次第與小提琴再次交織時，最後展現的是一幅安逸祥和的甜美景象，生命煥發著勃勃的生機，蘊藏著無限的力量與希望，光榮的歲月！奮鬥的回憶！還是那寥廓的天空，朝霞烘托著冉冉的紅日，火紅的太陽躍升出遼闊的海面，並一直躍上聳高的山頂，那山頂上矗立著一個石碑，石碑上閃耀出金光閃閃的兩個字──「信念」！這首交響樂，任信良非常地喜歡，他甚至有兩張這首交響樂的CD。傅彬彬知道他喜歡，所以，專門下載到手機裡，春節過後，在兩人心中存留了幾個月的不愉快的陰霾，在樂曲伴奏下和紅酒的滋潤中逐漸地散去。

　　房間的黑暗中，任信良曾經幾次用嘴和手試圖阻止傅彬彬的叫聲，這種阻止的反應並不是因為出於對酒店這種場所的陌生和擔心，而是床

上放縱張揚的傅彬彬讓任信良感到有些吃驚甚至有些恐慌不安。傅彬彬的反應那是一種極度的緊張乃至到了極點之後，因為痙攣和顫動所不由自主地釋放出來的。傅彬彬發出的聲音是來自她身體最深層的聲音，她試圖在做一種努力，那是一種強烈地希望進入到任信良的身體裡而想成為任信良的身體一部分的努力。她是想通過這種拚命的努力試圖讓任信良也快速地進入她的身體裡與她融在一起？還是因為怕失去這一切而擔心恐懼？這是兩個人相識以來最強烈和最震撼的一次結合。即使是三年前，傅彬彬為了他而專程赴北京美容，並且修復了處女膜那一回，任信良也沒有感到像今天這一次的強烈和激動。

那一次傅彬彬給了任信良有生以來記憶最深的一次快樂：任信良抱起閉著眼睛的傅彬彬，走進銀河公寓的那間臥室，當時自己小心翼翼的樣子像捧著一顆即將到點的定時炸彈。他輕輕地把傅彬彬放在席夢思床上。傅彬彬沒有替任信良脫衣服，而是眯縫著眼極其享受地看著任信良為她脫著衣裳。任信良脫著傅彬彬的衣服，那是一件真絲的墨綠色的睡衣，兩個吊帶兒滑過肩膀，便可以一下子從上蛻到底。任信良手很輕很慢，似乎傅彬彬就是一位重傷員，他怕弄痛了傷患的傷口似地，小心翼翼地把傅彬彬的睡衣蛻了下來。傅彬彬的身上沒帶乳罩，沒穿內褲。白皙光滑的皮膚，修長的身體，原來淺淺的乳暈在做了隆胸手術之後，顯得更加嬌嫩，長長的清水掛麵頭髮，烏黑油亮地散在肩膀上。脫去衣裳的傅彬彬雙腿放鬆交叉疊放在一起，此時更像是一條剛被非法捕撈者打撈上岸的美人魚，因為缺氧嘴裡冒著泡泡兒。任信良趕緊三兩下脫了個精光，他要立刻搶救這條美人魚的生命，他要給美人魚人工補氧、人工補水。

「老公，你不看看嗎？」

「我不看，我看過的，我認識那玩意。」

「那你更要看看！」

「那好吧！我看！你閉上眼睛！」

任信良像個潛水夫，兩手開路，兩眼搜索，終於，他看清了那個

讓中國七千年來的所有男人們一致特別關注的，象徵著一切真，象徵著一切善，象徵著女人底價的那個似皮非皮，似肉非肉，富有一定韌度的軟組織──處女膜。任信良一邊看著，一邊在記憶的腦海裡連結著當年石美珍的處女膜，他記憶中的石美珍的處女膜是不規則的，好像也不美觀，而今天這個號稱國際一流的貨真價實的人工精品形狀規則美觀。

潛水作業完畢，任信良浮出水面，他想好好親吻一下傅彬彬。傅彬彬卻把臉扭到一邊說道：「把燈關了吧！」

「燈光刺眼？」暖色調的檯燈光線本來是柔和若暗若明的。

「我不喜歡開著燈。」

傅彬彬說這話時，任信良想起一個歌名：〈羞答答的玫瑰〉。於是，任信良關了燈。

在傅彬彬慢慢地發出呻吟聲的時候，任信良輕輕地將鑽頭放到井口上，猛地一用力，井鑽便穿破了泥層。傅彬彬叫了一句：「不好，媽呀！」便哼哼著叫起來。任信良一邊動作，腦子一邊浮現著隆隆轟鳴的高速旋轉的石油鑽井的鑽桿，混合著泥漿，不斷地往地下的深處衝擊著，衝擊著。

當傅彬彬忽然身體一挺哼哼唧唧起來時，任信良一邊打著井，腦子裡想起一句「假貨真好」的話來，心想如果把「假貨真好」唸成「假貨真──好」來，該有另一番意味的。

汗水順著任信良的脖子和背上淌下來，傅彬彬用手替任信良擦了一把汗水，說道：「好了嗎？」

「好了，但是，井裡還沒有打出油來！」

「老公我累了！」

「我也休息休息，等半夜的時候，再打井吧！」

「好的！」傅彬彬熱吻了一口任信良。

兩個人癱軟地睡了過去，不知睡了多久？反正是兩個人中間一起醒來，加了個夜班。在這個夜晚裡，任信良不僅打了井，還把國際一流水準工藝修復的井口弄得破損不堪，末了還往井裡灌滿了油。

三

2008年9月15日，這天，任信良坐在辦公室裡，通過網路觀看了發生於2008年8月1日18時09分22秒的日全蝕視頻：新疆東部伊吾縣，一輪紅日唯美地斜掛在西天上，隨著太陽右下角忽然出現一個小小的缺口，從神州大地中國的西北角開始，中國迎來了本世紀首次日全蝕天象。日蝕發生後，日蝕缺口漸漸地越來越大，明亮的日面也越來越小，太陽一反常態地躲進了月亮的身後，兩分鐘之後，伴隨著西方天空中最後一縷陽光的漸漸淡去，鑽石般晶瑩四射的「貝利珠」出現了。短暫的二秒鐘過後，月亮完全遮住了太陽的光輝，整個天空一片黯淡，水星和金星熠熠生輝。黑色圓盤四周被一圈銀白色的日冕層光圈包圍著，精彩壯觀的日全蝕天象持續了整整兩分鐘。北京時間19時21分，日蝕帶離開了地球，日全蝕結束。這次日全蝕吸引了數十家海內外媒體，包括中央電視臺、中央人民廣播電臺在內的多家媒體都對日全蝕過程進行了現場直播。媒體報導，這次日全蝕是繼1980年和1997年之後，中國境內再次出現的日全蝕，而且此次發生日全蝕奇觀之後，中國將進入一個日全蝕的「高發期」。未來五年內，中國的公眾可以欣賞到四次罕見的日蝕天象，其中兩次為日全蝕，兩次為日環蝕。由於太陽活動週期約為十一年，在幾年時間內能集中出現如此多的日蝕天象實為百年罕見。

日全蝕的全過程美輪美奐，日全蝕的奇幻與美麗是自然之造化，但是，在這美麗的同時也伴隨著日全蝕的陰影。近萬年的中國文化，古老的傳統習俗讓任信良在感受這百年難遇的日全蝕的同時，內心裡也藏著一份對神祕自然現象的敬畏與猜測。如果這次美輪美奐的日全蝕是在迎接北京奧運會的召開，那麼，前不久，圈子裡流傳的有關能源集團公司全盤收購創億股份有限公司並且全面託管創億集團的消息，就應該預示著全市國企系統即將到來的巨大變化。只要是消息，不管真假都不是空穴來風。因為在2006年，市面上就流傳著王超凡雄心勃勃地準備整合全市能源行業的消息，所以，此次收購創億股份的方案應該是真的。問題

是這方案的背後又牽著一個怎樣的利益平衡的鏈條，那就是耐人琢磨的事了。

　　任信良看著電腦網路上的日全蝕照片和視頻一邊在心裡犯著核計，一邊企盼著這百年一遇的日全蝕在冥冥之中能給自己帶來意想不到的好兆頭。李景玄師弟前些日子的一次人生命運與陰陽的批解，促使任信良理清了思路，從而下定了決心。就在一個月前，他向市委組織部提交了一個申請報告，又通過王若歆向市委提交了一份關於濱州市國企改革發展及濱州市能源發展戰略的調研報告。第一份報告的內容迴避了對自己入監近九個月的處理問題上的是與非，他只是緊緊抓住市委組織部2006年7月文件：「任信良不再擔任濱州創億集團股份有限公司法人代表、董事長，濱州藥業連鎖公司的法人代表、總經理職務。等待另行安排工作」的行文內容，寫了自己兩年來的思想感慨和調研體會，請求組織上在本市國企系統為自己安排一個能夠為濱州市的國有經濟騰飛做出貢獻的崗位，發揮自己的特長和綿薄之力。申請報告謙詞規整，立意高調，心態積極，語氣平和，讓人看不出有一點受委屈而情緒化的東西，報告內容沒有絲毫的向組織上討價還價和興師問罪的味道。相反，如果讓瞭解當時事情發生的背景原委以及任信良為人的領導同志看了這份申請報告，會感到這是一份在放長假的企業領導人員向組織上寫的思想彙報。任信良提交的第二份報告是關於濱州市未來能源行業發展前景的研究報告。事後據王若歆電話說，這兩份報告都已經轉給分管的市委常委簽閱了。任信良心裡想：「如果按照目前濱州市國企的改革整合力度，自己的要求應該是合理合情的，是按照市委組織部的文件來的，一個要求安排工作的申請並不是給市委出難題，在差不多的一個國有企業裡給安排個副總實在平常不過的要求，應該難度不大吧？」任信良心裡正想著，手機響了，出乎他的意料，竟然是市委常務副書記王曉航的來電。

　　「信良，忙什麼哪？」電話裡傳來久違了的王曉航的聲音。

　　「啊，書記好，沒忙啥，公司裡的一點小破事。」任信良眨著眼睛，腦子裡想著王曉航此時打電話的神情。

「老弟，真不愧是我的老弟呀！潛伏得深呀！」電話那邊王曉航的聲音有些意味深長，又有些陰陽怪氣的。

「書記，咱們之間還有啥說的，您別嚇唬我，有事請吩咐！領導，您瞭解我，兄弟膽小！嘿嘿！」

「我瞭解你？我才不瞭解你哪！哈哈，我要刮目相看老弟啦！」

王曉航電話中陰陽怪氣的口氣實在讓任信良感到出乎意外。自從辦了公司之後，任信良就沒能和王曉航再坐到一起。自從被關進看守所那天起，任信良就已經自知之明地知道自己已經出圈子了，已經被濱州市的官商們踢出了局。自己得識時務，明事理，人家不喜歡帶著自己玩，還硬是厚著臉皮地纏著人家，結果只能是讓人家越發地討厭，因此，不該自欺欺人地自找沒趣，自討尷尬。然而，此時此刻，用了不到半年多的時間便躋身濱州市委常委、常務副書記，成為濱州市市委書記唐天明身邊紅人的王曉航能主動給自己打電話，而且通電話的語氣，絲毫讓你感覺不到這是相隔很久沒通過電話，那熱情勁，那自然勁，若是讓不瞭解底細和背景的人聽到，會以為這是一對兒好成一個蛋的鐵哥們在閒得沒事的時候磨牙嘮嗑開心逗樂。不過，王曉航說話的口吻卻只有任信良能品出其中的耐人琢磨之處。

「這從哪說起呀？曉航書記。」

「一句玩笑，完全是開玩笑！閒話少說，今天你就不要安排活動啦，下班後5點半，你到市委南門外的『紫源茶舍』等我，我有話對你說！」

「好的，領導！明白！晚上見！」

任信良放下電話，心裡打著鼓，耳朵裡「通、通、通」的是自己的心跳聲，彷彿身外沒有聲音一般地寂靜。該會是什麼事兒呢？莫非報告轉到王曉航書記手裡？莫非市裡對自己已經有了具體的安排精神？王曉航剛才還特別用了「潛伏」兩個字，又用了「刮目相看」這個詞，任信良心裡掂量著，腦子裡轉悠著。轉悠著，轉著轉著，任信良的心便轉到王曉航剛才電話裡提到的市委南門外的「紫源茶舍」。「紫源茶舍」是

曾經一塊兒的所謂獄友馮愛東，外號「大瘋狗」的小兄弟按照任信良當初的授意和思路開設的。任信良想到這裡隨手便撥通了大瘋狗的電話。

「兄弟啊，我是信良！」

「大哥，啥——事？又好久沒——在一塊兒堆兒——地聚了！」大瘋狗口吃，結結巴巴地說話。

「啊——就——不——錯嘛！現在連——連市委常委，也就——光顧紫源——茶舍了，生——啊——生意興隆，名氣——不錯嘛！」任信良故意結結巴巴地學大瘋狗說話

「嘿嘿！多虧大哥指點，否——則，哪有今天！」大瘋狗讓任信良一學結巴得輕了許多。

「瘋狗，你聽好啦，今天5點半，市委王曉航副書記約我到你那談事，我這可是第一次到你那露面，到時候，可別整露了！」

「明白，放心！大哥！這——是規矩，沒你的話，我——根本不認識你！你——放心好啦！」

「哈哈，少來這套，咱們這是互相負責任！」

「大哥放心！絕不誤事！」

大瘋狗為人處世的熱情和機靈，眼睛會看事，非常知道眉眼的高低，與人打交道說話也講究，這兩年在任信良的影響下，進步很大。當年在看守所裡，大瘋狗開始時是老大，對於新來的人都要按規矩幫助幫助，結果湊到任信良身邊準備下手的兩個混混，一個被任信良放倒在地，一個被借勢送到牆上，撞暈在地。任信良的身手不凡令大瘋狗不敢小看，本來大瘋狗就不敢把事鬧大，只是想對新進來的耍耍威風而已，所以，事情過後，大瘋狗主動靠攏任信良。在後來的半年多時間裡，大瘋狗成了任信良的一個忠實義氣的小老弟。大瘋狗沒進看守所以前，是專門做負責替人追帳討債、動遷等事的，仗著社會上有一幫子弟兒，兩句話不對心思就動武玩兒橫的，所以常常打架滋事。這次進看守所，也是因為和手下的小兄弟在動遷工作中打傷了動遷戶。馮愛東和任信良成為朋友後，不時得到任信良的點化和開導，於是，馮愛東這隻大瘋狗終

於思想開了竅，學得聰明起來了。受了任信良的影響，瘋狗在官司了斷之後，改頭換面，把精力轉到做生意，和跑關係上，就連房屋動遷這類的事，也講文明，講法制起來。眼下，茶館生意和動遷、拆遷的業務都做得順風順水的。

傍晚5點半鐘，任信良準時來到「紫源茶舍」。「紫源茶舍」大門的兩側，是兩幅刷著黑漆、燙著隸書體金字的木質楹聯。楹聯上聯是：「到此事事皆放下。」下聯是：「由此步步總登高。」這些設計和創意都出自任信良的手。任信良駐足看著楹聯，心生一股自豪感，剛要伸手掀開門上的竹簾，「領導好！歡迎光臨！」一聲爽朗熱情的招呼聲便響起了。

任信良對著快步迎上前來遞著眼色的小老弟大瘋狗平靜地問道：「老闆，有位王先生在哪個單間？」

沒等大瘋狗回答，王曉航便出現在單間門口。「來來！老弟，在這！」

任信良衝著大瘋狗一點頭，大瘋狗笑容可掬，躬了一下身子，「領導，您裡邊請！」隨著右手一伸，一位中等身高、身材適中、文靜靜地，長得乖巧玲瓏，穿著寶石藍色繡花旗袍的茶藝小姐，笑臉盈盈地從大瘋狗身後閃出，輕飄飄地站在任信良側前，點著頭前行，把任信良引進雅室單間。

這是一間四人坐的茶室，紫漆的藤桌椅，小巧的紫砂茶具，牆上是紫色的掛扇。

王曉航儀態端莊伸出手溫軟地與任信良握著手，就像經常見面似地慢悠悠說道：「來，坐！坐！咱倆好好喝茶，嘮嘮！」

穿著寶石藍色繡花旗袍的茶藝小姐跟在任信良身後輕輕地隨手合上拉門。

「領導，這裡滿幽靜嘛！環境不錯，雅致！雅致！還是領導懂生活。」任信良笑著恭維道。

「感覺不錯吧！這就叫與時俱進嘛。現在的時尚是請人家喝酒，不如給人家送禮，請人家吃飯，不如請人家出汗！信良，你說出汗這種形

式多健康呀！提到出汗，如今出汗的方式你說有多少？跑步健身、打球運動啦、汗蒸桑拿啦等等，但是，這些都體現不出咱們中華祖先的深厚底蘊，飲茶出汗法，內外兼修嘛！」

王曉航笑容可掬，一番話傾瀉而來，讓任信良感到王曉航這三年來的變化很大，就連笑容都變得高級領導化起來。

「是嘛！沒想到，學問還這麼多，哈哈！看來我這兩年是落後啦！」

「誰說的？誰不知道信良老弟底蘊深厚？」

「真的！領導，你要多教教我，時代發展太快！」

寶石藍花旗袍動作嫻熟優雅，富有節奏與韻律，在晶瑩纖細的手指和白淨淨、粉盈盈的兩隻小胳膊的上下揮舞下，一泡兒泛著亮麗棗紅色的茶湯呈現在兩個人的面前。

「兩位領導，請品茶！」寶石藍花旗袍的聲音圓潤、婉轉、輕緩。

任信良藉著行茶禮，仔細地打量了一下這位寶石藍花旗袍茶藝小姐。圓圓的、白白的銀盤子樣的小臉，細眉細眼，小圓鼻子，兩個小酒窩，兩隻眼睛在那眯縫得恰到好處的細長單眼皮的襯托下，給人一種總是在微笑的感覺，讓人看了感到嘴裡進蜜一般甜兮兮的，對了，那是一種櫻桃一樣的靚麗，荔枝一樣的飽滿，草莓一樣的鮮豔的感覺，而且這種感覺是任信良有生以來所從未有過的，他心裡暗暗地驚歎上天造化的神奇。

「宋菁小姐來自廣西，怎麼樣？南國氣質不錯吧？」王曉航看了一眼宋菁後問任信良。

「茶不錯！人也不錯，茶香人美，氣質清新，韻味高雅！技藝高超，風格獨到！」任信良隨口誇獎著，嘴裡感覺甜兮兮的，眼神有些發直，一瞬間便掛在宋菁的眼睛裡，沒能立刻扯出來。

「啊廣西，廣西好！廣西好地方，廣西有好茶，廣西有六堡茶不錯！」任信良看著宋菁心裡起了波瀾，出現了有生以來第一次接人待物時的措詞的慌亂，以至於在一句話中接連說出了五個「廣西」單詞。

「謝謝領導的誇獎！」宋菁接著任信良的眼神之後，笑著低頭致意，為任信良的茶杯裡添了一點茶湯，然後說道：「六堡茶屬於著名的黑茶，紅濃陳醇，是我們廣西的地方特色茶。不過，我還是覺得今天的大紅袍茶獨特的醇厚岩韻與清香清列更適合二位領導的身份和格調。」巧妙得體的回答從一身得體的寶石藍花旗袍宋菁的口中流出，越加顯得高貴有深度。

「信良老弟就是會討女人歡心，說出來的話，總是一套接一套的，也難怪女人喜歡。」王曉航說道。

「看領導說的！哈哈！」任信良讓王曉航說得有些不好意思。

「好啦！言歸正傳。」王曉航表情嚴肅起來，接著問道：「唐書記和你有關係吧？」

「誰？唐書記？哪個唐書記？」任信良一時確實沒有反應過來。

「這還能有哪個唐書記？唐天明！唐書記！咱們的濱州市，堂堂的老一嘛！」

「你是說唐書記？嗨！這不扯嗎？我出事那年，唐書記還沒來！等到處理結果出來的時候，唐書記才來濱州主政，我要是和唐書記有關係，還至於等待分配工作這樣弔詭的結局？曉航書記，和唐書記，我是從沒有打過任何交道的，騙您！我是王八蛋！」任信良發著牢騷的同時，感到有些莫名其妙。

「老弟，沒關係好辦，有關係更好嘛。」王曉航的話一語雙關的，他話鋒一轉，接著說道：「不過，你這麼一說，我倒認為你說的是事實，行啦！不說了！信良，你知道嗎？這次我找你談話呢，可是老一特地讓我找的你喲！你小子可別心裡沒數，我的老弟！」

任信良有些摸不著頭腦，說道：「唐書記讓領導找我？領導，到底什麼事！我有些懵呀！」

這時，任信良的手機響了起來，任信良拿起手機看看號碼是個座機號，對王曉航笑笑說：「領導不好意思，我接個電話。」便按下接聽鍵：「你好，請找哪位？」

「是任總嗎？我是市政府辦公廳的老曹呀！」

老曹叫曹玉賢，是市政府辦公廳的副主任兼秘書一處的處長，前些年打過幾回交道的。任信良腦子轉著，這市長一秘打電話能是什麼事呢？

「啊！是玉賢主任，好久不見，有什麼吩咐？」任信良的口吻顯得很親熱。

「哪有什麼吩咐！難得任總記性是這樣驚人，還記得我這快到站的人，嘿嘿！是這樣，何市長讓我給你打個電話，想約你明天上午9點到辦公室談談，你看方便嗎？」

「何玉亮市長找我談談？」任信良一方面表示感到意外，另一方面大聲地看著王曉航說話，是讓王曉航聽見。

「那沒錯！任總，沒什麼問題吧？」

「啊，沒問題，沒問題。」

「既然沒問題，你看明天怎麼去接你呀？」

「那多不好意思！不用接，我準時到就是！」

任信良與曹玉賢通話的同時一直關注著王曉航的表情，王曉航的表情自然平常，似乎對這類事情司空見慣一般。這樣一來，任信良心裡就更有些沒底了。

放下電話，任信良對王曉航說道：「領導，你都聽見了，何市長召見我！什麼意思？」

「這就對了嘛，老弟，你時來運轉了，何市長召見也是唐書記定的，這也是我今天約你的原因之一。」

「如果真能時來運轉，這也是曉航兄關心的結果！」任信良的話讓人聽著熱熱乎乎的。

王曉航忽然停了下來，轉臉對宋菁說道：「小宋，你先迴避一下，需要你，再打招呼！」

宋菁微微地笑著說道：「不好意思，打擾領導了！」說著起身，緩緩地後退到門口。

　　王曉航看著宋菁拉上拉門，身體前傾低聲地：「跟你說吧，市委書記辦公會議已經同意了關於市政府關於濱州市能源集團公司全面收購濱州市創億集團股份有限公司，成立並打造濱州市創億能源股份有限公司的方案，促使濱州第一家國有上市企業的上市復盤，方案和書記會意見很快就會提交市委常委會正式討論通過的。唐書記指示要抓住這一上下重視的大好機遇，要舉全市之力來謀畫和扶植這次國企商購，讓濱州市的國有經濟通過這次的市場併購和整合，釋放出新的巨大的爆發力。」王曉航說這番話時情緒激昂，像是已經受領了一項重大的任務。

　　「這次的整合、併購還得到了正陽省委、省政府的高度關注和重視，唐書記對你可是親自點將呀！」王曉航繼續說道。

　　「唐書記真的點我的將？」任信良問道。

　　「是啊！你的申請，組織部有專門的意見，我簽轉給唐書記和何市長，我的意見很明確，任信良同志德才兼備，年富力強，經驗豐富，尤其對上市公司的運營與管理有獨到的體會和見解。」

　　「謝謝！領導美言。」任信良感激地說道。

　　王曉航擺擺手，接著說道：「為此，唐書記說：『任信良人才難得，任信良事出有因，任信良人要起用！』你我單獨見面也是唐書記定的，這不何市長也找你了？」王曉航端起茶杯喝了口茶，清了一下嗓子，停頓了一下，注視著任信良的眼睛，壓低了聲音說道：「其實，深層次的問題還是管理和掌控，唐書記不想看到創億的窩案重演，所以，摻沙子是市委的根本動意，他是不想讓王超凡完全帶著自己的班底成立創億能源股份！」

　　任信良聽著，微微地點點頭。

　　「這下明白了？考慮到你和王超凡過去交往平淡正常，外聘外調又不瞭解情況，到了實際之中又不一定好控制，所以，唐書記、何市長都覺得你是比較合適的人選。我這邊再敲敲邊鼓，就有了現在要研究的問題。」

　　「謝謝，謝謝，還是領導情意深重。什麼問題？領導請指示！」任信良發自內心地說道。

　　「首先，非正式地徵求一下你對重返創億，不！是加入創億能源的意見，包括，明天何市長與你談話，也都是務虛的。」

　　「加入創億能源確實是一件令我感到意外的安排結果，我感謝市委的關心和安排，謝謝領導的鼎力推舉和巧妙運作。」

　　因為，這幾年來的波折跌宕，確實讓任信良感到在遊戲規則之中，王曉航書記在關鍵時刻還是非常辦事，非常起作用的。任信良的心裡意願是抱著重回國企，最終實現和圓滿自己人生夢想的，這種重新回到濱州市的國有企業系統的內心打算和給市委組織部的申請，他僅僅在發給喬麗麗的電子郵件中和在傅彬彬的交流中透露過，但是，今天讓任信良自己感到意外的是，自己內心這種重新回到濱州市的國有企業系統的打算卻似乎與市委市政府的決策有著令人難以置信的巧合，而且這種令人難以置信的巧合安排狀態是這樣的有板有眼、有章有節、合情合理地在一步一步地進行著。任信良在心存狐疑的同時，不得不增加了幾分小心和留意。任信良想到已經沉寂股市的上市公司——濱州市創億集團股份有限公司得到了這次千載難逢的整合機會，從而能夠起死回生，鹹魚大翻身，便感到有一股熱流開始衝擊自己的全身；一想到市委將讓他重新回到那個隨時都能勾起他愛恨交加回憶的濱州市創億集團股份有限公司時，他的心情便有些沉重和黯淡，於是不由自主地在眼睛裡流露了出來。

　　「信良，我瞭解你，創億集團案子對你的打擊很大，劉志恆給你留下太多的傷心。俗話說得好：『壞事變好事。』古人曰：『禍兮福所倚也！』你是成大事之人，不會連這點文章都看不透吧？」王曉航用厚重的語調，看著任信良緩緩地說著。

　　「都是過去的事了，想起來就感覺太沉重，一時半會兒又忘不掉，有時候想想，其實過去的那些事從某種角度來說不一定就是傷害和倒楣，相反，我這兩年悟出了很多。」

「是嗎？說說看！」

「確實，以前是跟著志恆董事長忙著所謂的成功，以為人生只有成敗沒有是非，可是一旦經歷了那麼多事以後，我感覺踏實了、實在了、活得真實了、快樂健康、無所掛礙才是人生的根本。」

「哈哈！好嘛！老弟，你真得道了！」

「得道嘛！談不上，求本務實一些罷了！」任信良喝了一口茶，表情上散淡了很多，他看著王曉航，等待著王曉航說要緊的。

「當初，檢察院王澍嘉於立功，急於求成，所以，對於你的處理，現在看來非常不嚴謹，也非常可笑。市委責成市紀委重新研究，重新做出結論，按唐書記的話說：『身為領導幹部對待幹部的政治生命問題，絕不容許有半點的兒戲。』」王曉航說到這裡，顯得很動感情似的。

「唉！王檢當初的所作所為和表現，真的讓我感到很陌生和難以置信，當時，我有很長一段時間心裡還很不理解呢！」任信良隨手擺弄著桌上的紫砂茶寵──「馬上贏」，一邊搖搖頭，歎著氣，話裡有話地笑著自言自語道，眼睛只管看著手裡的紫砂燒製的空心茶寵。小茶寵小巧玲瓏，僅有半個手掌大小的一匹紫砂小馬昂著頭、揚著前蹄，背上落著一隻差不多占了紫砂小馬身體三分之一大小，比例誇張的綠色蒼蠅。

「信良老弟，你也喜歡馬上贏？」王曉航一語雙關地問道。

任信良抬起頭，笑眯眯地點點頭平穩地反問道：「難道領導不喜歡馬上贏？嘿嘿！」

王曉航沒有回答任信良的反問，接著說道：「按照唐書記做出的實事求是、是非分明、還信於民、樹黨威信的四點指示精神，我已經責成紀委組成專案小組，我掛帥任組長，爭取兩週之內，形成相關報告，對當初處理你的決定，重新做出解釋和結論。另外，跟你說吧！唐書記已經單獨跟何市長和我通氣，準備近日把王澍嘉調到市人大法工委擔任調研員。怎麼樣，感覺如何？咱們唐書記決心大吧！」

任信良聽著，點點頭。

「這麼說，我們任信良對加入濱州市創億能源股份有限公司，按照市委市政府的部署幹一番大事業，信心和決心還是滿大的嘛！哈哈！」王曉航爽朗地發出笑聲。

「請轉告唐書記，任信良一定盡職盡責，努力拚搏，不辜負組織的信任和重託。」

「好！信良，你這態度表得好！我們應該用事實還原一個真實的國有企業的領頭人任信良的形象，用事實來證明國企做強、做大、做好，不是虛幻的夢想！」

「領導，此次併購，既有市場規則，又有政府運作，多方的加持力度會使新的上市公司——濱州創億能源有限公司成為社會、市場矚目的焦點。創億股份是我任信良遭遇人生滑鐵盧之戰的地方，王超凡是濱州能源公司的締造者和掌門人，以前我們相互之間很敬，我任信良在王超凡心中究竟有著怎樣的形象和評價還不得而知，今後要在一塊兒搭班子了，難免需要磨合和適應，還只希望領導在我們倆中間多潤滑潤滑，面兒上多關照！」任信良誠懇謙虛地說道。

「你和王超凡都是咱們濱州商業界的精英人士和風雲人物，此次攜手登場，縱橫馳騁商場，我相信一定能演繹出一場精彩的商戰大劇。到時候，你們的創億能源股份公司可別忘了給我頒發人才推薦獎嘛！」

「那當然，信良一定重謝領導！」

「說重謝，就是見外，就是虛套，信良啊！回顧你我之間的相識相處應該說是地道的君子之交，你說對吧？」

「那當然！所以信良我很珍惜咱們之間的情份、情誼。」

「那好！說明我王曉航當初沒有看錯人！」王曉航說著，從胸口的衣袋裡，拿出一張銀行卡，「信良！這個卡還記得吧？」

任信良看著王曉航手裡的銀行卡，有些不解，但是轉念間一下子想到三年前的那個秋風陣陣、涼意深深的夜晚，在王曉航的車裡，他曾經為了感謝王曉航的深夜傳信，送給王曉航一張自己的銀行卡。怎麼？難道是那張銀行卡？

　　任信良裝著不知不解的樣子問道：「領導這個銀行卡怎麼回事？」

　　「信良，這個銀行卡是三年前的那個夜晚，你送給我的，我沒有動它，當時，我想還給你，但是，當時你的情緒和心情很不平靜，我回去冷靜一想，在當時那種情勢下，如果我硬退給你，會讓你覺得江湖世道、世態炎涼：勢來泥土成金，勢去黃金失色。所以，我寧肯在你的心裡暫時留著一個貪官的罵名，我也要替你保存著，就是想等一個恰當的時機還給你！」

　　「領導，曉航兄！」

　　「信良，你先聽我說。這三年來，我們經歷了一些事情，我呢，算是順風順水，按老百姓的話說，走了狗屎運。這些我都看得很淡，本來嘛！官場上我上你下、你上我下的，或者我當個什麼長、你當個什麼官兒的，其實都是很偶然的事情。人生悟透了，看開了，就不會把這些名利當回事。你有思想，有抱負，有責任，與一般的國企老總不一樣，這也正是我這麼多年來一直看重你的原因。所以，今天這張銀行卡物歸原主，請你收好！」

　　「曉航兄，嗨！這事情老弟早就忘了，要不是老兄提起，我這——」任信良嘴上一瞬間冒出一串言不由衷的話來，但是，沒辦法，也正因為這種言不由衷，才顯得人性的脆弱和真實。

　　「老大哥！這是小弟的一份情意，乾乾淨淨，就衝著當年老哥冒著違紀的風險給小弟送信，老大哥就應該收下！否則，信良我這心——」任信良眼睛濕潤，聲音哽咽。

　　「信良，三年前，你接到信息後，沒有馬上離開濱州市，我事後想了一下，我明白了，你這是在保護消息的來源！兄弟，我很感動，你不是膽小鬼。說實在的，當你被從飛機上帶回來之後，王澍嘉還曾在政法委的聯席會議上，話裡話外地說到你的出走是有人走漏了消息，要嚴查等等，這些話後來都傳到我的耳朵裡，這個人讓人難以理解，太令人不可思議了！」

　　「確實！讓我也沒想到！太讓我心涼！」任信良點點頭說道。

　　「信良，啥也不說了，錢是什麼東西？身外之物，夠用即可。你聽我的！把卡收好，讓你我兄弟在這官場上，結君子之交，處兄弟之情。」王曉航的話堅定不容更改。

　　「好的！曉航兄，我聽領導的！」

　　任信良注視著王曉航的目光，一瞬間，王曉航在任信良心目中的形象變得底蘊深厚，感情豐富，有情有義，有血有肉。王曉航退還銀行卡的舉動是真實的、真心的，絕不是因為自己即將出任市府官員而做的秀。因為，這張銀行卡，王曉航分文未取未動，整整保管了三年。王曉航既是為自己本人負責任，也是為了自己的朋友負責。這份感情經受了事件和時間的考驗，這份友誼承載了寂寞和困惑的重壓。

　　「兄弟明白了！曉航兄，信良會加倍珍惜我們之間這份來之不易的純潔友情！」

　　王曉航站起身來說道：「行！沒說的，信良，好好幹！露露臉，讓有些人好好看看！咱們改日再聊！」

　　「明白！領導！」

　　任信良站起來回答道，與王曉航伸過來的手，緊緊地握在一起，彼此的熱量通過手的緊握傳遞著。

四

　　任信良晚上回到翡翠園的家中，馬上給傅彬彬發了個手機短信：「彬彬，告訴你個好消息，市委曉航書記今天找我喝茶，市委書記辦公會已經通過濱州能源全盤收購創億股份的方案，應該算是正式地通知我，讓我出任市政府副秘書長，並且回新成立的創億能源股份兼任法人代表董事長。明天上午，何玉亮市長又和我約談，忙過一兩天咱們見面詳談！問安！信良。」很快，傅彬彬回覆短信了：「良子！太好了，人在幹，天在看！副秘書長在咱們濱州市政府是個閒職，我沒記錯的話，如果八大金剛副秘書長們位置不變，你將是第九個副秘書長，老九！胡彪胡副官！你是智取威虎山裡的楊子榮了，哈哈！不過，出任新成立的

上市企業創億能源股份，我覺得這才是關鍵，說明市委市政府對你寄予希望很大嘞！我為你高興，為你祝福！咱們一定好好慶祝一下，晚安！彬彬。」

收發完短信，任信良便打開電腦給喬麗麗寫了一封電子姨妹。

Jennifer喬：你好！

託你的吉言和幫助，市委副書記今天約談，看來回國企的事基本定下來！下一步還要出任市府副秘書長，兼任創億能源股份的法人代表董事長。明天，市長召見。說實在的，感覺這一切來得太突然，以至於讓我感覺有些虛幻。不過，新的平臺，讓我又可以好好地幹一番了。有事做心安，人活著就充實。回頭看看有關我的工作這件事情，我的調研報告能受到市委領導的關注，多虧了你提供的資料資訊、關係和工作。大恩不言謝！來日方長！有需要我的地方儘管說話，我任信良只有一個優點──對朋友認真和真誠。

再說說我的個人問題。春節期間讓雲飛一頓攪和，傅彬彬心情一直不佳，前些日子又被極其弔詭地以內部調整名義調到濱州海藻雜誌社當編輯了，不過還好，傅彬彬想得開，對雲飛的做法和態度也能以平常心去看待。人生就是這樣，這些年來的風風雨雨，讓我也感悟到了許多道理。有時候，人的心靜一靜，事情放一放，反而會有好的結果。時間確實是一味良藥，好多事情都是冷靜下來之後，經過一段時間的沉澱之後，才能慢慢地品出味道來的！比如我、我們的過去，都是這樣！冷靜不是傷感，而是對快樂的回憶和等待！？

就寫到這吧。

祝安

老朋友信良

2008年9月15日夜

任信良輕點滑鼠，給喬麗麗發送了電子姨妹。

網路拉近了人與人的距離，儘管與喬麗麗整整十幾年沒見面，但是，尤其是近兩年來，隨著網路溝通次數的增多，任信良忽然發現他和喬麗麗之間的溝通竟然是出奇的自然，相互交流的內容一點也不像十幾年不見的同事，這或許真的是因為男女之間一旦有過那種肌膚結合的關係，便從此消弭了男女之間內心溝通的障礙？今天的電子姨妹的內容在任信良看來有點隨意和應付。因為王曉航書記和自己喝茶談話的具體內容他並沒有細說。任信良有時覺得他和喬麗麗之間的溝通內容雖然比較多，但是，正經兒的事情一點也沒有。喬麗麗每次在電子姨妹中的遣詞造句，讓任信良很喜歡，讀讀喬麗麗的電子姨妹，他覺得喬麗麗很懂得人的心理，凡事緩緩地道來，從不主動追問一些私人的事情，不主動涉及敏感、焦慮或者不快的話題，讓任信良在讀郵件的過程中，只須看著，並參與和迎合其中就行，讓人在交流中只感到放鬆、寬慰，是屬於純消磨時間性的溝通和交流。

任信良感覺有些疲乏，看看錶，是晚上10點半鐘剛過。任信良便關了電腦，走到窗前，伸展了一下腰身，準備關上窗戶休息，這是他每天臨睡前的習慣。突然，「轟」的一聲，類似於炸彈爆炸一樣沉悶的聲音，伴著房屋的顫動從不遠處傳了進來。很快，伴隨著屋外吹進的空氣，有一股類似煤氣天然氣的味道刺激著他的嗅覺。「爆炸啦！這麼大的聲音，可別是燃氣公司的大罐？」任信良自言自語地說完，趕緊關上窗戶，對於這一聲突如其來的爆炸聲並沒有去細想。

第二天早晨6點鐘，任信良準時起床。當任信良從衛生間洗漱完畢，坐在餐廳準備用餐時，濱州市電視臺播放早間新聞的欄目《濱城你早》，6點30分正式開始。

往常兩位熟悉的男女主持人的面部表情和語調，讓人看著、聽著感到今天有些嚴肅和沉重。

　　男播音員：「各位觀眾，現在是《濱城你早》節目時間，關注天下大事，解讀熱點新聞。」

　　女播音員：「關愛百姓生活，探尋焦點內幕。昨天夜間10點35分，濱州市燃氣供氣公司位於東港區綠城社區的一棟家屬宿舍樓發生爆炸，爆炸當場導致兩人死亡，七人受傷，請看本臺記者于坪昨天從爆炸現場拍攝和採訪的畫面。」

　　鏡頭切換至現場錄影。

　　「各位觀眾，我是濱州市電視臺記者于坪，我們現在是位於爆炸現場二十米處的位置，請大家沿我的手指方向看去，正在冒著濃煙的一樓最西頭的屋子就是這次爆炸發生的屋子，也是遭到破壞最嚴重的房屋，大家已經看到這棟老式的住宅樓已經出現一個明顯的大裂縫。大家再往這邊看，爆炸產生的氣流和衝擊波使距離爆炸大樓五十多米遠的一棟居民樓的玻璃也被震碎了許多。據消防隊的同志們初步判斷，此次爆炸是由於液化石油氣罐洩漏遇明火所導致的。目前，氣源已被及時切斷，爆炸導致的傷亡人員已經被送往醫院。目前，被送往醫院的人員中，兩位已經死亡，另有七人傷勢嚴重。現在，後續的搶救疏散工作正在有節有序地進行之中。」

　　一位身材單薄的年輕女記者拿著話筒，對著鏡頭快速地介紹著情況。現場傳回的視頻因為夜晚人工照明光線的原因，所以畫面效果不太理想，但是，正是這不佳的效果反而渲染了現場氣氛的緊張和不幸。現場攝像鏡頭移動著，現場記者又換了一個位置。

　　「各位觀眾，爆炸事件發生後，濱州市政府立刻啟動了應急回應預案，市委書記唐天明、市長何玉亮、市委副書記王曉航、常務副市長鞠勇等市委市政府的領導，即時趕到爆炸現場，指揮對爆炸現場的搜救和搶救工作，妥善疏散群眾，並即時對受傷人員進行救治，對死亡人員家屬進行安撫。市政府還組織了相關專家、公安、消防等部門人員成立事故調查組，核實情況，搜集資訊和相關證據，以便及早查明爆炸事件發生的原因。」

　　身材單薄、喘息急促的女記者這時緊走幾步把話筒伸向唐天明書記。何玉亮市長、王曉航副書記分別站在唐書記的左右。從鏡頭拍攝的角度看，三位市領導好像是站在一個臺階上。

　　「唐書記，請您就這次爆炸事件和廣大市民說幾句話好嗎？」

　　唐書記接過話筒，停頓了一下。「好的，我首先代表市委、市政府對在此次爆炸事件中遭受突如其來的意外傷害的市民表示慰問，我們相關部門要對這次爆炸事件做深入的調查和多方面的鑑定，向市委、市政府提交詳細的「九一五」爆炸事件調查報告。目前，我們正在組織相關單位和部門抓緊時間做好危樓內居民群眾的疏散安置工作，保證我們疏散的群眾，生活有保障，財產有安全。今天夜裡，我們市委、市政府的領導和相關部門的負責人，必須在確保被疏散的群眾有吃有喝、有地方住、被搶救傷員脫離危險的情況下，才能離開。我們一定要用百倍的努力搶救傷員，哪怕有萬分之一的希望，我們也絕不放棄，全力做百分之百的努力。濱州市民的安危和安居樂業是我們濱州市委、市政府的第一要務，各相關部門、企業、院校、駐軍部隊，都要以此事件為由，提高對安全工作問題的重視，立刻開展一次本單位安全隱患的全面大排查，確保人民的生命財產安全，讓我們廣大市民生活上放心安心。」唐書記一說完，周圍的人一起鼓掌。唐書記接著說道：「同志們，安全、安全，有安才有全，只有做到全面細緻才有安穩可言。全面工作落實到位了，我們人民群眾的安才真正落在實處。安全不僅僅在工廠、學校、醫院、駐軍部隊等內部，它存在於我們生活的每一個角落，我們每一個市民都應該提高安全生活的意識，提高危險防範的意識，要對安全工作始終保持極高的敏感性。」唐書記講話不緊不慢，平和親切。

　　任信良看著電視畫面自言自語道：「真的是煤氣出事了，看來真讓徐姐給猜中了？」他想起不久前，徐姐來做家務，曾和任信良說起煤氣公司的下崗工人的不滿，其中就有「煤氣不出事則已，出事就是大事」的話來。

任信良關掉電視機，心裡掂量著上午何市長的召見是否能如期進行。手機響了，是個陌生的手機號碼：

「喂！您找哪位？」

「任總，您好！我是老曹呀！」

任信良聽出是曹玉賢的聲音。「是曹主任，您好！」

「任總，你看新聞了吧！爆炸事件折騰了一宿，市長剛在辦公室躺下，9點召集委辦局的領導，布置爆炸案的處理。上午的約談就只好取消了！」

「沒關係，另改時間一樣的！」

「但是，咱們何市長是個急性子，他讓我約你下午1點鐘準時到他辦公室！」

「沒問題，我一定準時到！謝了曹主任，讓你辛苦！」

就衝著何市長這股子勁頭，一種說不出來的好感在任信良的心裡油然生起，心情一舒暢，嘴巴也甜了很多。

「看任總說的，我們就是幹這個的，服務，服務，再服務！領導和群眾都滿意，我們才算服務到位！哈哈！」

「所以說服務最辛苦！最需要人理解！」

「任總，有你這句話，我這快到站的老同志，服務無悔！退休無悔！哈哈！」

老曹爽朗的笑聲和一套一套的排比句，讓任信良覺得人的心情好壞也能通過電話進行傳播和傳染。

既然是確定下午1點鐘約談，就必須在12點30以前吃完午飯，然後趕到市政府。任信良有午間小休息的習慣，否則的話渾身難受，打不起精神來。任信良心裡想到這，心裡老大的不高興。但是，想想何市長已經忙了一個通宵，早晨才抓緊休息一會兒，9點鐘又召集各委辦局長開會，會議怎麼還不開到午飯前？何市長吃完午飯就接著1點鐘和自己的談話，人家市長也不是鐵打的，不是也不能午休嘛！這樣想想，任信良心裡一陣慚愧，反倒同情起何市長來。

　　就在任信良收看早間新聞節目的同時，王若歆還待在市中心醫院的急救中心裡。他在半夜把唐書記送回辦公室之後，又按照唐天明書記的指示返回醫院，密切關注著受傷人員的搶救情況。十分鐘之前，急救室傳出消息，又一位傷員因傷勢過重最終沒有搶救過來。這第三個死亡人員正是唐天明家訪的那位燃氣供熱公司的職工徐學東。聽著急救室內哀嚎的哭聲，王若歆看看對面站著措手無策的葉揚，王若歆伸出手招呼了一下，葉揚趕緊湊過來。

　　昨晚，還是王若歆給葉揚打了電話，葉揚當時正在外邊喝酒，接了電話，還沒正經地和王若歆套近乎呢。王若歆一想，這節骨眼兒上，出事單位的領導滿嘴的酒氣地趕到爆炸現場，被市委、市政府的領導撞上，其結果可想而知。所以，王若歆告訴葉揚，趕緊找幾瓣大蒜吃一下，到了現場也千萬別往領導跟前湊合，免得有人借題發揮。有了王若歆的照應，葉揚心裡踏實了很多，立刻照辦，並且立刻通知公司副總以上及相關部門負責人都即時趕到發生爆炸的家屬樓，自己當時就從車裡拿出工作服換上，急匆匆地趕到現場，隨後又跟著傷員到了醫院，再沒離開。

　　「老葉，我和你說，眼下這徐學東的死，你要有個主意，後續的事都得處理好才行！」

　　「是！我明白，老弟也幫我出出主意。真他媽倒楣，怎麼就偏在這時候爆炸呢？」

　　「『這時候』什麼意思？」

　　「你不知道，這個家屬樓在動遷之列，僵持了大半年，開發商正準備調整政策呢，偏偏就——」

　　「哦——我知道了。所以說，老葉這件事無論要拿出高度，體現出政治意義，尤其是民生關懷，人性化處理，你明白嗎？各媒體也要下功夫，該花錢的花錢，千萬不能出現推諉、推脫責任的行為和言論。老葉，輿論可畏，人言能殺人呀！」

「我明白！你放心，我們全體班子成員今天上午就開會，一定高姿態，我會讓電視臺和日報記者列席，先從正面把輿論把握好。資訊公開，讓老百姓不瞎猜疑，把不良言論及時堵住。」

「你能這樣想、這樣做，最好，我今天回去見唐書記也有得說，看唐書記有何指示再說！一件事處理得好可以影響一大片嘛！你說對不對？」

「我初步想，把徐學東的兒子特招進公司，安排管理崗位，畢竟這件事不同於工傷死亡。至於賠償問題，我想還可以再商量，事件結果和責任認定還需要些時間。我想，從單位角度出發，安置好職工，穩定職工情緒，應該不會成問題。」

「嗯！這樣考慮很周全。你聽我的消息，一定要把這件事處理周全！」

「明白！」葉揚看著王若歆的臉色，語氣堅決地答應道。

五

任信良提前十分鐘來到曹玉賢副主任的辦公室。

「任總，好久不見！請坐、請坐！」

曹玉賢是典型的老機關作風，特別注意窗口形象，尤其是秘書出身，服務於市長的，就更具備接人待物的良好修養。

「曹主任客氣！曹主任一點沒變，還是這麼有精神。」

「精神啥？不行了！頂不住了！年齡不饒人呀！」曹玉賢京腔京韻的。

「喲！我還沒給您沏杯茶呢！」

「不用了！我稍微站一下，等你帶我去見何市長！」

「嗨！任總，您就是正點，還差五分鐘1點，咱這就過去！」

兩個人腳步輕柔，市政府大樓裡很靜。來到市長辦公室318房間門口，老曹習慣性地看看腕上的手錶，回頭對任信良擠了一下眼睛，這才敲敲門。自動門鎖「啪」的響了一聲。

　　老曹推開門，回身對任信良說道：「任總，您請！」

　　「您請！」任信良謙讓著。

　　曹玉賢沒再謙讓，直接走了進去。何玉亮市長此時正在裡間的辦公桌前寫著什麼，看到曹玉賢領著任信良進來，十分敏捷地站起身來，幾步來到兩人面前。

　　「市長，這位就是任信良，任總經理。」曹玉賢介紹說。

　　「市長您好！」

　　任信良握住何玉亮市長主動伸過來的手，感到何市長握手的熱度和力度都非常舒適。儘管何玉亮市長的一雙眼睛明亮有神，但是，從灰暗的臉色來看仍是一臉的倦容。

　　「您好！任總，你任信良可是大名鼎鼎呀，這一見面，果然氣度不凡嘛。」何玉亮市長握著任信良的手爽朗地笑著說道。

　　「市長誇獎，不敢當！何市長一宿沒合眼，又辛苦地接見我，信良真有些承受不起。」

　　何市長與任信良兩人見面主動說笑間自然地拉近了彼此的距離。

　　「啥接見不接見的，我這個濱州市的大服務員，本來就是為大家幹活打工的！哈哈！來！咱們坐下好好談談！」何市長說完，拉著任信良的手像一對老朋友一般來到外間會客廳。

　　在沙發上分坐落定之後，這時曹玉賢把市長的茶杯端了過來，也為任信良沏了一杯茶，然後笑著對任信良說：「任總，您坐，有事找我！」

　　「曹主任，你忙！」任信良與曹玉賢客套了一下，看曹玉賢走了，任信良正了一下身子主動地說：「何市長昨晚上辛苦一夜，今天的日程可是夠緊張了。」

　　「沒辦法，突發事件嘛！本來市長的工作就千頭萬緒的，又突然出了爆炸這檔子事，更牽扯不少的人力、物力。」

　　「我一直在企業工作，深知工作忙起來的時候，腳打後腦勺的滋味，所以，我很理解市長的辛苦。」

「這話我願意聽，實在。其實，我們做領導工作的，本身就是吃辛苦這碗飯，就不能再說『辛苦』二字。你也看到了，濱州市的歷史欠帳和積澱的問題太多，這些都阻礙著濱州經濟發展的速度，燃氣供熱公司家屬樓爆炸事件僅僅是這些問題冰山的一角。我找你來主要是想和你談談濱州國企的整合與發展問題，你的情況，我比較清楚。當初我從省發改委來到濱州市，沒到半年的時間便發生了濱州市有史以來最大的政治地震。三年前我當市長，也可以說是臨危受命，我和唐書記一起搭班子已經二年多了，市政府每年都集中為城市和市民辦十五件實事，並且把為民辦實事作為制度公示於眾，逐項落實，當作一項死任務來完成。」

何市長喝了口水，手一伸，做了一個請喝水的手勢。任信良笑著點點頭，隨手拿過手提包，拿出筆記本，準備記錄。

「市政府這幾年抓城市建設和民居生活，抓大事，抓實事，群眾對咱們市委、市政府讚譽和評價的反映和言論很多呀！」任信良說道。

「市民群眾對市委、市政府有滿意的評價，這正是我們進一步加大力度為民辦事，辦實事、大事的動力。這兩年我們基本確立了濱州市三位一體的發展建設思路和格局，三位是：利用濱州市郊區雄厚的地理土地資源建設中國一流的飛機養護維修中心，掙天上的錢；利用濱州市優良的海濱海景旅遊資源，發展建設具有世界一流水準的海上F1賽艇事業，賺海上的錢；利用現有的濱州市能源產業的基礎，實施科學的規劃和整合，發展最具環保城市需求的能源產業。嘿嘿！肥水不流外人田嘛，我們合理地使用老百姓的錢，實現可持續增長。一體就是一個目標，一個利益，一個中心，全力打造新濱州。所以，以什麼作為城市整體發展建設的抓手，貫徹落實科學發展觀，是重中之重呀。」

任信良急速地記錄著，抬起頭看看何市長的眼睛，點點頭說道：「市長一席話，真是太振奮人心了。」

「誰掌握了能源，誰就掌握了經濟發展的命脈。能源是制約濱州市經濟發展的瓶頸，能源發展問題理順了，我們的濱州市經濟才算是實實在在地走上了科學發展的軌道。」何玉亮擺了一下手，接著說道。

　　何市長的講話屬於政府領導講話的專業方式，有的人說，這是一種官場政治人物說話的特有的腔調。

　　「你的調研報告和思想彙報，我看過了，很有思想，很有見地，很有全域意識，我們現在幹事業缺的就是你這樣善於思考、願意研究問題、想幹事、想成事的幹部。」

　　「慚愧！一點不成熟的見解，也算是信良痛定思痛吧！」

　　「這話說得好！痛定思痛，我們的許多事業不都是在吸取教訓中不斷前進的嗎？代價巨大，慘重呀！對於你的情況，我還是基本清楚的，所以，書記辦公會我是投贊成票的。」

　　「謝謝！謝謝何市長的關心和理解！」

　　「不必謝我，我這是對咱們的濱州市的國有企業振興和發展負責。怎麼樣？就能源收購創億股份這個方案談談你的想法！」何市長擺了一下手，主動活動了一下身子，調整了一下坐姿，給任信良一種往自己身邊靠攏的錯覺。

　　「想必市長比較認同信良在調研報告中關於國有企業主線機制的構建的思路？」

　　何市長點點頭。

　　「我的這點思路也是在很漫長的工作實踐中不斷地演變形成的。我們的國有經濟從計畫經濟到商品經濟再到今天的市場經濟，每一次的轉型都帶來人們思想的轉型，和心理的陣痛，尤其是今天的市場經濟，雖然我們宣導社會主義市場經濟，但是，未來的發展趨勢要求我們的社會主義市場經濟必須向全球經濟一體化的方向融合與發展，我們每一個做企業抓經濟的領導都必須面對這個現實，都必須有足夠的胸懷和充足的心理準備來迎接未來的挑戰。」

　　「足夠的胸懷和充足的心理，說得好！接著說！」

　　「也正因為如此，在痛定思痛的過程中，我思考著制約國有企業發展的阻力問題，借鑑國外成功企業和國內成功的民營企業的管理與運行的經驗，提出了構建國有企業主線機制的設想，一是創利拓展的發展機

制，一是分配與獎懲的激勵機制。由這兩條機制構建起沒有負擔的、沒有內耗的國有企業主線發展機制。在此主線發展機制基礎上，黨委紀委監察的機構完全實行兼職負責制，打破和取消計畫經濟遺留的企業辦社會、企業辦教育、企業辦福利的管理方式，減少企業內耗，使企業專心致志，一心謀發展求效益多納稅，因為這是企業之本。」

「好！企業就是要務本。其實任何行業、任何工作我們都要抓住根本，突出主業。子曰：『君子務本，本立而道生。』你這是等於是把複雜的事情簡單處理嘛。」

「嘿嘿！從另一方面來說，既然是濱州市市直國有企業國有經濟，就要體現出濱州市整體的合力和爆發力，合理布局，統籌安排，協同互動，優勢互補，資源共用，利益共贏！這樣才能真正體現出濱州市市委市政府領導下的國資委的作用。」

「痛快！說得好，資源共用，利益共贏，優勢互補。我們許多年以來，小團體主義、本位主義、自由主義氾濫嚴重，尤其是官本位思想極其根深柢固，往往是在利益共贏這個關鍵的環節上，功虧一簣呀！」

「何市長，國企領導人員官本位思想根深柢固其實很正常，這不見得是件壞事。中國的社會幾千年來講究的是上下尊卑的位階，沒有位階，作為國企的領導人員又不是個體民營戶，本身還隸屬於政府的管理和監督，若完全取消位階則國企的領導人員在與政府的各行各業打交道的過程中，無法完成正常的對接，難免出現地位上的尷尬，心理上有落差。我們的國企領導人這些年游走在官場的邊緣，官不官、商不商的，找不到自我，我覺得這也是制約國企經濟發展的阻力之一。」

「名不正則言不順，你說的這種狀況確實是個現實中存在的無法迴避的問題。對國企領導人員我們這些年是比照同級的領導幹部進行管理的，既然是比照，確實有心理上的反應和落差。你的話提醒了我，我們濱州市應該率先在這一方面有所改革和創新。」

「關於由能源來收購創億股份，我覺得這個方案表明了市委市政府的決心和格局是很大的，有利的一面是，如此一來，咱們濱州的唯一一

家上市企業又可以起死回生！不利的一面是能源在收購的過程中要承擔巨額債務和職工安置的負擔，代價和成本也是滿高的！」

「你說的這兩個方面，市政府專門組織相關機構的人員進行了近半年多的論證，最後，終於打消了相關的顧慮。所謂『算帳的角度不同，得出的結論也不同』呀！」

任信良聽著何市長的話，有些不解。

「你看啊！能源集團對原創億集團股份公司的此次併購，將會是一次對價式的承接，這一方面得到濱州商業銀行的大力支持和理解，對此，市委市政府可沒少做工作嘞！好在從大局上說是國有一盤棋。另外，告訴你個好消息，經過公安部、外交部和義大利方面的工作，劉志恆轉移到海外的二百四十多萬美元資金目前已經全部轉回國內，海外房產處理還需要一點時間！」

「真是太好了，這樣一來，新能源系的構建成本又減少了很多嘛！」

「是啊！所以說，能源收購創億，雖然屬於政府撮合性的婚姻，不算是強強聯合，但是可以算是哥倆兒好，各取所需，起個名叫『能贏聯合』，我看完全恰當！哈哈！」

「市長，幽默，說得形象直觀！」

「咱們唐書記，思想比較超前。兩年前，我們倆就交換過意見，非常一致，那就是大能源、大格局、大建設。所謂『大』，就是一盤棋，全面科學規劃，從根本上解決濱州市多家發展、相互制約、高消耗、低效率、低收益甚至虧損的局面。」

「我明白了，何市長你這樣一說，我心裡就清楚了，未來的創億能源所擔負的使命是圍繞市委、市政府大能源戰略格局，整體統籌，整合運作，把如同散沙一般的濱州能源的相關產業形成一個整體，形成一個鏈條！」

「對，你理解得完全正確。你在報告中提到當今的能源消耗模式是消耗一種能源來生成一種新能源，而未來的模式是兩種物質反應產生

一種新的能源，你的這些思想和理念都反映了當今世界科技發展的新趨勢。也正因為如此，我們研究由你出馬與王超凡配合，吸收葉揚，共同打好這一仗！」

何市長的這番話讓任信良感到出乎意料，儘管王曉航書記和自己談話時談到市委、市政府關於摻沙子的意圖，但是，那也只是就掌控王超凡多年經營的能源集團班底而言，並不涉及吸收燃氣集團的內容。沒曾想，此次市裡對國企的整合，竟然擴大到包括濱州燃氣供熱公司在內，這自然要涉及濱州燃氣供熱公司總經理葉揚的使用問題了。

「葉揚？燃氣公司的葉揚？」

「沒錯！這是市政府的考慮。第一步，先把燃氣公司整合進來；第二步，濱州市的發電廠、煉油廠、油化廠，以及新農村的沼氣工程，你們都要歸攏過來！所以，下一步，你們的任務艱巨，尤其是職工的妥善安置和轉型，都是重頭戲呀！」

「太好了，何市長，咱們市委、市政府的格局太大了，充分引進和利用外國的天然氣，加強與澳大利亞、中東國家、俄羅斯和獨聯體的國家的天然氣利用合作，這會更加促進濱州市科學地發展能源、科學地利用能源、走清潔環保能源的建設之路，這既造福百姓，又有益於社會，是一項偉大的事業呀！」任信良抑制著內心的不平靜，有意順著何市長的話表示著積極支持的態度。

「是啊！我們的發展就要體現科學的發展觀，看來，咱們之間的共同點越來越多。天然氣引進和輸入項目，王超凡他們已經在做，而且還得到了省發改委的支援和立項。這意味著在後續的項目中，創億能源將獲得國家專項資金的強有力的支援。」

何玉亮市長看了一下錶，說道：「信良，今天，咱們初步做個交流，今後有得是時間，為我們的事業共同思考，一起研究。」

「好的，市長，我回去認真消化理解市長講話的內涵，積極準備，便於隨時進入情況。」

「信良，好好幹！我相信你！」

「謝謝，市長信任和囑咐！」

任信良和何玉亮市長，兩個人的手再次緊緊地握在一起。

從市政府出來，任信良忽然便想到嵐山公墓去一趟。清明節之後，轉眼半年過去了，今天的日子、今天的消息是該去和美珍分享的。美珍如果知道市委、市政府即將為他洗清身上揹著的不實的一切，重新起用並重用他，他的事業又有了新的起點，她將會是最高興的。任信良心中湧動著對妻子石美珍的緬懷和依戀之情，他開著車直奔嵐山而去。

當任信良心情愉快地從嵐山公墓的山頂下山的途中，手機收到傅彬彬的短信：「良子！和市長談得如何？情況還滿意？我想你！」任信良看著短信，心裡覺得開心，一轉眼的時間，從相識到現在已經是五年多的時間了，中間發生的稱得上慘烈的政治變故和生活變化，已經足以讓兩個共同歷經磨難的戀人，經受得住來自更多方面的考驗和試煉。況且，在兩人中間突兀地橫亙的一堵圍欄不是兩人自身的原因，那原因裡既有任雲飛的不接受，又有傅彬彬所說的那種常人看不見感知不到的石美珍的眼睛。一個五十歲男人的戀情眼下可以說才剛剛起步。哪些是男人應該承擔和考慮的，哪些是男人應該主動的，這些對於一個成熟的五十歲的男人來說，論智商似乎不成問題。任信良趕緊回覆了短信：「談得不錯，彬彬，我也想你！晚上一起吃飯好嗎？去哪？你定！」很快，傅彬彬的短信回了：「在報社對面，新開了一家川菜館──『紅了又紅』，為老公增添些喜氣，6點鐘！一起試試吧！哈哈！」

任信良在趕往紅了又紅川菜館的途中，又折回到來時路上買花的花店。

「老闆！怎麼回來了？」花店老闆看著任信良走進花店，看來是不知如何打招呼了！

「來買你們家的花還不高興？」

「高興！咋不高興！你想買什麼樣的？看什麼人？」

「紅玫瑰、滿天星、康乃馨，加一支紅掌，寫上『祝你快樂』就行！」

「明白！明白！」

花店老闆心裡合計著：「這人真有意思，辦完白事辦紅事，一下子就辦完兩件，效率可真高。」，但是，嘴上不能多話。

花店老闆一邊剪著花枝，一邊說：「這一束共計七十元，你今天光臨過小店一回了，給你打個折扣，收你六十元，送你一個好心情！」

「那謝謝老闆啦，大家都彼此快樂好心情！」

六

市政府關於濱州市能源集團公司全面收購濱州市創億集團股份有限公司，成立並打造濱州市創億能源股份有限公司的方案，促使濱州第一家國有上市企業上市復盤的方案經市委常委會正式討論通過。隨後，市委辦公廳正式通知任信良接受唐天明書記的談話，但是，這次談話並沒有像王曉航所說的那樣是單獨地召見，而是唐天明書記特意安排了一次王超凡和任信良兩個人一起參加的談話。而這次會面對於任信良和王超凡來說，從某種意義上也是彼此的第一次正式會面。王曉航書記領著兩人來到唐天明書記的辦公室之後，向唐書記簡短介紹了兩人之後便告辭離開。

唐天明書記黧黑的皮膚，使人想到西藏藏民的臉。十八年的西藏生活已經讓唐天明書記近乎脫胎換骨。唐書記從濱州的發展，談到西藏的環保問題，從汽車談到石油的緊張，最後，才談到關於濱州市的大能源戰略，看似嘮家常一般的漫談，實則思路十分地清晰，是逐漸地把話題聚焦到未來的能源的發展以及能源整合創億股份的方案上來。其實，對於任信良和王超凡來說，唐書記的接見和談話，重要的不是內容，而是形式。談話持續了近兩個鐘頭。任信良在唐書記講話時，認真地在小筆記本上做著紀錄，王超凡則顯得放鬆隨便一些，話多一些，這樣一來，倒是緩解了談話的緊張和任信良的少言。

　　談話臨近結束，王超凡對唐書記說道：「唐書記，今天您是召集創億能源股份兩個領頭幹活的做指示。我和任總雖然熟悉，但是也沒打過交道，今天，我們倆一起來聽唐書記指示，機會難得。唐書記您再給我倆一個機會，今天晚上，咱們一塊兒吃頓飯！」

　　「超凡，信良，你們二位是市委信任和反覆研究後點將的，一起吃頓飯、喝頓酒，也是應該的嘛。但是，今天不行，改日，再約上幾位市委領導一塊兒，你們看如何？」

　　唐書記的回答，讓人無法找出漏洞，而且，還讓人聽著心裡感到親切熱乎！話說到這個份上，兩個人也只好同聲謝謝領導。

　　王若歆等在辦公室門前，當王超凡和任信良兩個人走出唐書記的辦公室時，唐書記對王若歆說：「替我送送任總和王總！」任信良和王超凡趕緊回應道「書記別客氣！王秘書留步」之類的話。

　　走到樓道口，任信良轉身主動握住王若歆的手說：「王秘書，請留步！改日咱們一塊坐坐！」說完，兩人互相注視了一下，使勁握了握手。

　　王超凡也和王若歆握握手：「王秘書，啥也不說了，有啥事兒招呼一聲！」

　　兩個人下了樓，王超凡走在前面，走了幾步，停下來回頭說道：「嘿嘿！我稱呼你信良秘書長，咱們兩個創億能源的一把手能一起接受唐書記的接見，這是個值得紀念的事情，難得有這個機會，趕時不如撞時，今天，咱倆一塊兒坐坐！再把唐書記的話交流交流、消化消化？」

　　王超凡的提議在理兒上，拿捏得讓人沒有一點推辭的餘地。

　　任信良反應自然地笑著說道：「咱倆想到一塊兒了！確實機會難得，正好有機會和王總學習學習呢！跟我走吧！我安排！」

　　「咱哥倆還客氣啥，今後就一個鍋裡舀勺子啦！都是一家子的事，還是跟我走吧！」

　　兩個人說說笑笑地來到停車場。

　　看任信良開的是一輛舊的本田雅閣，王超凡便說：「現在，就進入情況了，不能讓外邊人兒看我們的笑話，小看我們創億能源的董事長不

是，明天，我讓司機把集團那臺奧迪6.0開去，你先對付駛著！」王超凡的遼西口音濃重起來。

「謝謝！這兩年待著沒幹啥大事，這車還是租的呢。」任信良回答道。

「那是何苦地？對了，你得先把車停個地方，然後坐我的車，咱們吃飯去！」

「那行，我們先到財富中心大廈拐一下！」

任信良坐著王超凡那臺黑色的新款賓士500轎車，用了十幾分鐘的工夫，便到了喝酒吃飯的地方。這是位於濱州市郊區的一家私房菜會館，古色古香的中式傳統四合院建築，走進院落裡，便令人覺得清靜幽雅，私密性很強。王超凡看來是這裡的常客，踩著青石板路走進院落，一位穿著黑底紅黃花圖案中式旗袍的細高個子的女迎賓員，看見王超凡進來，便立刻紅唇皓齒，一如見了老熟人一般笑語相迎，然後，款款地引領兩個人，七拐八拐地過了兩道院落的門，來到一處房門跟前，一手開屋門，然後身體微微前傾地說道：

「王總，這位領導，您請進！」

王超凡點點頭，轉身謙讓著說：「來！信良，裡邊請！」

「別客氣，王總，你請！」

王超凡沒有再謙讓，挺著肚子，大步地邁進屋裡！

「歡迎光臨！晚上好！」

齊刷刷的聲音，任信良一看，屋內兩男三女共五個人站成一排，正在鞠躬歡迎。穿白色衣服戴著白色帽子的兩位顯然是廚師，穿黑色套裝的顯然是現場經理。另兩位穿著紫紅色中式對襟裙裝的女孩子不用說是服務員。

王超凡和任信良吃飯的房間是一面牆帶著玻璃的溫馨小房間，房間裡擺著一個古色古香的臥榻，如果兩人對飲，可以側身坐著不用脫鞋，也可以脫鞋，盤腿坐在榻上。王超凡一進房間就脫鞋上榻，盤腿兒而

坐，好像回到自己的家裡上炕一般地自然。任信良也只好脫了鞋。兩個人落座後，任信良覺得有些不太適應。

「王總，坐在榻上用餐，感覺還真是挺別致！哈哈！」

「這種臥榻是我們中國老祖宗留下的東西，日本人圖省事，全都改成地面的了，整成啥榻榻米，現如今不都時興回歸嗎？我們也要時常親身體驗一下過去的生活是咋回事，你說是吧！不適應不是問題，不接受才是問題！哈哈！」

「對，王總說得對！適不適應是時間和數量問題，接不接受是思想觀念問題，我理解得不錯吧！」任信良的話中透著誠懇和謙卑。

「信良，我現在鄭重地跟你說，論年齡我比你年長五歲，我是你的大哥不？咱們倆之間不能再稱呼職務，尤其是在私下裡，太見外，太生份，整得太遠，沒啥意思。」

「那好，我今後稱呼超凡兄如何？」

「這就對啦！今天晚上，咱兄弟倆要一醉方休才行！」

「沒問題，難得有這樣的機會，我聽超凡兄的！」

任信良的話讓人聽著心裡順當，心裡熱乎！

王超凡透過透明的玻璃牆看著正在外間料理臺前忙碌的廚師大聲喊道：「兩位師傅，先上點菜，讓我們先喝著行不行！」

正在外間開放式料理臺前忙碌的兩位廚師抬起頭來，笑著，衝著王超凡老朋友一樣招招手！

王超凡接著說道：「信良，你對烹調感不感興趣，要不要親自過去觀摩一下？今天是海鮮鮑魚宴，我吩咐他們來點清淡的，不塞牙縫的。」

「我是只管吃，不管做！」任信良笑著說道。

「欣賞享受那是為了結果，參與動手那是為了過程，雖然都是快樂，但是樂趣上確實兩碼事。」

「超凡兄你說得有理、精闢，不能只注重結果，不注重過程，也不能為了過程就忘了結果。」

「兄弟，你這話哥哥我聽著中。」

王超凡話音剛落，門開了，一位穿著紫紅色中式對襟裙裝的服務員和一位帶著白色紙帽子的廚師在穿黑色套裝現場經理的引導下，走進來。服務員手裡端著一個托盤，托盤上是一個製作精美的紅木酒牌。一身白色裝束的廚師托著一托盤。上面整齊地擺著四盤涼菜。現場經理每往桌上端一道菜，現場經理便親自報一下菜名：涼拌苦蒟、爽脆青條、老醋蟄頭、蜜汁金棗。涼菜上完，服務員端著紅木酒牌，近前一步。斜立在托盤中的紅木酒牌上用金色美術字體書寫著酒名，任信良看看，見上面寫著茅臺、五糧液、瀘州老窖、汾酒、劍南春、濱州老窖、法國乾紅拉菲正牌、國產乾紅等酒名。

現場經理看了一眼王超凡，目光對著任信良問道：「兩位領導今天晚上用什麼酒？」

王超凡說道：「那還有啥說的，今天當然是喝茅臺了！」

任信良應和道：「啥都行，心情好，啥酒都一樣，超凡兄定。」

「我兄弟這話說得中，心情對路兒喝啥都行！」

「那好，王總，我們為您開酒！」現場經理說著和廚師到房間靠牆的擺臺上開酒。

「唐書記呢，人家是大領導，咱請不動，只能說唐書記和咱這茅臺酒沒緣份。」王超凡故意說著酸話。

「也不見得，按今天的氣氛和架勢，我敢說唐書記主動和咱們哥倆單獨坐在一塊兒痛飲應該不會等太久。」

「兄弟真這麼看？」

「就以咱們倆的勁頭，不愁幹不出名堂，到時唐書記主動請咱，咱們設局再請唐書記的，還不是情理之中？」

「好！借我兄弟的吉言，沒啥說的！來，咱哥倆先乾上這一杯！」王超凡舉起現場經理親自斟滿的小高腳杯說道。

「來！乾杯！」任信良舉起杯與王超凡響亮地碰了杯，兩人一飲而盡。

看著現場經理退出房間，王超凡長歎了一口氣說道：「過日子，過日子，這『日』字兒，是上下兩個口，其實說白了，男人這一輩子，就是忙活兩個地方嘛，忙乎完了上面，忙下面，大口兒吃，小口吐的，到死都為這兩件事兒服務了。想開了，就這麼回事，快樂最重要，哈哈！你說是吧！」

「超凡兄語出驚人，確實有見地！哈哈，有意思！」

王超凡的這個開場理論，讓任信良感到王超凡的個性與眾不同：爽快，不裝，說話還淨揀那要緊的說，看似隨意，但粗糙的話裡還常常帶著哲學道理和人生的體會。看來王超凡確有獨到之處，他與劉志恆有著截然不同的地方能讓你真實地感覺得到，但是，又一下子說不太準。

「超凡兄說得到位。不過儘管如此，男人還是應該有個品味啦、格調啦、檔次級別什麼的，也不能總是低標準湊合了事不是？」任信良接著說道。

「那是當然了，是該有個品味、格調、檔次、級別啥的。不過挑三揀四的事也不都是咱們男人幹的，其實女人也是一樣。比方說把男人比作牙籤、筷子、警棍這三樣東西，如果只能任選一樣，你說，作為一個正常的女人她會選擇啥呢？」

「肯定選警棍呀！這毫無疑問嘛！哈哈！」任信良跟著不屑地開玩笑說道。

「而反過來說，我們把女人比作窩頭、饅頭、菜包子這三樣東西，作為男人你也只能有一次的選擇，你會選擇啥？」王超凡在任信良的笑容還沒退去的時候，緊接著又問。

「這就不好說了，畢竟這蘿蔔茄子、春蘭秋菊各有所愛，誰管得著呀！」任信良回答道。

「這就對了嘛！老弟，所以說，凡事一定要兩好成一好才行，否則，啥事兒也別想讓人心裡痛快，你說是不是？」王超凡得意地發表著自己的高見。

「有道理！超凡兄，果然有超凡脫俗的見解，令人回味。」

「你我之間今後也是一樣的道理，我說對不對？」

王超凡的肉乎乎的臉笑瞇瞇的像是廣州商店食品櫥窗裡掛著的豬笑面。王超凡眼睛眯縫著，別有意味地端起了手中的酒杯，任信良也端起酒杯，與王超凡碰了一杯。

「爽快！乾！」王超凡說道。

任信良兩杯酒下肚，心裡這會兒覺得王超凡基本屬於那種外表粗粗拉拉、裡邊綿綿密密的那種人。

「超凡兄，咱倆節奏是不是快了點，熱菜還沒上呢！」

「經濟滑坡，涼菜開喝嘛！哈哈！」王超凡笑著說道。

他的笑是真正從內心發出的，從唐書記辦公室到現在兩杯酒喝下，他原來心裡的擔憂和焦慮隨著對任信良本人好感的加劇而打消了，心裡原先對市委、市政府拉郎配方式的配班子辦法的不滿也釋放一空，他在心裡暗自地感謝起唐天明書記和何玉亮市長來。

熱菜來了，是一大盤紅白相間的辣子鮑片，香鮮辣的味道撲鼻。

「這是我們家祕製的私房菜──火焰鮑魚。」現場經理介紹道。

看著如此高檔昂貴的美味，任信良感覺這三年來自己有些虧嘴，和王超凡一起開始了大快朵頤。任信良一邊咀嚼，一邊看了王超凡一眼，他發現王超凡的吃相很有特點──王超凡一邊吃，眼睛一邊專注地看著盤子裡的菜，上下嘴唇合在一起，不露縫隙，嘴唇不停地蠕動著，是那種典型的蠶食蠕動型的進食方式。任信良看著有些發笑，食欲也跟著大增起來。

服務員又端上來兩個金光閃耀的地球儀似的器皿，擺到兩人面前，掀開器皿的蓋子，裡面是兩碗碧綠的湯羹。

「這是我們家用鮑魚膽、螃蟹肉烹製而成的私家湯羹，名為『橫闖江湖』。」

「哈哈！這名字氣派！有意思！」任信良第一次品嘗這道菜，覺得名字有趣。

「不錯吧？」王超凡一邊喝一邊問。

「確實不錯！這些年真是白瞎了，尤其是創億那些年，副總裡除了黃永利，再就是劉志恆、曲成文，也就是他們三個人能瀟瀟享受一些新奇玩意！」任信良感慨道。

王超凡用手點著任信良說道：「一個真正成功的企業，別腐敗，別揮霍，僅僅是吃點好的，喝點好的，企業是不會被整垮的，你信不？」

「我信！一個吃不起飯的企業肯定不是好企業！一個因為吃飯而吃黃的企業肯定是個失敗的企業！一個喝不起好酒的企業肯定是個困難企業！」任信良脫口而出。

「哈哈！說得好！老弟，說實在的，事情雖然都過去了，但要我說你呀！照我們隊務上的說法呢，你就是個炮兵連的炊事班長。」

「這話怎講？」

「哦，你不明白軍隊炮兵連的炊事班長是咋回事，這也難怪，你沒當過兵呀！告訴你，這是部隊裡的一個歇後語兒，說你是炮兵連炊事班長，就是說你戴綠帽、揹黑鍋，冒硝煙、聽炮聲，不僅沒放上炮，連炮彈都沒摸著，立功受獎更撈不著。趕上哪回背點兒做次夾生飯，還常常被人說三道四的。照老百姓的說法就是：『別人偷驢，你拔橛子！』你讓劉志恆算計了。」

「哈哈，哈哈，超凡兄你說得太形象了！不過，超凡兄，直到現在，我還真是從心裡感激劉志恆。你想，如果志恆董事長真的給了我幾百萬，拉我入局，以我們倆的交情呀，沒準我真能幹，要是真那樣了，今天咱倆別說一塊喝酒了，就是見面也難了！」

「可說呢！要不都說得信命！啥人兒啥命，一點招也沒有！」

「超凡兄說得對！是你的，就是你的，不是你的，無論如何也拿不到自己家裡去！」

「兄弟，我對資本運作啥的真的不懂，百分之一百是個白帽子。以後，這上市公司這塊兒，你還真得替我多操些心！」

「那沒說的。其實股票市場就是賭的市場，需要定力和平常心，睡不著覺的人肯定玩不了股。過去我曾說過，炒股有三個境界：一是做賠

了，就像嫖娼一樣，進去、出來，出來、進去，然後認輸付款。二是套牢了，像包二奶一樣，你進去了，就別想著要出來，除非割塊兒肉，賠上一大筆錢。三是買準了，股票瘋漲像是被包養一樣，既有快感樂趣又能獲利來錢。」

「哈哈，老弟高見！這麼一說，非常容易理解，怪不得大夥都說任總是創億集團的人物呢！」

「哪裡！哪裡！看超凡兄說的，信良只是想幹事，願意動腦筋而已，這些年教訓慘痛呀！」

「老弟，只相信別人是愚蠢，只相信自己是固執，既相信自己也相信別人才是智慧，既不相信別人也不相信自己恐怕則是一種偏執的病態。實話和老弟說，我一開始心裡也在擔心，現在看來，咱們哥倆性格上沒啥，合得來，都挺實在。今天權當是放鬆放鬆，交流交流。我打個電話，讓人拉咱們倆去我們能源的金孔雀休閒娛樂城再輕鬆一下！」

「行！我聽超凡兄的，老哥上哪我上哪！」

王超凡拿出電話，撥號即響，王超凡聲音很大：「小周，我在私家菜館呢，你過來吧，我們準備換地方！」說完，「啪」的地一聲，合上電話。

七

王超凡在電話裡被喊做「小周」的人叫周建貴，是王超凡收編到自己手下的一員隨從，這是名來自四川的外來務工人員。

周建貴的故事還得從2004年說起，當時，濱州的帝都娛樂城開業剛半年左右。有一天晚上，王超凡單獨安排宴請常務副市長高原。對於王超凡來說，高市長的賞光說明自己和高市長之間的關係已經不是慢慢地靠攏，而是開始漸漸地靠近了，於是便打算在高原市長面前表現得爽一些，以便讓高市長大人能自然輕鬆放開一些。所以，在事前特意對帝都娛樂城董事長大勇子面授機宜，小心囑咐加交代，以便隨時做好晚上招待時的服務保障。

　　晚上，王超凡和高市長在二樓包房第一站用過酒菜之後，便趁著面紅耳熱之際，兩人在服務生的引導下，相扶相敬地乘坐電梯，來到事先訂好的KTV-VIP包房，準備進行晚間娛樂的第二站。兩個人坐在從義大利進口的豪華大沙發上，四十幾平方米的大包間給人一種空蕩蕩的感覺。

　　「就咱們兄弟兩個人，整這麼大的包房？幹嘛哪！」高原伸著脖子，挺了一下胸口，比較端莊地說道。

　　「第一次和領導單獨在一塊兒交流學習，怎麼著也得整個大間兒，現在，不是都興講格局嘛！嘿嘿！」

　　王超凡一喝酒，東北遼西的口音就特別地重。他一下子就忘了，別人曾提示過他，高市長特別能埋汰操遼西口音的人。一次在酒桌上，高原說遼西窮鄉僻壤，窮山惡水，刁民橫行，一個個滿口的玉米棒子、大碴子味，而且窮兇極惡，窩裡鬥，個兒頂個兒地壞，把遼西說得一無是處。還引經據典地說，遼西雖說出了個大將軍李廣，算是個英雄。「但使龍城飛將在，不教胡馬度陰山！」但是，李廣本身並不是遼西人呀。遼西朝陽一代古稱柳州，唐朝安祿山造反，安史之亂後，民風澆漓，惡習流布，從此，草木凋敝，水土敗壞，不出好人也是理所自然的。王超凡今兒喝得投入，越發把朝陽的語言本色發揮到極致。看來，情況並不像別人提醒的那樣，高市長並沒有反感之意，反而情緒也不錯。王超凡拍拍胖手，隨即，男服務生過來，側身鞠躬湊到王超凡的耳邊，小聲地說：

　　「王總請吩咐！」

　　王超凡舉起左手，豎起一根食指說：「開始吧！上節目！」眼睛看著大背投彩電播放的MTV。

　　「好嘞！您稍等！」服務生下去安排去了。

　　服務生出門僅僅一兩分鐘的時間，門開處，依次走進八位穿著各異的小姐，齊刷刷地站成一個橫排，然後原地慢慢地轉動身體，以便讓王超凡和高原看個仔細，小姐們在身體轉動的同時，眼睛飄著媚眼，好像在甩著帶鉤的絲線。

　　王超凡用問詢的目光看著高原，高原瞅了一遍小姐們，轉臉與王超凡的目光相會，臉上的表情便尖硬了許多：「超凡，這個節目免了，都啥年月了，咱這一把年紀的。」他停了話等著王超凡來接。

　　「那是，那是，不過，我聽領導的，這樣，咱們換別的節目。」

　　王超凡的表情自然隨和，他笑笑，衝著小姐們一擺手。「對不起了，女兵同志們，首長今天晚上有新的作戰任務，你們回去待命吧！」

　　小姐們倒像是訓練有素似地，抿著嘴，向右轉，右轉彎，齊步走了出去。逗得高原也樂了。

　　「超凡，你真行，你們這些部隊出來的，搞管理，訓練女兵真有一套！」

　　「嘿嘿！服務員，告訴老闆，換個節目！」

　　王超凡話音而剛落，那邊就是一聲：「好嘞！您稍等！」

　　「看領導說的，不僅僅是訓練女兵，還包括男兵。」王超凡知道高原的玩笑話裡明擺著是在罵轉業幹部，所以，想跟著擰一擰。

　　「哈哈！傷自尊了？不好意思，超凡，我跟你說，這麼多年來，濱州接受了不少軍隊轉業幹部，我與在部隊工作過的幹部和朋友打交道也很多，有的交往還很深，確實有感觸，帶兵是門大學問呀！」

　　「帶兵就是管理，管理就是帶兵，管理是永遠的熱門話題。」

　　「好！說得有理。不過，要記住，管理是永遠的熱門話題，被管理也是永恆的主題啲。」

　　「是的，是的，市長有高度，說得是呢！被管理確實是永恆的主題。」

　　「創億的劉志恆在轉業幹部中，就很有特點，非常優秀，我覺得你們倆是各有千秋。」

　　「別！千萬別拿我和志恆比！人家志恆整得比我明白多了！人比人得死，貨比貨扔不起，嘿嘿！」

　　王超凡說到這，那邊大勇子親自進來，後面跟著一位穿著跳拉丁舞服裝的小姐，濃裝重彩，髮髻高盤，雖然身材不高，但是，一雙高跟鞋

穿在腳上，倒顯得玉立挺拔的。

　　大勇子親自報著節目：「歡迎兩位領導，難得兩位尊貴的領導今晚為本店增輝，所以，我們請兩位領導欣賞剛剛從廣州聘請來的國際一流的蛇舞表演藝術家——妮妮，為兩位領導演出。妮妮是專門到印度拜師學習回來的，請兩位領導慢慢欣賞！」

　　大勇子介紹完後，微笑著轉身，在出房間時和服務員招了一下手，兩個人退出房間的同時把門也關上了。這時，房間裡只留下妮妮、高原和王超凡。大勇子的一番介紹，讓高原興趣大增，連連點頭。王超凡在一旁，趕緊將事先安排好的路易十三酒打開，倒入口小肚子大的白蘭地酒杯中，高原轉下身，用無名指和小指插住酒杯；王超凡隨手用夾子，夾起兩塊冰放入杯中，高原端著杯子搖晃了一下。這一連串的動作中，兩個人銜接得嚴絲合縫兒。

　　「來，碰一杯！」高原在王超凡雙手端起的酒杯上「啪」的碰了一下，一揚脖，杯中的酒一飲而盡。高原喘了一口粗氣。「開始吧！」

　　「好的，兩位領導，我現在就給兩位領導表演原汁原味的正宗的印度風情的人蛇大舞！」妮妮優雅地鞠躬向高原和王超凡行禮後說道。

　　妮妮，確實是個來自廣東的姑娘，她的普通話是廣東式的，「原汁原味」四個字說出來，讓人聽著感覺是說「原雞原味」，「人蛇大舞」聽起來是「銀鞋大舞」。妮妮說完，熟門熟路地點了一個MTV的曲目，又把房間的燈光關掉，然後，隨著逐漸強烈的爵士音樂聲響起，她開始晃動起來，並且伴隨著音樂把身上僅有的那點遮蓋身體的可憐衣服，一件一件地往下脫，直到脫得只剩下一件如同C型的內褲。這時，妮妮伴隨著音樂，邁著舞步走到房門入口處，在房門入口處原來放著一個大約二尺多見方的精緻的銀灰色金屬箱，冷丁一看，還以為是個大的化妝箱。妮妮邁著舞步拎著箱子走到房間舞池的中間，放下箱子，像個魔術師一般，兩手做著各種的手勢，圍著箱子旋轉著，忽然，妮妮揭開箱蓋，只見一條黑乎乎的大蛇忽地一下昂著頭竄出箱子，身子的大部仍

盤在箱子裡。妮妮動作迅速地一把抓住蛇頭，然後兩手抓住蛇頭不停地搖動著。妮妮把蛇拖出箱子，當妮妮將蛇頭舉過頭頂時，蛇的身子還有一截在箱子裡。這時，妮妮把蛇搭在脖子上，抓著蛇走到高原和王超凡的面前，故意行了個鞠躬禮，弄得兩人驚嚇地後仰，驚嚇過後兩人互相看看，一通地大笑。妮妮抓著蛇頭，嘴對著嘴地和毒蛇親吻，又把C形褲頭扯下來一下子扔給高原。

高原接在手裡看著王超凡說：「這什麼玩意兒？倒像是女人的頭卡子似的，真他媽的能發明個玩意兒，科研水準都用在這方面了。」王超凡跟著嘿嘿地笑著。

那邊妮妮顫動著身體，抖動著肚皮，分開雙腿，挑逗地把蛇頭對著下陰，往裡塞，接著又把蛇纏在脖子上，和蛇在地上滾來滾去。高原拍著手驚奇地叫著好。妮妮在跳了十幾分鐘的舞後，氣喘吁吁地把大毒蛇放回箱子裡鎖好，喘著氣一絲不掛地走到沙發前說：

「兩位領導開不開心？」

「當然開心！不錯！不錯！」高原和王超凡笑著說。

妮妮說：「既然兩位領導捧場喜歡，最後再為領導表演兩個保留節目助興。」

說著從茶几的中華煙盒中一下拿出四支香煙放到嘴上用打火機一次點燃，再退後兩步蹲下身子，把四支香煙塞進下體。只見四支香煙的火苗在只有電視螢屏發出的亮光背景中一閃一閃。接著妮妮拔出香煙，一條大腿向側邊一揚，下體噴出一股濃煙。妮妮扔掉香煙，又拿起茶几邊啤酒箱裡的啤酒，手持酒瓶讓高原、王超凡看過是原封的沒有開啟之後，一隻腳蹬在茶几上，把啤酒瓶子放在身下閉目運氣，隨著輕微的「嗨」的一聲，啤酒瓶被妮妮成功開啟。

「太有功夫了，太有功夫了。」王超凡說著，從口袋裡拿出一千元錢遞給妮妮，說：「辛苦了。」

妮妮接過錢，接連鞠躬，連說「謝謝」，拿起茶几上的C形褲頭，到房間角落裡迅速穿好衣服退出。

高原和王超凡又乾了一杯酒，高原說：「開眼，實在開眼，這個節目看得值。」

王超凡說：「那是，我這是和領導沾光了，看人家滿地打滾地和眼鏡蛇纏來纏去的，又用下邊抽煙又用下邊開瓶子的，這錢賺得，確實是辛辛苦苦的力氣活兒，這碗飯可不是一般人兒能吃得了的了的。」

「是，這可是誠實勞動，人家這錢賺的靠得是真本事，有技術含量。」高原也贊同地說道。

兩人正說著話，大勇子進來。「領導，剛才節目如何？精彩吧！」

「不錯！還有啥節目給領導介紹介紹，推薦推薦。」王超凡看了一眼興致很高的高原副市長說道。

大勇子「嘿嘿」一笑，轉身到門口，對著門外一擺手，進來一個小夥子。小夥子進屋後立正，挺胸抬頭，對著高原和王超凡行了一個標準的軍禮。

大勇子在旁邊介紹說：「這小夥兒，四川人，是本酒店新聘用的保安，在西北野狼突擊隊當過三年特種兵，得過軍區一級的比武大獎，身份沒問題。小夥子從小習武，如今獨闖天下，剛來濱州不到一個星期，現在屬於試用期，今天準備給兩位尊貴的領導練兩套四川峨眉派的字門拳助一助雅興。」

小夥子一身水泥灰保安制服，肩上的肩章是兩槓兩星。

王超凡笑著說：「我操！我轉業時才兩槓兩星，中校銜，現在連試用期保安都掛上中校軍銜了，太可笑可悲呀。」

高原說：「軍銜兒毛了很正常，刺激進步嘛！就像物價和鈔票似的，一時一個價，不漲不好使。沒看見連唱歌的、跳舞的、說相聲的都混成副軍級了，文職將軍？」高原擺了一下手說，「武術我是外行，開始吧！」

小夥子看高原發話，眼睛一瞪，神色一緊，兩手緩起，引氣歸元。一聲「哈」的脆響，隨著一掌撲出，接著步隨身移，拳腳掌交替互發，剛柔急緩，冷急脆快硬，別有一番氣勢。王超凡情不自禁地高聲叫好。

自小習武練八極拳的王超凡，雖說五短的身材實在不是什麼練武的好坯子，但是對武術的酷愛使王超凡刻苦練習，恆心不改。幾十年過來，且不說王超凡的八極拳練得好不好，但說對武學的認識，王超凡就有著深厚的見解和體會。所以，他一叫好，小夥子練得就更來勁了，一趟接一趟、一路接一路的，累得呼哧爛喘的，而高原卻因為真的不懂，看得索然無味。

王超凡原本是打算讓小夥子練一通峨眉派拳腳功夫助助興的，但是萬萬沒想到高原的嘴裡會蹦出小夥子與保安隊長兩人誰厲害這麼個損問題來，這讓王超凡為難，愣住一時不知如何回答高原市長。

大勇子這時卻是圍著看熱鬧、看眼兒的生怕熱鬧亂子不夠大，對小夥子說道：「小周，怎麼樣？要不要和隊長比試比試？」

「要得！」於是一場不帶護具的招招見肉的比武，很快便開始了。

高原看著一來一往的手搏，像是古代的貴族在看角鬥士的比武。保安隊長穿的是皮鞋，而小夥子穿的是軍用的膠底板鞋。這保安隊長見幾個來回之後，小夥子出招還挺規矩，看著小夥子個子矮，腳上又是板鞋，出招又多是拳掌，這保安隊長便趁著小夥子出招平和之際，發狠地連踢帶踩，連踹帶彈，一連串的狠招對著胸部、腰部攻去。小夥子挨了幾皮鞋之後，也有些發急，看保安隊長再次出腿踹來，一個閃身上步，提膝落步肩打，把保安隊長一下子打倒在地。「好──！」高原和王超凡幾乎同時發出喝彩聲。小夥子上前把保安隊長使勁拉了起來，保安隊長看來被這一招打得挺重，一瘸一拐地被旁邊的人扶下去了。

「來來！小夥子，功夫不錯！基本功紮實，喝了這杯！」高原說著，倒了一杯啤酒，舉起來請周建貴喝。

「謝謝領導！」王超凡也熱情地招呼著，「喝一杯！辛苦！」

「領導，不辛苦！」周建貴雙手接過啤酒，一揚脖，一乾而盡。

「挺爽呀！小夥子叫什麼名字？」高原問道。

「周建貴！」周建貴立正挺胸，大聲回答，剛才的表演接著激烈肉搏，使得他呼吸急促地喘吸著。

大勇子這時在旁邊誇耀道：「這小周，可有點玩意，連工作應聘求職書都是用文言文寫的，我是頭一遭看到，特有意思。哦，我帶在身上呢，兩位領導看看，開心一下！」

說著掏出一張A4紙來，遞給王超凡。王超凡掃一眼，趕緊雙手遞給高原。

高原看了看說道：「小周呀！」

「到！」

「你用你們四川話，把這份求職自薦書，唸一下給我們聽聽！」

「這個要得！」周建貴說著接過自薦書，勻了一口氣讀了起來。

呈濱州市帝都大酒店劉大勇經理求職自薦書

敬啟者：

　　茲有川人周建貴者，投書於帝都大酒店劉總經理大勇先生公臺，自薦求職，期望俯看垂顧。周建貴乃本人法定之姓名，於西元一九八〇年春天出生之時，受之父母，從無更改。周氏一脈，繁衍巴中前幾百年，建貴生於川中，沐蜀國之風，雖家境貧瘠，但純樸之真猶在，勤而好學，奮而樂武。年屆十九，應徵參軍，服役於解放軍特種部隊。所在部隊素有「西北沙漠之狼」光榮稱號，千錘百鍊，千磨萬擊，千難萬險，歷經嚴格嚴酷訓練之考驗洗禮，終成合格之特種兵戰士。而今，解甲歸田，回歸社會，建貴懷一腔之熱血來到濱州，欲尋一份施展個人才能之工作崗位，期盼劉總經理大勇先生接納錄用，感激之情自不待言！

　　　　　　　　　　　　　呈書人　重慶萬縣男士周建貴

　　　　　　　　　　　　　西元兩千零四年夏至

高原說：「這是人才呀，我們要善於發現人才，培養人才、使用人才，這才是當領導的風範。我要是公司的老總呀，我就聘用你！」高原這麼說是明擺著說給王超凡和大勇子聽的。

王超凡當然聽得明白，趕緊接過話來說道：「大勇子，你就忍痛割愛吧！建貴呢，跟我了！」

「那沒問題！沒問題呀──！」大勇子趕緊笑呵呵地回答著。

王超凡從手包裡點出八百元錢，站起來，走到周建貴的身旁，拍著周建貴的肩膀說道：「我是當過兵的人，對當兵人有一種天生的好感，明天我安排人找你，以後跟著我，好好幹！」

「領導，那沒地說哈！」周建貴回答道。

「這點錢收下，今天辛苦！」

「謝謝！領導，謝謝！領導。」周建貴連著給王超凡、高原、大勇子鞠躬道謝。

周建貴感覺此時嘴裡鹹鹹的，他用手擦了一下嘴角，手背立刻沾滿了血跡。他隱約記起剛才的搏鬥中，保安隊長出手很重，有一拳好像實實地擊打在自己的腮幫子上。周建貴雖然感覺腮幫子開始一陣陣地疼痛，但是，他的心裡卻覺得甜滋滋的，那甜滋滋的味道分明是從嘴裡那鹹鹹的味道中慢慢地化到心裡的。

「這哈有的子彈嘍，包包就安逸了！」周建貴把錢放入上衣口袋，拍了拍說道。

高原和王超凡都被周建貴的重慶話逗得直樂。

高原看著所有人都退下去，意猶未盡地說道：「中國的語言博大豐富，表現力強，一種方言反映一個地方人的性格。」

王超凡心裡明白高原不喜歡他家鄉方言，所以，陪著笑臉，一個勁兒點頭稱是。

八

王超凡給周建貴打過電話之後，約二十多分鐘的時間，會館的現場經理輕輕地推門進來。「王總，您的司機到了！」

「好的！信良，杯中酒，乾了！咱們換地方！」說著，王超凡和任信良一起碰了杯。

　　兩人走出私家菜館，周建貴熱情地為任信良打開車門，小夥子顯得十分機靈，任信良一看就知道小夥子是受過訓練、習過武之人。

　　「信良，這就是我剛才說的周建貴。小周，任董以後就是咱們自己公司的人了，任董有啥事，機靈著點！」

　　「放心吧王總。任董，您有啥子事，儘管吩咐啥！」

　　「小周，太客氣！」

　　兩人有一句沒一句地說著話，車便來到金孔雀休閒城。

　　王超凡和任信良兩個人進了更衣室，便一起脫衣服。

　　王超凡一邊脫衣服一邊說：「老弟，我們金孔雀新開設的項目——冰島魚療，不知試過沒有！」任信良搖搖頭，王超凡接著說：「我們引進的這種冰島小魚生活在四十度左右溫泉中，專找人身上的死皮老肉吃，咬著很舒服！嘿嘿！」

　　「有意思！」任信良應和道。

　　兩個人進桑拿房清蒸之後，王超凡領著任信良來到一個獨立別致的玻璃房子裡，整個玻璃房子幾乎都被池子占了。王超凡率先下到池子裡，很快王超凡的身上黑壓壓地聚滿了厚厚一層小魚，任信良「嘿嘿」笑著也跟著下到池子裡。

　　王超凡說：「兄弟，今天咱哥倆可是坦誠相見呀！」

　　「坦誠相見，一覽無遺，一絲不掛！」任信良回應道。

　　「你有毛毛蟲，我有大豆蟲，彼此彼此，一絲不掛，一覽無遺，哈哈！哈、哈、哈！好！還有，兩男無姦！哈哈！」

　　王超凡說著，身子一顫，打了個擺子，然後是眯著眼睛放鬆。任信良腦海裡立刻浮現出偶爾看到的有人急三火四上廁所時小便的情景，意識到此時王超凡正在往魚療池子裡撒尿，如此一想，剛剛在心中建立起來的對王超凡的好感一瞬間沒了一半兒！

第六章

官場如同旋轉的賭輪，
鹹魚也有翻身的時候

一

《濱州日報》在A2版頭條位置同時登載了市委組織部的公示任命通知和濱州市十四屆人大常委會決定。濱州市委組織部的任命公示是：任命任信良為濱州市人民政府副秘書長兼任濱州能源集團公司董事長（按正局級幹部管理）。王超凡任濱州能源集團公司總經理（按正局級幹部管理）。葉揚任濱州市能源集團公司常務副總經理，仍兼任濱州市燃氣供熱集團公司總經理（按照副局級幹部管理）。濱州市十四屆人大常委會的決定是：免去王澍嘉濱州市人民檢察院常務副檢察長一職，任命王澍嘉為濱州市人大常委會法工委正局級巡視員。

任信良收到了王澍嘉發來的短信：「信良老弟，恭賀履新，我剛在市人民醫院做了心臟搭橋手術，健康無礙，有空一敘！」王澍嘉的短信擺明了是讓人家去探望的。任信良看著短信，三年來的世態炎涼一下子都浮現在眼前，心裡不由得生厭。想了想，編發了一個短信回覆王澍嘉：「同喜！也恭賀老兄履新，搭橋？！靜養必須！重要！很糟糕，我正患病毒性重感冒，傳染！不能說話！被隔離！來日方長！短信問候：保重！」過了很久，王澍嘉發來一個短信：「與禽獸搏鬥的三種結局：一、贏了——比禽獸還禽獸。二、輸了——比禽獸都不如。三、平了——跟禽獸沒什麼兩樣。所以必須堅持科學發展觀，善於同不是人的人和諧相處！」任信良看了短信，冷冷地一笑：「贏了、輸了、平了的，你王澍嘉橫豎不是和我任信良搏鬥吧，要怨只怨你自己太勢力，要怨只

怨自己沒整明白！怪得著我嗎？我又沒撤你的職！」心裡嘀咕道，從手機裡調出一條短信做了回覆：「在人類21世紀，人生必須堅持的兩條狼性路線：一是真誠待人，讓別人成為自己的心腹知己；二是踏實做人，使自己成為別人的心腹知己。做到了這兩條，也就能證明一個人的人生本事和能力！共勉！」這條短信發出後，再沒有接到短信回覆。任信良心想，剛才這條短信的作用如果發揮得好，無異是免費給王澍嘉的心臟上又搭了個橋，那會使王澍嘉感到喘氣更舒服，心情更敞亮才是。反之，如果跑偏了，理解反了，那也將會給王澍嘉帶來更憋悶的心情。任信良看著報紙上的兩則公示任命通知，心裡的滋味是複雜的，三年間，一起一落，再一起，就像是坐過山車。人生的機遇和命運總是這樣難以把握，三年前的春天，世陽道長和自己於清風觀品茶論道指點人生，可惜自己當時想得明白，說一套實際做又是一套，關鍵問題沒有把握得住，沒能平常心去對待，最後成了劉志恆那盤殘棋上的一個棄子兒！可悲呀！此番老天開眼，峰迴路轉，天賜良機，咱可得穩著點。想到這裡，他和李景玄師弟通了電話。

「景玄師弟，你好！我是信良！」

「我正琢磨著跟你聯繫，好祝賀你哪！」

「師弟也看到報了！」

「看報了！說實在的，看不看報不重要，一切都是定數，我和你說過的！命裡有，總是有，命裡無，求也無用。」

「景玄師弟高見！確實是口不虛言呀，哈哈！」

「這和我沒啥關係，這都是定數，天意、機緣、福報、福德，趕巧時機成熟了，嘿嘿！」

「師弟，我在想，你能不能辛苦去趟江西，把老師接回來！費用我來出！」

「師兄，咱倆想一塊兒了，最近我也正有事想和老師商量哪！」

「那就抓緊吧！你過來拿路費吧！」

「這好辦！回來一塊兒算，咱們倆誰跟誰呀？」

「景玄師弟，那就謝謝，你辛苦啦！」

「見外！見外！我這兩天就出發！」

張世陽和李景玄悠閒地圍繞著道觀內的假山散著步。

「這麼說，眼下信良是官復原職了？」

「那倒也不是，因為，依我看，現在只是屬於恢復公職給個位置。」

「信良呀，這孩子，太實誠，面子又窄，我和他說過多少次，官場無情，商場無德，不心狠手辣，不踩著別人肩膀、損人利己，就別想坐穩官位、賺到錢。人的想法不一樣，他做不到，按我說這也很好，可以少作孽！」

「老師明鑑，還有一個事情，就是上回和老師提起的玉佛苑的事，不知老師通盤如何考慮？」

「這些日子，我一直在琢磨，這事要拔拔高才好，才能做得有聲有色。」張世陽道長捋捋鬍鬚，停下來，好像能看到眼前的對象似地接著說道：「咱們得想法讓政府參與呀，不能簡單地就宗教而宗教，那樣對於社會的教化作用並不能起好的效果，相反，只能助長如今的世人急功近利、偏執迷信的心理。這對於道教的宮觀本身的發展也有負面影響，不明就裡的人們還以為這是假借建宮觀以廣收香火錢，這個影響非常惡劣。」

「老師的意思是？」

「近幾年，佛教的淨空法師、臺灣的星雲法師、聖嚴法師、證嚴法師們搞的一些活動，都很實在，尤其是今年『五一二』四川汶川大地震發生時，證嚴法師發起成立的慈濟基金會代表臺灣民眾的愛心，在第一時間向四川同胞伸出了援助之手，賑災速度之快、賑災物資之多、賑災款項之巨、撫慰心靈之細，真令人感動呀！這才是真正的利樂有情。我在想，如今的世界正處於一個變亂的時期，災害連連，紛爭不斷，而說到底是人禍不斷、人禍大於天禍呀！還是我以前一直說的那樣，真正的

修行是沒有門戶之見的，要多學習別人好的一面。所以，我在想能不能藉玉佛像這件事，咱們在三清觀先搞一個濱州市傳統文化教育基地或者是中心什麼的，然後，隨著發展再搞個清風基金會，你看這樣好不好？」

「老師，我明白了，乾脆咱們就把玉佛苑，起名叫濱州市傳統文化弘揚基地之一──清風觀玉佛書苑。」

「對！這樣就比較成形，到時候由市委、市政府的領導題詞，讓市民宗委的領導揭匾，讓濱州的市民不必抱著宗教的意識來，用新的理念顛覆世人以往呆板的認知。事情都是好事情，經也都是好經，都是偏執的世俗觀念常常導致好事變壞事，正經卻被唸成了歪經！你說是不是？」

張世陽看著遠處，感覺眼前是灰濛濛的一片，三年了，眼睛視力仍不見好，白天晚上看東西都像是戴著一個透光性極差的紅黑色的玻璃片子。

「老師說得對！事在人為，天看人心。這事按照老師的思路，我會好好地策畫一下，我們把這件事當作一項系統的工程來抓，把玉佛書苑作為一個新的社會活動和經濟活動的平臺，良性地平穩發展，如果政府能夠支持參與，這件事本身的地位作用和意義便大不一樣，還能或多或少地帶來部分資金。偏殿改一下，投入也不會太大。關鍵是氣場和活動氛圍，和傳統文化有關的，書籍、光碟可以賣一部分，玉佛苑抽籤上香，也會有一些收入。最主要的，我忽然想到，老師也可以像淨空法師一樣義務辦講座嘛，擴大影響，影像資料、講座材料象徵性地收一點成本費。當然了，我們還可以請大學的教授，以及國內的高僧大德來坐堂開示，這些都會獲得意想不到的效果。」

「對！我也有此意，我聽了淨空的《和諧拯救危機》的大型公益片，就很受啟發。我們要講的內容可能遠遠要超過淨空的，將來濱州電視臺也完全可以介入宣傳，關鍵是切入的角度和時機。我聽說現在咱們濱州的市委書記唐天明是個在西藏工作了十八年的幹部，作風非常樸實，濱州老百姓這兩年對他的口碑很好呀！」

「老師消息真靈通，唐書記確實口碑很好，上下反應都不錯，人很正！是個處處為民著想的共產黨領導幹部，難得，這樣的領導幹部太少！」

「是啊！正因為好的領導幹部少，所以，才更加受老百姓歡迎。何市長也是個幹實事的人，我見過他一次，那時候他剛來，是副市長！濱州有兩個好的當家人，弘揚傳統，匡扶社會正義，改變墮落的世俗風氣，這都是有利的條件，我們要抓住這個難得的時機呀！」

「那麼，老師打算什麼時候起身成行？我這回可是帶著信良師兄的委託來的！」

「這沒問題，你說什麼時候走，我就什麼時候跟你回去！」張世陽捋著鬍子笑呵呵地說道。

「老師，您真爽快！這兩天我就幫老師準備準備。」

「我是個睜眼瞎子，廢物一個，聽你們的！嘿嘿！」張世陽慈祥地笑著，「濱州一別，這轉眼工夫，就是三年，世事如夢啊。」

張世陽在李景玄的陪伴下，慢慢地順著來時的路返回。天地間自然神祕而巨大的和諧之力彷彿藉著夕陽的餘暉柔和地撫摸著張世陽和李景玄師徒兩人的肩背，似乎是為了師生兩人準備付諸實施的公益事業──收復世俗人心、減少天災人禍所帶來的災難、為人間祥和祈福，而在暗暗地加持著這對兒滿腔赤誠的道教全真派師生。

二

經過為期一週的法定公示期，王曉航書記、李田野部長在國資委主任欒蔚然的陪同下來到能源集團公司，在能源集團中層正職以上人員的幹部大會上，把任信良和葉揚鄭重地向與會人員做了介紹，宣讀了市委組織部的任命文件。欒蔚然代表國資委宣讀了關於成立濱州創億能源控股集團公司的決定。任信良第一次與能源集團公司的同事們見面，一時間置身於陌生的環境之中，尤其是時隔三年恢復工作，心情有些複雜，覺得周身上下都有些不自然，好在會議不長。會後，王超凡召集黨政班

子成員一起參加宴會，宴請王曉航書記、李田野部長和國資委主任欒蔚然等領導一行。

　　十八個人的大圓桌另加了兩把椅子，把餐桌圍坐得滿滿的。除了能源集團公司的黨政班子成員外，市委組織幹部三處處長也到場。國資委主任欒蔚然還帶來了企業領導人員管理處處長，委辦公室主任，綜合法規處的處長。宴席座次安排上從主賓座開始，採取交叉安排，宴席上首正位是王曉航書記，左邊任信良，右邊王超凡，任信良的左邊是國資委主任欒蔚然，王超凡的右邊是市委組織部部長李田野。

　　欒蔚然是從省發改委下來接替原國資委主任李大文主任的，任信良以前沒有和欒蔚然打過交道，今天見面算是初交。任信良知道欒蔚然的履歷，任信良覺得欒蔚然的來頭應該與何市長有些關係。

　　「信良啊，以後咱們可要多打交道啦！」欒蔚然一坐下便對任信良笑呵呵地說道。

　　「那是，蔚然主任，還得多幫助我呀！一晃三年多了，情況有些生疏，以後少不了麻煩主任！」任信良一臉誠懇地應和道。

　　「看你說的，我瞭解你的情況，你可是個能人呀！」

　　「主任這話說的，我一個幹活人，哪有啥能耐？」

　　「哎！哎！整啥呢？你們倆以後有的是時間相互表揚，我看讓咱們曉航書記給大夥講講話！」

　　任信良覺得王超凡與欒蔚然主任混得挺熟，說話已經到了深一句淺一句的、絲毫不見外的隨意地步了！

　　王曉航先清了一下嗓子，停頓了一下：「同志們，今天是個值得紀念的日子。說值得紀念，我認為有兩層意思：一是今天的任命意味著新能源系領導團隊核心的正式確立；二是今天的宴會是新能源系領導核心的第一頓團圓飯。我和蔚然主任一行來參加咱們新能源系領導核心的第一頓團圓飯，這是我們的偏得呀。所以，說兩句話，第一句話表示衷心祝賀，第二句話提兩點要求：一是班子要團結，團隊要和諧，堅決杜絕一切不和諧的、違背與時俱進的聲音和苗頭；二是我們的新團隊要按

照唐書記、何市長所提出的大能源戰略，全面提速，全力投入，不辱使命，早立新功。來！讓我們為大能源戰略乾杯！」

王曉航書記不緊不慢、陰陽頓挫的開席致詞贏得了全體的熱烈鼓掌，大家起立共同舉杯，在「上網」、「聯網」、「過電」等喧雜的聲浪中，大家飲下了第一杯熱烈的酒。

大家放下酒杯，紛紛動筷子開始吃菜。大家嘴裡的菜都還在口腔中翻滾著沒下咽呢，王超凡就端著酒杯站了起來。

「曉航書記剛才的話呢，大傢夥兒都聽清楚了。我王超凡行伍當兵出身，沒啥說的，講優點只有一條，那就是執行任務的堅決性。組織上說讓打哪，咱就沒二話地瞄上哪，豁上命就去打哪！領導說要辦啥事兒，我王超凡就是拉饑荒也不在話下！」大家一陣哄笑。王超凡也哈哈地大笑，然後接著說道：「這第二杯酒，是我這當總經理的帶個頭，表個決心，敬曉航書記、李部長和欒主任一行。」說著一乾而盡。

王曉航、李田野和欒蔚然只好起身乾杯。

王曉航喝下酒之後，吃了口菜，對王超凡說道：「超凡呀！你這樣指揮，恐怕今天這喝酒的套路得亂！」

「亂啥亂？亂的是我們一般幹部，突出的是今天到場兒的各位領導。亂不了，有我兜底呢！」

「那不成，你們人多勢眾，我看這樣，搞兩個代表，然後再分別敬？」

「那也中！」王超凡看了看王曉航的眼色回答道。

「那就讓信良代表新加入能源的兩位領導班子成員，說兩句如何？」王曉航對任信良點將說道。

「領導英明，就讓信良秘書長先代表一把！」王超凡立刻加油地說道，並且省略了「副」字。

「嘿嘿！超凡兄，是副秘書長！」任信良笑著強調，緊接著站起身來，舉著杯，聲音低緩地說道：「我任信良作為一名新能源人，首先要樹立做一名合格能源人的觀念，做強、做大新能源事業，我和葉總是能

源集團的一名新兵，今後我們一定團結在超凡總經理周圍，盡職盡責，共同完成市委、市政府賦予我們的光榮使命。請大家都賞個面子乾了這杯酒！」說完一飲而盡。

「不錯！好！咱們任董，話說得實在。我看呀，這杯酒不關各位市領導的事，咱們班子全體單獨喝了！」

任信良一句「今後我們一定團結在超凡總經理周圍」的表態顯然對了王超凡的心思，王超凡換了一個稱呼，帶頭一回應，原來能源集團的班子成員看著王超凡的眼色就都站了起來。

「對！王董提議得對！」

「任董說得好！」

「咱們班子集體一起乾杯！」任信良也舉著酒杯回應道。

葉揚也主動站起來參與其中，酒桌上掀起了第一輪高潮。聽著滿座的對王超凡的恭維和順從，任信良的心裡也感覺舒服受用。

見大家都乾了杯並落了座，王曉航書記才說道：「同志們，由細節看大節、小處看全域呀！任信良、葉揚兩位同志加入能源，在很短的時間內被咱們能源集團這個領導集體所接受，並且又迅速地融合在一起，通過剛才你們班子全體真誠的交融，我很受感動。天時、地利、人和，我相信濱州新能源戰略的實施一定能夠旗開得勝，開局見喜。來！讓我們共同舉杯，祝願這一時刻的來臨！」王曉航書記的話把宴會帶向高潮。

三

任雲飛過完春節，返回美國之後，仍然是每隔十天半月的，發個電子姨妹，或者偶爾登陸一次msn和任信良簡單視頻幾句，不冷不熱的。任信良心裡明白，這是任雲飛還在為春節聚餐時，因為傅彬彬而引起的不快而心裡鬱悶。所以，當任信良在視頻中面對自己的兒子時，心裡並沒有把他當作一個已經完成了學業，取得了學位，並且是在美國獨立生活了幾年的80後成年人。然而任雲飛今天發來的這封電子姨妹，卻讓任

信良陷入了沉思之中。

　　親愛的老爸：您好！

　　又是二十多天沒有和您通信了，首先，祝賀老爸官復原職又進一步，工作上有了新的安排，這是大喜事，遠在美國，從網上看到這個消息，心裡實在高興。這半個多月以來，我一直在考慮一件事，考慮這件事究竟何時告訴您才比較妥當，眼下看來，現在或許正好是個機會！

　　親愛的老爸，我已經有女朋友了，確切地說我有自己的女人了。這位女孩子和我認識快一年了，我一直沒有對你說起過，但是，我們真正確定關係，還是最近半年的事情。她的名字叫唐旖旎，比我大二歲。對於這個女孩您一定感到陌生，但是，對於唐旖旎的父親而言，老爸，你一定非常熟悉，她的父親叫唐天明，是咱們濱州市的市委書記。

　　旖旎很樸實，春節前，她的母親又來美國小住，我從國內回來，我們一起見了面，相處了二十多天，彼此的印象都感覺非常愉快。旖旎對我很上心，很認真，所以，我想好了，我未來的妻子就是她了。戀愛了，想得便多了，內心裡便懂了許多如何做男人，做男人應該如何思考問題，如何處理問題。所以，每當想起春節聚餐時引發的不愉快，心裡就非常地不落忍，覺得修養上不講究，情緒用事。親愛的老爸，媽媽去世四年多了，我這樣處事，真的對不住您。時間過去了這麼久，我的心裡仍然很愧疚，不知老爸和傅阿姨是否還在生我的氣？但願雨過天晴，雲消霧散了！老爸，我想通了，我從心裡理解和支持你和傅阿姨的結合，我和旖旎衷心地祝福你們！

　　哦，對了，我還忘了告訴老爸，我和旖旎認識的經過，這一切都要感謝上帝的恩惠──去年底，喬麗麗阿姨介紹我參加了一個商業性的聚會，那次，經喬麗麗阿姨介紹，我和旖旎

初次相識了。後來，喬麗麗阿姨所在的教會團體組織教友們聯誼，喬阿姨招呼我參加，沒想到旖旎也在其中。幾次活動之後，我們不僅增加了彼此的瞭解，更重要的是我和旖旎都成為了教會團體的一員。旖旎在今年的復活節接受了洗禮（這可是她瞞著她父母喲）！彼得牧師瞭解到我從小接受過公教的洗禮，所以，在旖旎的洗禮儀式中，彼得牧師以聖靈的名義祝福了我，接受我成為教區的一名新教友。所以，可以這樣說，我和旖旎的愛情生活是在教堂的祈禱聲中正式開始的。

親愛的老爸，就先說這些吧！

願天父與你和傅阿姨同在！

多多保重！

您的兒子　雲飛敬書如上

任信良讀著信，一方面心中充滿著喜悅和滿足，但同時他感到有一種莫名的憂鬱和矛盾。他靜靜地觀察並傾聽著，觀察和傾聽著自己內心的這個憂鬱和矛盾的念頭，終於，他明白了，這個所謂憂鬱矛盾的念頭說到底原來是自己的身份，以及這個身份背後的來自於官場的錯綜複雜的規則。

唐天明如果是一個普通老百姓，或者，唐天明是一個其他城市的市委書記，這一切的憂鬱、擔心、矛盾的念頭便不復存在，一切都會輕鬆自然。如果自己是個普通人，或者是其他什麼城市的一名國企幹部或者市政府的官員，總之，只要與唐天明之間有相當遠的距離，那麼，這一切就會變得順理成章，而不會招致外人的非議。但是，眼下，這所有的假設都是枉然，事實擺在面前，他必須面對。一個剛出社會的孩子不會考慮太多的政治因素，愛情歸愛情，政治歸政治，在一對兒相愛熱戀的人心裡愛情和政治這是兩碼事，扯不到一起去。可是，作為局中人的任信良和唐天明能不考慮嗎？很可能一個不經意的議論會讓一次原本正常的幹部任用蒙上一層灰色交易的面紗，帶來極為惡劣的社會影響，難道

沒有可能嗎？這樣的事例現實生活中還少嗎？突如其來的與唐天明書記聯姻的利害關係讓任信良越想越擔心，越想越後怕。孩子是單純的，他首先想到的是對任雲飛的囑咐和告誡：最起碼的一條便是要求任雲飛必須自始自終地從講政治的高度做到對外嚴格保密和唐旖旎之間的戀愛關係。想到這裡，任信良趕緊給任雲飛回覆了一封電子姨妹。

　　雲飛：

　　　　爸爸看了你的來信，非常高興，你對爸爸和傅阿姨之間關係看法的轉變，說明你已經長大成人了。兒子，爸爸衷心地祝福你，也衷心地祝福你和旖旎。

　　　　看過信後，我想了很多，作為父親我必須和你做一次很好的交流。雲飛，你知道爸爸這幾年的經歷和挫折。經過了三年的等待和期盼，如今，我能重新回到國企，不僅官復原職而且還被賦予了市政府副秘書長的擔子。這一切來得太不容易，太隆重，也太有些出人意外。所以說，我不得不保持著冷靜如履薄冰的心態來細細地反思這一切。尤其是此時此刻，面對突然出現的你和唐旖旎的愛情和未來的婚姻，我們不能不去考慮政治因素所帶來的相應作用和影響，畢竟我們生活在無法擺脫、無法迴避的社會現實之中。如果此時此刻你和旖旎的關係公開後，爸爸此番正常的任命使用一定會被別有用心的人抹黃，抹黑，抹灰，而這一切都會給唐天明書記和我，帶來極為惡劣的負面影響和麻煩。屆時有口說不清，有水洗不淨，啞巴吃黃連呀！會讓我們平添許多麻煩和煩惱。所以，兒子，爸爸支持你的愛情，關心你的婚姻，但是，你一定要，哪怕暫時做到保密，再保密，和旖旎統一思想，必須自始自終地從講政治的高度做到對外嚴格保密和唐旖旎之間的戀愛關係，一直到唐書記或者爸爸離開現在的崗位之後，好不好？時間不會很久，我認為頂多幾年的時間，唐書記的位置就會調整。兒子，屬於我們

自己的幸福喜悅，我們沒有必要、沒有義務拿出來與不相干的人分享。對於你的婚事，只要你滿意，只要是你理性的選擇，兒子！爸爸都支持你，希望你和旖旎顧全大局，思想成熟，考慮周全。《聖經》上不是告訴我們：機警像蛇，睿智像鴿子嘛！你和旖旎都是受過特殊的高等教育，思想見地和聰明智慧一定高於你們的同齡人，我相信你們一定會謹慎地把握好並妥善處理好此事！兒子，爸爸衷心地祈禱，願上帝降福你們！

四

由濱州市委、市紀委共同組織的新任局級領導幹部集體誠勉談話及培訓學習活動，在市委黨校會議室舉行。市委唐天明書記、常務副書記兼紀委書記王曉航、市委常委組織部部長李田野三位市委領導自始自終參加。整個活動安排了兩天的日程：第一天，安排十八位新任、新提的局級幹部參觀濱州市監獄，由正在服刑的原濱州市委秘書長曹磊、原市國資委副主任楊墨鑫二人結合自身違法違紀、身陷囹圄的過程，談個人思想改造的體會。第二天，結合參觀教育內容，組織十八位新任、新提局級幹部發言，就如何做一名合格共產黨員、一名合格領導幹部，談決心，談認識。任信良作為此次參加培訓教育的局級幹部的代表在會上發了言。任信良的發言是事先根據王曉航書記的指示，認真精心準備的。發言稿的內容主要是表決心，鼓幹勁，突出和強化為官勤政、廉政意識。

任信良在發言臨近結束時唸道：「作為一名歷經風雨和挫折的國有企業領導人員，組織上信任我，對我寄予期望，把創億能源這個艱巨的擔子加在自己的肩膀上，我感到沉重的同時更感到光榮和自豪，可以說是感慨萬千。當前對我來說，首要的工作和任務就是要迅速進入角色，履行好職責，對待工作始終保持進取，對待組織賦予的權力始終保持敬畏，對待名利地位、安逸享樂始終保持淡泊，堂堂正正做人，乾乾淨淨做官，以實實在在的作為，為濱州市國有企業的增長振興大業獻出全部

的心血和熱力。在今後的工作中，我一定履行好職責，不負重託，不辱使命，團結班子同仁，恪盡職守、勤奮工作，勇於創新，開拓進取，認真貫徹落實市委、市政府的決策和部署。在做好本職工作的同時，防微杜漸，時刻做到自重、自省、自警、自勵，做廉潔從業的合格幹部和優秀黨員。」

接著，王曉航書記就幹部廉潔從業、自律反腐做了報告，傳達了中紀委、省紀委反腐倡廉及廉潔從業工作的會議精神。

最後，唐天明書記做了精彩的脫稿講話：「同志們！兩天的時間很短，我們在座的十八位新提、新任命的局級領導幹部，參觀了市反腐倡廉教育基地──濱州監獄，近距離地親身感受我們熟悉和瞭解的昔日領導幹部，今日的獄中囚犯，這種巨大的人鬼變化與反差。大家也都談了各自為官為政、做人處事的體會，我感覺呀，大家說得實在，沒有大話、空話和套話，說的是心裡話。既然說的是心裡話，我們就要真正把這些話語落在今後工作的實處，不能光談不練，光講不做。老百姓常說：『說得再好聽，如果不落實，便是廢話連篇。』所以，我們考核領導幹部關鍵是看一個領導幹部具體做得怎樣。人民群眾的話我們應該仔細琢磨琢磨，老百姓的話說得挺損呀：『一個領導幹部說得再好聽，但是沒一樣落在實處，那還是一張人嘴嘛！』上下不分呀！同志們！大家都是黨員、領導幹部，聽了這話，刺不刺耳？全國十三多億人口，全國科一級幹部大約有九十多萬人，處級幹部六十多萬人，司局級幹部四萬多人。在座的各位屬於六十多萬處級群體的一部分，我們應該感到事業進步的不易，應該感到壓力和滿足。當前，做官為政已經成了一個極端高危的行業，誘惑和陷阱時時刻刻在考驗著我們這些有職有權的領導幹部。金錢的誘惑、美色的誘惑、責任的煎熬、人格的迷茫與矛盾，進步與停止、進步與退步的考量，無時不在干擾和困擾著每一個領導幹部。僅靠心理素質就想抵禦腐敗墮落的侵蝕是根本不夠的，它還需要我們領導者內心的德行和廉恥感，更需要我們共產黨人強烈的責任感和使命感。正如昨天，我們參觀監獄時聽到的那樣，有的領導幹部開始是不

想違法違紀的，可是，人家想著法兒設局讓你違法違紀！我身為濱州市委書記，上任二年多了，對地方主官的感受更深了，短短的兩天活動安排，我覺得對各位的人生健康、官場安全、執政為民、廉潔從業都很有必要和幫助，很有意義。理論上，曉航書記代表市委、市紀委按照中紀委、省紀委的要求和規定動作，程序上一個不落地進行了貫徹落實，應該對大家起到鞭策和勸誡、耳提面命的作用！實踐上，濱州監獄的實地參觀訪問，想必對各位也會產生深層次的震撼和觸動，也會起到警鐘長鳴的作用。組織上培養一個幹部不容易，更何況培養一位局級幹部更是付出了巨大的心血和努力，我希望大家對自己的成長過程，一定要懷著深厚的感激之情，珍惜時間，珍惜自己，珍惜家庭，珍惜組織和親友對自己的關心和愛護，用踏踏實實的業績來回報組織，回報親人！」

　　大家被唐天明書記語重心長的講話鼓舞了，大家一起鼓起掌來。

　　唐天明擺擺手：「同志們，後續的活動大家都知道了，市委組織部專門安排了一週時間的紅色之旅考察學習活動，組織部李田野部長帶隊，組織大家參觀遵義、井岡山、廬山，希望大家好好利用這一難得的機會，把心裡的亂事、雜事暫時放一放，讓自己的身心接受一次紅色的洗禮，使我們以全新的姿態和火一樣的熱情投入到新的工作崗位之中。」

　　紅色教育之旅的日程重點是先赴井岡山幹部學院進行學習和考察，然後是赴遵義會議遺址參觀，第三站是廬山。排程挺緊的，一路上李田野部長帶隊，幹部三處處長任聯絡員，任信良擔任此番紅色之旅學習班的班長。新提拔的局級幹部們都爭著、搶著安排飯局，但是，李田野部長調門兒控制得嚴格，酒局沒有排成，氣氛有些嚴肅，紛紛私下裡繞著彎地給李部長提建議，要求放鬆放鬆。一直等到了廬山時，李部長才把調門兒調下來，讓晚上搞一次酒局，大家這才鬆了口氣。宴會上，大家開懷暢飲，都說這次活動組織得好，又受教育，又受啟發，還鍛鍊了身體。

　　宴會結束時，李部長說：「明天是最後一站，讓我們大家共同舉杯，預祝攀登廬山成功！」

　　第二天吃過早飯，大家正準備出發呢，王超凡忽然說拉肚子，身體不舒服，要待在賓館休息。

　　任信良不放心，跑到王超凡的房間：「超凡兄，大夥上山玩，你怎麼病了？這事鬧的！」

　　王超凡躺在床上衝著任信良一夾眼睛，看看房間的門關上了，坐起身來，小聲地對任信良說：「老弟，你不知道吧？這一幫子傻逼，還局級幹部呢？沒聽說過嗎？要想一帆風順，千萬別上仙人洞！」

　　「誰說的！毛主席還為仙人洞題詞：『暮色蒼茫看勁松，亂雲飛渡仍從容，天生一個仙人洞，無限風光在險峰！』」任信良的聲音有些大。

　　「狗屁！那是兩碼子的事兒。傻逼們不懂老毛的詩，仙人洞就是老娘們那個逼洞！反正我聽到好多從政的領導幹部都這樣講究，廬山是啥山？陰山！鬼山！我是堅決不上去！」

　　「陰山、鬼山？瞎扯！李部長是組織部長，他能不知道，他怎麼要登？」

　　「那不一樣，李部長有那個命，承受得起。要不就是李部長看破紅塵，大徹大悟了！哈哈！我說，你也別上去了！遭那個罪幹啥？陪我嘮嗑吧！」

　　「那好！我聽超凡兄的！我馬上去告訴李部長一聲，大家還在等著哪！我就說，廬山，我來過好幾回了，我陪你在山下等著他們！」

　　說完，任信良出房間準備去找李部長。一出門，看見葉揚手裡拿著數碼相機急匆匆地往外走，看見任信良「嘻嘻」地笑著說：「差點把相機忘了，趕緊跑回來拿。哎，任董，昨晚上喝酒時，王總就說肚子不舒服，今天怎麼樣？」

　　「還能怎麼樣？接著拉唄！李部長讓我過來看看，王總上不了山了！」

　　「那咱走吧！該上車了！」

　　「我正想找李部長呢，我也不想上山了，我都來過好幾回了！正好照顧一下王總！你說是不是？」

「是！也對！哈哈！」

「葉總，乾脆！拜託你，和李部長說一下，幫我請個假，我就不出去了！」

「那行！我和李部長打個招呼！」葉揚興致很高地走了。

任信良看葉揚走了，轉身又返回王超凡的房間。

「超凡兄，我回來了！正好碰上葉揚，讓他代我請假！」

「葉揚去上山了？」

「去了！有啥事嗎？」

「沒有！沒有！嘿嘿！」王超凡的笑怪怪的。

「去了井岡山，回來職務翻一番！」王超凡一邊笑著一邊說，那口氣讓任信良感覺心裡沒底。

「超凡兄，啥事這麼樂？」

「信良老弟！信良老弟！別心急，有你看的好戲呢！」王超凡仰面朝天地躺在床上，像個翻肚喘氣的大青蛙。他眨著眼對任信良說：「過一段時間，你自然會明白！」

任信良點點頭，沒往多處想。「超凡兄，那你先休息，我也回房間補補覺，有事給我房間打電話，睡一覺起來，咱倆喝茶！」

「我看中！咱們倆抓緊時間補一覺，養精蓄銳，精神頭兒十足地看這幫傻逼累得屁滾尿流的狼狽像，哈哈！我醒了給你電話！」

「那好！休息吧！」任信良對著床上的「大青蛙」擺了一下手。

任信良走了，房間裡靜下來，可是，王超凡的心裡卻像過電影一樣，讓他難以安靜。提到廬山的不宜攀登，其實這也就是王超凡在一次酒桌上聽人侃起的當今中國最不適宜政府官員去的地方，最不適宜商業人士去的地方。王超凡對於這類的言論有著一種切身的敏感，因為在他的內心深處隱藏著一個死結──個針對自己家庭、家族生命和命運的恐怖詛咒。關於這個恐怖詛咒他是在十幾年前一個偶然的機會獲知的，他開始有些不信，但是，當王超凡真的按照算命人李景玄的指點，組織人

力為祖父移墳重新進行安葬時，從祖父墳中棺材四角處挖出的四個漢白玉石刻的小人，徹底地讓王超凡驚呆了。那四個石刻的小人四肢短小、身體比例失調而且都是雙腳內翻的畸形。這墳中的玄機，謎底究竟是在哪裡？而指點者李景玄明確告訴他，恩怨縱有頭，有果就有因，萬不可尋仇報怨，只可以德報怨，如此積功累行、積善成德，方能從此轉運造命，獲厚德載福。

王超凡看著挖出的四個畸形石頭人，對幹活的民工頭兒吩咐道：「砸了！砸得碎碎的，順風撒了！不許任何人再提起這事！否則，你們幾個吃不了兜著走！」王超凡說完這話，眼睛露著複雜而兇狠的目光，那目光讓在場的人，個個不寒而慄。

把祖父、祖母、父親的墳重新安葬妥了之後，王超凡這顆懸著的百思不得其解的心放下了，但是，這個恐怖的詛咒，這個帶給全家痛苦命運的詛咒從此像個死結緊緊地拴在王超凡的內心深處。

「剩下的都是殘枝敗柳呀！都是沒用的殘枝敗柳呀！這都是哪輩子造的孽，偏偏讓我們老王家受這報應呀！」

由於老年癡呆症和腦血栓後遺症的影響，王超凡的老母親精神越發有些不太正常，時不時地發神經地亂說亂罵。如今祖墳重新安置之後，說來也怪，王超凡的老母親自從祖墳遷墳那天起，人變得安靜了下來，老太太那雙渾濁的眼睛也變得清亮起來。這讓王超凡無比地激動和興奮。

不過，老太太看著裡出外進的幾個孩子，還是要嘮叨嘮叨：「剩下的都是殘枝敗柳呀！都是沒用的殘枝敗柳呀！這都是哪輩子造的孽，偏偏讓我們老王家受這報應呀！」

這句話，王超凡聽了二十幾年，關於「剩下的都是殘枝敗柳」的事，其實只有王超凡心裡清楚。王超凡的哥哥長到十五歲，一場怪病不治而死；大姐比哥哥小兩歲，也是十五歲那年死的，死前也是發燒、跑肚子拉稀，一連半個月，鄉醫院說是胃腸型感冒，打吊瓶，吃藥，都沒管用，等到人昏迷不醒，只有出氣沒有進氣了，再想送縣醫院的時候，

已經晚了。大哥、大姐的死狀、死症、死時的歲數都是一樣的。一連死了兩個孩子，王超凡母親的精神也就是從那時受到嚴重的刺激，開始變得不正常起來。算上死去的大哥、大姐，王超凡共有兄妹五個。王超凡的下面有一個弟弟和一個妹妹，王超凡和最小的妹妹年齡相差八歲。最讓人無法理解的是，王超凡的弟弟和妹妹都是兩隻腳有先天的殘疾，兩隻腳掌內翻，走路用腳內側著地。情況最嚴重的是小妹的腳，兩隻內翻的腳掌與地面快成直角了。雖說，弟妹身體其他方面發育正常，精神也正常，不耽誤吃喝，但，畢竟這是身體的殘疾。王超凡算是身體發育正常，沒有先天殘疾，但是，王超凡的個子矮，五短身材，粗胳臂、粗腿，更是其貌平平。而據王超凡的母親和村裡鄉親們說，王超凡死去的哥哥、姐姐都是一表人才，要樣兒有樣兒，要心眼兒有心眼兒。而剩下的這三個孩子，其貌不揚不說，還有二個帶殘疾的，這就難怪王超凡的母親看著活下來的這三個孩子，心裡煩悶，堵得難受。

每當王超凡的母親坐在炕上一邊拍著腿，打著拍子，一邊罵著，宣洩心裡的憋悶時，王超凡的弟弟妹妹便各自趕緊崴了崴了地邁著兩隻腳，趕緊走幾步，躲到院子外面的牆根底下貓著腰蹲著，一直等到屋裡邊兒罵聲沒了，才崴了崴了地邁著兩隻腳，拖拖拉拉地回到屋裡。因為殘疾，王超凡的弟弟妹妹都很自卑，沉默寡言，不願和人接觸，性格死板木訥得就像那節兒在院子的角落裡不知橫了多少年的疤痕累累的槐樹桿子。

王超凡的父親去世那年，王超凡在部隊服役，那年他在步兵連隊當連長，當父親病故的噩耗傳到部隊時，王超凡感覺天塌了。在他的眼裡，父親是個非常有本事的能人。父親的手藝是從爺爺那裡繼承下來的祖傳的治療皮膚瘡癬的技能。十里八鄉的人要是得了皮膚瘡癬的病，都會找到父親。父親後來專攻牛皮癬，但是，療效並不像口頭上吹的那般神乎，時間久了，也得罪了不少求醫問藥的病人，招致不少的罵名。在父親那一輩中，最值得王超凡自豪的是父親唯一的弟弟，上學讀書、參加工作，一路坐到副縣長的位置。後來縣改市，叔叔當上了主管工業的

副市長，雖然只幹了三年的時間便離休了，但是，這對在部隊服役的王超凡來說無疑是個值得引以為沾沾自喜的炫耀資本。從此，王超凡的口頭履歷有了新的敘述。所以，當王超凡從副團長的位置上轉業來到人事全新的濱州市，周圍的同事聽到的情況是王超凡的父親是一個縣級市的副市長，離休幹部。

一個偶然的機會，王超凡在清風觀認識了李景玄，並得到了李景玄的指點。當時他覺得李景玄說的那些話讓人聽著像是一個富有神祕感的生動故事，他沒有往心裡去，只是覺得挺有意思的，認為就算是姑妄聽之的江湖術語吧！可是，有一天，他忽然心血來潮，便有了前文所說的遷移祖墳的舉措。遷移祖墳的過程讓王超凡看到了那個神祕詛咒的真實存在，他心裡顫慄甚至是驚悚。他完全徹底地相信了李景玄的話。他認為李景玄的話沒有假，他的推測是準的。當時李景玄曾告訴王超凡，祖父那一輩兒做過缺德虧心的事，賺過昧良心的錢，有仇家在王家的祖墳裡做了手腳，很可能埋了下了咒語的東西，應該清除出來，重新安葬老人。

後來，王超凡再次悄悄地找到李景玄，兩個人進行了長時間的交談，這一次的敞開心扉的交流讓李景玄從此成了王超凡的一位要好的朋友。王超凡曾經問李景玄，如果不尋仇報怨的話，能不能查一查究竟是誰這麼損。因為按照王超凡的話說，家鄉那地方，是一泡尿可以尿一個來回的一髇子大的地方，祖父行醫給誰看過病，一準能查出來。

但是，李景玄堅決地制止了他，而且明確地告訴他：「既然不尋仇報怨，就徹底地放下此事，多做些施捨的事。過去的已經無法更改，未來的我們可以企盼，可以創造。事在人為，面向未來，為將來、為下一代謀福祉。」

王超凡全面接受了李景玄的告誡和建議，他還聽從李景玄的建議，把名字中王朝凡的「朝」字，改成了「超」。一字之差，內涵相異；一字之令，命轉乾坤。王超凡對李景玄的話不僅信，而且對李景玄佩服得五體投地，不！按照王超凡私下裡和李景玄開玩笑時說，自己佩服得可

是「六體投地」！後來王超凡出任能源集團總經理時，王超凡心裡便有一桿秤，抓經營、抓生產的同時，心裡想著不斷地往職工待遇、工資薪酬上加碼，王超凡的威信也在快速地提升。

二年前，王超凡在一個朋友的介紹下，到遼寧省岫岩縣花五十萬拍下了一塊玉料，又花了十多萬塊錢委託當地人把這塊玉料，費時一年多，精雕細刻，琢磨成了一尊盤坐於蓮花座之上，活靈活現、慈眉善目、笑容可掬的彌勒菩薩。彌勒菩薩座下刻著偈子：「彌勒復彌勒，分身百千億，時時示世人，時人自不識。」這尊用岫玉雕琢成的彌勒菩薩像完全仿照中國佛教五大名山之一的彌勒菩薩道場——浙江奉化溪口的雪竇山寺後山坡上的巨大金色彌勒菩薩像。數不清有多少次，王超凡聽別人開玩笑說過自己的胖體型與肉乎乎的臉都和彌勒佛相似，如今發心想辦個大事，於是，就有了這樣的動議。進過寺廟的人都會對那尊大腹便便的笑面和尚有印象，那就是彌勒佛。據說唐朝時，彌勒菩薩曾經化身為一個心寬體胖的布袋和尚，時常揹著袋子一副笑面地四處行善化世，還留下了一直讓後人傳誦的偈子：「大肚能容，容天下難容之事；開顏便笑，笑世間可笑之人。」王超凡每次看著彌勒佛像，心中就歡喜萬分。他覺得自己和彌勒佛特別有緣，與彌勒佛四目相對，在那短暫的一刻，一切煩惱憂慮，在彌勒佛的笑容可掬之中，都消化、消失得乾乾淨淨，心裡變得積極樂觀起來。

玉彌勒雕成了，王超凡找到李景玄說明了捐獻供養彌勒佛像的意願。按理兒說，濱州市有佛教寺廟，其中位於市中心的妙雲寺香火就比較旺，但是，在和李景玄的幾年交往中，道佛一體、大道歸一、萬法歸宗思想觀點的薰陶，讓王超凡打定了主意，想在清風觀供養這尊岫玉彌勒菩薩佛像。還有一個特別的原因，即，王超凡有個嚴格的前提要求，就是不能向外界透露有關自己捐獻佛像的一切情況，做到嚴格保密。李景玄是他信得過而且放心的人，所以，捐給清風觀是再理想不過的方案。而李景玄對於這樣一件隆重而嚴肅的事情，當然也不敢馬虎，就和王超凡商量著如何在清風觀裡開設一個玉佛苑，專門用於日常供養的莊

重之所。這樣一來，早日建成玉佛苑、早日舉行開光儀式，就成了王超凡近半年多來的一件心事。這件事讓王超凡覺得玉佛不早一天開光供養，他的心裡就總是沒著沒落的。

在能源集團職工的心裡，王超凡就是能源的紅太陽，是鐵桿兒的當家人，是眾口皆碑。但是，王超凡心裡明白：職工老百姓的是非觀念很簡單，非常的功利現實，有奶便是娘，有眼兒就是窩窩頭。其實，老百姓的心裡感激的是人民幣、老頭票，他們拜的是我王超凡肥腚片子下邊的那把椅子。一旦哪天待遇收入降下來，職工百姓照樣背地裡罵娘，操自己的八輩祖宗！以王超凡的人生閱歷，他太清楚這人世間的人情冷暖了。如今，三家公司合一塊了，老能源的職工待遇勢必要拉下來。而職工待遇上又不能搞老公司老辦法，新公司新辦法，必須三個公司拉齊。高工資的降下來，職工群眾能沒有怨言？能沒有意見嗎？王超凡心裡的那個死結動了一下。他敏感，尤其是因果報應方面，王超凡更敏感。如今，來到廬山腳下，王超凡的內心更是翻騰躁動不已，對於早一天完成自己捐獻玉佛，並且供養的願望，就變得更加著急。李景玄已經和他通過話，說是已經陪伴張世陽道長回到濱州，眼下正籌備玉佛開光事宜，據說是要通過這清風觀玉佛苑建成濱州市傳統文化弘揚基地，並爭取獲得市委、市政府、市政協的重視。王超凡覺得李景玄的方案有些政治化，而政治對於王超凡來說骨子裡不屑一顧，現實裡卻又積極鑽營。他曾私下裡和朋友開玩笑說：「政治就像一個不講衛生的女人的褲衩子，儘管腥臊、臭髒、埋汰，卻又不能沒有，也不能不穿。」自從轉業回到地方，一步步地進步，並當上了企業一把手，他多年來喜歡做點自己喜歡的實事，喜歡單刀直入。就拿成立創億能源控股集團的事來說，他是憋了一肚子悶氣的，沒啥好處不說，市委、市政府還藉機往新單位裡摻沙子。但是，王超凡表面上裝得啥也不知道，公開表示支持和擁護市委、市政府戰略決策，服從大局，積極照辦。但內心裡對這種硬拉硬扯的婚配形式是一百個不滿意。他在想，市領導們嘴大，把口號喊出來了：「創億能源公司的整合成立是濱州市經濟調整的重大戰略之一，市

委、市政府首要的一點是確保職工的合法權益，確實做到不裁員、不下崗、職工生活水準不降低。」聽聽！說得多好聽，領導們動動上下嘴皮子，就把球踢給企業了，可是具體如何落實並沒有一個明確的方案。職工生活水準不降低，怎麼才叫做職工生活水準不降低？具體標準是什麼？這些都沒有具體答案，最後還不是政府請客，企業買單？所以，創億能源公司的職工待遇問題如何擺布，還得靠自己這個總經理，經營管理義不容辭。任信良辦法多，有路子，可任信良的角色是市政府副秘書長的頭銜兼創億能源集團公司的法人代表董事長，明擺著是當家不管事兒的，這具體事直接讓任信良來做顯然不通，拿一把手不當領導？沒事找事找麻煩？雖然經營上是自己這個總經理全面操盤，那也不能本末倒置，任信良有腦子，可以去套他的辦法，但是絕不能給任信良安排活兒，面上還必須抬高任信良，和任信良必須處好關係，只有這樣，自己在創億能源集團這個新平臺上才會有主角的地位。如此看來，這件事由葉揚率頭組織人員形成一個方案比較好。方案出來提交班子研究討論，這樣一來，即使老能源職工的工資標準調下來，有怨氣、不滿意，自己屆時對老能源的職工也有個交代和解釋，中間兒增加了一層緩衝帶，這樣應該比較順。心裡這麼想著，王超凡便昏沉沉地進入了夢鄉。

五

　　王超凡一覺醒來，感覺這個回籠覺兒真甜。這幾天日程緊，一直沒有好好地睡上一覺，這個回籠覺睡得還真是解乏。王超凡抻了一下身上的懶筋，看看錶，給任信良的房間撥了個電話。

　　「領導！哈哈，醒了沒有呀？」

　　「早醒了，看電視呢，你可真能睡。」

　　「找地方喝茶去如何？」

　　「喝個茶還用另外找地方？咱倆用不著擺譜兒，你等著，我帶了一塊兒好茶，我上你房間。」

　　「那中，我聽領導的，嘿嘿。」

　　王超凡掛了電話沒一會兒，任信良一手拿著杯子，一手拿了一塊兒茶餅進來了。

　　「超凡兄，這塊兒茶餅是十多年的易武正山的老樹茶，咱倆好好品品。」任信良說著，便動手燒水，「沒有茶具，咱倆因陋就簡，一樣喝出味道來。出去喝茶，哪能喝到你老弟我手裡這樣的好茶。」任信良一邊擺著杯子，一邊得意地說道。

　　「我對喝茶是外行，沒啥講究，主要是咱兄弟兩個說說話兒。」

　　「我還正想和你說說，這些日子我正琢磨，得趕緊進入情況才是。接下來的工作一環套一環，我這當老弟的，咱得賣力氣不是？」

　　「信良老弟，你這話我願意聽，實在誠懇，暖乎人兒！」

　　「企業和政府不一樣，企業必須人人出力才行，這一大攤子的人吃馬餵的，事事都得考慮。雖說我這身上兼著一個副秘書長的擔子，但是，立足點還是咱們的創億能源，你說是不是？」

　　「沒錯，沒錯，屁股決定腦袋，小頭指揮大頭。政府機關的人和企業想不到一塊去，咱自己的夢只能自己圓。等著政府機關這幫官僚來服務，你靠那等著唄。企業在他們腦子裡就是小棋子兒，他們腦子裡只想著今天讓這個企業出點血，明天讓那個企業出點費用，後天再組織幾個企業頭頭們，搓搓麻將收點銀子，不會整別的。唉！信良老弟，咱都是幹企業出身，國企難幹呀！」王超凡說完無奈地搖搖頭。

　　「嘛呵，超凡兄是老江湖了，坐鎮國企一把這麼多年，我以為你都修煉成精了呢。出乎我的意料啊，超凡兄也是凡心不死呀！哈哈！」任信良洗著茶，瞥了王超凡一眼，故意酸溜溜地譏諷道。

　　「不是凡心不死，而是我良心未泯。信良老弟，跟你說實在話，我對咱這濱州能源的整合持保留態度。當然，這話我是第一次和你說。畢竟這濱州能源整合方案和格局是市委、市政府的大舉措，濱州能源又是國有的產業，個人說了不算，做不了主，我這當兵蛋子的不能只想著自己這一畝三分地。不過，對於企業上市這事，我覺得沒啥大用。眼下這金融危機尚未過去，這又大小非解禁、大小便失禁的，弄得A股市場綠

油油的像韭菜地一樣新鮮，我是一點沒信心了。」

「哈哈，超凡兄頭腦清晰，好！有老兄這樣深思，我工作起來就有底了。」

「A股市場都這樣了，你這市場運作專家嗷嗷著說心裡有底？真不知你咋想的。」

「哈哈，超凡兄你知道A股和A片有啥區別嗎？」

「有啥區別？」

「有十大區別，待我慢慢地告訴你。」任信良說著拿出手機，調出短信故意陰陽怪氣地唸道：「A股與A片的十個共同點：（1）都能令人精神亢奮；（2）上下幅度都比較大；（3）都在做俯臥撐運動；（4）還常常用嘴來吹捧；（5）高潮後都一瀉如注；（6）長陽堅挺時間很短；（7）搞來搞去都為出貨；（8）不想戴套也得套上；（9）對多數人來說不宜；（10）少數人身心遭傷害。」

「哈哈，幽默，你真能整。其實，我也擔心你呀，擔心你這次東山再起，一門心思地想在股市上大幹一番，好有些作為，再證明點什麼。現在看來，咱哥倆兒還行，大腦都不熱，清醒得很，這很好！」

「所以說，中國的股市有中國股市的特點，別太鑽牛角尖。超凡兄，其實對股市有自己的主見，這一點是最關鍵的。一個企業如果有充沛的現金流，並不缺錢，那麼就不必上市；比如像華為，它就不需要上市。上市了的企業因為必須對企業的股價負責，要對財務報表的數字負責，做到對外披露數字悅目，所以，往往更在意一些短期行為。而咱們國企上市，說最實在的，從某種角度說政治考量占有個很大的成分。當然，上市的好處在於社會公眾的承認和影響，企業知名度和品牌價值的提升，既然市委、市政府把能源放到上市的盤子裡，咱們就不能不認真品嘗，仔細咀嚼，誰讓咱們是棋子兒呢？幹什麼就得吆喝什麼，下級服從上級，你說是不是？」

王超凡聽著不住地點頭。

「恢復上市，整合、盤整這幾塊產業，理順內部機制，強化內部管

理，都是頭等大事。但是，說到中心工作，這龍頭專案還是能源呀。所以，我想聽聽超凡兄關於天然氣進口的事！」

「天然氣進口，可是個關鍵，沒有這個項目，也就沒有我們今天濱州能源行業的整合。所以，我們得感謝老毛子。天然氣這事兒，前前後後，連考察，帶立項地運作了有三四年了，俄羅斯我可是沒少去。下一回，也讓你去俄羅斯轉轉，開開眼界，不錯，不錯！」王超凡說完「咂吧」了一下嘴，有些走神。

「是啊！這些年，白忙活了，整天忙著國內這些事，都有些呆傻了，找機會是得出去看看，換換腦筋。」任信良發了一句感慨。

「老弟，這話對。不是我說你，前些年，市裡組織出國，哪次落下劉志恆了？好幾次，我和他在一個出國團裡。」

任信良點點頭，又搖了搖頭，說道：「人家劉董最善於借船出海，咱怎麼能和人家比呢？」

「不能比，但是，可以學嘛！對不對？我和劉志恆不一個打法，你看能源的班子成員，我都給他們排上隊，大家輪著出去走走。今後，這公司咱兄弟倆支架說了算，該工作就工作，該放鬆就放鬆。咱們也別說放鬆，我們說學習工作，日程擺布好，出國啥的，簡單，哈哈！」

「超凡兄，確實有辦法，有胸懷，出國這類事，你來調度，我聽你的！」

「看你說的，咱們一塊兒商量。」

六

世陽道長被李景玄從江西接回來了。世陽道長眼睛看物體仍不見起色，濱州的信徒、道友們背地裡稱世陽道長為瞎眼老道。儘管這是私下裡稱呼，但是，世陽道長雖然眼瞎，但是心明耳聰，並不介意人們對他「瞎眼老道」這個稱呼，反而顯得心情頗佳，臉上總是掛著微笑。

對於任信良恢復原職並被委以重任這事，每論及此，道長反而收斂起一臉的笑容對人說：「福兮禍所伏兮，禍兮福之所倚。福禍兩端皆

由私利所生，無非善惡。關鍵是看個人的對待把握。《般若波羅蜜多理趣經》有云：『所謂妙適清淨句是菩薩位，一切自在主清淨句是菩薩位。』但願任信良頭腦清醒，汲取教訓。」聽得人丈二和尚摸不著頭腦，只好任他一個人睜著眼瞎說去。

張世陽這位德高望重的宗教界人物的回歸濱州，自然獲得熱心人士的關注。張世陽道長聯合濱州市五大宗教團體共同參與和互動的濱州市傳統文化宣傳教育基地——玉佛書苑，通過任信良私下裡做王曉航書記的工作，得到市委宣傳部的大力支持，歷經一個半月的時間便正式開展活動了。為盡可能地減少不必要的宗教氣氛，玉佛書苑在開幕的前幾天，進行了玉佛開光儀式。王曉航書記為玉佛書苑開幕典禮剪綵，濱州市電視臺新聞時間也做了報導，《濱州日報》也做了專題訪問。玉佛書苑開苑僅十天的時間，玉佛書苑便銷售大型系列公益紀錄片《和諧拯救危機》光碟，三萬多套，《弟子規》、《名賢集》等傳統道德、禮教入門讀物五萬冊。這個場面和效果是張世陽道長所沒想到的。

玉佛苑的佛堂香火和傳統文化的宣傳造勢形成了良性的互動，李景玄陪伴著張世陽整天忙碌在玉佛苑，為求學者和遊客開示道理，釋疑解難。一來二去的，睜眼瞎張道長的名氣更大了。世陽道長坐在太師椅上，仙風道骨的，睜著眼看著前方，眼球一動也不動，偶爾眨一下眼，給人的感覺是在想事情，臉上的表情，平靜自然。偶爾說到微妙之處，世陽道長會微微一笑。

清風觀在玉佛書苑傳統文化教育基地的帶動下，前來觀光的和求學的人多起來。來的人大都有一種感覺，到此一遊，宗教味淡了，學問氣濃了。張世陽道長團結宗教界人士大規模地在濱州市開展推廣傳統人倫文化教育的公益活動，傳統與規矩，良知與美德，公序與良俗。從早晨到晚上，清風觀玉佛書苑的大液晶電視不停地播放著張世陽道長的傳統文化講座——大型公益電視片《傳統與人性之根》；該片以一種全新的包容，勸導人們盡本份，行孝道，獻愛心，求和諧，同化人生與自然，宣導儒、釋、道、回、耶五大宗教的團結與融合。

　　張世陽道長和李景玄在釋疑解難的過程中，有一個共同的觀點，人天感應、人與宇宙的和諧共生的關係，人禍就是違背生態、違背人的本性的過度瘋狂的行為惡果，而頻發的自然災害以及反常的氣候變化都與人禍有著直接或間接的因果關係，人類生活環境和健康狀況的惡化都在不斷地警醒和提示著人們。以水災為例，這些年全國各地山洪暴雨、洪澇水災頻發嚴重。淨空法師就說過：「自然災害不是天然的而是一切眾生造作惡業念頭感召而來的。」佛經所講水災原因是世人貪淫心太重，貪淫感水；人們若把心裡貪嗔癡斷掉，水、火、風三災就免了。所以，中國人亟需「勤修戒定慧，息滅貪嗔癡」。老道長語重心長，甚至有些無奈地對坐在身邊的人不停地開示著：「沒啥難的，無論是道家修真的，還是佛家、儒家的，乃至基督教學說，都可以用一個字兒來表述：『少』！少吃點，少浪費點，少折騰一點，少傷害一點，我們的生活完全可以變過來。現在的社會正相反，多賺錢，多消耗，多快樂，可是，想過沒有，一個人窮其一生，你能多到哪去？多賺一點錢，生活充裕一些，這沒什麼不好，問題是現在所鼓勵的多賺錢的是在損人利己的前提下進行的，這就把人心和社會道德給帶壞了。為了多賣錢，牛奶裡摻假，竟然放毒藥三聚氰胺；菜農、果農、雞農、鴨農、豬農、牛農，為了增加產量，加激素，加農藥，加化學飼料，眼睛都瞅著個「多」字！錢是掙多了，可是人也坑多、害多了，德行、人性還有嗎？全世界性的人類道德水準下降，倫常敗壞，試想想，能不遭天譴嗎？我聽到一個笑話：說是城裡人很是抗造：早晨起床穿著冒牌的運動裝，跑出去買一份摻了洗衣粉用地溝油炸的油條，回到家，再切一個蘇丹紅鹹鴨蛋，中午在單位食堂吃一盤激素雞蛋炒農藥韭菜，外加一盤有毒豬血，來一碗翻新陳大米飯吃個飽。回到辦公室後泡一壺香精茶葉，上網看看假新聞打發時間。晚上下了班，去市場買一條餵了避孕藥的養殖魚、半斤尿素豆芽和膨大劑番茄，回家燒上三個菜，再喝上二兩甲醇酒，喝完了，再吃個硫磺饅頭。睏了，便鑽進黑心棉做的棉被裡睡去。所以，這作孽的都是相互坑害。

　　張世陽道長所開示的儒、釋、道、回、耶對中國社會道德體系重建的意義和作用，以及解脫痛苦的不二法門的言論和觀點在濱州傳遞著。一開始，電視臺還準備專題採訪，可是有些領導聽了這些言論後，覺得不對味兒，拿捏不準了，對張世陽採取一種低調對待的方式。報紙、電臺、電視臺對此也只好不做宣傳和報導。

　　王曉航知道任信良和張世陽道長的關係，玉佛書苑教育基地的出臺過程，他心裡更清楚。

　　於是，兩人通了話：「信良呀，張道長的言論，現在市面上反響挺大啊！」

　　「這好啊！這下，傳統文化宣傳與推廣的效果就大了！」

　　「信良老弟，我說你就是個政治門外漢，宗教界、民主人士的響動有個火候問題，觀點太偏激容易產生輿論的導向作用。我這個市委副書記，抓意識形態是我的分工，如果我公開支持張道長的言論，勢必容易引起相當數量黨內同志的誤解，以為連我這個市委副書記都神神道道的，有迷信色彩，不是一個純粹的無神論者，很容易被某些別有用心的人利用呀！最要緊的是張道長的言論，如果引導不好很容易讓一些低層次的市民產生心理上的誤解，這對和諧社會的穩定很不利呀！」

　　「曉航書記，你這麼說，我明白，我去做做老師的工作，調整一下對外溝通的方式和方法，對有些爭議性大的敏感觀點做到小範圍消化、個別交流體會一下，這樣可以吧？」

　　「這就對了嘛！有些事不好辦得太明白，又不好辦得不明白，哈哈，老弟，你自己體會，我這邊忙，哪天一塊兒細嘮！」

　　「明白！謝謝領導！」

　　任信良放下電話，心想：「這市一級黨政領導，看來確實複雜得很，就是不想複雜都不行。利樂有情，引人向善，很簡單的事情，幹嘛扯到政治上去！」任信良也覺得沒趣，但是，曉航書記的電話囑咐又非同小可。所以，任信良交代了一下工作，趕緊開車趕到三清觀。

「老師！這日子辛苦了？」

「辛苦點，但是不累，我是沒幾年活的了，早活夠了！只是心疼現在的孩子們！啥也不懂，一個個都是考試的機器，白天待在學校這個高壓鍋裡，晚上，回到家裡也是個高壓鍋，接著無休止地學，大人不懂人生的道理，孩子也不懂，這個社會能好嗎？」

「老師，您一片菩薩心腸，利樂有情，引人向善，這是件好事，但是，大氣候，大環境，大氛圍，您老還是要顧及一下。您不是總說天道難違、凡事別心急嗎？曉航書記今天專門給我電話，讓我個別勸勸老師，有些觀點收一下，注意考慮一下政治因素！」

「這怎麼又和政治扯上了？」李景玄不高興地插話問道。

「也不能說和政治扯上了，我覺得咱們應該再低調一些，願意買資料、買DVD碟片的，自己買完回去看去，該怎麼理解讓他們自己理解，老師還是儘量少講！咱們再低調一些！」

「信良，這麼說，這短短的時間，就產生了這麼大的風浪，哎呀，說明我們有些人還是很敏感的嘛！行！我不說了，我的話先擱這。明年清明節之後吧，到時候，我不說，市裡邊還得請我說！哈哈！」張世陽道長底氣十足地說道。

師生兩人正說著話，任信良衣兜裡的手機震動了一下，任信良拿出一看是一條短信提示：「方便時請大哥來一趟，有要事相告，愛東。」「大瘋狗會有什麼要緊事呢？」任信良心裡尋思著，腦子一走神，張世陽道長說話了。

「信良，你這剛上任，事情多，我這邊的事，我會把握，你說的我都記在心裡，你安心忙你的去吧，有事我讓景玄招呼你。」張世陽微笑地看著遠處，目空一切地說道。

「那好吧！反正我剛才說的那番話是王書記轉達給我的，不代表我個人觀點，我倒是同意老師的觀點的，不過，眼下老百姓的接受程度、輿論監督的傾向，我們還是要考慮的，行，老師，這邊有人找我，那我就告辭了！」任信良說完，恭恭敬敬地給張世陽道長鞠了一躬，告辭離開。

七

任信良從清風觀出來便直奔紫源茶舍，車子剛一停穩，大瘋狗便從茶舍裡出來，三步併成一步地奔過來。

「任——哥！來啦！快——請！」大瘋狗的言談舉止幹練中透著斯文，讓人冷丁一看，還真想不到他是個在道上混的人。

「兄弟，好久不見，變得文雅啦！好好！」

「這——還不是受大哥的教——誨！嘿嘿！」

雙方落座，大瘋狗雙手奉上茶牌。「任哥，新一官上任三——把火，兄弟還——想著給大哥——慶賀一下呢！」

「慶賀啥！還是低調點好！喝酒吃肉的機會和時間還不有得是，幹嘛湊熱鬧惹是非？」

「大哥說得的是！沒——有大哥發話，小弟也——沒敢張羅！哈哈！」

「這就對了！老弟！」任信良拍拍瘋狗的肩膀，親熱地進了包間。

「任哥！喝——點什麼茶？」

「喝普洱吧！」

「嗨嗨！任——哥，您不是一直喝臺——灣茶嗎？」說著，對茶藝師宋菁小姐說道：「去把架子下面木——盒裡的那塊茶餅拿——來。」宋菁小姐甜兮兮地微笑點頭出去了。

「改了！我發現喝普洱更有門道。」

「是呀！好——多茶客也說，喝——普洱是茶道、品——位的提——升！」

「普洱採天地之正氣，歷歲月之彌久，得自然之造化，成茶中之珍品。」任信良說完便看著水果般鮮亮的茶藝師宋菁小姐。

宋菁甜兮兮地微笑著說道：「領導說得真好！跟領導在一起品茶就是有提高。」說完，帶著羞澀低下頭，熟練而優雅地慢悠悠地按照茶藝程序操作著茶藝。

　　幾分鐘的時間，兩杯晶瑩剔透豔若乾紅葡萄酒的普洱茶湯分別擺在任信良和大瘋狗的面前。

　　任信良端起茶杯品了一口茶湯說道：「一嗅，二舔，三含，四嚥，謂之品茶。宋菁小姐茶湯開得不錯！有功夫。品好茶，開湯是關鍵。是地道的易武正山大葉種，有些霸氣，轉化得很好！」

　　「任──哥，不愧是老──茶骨！這是1998年的生──茶！」

　　「十年時間，生普可以說已經完全轉化成熟。」

　　「任──哥，你喝茶學問深，前些日子有個茶客說了一套，挺──有道理的，我唸給你──聽聽。」瘋狗一邊說著，一邊掏出手機：「這個老兄他說，喝茶能反映出──個人的生活工作境遇和──性格。」

　　「是嗎？有這麼玄乎？」

　　「任──哥，您聽啊！」

　　大瘋狗說著，打開手機結結巴巴地唸道：

〈喝茶感悟歌〉

　喝茶喝得慢，肯定好扯淡；

　喝茶喝得快，肯定沒外快；

　喝茶喝得香，內外都吃香；

　喝茶喝得淡，肯定窮光蛋；

　喝茶喝得濃，體面又光榮；

　喝茶喝得猛，是個大馬桶；

　喝茶喝普洱，茶道見水準，

　熟茶是入門，生茶見功夫，

　老茶慢慢品，事事皆可以；

　茶禪合一體，苦盡回甘生。

　　「喲呵，不錯！老弟有提高！好！好！誰編的？一套一套的，說得

不錯，確實如此。無味之味，茶禪一味，茶中有道，品茶悟道。兄弟，有長進呀，好！把這個發過來！」任信良誇道。

「嘿嘿！好的！說——實在的，要——不是受大哥的薰陶和教——誨，小弟哪有今天的體會和收穫？」

「也別這麼說，關鍵在個人的悟性。有人說品茶論人生，確實有道理，有些說法細品品特別有意思。從前我聽過一套理論，說的是男人如茶，說男人二十歲是綠茶，三十歲花茶，四十歲是烏龍茶，五十歲是普洱茶，六十歲是紅茶，七十歲是黑茶。」

「那——女人是——什麼茶？嘿嘿！」

「女人嘛，也有個說法，叫女人二十歲是花茶，三十歲是綠茶，四十歲是紅茶，五十歲是奶茶。」

「那六十歲是——什麼茶？」

「六十歲，哈哈，頂多是勞保茶了，哈哈！」

「哈哈，有意思，大哥就是有學問。」

「我有啥學問，不過是喜歡動腦而已。」

「哎，大哥，說——實在的，現在，咱們的人都——處處講究文質彬彬，低調做人，多動腦子，不動粗。」大瘋狗說這番話，儘管結巴，但是順溜了許多。

「好哇，這樣好，世界在發展，歷史在前進，橫眉豎眼的，打打殺殺，是典型的腦殘，不合時宜。人類社會都進入資訊化時代了，凡事要靠腦子。」

「我——記住了！大哥，對了，你剛才問這〈喝茶感悟歌〉是誰編的？說來最近很是走運，燃氣集團的葉總幫忙攛弄，市委唐書記的秘書王若歆負責協調，能聯繫到的委辦局事業單位，都掛上了勾，半個月的時間，做了七十多萬的茶葉生意。這個段子還是葉——總的一個朋友發給我的，哈哈！」馮愛東結結巴巴地咧著嘴說道。

「我還說呢！太陽從西邊出來？機關搞福利還分普洱茶哪！原來是葉揚、王若歆在做茶生意？」

「這有啥大驚小怪的？老葉是我多年的哥們，這回估計他是純心想幫著王秘書賺點錢。不過，我感覺，王──秘書這人很爽，有內涵，不像是特別貪錢的主兒，整來整去的，倒讓我大賺了一把兒！真是沒想到！」

「老弟，財運滾滾，這是好事，但是，但是，別攪和得太深，面上一定要做得乾淨些，穩妥最重要！」

「這一點，大哥你放心，不──能整埋汰了，出點事，犯──不上！」

「明白就好！凡事長遠些，格局大些，千萬記住，雞鳴狗盜的事堅決不幹，做本份生意，一心一意謀發展，這才是正路！」

「我記住了！小弟心裡有數！大哥，這裡有份資料，大哥拿回去看看，或許……」大瘋狗說著，不知從哪裡摸出一張小光碟，臉上的笑容裡透著詭異。

「這是什麼？」任信良有些不解。

「葉揚和一秘的喝茶聊天紀錄，嘿嘿。」

「怎麼？你按竊聽器了？是王若歆的？」

「哈哈，大哥，看你說的，這都是什麼年代了？哪還有什麼竊聽器？咱們安裝的是傳聲器！嘿嘿！」大瘋狗笑著點頭。

「你小子，就折騰吧！」

「大哥，小弟可是有所選擇，謹慎行事，放心吧！或許對大哥有用呢。」

「那好，我回去聽聽！另外，我最近剛看了一篇有關茶道的文章，讀來意蘊無窮。」

「趕──緊給我看看！」瘋狗急著說道。

「會的，我回去，就給你傳到電子信箱裡，沒事好好看看！琢磨琢磨，真是行行有門道呀！」任信良說完，品了一口普洱茶，嘴上說道：「茶不錯，轉化得挺成功，再過幾年更好！」

「任哥！我給你留了幾個好餅，走的時候捎上！」

「不用！茶，我有！你留著喝吧！」任信良客氣道。

「看大哥說的，你有是你原來有的，這不是小弟送的嘛！沒事品品！這餅就是這次和王秘書、老葉做的，品質沒得說，價位也適中，存放一下更好！」

「那好！我就不客氣，謝謝老弟了！」

「看大哥說的，咱們兄弟倆──誰和誰？」瘋狗憨厚實在地笑著。

任信良看著眼前這位曾經的難友，腦子裡不自覺地浮現出看守所中的情形來。

任信良當時遭到批捕後，被送到看守所。任信良走進監房，感覺平生從未有過的陌生，恍惚猶如隔世，一時間分不清左右東西。監房裡沒有床，被羈押的犯罪嫌疑人們都睡在地板上，三十多平方米的監房裡關著十個人。任信良進監房的時候，挨著牆邊盤腿坐著九個人，任信良搓了一把臉，掃視了一下屋內的人，沒得說，看來只有門口的位置是留給自己的，但是，門口的地方隔著一道一米多高的瓷磚牆，便是衛生場所，儘管打掃得很乾淨，但是，尿臊氣仍然很明顯。任信良便在靠近瓷磚牆的位置盤腿坐下來。此時，正是等待晚飯開飯的時間。那天的晚飯是饅頭、稀粥、炒榨菜。隨著走廊裡的鈴聲，兩個飯盆由門下的拉門處送進來。這時坐在任信良旁邊的一位二十七八歲模樣的瘦高個子和另一位年紀與瘦高個子相仿的瘦猴樣的矮個子，幾乎是同時地一個高蹦了起來，兩步奔到門前。瘦高個在菜盆裡扒拉來、扒拉去的，往一個塑膠小飯盆裡盛著菜，瘦矮個則盛稀粥，拿饅頭。然後，兩個人小心地一個端菜，一個拿飯，走到屋子的盡頭。

瘦高個對歪倚在牆角的一位說道：「老大，你請，肉都在這裡哪！」

瘦矮個沒說話，點著頭小心地把飯放到地上，筷子擱在碗上，兩個饅頭架在筷子上。

「嗯，弟兄們吃飯吧！」牆角裡傳來的聲音是陰森森的。

「好嘞！大夥吃飯！」

隨著瘦高個兒一聲回答，屋子裡一下子顯得混亂起來，人都圍向屋門口。任信良還沒意識到自己此時此刻已經是一名正規的在押犯罪嫌疑人了，他還沒醒過神來，嘴裡沒味，肚子也沒覺得餓，既然沒胃口，那就靜靜地坐著吧！

吃飯的時候，監房裡還算安靜，人們各自低頭吃飯，少有說話聲。約莫過了二十分鐘，飯都吃完了。忽然，從屋子的盡頭傳來聲音，還是那個陰森森的聲音：

「你──去！跟他說說！」

隨著「好嘞！」的話音剛落，任信良面前蹲著一個矮胖子的青年，滿臉的橫肉，眯著眼，給人一臉無賴像。

「這位老兄，按規矩，咱們老大讓你過去點點卯！」矮胖子眯縫著眼，一臉壞笑地說道。

「點什麼卯？有什麼卯可點的？」任信良沒好氣地回答道。

「嗨！這位老兄。我看你也一把年紀了，在社會上混這麼多年，也該是個懂事兒的吧？」

「懂事兒？小老弟，你想讓我懂點什麼事？」任信良不緊不慢地反問道。

矮胖子看起來是關得閒著地發悶，反倒是一屁股坐在任信良面前，說道：「懂什麼事？我問你，人生活在社會上，首先你得知道上下吧！不知道上下應該知道大小吧！不知道大小也應該知道個好歹吧！不知道好歹也應該知道個進退吧！我說的話你不會聽不懂吧？」矮胖子說完，斜著眼睛看著任信良。

任信良聽著矮胖子的話，心說：「媽的，我的語錄什麼時候傳達到這幫混蛋這一級了。」任信良微微一笑。「二十年前我就說過這話，上一邊去！」說完，冷冷地看了矮胖子一眼。

矮胖子眨眨眼睛，有些發惜，停了一下，說道：「嘿嘿，算你有種。」說著，抬起屁股，站起身來，回屋子盡頭去了。

　　任信良靜靜地坐著，不知過了多久，就聽準備就寢的鈴聲響了，屋子裡的人輪流進行洗漱。正當任信良站起身來準備去洗漱時，在任信良一轉身的時候，一床棉被帶著風從後面包裹過來。任信良兩手一擎一擺，順勢翻轉，借勢順力，如吳帶擋風，就聽一聲慘叫。任信良回頭一看，瘦高個兒一頭撞在一米多高的瓷磚隔斷牆上，躺在地板上，手裡抓著一床棉被。任信良知道所謂的入獄後的操練開始了！這時矮胖子看任信良注意力在瘦高個兒，趁機起腳向任信良的腰部猛踹，眼瞅著腳已經挨上任信良的腰部，不曾想踹出去的腳收不回來，自己的軟肋卻結結實實地被重重地被踹了一腳，整個人一下子被踹到了牆上，矮個子沒來得及哼一聲便癱在地上。這時不知是誰大喊了一聲：「死人了！」監房大亂。監房裡的人分成了兩夥，分別圍著瘦高個和矮胖子。

　　不一會兒的工夫，開門進來兩位管教，打頭的厲聲問道：「怎麼回事？怎麼死人了？是誰打的？」

　　「政──府，沒──事兒！一會兒就能醒過來，是不小心摔的，沒人打！媽了個逼，瞎──雞巴喊什麼？哪──死人了？」

　　屋子盡頭那位說話結巴，表情陰森森的傢伙，終於站到近前。任信良看清了，這是一位三十四五樣子的男子，長得濃眉大眼，一米八左右的身高，論長相可以說一表人才，論氣質可以說是威武陽剛，藍色帶條格的獄服上，標著「0067」號碼。

　　「沒死人，這是怎麼回事？」管教指著瘦高個兒說道。

　　確實，矮胖子已經能哼哼啦，可是，瘦高個兒卻沒有聲音。一時間，監房裡的氣氛凝固了！

　　管教蹲下身，用手湊近瘦高個兒的鼻子，轉過身來，說道：「快！趕緊送醫院搶救！」

　　接下來的事情，像是走馬燈一樣，先是瘦高個兒和矮胖子被送醫院，接下來是一個接一地被提審。輪到任信良時，已是半夜。

　　管教說：「說說吧，究竟發生了什麼事？」

　　任信良只能從矮胖子踹自己說起。

管教說：「你別有顧慮，是不是牢頭指使人幹的？」

任信良本身毫髮未損，自然裝得像沒事人似的。走馬燈般的提審沒有任何的結果和線索，管教以監室內管理混亂為由，罰全監室的覊押人員勞動一天了事。

從此，任信良和「0067」號處起朋友來。他知道「0067」號就是濱州市面上喜歡打架滋事的混混，大名馮愛東，外號「大瘋狗」。瘋狗和同監室的人聽任信良講官場、商場方面的軼聞趣事，任信良知識的淵博，處事的老道，讓聽者受了感染，漸漸地這些人開始圍著任信良，任信良自然地成了監室裡的中心。任信良也因此成了瘋狗敬重的老大哥。在那段一起被覊押的日子裡，瘋狗受到任信良很大的影響。好在瘋狗的傷害案情節並不十分嚴重，瘋狗又接受了任信良的點撥，通過律師積極和受害人妥善協商賠償，所以，後來瘋狗得到了個：判一緩二的結果。出來後，立馬就按照任信良的意思運作了這個「紫源茶舍」。

任信良和瘋狗分手後，回到市政府的辦公室。為方便工作，市政府和創億能源集團都為任信良準備了辦公室。不過，市政府的辦公室簡單一些，都是按照標準來的，九個副秘書長的房間依次排開，一間一間的長筒形狀，一張桌子，一套書櫃、衣櫃連體的櫃子，一套三人沙發，一張單人床，但從布局上看起來，就像是一個單身宿舍，靠近桌子是一扇細窄的窗戶。與此形成對比的創億能源集團董事長辦公室，則是裡外兩間，另附設有單獨的淋浴衛生間和休息房。王超凡在準備任信良的辦公室問題，確實付出了極大地熱情和誠意，僅衛生間的衛浴潔具設備就是全套的德國進口，花了近十萬元。這讓任信良打從心眼兒裡受用，可是又打心眼兒裡難以接受。儘管這一切的裝修都是仿照王超凡的辦公室的格調，但是，作為任信良這位重出江湖的人物來說，總覺得有些太張揚，不夠低調。所以，眼下他認為儘量還是用多一點時間待在市政府大樓的辦公室裡，遇到開會、研究工作時，才到創億能源集團的辦公室辦公。王超凡為此提了幾次，任信良都客氣地推辭著，並且是用創億能源

重新開市為由。這個理由讓班子成員聽起來，還說任總做人做事確實紮實、踏實，是幹事成事的人。

　　瘋狗交給自己的小光碟，還在包裡放著，任信良此時沒有一絲的興趣，因為，任信良從瘋狗的嘴裡聽到關於葉揚和瘋狗之間的交情和交易，這一切都讓任信良的心裡隱隱地產生了一種不安的感覺，他立刻想到前不久發生的燃氣集團家屬樓的爆炸事件，因為家屬樓涉及到房產動遷的事，而瘋狗這麼多年來正是一直做著這一行當，這不能不讓任信良產生聯想。按照官場和江湖的遊戲規矩，任信良相信無論是瘋狗還是王若歆，他們都不會隨隨便便地把與自己的關係透露給葉揚，不過，眼下，瘋狗把葉揚和王若歆之間的事情單獨透露給自己，這件事本身就已經是違反遊戲規則了，又怎麼能保證得了，瘋狗哪天一不小心或者一高興，就把在獄中與自己的那段患難交情輕鬆地抖落出來，那結果豈不是花臉？如今的瘋狗儼然脫胎換骨：說普通話，穿西服，紮領帶，做事彬彬有禮，看中央新聞，讀《人民日報》，上網衝浪，滿嘴的新名詞，今天的瘋狗應該說讓瞭解情況和背景的人評價，會給他一個淺灰、灰白的評價，根本沒有黑的印記。這一切都是屬於瘋狗這樣的群體人物那份獨特的聰明和智慧的結晶和產物，這就是發展，這就是變化，這就是適應，是適者生存。任信良坐在椅子上，看著這間屬於濱州市人民政府副秘書的專門辦公室，心裡泛著波浪：與瘋狗比起來，自己這個國企領導人員一番折騰，還能重新走上企業領導崗位，並且進入市政府的官場，在人滿為患、官多為災的中國官場還能忝為市政府的副秘書長，這是不是個童話？是不是個傳奇故事？任信良心裡清楚自己眼下這一切的擺布和運作都離不開喬麗麗、王若歆。擔心就要當心，當心就必須小心，囑咐和提示總比啥也不說強，因為大意才會失荊州的。任信良還是和瘋狗通了電話。

　　瘋狗聽了任信良的一番話，在電話裡口氣恭敬地結結巴巴地說道：「我的好大哥，你就放心吧！我傻呀！腦子進風了？在看守所那段經歷是什麼光榮歷史不成？還掛在嘴上，生怕別人不知道自己丟過人，走過

麥城？大哥！你就一百個放心，老葉雖然和我多年的交往，可那是相互幫忙，相互利用。王秘書是老葉引見認識的，沒啥交往。咱倆不同，我敬重大哥的為人和學識，眼下大哥入主市政府了，我更知道小心維護大哥！單線聯繫，絕不串線，絕不越位。至於，葉和王秘之間的事，我只是覺得應該讓你知道一下情況。」

「兄弟，人的一生很短暫，你我都經歷了許多的波折，年紀都不小了，應該幹什麼、不應該幹什麼、重點要抓點什麼，這都不用別人來教我們。兄弟，做大哥的為你好，咱們遇事算算成本，想得寬些遠些，踏踏實實地做人。總之，安全平穩，清淨自在，麻煩事、違法的事堅決別幹！不能為了錢什麼都去做，明白嗎兄弟？」

「任哥，你放心，我會小心的。」

儘管結束了與馮愛東的通話，但是，任信良仍然不放心，心裡依然不能平靜，心裡隱約地產生了一種不祥的預感，但是，這種不祥的預感具體指向哪？自己又一時說不清楚。

第七章

官場男女關係修煉的是
軟磨硬泡借力用巧的功夫

一

　　傅彬彬想既然要正式到海藻雜誌社工作，就得對這海藻雜誌社有個瞭解。傅彬彬拿出了從事新聞記者職業的勁頭來。可是，從哪下手呢？傅彬彬給任信良打電話耍著嬌閒扯。

　　任信良故意挖苦傅彬彬：「虧你還是個大記者呢，濱州市多大個地方？一個小海藻雜誌社弄不明白？」

　　傅彬彬說：「說得容易，我才來濱州市幾年呀，就我這點社會關係？」

　　任信良說：「你這點社會關係咋了？看你一天眼睛睜得大大的，總瞅著外邊哪行，你得眼睛向內挖潛力。濱州日報社是什麼地方，你怎麼連自己待的是什麼地方都給忘了？日報社裡啥文化界人才沒有？什麼關係他們聯絡不上？就從報社內部找人瞭解，肯定沒錯，先問問韓力。」

　　傅彬彬說：「嗨！是呀！你這一說，我這思路馬上就開了，老公到底是當領導的，有水準，有高度。」

　　傅彬彬隨後就撥通了韓力的電話。

　　韓力一聽說道：「傅彬彬，這事兒，你算找對人了，我的中學同學金濤就是海藻雜誌社的一根棍兒，你和他嘮嘮，保準你立馬對海藻雜誌社的前世今生都有一個全面系統的瞭解。我現在就給金濤打電話。」

　　傅彬彬聽著喜得心裡直癢癢，連說：「咱們直接到經典語茶咖啡屋吧，喝杯咖啡，聊一聊！」

韓力舉著電話一邊聽電話，一邊回答：「對，這樣也好，我約他到經典語茶咖啡屋，那裡的氛圍挺好！」

傅彬彬在韓力的介紹下，與金濤相識了。有了韓力這層關係，彼此間的距離拉近，便成了一個圈子內的朋友。雖然彼此沒有打過交道，但是，圈子的向心凝聚力作用使得兩個人像一對老朋友一樣交流起來。

「想要點什麼？我請客！」金濤反客為主地說道。

「那可不行，金濤，第一次我來請！」傅彬彬臉紅了。

「你們倆誰也別爭，你們倆可都是我召集來的，一切聽我的！」韓力擺手招呼服務員。

「說什麼哪！見外不是？傅彬彬可是你韓力兄老大哥的未婚妻，說什麼都得給我面子呀！」

「別爭了，以後有得是機會！下回你來錢了，找個檔次高的再正式表示，今天抓緊工作，談正經事！」韓力拍著金濤的肩膀說道。

「那好，我遵命，先把這期面對面訪談節目做完！有啥問題，請問吧！」金濤爽快地笑著說道。

傅彬彬心裡說：「這人與人之間相處得來，還是處不來，確實有一種說不出但感覺得到的東西。」從金濤口中聽到自己是任信良的未婚妻，傅彬彬心裡有一種說不出的甜蜜，這是從他人的口中第一次聽到對自己的這種定位。

傅彬彬的臉又一次紅了，說道：「這次把我調到海藻雜誌社，說起來中間的過程十分地弔詭，特別地荒謬，說來真是哭笑不得。」

傅彬彬把自己調到海藻的經過簡單敘述了一遍。

金濤聽著不由得皺起了眉頭，看了一眼韓力之後，對傅彬彬說道：「傅彬彬，你這樣一說，我還真的要提醒你，這鐵犁絕不是什麼好鳥，十足的文化流氓，一肚子花花腸子，沒準又打什麼歪主意，你可得留個心眼兒！」

「是嗎？看著鐵犁文謅謅的，斯斯文文的。」傅彬彬不解地說道。

　　「這人呀，就不能看外表。我要是和鐵犁站一塊，不瞭解情況的打眼一看，還會以為我是個反面角色呢，哈哈！我跟你說件事，還是三年前，咱們文聯的各事業單位實行工資改革，各單位按照文聯給的界限，根據實際掌握上報方案。這鐵犁明知這所謂的界限，就是一種鼓勵，卻讓財務按中間標準報方案。本來大家收入就低，這下大夥不幹了。李文革『李大眼』也是四十好幾的人，家裡負擔重，聽說這方案讓他比預計的少拿三百多塊，氣得陽剛起來，罵罵咧咧地要和鐵犁理論。陳夏雨這個老迂腐子，和朱岩是中國人民當中傑出的犬儒型代表，是只反太監不反皇帝的主兒，即便是反太監也不敢當面反，也只能背後說說而已，心裡邊其實也想著能多漲工資，這時卻偏偏站出來攔著李大眼，不讓李大眼發飆。我算徹底知道『書生造反，十年不成』的原因了，結果一場本來可以發動起來的革命鬥爭，忽然就被人民群眾自己把自己給鎮壓下去了，而且群眾內部也四分五裂的。鐵犁抓住海藻內部的矛盾和特點，做了李大眼的工作，李大眼從那次開始，不僅沒有成為鐵犁的對立面還成了有力的合作夥伴，不！嚴格地說是同盟，從此是不僅僅開車、打雜，連發行等所有總務工作都交給他了。所以，李大眼這兩年神氣十足，儼然是個監工，副總編！媽的！」金濤一氣說完之後，深深地勻了一下呼吸。

　　「李大眼，好歹也是個爺們，幹什麼這麼卑躬屈膝的，為鐵犁馬首是瞻？」韓力插話問道。

　　「這就是當今社會的怪圈，妥協再妥協，隱忍再隱忍，平衡再平衡，知道嗎？」金濤沒有直接回答韓力的提問，而是發著感慨。他接著說道：「就咱這《海藻》雜誌，一個月四千多冊的發行量，明擺著沒勁，不掙啥錢嘛！」

　　「那為啥不黃了？」傅彬彬問道。

　　「你問得對，這就是體制，事業編，財政出錢，所以大家都在混！廣告也拉不來，好的稿件也沒有。說實在的，都誰在看《海藻》？發行量上不去，廣告根本沒戲，不就是一個月三千多塊錢的工資嘛！不過，我不像他們那幾個人，虛度光陰，我呢是該學習學習，該研究研究，沒

事寫寫稿子，時間長了和幾家雜誌建立簽約關係，就非常主動，一篇稿子今天在這發表一下，明天在那登載一下，哪個月都有不小的進項。別的不說，《讀者》雜誌等幾家刊物，我是特約專稿，千字千元的，比工資多得很！傅彬彬，咱們之間有韓力這層關係，我才透露這些資訊，連朱岩和陳夏雨我都背著。我建議你，沒事兒也寫點，精神和物質生活都充實，總比閒待著強。」

「哦，是這樣，金濤，既然你這樣能寫，幹嘛肥水流到外人田，多給咱自己的雜誌寫點，提高雜誌的閱讀量，不是也很好嗎？」

「得！你不提這個還好，我告訴你，千萬別幼稚，我也曾經試過。鐵犁當主編十年了，你看看《海藻》雜誌，都是些什麼人在發表文章？咱自己編輯部的誰發表文章了？就他一人兒！」

「我沒看過，就是這些日子，才隨便翻看一些，每期都有鐵犁的文章，隨筆評論、散文導讀的。另外，好像文學女青年的作品多一些，海藻都快變成女友雜誌了！哈哈！」傅彬彬說到這不由自主地笑起來，等她意識到，連自己也覺得納悶。

「確實快變成女友雜誌了！看來真是英雄所見略同。這個鐵犁有個最大的愛好，就是大力扶植文學女青年，再有就是把手中的小權力、小活權，活用得有聲有色，無色不為，無利不為，無聲不為。老陳和朱岩這兩個中華綠殼小龜龜，每天恨得牢騷怪話滿腹，可就是不敢發作。別看鐵犁文質彬彬的，長著一副娘們手，那可是心狠手辣，老陳和朱岩都吃過他的苦頭。我對鐵犁採取的方針對策是嘻皮笑臉，完全沒正經。我也不妨礙他，他也別礙著我，大家保持一定距離地敬著。對老陳和朱岩這類廣大的犬儒階層的優秀代表，和諧相處。對李大眼軟用兼施，該抓公差就抓公差，不用白不用。我的人生信條是人生只有三天：活在昨天的人迷惑，活在明天的人等待，活在今天的人最實在。」

「金濤，聽君一席話，勝讀十年書，你的話真的啟發我！」

「朋友之間，最大的作用就是相互借鑑，相互參研，相互誡勉。如果我的話對你有幫助，也對得起老同學韓力不是，嘿嘿！」

　　「金濤，鐵犁一個小小雜誌編輯部的主編，又不是個社長，一點小權力都抓得這般死，可想而知那些掌握大權力的領導幹部是如何抓權力的，這風氣真是越來越差了！權力真的是個魔咒！」

　　「說得是！就像鐵犁這種腐敗方式，現在有一種說法稱之為『淺腐』，還有人稱之為『微腐』，看得見，不值一抓，小來小去，沒人管，也不好管，因為無處不在的社會潛規則為鐵犁這樣的人權力出租和尋租提供了方便條件。更為讓人作嘔的是，現在有些所謂的文學女青年犯賤到了極致，虛榮心極強，寧肯搭上人、搭上錢，也要發一篇小稿子，那樣她也願意，就圖一個虛榮，一個願打一個願挨，這就是中國的現實。」

　　「是嗎？真想不到，也真想不通，也搞不懂，這些女孩子圖啥？」傅彬彬有些驚訝地感慨道。

　　「剛才說到文學女青年，現在說說文學男青年，也一個樣，一路貨色。幸虧我們的鐵犁先生不是一個斷背主義者，否則，笑話更多。有些文學男青年，像神經病似地一趟一趟地來找鐵犁，鐵犁有時為了籠絡大夥的人心，便把編輯部的人都喊上去赴宴，吃得對方還連說『謝謝』，說：『謝謝各位賞光給面子！』嗨，很有意思！」

　　「看來，一個單位真是不論大小，一個單位一個世界呀！金濤，我已經想開了，我是個下放戶，有個地方待著，讀讀書，搞搞創作，沒啥其他想法，不過，今後雜誌社的各種亂事你還得費心多照應點！」傅彬彬話語非常誠懇。

　　「這有啥說的？傅彬彬你放心，只要是你的事，以後在海藻雜誌社，金濤就是你的拐棍兒，隨便使！你就是想造主編鐵犁的反，你要貼標語，我這哥們會在前面替你刷漿糊！對不對，濤子？」韓力拍著金濤的肩膀問道。

　　「那沒錯！你到了編輯部，你就是組織，我金濤保證積極主動向組織靠攏，隨時彙報相關敵情，隨時聽候組織調遣。傅彬彬，我們的事業還是有群眾基礎的嘛！」金濤風趣地說道。

「哈哈,真是沒想到,我傅彬彬走了麥城,會遇到貴人相助。這下,有了金濤坐鎮,以後我在海藻上班心裡就有底了。韓力、金濤,真是謝謝了,改日一定好好請請二位。」

「咱們之間,說謝就見外了。得道者多助,我們不會孤軍作戰的!我和濤子祝你在海藻雜誌社,有好的作品問世。」

與韓力和金濤的小聚,讓傅彬彬原本有些彆扭鬱悶的心情,一下子雲開霧散心向太陽了。有了金濤這層潛伏的朋友圈子關係,傅彬彬的臉上浮現出得意的微笑。

傅彬彬沒有馬上去雜誌社報到,而是先要求休了個年假。傅彬彬利用這十天的休假,把自己關在屋子裡寫起了構思已久的中短篇小說《蛻變者》來。十天下來,一篇小說初稿基本成形。傅彬彬想著:「幹什麼吆喝什麼,既然當了文學雜誌的編輯,就要筆耕不斷,既要為他人做好嫁妝,又要給自己做好衣裳,向金濤學習,創作、編輯兩不誤,精神、物質生活兩手抓。」

二

年假休完,傅彬彬來海藻雜誌社正式報到上班了,這是傅彬彬第一次來濱州海藻雜誌社。海藻雜誌社的辦公地點在市政協的老樓,由一個大房間間隔成三間辦公室的,兩個小房間分別是鐵犁和財務部門的辦公室,編輯們都在一個大辦公室裡辦公。大辦公室裡擺著四張桌子,椅子都是背靠背擺放的,比起濱州日報社報業大廈的辦公條件來,差距很大。據說濱州報業集團原來擬定的合署辦公計畫因故延期了,海藻雜誌社的辦公地址還要維持現狀一段時間。鐵犁這些日子的心情有些低落,與報社合併之初那幾天的興致早已蕩然無存,看到傅彬彬前來報到,強打起精神和笑臉,把傅彬彬引到大辦公室裡。

編輯部的人都在,都看著面前的文字材料忙碌著,對於鐵犁從小辦公室裡出來,身後還跟了一位漂亮的女士,只有一個人抬起頭來,衝著鐵犁笑,其餘三位低著頭,顯得漠不關心的樣子。

「同志們，大家停一下，你們兩位也出來一下！」鐵犁轉身推開另一間小辦公室，衝著裡面兩位女士說道：「來，我給大家介紹一下！」

這時，剛才一直低著頭的三位編輯抬起頭來，扭過臉來，屋裡的人一起看著站在屋中間的鐵犁和傅彬彬。

「這位是報業集團為我們雜誌社增派的責任編輯——傅彬彬，有的同志即便不認識，我想也一定熟悉咱們《濱州日報》的記者傅彬彬吧！為傅編輯成為《海藻》雜誌的一員，大家鼓掌歡迎！」

屋子裡的人都站起來笑容滿面地鼓掌。接著鐵犁把編輯部的人一個一個給傅彬彬介紹。責編金濤、責編陳夏雨、責編朱岩、發行兼雜誌社車輛駕駛維修工作的李文革、會計朴智姬、出納孫文文。傅彬彬隨著鐵犁的介紹，客氣地逐一握手點頭問好。與金濤握手時，兩個人都裝作初次見面的樣子。

一番介紹之後，鐵犁一板正經地還宣讀了一下報業集團黨委對傅彬彬的任職決定通知。唸完之後對李文革說：

「大眼兒，傅編輯的班臺和電腦什麼時候送來？」

「電腦昨天下午送來了，放在財務室裡，班臺得1點鐘左右送來，最遲不超過1點半！」

「那好！桌椅搬來了，就把桌子放到這吧！」說著用手指了指窗前說著。

「傅編輯，你今後就和金濤坐對面桌吧！咱們編輯部眼下地方小，暫時委屈些日子，堅持堅持，合署辦公之後就好了。眼下編輯部也只有這個位置陽光最燦爛，環境最和諧，這對海藻雜誌社唯一女編輯的身體也是有益處的嘍！」

「謝謝！謝謝鐵總的照顧！」傅彬彬特別地改了一下對鐵犁的稱呼。

「哪裡的話！都是應該的，今天，李文革負責給你安排辦公設備，晚上，咱們海藻雜誌社專門為你接風。」

「這多不好意思呀，這太客氣了，一個單位的就別麻煩了。」傅彬

彬客氣道。

「沒關係的，今天你來報到的日子也是湊巧。」鐵犁笑著擺擺手，沒再往下說，直接進屋了。

會計朴智姬和出納孫文文也回房間辦公。

傅彬彬只好坐在正對著金濤的黑沙發上，拿起一本《海藻》雜誌，準備翻看一下，等著吃中午飯。

金濤主動說話了：「傅老師，你大可不必客氣，咱這一屋子的人可都眼睜睜地盼著鐵總找個戴草帽的來，我們也好跟著犒勞犒勞。」話語中帶著一種不屑。

陳夏雨和朱岩顯得很興奮地跟著插話：「是啊！不知道今天晚上什麼風味？」

「老陳你就知道關心啥風味，別忘了，咱們今天可是借傅老師的光！對不對？傅老師？」朱岩這句話，讓傅彬彬不好意思不回話。

「大家可別這麼說，以後我還要借大家的光呢！」

傅彬彬笑笑，低頭看著雜誌不再言語，於是屋子裡靜了下來。傅彬彬一邊心不在焉地翻看著雜誌，眼睛的餘光卻掃視著四張桌子上靜悄悄地埋頭工作的四個人，心裡產生了一種莫名的冷清和孤寂感──從今天開始，自己今後便要在這個崗位上，每天和這幾位同事一樣，心如止水，平平淡淡、沒沒無聞地工作生活下去，五年，十年，甚至一直幹到退休也不是沒有可能，這就是自己未來的人生之路。既來之則安之，自己不是已經想開了、想通了嘛，工作生活就像翻閱這雜誌一樣，一頁一頁地翻閱，直到翻閱完畢，然後掩卷思索，心有所求，最後卻了無所得，大概這就是人生的過程吧。

午飯時間到了，金濤主動拿出飯票，對傅彬彬說：「傅老師，走吧！吃飯去吧！今天先用我的飯票。」

「好的，改日我再還你！」

「看你說的，同事之間，一張飯票還提什麼還不還的！」

　　「傅老師，咱們金濤可是海藻雜誌社仗義疏財的金大俠！」朱岩跟在旁邊笑呵呵地搭著話。

　　「胡說，老陳，大眼，朱岩，也是活雷鋒！」金濤的性格是外向型的，熱情很好接近。

　　傅彬彬對編輯部幾位同事的第一印象感覺還不錯。傅彬彬端著分餐盤坐在了金濤的對面，她發現李文革一個人遠遠地一個人在吃飯，陳夏雨和朱岩看來挺喜歡往金濤跟前湊合。

　　傅彬彬一邊吃著飯，一邊自然地問道：「金老師，你剛才說戴草帽是啥意思？戴什麼草帽？」

　　「哈哈！連戴草帽都不知道？朱老師，你給咱傅老師解釋解釋。」

　　「哈哈，戴草帽的問題，這個問題簡單。」

　　朱岩長得瘦小，年齡和金濤差不多，戴著一副眼鏡，顯得比金濤的年齡還要大，還要老成許多。

　　「戴草帽，就是找人做冤大頭、出錢請客吃飯！今天晚上給你接風的時候，你就知道了！」乾巴猴一樣的朱岩發出一種邪笑。

　　「嘻嘻，有意思，我明白了！」傅彬彬覺得挺逗的。

　　「對了，鐵總能喝酒吧？」

　　「鐵犁的酒量，算是一般吧，反正在咱編輯部，他還算是老大，朴智姬大姐和他有得一拚，不過也差點。這麼說吧，鐵犁屬於二中全會，喝白酒四兩，然後再喝兩瓶啤酒也就封頂了。鐵犁最怕三中全會！有兩次市文聯搞活動，鐵犁醉得不輕！」金濤不緊不慢地說道。

　　「哈哈！怕三中全會！金老師說話真逗！」

　　職場上的你來我往，除了工作，還離不開吃飯喝酒，傅彬彬心裡加著小心，細心地掌握著所有與這個改變了自己工作軌道的對手有關的情況。

　　接近下午2點鐘，送班臺的工人們才來，於是編輯部裡「叮叮噹噹」地響起了安裝班臺的聲音。鐵犁午飯後就沒回來，金濤起身準備出

去，也不和屋裡的人打招呼，好像這幾位都不存在似的。傅彬彬抬頭看著金濤的背影，不曾想眼睛一轉，見李文革「李大眼」拿著報紙卻不看，正直勾勾地盯著自己呢。兩人的目光一下重合，李大眼馬上心虛地低頭轉移了視線，傅彬彬也是心裡一愣。

這時已經走到門外的金濤忽然又返了回來，嘻皮笑臉地走到李文革跟前，拍著正低著頭的李文革的肩膀說道：「大眼呀！求求你唄？」

「啥事！」

「我想辦點事去，你拿馬送我一下，你也活動一下筋骨！」

「咱老總老說費用緊張！說省著點油！」李大眼的眼睛小了起來，哭喪著臉，為難地說道。

「嗨！跟哥們裝是不是？我可是輕易不騎你的馬，正好現在師傅們安裝班臺，『叮叮噹噹』的，沒你啥事兒，快點！痛快兒的！鐵犁不在，哥們正好騎一回！」

「那好吧！咱說好了，我只給你送去，不等你，沒準老總啥時候找我！」

「我才不用你等哪！」兩個人說著一起離開了編輯部。

「叮叮噹噹」的安裝的聲音持續了半個鐘頭，工人們離去了，屋子裡清靜了許多，陳夏雨和朱岩活躍了起來。

「哼！一口一個老總，不知道的還以為是在稱呼大公司的老闆呢？」陳夏雨鄙夷地冒出來一句話。

「老陳，你說得對！這個大眼在我的身後坐著，總讓我感到如芒在背，像個小特務，純粹是小走狗！狗奴才！」朱岩也轉過身來面對陳夏雨、傅彬彬說道。

「怪不得！我看咱們編輯部怪怪的呢！都不吭聲，原來是因為李文革在屋裡！」

傅彬彬一邊用抹布擦著安裝起來的班臺和椅子，一邊笑了笑說道。她從兩個人的簡單幾句話中，便對編輯部主要辦公區域的政治形勢有了

認識。

「傅老師，你剛來，時間長了，你會慢慢地知道很多事。我們在這個編輯部也就是混日子，圖個自在，海藻雜誌社可以說是咱們濱州市所有的上班單位裡邊，最自在的，最清閒的，其他的啥也別想！」陳夏雨壓低了聲音。

陳夏雨今年五十多歲，一副塑膠框的眼鏡，頭髮謝頂，滿臉皺紋，顯得很蒼老。

「這個李大眼呀，也就是金濤能治他。」陳夏雨接著說道。

「老陳，你說得對！金濤屬於竹林七賢型的，目空一切，瀟灑大方，李大眼遇上金濤的死纏爛打勁頭兒，是一點轍也沒有！哈哈。」朱岩長得單薄弱小，給人一種文弱的樣子。

「啥竹林七賢型？我看呀，金濤那放浪形骸的勁頭，說成李白型，還比較靠譜！」陳夏雨回應道。

「老陳，你說得對，李白型更貼切一些！」從朱岩說話的態度可以看出朱岩對陳夏雨有一種尊敬。

這時傅彬彬收到金濤發來的一條短信：「傅領導，晚間接風宴，估計鐵犁要試你酒量，留心喲！金濤。」

傅彬彬回覆了一條：「明白！心裡有數，絕不上當，謝謝！」

過了一個多小時，李文革和鐵犁回來了。

鐵犁進自己的辦公室不一會兒從屋裡出來，站在大屋中間，看傅彬彬低著頭在看雜誌，說道：「傅老師，這班臺、椅子，比報社好些吧？坐著還舒服？」

傅彬彬抬起頭，轉身笑著說：「哎呀！真不好意思，鐵總，真是太豪華了，謝謝鐵總，感覺非常好！」

「不客氣，咱們這些做文字工作的，沒有一個好的作業面哪成呀？嘿嘿！各位，今天晚上，大重慶火鍋店總店，都和家裡請假了吧？傅老師，你請假沒有呀——？」鐵犁這最後的話還故意拖著長音兒。

傅彬彬知道鐵犁這話是一語雙關，便笑著回答道：「我是自由人，自己給自己放假！」

「哈哈！這就好，今天晚上可是專為你接風，就看你的發揮了！」

「我發揮啥？我一個小女同志，哪像你們男同志喝酒抽、煙樣樣強項的！我一瓶啤酒的量！」傅彬彬笑著說。

「那可不見得。行！今天晚上讓朴大姐負責考考你！對了，金濤上哪了？」

「金老師出去辦事，說是定下了地方給他發短信，他直接過去！」李文革回答道。

「那你給他發個短信，5點半大重慶火鍋店總店。」鐵犁說完進了財務室。

「好的！」李文革的樣子顯然不情願，傅彬彬看著心裡覺得有些可笑。

傍晚5點半鐘，編輯部全體擠進了李大眼開的白色的金杯麵包車裡，鐵犁坐在副駕駛位置上，車子一路奔跑，呼呼啦啦地，看似很拉風地來到大重慶火鍋店總店，一位帶著一副塑膠框眼鏡架的男子已經等在門前。此人長得乾瘦，約莫近四十歲的樣子，一張口就露出一口極為不整齊的牙齒，笑起來，臉上的皮摺顯得很多。

「鐵總好！各位老師好！」男子站在車門口，熱情地迎接大家。

鐵犁率先下車，有些誇張地掐著腰，抻了一下筋骨，對著陸續下車的各位說道：「給大夥兒介紹一下，這位是專寫散文的知名作家，筆名：文方！」

傅彬彬一聽，心裡就知道鐵犁在瞎忽悠，啥知名作家？頂多就是一個撰稿人而已！編輯部的幾位畢竟都是文人，從傅彬彬開始，一下車便都很謙和有禮地對著鐵犁領來的這個冤大頭做著自我介紹。

「我叫傅彬彬！新來的！您好！」

「您好！傅老師！請多關照！」

　　傅彬彬主動伸出手和文方握握手。文方和每個人握手的同時，都是「您好！某某老師，請多關照！」這句話，傅彬彬聽著覺得這人說話的口氣有些過分仰人鼻息，心想一個男人如此輕賤自己，便在心裡說：「幹點啥不好？瞎折騰，純屬精神發怪，就為了登一篇豆腐乳大小的文字，能把自己的人格地位降低得不能再降低？以前在報社時，就多有此類事，真讓人搞不懂！不知這些中國同胞心裡咋想的？」心裡這樣想著，便有些看不起文方。

　　金濤這時也到了，鐵犁、文方、傅彬彬、陳夏雨、金濤、朱岩、李文革、會計朴智姬、出納孫文文一行共計九個人，熱熱鬧鬧地便擁進了大重慶火鍋店內。火鍋店菜品是自助式的，每位五十八元，酒水在外。用餐的桌子是長條形的，分別是六人位和四人位。鐵犁進行了安排：朴智姬、孫文文、傅彬彬、文方、鐵犁、陳夏雨六個人湊了一大桌，金濤、朱岩、李文革被安排在橫對面的四人桌。六人桌是一面男士一面女士，陳夏雨和朴智姬面對面坐在裡面的位置，鐵犁和傅彬彬面對著坐在中間，文方和孫文文坐在外面的位置，兩個人正好負責餐桌的服務。

　　鍋開了，肉菜涮好了，在鐵犁「為我們的友誼，乾杯！」的大聲提議下，宴會正式開始，嘈雜的聲音在熱氣蒸騰的酒桌上撞擊著。傅彬彬看著這些海藻雜誌社的新同事們近乎有些瘋搶的吃喝像，兩隻眼睛猶如看外星人一般地發直。她實在感到驚訝，這些被人們稱為純粹文化人的雜誌社編輯和自己心目中的形象簡直大相逕庭，她有些不敢相信自己的眼睛，心裡面不停地問是不是自己看錯了。

　　一瓶啤酒下肚之後，傅彬彬就趴在了桌子上了！但是，她的耳朵在聽著。

　　「鐵犁！看來，咱們這大美女，還真的不勝酒力？」朴智姬大姐說道。

　　「個體差異！完全是個體差異！」鐵犁左右轉著頭對大夥兒說道。

　　「咱們大夥兒喝咱們的，讓傅老師睡一會兒，估計，過一會就能醒酒！」陳夏雨說道。

「是！鐵總，說得對，個體差異，絕對有這樣的！」是李文革隔著過道，緊著抬轎。

「去！大眼兒！你又不喝酒，沒你發言權！」傳來金濤的聲音。

「我不是逃避喝酒，我不是給大夥兒開車嗎？現在哪能酒後駕車呀！這不是逼我進拘留所嗎？」李文革反駁道。

「也是！咱們聚餐應該實行人性化管理，不能喝酒的，以吃代喝，別人喝一瓶啤酒，你就吃半盤牛肉，這個辦法如何？」是陳夏雨在扯著嗓子的嘶啞的聲音。

「老陳你就喜歡乾起鬨，看熱鬧！」李文革大聲回了一句。

傅彬彬不是醉了，而是她是犯了噁心。今天的火鍋自助餐，最讓傅彬彬吃驚而作嘔的是，顯得蒼老、精神萎靡、一身埋汰的陳夏雨一開始就讓孫文文去單點了一盤豬腦子。豬腦子端來了，陳夏雨吧嗒著嘴巴，當著眾人的面，把白花花的豬腦子一下子倒進自己面前的火鍋裡，涮過之後，盛到調料碗裡，然後，一勺、一勺、一勺地舀著慢條斯理地往嘴裡送著，一邊送，還不停張著嘴咀嚼。傅彬彬看著看著，忽然一陣的作嘔，忍了又忍，最後，騰地一下子從座椅上竄起來，直奔衛生間而去。一頓嘔吐之後，傅彬彬在朴智姬大姐的攙扶下回到座位上。傅彬彬只是告訴朴大姐，自己酒量有限，尤其是一下子乾杯，更是消受不起。

「你們也真是，誰能喝就多喝唄！非得一下子乾杯！我們女同志怎麼能和你們男同志比試？」朴大姐不滿地說道。

「就是，對於不能喝酒的弱勢群體，咱們得關愛，鐵總你說是吧？」金濤跟著幫腔。

傅彬彬這一喝一吐，不勝酒力的效果表現得非常真實。在鬧哄哄嘈雜的酒話聲中，傅彬彬由清醒漸漸地變得迷迷糊糊起來，最後還真的就睡了一覺。

三

傅彬彬的中短篇小說《蛻變者》終於修改完成了，小說通過講述一

個原本家庭事業都很成功的省直國有企業的老總因為和情婦合謀轉移國有資產至境外，東窗事發，以致倉皇出逃境外，在醉生夢死、沒有精神寄託的生活中，因過量吸食麻醉品而身亡的故事，揭示和挖掘人性蛻變的成因和過程。傅彬彬把寫好的小說悄悄交給金濤，請他幫助再修改。金濤接過稿子，當然是一番認真修改，小說總算是定了稿。傅彬彬拿著稿子，滿懷信心地來到鐵犁的辦公室，把稿子交給鐵犁，打算在《海藻》雜誌上發表。

「傅老師，什麼事呀？」鐵犁眼睛直直地看著傅彬彬，微笑滿面。

傅彬彬身體故意貼近鐵犁：「鐵總，這是本人的處女作，想來想去，近水樓臺先得月，肥水不流外人田，我打算在咱們《海藻》雜誌發表，所以還是先給領導看看！」傅彬彬的聲音輕柔。

鐵犁看看眼前打扮得素雅宜人的傅彬彬，轉了轉眼球，馬上，微笑的臉上開出一片大的笑容：「哎呀！真不簡單哪，轉型很快嘛，咱們《海藻》雜誌的美女編輯，出作品了，這可是咱們海藻雜誌社全體同仁政治文化生活中的一件大事嘞！馬虎不得！馬虎不得！」

「那你說怎麼辦，反正，看你的表現了。」傅彬彬拿出了女人在男人面前撒嬌的本事。

「中短篇呀，這中短篇可是難度挺大呀！不過嘛，但是，但是，這樣，我先看看，大美女，找人閱稿子可是要請客的嘞，這可是──」鐵犁看來是接到了信號，於是單刀直入，似乎是總做交易習慣了，鐵犁還故意放慢語速，等著傅彬彬接話茬。

「說白了，是行規，潛規則？我懂！鐵犁總編，我可是咱們編輯部正式正規調進來做編輯的，你還真好意思！咱們倆喝酒不算啥，有得是機會。我先問你，我剛來時，你不是說要給我接風嗎？就大重慶火鍋城那頓，啥檔次呀，不夠意思嘛！不算數啊，主編大人！你還差我一頓呢！嘻嘻！」

「對，對，你說得對，那頓不算數，咱一碼歸一碼，這兩天就補上，還別說真有幫忙的，這兩天，一準請！接下來，可就看你怎麼表現了？」

　　「《蛻變者》可是我的文學處女作，如何發？怎麼發？都在你主編大人運作，我看著呢。我傅彬彬也是爽快仗義之人，絕不會讓朋友吃虧的！到時候，我請你不遲！」

　　「痛快！痛快！這樣，你回去等我消息！」

　　因為有了第一次大重慶火鍋城聚會的摸底，所以，又過了一個星期的時間，鐵犁便約會傅彬彬共進晚餐，而且直接把傅彬彬領到濱州市新開業的四星級酒店──州際國際飯店的頂層──旋轉西餐廳。傅彬彬心裡知道鐵犁的葫蘆裡灌的什麼藥，所以，擺出了一副求之不得的樣子。

　　「傅大美女，今天是個特殊的日子，你我兩人共進晚餐，應該喝點浪漫的！」

　　「我聽你的！鐵總你定！」

　　「那就喝張裕解百納。」

　　「可以！」

　　於是，蠟燭點燃了，酒店特製新出爐的香噴噴的西點擺上了，黑椒牛扒端上了，新鮮的沙拉也端了上來。鐵犁還特別點了一道法式的烤蝸牛，傅彬彬吃著過癮，毫不留情地點了一道奧地利烤肉。紅酒在燭光中散發著誘人的香氣。

　　「上次會餐，你沒喝好，喝得沒盡興，還都吐了，責任在我呀──！」

　　「看鐵總說的，主要是我酒瓶太凹，一瓶啤酒都裝不了！」

　　「所以，我今天特別為你點了張裕解百納！」

　　「謝謝！鐵總！」

　　「別這麼客氣嘛！你叫我鐵犁，我叫你傅彬彬，你看如何？這樣自然些！」鐵犁端著架子，故意顯得很有身份的樣子。

　　「那好！我就不客氣，直呼鐵犁了！」

　　「對！對！這就對了嘛！為了你的處女作，為了我們的友誼，傅彬彬！哈哈！來！彬彬，乾杯！」鐵犁趁亂在稱呼上便套起了近乎。

　　傅彬彬心裡明白，表面上沒有在意，反而，很高興的樣子，舉起酒杯，重重地和鐵犁碰了一下！

　　「《蛻變者》這稿子，到底啥時候出？」

　　「快了！應該快了！這事你就先不要操心，今天晚上，我們的共同任務不是蛻變者，而是男女二者！嘿嘿！」鐵犁奸笑了一下。

　　「男女二者有啥好論的？你我又不是文學青年？」

　　「唉——！此言差矣！」鐵犁拉著長腔，他聽傅彬彬這樣回答，興致越發高漲了起來。「最近呀，我看了一些臺灣李敖的文章，有意思得很。」

　　「我沒覺得李敖的文章有意思到哪裡去，不過是敢寫，敢罵人，膽子大罷了！他要是在大陸根本行不通！」

　　「先別管他行得通，行不通，單單說起李敖先生的『三不主義』學說來，我就覺得非常精闢，本人非常服膺。」

　　「三不主義？哪三不主義？」傅彬彬確實沒聽說過，她以為是李敖的什麼政治主張。

　　「不知道吧！嘿嘿！李敖這三不主義呀，可以說是放之四海而皆準。你聽：『不主動？美女就會讓別的男人爬到她的身上去；不拒絕？就會有醜女人爬到你的身上！不承諾？就沒有哪個女人願意讓你爬到她身上！』」鐵犁兩隻眼睛色迷迷地瞄著傅彬彬。

　　「哎呀！我的大主編，我以為是什麼重要論斷呢？原來這麼赤裸裸。」

　　「啥叫赤裸裸？來咱倆先乾一杯，你再聽我往下說。」

　　說著，兩個人舉杯碰了一下。喝完杯中的酒，鐵犁長長地吸了一口氣，然後，使勁呼出後，接著說道：

　　「傅彬彬，什麼是成功？什麼是男人的成功？我說世上只有一種成功，正如成吉思汗當年所宣稱的那樣：『所有人都失敗了，才是真正的成功。』聽聽這個論調不是很荒唐嗎？所以，我說世上沒有所謂成功可言，有的只是感覺。感覺你知道嗎？也就是，也就是，怎麼說呢？積少

成多，積無數的小感覺成一個大感覺。所以，交換，交易，再交易，再交換，直至永遠！」說完，鐵犁的單眼皮，色迷迷地盯著傅彬彬，兩隻纖細的女人一般的手還捧著下巴。

傅彬彬是個過來人，兩個人在胡侃閒談、海闊天空的大論中，傅彬彬陪著鐵犁一杯接一杯地喝著紅酒。傅彬彬每次舉杯都是一點點，鐵犁則是半杯酒端起來一飲而盡。當鐵犁告訴服務員開第二瓶紅酒並開始頻頻勸她喝第二瓶紅酒時，她已經完全確定鐵犁今天的燭光晚宴根本沒安好心眼兒。於是，便半睜著眼裝醉，而且當第二瓶紅酒也喝完後，忽然裝得興致高漲地，又扯著鐵犁開了三瓶啤酒。這樣一來鐵犁也感到暈頭脹腦的。

當鐵犁攙著傅彬彬，乘電梯來到客房時，傅彬彬依然是裝得暈暈糊糊的，東倒西歪的樣子。一進客房，鐵犁便把傅彬彬一下子攙到床上，看著傅彬彬兩隻眼睛閉著沒啥反應，便猴急地脫了衣服，撲到傅彬彬的身上，開始脫傅彬彬衣服，解傅彬彬的褲腰帶。但是，傅彬彬翻來覆去地翻著身，讓鐵犁的動作總是不能如願，一陣工夫下來，便把鐵犁累得豬哼狗喘的。

正當鐵犁要把傅彬彬的腰帶扣解開的時候，傅彬彬醒了：「鐵總！鐵犁編輯，你這要幹嘛哪？」

一瞬間，鐵犁愣住了，他沒想到傅彬彬是在裝醉。

「鐵總，實話和你說，我是有對象的人，這個人，你可能比我還熟悉！」

「我比你熟悉？誰呀？」

「市政府新任副秘書長任信良，你不會不知道吧？」傅彬彬說完，起身整理被鐵犁弄凌亂的衣服，繫好腰帶，理理頭髮。

此時的鐵犁也趕緊下床，鐵犁的褲子、衣服已經脫掉扔在椅子上，襠下的東西像是一小節兒醜陋的豬大腸，鬆軟地耷拉著。

「鐵總！在你身上發生這種事太沒意思，太沒品位！無聊，我希望在你的身上今後最好不要再發生，你我是同事，我不想使你難堪，你也

甭想欺負到我，對你沒一點好處！今天這件事你也別擔心，就當沒發生
過，我希望我們今後，相處得正常！我先走了，噢！對了！感謝你的燭
光晚餐，感謝你讓我分享李敖的三不主義，再見——！」傅彬彬優雅地
一擺手，轉身離開了這個讓人作嘔的客房，把臉上青一陣白一陣的鐵犁
晾在屋中間。

從客房裡出來，傅彬彬覺得開心，解恨，心裡自言自語地罵道：
「鐵犁，你這個流氓，你這個21世紀人類社會少有的流氓品種，你好好
睜開狗眼看看，哈哈！敢在姑奶奶面前施展你這個所謂大作家的流氓伎
倆，玩什麼潛規則！瞎了你的狗眼，趕緊給我滾粗吧！」

四

事情過去一個多月之後，以發表散文為主的《海藻》雜誌，破天荒
地刊登了傅彬彬的中短篇小說《蛻變者》。小說的篇幅刪減了許多，但
是，能夠發表對於傅彬彬來說就是最大的勝利。拿著刊登著自己處女作
的新雜誌，傅彬彬和任信良相約在經典語茶曼妙的鋼琴曲中。

「我就說嘛，彬彬聰明，幹啥像啥，到海藻前後不到兩個月就發表
了自己的處女作小說，不簡單！」

「有啥不簡單的，是不容易才對！」任信良看著傅彬彬有些憂鬱煩
悶的樣子，有些不解地說道。

傅彬彬沒有把賓館發生的事告訴任信良，只是列舉了一些鐵犁令人
作嘔的腐敗行徑和鐵犁平時奉行的所謂行業潛規則。

任信良聽了「嘿嘿」一笑，說道：「人性中都有罪惡的一面，有些
人一旦有了一點小權力便作威作福，百般地吃拿卡要。沒辦法，是蠍子
就螫人。而有些人別看現在很老實巴交的，其實這種所謂的老實人的內
心不見得不想腐敗，是屬於有心無膽類型，機會一旦來了，變了蠍子照
樣也螫人。這就是人的劣根性，流氓的劣根性。這種劣根性的整治，沒
有什麼好的方法，只能寄希望於社會制度的完善和改革慢慢地糾正！不
過，人心不古，難呀！」

「是呀！現在人們總是在對腐敗和潛規則不滿時，通過罵張三李四流氓或者無恥來解恨，但是，到底這流氓的真實涵義是什麼，不見得人們能說明白。就像鐵犁這種人渣，平時搞淺腐敗，說疼不疼，說癢不癢的，簡直令人無語，可以說這流氓也與時俱進地變異了。」

「你別說，你提的這個問題，還真的挺深刻的，對了！我給咱們創億集團的才子發個短信，我怎麼就把滕健給忘了呢！讓他做這個作業！」

結果，任信良還真的記住了，並把這個題目用短信發給了滕健：「才子！當今社會流氓太多，流氓之害甚重，請破破題，提供一些這方面的觀點和言論！」

滕健沒過兩天的工夫，便給任信良發來電子姨妹。

任總：您好！

按領導吩咐，查尋了一些資料，巧得很，官場小說作者——薛聖東的博客上有他寫的文章，文章題目就叫〈流氓新論〉，很有見地，另一篇關於〈論中國當今社會十大社會關係〉的文章也很有意思，非常啟發人，一併發給您，算是交作業吧！哈哈！

祝好！

〈流氓新論〉

流氓者，古稱無業之流民，隨年代之遞降，有不務正業，為非而作歹者，多出自無業之流民之中。世道澆漓，人心不古，世風日下，比及21世紀，流氓之屬複雜而多樣，已非明睜眼露之類所可同日而語耳。

流氓之屬，無大小、老少、中外、土洋之別，更無低級、高級之分。至若菜鳥級流氓、入門級流氓、骨灰級流氓等等諸多名詞，皆為飽受眾多流氓所傷所害者，又為流氓之種種行徑

所感慨深惡痛絕者，所極力形容、刻意描述者也。

流氓若空氣，無所不在，處處都在。流氓作為人種之一新品種混跡於各色人類種族之中，平時與各類人種無異，普通自然，無法從外表鑑別。其無形無相，與常人無異，若非流氓有其行動，或受害者身臨其境，常人難睹其真實面目，更難領略欣賞流氓之真實風采。然則，流氓有其大特點：所謂道貌岸然，舉止得體，尤其公眾場合，其行為更為講究與規範，其言談舉止尤能代表社會之主流正面潮流。其精神層面，積極向上，樂觀進取，價值取向高雅，尤能突出表現高尚之道德情操。

當今世人廣泛關注探求所謂流氓者，蓋唯新流氓而已矣！傳統意義之流氓分子自不待言，人人可識，可防範，可反擊，可群起而攻之。然而，新流氓問題之深，學問之奧祕，尤須亟待深研。單言新流氓已無絲毫禮義廉恥道德良知，心黑手狠，口蜜腹劍，貪婪猙獰，以缺德為生活飯碗，以損人利己為人生樂趣。其高舉流氓大旗，是流氓者中之中流砥柱。

新流氓能變能化，隨機應變，無形無相，欺騙偽裝性極強，其虛假之表現足以亂真，足以惑眾而令善良單純之士上當受騙。反之，傳統意義之流氓者，尚有點點之廉恥意，尚存片片之仁義心。唯流氓之舉發作時，常因賊心賊膽不具，流氓底氣不足，而常致流氓行徑敗露，而使傷害之對象得以逃之夭夭，溜之乎也，暗自僥倖哉。

有仁人勇士者，歎世風之敗壞，懷悲憫之情，體恤眾多飽受流氓之苦之無辜軟弱之人，特發明「三不主義」及「一條法則」，奉獻給善良單純之士，以應對流氓之醜惡、流氓之行徑，以期還世間公理世道之清白，以蕩滌人間汙濁臭穢。

所謂「三不主義」者：

一是對流氓不能不理：流氓奉行人至賤而無敵法則，與流氓論賤之時，你若不理，忍氣吞聲，或心存雜念與僥倖，則流

氓會得寸進尺，得尺尋丈，蹬鼻子而上臉，最終於君之頭頂，坦然而從容，拉上一灘熱乎乎之臭屎。曾受流氓傷害、曾吃流氓虧之男女同胞想必於此最有感受。

二是對流氓不能不躲：流氓常居主動之位，受害者常處被動挨打之情勢，以迴避躲藏之法，於自己內心來點阿Q精神，此法非常實用管用。倘若做到心中無欲無求，則必如壁立千仞之岡一般，流氓之徒只可望而興歎，望而卻步。

三是對流氓不能不硬：此為人類防止流氓滅絕人性、摧殘人性的最後防線，此時君若心軟手慈，流氓者不僅能把熱糞穩穩當當地放到君的飯碗之中，而且，尚會優雅地擺出「請」的姿勢，注意此時該流氓的屁股是故意撅起來的。

所謂一條法則：就是堅信一條真理，這條顛撲不破的真理是讓善良的人們要牢牢記住：永遠不可相信流氓的悔改。因為，道理很簡單，一旦傳統流氓蛻變為新流氓，則變為人類中的另類人種，其毒如蠱，猶如基因一般無法更改。

嗚呼！奈何！奈何哉！流氓惡棍之徒一日不除，世界人類則無一寧日耳！哀哉！奈何！奈何哉！善良單純之人不醒，世界人類亦無安寧耳！有緣閱此流氓新論者，並繼而闡發實用，廣而宣之，是為丹霞子之竊願也。

〈論中國當今社會十大社會關係〉

1. 論哥們朋友：理當互相呵護照顧，互相理解，互相支持，有情有義，利在樂中！！！
2. 論政治同盟：理當上提攜，下擁護，上關心，下盡力，利益共用，樂在利中！！！
3. 論商業夥伴：理當講信譽，守合同，合作共盈，互惠互贏，利樂一體！！！

4. 論流氓惡棍：世人皆知，損人利己，欺上瞞下，視他人為棋子，以他人為白癡，最終四分五裂，眾叛親離，德盡而萬劫不復！！！

5. 論妓女嫖客：

說妓女，守信譽，職業道德沒說的；

不摻假，不亂真，出力出汗辛苦錢；

笑嘻嘻，像夫妻，小費到手不磨嘰。

說嫖客，守規矩，付錢戴套首要的；

好好來，好好去，不找麻煩添是非；

不虐待，不變態，不賒不賴必需的。

6. 論市井百姓：

論挑夫，說走卒，與人為善很實在；

憑力氣，講誠信，人獸區別清楚的；

倆人好，心比心，配成一好最分明；

有暗室，不虧心，有來有往有交情；

不欺騙，不坑害，舉頭三尺天在看。

7. 論夫妻大倫：

夫婦間，天作合，人間之美敬如賓；

同甘苦，共富貴，你中有我我有你；

無你我，無彼此，同心同德融一體；

苟他日，有欺心，夫妻反目財產分；

無有恩，無有情，涇渭分明成彼此。

8. 論空姐乘客：

你花錢、我服務，萬米高空忘風險；

你飛眼，我微笑，貼身觀看不奏效；

一起飛，一降落，心情激動多歡笑；

過程短，緣份長，人生機遇多製造；

再花錢，再購票，白雲飄飄成仙客！

9. 論領導群眾：

　　你裝燈，我裝蒜，毫無誠意真欺騙；

　　假關心，真流淚，表演看戲沒頭緒；

　　一官一任一場戲，何時下臺何時休；

　　你方唱罷我登場，輪班交替換褲頭；

　　昔日為官今日囚，群眾一笑揚眉頭。

10. 論人與貓狗：

　　成貓狗，很自在，生死從此不犯愁；

　　成貓狗，不自在，吃喝拉尿聽安排；

　　你餵飯，我裝寵，聽人擺布成貓狗；

　　你發話，我聽令，看門放哨做玩偶；

　　任人玩，由人耍，只因活命成貓狗。

　　任信良把這兩篇文章立刻轉發給了傅彬彬。傅彬彬看過後，哈哈大笑，她在回覆文中，對十大關係做了補充，補了一個第十一大關係──論作者編輯：

　　寫字投稿賺稿費，有幸入編存僥倖，

　　低三下四說小話，拉上關係不容易。

　　看稿審稿很辛苦，男送女陪都很累，

　　活權活用是規則，都是藉機露瘋狂。

　　最後，傅彬彬在回信中還寫道：「看了這兩篇文章，我冷靜、平靜、平和了。這兩篇文章說明，人類21世紀不僅要面對世界範圍的一個又一個的大災難，還要不得不面對新流氓成災這一僅次於自然災害的災害了！」

　　任信良看了傅彬彬的回信之後，嘴角露出了一絲的苦笑。

五

　　身材粗矮的濱州市人民政府國有資產監督管理委員會黨建工作處處長張玉民此時在會場外邊的走廊上焦急地踱著步。他一連撥打的幾個電話都沒人接，張玉民那肉乎乎的額頭上冒出了陣陣的冷汗，他有些尿急，但是，當他舉著電話準備去廁所時，剛走過幾步之後，那種尿急的感覺又消失了。他知道這種尿急的感覺開始於濱州創億能源控股集團公司第一屆黨代會第一次會議選舉主持人公布計票結果的那一刻。黨委委員候選人葉揚獲選票三十五張，僅占代表總數一百七十五張選票的百分之二十，葉揚作為黨委委員候選人落選了！

　　此時，張玉民手裡的電話終於接通了。當張玉民把情況簡單扼要地和國資委主任欒蔚然報告完畢，準備返回會議大廳的時候，大廳內播放的雄壯〈國際歌〉樂曲和會場上與會黨員代表的洪亮歌聲同時響起。

　　「事故！政治事故！重大的政治事故呀！你們黨建處怎麼做的工作？不是說一點問題也沒有嗎？」

　　欒蔚然主任的訓斥聲和〈國際歌〉的聲音一起在張玉民的耳朵裡響著。他在儘量地讓心情冷靜下來，以便好將一將自己亂糟糟的思緒：「是啊！沒錯，是一點問題也沒有呀。」這話可是王超凡親口對自己說的。臨時黨委會，變成正式的創億能源控股集團公司黨委，臨時黨委書記葉揚當黨委書記，這樣便可以解決葉揚的市直管企業正職正局級待遇問題。但是，黨委委員資格都落選了，這黨委書記是沒法再當了。葉揚在〈國際歌〉聲一結束，便起身低著頭，鐵青著臉，迅速從邊門走了，他沒有和旁邊的班子成員打招呼。他從參加工作起一直在企業工作，從科員幹到總經理，雖然企業的人事關係中也有政治算計，但是他常常自我評價，不具備政治家的耐受力，喜怒露在臉上，講究單刀直入，蘿蔔、地瓜地喊哩喀喳，他實在想不到，王超凡在開大會之前還和自己個別交流，轉達欒蔚然等國資委領導的意圖，表示心往一塊兒使，勁往一塊兒用，全力配合，全力促成。可沒想到，事情的結局竟然是這樣。他

感覺自己受到了有生以來最大的尷尬和侮辱，這種尷尬和侮辱就像一個戲子，踢腿彎腰，背臺詞，拉嗓子，像模像樣地備戰，並且齊齊整整地描好了眉毛，畫好了眼兒，心急火燎地就等著開鑼，然後上場露臉、亮相、出風頭了，可是，當鑼響了的時候，忽然，自己這角兒竟被人家撤換下來。葉揚覺得一股無名火直往頭頂上竄，隨即這股無名火又往心裡邊攻，在心裡燃燒，變成了一把目標明確的仇恨大火。

任信良應該是最後一個接到王超凡關於把葉揚清除出局的指令的。

王超凡說：「老弟，創億能源是我們未來的事業，隊伍的純潔是事業成功的前提，我已經想好了，黨的書記一職還是我來兼，個別國資委領導想扒拉自己的小算盤，沒門兒！」

「超凡兄，這好辦！我選你不就完了嘛！」

「哈哈！不光是你現在選我的問題，還有不選葉揚的問題。葉揚那一票，給差配，黨工部部長，就是讓黨工部部長當黨委委員，這樣才說明我們重視黨務工作！」

「明白！我按超凡兄的意思辦！」

任信良和王超凡一塊兒共事，王超凡有一點是讓任信良最喜歡的，那就是敢說敢幹，想到哪說到哪，明著來，明著去，不遮遮掩掩。再者說，雖然自己是法人代表董事長，兼著市裡副秘書長，可是經營上的一大攤子事，不照樣是王超凡這個總經理（總裁）說了算？所以，自打曉航書記和自己談過話之後起，任信良就已經擺正了自己的位置，唐天明書記談話之後，兩個人的推心置腹的交流與開懷暢飲，讓任信良更清楚自己分量的輕重和自己這把刷子的粗細。創億能源這個未來共同事業能否搞得好，關鍵取決於自己與王超凡的團結和諧與默契配合，容不得半點遲疑，來不得半點虛假，官場、商場講究的是做與不做的立場問題，而不是考慮錯與不錯的問題。

「好！痛快！心有靈犀一點通，老弟，你沒讓我看走眼，好！為了我們共同的事業，我代表創億能源全體職工謝謝我們任董事長！哈哈！」

「超凡兒，客氣了！維護超凡兒，就是維護創億能源的集體利益，我這董事兒的董事長責無旁貸，當仁不讓呀！」

「哈哈！還是信良老弟說得到位！好的，就這樣一言為定！」

「OK，咱們一言為定！」

任信良此時看著葉揚匆匆離去的背影，心裡說道：「這麼做，大夥兒是不是有些過分呢？是不是有些不厚道呢？」任信良對葉揚本身不瞭解，從來沒有過來往，只是從瘋狗哪裡獲得一些葉揚在場面上如何混的資訊。接觸葉揚之後，心裡覺得印象上一般。葉揚長了一副瘦猴臉面孔，憑著社會生活閱歷的本能和經驗，他覺得葉揚不是善良之輩，但是，這種主觀印象並不妨礙葉揚同自己一塊兒共事。任信良此時完全明白了，此前一段時間裡，王超凡和黨委副書記幾個副總與國資委主任副主任每天晚上熱火朝天的酒宴、麻將、娛樂全是王超凡自己精心設計好而布下的迷魂陣和煙幕彈。

酒店宴會大廳裡，擺了近二十桌酒宴，參加黨代會的代表們以及會務工作人員、司機都在酒店宴會大廳裡就餐。新當選的黨委委員和集團公司副總以上的成員陪同國資委領導和黨建工作處的幾位同志在包房裡就餐，大家有一句沒一句地說著話，等著上菜。酒倒滿了，六盤小碟涼菜已經擺好的，熱菜上了兩道：一道頂級刺身海鮮船，一道整體大紅乳豬。任信良隨手拿過每個人面前立著的粉紅色菜單，只見粉紅色的菜單上鄭重地用華文中宋二號字體打著「中國共產黨濱州創億能源控股集團委員會第一次代表大會午宴菜單」字樣：

菜十四道：頂級刺身海鮮船、整體大紅脆皮乳豬、皇家一品蟹粉翅、紅燒大王蝦、薑蔥炒肉蟹、蒜茸粉絲夏貽貝、大漠風沙排骨、香芋煙肉熏卷、黑椒濃汁牛仔骨、沙窩白菜獅子頭、川香一品脆皮雞、蔥油鱲魚、鮑汁牛肝菌、芥藍木耳炒百合。主食四種：三鮮水餃、金銀饅頭、香甜金絲餅、蜜製雙點。果盤一個：時鮮水果大組合。

王超凡想調節一下有些沉悶的氣氛，端起酒杯來說道：「經濟滑坡，兩個菜開喝吧！首先讓我們共同舉杯，感謝國資委黨建處的同志，

也祝賀咱們新當選的九名黨委委員！」

大家笑著隨王超凡站起來，這時半開著的門縫傳進來大廳中的喝彩聲：「祝賀！噹、噹、噹！歡呼！噹、噹、噹！祝賀！噹、噹、噹！歡呼！噹、噹、噹！」伴隨著整齊一致的筷子敲擊桌子的聲音，喝彩聲像足球場上的啦啦隊。

王超凡看看欒蔚然主任和劉時雨副主任，又瞥了一眼張玉民處長，「嘿嘿」一笑道：「我們創億能源的黨員代表們情緒很高嘛！民心、民意呀！同志們！我們聽著喝彩聲要感到光榮，也要感到壓力呀，來！乾杯！」說著帶頭乾了杯。

欒蔚然心裡很不高興，他是在大家準備進餐廳時才趕到的。張玉民給他打電話的時候，當時他正和副主任劉時雨在黨建工作處摸撲克牌。手機設置了振動模式，放在衣服口袋裡，衣服又搭在椅子上，所以，當張玉民在走廊裡，一遍一遍撥著電話，急得想尿褲子的時候，欒蔚然根本就沒聽見有電話進來。直到委辦公室副主任楊海波挺著個地主老財也比不上的大肚子，呼哧帶喘，大口吐著粗氣地舉著手機一路小跑找到黨建工作處，欒蔚然才知道創億能源控股集團黨代會選舉出了大事。

他拿著楊海波的手機，聽完張玉民的扼要報告之後，大聲說道：「事故！政治事故！重大的政治事故呀──！你們黨建處怎麼做的工作？不是說一點問題也沒有嗎？你在那等著！我待會兒過去！」說著站起身來，兩眼冒火、臉色灰青地看看正舉著撲克牌的幾位，將握在左手裡的十幾張撲克牌交換到右手中，然後狠狠地往桌子上一摔就走，邊走邊衝著劉時雨副主任大聲地說了一句：「開會！」

欒蔚然這一聲「開會」，把劉時雨副主任嚇了一跳。劉時雨趕緊跟在欒蔚然的後面往辦公室走，一邊走，一邊扯了一下身旁楊海波的衣服。

楊海波湊到劉時雨身邊嘴挨著耳朵小聲地說了一句：「是葉揚落選了！」

「操！你說，怎麼能出這樣的事，玉民不是說準備工作沒問題嗎？」這時欒蔚然回頭衝著劉時雨說道。接著又說：「這個王超凡，真他媽的能給咱們國資委出難題，出什麼難題不好，出這樣的難題，說出去丟人嘛！」

儘管欒蔚然召集在家的幾位國資委副主任趕緊開了個短會，但是，情況就是這個情況，事實就是這個事實，局面就是這麼個局面，已經沒有辦法進行逆轉，只能承認和面對這個現實。下一步無非是做好葉揚的安撫工作，雖然還沒有一個具體的解決方案，但是，思想和意見還是一致的。

「來！蔚然主任，情緒高點，咱倆喝一杯！」

王超凡自從被任命為創億能源控股集團有限公司的董事長，被明確為正局級之後，和欒蔚然說話隨便了很多。

欒蔚然也不介意，看王超凡舉杯，便端起酒杯說道：「正好葉揚不在，關上門，我說句實在話，你們這樣做也太不厚道了，沒你們這麼幹的！」說著使勁和王超凡碰了一下杯，一揚脖，把酒喝了，重重地把酒杯放在桌上

「嗨！欒主任，這從哪說呢？你這可是冤枉我們，今天在座的各位可都是投了葉揚葉總的贊成票的。代表們不認可，代表們不投票，讓我們有啥招兒？我們總不能違反組織紀律強迫人家代表們投票吧？」王超凡一臉的委屈，拉著哭腔說著。

這時，窗外忽然響起了鞭炮聲，鞭炮燃放就在包房的窗外進行，此時屋內的說話聲一下子被震耳欲聾的鞭炮聲所湮滅，王超凡只好打住，眼睛詫異地看著窗外，等著鞭炮燃放完畢。

震耳欲聾的鞭炮聲足足持續了五六分鐘才結束，大家的耳朵裡都「嗡嗡」地迴旋著鳴音兒。

「我的老天爺呀，驚天動地的，這是誰家整的？放這麼大的鞭炮，要人命呀！耳鼓膜都震碎了！」王超凡在鞭炮聲息了，大聲地自言自語

道，並用眼睛掃著酒桌上的人們。

這時，包房門開了，集團辦公室主任張永亮進來，站在門口的位置
上，表情嚴肅地掃了一圈在座的各位領導，然後，一字一板地對王超凡
大聲地說道：「王總，剛才的鞭炮聲是公司黨代會代表們自費、自發燃
放的，大夥兒讓我向王總和各位委員、領導們轉達他們的心意：一是祝
賀各位委員當選，二是擁護創億能源控股集團委員會一大一次會議的決
議。好了，請各位領導們慢用！」張永亮說完退出了包間。

儘管張永亮口齒清晰，但是張永亮的話傳到人們的耳朵裡卻讓人覺
得「自」與「之」、「是」與「司」的發音分不清楚。

張永亮這個集團公司的辦公室主任是王超凡一手調教出來的，在王
超凡的眼裡，張永亮是個當辦公室主任的天才。張永亮勤懇認真，就拿
今天的接待招呼工作來說，張永亮站在酒店門前，笑臉迎接著每一位計
畫中的貴賓以及貴賓的司機和隨從，親切熱情、平穩親和，讓被接待的
人感到自己被一路送入電梯間的瞬間，心裡有一種這不是外單位的接待
人員，而是自己本單位的同事在聽從自己的指揮和調遣而甘心情願地周
到服務的感覺。張永亮在王超凡的領導和調教下，把一個辦公室主任的
角色幾乎做到了極致。尤其是酒局之上，只要有了張永亮作陪，酒桌氣
氛就大不一樣。張永亮善於察言觀色，隨機應變，最經典的做法是常常
在恰當的時機，用喝白酒的高腳杯倒滿啤酒之後，端著酒杯站起身來：
「各位領導，我呢，下面舉杯分別開始敬酒，左轉右轉，各位領導千萬
別介意！」說完開始敬酒乾杯，每乾一杯酒，張永亮總要說上一句：
「領導，我敬酒的先喝，您被敬的隨意，意思一下就行。」語氣謙和不
乏熱情，熱情中傳遞著友情，那神情氣度足以讓人感動而高興得忘乎所
以。在張永亮一杯接一杯啤酒的乾杯誘惑下，酒桌的氣氛常常被掀起一
輪熱烈的高潮。酒桌上的人在激情中常常是缺乏理智判斷的，以至於像
中了魔法一般隨著張永亮的懇勸把自己杯中的白酒或者紅酒一飲而盡。
按王超凡的玩笑話說，張永亮這個辦公室主任的水準可以入選全國十佳
辦公室主任人選，這辦公室主任可不是隨便一般什麼人綁個餅子就能幹

得了的。王超凡信賴張永亮，事情做得細，做得周全，就像這放鞭炮節目的設計一樣。

「哈哈，你看這事兒整的，這多不好意思！太過！太過了！」王超凡衝著張永亮的背影跺著腳說完，側過臉對欒蔚然說道：「主任！這些你可都看到了，什麼是群眾的力量，什麼是民主的選舉，我這個新當選的黨委書記當得太激動，也太被動了！太被動了！」

「你被動？我這個副書記當得也被動呀！一點思想準備都沒有。對了，蔚然主任，上面還得重新任命我們嗎？」任信良明知故問，故意跟著打趣地問道。

「你們報備就行，按照中國共產黨基層黨組織選舉程序，只要按照正規程序選出來的就具有法定效力，不需要上級黨委再重新任命！」張玉民插嘴說道。

聽到張玉民插話，欒蔚然將視線轉向張玉民後，狠狠地瞅了張玉民處長一眼，氣不打一處來地說道：「就這點破常識、這點小專業，還用得著你在這裡臭顯擺？你們黨建處都是一幫兒馬後炮，回去好好總結總結，濱州市直國有企業的黨委換屆工作能出這樣的事故，簡直是不可思議，太被動了！影響極大！影響太壞！」

「是！主任，我們黨建處有責任！」張玉民趕緊低頭，不敢正眼看欒蔚然。

「不是有責任，是有重大責任，你們黨建工作處失職呀！」欒蔚然的聲音有些高，情緒有些失態。

酒席一下子冷了場。任信良一看馬上打了圓場：「欒主任，要說責任，我這個副秘書長恐怕是第一個沒法開脫的。事情既然出了，咱們大家只能冷靜面對，總結經驗是必需的，況且，此事突發偶然，誰也沒預料到！你說是吧？蔚然主任！」

「對呀！早知這樣，組織上當初還不如直接任命算了，搞啥選舉？走那形式幹啥？喝酒，欒主任！」王超凡說著，端著酒杯舉到欒蔚然的面前。

「你呀！王超凡，讓我怎麼說你？」欒蔚然苦笑地舉起杯，和王超凡使勁碰杯後，一揚脖，把杯中酒一飲而盡。

六

王超凡這兩天心情不錯，正式黨委成立，葉揚被清掃出局，這一切都辦得順風順水的，而且，比他預想的效果還要理想，這讓王超凡覺得自己的威嚴、威望以及掌控全域的地位和作用是沒有絲毫值得懷疑和挑戰的。更讓王超凡滿意的是任信良這個搭檔，雖然是法人代表董事長，代表市政府，但是不大包大攬事無巨細，反而是甘居副手的角色，讓他這個總經理充分施展能力。不僅如此，任信良還善解人意，工作能力強，事事想得周全，這讓王超凡感覺既省心又省力，對任信良的人品也越加地讚賞，對任信良的一把手位置反而是越加尊重。

這天，王超凡從黑天鵝大酒店會見完一位朋友，躊躇滿志地走出酒店，準備鑽進已經打開車門的轎車。忽然，從酒店門前兩邊躥出四個穿著運動服的年輕男子，上來就對王超凡一頓拳打腳踢。

王超凡反應挺機敏的，胡亂還擊，並且大喊：「來人！來人！」

站在車前的周建貴一瞬間愣住了，呆住了，等反應過來，剛想有所動作，腰部被一個青年從背後狠狠地踹了一腳，臉上挨了一個大嘴巴，一個趔趄，差點摔倒。幾個打手一頓拳腳之後，迅速離開，鑽進一輛黑色別克車裡，轉眼沒影了。整個事情從發生到結束只有短短的一分多鐘。王超凡坐在地上，鼻青臉腫，捂著腰，喘著粗氣。周建貴跑過來，從後面抱住王超凡，想把又胖又壯、身材粗短的王超凡從地上扶起來。

「慢點、慢點，腰疼！」

王超凡一邊呲牙咧嘴地「唉喲」著，一手扶著轎車站起來，再慢慢地鑽進轎車，坐下後，生氣地對周建貴罵道：「媽的！要你來吃草的？平時吹雞巴啥牛屄，峨眉拳！還特種兵！呸──！雞巴毛兵！啥也不是！趕緊報警！」

「要的，我馬上報警！」

　　周建貴趕緊打電話報警，又和酒店門前的保安搭話，詢問事發前，這幾個人從哪裡鑽出來的。現如今，周建貴對於所謂的防護、保衛、保鏢，他如今是一點意識也沒有了，幾年的消磨混日子，他身上的贅肉多了，人也懶了，偶爾做十個俯臥撐都覺得吃力，他已經沒有帝都大酒店應聘時，KTV包房招招見肉比武相搏時的勇氣、鬥志、膽識和實力了；他現在就像一個混日子的打工仔，一個混子司機，不，像一個臨時工，不，是農民工，對！就是農民工。因為，他在工作了一年多之後，才明白一些問題，能源公司的人力資源部只給他上了兩項保險，是按農民工的標準進行管理的。周建貴當時知道後，想問問王超凡，可是他又不敢，他怕被王超凡罵個狗血噴頭，所以，只能心裡窩著，心想：「既然你們拿我當農民工，我今後就體現出農民工的本色來──吃飽，幹活；再吃飽，再幹活，別的啥也不想。發財致富的夢就不做了，錢能攢點就攢點，該節省的就節省點，過一天看一天吧！」

　　警察很快趕到，在簡單地做了筆錄，確定了聯繫方式之後，王超凡趕緊讓周建貴開車送自己上醫院，此時，他才感到腰椎骨像開裂一般，鑽心樣地呈放射狀疼痛著。王超凡低頭看看褲襠，尿濕了一大片，他小便失禁了。

　　王超凡被黑道的人打了，為什麼被打？是誰雇傭的？公司和坊間有多種版本，但是，最清楚為什麼被打的，莫過於王超凡本人。他知道，此事只有一種可能，那就是葉揚！王超凡躺在醫院裡，心裡慶幸，幸虧那幫小子那天是赤手空拳，如果動刀子，或者棒子，王超凡這二百來斤算是徹底交代，沒準還得把命搭上。現在看來，對方並不想鬧出人命案，只是想狠狠地教訓自己一下，這從打手們所擊打的位置──襠和腰就可以看出來，他們是想廢了他的男性根本。王超凡暗暗地咬著牙，對著一撥一撥地前來探望他的市委、市政府、國資委的領導們、公司的同事們，王超凡笑著，微微地笑著，甚至當葉揚和班子成員前來時，他也微笑著，儘管腫脹淤青的臉在不得不笑的時候，會牽動神經，讓他感到格外的疼痛，但是，他忍著。俗話不是說：「能忍則忍，不能氣短；該

狠則狠，不能手軟！」

王超凡能一個電話把王澍嘉給調動來，這要在幾個月前，這是王超凡做不到也不敢做的事，想也別想；但是，眼下情況不同了，風水變了，官場失勢，已經正式落戶市人大法工委的王澍嘉就不能再端著濱州市常務副檢察長的架子。所以，當王澍嘉接到王超凡的電話，一聽說遭遇了黑手的襲擊，當即就告訴王超凡先啥也別說，醫院見面細談，讓王超凡感到了一種久違的哥們義氣。其實王澍嘉心臟做了搭橋手術之後，每天在班上閒得難受；過去在檢察院工作的日子裡，那每天都是上趕著掛著笑臉低三下四求著自己辦事幫忙的人；但是，到了人大就覺得像換了個世界，沒人找自己辦事了。王澍嘉如同一個足療按摩師，每天習慣了對各種人的腳丫子推拿使勁，可是有一天，足療院停業放長假了，兩隻已經習慣了對各種人的腳丫子推拿使勁的手，忽然閒下來，心裡這個彆扭，身上這個難受，手心癢癢的，恨不能從大街上強拉個人過來，免費給人做足底按摩一番。放下王超凡的電話，王澍嘉立馬喊司機，坐車先奔商店，買了花籃、果籃，然後直奔醫院。

王澍嘉推開單人病房，「超凡老兄，兄弟來看你了。」一邊說，一邊將手中的花籃往窗臺一放，又把果籃放到床下。王超凡咧著嘴笑著要坐起身，「哎，老兄別動！咱們兄弟之間，好好躺著。」

「那好吧！王檢，不好意思。這位是我家屬，屬穎穎。」王超凡躺著伸手介紹道。

「王檢好！您請坐！」屬穎穎從王澍嘉進病房起，就趕緊起身站立，拿凳子，臉上掛著苦笑。

「啊！您好！小嫂子！」王澍嘉主動伸出手和屬穎穎握握手。「哎呀，沒想到，您超凡兄金屋藏嬌呢，小嫂子這麼年輕漂亮，超凡兄領著小嫂逛街，不知道的還以為領著自己的大丫頭呢！哈哈！」

王澍嘉這番打趣恭維她年輕漂亮的話，屬穎穎最願意聽。「王檢真逗！呵呵！」屬穎穎輕聲地笑了一下。

「王檢，太不好意思，你看還讓你專門跑來，真是的。」王超凡躺

著說道，並拉住王澍嘉伸過來的手。

「這說遠了不是？咱們兄弟之間啥關係，有事了，我不朝面，我王澍嘉還做不做人了？」

「我們家超凡總在我面前說起王檢，說王檢最男人、最講義氣了，來！王檢，您喝水。」屬穎穎在旁邊幫襯地說道，把一瓶法國原裝的礦泉水遞給王澍嘉。

「謝謝！小嫂子，別客氣！超凡兒，咱們倆進入正題吧！」王澍嘉做出控制局面、辦大事的架子來。

王超凡衝著屬穎穎遞了個眼色，屬穎穎立刻滿臉笑容地對王澍嘉打著招呼：「王檢，您和超凡慢慢聊，我出去辦點事！」

「你忙吧！小嫂！」王澍嘉舉起左手中的礦泉水，衝著屬穎穎笑著回答。

病房裡只有王超凡和王澍嘉兩個人，王澍嘉把和王超凡握著的手抽回來，扭開礦泉水瓶，喝了一口水，重新把瓶蓋扭上，兩眼注視了一下王超凡之後，說道：「這樣，先說說傷勢吧！」

「傷勢嘛！你說不打緊吧，還挺嚴重的，全身多處軟組織損傷，右邊兒肋巴骨折了一根兒，腰椎間盤突出，水腫，臉上、眼上，就這些皮外傷，萬幸的是我腦瓜瓢子絲毫沒啥事兒，昨天住院，CT、核磁共振啥的，都上了！」

「媽的！可惡！會是誰幹的呢？」王澍嘉說完，站了起來，手裡一邊扭著瓶蓋，一邊在床邊走起了，兩隻眼睛眨巴地看著床上的王超凡那張鼻青眼腫的臉。

「下手這麼狠，還雞巴能有誰？有仇有恨的唄！」

「報案了沒有？」

「報了，當時就報了，但是人跑了！」

「報復！解恨！那有線索沒有？」

「你老兄我心裡明鏡似的，以前哪有這些破事，還不是合併之後才陸續出來的事。」

「說得也倒是。需要我做什麼？說！」

「王檢，說實在的，在說之前，我還有些不托底。」

「哪還有啥不托底的，擔心啥？」

「嗨！濱州市這褲襠大的地方，有些事兒整不好，還真能整反了！」

「超凡兒，這你儘管放心，理大於情時，我向理不向人，人大於事時，我向人不向事，這事明擺著理在你這，走到哪，都得有人管，這是正義、公義、公德，你說不是嗎？」

「王檢，有你這句話，我知足了。那我問你，葉揚和你關係咋樣？」

「葉揚？和你說老兄，不怎麼樣！」王澍嘉毫不猶豫地回答。「跟你說吧，不僅不怎麼樣，我還有些想法！」

「啥想法？」

「你是不知道這葉揚，當初關於葉揚的舉報信在反貪局就不少，有幾件事兒是釘了釘的，當時正偵查呢，沒曾想，讓這小子得到了風聲，一頓工作，活動得檢察長下了指示，要求暫時放一放，擇機妥辦。這擇機妥辦、暫時一放啥意思，還不就是徹底停了。」

「啥原因？理由呢？」

「原因、理由，那還不是冠冕堂皇、正規正面得不能再合理了。說什麼，國有企業歷史遺留問題較多，矛盾較尖銳，對一把手的處理方式不當，不利於社會穩定。這一和諧給他救了，歷史遺留問題倒成了擋箭牌了。局裡偵查處的同志當時議論很多，意見很大，媽的！」

「這麼說來，葉揚和檢察院關係挺硬？」

「硬啥硬，他的圈子我瞭解，主要是公安經文保口的幾個頭頭。當時也是通過公安局的關係拉上咱們檢察院一把的，一把手嘴大，沒辦法！這兩年葉揚又和國資委欒蔚然主任和副主任劉時雨打得火熱，每週都得有次通宵麻將。你想這些領導找企業老總打麻將，這不是明擺著讓老總們上供點炮？你以為國企老總的年薪拿得輕鬆嗎？我還聽說，他和

市委唐書記的秘書王若歆熱乎上了，走得挺近，還幫著王秘書倒騰推銷啥普洱茶呢，有幾次酒後吹牛屁，顯擺出來了！」

「王檢，你這麼說，我就更明白、更放心了。實話和你說吧，昨天這事兒，就是葉揚找人幹的！你別不信，百分之百！」

「這才一塊兒堆兒的共事幾天工夫，積怨就這麼大、這麼深？」

「權力、利益，市委、市政府搞大能源戰略，我沒啥意見，下級服從上級嘛。葉揚合進來了，我知道是摻沙子，心想無非是一塊兒幹事業嘛！可誰曾想，欒蔚然和劉時雨私下裡運作，搞黨委換屆，要讓葉揚當黨委書記，解決正局級，把我當猴耍，拿企業的利益送人情。我王超凡是誰，不聽這個邪，根本不理他們這個茬兒。所以，黨委換屆時就沒讓葉揚、欒蔚然、劉時雨他們一夥兒搶班奪權的陰謀得逞。」

「你這樣說，我也覺得比較合理。當今社會，什麼仇最大？什麼恨最大？絕對不是古人說的什麼奪妻之恨、殺父之仇、抱著誰家孩子投井之類的了，古人心目中和眼裡這些天大的事，在今天有些人的眼裡根本就不算什麼了，昨天還奪妻殺父戮子呢，今天沒準還握手言歡，一起把酒當歌呢。有人說政治家才這樣，根本不是這回事兒，全球性的，利益至上！」

「王檢，說得精闢，一點不差，就是利益！」

「而且，你發現沒有，在這些個種種利益之中，官位權力之爭是最險惡的。」

「是，沒錯！你死我活！要不咋說呢，我擋了人家的官路，擋了官路就是擋了人家的富貴賺錢之路，你說，葉揚還不恨死我？」

「是呀！事情已經是明擺著了，說白了是已經開戰了！」

「既然已經開戰，那就沒有回頭路了。」

「老兄啊！我理解你，換了我，也照樣還擊，絕不留情，即便是實力相差懸殊也絕不懼怕失敗，敢於亮劍一搏，沒有絲毫的談判商量餘地！」王澍嘉聽著、說著不由得有些激動，他使勁揮了一下手說道：「否則，就不是個男人！」說完，扭開礦泉水瓶蓋，仰起頭大口喝起來。

「媽了巴子，這回我王超凡馬失前蹄兒，第一回合讓他這個王八蛋子鑽了空子，第二回合可沒這麼便宜！」

「超凡兄，官場之爭沒有對錯，只論輸贏，與禽獸搏鬥的結局，輸了連禽獸都不如。」

「這話我願意聽。王檢，這個王八蛋子來埋汰的，咱不整這個。我想好了，咱們兩條腿兒走路，一方面我繼續找公安死追猛查，非得抓住這幾個黑社會不成；二呢，就想拜託您王檢，正規管道，整個這個王八蛋子狗日的，你看中不中？」

「你這個思路不錯，檢察院反貪局那邊現成的材料，我雖然離開了市檢察院，但是，我們的隊伍還在，我們的組織還在，我們的關係還在，東港檢察院反貪局長曹小軍是我的兵，是我一把手提拔拽上來的，接我的班當了反貪局長。這回如果開戰，我們就要周密組織，隱蔽企圖，規避干擾，突然襲擊，讓葉揚沒時間找人做工作，一舉拿下，一次到位，結束戰鬥。」

「好！太好了！這樣，咱哥倆不說啥見外的話，我呢，負責戰略和後勤保障，這邊後勤保障隨時到位，支前工作絕不落後，絕不給您王檢打臉。至於戰術上的事，這回就拜託兄弟了！」王超凡說著，雙手合十在自己的胸前對著王澍嘉接連拜了幾下。

「好說，自家的事，不必客氣，你就看結果好了。」王澍嘉說著坐到王超凡的床前，「我說，除了反貪局那邊已有的材料，你這邊還沒有啥新的炮彈？」

「新炮彈嗎？我還想說呢！我有幾個部隊的老戰友，都是葉揚他們燃氣公司的，前幾年硬給人家辦內退了。眼下國家有政策，對『三方面人』的問題要求慎重積極辦理，但是，葉揚說什麼呢？說：『企業是土裡刨食，企業不是黃瓜地、茄子園，想來摘一根兒就摘一根兒，政府的政策是光說大話，結果還是讓企業埋單，這樣的補償款，企業困難沒錢支付。』你聽，這他媽的是人話嗎？結果幾個老轉正四處找呢！」

「這事好呀！這可是個由頭！」

「說得是，這幾個軍轉幹部看眼下合併了，我又是一把手，又是戰友的，隔三差五地直接來纏纏我。一來二去的，我瞭解了些燃氣公司的內幕，掌握了葉揚幾件事，另外，他們燃氣班子內部矛盾很深。」

「啪！」王澍嘉使勁拍了一下大腿，「太好了！超凡兄，我們要把這支武裝力量發動好，組織好，使用好！這太好了！給他們幾個安排點具體工作幹，你指定專門一個人，組織材料，直接和我聯繫，我告訴他如何修改，如何完善，如何等候命令，適時發射！」

「還是王檢專業，行！我們一切行動聽你統一指揮，你指哪，我們就打哪！」王超凡開心笑了，他忽然感覺臉上和身上的傷不疼了。「王檢，這時機和火候──，我還在猶豫。」

「哪還猶豫啥？扳倒是目的呀！」

「噢，王檢，不是這意思，我是說，眼下創億能源尚未重新開盤，你知道，創億能源重新開盤可是市委、市政府的形象工程，王八蛋子是扳倒了，但是，唐書記、何市長那不好交代呀！所以，所以，這時機嘛，所以，不是我猶豫的問題。」

「我明白，咱得把握大政治、大格局、大節奏、大方向，不給市委、市政府兩位一把手添亂添堵，把握時機，還能爭取領導們的支持！」

「對！對對！就是這個意思，咱倆想一塊兒了。」王超凡說著，拿起手機：「嗯，行，挺好，不錯，好的，那你趕緊回來吧！」說完掛斷電話。

「基礎工作做得越紮實越縝密，越好！」

「超凡兄說得是，此事非同尋常，對手不容絲毫的輕視，一切按計畫穩上加穩地推進，至於炮彈發射時間，我聽你的。」

「太好了，我琢磨著，最好是創億能源重新開盤之後，立刻把他拿下，那時候，對上、對外都好交代。所以，我考慮這次行動咱們應該起個代號：『開盤』。對，『開盤』，你說呢？」

「『開盤』這代號挺有意思，聽超凡兄的，那沒問題，哎！對了，任信良，和你處得如何？」

「你說信良老弟呀，我們交流過，儘管以前沒啥深交，但是，投緣，人厚道，確實是個幹活的人才，有底蘊，有水準。創億能源控股，以及上市等大面上的工作，他在負責牽頭。另外，在對待葉揚想出任黨委書記這個問題上，他毫不猶豫地站在我的立場上，爽！不錯！」

「信良這個老弟，我們之間交情三十多年，自從他出事後，好像對我生份起來，唉！也難怪，大家都身不由己的，可是——」王澍嘉說著，欲言又止。

「這算啥事？任信良倒楣也怨不得別人，眼下，時來運轉的，不僅官復原職，還成了公務員編制，雖說是老九，但那也是市政府副秘書長呀。聽說任的重新重用，還是唐書記親自點的將，真沒看出來，任信良和老一有關係？」

「不會吧？任信良怎麼可能和老一扯上私交，絕對不可能，我覺得還是大勢所致，老一要救活濱州第一家上市國企，順水做了個不拘一格、任人唯賢的姿態來。」

「不管咋說，反正，一把手說話了，其他人都跟著看臉子，都跟著溜縫奉承，官場兒就是這麼回事兒。」

「是啊！給任信良平反了，自然要造聲勢，否則，如何表現市委有錯必糾、對幹部負責、任人唯賢的新風來？案子是我辦的，只好我倒楣做出犧牲了。」王澍嘉一臉的無奈和惆悵。

「王檢，過些日子，我安排，把任信良叫上，咱們三個人單獨聚聚，我幫你們哥倆往一塊堆兒攏攏，誤會啥的肯定會全解了。」

「如果那樣再好不過了，我們都這把年紀，再頂多幹個五年都得退下來，還扯啥，友情、親情還是最靠譜的。」

「說得沒錯，這話我願意聽！對了，你把這個拿著。」王超凡說著，從枕頭下拿出一個鼓鼓的信封，「這是兩個數，先用著。」

「超凡兒，你就是爽快！行，我抓緊推進，你那邊也安排那幾個人趕緊找我。」

王澍嘉話音沒落，屬穎穎拎著個鼓鼓的環保購物袋進來。把購物袋

往床頭一放，一邊脫著裘皮大衣，一邊風情萬種地對王澍嘉說道：「王檢，我們家超凡沒事總提你呢，說朋友、戰友中，和你最近，沒少麻煩王檢。」

「哈哈，小嫂子說見外的話，戰友兄弟之間。」

「我剛才出去閒逛，就順便去了離這不遠的煙草專賣店，買了五條『黃鶴樓』，五條軟『中華』，肯定不會是假的。我怕外人看著煙草專賣的包裝袋說閒話，又去買了個無紡布環保購物袋，還帶拉鎖的。這不，待會走的時候帶上！」

「你看，小嫂子，心細太講究了，這真是太客氣了。」

「王檢，說啥呢，我家屬這事辦得及時，要不還得派人專門跑一趟。帶著，免不了工作起來用得著。」王超凡笑著說道。

「那行，我帶著。」

七

周建貴在能源集團一晃幹了四年多，四年中，周建貴回了兩次家，第一次回家距離開家鄉整整兩年半的時間。周建貴沒有太多的錢，他不想把錢浪費在路上。另外，鄉下人情重，大老遠地回去一趟，親戚要走動一下，同學、朋友要聚會一下，尤其是春節過年的期間更是如此。來回一趟，怎麼著最少也得一萬塊錢，這讓周建貴心裡沉甸甸的。那次比武之後，第二天王超凡並沒有派人來找他，直到一個星期之後，周建貴才按照電話通知，到了能源集團公司王超凡的辦公室，經過一番談話和交代，周建貴成了能源集團公司的一員，負責王超凡的警衛和汽車代駕工作。所謂代駕是指王超凡有宴會時，周建貴需要在宴會結束時及時趕到，負責把王超凡送到家裡。什麼時間段可以搭乘計程車，什麼時間段必須坐公車，王超凡都規定得很嚴格仔細。白天上班時間，周建貴必須待在總經理辦公室，跑腿打雜，隨時聽候調遣。前三個月，周建貴每月拿到了二千元工資。第三個月開始，周建貴每月能拿到二千五百元工資，公司工作日中午有午餐供應，每人收一元五角錢。公司的臨時宿舍

雖然條件簡陋些，但是每月房租、水電每人只收二百元。這些都讓周建貴感到高興，因為這樣一來，可以減少支出，減輕壓力。周建貴對這一切很滿足，雖然，代駕工作雖然有時事發突然，睡著正香，王超凡來電話，他就得趕緊穿衣服往外跑，心裡邊很不舒服。他有時候想，這王總第一天晚上很爽的，給人一種很大方、很豪氣的樣子，怎麼現實中就不一樣呢？

他常看到那些跟著參加宴會給領導開車的司機，吃得很優越地走出酒店，踩著方步，來到車跟前，打開車門，背著手，叉著腿地站在車前，等著領導上車。不像他，必須提前趕到，靜悄悄地在車裡枯燥地等著。把王超凡送到家後，王超凡總是在他停好車之後，習慣性地看看腕上的手錶，嘴裡為周建貴報報鐘點。周建貴知道這是在提醒自己，公車是否還有。時間長了，處得久了，周建貴發現他所服務的這位大老闆的慷慨是那種無法揣測和預料的，或者確切地說，是常常做出來給別人看的慷慨。僅僅從王超凡從不提給他放假，和放假的路費報銷問題，就足以讓周建貴明白，他所服務和為之崇敬的老闆是怎樣的一個人。周建貴慢慢地消沉起來。周建貴除了在單位上網外，他沒在宿舍安裝寬頻，所以業餘時間，閒著沒事，他便用買來的二手電腦看盜版的光碟和看A片，有時又到舊書店買二手書回來看。週六、週日，周建貴也會為自己打打牙祭，然後，到他熟悉的按摩房、休閒房去。

王超凡的前妻離婚後帶著兒子移居澳大利亞了，現在的老婆很年輕，年齡上比王超凡小將近二十歲。王超凡五十歲的時候，這位二婚的老婆為他生了個女兒，王超凡非常喜歡男孩子，所以，儘管心裡不高興，但是嘴上卻說：「這下我王超凡可是兒女雙全了。」不過，偶爾會冒出：「這個小丫頭片子要是個小子就好了。」這話周建貴聽到，記在心裡，嘴上不言語。

王超凡的小老婆名叫屬穎穎，性格有些古怪，周建貴第一次和屬穎穎見面，出於當兵的習慣喊了一聲「嫂子」，沒想到，屬穎穎不高興，當場酸了臉子：

「以後別叫『嫂子』，我不喜歡別人叫『嫂子』！」說完鑽進賓士車坐在後排車座上，白眼球一翻一翻，弄得周建貴一頭霧水，感覺莫名其妙不得其解。

過了好一會，周建貴心想今後要長期服務，尷尬起來可不好，所以，做著笑臉，邊開車便說：「不好意思，當兵的習慣了叫『嫂子』啥，那以後我叫你『夫人』，要得要不得？」

周建貴覺得這是他腦子裡想到的最高雅的稱呼了，看人家電影中蔣介石和宋美齡，那些手下人見了宋美齡，不都是尊稱「蔣夫人」嘛！

「啥夫人不夫人的，這都什麼年代了？夫人！多難聽，好像七老八十似的！」

周建貴從上方倒車反光鏡裡看到屬穎穎高傲地斜瞅著窗外。周建貴心想：「這人真怪，吃了火藥了？我一個司機，總不能像王總似地稱呼『小屬』、『小穎』或者直呼大名不是？」腦子轉了轉，周建貴忽然想到，隱約聽別人說起屬穎穎過去是在一家高級會館當過什麼經理，後來遇到王超凡，好上了，從此做起了全職太太。

「哈哈！是的是的，我有些老古董，當兵的跟不上形勢了，那以後我稱呼你屬總如何？像稱呼我們王總那樣！」

「嘻，這才差不多！」周建貴回頭給了屬穎穎一個笑臉。這張笑臉是裝出來，周建貴在心裡罵道：「還屬總？叫你個大頭鬼！屬穎穎，老子看你是個屬鬼噻！」

2009年的春節，周建貴仍然不能回家探親，從臘月十五開始，周建貴就按照王超凡的吩咐，開車東跑西顛地忙著四處送年貨。自從王超凡遭遇黑手襲擊之後，周建貴的日子也變得背運起來——先是他開的王超凡的座駕邪了門地意外掛倒了一位七十多歲的老太太，導致老太太胯骨骨折，車輛事故賠償責任最後裁定須承擔百分之三十。雖然近五萬塊錢的賠償有保險公司負責理賠，周建貴覺得這老太太是典型的碰瓷兒，不過是技術不高明，在王超凡生氣地臭罵時，周建貴回了一句，結果遭

到了更加猛烈的臭罵和訓叱。理賠的事沒完呢，王超凡的坐駕賓士500的後背車廂和前機關蓋子上又接連被人偷偷地貼上了「辦證刻印發票牌照」的不乾膠野廣告。周建貴心裡明白這絕不是辦假證的雇人幹的，因為，通常情況下，這些牛皮癬一樣的野廣告都是隨意地貼在地上或樹上、電線桿子、門上，但是把廣告直接貼到別人豪華轎車上，這還是第一回見到，這不是明擺著是結怨嗎？要斷自己辦假證生意的財路，這樣胡來，誰還敢找你辦假證？周建貴心裡推測一定是老能源集團那些降了工資的員工使的壞。但是，王超凡可不這麼想，他首先把火氣撒到周建貴的頭上，把周建貴一頓臭罵，所有的責任都歸在周建貴身上。

「你怎麼看的車？眼睛喘氣了，好好的豪華座駕，光天化日之下，在自己眼皮底下被人貼了不乾膠，養著你吃屎的？」王超凡接二連三地罵了幾遍。

周建貴不敢反駁，心裡這個冤哪！心裡那個屈喲！心裡也不由得罵偷著給車貼不乾膠貼的，一面趕緊開著車去汽車維修站，求爺爺告奶奶地，陪著小心，讓嘬著嘴的車行師傅幫著清理不易清除的不乾膠貼小廣告，心裡面委屈得不行，心裡抱怨說：「王總啊！王總喲！我叫你『王祖宗』行不？多少有點腦瓜殼兒也不至於這樣說話嘛！難道讓一個代駕司機兼保鏢的二十四小時住在車裡不成？還講不講道理了？千年不死老魚龜，萬年不死化成灰。人生一世，誰個高低貴賤？成天把『狗不宜飽，人不宜好』掛在嘴邊？有權有錢，就要求司機擦車就得像擦臉兒一樣，咋不看看自家擦臉兒像擦屁股一般？媽的，這年頭兒，什麼世道？賣力的不如賣貨的，賣貨的不如賣樓的，賣樓的不如賣身的，賣身的不如又賣身又賣樓的！我周建貴一個打工的，招你惹你了，犯得上這麼缺德噻？」

這天周建貴清理完車身上的不乾膠貼，把車乾乾淨淨地交給王超凡之後，心裡格外地鬱悶，一肚子氣沒處發洩，正巧得著空閒沒事做，便想起自己近來最喜歡的宿舍後街上的金枝休閒院裡那個說是比他大兩歲的按摩小姐小媳婦紅麗。

　　紅麗是個自稱來自東北吉林的姑娘，有著東北姑娘特有的風情，性格開朗熱情，打起交道來單刀直入，不拖泥帶水，還特願意和周建貴嘮嘮家常話打情罵俏。金枝休閒院的五位小姐先後都和周建貴上過床，但是只有紅麗是他最喜歡的。周建貴除了喜歡紅麗的風情性格以外，他還非常喜歡紅麗胸前那對乳房，那是一對兒不大不小的乳房，褐色的乳房頭也不大。紅麗一掀起衣服，這兩隻白白的乳房便一翹一翹、一顫一顫，如同兩隻賊頭賊腦、歡快跳躍的小白兔。這兩隻小白兔常常讓周建貴想得難以入眠，又常常讓周建貴在半夜的夢中醒來。兩隻賊頭賊腦的小白兔白又白，但是，小白兔讓周建貴花費不少，所以，周建貴時常在心裡不滿意濱州的物價，不！確切地說是對小姐的價格不滿。因為，憑著周建貴的收入，這些消費讓他難以承受。

　　「我們萬縣的小姐，就是一袋兒化肥錢！」

　　「萬縣啥地方？也敢拿出來吹牛屄？整個一個西部偏遠農村，咋比得上沿海開放城市？」

　　「哪有啥子比不得的？女人都是一個味兒，還不是下面分高低？」

　　「分啥高低？一袋化肥三十塊錢！哪能有啥好玩意？」

　　「家裡邊兒找小姐，就是環境和條件差點，來這拃一回，回家拃三回噻！」

　　「別雞巴吹牛屄，在哪說哪的話，一分價錢一分檔次。說實在的，要不是我和我老公解體了！我才不幹這活呢！黑天白夜地伺候你們這些爛野猴子、山驢吊呢！媽了個屄的，掙點小破錢，還把名給毀了！」紅麗說起話來總是這麼潑辣辣的，毫不留情面。

　　不過，說歸說，做歸做，每次罵完了，過完嘴癮，周建貴照樣還是把紅麗抱在懷裡，使勁地喜歡那兩隻小白兔。

　　這天，周建貴滿腦子裡一邊想著那對賊頭賊腦、歡快的「小白兔」，一路急匆匆地來到金枝休閒院。周建貴一進門，紅麗看到周建貴，便主動站起來打著媚眼。

周建貴對著沙發上坐著另外四位小姐「嘿嘿！」一笑說道：「啊！不好意思，我和紅麗有約！」

「老公，有約──！下次咱倆有約！」幾個小姐嘻皮笑臉地打著招呼。

「要得！要得！」周建貴一邊和其他四位小姐開著玩笑，一邊摟著已經熱情地撲到身上來的紅麗走進裡間。

「老公！你太給面子啦！真夠意思，仗義！今天我要好好伺候伺候老公！」紅麗獻著殷勤道。

「紅麗，你這樣好的女孩子，流落風塵，真是可惜唷！」

「唉！紅顏薄命唄。老公，你說我這樣的女人，溫柔！體貼人兒，知道疼人兒，又勤快，又沒啥出外跑風得瑟的不正經毛病，真是命苦，偏偏老公有外心，把我甩了，要不是想著將來做點什麼，想著賺點錢把養老保險給交上，我才不幹這個呢！」

「是嘍！也不管啥子喜歡不喜歡的，都得和人家上床。」

「是呀！可不是咋的，醜的、俊的，老的、少的，乾淨的、埋汰的，想賺錢沒辦法。你說，我們命多苦，多不容易！還好，我今天遇上我喜歡的老公了。」紅麗嘴裡的話越發來勁兒了。

兩個人寬衣解帶之間，周建貴彷彿感覺此時此刻金枝休閒院就如同自己的後宮一般。人生短暫，貴賤已定。人生苦短，就要精彩。滿地的苦惱，漫天的痛苦，對於靠打工謀生活的小人物，只能靠自己的能力和心情來開啟屬於自己的尋歡作樂的大門吧。人類性交合的過程，雖然大大領先於動物交合的短暫，但是，相對於上班族八小時的工作時間而論，那幾乎等於一次上廁所的時間。所以，每次讓周建貴感到開心快樂的，還是與紅麗的前戲與後戲的開心聊天。

兩人事後，紅麗點燃一支煙，插秧似地往躺著的周建貴的嘴裡一栽，說道：「爹媽給我一塊地，沒人承包好幾年。如今實行責任田，誰來耕田誰給錢！」紅麗的東北磕兒張嘴就來。

「神仙給我一桿槍，總是打在老地方。如今經濟已搞活，發現子彈

都打光！」周建貴和紅麗對暗號似回了一句。

周建貴摟著紅麗：「我這有一篇〈女陰賦〉，要不要得聽聽？」

「啥？〈女陰賦〉？真能整，哪個山炮寫的？」

「說啥子山炮？眼裡沒得高低，這可是老子周建貴的原創——，曉得不？」

「那你唸給俺聽聽，看是啥玩意，哈哈！」

「仔細聽真切了，老子唸給你聽。」

周建貴起身從衣架的褲兜裡，拿出一張列印紙，赤身裸體地站在屋中央，挺了一下胸脯，清了一下嗓子，一板正經，用四川話朗誦起來：「女陰者，雌性生殖之器具也，曰陰戶，曰陰門，同出一意。天地造物，男女媾精，化生男女，天地大道，唯此一途，或有剖腹生人者，亦不廢此道也。

女陰之種類多耶，色有淺深黑白之異，質有老嫩軟硬之別，肉有鬆緊，毛有疏密，雖構造大同小異，雙眼洞開，兩唇合縫，上孔排尿，下孔流紅，大戶千金，小家碧玉，良家婦女，娼門豔女，蓋莫如此。然自唐朝已降，國人將女人之陰分為八類：一曰饅頭，二曰柳葉，三曰鮑魚，四曰梅花，五曰羊腸兒，六曰蝴蝶，七曰狗屄，八曰貓屄。」

「哈哈！哈哈！幸虧你想得出來！你太有才了！」紅麗被周建貴陰陽頓挫的四川文言文逗得笑出了眼淚，坐起身來，捂著肚子直樂。

「莫打擾，接著聽！古往今來，此私處之妙，私處之樂，不得隨意外現，只可私自把玩，僅宜兩三同好竊竊交流而已。若非非常之事，若非非常之人，萬難無緣，斷不得一睹崢嶸，一嘗其快，一品其妙，更何談載入經典史冊？又因古今歷歷明證，紅顏多禍水，冶容引災端，歟區區女子竟以三寸拳拳之處，令無數英雄豪傑為之折腰，更令無數酒色之徒為之殞命，無數流氓惡棍為之挺身用武，無數文人墨客為之興起作文，嗚呼！以女陰為學，大有深意在焉！而今，各國無爭，世界太平，中東半島，硝煙不斷，金融危機，全球蕭條，此皆不礙人間交媾之大事。召娼引雞，繁榮娼盛；奇陰異穴，層出不窮；芸芸眾陰，蔚然大

觀；今日不日，更待何時，花錢日屄，捨我其誰？」

周建貴朗誦得激情澎湃，正在興頭上，門響了一下。

「到鐘了！」是老闆娘的聲音。

周建貴對著紅麗做了個鬼臉，吐了一下舌頭，有些意猶未盡。

紅麗伸手用手指刮了周建貴的鼻子一下，說道：「口口聲聲叫老鄉，出來打仗帶空槍。身邊處處有敵情，看你心裡慌不慌！」

周建貴一邊坐著穿衣服，一邊回道：「進門笑嘻嘻，親熱像夫妻。小費一到手，去你媽的屄！」

周建貴話音剛落，「咣」的一聲，門被踹開，緊接著是「不許動！蹲在地上」的大喝聲。三個警察衝了進來，把周建貴和紅麗兩人一下子堵在了屋內。

濱州市掃黑除惡，打擊黃賭毒為內容的「亮劍」行動，聲勢猛烈，金枝休閒院也在被端掉之列。

王超凡得知周建貴嫖娼被拘的消息後，找人說情，周建貴得以被處以罰款五千元後，沒有再給予行政拘留的處罰。能源集團公司總經理辦主任張永亮，當天便來替周建貴交了罰款，把周建貴從派出所領回了公司。金枝休閒院的女老闆沒有罰款這麼輕鬆，而是被刑事拘留。按摩小姐們都被罰款並勞動教養。

當周建貴隨張永亮主任來到王超凡的辦公室時，周建貴站在屋子中央使勁低著頭，不敢抬頭正臉看王超凡。

王超凡站起來說道：「張永亮，沒你事了，你出去，把門給我關上。」然後大聲地罵道：「周建貴，你他媽的是人玩意嗎？就你那個四川的錘子，膽敢跑到濱州市來，拿出來瞎亮擺！瞎顯擺！我問你，你他媽的趁幾個屄兒？有錢老老實實地，沒錢你他媽的給我本本份份的，沒幾顆破子彈，就把破槍管子好好地別著！我問你，我教育過你多少回？是男人就不能吃三草，還記不記得？」

周建貴點點頭回答道：「記得！」

「你說！哪三草？」

「王總教導：兔子不吃窩邊草，好馬不吃回頭草，天涯何處無芳草的。」

王超凡大聲說道：「既然你知道，那我問你，你這是吃的啥草？」

周建貴低頭不語，他腦子裡亂亂的，一時間不知道這嫖娼屬於這「三草」中的哪一種。

王超凡嘴裡操爹罵娘地罵了一頓之後，臨了又大聲地命令道：「周建貴，媽的，我告訴你，三天之內，趕緊把公司替你墊交的罰款還給財務部，聽明白沒有？」

「聽明白了！王總！」周建貴低著頭，此時恨不得有個洞立刻鑽進去，躲起來。

「趕緊滾蛋！下不為例，再有這事，立刻從公司給我滾得遠遠的！」

周建貴從王超凡的辦公室裡出來，兜裡的手機接連響了兩遍。周建貴心裡慌慌的，以為是警察有沒問完的事，緊跑幾步，鑽進衛生間裡，掏出電話要接，一看竟然是兩條短信，一條短信：「鬆骨按摩無所謂，倒插鴛鴦高消費；不問生死和疲憊，擠出水來快交費；真是花錢活受罪，不如找個妹妹多省事。請撥打（@@@@）31603599或31603566。」另一條短信是：「平原兩座山，山下一小坑；泉水日日湧，翠草四季青！請撥打@@@@31603566或3599按1號安馨；2號樂樂；3號如煙；5號楚楚；6號悄悄；7號馨雨！」

周建貴看著窩火，心裡那個氣呀，嘴上不住地罵娘。周建貴實在想不通，這領導幹部們不是也有嫖娼找小姐的嗎？可為什麼抓領導幹部嫖娼找小姐就像買彩票中頭等獎一樣難呢！而自己這個笨蛋好不容易打一次牙祭便給逮了個正著，怎麼就這麼倒楣呢？再說了，憑什麼罰五千塊錢，那可是自己兩個月的工資。找小姐不就是吐口痰的事嘛，這吐痰的成本是不是太高了些？回想一下三個警察端著手槍衝進屋裡的那個如臨

大敵的陣勢，如電視片中抓毒販、抓逃犯一般，周建貴心裡說：「用得著人民警察搞這麼大動靜嗎？」

周建貴想起每一次大半夜的，自己趕到KTV娛樂城門口等著，以便開車送王超凡回家，看到那些摟著小姐，意猶未盡，準備帶小姐們出去開房，準備繼續尋歡取樂的那些商界老闆、政府官員，周建貴常常覺得這個世界應該重新來一場新民主主義革命：打土豪分田地，再來一次共產，或者說是再對富人、有權人來一次共產。王總說啥子男人不得吃三草──窩邊草不得吃，回頭草不得吃，天涯何處無芳草，這話明明是不許吃兩種草的嘛！見鬼嘍，啷個出來第三種草？那吃啥子草？你當老總的摟著小老婆舒服安逸了，真個飽漢不知餓漢饑噻，五千塊兒！五千塊兒呀！五千塊兒錢喇！「這哈徹底地安逸了，沒的子彈，老子還瀟灑個大頭鬼喲？」周建貴心裡說，一種莫名的仇恨的種子好像已經在很久以前就在心裡發芽並深深地扎了根，此時此刻，這顆仇恨的秧苗忽然像吸足了水分和養分迅速地生長，正憋足了勁兒，準備破土而出。

八

任信良在市「兩會」召開之前，又出任了濱海經濟先導區建設指揮部副總指揮一職，濱海經濟先導區建設指揮部總指揮由由常務副市長鞠勇擔任，實際上，增加任信良這個副總指揮是為了實實在在地幹活，常務副市長說白了是掛名，以示重視。

由任信良這個副秘書長擔任這個濱海經濟先導區建設指揮部副總指揮還有一個重要原因，那就是任信良是濱州市大能源戰略領導小組的副組長，本身又兼著創億能源控股集團公司的董事長，如此安排，名正言順，體現了市政府的宏觀把控。何玉亮市長與任信良專門談了話。

何市長說：「信良，關於創億能源前期工作總結的報告，市政府班子成員都傳閱了，大家都一致認為：創億能源集團公司的合併重組工作，組織和開展得很順利，局面把握得較好，尤其是職工隊伍穩定，職工心態平穩。創億能源控股有限公司的籌備工作進展得也很不錯，總結

中還專門就接下來的創億能源重新上市開盤一事的時間路線圖做了規劃，這很好啊！不知有沒有具體的日子？」

「市長，創億能源的重新上市開盤是咱們濱州市能源系形成的一個里程碑式的標誌，所以，這些日子，我們籌畫組擬定，5月19日是個星期二，就把這一天當作開盤的日子，俗話說：紅5月，金9月，創億能源的發展要有一個好的兆頭！」

「不錯，不錯，要廣泛地宣傳，尤其是軟性的宣傳尤為必要，潤物細無聲。更重要的一條，還要切記，遵規守法，嚴格紀律，千萬不能出紕漏、犯錯誤呀！」

「市長，您的指示我一定牢記，創億當年的教訓深刻，我這傷口還沒痊癒呢。市長您放心好了，發展靠實力，增長靠業績，創億能源絕不急功冒進、動歪歪心眼兒！」

「信良，有你這個掌舵的這樣想，我就放心了。不過，王超凡那邊也要做好思想統一的工作。

「請市長放心，講政治，講全域，依法守法，遵章守紀，創億能源一定做好樣子，樹立我們濱州優秀國企的形象。」

自從唐書記接見他和王超凡的時候起，任信良的心裡就一直想著要找機會好好感謝一下王若歆。自己能有今天的結局，離不開王若歆的活動，儘管這層關係是喬麗麗引薦的。所以，趁著春節來臨，主動打電話約王若歆。

兩個人在電話裡一陣寒暄，任信良對王若歆說：「有點私事見面聊聊。」

王若歆說：「既然著急，只有中午有點空閒，就定在中午休息時間，在紫源茶舍見見面吧。」

任信良去之前，把事先備好的年貨禮品：四支法國原裝乾紅葡萄酒，一大盒臺灣凍頂烏龍，一保鮮箱的海鮮產品，放到後備箱裡，提前半個多小時便來到紫源茶舍等著。任信良吩咐瘋狗把禮品收好。與說話

結結巴巴的大瘋狗喝著茶，等著王若歆的到來。

「大哥，大中午的和一秘見面，看來見領導秘書比見領導還難呀！」

「王秘書是老一的秘書，自然身不由己嘛，中午趁唐書記吃完飯小休息，跑出來和朋友見見面這很正常。」

「那──是，現在沒人挑剔這些個沒用的環節，能辦事就行。」

「你小子就知道辦事。」

「嘿嘿！我不──知道辦事，那大哥幹──啥來了，哈哈！」

「你這小子，我去年寫了幾份材料，若歆幫著轉的，這過年了，意思意思，人與人之間，不一定非得辦事，整得一把一利索的，那樣太生份。」

「大哥說──得對，人要處──得長遠才──好。」

正說著話，王若歆來了，宋菁笑嘻嘻、甜蜜蜜地把王若歆引進來。

馮愛東和王秘書兩人熟，一見面握手寒暄：「馮老闆，任秘書長光臨，拿什麼好茶款待我們市領導哪？」說完，與站起身的任信良使勁握握手。

「王秘書，我這算什麼市領導，跑腿幹活的人，千萬別開玩笑。」

「哎呀！這事兒鬧得，有眼不識泰山，我這以後還想不想混了，我該死！原來這位是任秘書長，不好意思，剛才招待不周！」瘋狗結結巴巴地說著，裝得像真的一樣，宋菁在一旁嘻嘻地微笑著。

「別淨顧著傻笑，撤掉，趕緊撤掉，把新進的水金龜拿來！」馮愛東吩咐著。

「好的！幾位領導稍等！」宋菁優雅地一轉身，身子晃了一下，像條魚一樣游出了屋外。

任信良和王若歆兩個人的眼睛直直地瞅著，直到那條魚游走消失了，神還沒轉回來。

「兩位領導，有──什麼吩咐，盡管招呼，到了紫──源茶舍，一個字：隨──便。」

「馮老闆，是兩個字！」王若歆藉著打哈哈，掩飾著失態。

任信良也感覺有些露怯，裝著鎮定，為自己分神失態，描著彩，打趣道：「你們這茶藝師肯定在哪表演過，怎麼瞅著這麼眼熟呢？我還一時想不起來了。」

「這好辦，馮老闆，回頭讓宋菁好好介紹一下。」王若歆笑著瞅瞅任信良又看看馮愛東。

「王秘書，開玩笑，閒著沒事的時候再聊，咱們談正事。」

「我說馮老闆，你去把茶拿來，我們倆自己玩，不要讓別人打擾！」

馮愛東聽了王若歆這話應著下去了。轉身再進來的時候，馮愛東遞上一小茶葉盒。任信良也不抬臉看瘋狗，看著茶藝盤中的茶寵──馬上贏，想起王曉航和自己在這個小包間裡喝茶的情景。

王若歆拿起小茶葉盒，看看，只見上面寫著「淨重：25g」，打開小茶葉盒，嗅了嗅，斜側著臉，對馮愛東問道：「就這，水金龜？」

「沒錯，王秘，你放心吧，正宗的武夷四大名樅之首，不會給領導駁面子的，這是我送給兩位領導的。」馮愛東的口吃毛病改了不少。

「既然這麼說，我和任秘書長就品一把你這馮老闆推薦的玩意，哈哈！」

瘋狗客氣了一番退下去，關上了門。王若歆儼然以常客和主人的派頭兒自居，手裡忙活著，很快一杯茶湯澄澈，色澤黃豔的茶水擺到任信良的面前。

任信良很客氣地雙手虛接著：「王秘書，真不好意思，你看我這段時間忙的，一時沒抽出時間來，好好感謝感謝王秘書，老哥我太說不過去！」

「任總，你這說哪去了？感謝我算啥事？」

「可不能這麼說，沒有老弟及時傳遞材料，左右溝通，我的事也不會這麼快就解決，我這可是鹹魚翻身呀！」

「你這樣說，更不應該了，老兄，你這真是燒錯香了！哈哈！」

「怎麼？燒錯香了？」任信良一時愣住。

「實話和你說吧，你的事都是人家喬麗麗喬總一手精心策畫的，我只是幫著老同學敲敲邊鼓而已，你要感謝就感謝喬總吧！不容易呀！」王若歆意味深長地歎了一聲。

「老弟，滿有感慨嘛！你這一說，我倒有些糊塗了。」

「任總，在你這事上，別人可以糊塗，老哥你可千萬不能糊塗。老哥，你真行，有魅力，小老弟實在羨慕，嘿嘿！老哥，這兒沒外人，開個玩笑話，你和喬麗麗關係不一般呀！」

「有啥不一般的，我和喬麗麗怎麼說呢，一個公司的。說實在的，若論交情，曾經的上下級同事，比較合得來，有點老交情，就這些。」任信良嘴上說著，臉上忽然感覺有些發熱，不由自主地想起十四年前的那件事。

「要說僅僅是有點老交情，那絕對沒人相信，精心策畫，周密安排，大筆投入，嗨！這多大的忙呀，說到哪也沒人信！」

「你說啥？精心策畫，周密安排，還大筆投入？」

任信良愣住了，王若歆也覺得有些失言，但是，已經是話趕話地蹦出來了，王若歆便不好再隱瞞，伴隨著桌子上香爐裡燃著的嫋嫋檀香，喝著湯色橙黃亮麗、滋味回甘醇厚、花香濃郁的水金龜茶湯，王若歆把美國之行與喬麗麗之間的談話，原原本本地敘述了一遍。任信良聽著，神情凝重起來。

「若歆老弟，這，這聽起來有些太不可思議了，簡直像是好萊塢大片的情節。」

「信不信由你，反正我是違反了對老同學的保密承諾。不過，我覺得這事早一天、晚一天的，喬麗麗一定能和你說的。我是覺得喬麗麗的病不輕，你知道，這女人得了乳腺癌沒準的事。」

「乳腺癌？但願美國的醫療水準高些，或許──」任信良端著茶杯慢慢地喝了一口茶，自言自語道，眼睛看著自己手裡的小茶杯。

任信良實在無法接受這個現實，但是又無法迴避曾經的事實，如果

這一切真的如王若歆所說，那麼，喬麗麗所謂的精心策畫的局就不僅僅是自己重回國企，還另外委以市府副秘書長這一件事，包括王若歆、唐天明、唐愛玲、唐旖旎，以及自己和兒子在內，都是這個棋局的一個部分，其中的一個棋子。

「若歆老弟，聽你這樣一說，我還真得抓緊時間和喬麗麗交流交流。我真沒想到，我這件事的背後還隱藏了這麼多複雜的文章。但無論怎麼說，我還是要先謝謝你，尤其是今天的交流。你放心，我會把握住，不會讓喬麗麗在這件事上，說你口風不緊。」

「沒關係，我和喬麗麗是老同學，你和喬麗麗是老朋友，都是自家人。」

「若歆老弟，咱們話說到這份上，今後更不能見外了。快過年了，我給你備了點年貨，一點心意，簡簡單單的，我已經放在茶舍的屋裡了，你下班過來取。」

「這怎麼可以，太客氣了不是，不要，不能要。」

「若歆，要不要的，我都擱這裡了，反正我和馮經理說了。」

「這，這怎麼好意思？」

「別爭了，一點心意，四支乾紅葡萄酒，一盒烏龍茶，一箱海鮮，這點心意你要不接，那才真不夠意思，太不給老哥面子了。」

「那好吧，恭敬不如從命，我聽領導的。」

「我哪是啥領導，唐書記才是你的領導呢！」

「此言差矣，對於我王若歆來說，比我職務高的、歲數比我大的、威信比我高的，我一律視為領導。」

「行，不愧是濱州老一的秘書，若歆，你還能進步。」

「謝謝老哥吉言！」

「有事多聯繫，不耽誤你時間了，信良給你提前拜年了！」

「若歆也給老哥提前拜年！」

九

　　和王若歆分開後，任信良的腦子就不停地琢磨著自己這件事的前前後後。王若歆的話出乎他的意料，如果事情果真和王若歆說的一樣：精心策畫，周密安排，還大筆投入的話，那就怪不得王若歆對自己與喬麗麗的關係犯忌合計了。喬麗麗沒有和自己具體說過什麼，只是點撥自己搞了兩份材料，即便是這樣，他在心裡也感激喬麗麗。與王若歆的一席話，讓任信良的思路之毯一下子全鋪開了：喬麗麗、王若歆、王超凡、葉揚、瘋狗、唐天明、何玉亮、任雲飛、唐旖旎，包括自己在內，這一個一個活生生的人物，現在都在任信良完全鋪開的思路之毯上面，並且被一根一根的絲線相互連了起來。他沒有想到正常的組織行為背後，還隱藏著如此複雜的過程，看來自己是借上喬麗麗的福蔭了，是緣份？是天意？任信良至今想起當年和喬麗麗的那一次，心裡就充滿了一種複雜的情緒，那是一種被逼迫、被控制的無奈之舉，那一次是當年周國臣和劉志恆為他精心準備的職場、官場的入門券。也正因為有了那一次，他因為隱瞞所以始終對妻子石美珍懷著愧疚，也正因為有了那一次，他從此覺得自己的身體總也洗不乾淨。這兩年，他和喬麗麗恢復了聯繫和溝通，他沒有想得太多，他只是把喬麗麗當作曾經的同事和朋友看待。他接受過喬麗麗發來的一些商業資訊和資料，但是，他想不到自己恢復工作竟然不是組織上按照政策秉公辦理，而是喬麗麗精心運作的結果，是利益交換的結果。任信良的心裡亂亂的，想和喬麗麗溝通交流，但是一時又不知從哪入手。任信良還想到了兒子任雲飛和唐旖旎的戀愛，這也應該是喬麗麗的精心作為，是她在一個極其自然的場合把雲飛介紹給了唐旖旎，並且創造出多個讓兩個年輕人會面的機會，於是，約會在兩個年輕人的私下裡開始了。一切都在喬麗麗的眼裡，一切都是按計畫進行，一切又發展得極其自然。再後來，兩個年輕人同居了，經歷了男女之事的兒子成了一個地道的男人。正當任信良的內心胡思亂想、糾結不清的時候，任信良收到了喬麗麗發自美國的航空快遞。任信良打開快

遞，裡面有一個小工藝品盒和一封信。小工藝品盒子裡放著一個由合金材料製成的小巧精緻的金屬圈，金屬圈裡鑲著一隻小螞蟻，是用於手機和鑰匙的掛墜，大小和手錶的錶盤相當。任信良又打開信封，信封裡的信夾著一張彩色照片，照片上是一個漂亮的十幾歲的少女，站在海邊的岩石邊上，信是用簽字筆手寫的。

　　信良，你好！

　　　　很久以來，我就在想給你寫這樣的一封信，把我這些年來遠離祖國的心路歷程，原原本本地真實地傾訴出來。但是，我的內心一直在矛盾中糾結。我曾經有過五六年的時間，生活在忘記過去的日子裡，在那五六年中，我結婚，離婚；再結婚，然後再離婚。看著女兒一天天地長大，懂事，我在和女兒的生活、交流之中，那以往曾經被我故意遺忘和隱瞞的一切，就如同一個注滿了白色煙霧的容器忽然露了一個孔，那些白色的煙霧便不停止地釋放出來，不斷地釋放，並瀰漫開來。這種對過去的重新回憶和認知狀態，我這樣說，信良，依照你的人生閱歷，你一定會理解。在女兒的身上，我不斷地搜尋著你的影子，她的眼神，她淘氣時的壞笑，我在記憶中也努力地尋找你曾經的儀表、氣質、風度，你曾經在我心裡留下的每一個印象。人到中年，尤其是作為一個女人，不，作為一個母親，這種感受更深更濃。有篇文章說，男人愛第一個女人是隨性，愛上第二個女人是慣性，而愛上第三個女人則是出於惰性。這番話說得有道理。且不說男人愛女人，或者女人愛上男人，我只是想說，人在初戀階段不懂得愛情，然而，真正的愛情是什麼，隨著時間的流逝，我們可能會體會到，愛情是一種浪漫，愛情是一種情緒的激動，愛情是一種高級的享受，愛情是一種高級的消費，愛情是多巴胺物質的剩餘釋放等等。不過，當我們真正步入中年，尤其有了孩子，經歷了孩子的培養過程之

後，我們都會變得沉穩、厚重、寧靜和思考。人生真正寶貴的不是花前月下的卿卿你我，再也不是翻雲覆雨時的海誓山盟，我們都會發自內心產生一種對親情的追求、珍惜和呵護，而且，伴隨著年齡的增加，這種情感和情緒會越來越強烈。人只有到這時，才能明白，其實真正的愛情不僅需要人精心地花費時間來種植，還要耐心地花費長久的時間來守護，只有這樣經歷了時間的醞釀轉化老熟之後，這才算得上是真正的愛情。這就如同一款正宗的拉菲正牌乾紅葡萄酒的產生過程：選種種植，管理蒔弄，收穫分揀，壓榨取汁，發酵裝桶，貯藏裝瓶。我說到這裡，信良，你可能已經明白我要向你表達什麼。不錯，千真萬確，我這個曾經被醫學診斷為無法受孕的女人，在那個綠島別墅的夜晚，我竟然懷上了孩子。這是千真萬確的事情，這一切來得突然，等我到了加拿大之後，我抱著懷疑的態度去了醫院，一切都是真的。我當時又驚又悶又喜，好在我一個人打理辦事處的業務，又是身在國外，所以，沒有國內世俗社會的輿論壓力，相反，寬鬆自由的社會氛圍和文明發達，讓我感受到了西方社會對婦女、兒童的高度重視和優待，所以，我下定決心把孩子生了出來。那時候，你和我之間不存在任何關係，昨夜的open和ok已經過去，迎接我的是今天和明天陽光的燦爛和明媚。在國外，單身媽媽現象很平常，所以，在母親的幫助下，我的女兒健康快樂地一天一天長大。但是，我沒有讓我的女兒走進我的婚姻生活，因為，我擔心，我矛盾。後來的時間和事件都證明這些擔心和矛盾不是多餘的，因為，我的兩次短暫的婚姻都很失敗，雖然是友好地分手，可是，我的內心深處還是隱隱地作痛。所以，五年前，當我聽到美珍姐不幸病故的消息後，我忽然間不由自主地內心激動起來，我用了幾天的時間來平息我內心的激動，來尋找我激動的理由和原因，答案終於在我平靜下來之後找到了：信良，你是我女兒的親生

父親，我們過去雖然沒有相愛過，但是，我們有過肌膚之親，並且，有了結果，這一切不能不說是上帝的安排，不能不說是前世的夙緣。所以，我有了一個決定，要給孩子一個完整的人生情感，這是我的責任，因為，我們的共同結果使我們之間不知不覺間有了割捨不斷的親情。於是，我開始了我的計畫。但是，當我從雲飛那裡得知你和傅彬彬的愛情關係之後，我一下子心灰意冷了，我內心琢磨，這也許是我沒有福氣，我和你之間真的只是夙緣一段，我們之間真的有緣沒份？我不甘心，我曾經想過早些把實情告訴你，但是，我冷靜地一想，還是打消了念頭，要怪只能怪自己，所以，我還是祝福你和傅彬彬，而且我依舊推進著我的計畫，我要幫你，為了我們的女兒我也要幫你。就在這份計畫的推進中，我對你的那份親情和感情與日俱增，有時候甚至是一種折磨和煎熬。信良，我這樣說，你能感受到我的心情嗎？

隨信寄去一份小禮物，麥比烏斯怪圈，這是一個很有寓意的小禮物，我很喜歡，麥比烏斯怪圈，理論上只有一個面，所以，怪圈上的小螞蟻可以輕鬆地進入到反面去。我覺得我們人活在世上有時也和這怪圈上的螞蟻一樣，身不由己地在無法退卻的人生道路上，不知不覺地往前走著，原本以為是能走向遠方，可實際上卻因為怪圈的原因，而不知不覺地又回到了原點。金錢如糞土，健康方是財。信良，不瞞你說，這兩年，我非常背運，身體糟透了，幾番折騰治療，已經身心疲憊。我現在把一切都看得很淡，我的心裡只有孩子，只有女兒Renna，才是我的全部。信良，我寫這封信，只有一個目的：讓你知道事情的原委，等哪一天我走了的時候，代我照顧好我們的女兒！

小時候，鄉愁是一枚小小的郵票，我在這頭，母親在那頭；長大後，鄉愁是一張窄窄的船票，我在這頭，新娘在那頭；後來呵！鄉愁是一方矮矮的墳墓，我在外頭，母親在裡頭；而現在，

鄉愁是一灣淺淺的海峽，我在這頭，大陸在那頭。

匆匆頓筆。

祝好！

Jennifer Q

任信良讀著信，心情十分複雜，尤其是讀到信的結尾時，余光中的詩——〈鄉愁〉，讓他不由自主地滿心的傷感，眼睛不知不覺間濕潤了。這一切來得太突然了，他沒有一點的思想準備，任信良竟然還有一個女兒，一個已經十三歲不為外人知道的女兒。這件事如果傳出去，在濱州市會是一件具有轟動效應的新聞。看著照片上的Renna，這個忽然到來的親生女兒，任信良在焦慮不安之中感受著隱隱的喜悅，但是，這隱隱的喜悅轉瞬即逝，隨之而來的是一種沉重和不安。喬麗麗這封信說白了是一封遺書，任信良此時此刻忽然對喬麗麗產生了一種憐惜，但是，當想到傅彬彬這個在他生命中已經占據了重要地位的小女人時，他馬上意識到這封信的內容將會給傅彬彬帶來的痛苦和傷害。他不能做出任何傷害這個善良小女人的任何舉動。傅彬彬與他相伴幾年來，共同經歷了人生的風雨波折和沉浮與磨難，傅彬彬對愛情的專一和投入，對兩人未來生活的美好設計，這一切的一切都讓任信良越加感到傅彬彬對他那份感情的珍貴，他不想把過去發生的一切和出現的結果告訴傅彬彬。他覺得在傅彬彬面前坦白過去曾經發生的一切，讓傅彬彬坦然地面對和接受他與喬麗麗的過去以及意外交合而誕生的女兒，這是對無辜的傅彬彬最無情的打擊和傷害，如果那樣做，他任信良就太缺德、太沒有人性，儘管這一切是發生在十幾年以前。現實的傅彬彬比起喬麗麗來更需要自己千方百計的保護。所以，任信良把信收藏了起來。立刻打開電腦，給喬麗麗回覆了一封電子姨妹。

Jennifer Q：

你的親筆信和小禮物我已經收到，讀了信，我的內心很

亂，一時不知先從哪說起，還是讓我們從你最關心的孩子說起吧！說心裡話，當我看到那一連串的文字，我憑直覺感到這是真的，儘管有些突然，但是，我還是在不安與慚愧、擔心和糾結之中感受到了隱隱的喜悅。所謂不安與慚愧是未盡的責任，十四年前的一時隨性與衝動釀下了後果，身為父親該如何面對自己的女兒，又該如何編織一個美麗的謊言來安慰孩子？因為，真實的故事會給無辜的孩子帶來傷害。所以，我在不安與慚愧之中，一時還不知道如何直接面對這一切。想想十幾年來，你一個人在海外打拚，一個人養育、教育女兒，經歷了婚姻的挫折，眼下身體又得了病，一時間，我真的不知用什麼話語來好好地安慰你。喜悅的是Renna已經長成了一個出色的大姑娘，Renna的模樣更多是像你，看著這樣的孩子，不由得讓人喜歡。麗麗，我是個男人，我會用我的餘生承擔起應由我來承擔的所有一切。女兒的名字Renna讓我感到了我們彼此間的那份默契，感受到你對我的那份真誠的情感，這些都讓我們曾經的過去變得那麼美好和富有意義。所以，從某種程度上說，你的囑託不是一種責任的託付，而是一份厚禮的饋贈，我願意接受你的這份饋贈。

女人可愛在於溫柔，女人美麗在於賢慧，女人高貴在於氣質，女人優雅在於得體，女人善良在於偉大的母愛。男人高大在於擔當，男人尊嚴在於頑強，男人堅強在於堅持，男人風度在於謙和，男人完美在於博大的胸懷！好女人重愛，好男人重情，好男人、好女人都有水一般潔淨、鏡子一般明亮的心靈。讓我們一起努力，你做一個好女人，我做一個好男人。

病要抓緊醫治，乳癌治癒率很高，請相信科技，相信上天的祝福，為了你給孩子一個完整的人生情感的決定，讓我們一起面對，等待，等待恰好的機緣，共同完成這一計畫，愉快而圓滿地團聚。

餘言後續。

祝安！

信良

2009年1月20日

第八章
千萬不要輕賤任何人，
一隻仇恨的螞蟻能夠絆倒大象

一

　　臘月二十六這天，周建貴開著集團的麵包車出了一趟長途，去王超凡的農村老家送了一次年貨。等這一切都辦完之後，返回濱州的時候已經是臘月二十七的傍晚了。周建貴的麵包車剛停靠在集團公司的停車場，手機就響了，一按接聽鍵，令周建貴沒想到，竟然是集團的常務副總葉揚的來電。

　　「小周嗎？我是葉揚呀。」

　　「啊！葉總，你好，有啥子事？」

　　「沒啥子事，你這個單身漢，遠離家鄉，來到濱州打工實在不容易，春節也回不去，我這當領導的問候一下！」

　　「謝謝葉總，難得領導心裡掛念！」

　　「你現在在哪裡？」

　　「我剛出車回來，現在停車場停車啥！」

　　「那正好，你馬上到我辦公室來一下！」

　　「好地，這就到！」

　　周建貴停好車，一溜小跑，進到空蕩蕩的大樓，衝著門衛點一下，就直奔電梯間，上了電梯。一下電梯又是一溜小跑，來到葉揚的辦公室，喘著粗氣，輕輕地敲了一下門，他沒聽見有否「請進」的聲音，便推門進屋。

　　「葉總，嘿嘿，葉總！」

「來！你坐下。」葉揚坐在椅子上招招手。

周建貴回身輕輕關上門，幾步走到葉揚的辦公桌前面的椅子前，衝著葉揚點下頭之後，直著身子坐下，兩眼看著葉揚。

「小老弟，嘿嘿，我找你沒啥大事。前些日子，我聽張永亮和其他一些人說起你的事。」

周建貴用手使勁撓著頭，難為情地說道：「葉總，唉，丟人嘍！走了鬼運，不要再提嘍！」

「哈哈！建貴，你是小老弟，和我這當老大哥的別不好意思。人生在世，不怕沒好事，就怕沒好人嘛。你這也老大不小了，應該收心正經考慮一下成家的事了。我聽說，罰了你五千塊？」

「唉！破了大財嘍！倒楣喲！」周建貴歎著長氣，低頭自言自語。

「小老弟，事情過去了，朝前看，不要有什麼思想負擔。你這工作辛苦呀，事無巨細，不容易，大家可是都看在眼裡呢！」

「做服務啥，工作性質就是這樣，沒得辦法！」周建貴受到如此理解的話語，心裡熱乎乎，不由得抬起頭來，姿態很高地回答道。

「哎，話可不能簡單地這樣說，工作在個人，活兒也分人幹。我就多次在班子會上說到保障人員的服務意識、服務素質問題，就專門點到了你，勤懇細緻，任勞任怨，熱情禮貌，這是許多老職工、老司機都不如的呀！」

「難得葉總理解和表揚嘍！」周建貴聽葉楊說，竟然自己在班子會上受到表揚，心裡越發地激動。

「這創億能源控股集團公司成立第一個春節，今天二十九，機關沒幾個來的，我今天總覺得有點什麼事好像沒做似的。你可能不瞭解我，我這人在燃氣集團的時候啊，也是這樣，每到年節啥的，總要捋捋，哪些人該去看看，哪些人該問候問候。沒辦法，誰讓咱是企業領導呢？你說是不是？」

周建貴豎著耳朵聽著，聽到領導問「是不是？」便習慣地點點頭。

葉揚接著說道：「企業不是我祖宗傳下來的，是國家的，是集體

的。權力呢？又是組織上給的。職工又信任咱，咱有啥資格，不把職工
的事辦好？有啥理由不去關心自己的員工呢？有啥理由不讓辛苦幹活的
人心裡安慰呢？建貴小老弟，你說是不是呀？」

　　周建貴聽到葉揚又一次問「你說是不是？」便接著點頭，不過心裡
卻說：「葉總，是不是的，可都是讓你們這些當領導的說了呀。」

　　「所以呀！我忽然就想到你。你說裡出外進的，我怎麼就才想起來
呢？也難怪呀！燈下黑，哈哈！小周，這是一張購物借記卡，裡面有三
千塊，錢是我個人的，是沃爾瑪超市專用的。我告訴你，這可是我讓你
老大嫂專門去辦的，你拿著，這個卡，沒有期限，密碼是三個6三個8，
你一個人住單身宿舍，平時買點什麼很方便的，也算是一點貼補吧！出
外打工，要過年了，卻回不了家，唉！買點啥吧！」

　　周建貴覺得心裡發熱，身上發暖，眼睛濕乎乎的有些模糊：「葉
總，這怎麼好？」

　　「沒啥，我這當副總的掙得多，記住不要和別人說啊！」

　　周建貴站起身雙手接過購物卡，點著頭，不知說什麼好。

　　「好吧！趕緊交車，回去好好休息吧！我也該回去了！」葉揚的
語氣自始自終都是和緩溫情，像是一個老大哥對待自己回家晚了的小弟
弟，疼愛關心。

　　「葉總，啥也不說，有事您吩咐嚷！」周建貴深深地給葉揚鞠了個
躬，直起身來：「提前給葉總您拜年了！」

　　「見外、見外，也給你拜年，回去吧！」葉揚擺了擺手，確切地說
是他優雅地擺動了一下手指頭。

　　看著周建貴關上門離去，葉揚的嘴角抽動了一下，臉上露出了一種
似笑非笑的奇怪表情，但是，這種奇怪的表情轉眼就消失了。等到屁顛
顛跑走的周建貴的腳步聲在走廊裡消失了，葉揚的臉上才略微露出一絲
的微笑。那次，他在集團經理辦公室得知王超凡被人毆打的消息後，當
著經理辦公室人們的面，臉上表情非常的沉重和驚訝！但是，等回到自
己的辦公室之後，葉揚坐在自己的老闆椅子上晃悠著，嘴裡竟然不自覺

地一遍一遍地哼唱起兒童歌曲〈小司機〉來：「小汽車呀！真漂亮，真呀！真漂亮！嘟嘟，嘟嘟，嘟嘟嘟，喇叭響。我是汽車小司機，我是小司機，我為革命運輸忙，運輸忙。」今天，他又一次本能地哼唱起〈小司機〉這首歌來，彷彿像是回到童年的幼稚園年代。

　　周建貴腳下輕飄飄地，打了鞋釘的皮鞋輕快地踩踏著空蕩蕩的樓道，發出清脆的聲音，周建貴的耳邊仍迴響著剛才葉揚那番體貼入微的溫情話語。三千塊錢的購物卡，讓周建貴感到出乎意外地興奮和激動。因為，五千塊錢的罰款，讓周建貴損失慘重，他的手裡已經沒有多少閒錢了。這下好了，今年春節可以過個好年了。「葉總啊，葉總啊，你可真是救苦救難的觀世音活菩薩哩！」周建貴想到這裡，突然一股從未有過的強烈憤恨感湧上心頭：「王超凡，你這個豬嘍！就知道往自己家裡摟，破魚爛蝦、破菜爛肉的是東西你就不嫌乎，還得跑長途往農村送，淨吹牛屄，說大話，誇海口，假大方，拿我當農民工使勁使喚，對鞍前馬後的我周建貴啥時候掉過一個桃核兒。」想到葉揚對自己的關心和幫助，周建貴就不由得心裡暗恨王超凡。心裡越痛恨王超凡，心裡就越發地覺得葉揚葉總人心腸好。心裡不由得想：「王超凡這樣的幹部怎麼不死絕了，騰出位置，給葉總呢！」周建貴無論如何也想不到，他掉進了葉揚設下苦肉計的局中，中了葉揚的激將法、苦肉反間計。

二

　　清風觀自開設玉佛書苑後，因為世陽道長不遺餘力地開展公益講座，以玉佛書苑為中心的傳統文化推廣逐漸在濱州推開。《世陽道長說弟子規》、《世陽道長批解道德經》、《世陽道長詳解般若波羅密多心經》、《世陽道長六祖壇經法寶心解》、《世陽道長與青年朋友對話儒釋道傳統經典》、《世陽道長講忠孝節義、禮義廉恥》等電視錄影片、講座資料一時間傳播火爆。張世陽道長本來就在濱州市民眼中充滿了一種神祕感，這次又公開發行講座錄影片，於是，好評如潮，銷售火爆。尤其是《世陽道長講忠孝節義、禮義廉恥》等電視錄影片更是備

受歡迎。做了多年新聞記者的傅彬彬，以一個新聞工作者的高度職業敏感，意識到這是一次絕好的媒體造勢推動機會，於是，找到鐵犁，把自己整理出的《海藻》雜誌近期的企畫方案，擺到鐵犁的辦公桌上。自從酒後在賓館出了難堪尷尬的事情之後，鐵犁發現，傅彬彬並沒有藉此發揮大做文章，讓他為難下不來臺，反而工作上很有主動性，而且，平時見面，自然平和，甚至比事情發生前，反而熱情了許多。隨著時間的流逝，鐵犁那顆緊張的心慢慢地平復到正常狀態。在傅彬彬身上碰的這顆釘子，也讓鐵犁清醒冷靜了許多，雜誌社的效益，入不敷出，雖說是事業單位，人員工資由過去財政撥付，改為眼下由報業集團負擔，但是，體制改革已經進入具體深入的階段，雜誌社的效益即使不提高效益也不能拖報業集團的後腿呀。換句話說，如今是靠效益說話，世道變了，思維就得變。鐵犁也開始絞盡腦汁地琢磨《海藻》的今天與明天，確切地說是《海藻》雜誌社的明天應該是如何燦爛和鮮豔，而不是今天的萎靡呆板。所以，當傅彬彬把企畫方案交給他時，他僅僅掃了幾眼企畫案，便不由得抬起頭，向傅彬彬投以感激和不約而同的企畫意圖。

「太好了！傅老師，真不愧是咱們《濱州日報》的快刀手呀，我鐵犁沒有看走眼，咱們倆真是想到一個方向上了，只不過，我沒有想到咱們濱州市身邊的這張王牌。」

「你可別忽悠我，我也不是啥快刀手，我只是覺得，濱州的《海藻》要為濱州服務，《海藻》要辦成一份效益好的雜誌，讓咱們大夥兒多掙點錢才是正題！」

「沒錯！沒錯！說得對。這樣，咱們說幹就幹，出專刊，出增刊，由你來牽頭，咱們雜誌社的人隨你調動！」

「別呀！你是頭兒嘛，我們聽你的。其實，我也沒啥把握，我看倒不急著出增刊，先直接出一期專刊，看看銷量，投石問路，咱們再做調整，你看如何？」

「這樣也好。不過，組稿方面總得有個牽頭的，你就別推辭了，咱們現在就和大夥說一下！」鐵犁說著，像打了雞血似地，站起身來，來

到大辦公室。

「大夥兒先停一下手裡的活兒，有件事和大家說一下。」

這是二個多月前的酒後故意造事兒事件之後，鐵犁第一次如此興奮地開會，大家都不由得趕緊坐直了身子，看著鐵犁。

「是這樣，傅老師提交了一個推廣和加大《海藻》發行量的一個行銷企畫案。說實在的，近來，我是絞盡腦汁、苦思冥想一直不得要領。咱們傅老師這次拿出具體辦法了，非常具體，管用。我覺得，這個方案將會一舉改變《海藻》雜誌的面貌，提高發行量，提高大夥兒收入。具體方案是，第一部出專刊，圍繞清風觀世陽道長的傳統文化思想講座重點推介，大家看如何？」

「嗨！這個提議好！近期張世陽道長的講座碟片反響強烈得很。」

「張世陽道長的觀點確實新穎，簡直是驚世駭俗。我這兩天剛看了一個《世陽道長講忠孝節義、禮義廉恥》你看人家世陽道長對忠孝節義、禮儀廉恥的解釋，別開生面，開時代新風。『忠孝節義，禮義廉恥』就八個字，古今以來能成就的有幾人？屈指可數，這說明詞句說起來簡單，但是，做起來難，做到底做成功，就是功夫。我覺得咱《海藻》抓這個由頭，抓正著了！」

「最好把廣告推介也想辦法帶上，那才是一舉兩得。」

「和大報的零售網店捆上，全面鋪開，賣個一萬本不成問題！」

「一萬本？一萬本算什麼？第一次推出專刊，怎麼還不賣個兩三萬本？」

「這下獎金可就來了！」

「既然大家都有這個熱情，所以，我剛才和傅老師商量了一下，專刊策畫組稿就由傅老師牽頭，大家看如何？」

鐵犁的話音剛落，大家就一陣「贊成、同意」的回答聲。

「組稿由傅老師牽頭了，大眼兒負責交通保障，重點服務好傅老師，我負責給大家坐攤兒，老夏和朱岩配合傅老師的組稿文字工作，金濤和我負責聯繫一下廣告。我已經有幾個目標，金濤到時候負責跑一

下，咱們的條件和方式再優惠靈活一些，不怕廣告拉不來！」

「沒問題，跑腿兒的事，我願意幹！」金濤笑著回應。

「另外，這次的廣宣代理，咱們雜誌社也搞個內部政策，只要是憑藉自己的關係資源拉來的廣告，稅後利潤三七開，你們倆也包括在內。」鐵犁轉身對開著門伸著脖子認真聽話的兩位財務人員說道，「有一個算一個，《海藻》雜誌人人參與，共同創收，共同富裕，一起分享我們海藻雜誌社的改革成果。」

「鐵總，你太偉大了，我們舉雙手贊成。」陳夏雨拍著巴掌說道。

「行了，要說偉大，還得說我們傅老師偉大，哈哈！」

「瞎說！我有啥偉大的？」傅彬彬翻了翻白眼，不太高興。

鐵犁一看，馬上改口道：「不管怎麼說，我們眼下有了一個好的創意，咱們大家也不能高興得太早，關鍵是推進的力度，爭取4、5月份，把專刊投放市場，其他的，我暫時就不多說啥了，大家分頭行動吧！」

三

王超凡在春節前打來電話：「信良老弟，春節過年，都累，折騰。但是，不折騰，也不是個事兒不是？所以，有些聚會還是要聚的。」

「那是，超凡兄說得對，不可多聚，也不可少聚，說吧！你想怎麼安排？」

「信良，我跟你說，這個聚會，是我今年春節中特別安排的節目，我覺得你應該參加！」

「怎麼？老哥有新節目？」

「哈哈！也不是啥新節目。王澍嘉前些日子，我住院的時候來看我，專門提起你，想法、感慨很多呀！聽得出來，心裡有許多難言之隱，嘿嘿！」

「堂堂王檢有啥難言之隱，不過是潮起潮落之類的感慨吧？」

「不對！絕對不是，這你可猜錯了。王檢和我說到你們之間三十多年的交情，說到對你當初的那案子的處理，他是一臉的萬般無奈。眼下

王檢的心態特別好，務實，念舊，平和，嗨！不易呀，所以，我跟王檢說：『信良是個純爺們，人品、胸懷都是沒說的，咱們哥仨投緣，應該在一塊兒聚聚，過去的都過去。』你說呢老弟？」

「沒想到，老哥和王檢交情也不淺，這我可頭一回聽說。」

「那是，我們都是當過兵的人，雖說不是一個隊伍上的，但是是一批回濱州的轉業幹部，一直不錯的。」

「既然王檢和你這樣說，我也別小心眼兒不是，我聽老大哥您的。」

「信良啊，那我就當把大的，把我們哥仨單獨聚聚這事兒給落了，你有沒有啥好據點？」

「啥據點不據點的，我沒啥講究。」

「老弟，這話咋說呢，遠賭近嫖，悄悄地吃，偷偷地玩，沒據點還成？哈哈！」

「哈哈，『遠賭近嫖，悄悄地吃，偷偷地玩』，超凡兒真是聰明過人，滿腹智慧，虧你能想出這麼多點子。」

「這可不是我王超凡的發明創造，這可是咱中國老祖宗幾千年來通過實踐總結出來的，你可別不信，有一定道理。」

「行，我好好琢磨，以後類似的經驗多傳授傳授，老大哥別裝在肚子裡，祕不傳人。」

「裝在肚子，祕不傳人，等著下崽兒不成？你這兩天沒事和澍嘉溝通溝通，咱哥仨兒見了面，也自然一些不是？」

「行，我和王澍嘉溝通溝通，你放心吧。那我就謝謝超凡兒了！」

「見外，自己弟兄！」

任信良放下王超凡的電話，不由得感覺渾身上下熱乎乎的。王超凡這個搭檔看來真是遇到了，性格有些驢，需要順著毛捋捋，不能嗆著毛來，愛恨分明，粗中有細，看似大大咧咧，實則心裡有條不紊；表面看，是喜歡直來直去的公開坦誠，但是，內裡卻深思縝密，長於心計。不過，王超凡對於自己的態度卻很明顯是團結使勁拉的態度，而作為任信良一個死魚翻身的幹部，更知道自己的幾斤幾兩，知道自己的位置和

作用在哪裡。幾個月的磨合，看來與王超凡之間今後的相互融合，因為有了王澍嘉的加入，正在進一步地加強呢。社會上沒有永恆的敵人，也沒有永恆的朋友，只有永恆的利益平衡，作為任信良只能越活越精明，不能越活越倒退，讓別人說腦殘，白活了這麼大歲數。任信良琢磨半天之後，主動給王澍嘉發了一個短信：

「底層和上層：

1. 加班出汗的是社會底層的，打球出汗的是社會上層的；
2. 寫材料的是社會底層的，唸材料的是社會上層的；
3. 欠個人錢的是社會底層的，欠公家錢的是社會上層的；
4. 吃糖的是社會底層的，尿糖的是社會上層的；
5. 喝酒看度數的是社會底層的，喝酒看牌子的是社會上層的；
6. 想媳婦的是社會底層的，想情人的是社會上層的；
7. 耕種土地的是社會底層的，買賣土地的是社會上層的；
8. 養豬的是社會底層的，養狗的是社會上層的；
9. 講話教育別人的是上層的，認真聽講做紀錄的是下層的；
10. 等著別人問候的是社會底層的，收短信的是社會上層的。澍嘉兄是上層的，信良提前給你拜年，衷心祝願上層新春快樂！」

不一會兒，王澍嘉的短信回覆到了：「信良優秀，朋友光榮；信良真誠，朋友喜歡。這是珍藏版中的祝福，只有最受尊敬的人才能收到。黨中央祝你萬事如意，國務院祝你幸福吉祥，衛生部祝你身體健康，交通部祝你出入平安，建設部祝你洋樓多多，外交部祝你廣結良緣，勞動部祝你工作順利，；組織部祝你步步高升，財政部祝你財運享通，商務部祝你外匯如山，證監會祝你日進斗金，農業部祝你年年有餘，計生委祝你子孫滿堂，資訊工業部祝你神通廣大。衷心祝信良老弟一生平安！值此新春佳節之際，澍嘉給您提前拜年，祝：牛年新春快樂，牛年事事如意，事業牛氣沖天。」

現代人際交往，尤其是在官場、職場上，如今看似一條平常的有時帶著幽默，有時又帶著幾分淫穢和葷口的段子在手機間發送傳遞，卻往

往別有深意，另有大大的作用在焉。王澍嘉和任信良之間互發的這兩條短信，讓兩人彼此間三年來的諸多鬱悶無奈、不解煩惱、怨恨看法，在對彼此的短信文字的閱讀中，冰融雪化，春暖花開，一下子都心向大海了。

　　按照傅彬彬的提議，2009年的春節前夕，任信良答應傅彬彬一起回省城傅彬彬父母家裡過年，並把結婚的大事和父母說一下。對於兩個人的婚事來說，和父母說一下，其實完全是一種形式。元旦過後，傅彬彬拿到了新房的鑰匙之後，就緊鑼密鼓地開始設計裝修了，一門心思地準備著結婚的事情。兩個人自從戀愛之後，任信良與傅彬彬的父母一直沒有恰當的機會見面，更別提登門拜訪了，所以，按照傅彬彬的話說：「你任信良必須北上求婚才成。」而這對於剛剛恢復工作，又榮任政府副秘書長的任信良來說，正是時機成熟的時候；選擇春節更是極為有利和方便自由，因為這樣一來省卻了許多春節期間繁瑣而又不得不參與的應酬和問候。一連三年包括春節在內的那番門可羅雀的蕭條孤寂滋味，被大年三十開始的五百多條祝福拜年的熱烈短信沖刷得一乾二淨，有些已經好幾年沒有音信的人和一些以前從未打過交道，甚至僅僅有過一面之交的人也都發來短信。任信良心想：「如果留在濱州市過年，那將會遭遇到有生以來最熱鬧的門庭若市。」任信良在讀這些千篇一律的說了八千年有餘，幾乎把美好的祝願說絕了的過年話短信的同時，心裡反倒增加了幾分平靜和淡然，越發感到世態炎涼的強烈反差和所謂世間人情的功利與虛假。

四

　　大年初六的中午，按照王超凡的特別安排，任信良帶著傅彬彬赴宴來了。王超凡宴請的地點是黑天鵝大酒店的「會席」日本料理館，「梅」包間。服務員見了客人，嘴裡不停地說著日語：「歡迎光臨」，點頭哈腰地引導著任信良和傅彬彬來到了「梅」包間。兩個人脫了鞋，

進到和式的房間內。只見屋內乾淨整潔，陽光暖照。一邊擺著一個六折的屏風，屏風上繪製的是色彩鮮豔的日本歌妓圖，六個四方形近於黑檀色的古樸典雅的小食桌，呈兩個「品」字形擺放在屋中央的榻榻米上，小食桌上擺著用不同形狀的小碟子、小碗盛放的日本料理。

「嗽呵，咱倆還來了個早。」任信良掃視著屋內的擺設，自言自語道。

「兩位貴賓，請坐！」女服務員恭敬地說道，明顯是生硬的中國話。

「您是日本人？」傅彬彬笑著問道。

「嗯，我是日本人！」女服務員恭敬地跪著點頭回答。

任信良看看眼前這位少說有四十歲的日本女子，說道：「這會席料理看來還真的正宗，不僅經理和廚師是日本人，就連服務生都是日本人。」

「是的，先生，還有料理的原料，也是日本運來，正宗的北海道海鮮。」

「哈哈，對對，統統的，日本的！」任信良學著日本人學日語的腔調。

「哎呀，這宴席可怎麼坐呀？」傅彬彬嗲了一聲。

「客人做兩邊，主人一個一個。」服務員指著小食桌說道。

「不是一個一個，是一面一個。」任信良笑著糾正道。

任信良和傅彬彬站著說話，王超凡和屬穎穎到了。

「老弟，來得準時呀！這位是？」

四個人客客氣氣地一番相互介紹，入席落座。這時，王澍嘉領著愛人，大著嗓門進來了，任信良、傅彬彬、王超凡和屬穎穎又趕緊站起來。王澍嘉領著老婆逐一握手，一看就知與王超凡兩口子非常熟絡。

落座開席，王超凡說話了：「大傢夥兒都拜完年了，我們就進入正題兒。這裡邊，我虛長點，我這當大哥的，為兩位兄弟、弟媳婦準備了正宗的日本會席料理，請大傢夥兒品嘗來自日本北海道的各式螃蟹，也算是個創意，清淡鮮美。」

「這個安排，好！確實出乎我的意料。」王澍嘉回答道。

「超凡兄是美食家，我們跟著借光兒了，哈哈！」

任信良的情緒也很好，從王澍嘉一進包房的門，握住自己的手那一刻起，他覺得自己如今真的把事看淡了，世事如流水，自然而然，該吃該喝的，不往心裡去，有緣則聚，無緣則散，心如止水。

「如今我們這個年齡，最重要的就是友情、親情，沒事兒聚聚，放鬆放鬆。」王超凡自言自語道，嘴裡吃著東西蠕動著。

「現在這時代不比從前了，啥都講關係，啥都講圈子。下臺就斷的是工作關係，死了也斷不了的是親戚關係，有事才找的是利用關係，吃飯才想起來的是酒肉關係，困難時記起的是患難關係，費力不討好的是他媽的父子關係，肉包子打狗的是爺孫關係，朦朦朧朧的是初戀關係，養起來一個人幹的是二奶關係，擔驚受怕的是情人關係，粗茶淡飯的是夫妻關係。」王澍嘉說著拍拍旁邊老伴的肩膀。

「做夫妻就得粗茶淡飯？你們這些男人，什麼東西！」王澍嘉老伴不高興地回了一嘴。

王澍嘉不理不管地接著說道：「給錢就幹的是嫖客妓女關係，白天叫乾爹，晚上叫爹幹的是小蜜關係，有事沒事都發個短信的是朋友關係！」

葷嗑兒段子，王澍嘉張嘴就來，王超凡哈哈大笑，任信良「嘿嘿」地發著壞笑，三位女士有些不好意思，尤其是傅彬彬使勁低著頭。

王澍嘉的愛人舉起空拳，敲了王澍嘉肩膀一下：「沒正經，開始還是人話，後邊就不著調了！跟你們說，我們家老王，就是舌頭硬，嘴好使，其他的沒一樣管用。」

任信良看看王超凡，又看看王澍嘉，趕緊幫著解圍：「大嫂，沒有外人，我們澍嘉兄性格所在，喜歡開開心。」

「我說這話，是有道理的，你們琢磨琢磨，有意思。」王澍嘉笑著說道。

「澍嘉兄到人大後超脫了，也不用一上班就查辦案件了，肯定比檢察院輕鬆自在吧？」任信良問道。

「哎，話可不能這麼說，這查辦案件是少點，可這查辦行為依然是要繼續地，堅決不可放鬆地。近來就有群眾向人大反映批評意見，要求人大關注一下：要真抓實幹地查，查查究竟誰是孔繁森，誰是王寶森；查查到底是假鮮花還是真豆腐渣；查查是為人民服務還是在為人民幣服務；查查天災中有沒有人禍。」王澍嘉停頓了一下，接著一板正經地說道：「當然了，尤其是查查哪些是我們真正的好朋友，這是當務之急。」王澍嘉這一說，把大夥逗樂了。

「是得查查，不查發現不了朋友的真偽，不查發現不了壞蛋的蹤跡，再狡猾的狐狸也躲不過我們獵人的槍口，哈哈哈！乾杯！」王超凡說著和王澍嘉交換了一下眼色，與王澍嘉和任信良分別碰了杯。

王澍嘉濃重的遼西口音，讓任信良今天聽著感覺還別有一番風情。他對王超凡和王澍嘉之間剛才的那個眼神，沒有細想，他根本想不到王超凡和王澍嘉之間謀畫好的行動。

王澍嘉興致勃勃，一杯乾下之後，說道：「這人生如賽場，上半場講學歷、權力、職位、業績、薪金比上升，下半場是以血壓、血脂、血糖、尿酸、膽固醇比下降。上半場順勢而為聽命，下半場事在人為認命！人生就得上半場、下半場地兼顧，兩場還都要贏才行。我現在是大徹大悟，沒病也要體檢，不渴也要喝水，再煩也要想通，有理也要讓人，有權也要低調，不疲勞也要休息，不富也要知足，再忙也要鍛鍊。現在有人說，人的一生，好像乘坐北京地鐵一號線一樣：途經國貿，羨慕繁華；途徑天安門，幻想權力；途經金融街，夢想發財；經過公主墳，遙想華麗家族；經過玉泉路，依然雄心勃勃……這時廣播裡忽然傳來聲音：乘客同志你好，八寶山快到了！哈哈！」

王澍嘉的愛人在旁邊，一邊笑，一邊說：「你們看，我們家老王就願瞎掰呼，也不管別人喜不喜歡聽！」

「大嫂，澍嘉大哥可不是瞎掰呼，他這兩年的感悟很深，什麼是朋友、什麼是人的一輩子，澍嘉大哥說得確實有道理。人能活明白不容易。什麼是生老病死？想開了，想明白了，就是那麼回事兒。生得要

好，老得要慢，病得要晚，死得還要痛快。前兩天別人給我發了個段子，是人生不能缺少的九類朋友：

1. 激勵你讓你看到自己的優點，提醒你讓你看到自己的不足。
2. 維護你，並能在別人面前稱讚你。
3. 和你的興趣有相近。
4. 能把你介紹給志同道合的朋友。
5. 能讓你全身心放鬆的朋友。
6. 能讓你有機會接觸新觀點、新事物的朋友。
7. 幫助你理清工作和生活思路的朋友。
8. 有了好消息總是在第一時間告訴你與你分享喜悅，而你也把他作為傾訴的第一對象。
9. 當你遇到困難和挫折時能向你伸出援助之手的朋友。」任信良唸完短信說道：「我轉發給你們倆。」

「朋友固然重要，但是，對立面也要關注，我們要讓反對的人理解，讓理解的人支持，讓支持的人忠心。允許有人不喜歡你，但不允許讓他恨你。萬一他要恨你，也要讓他怕你。我這個觀點怎麼樣？」王超凡說話的語氣像是咬著牙根兒。

「什麼怎麼樣、怎麼樣的？超凡，淨你們老爺們說話了，也不管管我們女同志，太不像話了！」厲穎穎坐在王超凡的對面頂了一句。

「弟妹呀！我這就提前叫了，咱們是初次見面，我們兩家都很熟的，你可別介意，以後咱們可要多來往才是！來咱們女士單獨乾一杯！」厲穎穎端著酒杯笑容滿面地對傅彬彬說道。

「沒事兒！我聽信良多次提起過兩位老大哥，都是朋友嘛，這樣客氣，我都不好意思了！」傅彬彬說著，與厲穎穎和王澍嘉的愛人乾了一杯酒。

「哦，對了，弟妹，你現在都忙什麼？有什麼需要姐姐幫忙的說說，大姐平時也沒啥大事，我們可以一起摻和摻和。」厲穎穎拿出了主人的架勢。

「說說吧，都是自己人，沒準你那點事，兩位大嫂都能幫上忙呢！」任信良插話道。傅彬彬笑而不語。

王澍嘉有些等不及了：「弟妹，有啥事，說！我們幫你擺平！」

「沒啥大事，這不去年，彬彬被調到海藻雜誌社當編輯了嘛！」

「怎麼？不在報社了？」王澍嘉比較瞭解任信良和傅彬彬之間的事情，所以問道。

「莫名其妙，莫名其妙地被調，不過反正都是屬於報業集團的，編制不變，只是待遇差點。」任信良回答道。

「那弟妹你現在開始編雜誌了唄？」王澍嘉的愛人問道。

「哎呀！咱們濱州市這個破《海藻》雜誌，哪有什麼人看，肯定效益差，是不是弟妹？咱得想點辦法呀！」屬穎穎顯得十分熱心地說道。

「兩位大嫂說得對，是得想點辦法。我初步搞了個創意，眼下正想辦一個專刊，賺點錢！」傅彬彬不緊不慢，笑呵呵地說道。

「說，啥專刊？我們幫著推銷！」屬穎穎乾脆地說道。

「是清風觀世陽道長關於傳統文化思想講座方面的專刊。專刊名字還沒最後定。」

「世陽道長的講座光碟我看過一張，是別人送的，說是結緣，真是講得不錯，我還讓我們家老王看呢！」王澍嘉的愛人跟著說道。

「是不錯，說得實在，去年我到人大工作，心臟又搭了兩個橋，心情正鬱悶呢，在家一聽，心裡那個透亮，比洗了桑拿還舒服，哈哈！」王澍嘉看來是真的聽進去了。

「清風觀玉佛苑搞傳統文化建設基地，這事兒我清楚，既然弟妹出創意，要出專刊了，我說，乾脆做個廣告！肥水不流外人田，正好為創億能源的上市造造勢，宣傳宣傳。這事我來定，我主管經營嘛，讓咱們任董拍板，那不是瓜田李下地成心地等著讓外人兒說閒話嘛。」

「還是超凡兄想得周到，行，那我就不客氣，謝謝超凡兄。彬彬，還不謝謝王總？」

「謝謝，超凡大哥！」傅彬彬笑臉相向地說道。

「謝啥謝！咱們姐妹的事他還不該辦嘛！」厲穎穎剜了王超凡一眼。

「這事兒超凡兄辦得好，我投贊成票！」王澍嘉舉起小酒盅衝著王超凡說道。

「哈哈！澍嘉，你沒聽見嗎？領導都批評上了！我這不爭取主動咋成呢！嘿嘿！」

「要怎麼說現在男人難當，男人難嘛！啥事說了也不算，出力出汗有時還不討個好呢！」王澍嘉喝下一盅酒故意感慨道。

「時代不同了嘛，整個世界都在向母系社會回歸，陰盛陽衰是全球性的，咱們認命吧！哈哈！」任信良也風趣地回應道。

五

2009年的清明節剛過，原本是濱州市春雨貴如油的季節，天氣卻極端異常，雨雪交加持續不斷，到了4月12日中午才停歇。4月12日這天的深夜11點多鐘，濱州所屬縣區大範圍地突降起了暴雨，暴雨持續了近兩個鐘頭，方才減弱。這場暴雨引發了位於濱州市東北部山區的仙浴溝鎮遭遇了山洪泥石流的侵害。巨大的洪水攜帶著泥石流頃刻間就把仙浴溝鎮鎮政府所在地及四個自然村屯的數百間房屋幾乎全部沖毀。4月13日一大早，第一批由縣城派出的搶險突擊隊趕到仙浴溝鎮。昔日錯落有致的山村，昔日生機盎然、風景迷人的仙浴溝旅遊生態園，在洪水泥石流退去之後，變成了一片亂泥灘塗，基本上找不到一棟完整的房屋。房屋要麼被沖毀，要麼被浸泡在水中。仙浴第一中學三層結構的教學樓和鎮政府四層高的辦公樓被完全沖垮，幾乎被夷為了平地。仙浴第一中學只剩下原來教學樓前的一個旗杆和學校大門口鋼筋混凝土製的大門垛子。學校的大鐵門被沖得無影無蹤。當年，劉志恆扶貧建校時提出創意，安排人模仿中央黨校，特意弄了一塊兒長方形足有半個卡車大小的褐色石頭，石頭上刻著劉志恆為仙浴第一中學立下的校訓「大志唯恆」，那塊巨大的褐色石頭也被洪水沖走。

　　濱州市內的情況也很糟糕，市區積水嚴重，許多地下室、地下停車場、地下超市進水被淹。市內交通堵塞，電力部分中斷。

　　災情發生後，濱州市電視臺、廣播電臺於4月13日傍晚公布了初步統計，此次洪水泥石流災害共造成：五十六人死亡，七十九人失蹤，受傷人員一百五十多名，受損房屋一千三百餘間，二萬多人受災。面對嚴重的災情，濱州市迅速啟動應急回應預案，各項搶險救災工作全力展開。市委書記唐天明和市長何玉亮等市委、市政府領導與濱州軍分區五百名官兵一道於13日中午就趕到了仙浴溝鎮。解放軍官兵到達指定地點之後，立刻兵分多路，全面鋪開，冒雨仔細尋找生還者和死難者遺體，不放過一個角落，並對在泥石流災害中受傷的人員轉移施治。正陽省委書記和省長也做出了明確指示：要求濱州市委、市政府要把確保人民生命安全放在第一位，千方百計救人，組織群眾避險，確保群眾生命安全，妥善安排災區群眾的生活；迅速搶修重要基礎設施，特別要儘快搶通道路、電力、通信等，保證搶險人員和救災物資的運送；解放軍、武警部隊要全力支持搶險救災。省民政廳及濱州市民政局還緊急向災區調撥救災所需的睡袋、棉大衣、折疊床、折疊帳篷等。搶險救災工作持續了整整一週，濱州市公布了最後的統計結果，此次巨大洪水泥石流共造成：一百一十五人死亡，二十人失蹤，受傷人員一百五十多名，受損房屋一千三百餘間，二萬一千多人受災。

　　為了表達全市人民對特大山洪泥石流遇難同胞的深切哀悼，濱州市人民政府發出公告：定於2009年4月19日舉行全市公祭活動，沉痛哀悼在「四一二」洪水泥石流災害中遇難的同胞，全市所有公共文化娛樂場所該日停止一切娛樂活動。各影劇院、歌舞娛樂場所、遊藝娛樂場所、棋牌室等場所以及文化館（宮、站）、社區文化活動中心停止一切演出、娛樂、放映、棋牌等相關活動；各互聯網上網服務營業場所停止一切遊戲、音樂、影視等相關娛樂活動；各互聯網文化經營單位停止一切網路音樂、網路遊戲、網路動漫、網路影視等娛樂活動。

　　濱州仙浴溝的洪水泥石流災害牽動了全省乃至全國人民的愛心，

來自全國各地的捐款、捐物源源不斷。為此，4月20日，由濱州市委倡議，濱州市政府和濱州市慈善總會聯合主辦、濱州市廣電局協辦的主題為：「濱州有岸，大愛無疆──公益募捐演唱會」在濱州市廣電中心舉行。

公益募捐演唱會場面巨大，氣勢恢弘，精彩的影像畫面，記錄了搶險救災中的一個個感人事蹟，伴隨著演唱會現場一撥接一撥的捐款行動，在〈感恩的心〉背景音樂的襯托下公益募捐演唱會被推到高潮。大會結束時，大會組委會現場統計報告：整場募捐大會共籌集到捐款一千七百五十三萬元。

唐天明書記登場了，他與消防武警及搶險救災單位的代表握手合影，並即席講話。

「同志們，百年一遇的嚴重洪水泥石流災害給濱州市帶來了前所未有的災難，無情的災難讓我們濱州市仙浴溝鎮的一百一十五名鄉親失去了生命，二十人失蹤，一百五十多名鄉親受傷，讓二萬一千多名鄉親無家可歸。但是，洪水泥石流沖不毀濱州市，災難壓不垮我們濱州市人民，經歷了洪水泥石流災難洗禮的濱州市和濱州市人民將會變得更加美好，更加堅強。洪水泥石流沖毀了鄉親們的房屋，奪走了他們親人的生命，撕心裂肺的悲痛給我們帶來了無法抹去的傷痛，但是，洪水泥石流無法擊垮我們對美好生活的夢想。現在，災區群眾有住處，有飯吃，有乾淨水喝，傷病有醫治，這一切靠的是我們的黨和政府以人為本的施政理念，靠的是我們濱州市人民血脈相連的手足真情。地不分東西南北，人不分民族城鄉，我們堅信濱州市人民有決心、有能力戰勝任何艱難困苦，一路披荊斬棘，克服困難，重建家園，走向新的美好生活。人間有真愛，濱州不孤單。」唐天明講著話，眼裡滾動著淚水：「親愛的濱州市人民，今天我們哀悼緬懷我們不幸遇難的同胞，是因為我們同種同源，我們擁有一個共同的偉大祖國，我們擁有中國共產黨領導下的人民政府，我們同呼吸，共命運，再大的困苦和艱難，我們也一定能夠克服。今天的公益募捐活動見證了一個光榮的歷史瞬間，現場募集到的

一千七百五十三萬元善款證明了濱州人：濱州有岸，大愛無疆的高貴品格。災難是我們濱州市全面振興的號角，災難是我們濱州市全體人民團結互助共克維艱的號令。」

唐天明此時的語調稍微停了一下，全場即刻響起了熱烈的掌聲。唐書記在掌聲響起之後，輕輕地擺了一下手，全場掌聲停息了下來。

唐天明接著用沉重的語調繼續說道：「同志們，災難面前我們痛苦，我們頑強，但是，大家有沒有反思這樣一個問題，這次洪水泥石流災害的發生，有沒有我們人為的因素？專家們已經對此次災難給出了比較完整的分析意見，仙浴溝鎮附近當前的地質構造呈現出岩性鬆軟化、風化嚴重的狀態，所以，一旦時機成熟，就比較容易發生滑坡、崩塌和泥石流的災害。導致現在這種地質狀況與幾十年來亂砍濫伐現象嚴重，植被遭到嚴重破壞，水土流失極為嚴重有關，原本鬱鬱蔥蔥的良好的自然生態環境遭到超限度的破壞，因此，今天的災害也是大自然對我們人類野蠻、落後、無知的不文明生活行為的一次懲罰！」唐天明在說到「懲罰」時，聲音很大，全場氣氛肅然無聲。「我這次深入災區，據當地七十多歲的老鄉介紹，以前的仙浴溝雖然三面環山，但山上全是鬱鬱蔥蔥的大樹，從沒發生過洪水和泥石流，是常年的亂砍亂伐和毀林開荒之風，讓仙浴溝周圍的山體幾乎變成了荒山。仙浴溝這些年為發展旅遊專門建起了所謂的綠色生態園，但是，大家想過沒有，小環境搞得再好，忽視了對大環境的保護，失去了大環境的呵護和襯托，我們的小環境就沒有真正的和諧可言。有了這次災難的傷痛，我們濱州人民不僅會變得越來越堅強，而且會變得更加地理智，在大自然面前，我們會變得更加謙卑！」

與此同時，張世陽道長和清風觀的道士們也在餐廳收看收聽了濱州電視臺公益募捐大會實況直播。

張世陽坐在藤椅上，聽著唐天明書記的講話，不住地點頭，他對身旁坐著的李景玄說道：「景玄，你聽，這唐書記說得多在理。唉，可

惜，咱們和人家沒有機會交流交流，否則，這唐書記講的內容會更豐富一些。」

「老師，說得對，唐書記說的小環境與大環境的關係，與我們宣傳的天人一體的理論是一致的。」

張世陽點頭頭。「咱們那筆捐款爭取今天晚上給辦了，最起碼也要和慈善總會打聲招呼，咱們不湊熱鬧，不拋頭露面，不等於咱們心裡對災區的事兒不著急。」張世陽閉著眼睛說道。

「老師，你放心，我這就去辦。」

慈善總會辦公室收到了一筆來自濱州市民間的捐款，這筆捐款單位是──濱州市傳統文化弘揚基地──清風觀玉佛苑，這筆捐款也是整場募捐大會捐款中單筆數額最大的一筆。其實，對於這筆捐款，張世陽道長原本是打算將這筆資金用於捐贈給中國旱情嚴重，因旱災造成人畜飲水困難，對農業生產影響較大的貴州少數民族地區，沒曾想濱州市發生了百年一遇的洪澇災害，所以，張世陽道長囑咐人把這筆資金捐給濱州市慈善總會，希望這筆款專門用於災情最嚴重的仙浴溝災區的學校重建。但是，世陽道長不喜歡拋頭露面，所以，特意選擇了演唱會結束之後再捐贈。面對這筆單筆數額最大的民間捐款，慈善總會還是向上級和報社分別做了報告和披露，結果在第二天的《濱州日報》頭版，在關於募捐大會的紀實報導中，清風觀捐款的事被專門開闢了一欄，「清風觀低調捐款，單筆人民幣一百萬元」的報導題目格外醒目。於是，清風觀的清淨由此被打破，世陽道長無奈地接受了幾家媒體的採訪。老道長態度平和，對採訪和報導採取了一種無奈應付的態度，有好幾次甚至借故由李景玄代為接見。老道長的觀點很樸實，反覆強調，這些事情不宜宣傳，很是平常，募捐賑災發乎於本心，近乎於本份，作為一名普普通通的宗教界人士，眼下又擔負著濱州市傳統文化弘揚基地之──清風觀玉佛書苑的工作，募捐賑災只是清風觀玉佛書苑同參同修們的一份盡力而已。

紫源茶舍的大瘋狗也參與了捐款，捐款額：十萬元。這個數目字可是比較客觀，在濱州市民營企業和個體工商戶的捐款名單中，也是排在

前面的。馮愛東一年多來，一直在活動著各種關係，準備在市工商聯掛個副主席的位置。天上不會掉餡餅，既然有所求，就得有所捨。據說有關方面透了消息，估計年底或明年初事情就有眉目。眼下遇上這樣一個添彩造勢的好時機，大瘋狗當然不會錯過，天上從來不會掉餡餅，既然有所求，就得有所捨，機會不一定是花錢能買到的，現在機會可以花錢買了，瘋狗不僅自己積極參與而且還樂此不疲地廣泛拉人，為賑災募捐的事做宣傳鼓動，也出了不小的風頭。

　　因為《濱州日報》和電視臺的宣傳，清風觀玉佛苑名氣響了起來，張世陽道長成了濱州市的大名人，慕名來清風觀的人就多了起來。趕上「五一」黃金週，清風觀玉佛苑的香火比往年相比格外地旺盛，清風觀內，人頭攢動，香煙嫋嫋，法樂聲聲，一天接著一天的好不熱鬧。清風觀自從增設玉佛苑傳統文化教育中心之後，一開始清風觀對於光碟和書籍均採取成本價銷售的方式，實行一段日子之後，張世陽道長提出以做功德的方式派發各類影像資料和印刷品，施主做功德奉獻助印各類經典的金額，完全隨施主心情和自願，施主在登記並交納了功德錢之後，相應的影像資料和印刷品隨需取用。張世陽道長的這個主意一實行，發放各類影像資料和印刷品的收益效果出乎人們的預料，功德箱裡的錢每天都是數量可觀，也正因為如此，清風觀才有了一次捐款一百萬的能力。
　　正當清風觀的道眾們沉浸在熱鬧祥瑞的氣氛之中時，世陽道長5月8日的凌晨不幸遇害。5月8日，濱州電視臺晚間新聞節目，報導了清風觀主持張世陽道長凌晨遇害的消息。任信良是在案發兩個小時後得到消息的，他接到電話便立刻趕到清風觀。李景玄淚眼婆娑地向任信良敘述了事情的經過。凌晨3、4點多鐘，黃牙門房被響動和幾聲喊聲驚醒，便趕緊起來，推開門看看院子裡沒啥動靜，便去廁所解手，等從廁所裡出來，發現幾個人影直接開了大門跑了。於是，黃牙門房便大喊著「什麼人！」追到門口，但是人已經沒影了。於是，黃牙門房直接奔世陽道長的臥室而來，到了世陽道長的房間門口，只見房門開著，地上躺著兩個

人，一個是世陽道長，腰腹部插著一把刀子，世陽道長的手抓著對方持刀的手，另一隻手掐著對方的天突穴。任信良聽了師弟李景玄的陳述，心潮起伏，他的眼前浮現出張世陽老師在橫禍出現的一瞬間，所表現出的果敢和頑強。現場已經拍照完畢，並且拉起了警界線。

「師弟，老師的遺體現在在哪？」

「在市法醫鑑定中心，需要保存幾天，公安要破案！」李景玄歎著氣說道。

「橫禍無常呀！」任信良此時此刻，心中有淚，欲哭又忍。

「這是劫數，是老師和清風觀的定數！」

「你推過？為什麼沒和老師說？」

「信良師兄，你知道老師的修行，老師把一切都看得很開，老師常說，天網恢恢，在劫難逃，凡事隨順自然，不躲不怕的！」

「嗨！老師說得對，定數！不躲不怕是對的，視死如歸也是對的，但是，怎麼就？」任信良不知如何說下去。

「這一切還不是錢惹的禍？」

「怎麼？你說是？」

「樹大了招風！財大了招賊！我多次建議清風觀和銀行合作，掛鉤定點服務，每天由銀行保安和銀行人員上門收款、存款，咱們可以交點手續費。但是，道長總說，這幾個錢放到保險櫃裡就行，不值得銀行天天麻煩。這下慘了！雖然小偷沒偷成……還有，給災區捐款一次捐了一百萬，報紙、電視臺都宣傳，能不燒香引鬼嘛！」

「師弟，你放心吧！老師不會白白地流血而死，我待會兒就找刑大的朋友，一定抓緊破案。」

六

5月11日，是任信良和傅彬彬兩個人年初時就定好的去民政局領取結婚證的日子，按照傅彬彬的說法，5月11日的涵義是：「我一生一世與你相伴。」任信良覺得有時候對於傅彬彬就像哄個小孩子一般有意

思，所以，這類事都由著傅彬彬。然而，世陽道長突然遇害才四天，自己卻要去領結婚證，任信良的心情糟糕透了。春節前夕，喬麗麗的信件，把任信良的心攪亂了。憑空之間，自己忽然就有了一個親生的女兒，他的內心產生過質疑的念頭，但是，這個念頭很快就被任信良掐死，直覺讓他相信喬麗麗所說的這一切是真的。然而，是真的又能怎樣，也絕不能向傅彬彬這個已經成為他生命、生活一部分的女人全盤托出，傾囊倒篋地如實坦白，既然愛她就不能傷害她。但是，藏在心中的隱情讓任信良的心糾結矛盾著，眼下，自己親近敬愛的老師世陽道長意外遇害，巨大的痛苦讓任信良的情緒跌入了低谷，臉色陰沉沉的。

　　從正式加入創億能源那天起，任信良就開著王超凡配給他的這臺半新的奧迪A6。王超凡是個爽快人，開始堅持要給任信良單獨買一臺豪華一點的轎車，但是，任信良十分堅決地堅持自己不換車的主意。他覺得雖然能源集團公司噸位上大些，買臺車的錢相對於收購創億股份來說算得上是個小錢，但是，任信良有任信良的考慮，自己能夠重新返回濱州市的國企擔任領導職務，這在濱州市的官場、商場上都是史無前例的，不能不珍惜這得之不易的機會和榮譽，要小心加謹慎地夾著尾巴做人，所以，說什麼也不答應，王超凡對此也只好作罷！不過，人前人後對任信良的評價又多了幾分的褒獎。任信良開著車，傅彬彬坐在副駕駛的位置上，板著臉，任信良的情緒影響了她。往常不開口就帶著三分笑意的臉，今天像霜凍一般。

　　「信良，我知道，世陽道長在你心裡的分量，但是，事情已經發生，難道非得我們活著的人，也跟著死去活來，那樣就顯得有孝心嗎？」

　　「你說的那倒也是，人死不能復生，活著的人還要繼續活下去，只是，只是──」

　　「信良，你就是心事重，心裡盛不下一點煩心事，我跟你說過多少次，我們僅僅是去扯個結婚證而已，又不是大辦喜事。真要是今天定下舉辦婚禮，我傅彬彬也不會同意辦，難道我傅彬彬連這點人之常情都不懂嗎？」

「你看，越說還越來勁了，我也沒說你什麼，只是心情不好而已，老師走了，父母也都不在了，我這心裡沒著沒落的，你別挑我！」任信良聽了傅彬彬的話，也覺得自己弄臉子有些理虧，想到這裡便主動調節氣氛，說起風趣話來。

「彬彬，據說現在的結婚證做得跟護照似的，漂亮得很呢。」

「確實好看，但是，再好看的結婚證那也只是形式而已。」

「是的，人家說50、60年代的結婚證像榮譽獎狀；70年代的像工作介紹信；80、90年代的像汽車駕駛證；新世紀的結婚證像護照簽證。我和老石當年結婚各自貼了一張一寸的黑白照片，現在看看，確實沒法看。」

「沒法看？那也是你和美珍姐的見證！」

「那沒錯！沒錯！」任信良感覺到傅彬彬的敏感，扭頭衝著傅彬彬吐了一下舌頭。

民政局婚姻登記處的地點位於濱州中央公園的路邊上。

因為是任信良事先打了招呼，所以結婚登記被特別按排在了一個單獨的房間裡，辦理手續的過程用了不到十分鐘。

工作人員把辦好的結婚證書分別交到兩個人的手上並鄭重地說道：「祝福你們，祝你們相親相愛，同甘共苦，白頭偕老！」

任信良和傅彬彬分別接過結婚證書，嘴上連說：「謝謝！」

傅彬彬拿出事先準備好的兩盒精美的德芙巧克力和二盒軟中華。「我們感謝你們的祝福！請分享一下我們的幸福吧！」說著，把巧克力和中華煙輕輕推到登記人員面前。

「不行！不行！這是我們的工作，這個不允許！」

「啥不允許！我這個副秘書長和民政局的同志之間可是地道的同事之間關係，咱們可要另當別論！還是我的愛人心細，一點心意，喜事大家分享吧！」

「任秘書長，那我們就不客氣了！」登記中心的主任和工作人員熱情地陪著笑臉說道。

　　傅彬彬一把扯過任信良手中的結婚證直接裝進米白色的GUCCI包裡，頑皮地笑著說道：「結婚證由我統一保管！如果丟了！可是大麻煩！」

　　「那當然，從今天起正式權力移交！」任信良說完，故意衝著登記中心的人做了苦笑臉。

　　出了婚姻登記處，傅彬彬說：「良子，你忙你的吧！我得去趟清風觀，世陽道長的專刊的前言部分，鐵犁又做了一些大的修改，增加了一些內容，原本是要徵求世陽道長意見的，如今世陽道長走了，只好聽一下李景玄的意見了。」

　　「找景玄，沒問題的，他會有好的想法和建議，你可以和他多聊聊！」

　　「我也是這樣想的，世陽道長走了，這個專刊更要精益求精，這也是對世陽道長的一種紀念形式。對了，專刊上的廣告篇幅規模都很可觀了，可以說是《海藻》雜誌前所未有的，這下《藻雜》誌能掙一大筆好錢！」

　　「別光顧了你們海藻雜誌社掙錢，你可別忘了厲穎穎，和王澍嘉他老伴兒。」

　　「忘不了，王超凡、王檢幫這麼大的忙，出這麼大的力，我們有數，你放心吧，不會給你丟面子的。鐵犁說了，要從長遠出發，不做一錘子買賣，可不能讓人家背後罵海藻，有錢大家花嘛！」

　　「這個姿態還差不多。彬彬，你先等一下，我去提一下車，我還是送送你吧！」

　　「不用，我打個車，很方便的！」

　　「那好吧！下班我給你電話，咱們慶賀一下！」

　　「好的！」傅彬彬說著，衝著任信良擺了擺手，挎著米白色的GUCCI包，徑直走到馬路邊的臺階上。

　　任信良雙手打著方向盤，車子緩慢地轉彎，透過車窗玻璃，任信良看到傅彬彬婷婷地站在馬路邊的臺階上，一隻手舉起來梳攏著被風吹落

到臉頰的長髮，那一舉手之間，散發著與眾不同的美麗和高貴的氣質。任信良看著傅彬彬挎著米白色的GUCCI包的樣子，想起傅彬彬春節前買了包之後，挎著包，站在屋子中間左右顯擺，不停口地問：「款式如何？效果如何？感覺如何？」當時，任信良坐在沙發上，看了看，一臉壞笑地說道：「你要是再換上一身白大褂，那就是巡診跟班揹著藥箱的一個護士。」傅彬彬被說傻了，趕緊跑到鏡子跟前左右上下地自我打量，她不信，託了人，打了折扣，花了大價錢買的名牌包包，效果會像是藥箱？是形狀？還是顏色？傅彬彬扭頭看看任信良那一臉的壞笑，知道他是在故意作弄自己。

「喊！我還就當醫務工作者了！」

今天開始，傅彬彬這個女人就是自己合法的妻子了，這是上天的旨意，命運的安排，是自己今後生活實實在在的內容，應該牢牢地踏踏實實地抓住並呵護好。任信良心情一下子爽快了許多，暫時忘卻了世陽道長遇害所帶來的悲痛，他此時此刻沉浸在一種優越的幸福之中，他的眼裡只有傅彬彬，對！此時眼前這個世界裡只有傅彬彬。任信良遠遠地看著傅彬彬，他分明感覺到傅彬彬的目光和自己的目光重合了。突然，他看見傅彬彬一個箭步衝向馬路中間，緊接著是一聲尖利的汽車急剎車的聲音。任信良看到傅彬彬倒在路面上，距離車輛幾步左右的地方，一個小女孩正坐在地上「哇哇」地大哭，女孩子的手裡扯著一根拴著繩的紅色氣球。

「彬彬！彬彬！」任信良趕緊停車，下車後迅速跑了過去，把傅彬彬抱在懷裡，不斷地呼喚著！

「彬彬，你醒醒！你醒醒呀！」

傅彬彬的嘴角流著血，一側的臉上有重重的擦痕！嘴微微張著，「嗯、嗯！」嗓子裡發出微弱的痛苦聲。

人群很快形成，小女孩的母親抱著「哇哇」哭的孩子，蹲在任信良的旁邊，也不住地呼喚著：「好人！你醒醒！你快醒醒！孩子被你救了！」

　　這時肇事的司機拍著腦門對任信良說：「大哥我的車並不快！剛才路面上啥情況沒有，忽然，小女孩就跑到路中間，就看見這位女士一下衝過來抱孩子，我趕緊踩剎車，可是來不及了！來不及了！」

　　交警執勤車趕到了，任信良的腦子一片空白，他只是緊緊地抱著傅彬彬，又不知過了多長時間，救護車到了，任信良這才醒過神來。

　　擔架上的傅彬彬臉色蒼白，任信良握著傅彬彬的手，不停地呼喚著：「彬彬，你千萬挺住，醫院馬上就到，你要挺住啊！」

　　任信良的眼淚如漏水的瓶子一般，從眼裡湧洩而出。此時的傅彬彬讓他想起五年前去世的妻子石美珍，美珍走的時候，他沒有趕上，等他見到美珍的時候，已是在靜靜的太平間裡了。傅彬彬閉著眼睛，睫毛長長的，那樣子像是無緣無故地受了欺負。任信良看著傅彬彬受傷的樣子，心裡越發地難受和焦急。任信良看著眼前的傅彬彬，抑制不住的淚水和著鼻涕流進嘴裡，他顧不了這許多。

　　任信良在手術室的外邊坐立不安地等了整整三個多鐘頭，傅彬彬被推出手術室時還處於昏迷狀態，隨即被推進重症監護室。傅彬彬的脊柱收到嚴重的撞擊，身上多處骨折，神經受損，腦部也受到碰撞。而且傅彬彬流產了，她已經有了兩個月的身孕。醫生說就看能不能挺過這四十八小時的危險期，如果沒有，就要做好心理上的準備。任信良在醫生辦公室聽完醫生對傅彬彬傷勢治療的情況後，頭重腳輕，他失魂落魄，兩隻腿沉得如同灌了鉛。

　　任信良和傅彬彬的父母都守護在病床前，都沒有合眼。傅彬彬仍是靜靜地躺著，病房裡的安靜能讓任信良感覺得到打點滴的聲音。被救小女孩的媽媽爸爸也都守在病房外。任信良不時地看著錶，他期待著奇蹟的出現，他在心裡暈頭轉向地祈禱著、祈求著，他把他能夠想到的天主、佛祖、玉皇大帝、觀世音菩薩、彌勒菩薩、阿彌陀佛、太上老君、呂洞賓等等宇宙天地間的神靈主宰都祈求了個遍，但是，都不濟於事。

他有些灰心沮喪，覺得自己這種不屬於任何門戶的人，以急來抱佛腳的功利心態是不可能靈驗的。忽然有一個念頭在任信良的心裡閃了一下，任信良從傅彬彬的包裡掏出傅彬彬的手機操作著，並把耳機放在了傅彬彬的耳朵上。耳機裡播放出《激情燃燒的歲月》主題曲。

寬敞的多功能大廳響起了交響樂──電視劇《激情燃燒的歲月》主題曲，大廳裡的氣氛陡然變得莊嚴起來，人們的情緒隨著磅礴的旋律也一起溫暖激動起來。伴隨著銅管樂器激揚的旋律，是主持人發出的渾厚男中音。

「春天的氣息、春天的浪漫，在呼喚著一對佳人的到來；

美酒的芳香，鮮花的馥郁，在期待著一對新人的到來；

各位女士、各位先生們，讓我們用最熱烈的掌聲、最真誠的祝願，來迎接任信良先生、傅彬彬小姐共同步入聖潔而輝煌的婚禮殿堂，共同接受來自上蒼、來自大地、來自諸位親朋好友的見證和真心的祝福吧──！」

潔白的婚紗，潔白的禮服，傅彬彬挽著任信良的胳膊，長長的婚紗下襬，被兩位背上紮著翅膀的小女孩扯著，兩位可愛的小女孩只有三四歲的樣子，扯著潔白的婚紗，怯生生地慢慢地跟在後面。

任信良的腦海中浮現出一幕幕的婚禮場景，如同實際發生過一般。「彬彬，你能聽見吧？我想你能聽到！天主會保佑你，聖母馬利亞也會護佑你，聖神的降福也會降臨在我們倆的身上。婚姻，這份婚姻的恩典是主賜給我們的呀！」

《激情燃燒的歲月》主題曲通過耳機向傅彬彬不停地循環播放著。

儘管任信良聽不見樂曲聲，但是，那讓任信良和傅彬彬都曾經為之感動和激情澎湃的旋律似乎正在病房中迴蕩：樂曲響起了，銅管聲部首先勾勒出一幅寥廓天宇的意境；緊接著弦樂奏出磅礴的第一主題，那是朝霞所烘托的冉冉紅日，火紅的太陽躍升出遼闊的海面，躍上聳高的山頂；流水般美妙的鋼琴旋律彷彿在傾訴著那令人激情燃燒的歲月，質樸柔和的曲調，宛如一隻白色的蝴蝶又似一隻潔白的鴿子，輕快地翻飛

著；急劇的鼓點敲擊出第一主題的變奏，那鼓聲的敲擊彷彿是心臟的劇烈的跳動，表現出正在與死神和命運進行殊死的抗爭，黎明前的黑暗與光明、生存與死亡的殘酷爭鬥、希望與毀滅相互交織著；一番殊死的較量之後，大提琴奏出了森林與古堡般的靜謐；在寂靜中，異常柔美的小提琴獨奏為歷盡磨難的生靈開啟了一種可能，彷彿劫後餘生的他在急切地呼喚和找尋她的摯愛；木管的深情回應，加重了這種劫後重逢的相互傾訴和久別重逢的纏綿；隨後一個個樂器聲部逐次加入，恰似朵朵蓮花在一瓣一瓣地綻放，露出美麗的花蕊，天空中烏雲正遠遠地散去，燦爛的陽光普照著大地；當木銅管聲部與弦樂聲部次第與小提琴再次交織時，最後展現的是一幅安逸祥和的甜美景象，生命煥發著勃勃的生機，蘊藏著無限的力量與希望，光榮的歲月呀！奮鬥的回憶！還是那幅寥廓天宇的意境，朝霞烘托著冉冉的紅日，火紅的太陽躍升出遼闊的海面，躍上山頂，躍上山頂之上那矗立著的刻著「崇高」二字的信念之碑！

握在任信良手裡的傅彬彬的手指輕輕地動了一下。

「啊！彬彬手指動了！彬彬手指動了！」任信良大聲喊著。

傅彬彬的母親眼睛紅腫著，緊緊地把女兒的手握著，放在胸口處。「是的！彬彬她動了！彬彬，媽媽在叫你，我的好女兒！」

傅彬彬的父親也老淚縱橫，摸著傅彬彬的肩膀喊著：「彬彬，好女兒，你醒醒！」

「彬彬！你能聽到嗎？彬彬！」任信良聲聲呼喚著。

傅彬彬臉上的肌肉稍微跳動了幾下之後，眼角處慢慢地流出兩滴大大的淚珠，隨即一切都恢復了平靜，傅彬彬安靜地走了！時間定格在2009年5月13日上午10點整。

5月15日上午8時，向傅彬彬的遺體告別的儀式隆重舉行，傅彬彬省城的親友們都趕來了！市委王曉航副書記是代表市委專程前來，市長何玉亮、副市長鞠勇等市政府領導，國資委的幾位領導和處長也都按時到場，創億能源集團中層以上管理人員在王超凡的帶領下幾乎全部到位，

海藻雜誌社、濱州日報社也來了不少傅彬彬生前的同事，大家共同為傅彬彬送行！

鐵犁在傅彬彬的追悼會上，以單位領導的身份主持追悼會，並致悼詞。鐵犁真不愧為濱州市的著名作家、名副其實的濱州市大狼毫筆。煽情的語句和華美的詞藻，把傅彬彬的生平事蹟和他並不知道的傅彬彬與任信良的愛情故事放大得動人心扉，催人淚下：

「年輕的傅彬彬，她走了，她的寶貴生命定格在三十三年零六個月的日曆上。她走了，她帶走了濱州獨有的一份美麗；傅彬彬她走了，她帶走了許多人那份惋惜的心腸；她走了，甚至沒來得及和自己的愛人好好欣賞那份剛剛領取的屬於他們一生的結婚證書；傅彬彬，她走了，用她的美麗，用她的善良，用她的純情，用她的義舉，詮釋了什麼是捨！什麼是愛！什麼是生命的鮮豔和美麗！什麼是生命的真正意義！是的，她帶著一份未竟的遺憾走了，但是，在真愛之光奪目的照耀下，結婚證書、結婚典禮、結婚喜宴、海誓山盟等等，這一切都顯得是那樣的蒼白和無力。真愛之光的耀眼之中，我們看到的是追求和信念畫出的一道彩虹。如果說我們對傅彬彬的懷念是永久的，那麼傅彬彬獻給人間的愛就是永遠的。傅彬彬走了，但是她有一樣東西沒有帶走，她有意地把它留給了我們這些深深愛著她、深深懷念她的人。她的那件沒有帶走的東西就是無私的真愛！～～～」

傅彬彬見義勇為、捨身救兒童的事蹟，在《濱州日報》登載了，在濱州電視臺播出了。任信良看著《濱州日報》整版的關於傅彬彬捨身救兒童的事蹟報導，內心充滿了無比的自責、惋惜和後悔，他的心裡不停地做著假設，假如不在那個日子去辦理結婚登記，假如辦完手續，兩個人直接回到車裡，假如……，一切假如都是無用的，殘酷的現實是自己的愛人傅彬彬的一生畫上了句號。當傅彬彬的後事處理完畢之後，任信良懷著無地自容的心理咬著牙和傅彬彬的父母坐在了一起。

「爸、媽，彬彬走了，都是我任信良沒有福份，擔不起這份姻緣！

但是，我會永遠紀念我和彬彬的這份情，這些錢是我補發的年薪和工資，是送給彬彬的，彬彬沒要，現在我把這點錢送給你們二老！」

「不，使不得！信良！彬彬這幾年生活得很開心，即便是你進看守所的那段時間，她也沒有灰心過，她是真心地愛你，想和你生活一輩子的。彬彬每次打電話都提到你，說你好。彬彬的第一次婚姻不理想，我和老傅能感到彬彬對你很滿意，所以，我們絕不能要你的錢。」

「信良，我已經痛失了愛女！一切都不重要了！我不能憑空再背負一個賣女兒的罵名！你的心意我們心領了，安葬彬彬的事，就交付給你了！」傅彬彬的父親心情沉重但是態度誠懇地說道。

「爸、媽，你們二老放心，彬彬是我合法正式的妻子，我會安置妥當的！」任信良說完，已是泣不成聲。

第九章
不動聲色地把對手拿下，
這在官場屬於陽謀

一

　　創億能源股份的復盤上市日期計畫定在2009年5月19日星期二。任信良作為身上擔負著政府和企業職責的人，個人的一切私事已經不能完全做主說了算，他必須聽命並服從於社會責任。任信良內心忍受著不到一週時間接連失去兩位至親的悲痛和巨大精神打擊，對自己分管的企業上市工作，有條有序地按計畫組織實施著。早在年初，任信良和王超凡商議，就專門成立了一個經營規劃部，主要職責是資本運作，股本運營，企業戰略研究。任信良還在創億大廈的十九樓打通了四間辦公室，作為市政府等領導觀摩的大廳，觀摩的大廳配置了大螢幕顯示裝置，配置了一批小型沙發座椅。大螢幕顯示的正前方擺放了一張一米多高的紫檀色的條几，條几上放了一隻仿美國華爾街的銅牛，並用紅色綢布蒙好，準備用於市委、市領導前來為創億能源股份這支借殼下蛋的新股票上市開盤的剪綵工作。

　　股票市場從來沒有只漲不跌的，也沒有只跌不漲的，這個普通的道理股民們都很清楚，但是，有所不同的是此次全球性的金融危機對全球股市和經濟的衝擊力實在兇猛，當一向出言謹慎的美聯儲前主席格林斯潘就美國越演越烈的由次貸引發的金融危機做出「我認為美國股市領跌一場百年一遇的金融危機對實體經濟造成的重創，正在發生」的評價時，A股股民們的信心大挫，原本狂熱沸騰的心已經降至冰點。原因是中國股市從2007年10月創出最高點6124點之後一路狂瀉不止，僅經過半

年的時間，就連續跌破被管理層視為政策底的四千點和被機構投資者視為市場底的三千五百點之後，最低探出3078點，跌幅達到了驚人的百分之五十，短短半年的跌幅已經接近上一輪大熊市的跌幅，而上一輪大熊市的時間跨度是長達五年。更為A股股民們雪上加霜的是，2008年是2005年A股市場實施股權分置改革的第三年，也是A股股市從此逐步走向全流通的時代。這註定了A股市場到了特定時期的一次重大的「金融創新」，即使是在市場連續下挫的情況下，上市公司們也仍然不斷地發布大小非減持的公告。中國年輕的股市體系和機制使得大小非的減持問題變得比降低印花稅還要重要，它成了對股市壓力最大的問題。而一路的狂跌現實，讓所有的股民都抱著能跑則跑的態度，那些被套牢跑不成的股民也都懷著觀望、無奈、等待的態度，儘管到2008年12月底上證股指在跌破三千點之後一度跌到1749點的地位，但是，人們也很少有願意向股市投錢繼續買入以拉低自己的股票成本。創億能源新股選擇在這樣一個大環境不佳的時期來上市，究竟有幾成勝算，任信良嘴上不說，心裡明白得很，不採取非常規手段，這支新股誕生後的命運不會理想。但是，2005年劉志恆與曲成文一起策畫的創億股份的操盤坐莊案件已經把他害得身敗名裂過一次，那曾經的傷痛至今沒有平復，他可不想重蹈覆轍。機緣巧合，如今自己能鹹魚翻身重新回到了國有上市公司，無論如何也大意不得。任信良的人生五十已過，已經沒有輸的本錢了，一旦犯錯，也沒有改正錯誤的機會了。中國當今的一般企業的上市行為從某種意義上說更像是一個財富遊戲、一個圈錢遊戲。或者說是快速實現財富，一夜間打造千萬、億萬的富翁來。相反，對於一個國有上市企業來說，更多的利益和效應是社會和集體的，更多的考量是政治的。所以，寧肯股票跌破發行價，我任信良也要保自己的平安。「寧肯不要業績，也要保自己的太平。」這是一個國企經營者用血的代價換來的認識和體會。有了這個基本認識前提，任信良安排集團公司經營規劃部的人員，全面貫徹以虛代實的工作原則，突出網路宣傳和平面媒體的作用，花小錢辦大事。除了在幾家報刊、雜誌刊登創億能源控股集團的廣告，宣傳

創億能源重新開盤上市外，還聘請多位股評的槍手寫文章，相關的運作僅限於此類正規的宣傳，堅決做到不觸及高壓線。至於和證券基金等機構合作操盤坐莊為企業獲利的事，任信良連想都不敢去想。

　　喬麗麗從美國經由香港飛過來了，這是她時隔八年回濱州。她是在看到王若歆發給他的電子姨妹後，又在網上看了有關傅彬彬見義勇為的事蹟報導後，決定趕回濱州的。到達濱州時已經是5月17日的晚上，王若歆按照喬麗麗的要求，親自帶車去機場把喬麗麗接到了酒店。王若歆知道喬麗麗這樣做的原因，此時此刻讓任信良接機陪著吃飯，顯然有些不合時宜，太不近人情，所以，陪著喬麗麗簡單地用了晚餐，就早早告辭。王若歆走後，喬麗麗在房間裡和任信良通了電話，對任信良說自己專門趕回來看望他，已經下榻入住了酒店。

　　任信良說：「怎麼不提前通知一聲？也好迎接安排一下。」

　　喬麗麗說：「出了這麼大的事，心裡悲痛，就夠亂的，我不能再讓你操心，就讓王若歆安排了。剛和王若歆用過晚餐，什麼時候見面，隨你的方便。」

　　任信良聽著喬麗麗體貼理解的話，心裡舒服了許多，就說：「現在還早，如果不馬上休息的話，我去酒店看你。」

　　喬麗麗那邊說：「那我等你！」

　　當任信良趕到黑天鵝酒店，來到1911房間的門前時，按響了門鈴，不經意間轉身看到對面房間上1910的號碼，四年多前他和傅彬彬的第一次立刻浮現在腦海裡，不由得心裡一震，身體也不由得抖了一下，鼻子一酸，眼裡的淚水便湧了出來。喬麗麗打開房門，看著一臉憔悴和淚水的任信良，十四年前的瀟灑風采已經蕩然無存。任信良覺得有些失態，一面掏手絹擦著眼睛，一面苦笑著，兩個人的手自然而溫軟地拉在一起，站在房門前，相對注視著，一時間都沒有開口。

　　喬麗麗拉著任信良的手不放，說道：「進屋吧！」那神情像彼此間經常在一塊兒的老朋友一般，沒有十四年的間隔感。

　　任信良眼前的喬麗麗不僅沒有十四年前的青春美麗，而且看不到與其實際年齡相應的成熟風韻和健康活力，神態和精氣神說來倒像是和任信良的年齡一般，這讓任信良不由得想起王若歆提起過的喬麗麗患乳腺癌的事。

　　「我聽到消息，特地就趕回來了，實在抱歉，沒有參加上傅彬彬的追悼會，唉！我原定是準備在你們結婚的時候回來慶賀的。」

　　任信良聽著，點點頭又使勁搖搖頭，他此時無法表達內心的複雜感受。

　　「坐吧！」

　　喬麗麗鬆開手，把任信良讓到套間客廳的沙發上，然後，走到房間的迷你酒吧，一手拿了兩個高腳杯，一手拿了一瓶軒尼詩XO，有些慵懶地踱過來，坐在任信良的旁邊，為兩隻高酒杯裡倒上酒。

　　喬麗麗左手端起一杯酒，舉到任信良的面前：「喝杯白蘭地吧！這是為你專門要的。」

　　任信良接過酒杯，和喬麗麗手中的酒杯清脆地一碰，舉杯一飲而盡，幾天來的巨大悲痛和壓抑，讓他沒有心思去欣賞軒尼詩XO那美麗的琥珀色，沒有心思去細品軒尼詩XO那份法國干邑所獨有的香氣。

　　「信良，慢點喝，一口少喝點！」喬麗麗說著，放下酒杯，為任信良的酒杯添了一點酒。

　　「信良，萬事聽命吧！過去我們常祈盼天隨人願，今天我們也該說順隨天意吧！節哀珍重！信良，都是命，我聽說傅彬彬搶救的是一個小女孩？」

　　「是的！你說得是，可是，可是，實在想不到，僅僅一分鐘的時間，彬彬就──」任信良搖著頭，說不下去，止不住的熱淚不停地流了下來。

　　「頂多一分鐘的時間，回頭還看著彬彬站在路邊笑著呢，人就沒了。要知道，傅彬彬還懷著兩個月的身孕。」任信良越說心裡越不好受。

　　沉默了一會兒，任信良擦擦眼淚，情緒平息了很多，端起酒杯一飲而盡，自己拿過酒瓶一下子倒了足足有一大杯。白蘭地酒讓任信良緊張痛苦的神經鬆弛了許多，解脫了許多，他此時此刻需要這種麻醉。

　　「唉！命，全是命！那個小姑娘就是傅彬彬的催命鬼！」任信良大聲地自言自語道。

　　「命，我信命，知命，但絕不屈服於命。看開，看淡，抓住眼前，就像一個合格的商人只做最紮實、最踏實的計算一樣。信良，我說得有道理吧？」喬麗麗舉著杯，輕輕晃動著，左手自然地攀在任信良的肩膀上，斜著臉等著任信良的回答。

　　任信良端著幾乎滿滿的一大杯酒，身體放鬆地倚靠在沙發上，眼睛直直地看著杯中的酒說道：「這是個矛盾的話題。我如今已過知天命之年，這些年的風雨挫折、生離死別、疾病痛苦，讓我覺得，人既不能消極地認命，也絕不能和命運抗爭。世陽道長如此高的道行，竟然會遭遇劫匪的傷害，令人意想不到，匪夷所思，你說奇怪不奇怪？傅彬彬一直說她喜歡小姑娘，還一直想著結婚後要為我生個女兒呢！傅彬彬懷的身孕不知是男是女？」任信良說完抿了一口酒。

　　「這樣說來，我覺得你更得看開些，傅彬彬說要為你生個女兒，實際上，你已經有了一個女兒，而且已經十四歲了，難道不是嗎？」

　　自收到喬麗麗春節前的那封信和小禮物之後，任信良的內心一直在矛盾中糾結著。

　　「信良，你是不是懷疑？不相信？」

　　任信良轉過頭，端詳著近在眼前，彼此能聽得見呼吸聲的喬麗麗，苦笑著搖搖頭說道：「我給你回信不是說了嘛，我憑直覺相信你，只是，我沒有和傅彬彬講。麗麗，我只是，只是，我只是不想給一個善良的女人帶來內心的傷痛。這一點，你理解吧？」

　　喬麗麗長長地出了一口氣，點點頭說道：「知道了！啥也別說了，信良，我明白，你是個好男人。」說完，俯在任信良的肩頭抽泣起來。

　　任信良不由得用手撫著喬麗麗的肩頭，喬麗麗的哭泣持續了足足有

好長一段時間。

涙水是女人生活中不可缺少的武器和補品，喬麗麗哭完了，抬起頭，一邊用面巾紙擦著臉上的淚痕，一邊破涕為笑地說道：「不好意思，把你的西服都浸濕了，明天我得買件西服賠你。」

「說什麼哪？沒事兒的，西服該乾洗了！」

「信良，跟你說，我剛才這頓哭，是我們分別以來哭得最屬害的，感覺身心可舒服了，爽快極了，像是把十四年來的不快、委屈、憋悶、焦慮都釋放了出來。怪不得醫生和我說，該笑就笑，該哭就哭，對女人身體有好處呢！哈哈！來，信良，為了明天，為了快樂，乾杯！」喬麗麗眼裡帶著淚花，端起酒杯對著任信良手裡的酒杯使勁兒碰了一下，一口把杯中的白蘭地喝了下去。

房間裡的氣氛從壓抑的狀態中活躍了起來，話題轉到了即將開始的創億能源股份的開盤上市上。

「你們的創億能源選在5月19日這天開盤，我一看心裡就明白，這日期是你選的吧？」

「是我選的，眼下的大勢不好，有什麼問題嗎？」

「沒什麼問題，我只是從你選定這個開盤日覺得你內心有著相當大的不安和擔心！」

任信良聽喬麗麗說出這樣的話，臉上現出不解的表情。

「怎麼？難道我說得不對，一朝被蛇咬，十年怕井繩，寧圖長遠，不求發達紅火，519，這就是你的心態。」

任信良點點頭：「麗麗，你分析得沒錯，你瞭解我心裡想的。我承認我的底氣不足，但是，這能怪我嗎？大環境、大背景，還有我這個鹹魚翻身的國企幹部，我不能不仔細掂量自己的分量，包括開盤上市的操作，我實在是覺得沒有必要為國企去冒風險，我實在是輸不起。」

「所以，你就打算順其自然嘍？」

「不順其自然還能怎樣？眼下的股市是萬馬齊喑，難道讓我去學劉志恆不成？即使讓我學劉志恆，能找到操盤的，又上哪找大筆的資金去？」

「找我呀！克拉基金難道實力不夠？」喬麗麗站起身來，端著酒杯，茶几前走了幾步，一副得意的樣子。

任信良想起和王若歆之間的交談，心裡不由得有些壓抑，但是，臉上又不能表露出來，借著喬麗麗這句話頭兒說道：「麗麗，說實在的，為了我回歸國企，你費心運作，已經為我付出了很多很多，我心裡一直感覺虧欠得很，怎麼還能為了公事再給你添麻煩呢！」

「信良，你能說這話，我心裡受用舒服，暖和，我願意這樣，情甘情願的。實話和你說，我這也是替我們的Renna做的。」

任信良低頭無語了。

「我跟你說吧，這次就是傅彬彬不出事，我也是要回來的！唐書記和何市長對創億能源股份的上市開盤的事情可比你上心得多了，明天中午唐書記和夫人要盡地主之誼，在友誼賓館單獨請我。」

「這麼說，老一也插手這件事了？」

「插不插手的咱們先不說，我只說領導們很在乎面子，這就像中國的老百姓說中國股票市場是政策市、是政府市一樣，什麼時候見紅，什麼時候飄綠，都與政策、政府、政治息息相關。」

「那當然，要不大小非解禁的問題，也不能被股民說成是大小便失禁了，哼。」

說到這裡，喬麗麗放下酒杯，忽然轉身進到裡屋，返回時，手裡拿著一個紅色的蘋果牌小巧筆記型電腦，一手端著電腦，一手點擊著快速地用英語說道：

「信良，關於大小非解禁，今年的情況是：1月共有一百四十三支股票解禁，共解禁144.2911億股，市值1929.2534億元；2月共有一百六十支股票解禁，共解禁144.9028億股，市值1957.1087億元；3月共有二百零四支股票解禁，共解禁440.8075億股，市值4662.7650億元；4月共有一百九十一支股票解禁，共解禁500.8652億股，市值5285.2812億元；5月將有一百九十五支股票解禁，共解禁456.1731億股；6月將有二百二十支股票解禁，共解禁322.2788億股；10月份將達到開禁以來的高峰，

請注意，小非始終是減持的主力軍，小非減持的股數是大非減持的數倍，據預測5、6月份，A股上證指數將會突破三千點。」

這才經過了短短的幾分鐘時間，眼前這位站在客廳中央，拿著蘋果筆記型電腦，操著流利極快速英語，在分析著中國股市資料的女人，給外人的感覺是經濟分析師的腔調，職業經理人的氣派，中年女性的成熟與幹練、雍容與富有的魅力集於一身，與剛才那個倚著他人的肩膀，雨打梨花般痛哭憔悴的女人簡直是判若兩人。任信良驚訝於職業興趣對一個人生命活力的影響：有的人是權力的奴隸，有的人是工作的奴隸，有的人是藝術的奴隸等等不一而足。

「ok，我明白，你說得對，我也是因為想到這些，才感到創億能源此時開盤上市的無奈！」任信良聳了一下肩膀，兩個人開始了英語交談。

「信良，有件事情我要和你說清楚，其實讓你回到國企並不是我的本意，這不過是整個計畫的第一步而已。」

「什麼？難道？」任信良詫異了，糊塗了。

喬麗麗放下電腦，做到任信良的身邊，用輕緩的語調說道：「創億能源借殼上市是讓你回歸的第一步，我原來是想讓你直接回到政府裡的，但是，你的情況不允許，所以，我特地為唐天明書記和何玉亮市長準備了一顆借殼產生的新蛋——創億能源，因為只有這樣你才能名正言順地被重新起用，然後再找機會從國企裡撤出來。」

「從國企裡撤出來？照你這樣說來，這次濱州市能源系的整合僅僅是個過場嘍？嗨！這下濱州燃氣可是給害慘了！」

「管不了那麼許多了，我們都要服從規則，事情一旦進入軌道，我們只能這麼辦。領導們需要臉面，我們就給他們臉面。用領導想要的臉面換來我們的最終利益，難道不是很不錯的商業運作嗎？」

「可是，我剛剛在國有上市企業任職才半年多，輕易地就撤換，容易嗎？」

「怎麼不容易？省委書記、省長，市委書記、市長，還說換就換的，你一個市直國企的頭頭，為什麼不能換？」

　　任信良再次無語，獨自舉杯喝著悶酒。

　　「信良，你知道我的內心和想法，到了我們這個年齡，尤其是我現在的情形，說真的，想一想，每天活著為了誰？還不是為了親情？」喬麗麗一臉的傷感。

　　任信良點點頭：「那你打算怎麼辦？」

　　「克拉基金亞州香港總部已經聯合了幾家券商和大公司，準備簡單地運作一下。當然了，動靜不會太大，儘管股市大盤在回升，但是總體的大勢仍然不好。新股上市，有一半多破發，這就是現實。這邊動靜大了，反而不正常，我只是想讓創億能源這支老新股有點起色，讓領導們有面子，你那邊該忙啥，忙啥吧！」喬麗麗撇了一下嘴角，露出一側臉頰的酒窩，說著與任信良碰了一下酒杯。

　　任信良喝著酒，望著身邊與自己曾有過肌膚之親的喬麗麗，這位孕育並生養了自己的骨肉的女人，一種親情感自然而本能地瀰漫了任信良的內心。兩個人把話題轉移並專注到女兒Renna方面。他們慢慢地品著白蘭地，翻看著喬麗麗帶來的女兒Renna的影集，按照中年人的理性和關懷談論著孩子的生活愛好、學習情趣，談論著孩子的生理細節，談論著孩子的性格特點及未來的發展。但是，有一點，喬麗麗很懂得任信良的心，理解此時此刻任信良內心的感受，所以，有意地迴避了與任信良共度餘生的話題。這樣一來，談話的氣氛輕鬆了很多。不覺間，近十天來的痛苦打擊和折磨，讓任信良的神經對酒精的敏感度變得有些遲鈍，已近深夜，一瓶軒尼詩XO喝得幾乎見底。

　　看著喬麗麗疲倦憔悴的樣子，任信良帶著微微的醉意，關切地說道：「病還要抓緊治，當年張學良的太太于鳳至患的不也是這種病嘛，去美國醫治後，不是很成功嗎？你既然把所有的一切都放在了孩子身上，就該積極治療，多保養，注意休息才好！」

　　喬麗麗感激地看了一眼任信良，微微一笑，輕聲說道：「好的，我知道！」把頭依偎在任信良的肩頭。

　　「麗麗，你跟我說股市分析時，我發現你不是一般的興奮，你也是

個十足的工作動物，這樣不好，尤其是你的身體更不允許這樣。」任信良摟了一下喬麗麗：「連著飛行，今天太晚了，這兩天找機會聊吧！我回去了，你趕緊休息！」說完站起身來。

喬麗麗也隨著站起來說道：「對了，明天我的助理會去找你，我給你匯筆款，把傅彬彬的後事辦好。」

「不用，我有錢的。」

「這件事不要拒絕，就算是Renna的一點心意好嗎？」

「這──」任信良一時找不出合適的話語來拒絕。

「信良，你不必再說了，這段時間是你的心理調整期，等過幾個月，我再回來，咱們再細談。」喬麗麗說著主動伸出手柔軟地拉了拉任信良的手，把任信良送出屋門。

身後1911房門關上了，任信良看著對面房間門上的1910號碼，心裡酸楚了起來，但是，手裡卻有種軟軟而且涼爽的感覺，似乎喬麗麗的手沒有鬆開一般。

二

2009年5月19日，創億能源按照計畫復市開盤，副市長鞠勇在國資委主任欒蔚然一行的陪同下，專程來到位於創億大廈十九樓的創億能源控股集團公司的經營規劃部，為象徵牛氣沖天的華爾街銅牛揭了彩，並簡短地做了祝詞。鞠勇副市長對全球性嚴重金融危機背景下，充斥著人民幣升值、銀行加息、大小非解禁等等不利因素的低迷A股市場，創億能源復盤上市的勝算幾率說得很中肯，他把講話的重點放在創億能源復盤上市的長遠意義和影響上，這樣一來，倒讓在場的每個人的心裡在放鬆的同時還都懷揣上了一份僥倖的心理。

創億能源開市當天全天飄紅，收盤落在2.86元上，比發行價2.4元略高四角六分。任信良一顆懸著的心總算落了下來。這是他企盼預計和想像的結果，在全國經濟不景氣的大格局下，上市已不是什麼新鮮事，因為中石油的上市、上證股指期貨的開放、全球金融危機的衝擊、全國房

地產市場的畸形表現，所有這一切都足以使創億能源這支新復盤的股票在開盤當天蒙受跌破發行價的慘烈下場。今天的情況已經屬於僥倖中的萬幸。任信良心情也不由得輕鬆愉快了許多，坐在王超凡的辦公室裡，王超凡興致勃勃：

「開盤飄紅好兆頭呀！眼下多少新股發行的當日跌發，我們這隻新殼老蛋、老殼新蛋的能有這個樣子，我們知足了！」

「是呀！出乎我的意料，沒想到還有這麼關注咱的。」

「信良老弟，不求別的，面子，唐書記、何市長都有得話說。」

「咱們不能高興太早，未來很重要！」

「未來是很重要，但是沒有現實能有未來嗎？未來是變化的，不能把未來的變化說成是了領導的責任，說成是我們經營者的責任。未來怎麼著了？未來變化是莫測的，嘿嘿！你說是不？」

「哈哈，超凡兄這樣說，我就放心了，我可是給你超凡兄服務打工的，經營上主要靠你呀！」

「嘿嘿，你們領導還都謙虛上了，咱們一塊堆兒給共產黨打工行不？」

「不是兄弟謙虛，說實在的，人吃馬餵，開支度日，還不是你這總經理操心，我這董事長心裡明鏡似的，必須擺正自己的位置呀。」

「兄弟都這地步了，咱哥倆還客套？哥倆同心，其利斷金；父子同心，上山打虎。咱們哥倆就瞧好，過好日子吧！」王超凡的臉上掛滿喜洋洋的微笑。

　　創億能源股票上市後，一連四天都在收盤時爆出了陽線，儘管幅度不大，但是A股市場低迷的情況下，一支死而復活的小盤股，獲得陰漲，已是十分難得了。創億能源控股集團公司管理層們都沉浸在復盤開市，連續四個陽線的愉快心情中時，週五4點多鐘，葉揚突然被濱州市檢察院反貪局給請走了。據後來有人介紹，葉揚當時正在自己的辦公室裡玩著茶道，三名身著便裝的檢察院反貪局人員，敲門進入房間後，對

坐在沙發上的葉揚主動出示了工作證件，並把「傳喚通知書」放在葉揚面前的茶几上。對於這樣的場面，葉揚經歷過，所以，葉揚臉上保持著神態的鎮定。

「我可以給家屬打個電話嗎？」葉揚拿起手機準備撥號。

出示證件和檢察院文書的同志上前一把將葉揚手中的手機奪過來：「對不起！葉揚，你從現在起，暫時不能與外界通話，法律規定的你現在所擁有的權利，『傳喚通知書』的背面寫得很清楚，請你仔細閱知。」

「那總該和我們單位的領導同事們打個招呼吧？」葉揚連看也不看面前的「傳喚通知書」，有些發急地說道。

「這些你也不必操心，我們會安排好的。」

「同志，來！大家先坐一下，今天我在這坐等著是準備和國資委的領導一起見客戶的，俄羅斯客戶5點鐘就到，咱們商量商量，我是一個國有企業的負責人，濱州就這麼大個地方，怎麼著，我也不會跑了不是，有什麼問題需要調查的，我全力配合，但是，能不能換個時間，明天，對！就明天怎麼樣？」

「我們這是依法辦案，不是你們企業做買賣可以談來談去的，不要磨蹭了，走吧！」領頭的反貪局人員口氣強硬起來。

另兩位工作人員走到沙發前，在葉揚面前一左一右地站著。葉揚歎了口氣，一隻手拿起「傳喚通知書」，搖了一下，又放到茶几上，在「傳喚通知書」上面簽上了「葉揚」兩個字。

走廊裡靜靜的，葉揚此時真的希望有人看到這一切，但是，沒人出來，一直到了大樓一層的傳達室，葉揚才看到根本記不得姓什麼，好像從到創億能源控股集團這邊來辦公，就沒曾經問過這位五十多歲，頭髮花白，每次見了集團領導們進出就不停地問好的保安。

「葉總，下班了！」頭髮花白的保安滿臉堆著笑。

葉揚點點頭，微笑了一下，又點點頭，還故意使了個眼色，心裡想：「此時如果周建貴要是在場，情況會大不一樣，一個眼神，故意一

個招呼，一個手勢，憑著他在周建貴身上的投入和下的功夫，加上周建貴的聰明和機敏，一定能把自己的危機消息傳給家屬甚至也不能排除報告國資委領導的可能。但是，眼下一切都是枉然。

頭髮花白的保安錯誤地理解了意思：「今天週末，葉總有客人哪？」

葉揚無奈地點了一下頭，在反貪局人員的左右護持下出了大樓，直接進了檢察院的專車。

安排在週五下午的這次行動計畫，也只有王澍嘉想得出來，因為，拿下葉揚這件事被當成了公事私辦，當初王澍嘉和王超凡兩個人私下裡制定這個代號為「開盤」的反擊制裁行動時，王澍嘉就特別考慮到必然出現的所謂外部干擾和營救行動的對應。首先，他要求反貪局仔細作業，一定要先立案再偵辦，把人帶走的行動要突然隱蔽，堅決保密嚴防走漏風聲。二是時間定在週末，連續突審，連續作業，不給外部干擾和營救行動製造一絲縫隙，等到週一上班找到人，再營救，案子已經拿下了。然而通常情況下，人們在週末的社交約會比較多，這就需要提前給葉揚排上相應的日程，讓葉揚坐以待縛。於是，這個任務早早地納入王超凡的排程之中，他提前與俄羅斯大遠東天燃氣及石油貿易公司副總裁伊夫雅克斯基做了溝通，名義上是名正言順地進行商務談判，實際上是出費用邀請伊夫雅克斯基來濱州市度假，充當「開盤」行動計畫中的一個重要角色。伊夫雅克斯基樂不得有這樣的好事，當然積極配合，往來傳真弄得和真事兒一樣。在週二的時候，王超凡就讓張永亮下了通知：俄羅斯大遠東天燃氣及石油貿易公司副總裁伊夫雅克斯基一行商務性到訪，公司經營班子主要領導及國資委領導坐陪，具體日程是：辦公室主任張永亮負責安排車輛去機場迎接客人，客人直接到公司商談，時間為5點至6點；晚上6點30分入住黑天鵝大酒店後，舉行歡迎宴會。這一切安排都井然有序的，公司上下都知道俄羅斯大客戶要來訪，所以，葉揚絲毫未覺得有什麼異樣。

當黑天鵝大酒店的中餐廳，華燈明亮，歡迎晚宴開始時，欒蔚然問王超凡：「不是說好了的嘛，葉揚怎麼沒來？」

王超凡大大咧咧地一笑說道：「我還納悶呢，4點多鐘還在辦公室呢，一眨眼的工夫兒，沒影了，談判的時候找不著人兒了，張永亮打電話也打不通。後來，問問門衛保安，保安說是葉總急三火四地和三個朋友出去了。你說這個人，有事兒打個招呼嘛！讓我咋說呢！這就是我們集團公司堂堂的常務副總，就這素質？」

「葉揚沒準有啥急事，這人也是，有事打個招呼多簡單的事，抽空我得批評他。」

「哎，可別！您老人家可別批評他，上次換屆的事，還耿耿於懷呢，可別以為我背地裡告他的黑狀，我可擔不起，嘿嘿！」王超凡壞笑著。

「放心，這個我會把握的。」欒蔚然抹了抹嘴角說道。

今天的歡迎晚宴，規格很高，王超凡提前電話報告邀請，把自己請出來抬門面，欒蔚然的心裡很是高興，尤其是十五年陳釀的茅臺酒，一杯下肚，滿口留香，渾身開竅，葉揚缺席的事也就沒再細往深想，在酒力的作用下自然而然地飄到腦後去了。

葉揚被反貪局抓了這個消息僅僅在四十八小時之後，便被網路駭客寫手，以匿名的方式直接把帖子粘在了「濱州線上門戶網站」的《強市論壇》上。《強市論壇》的帖子發布程序原本都是由實名註冊者提交稿件，由論壇編輯進行採編，然後才可以發布的，但是，網路駭客寫手，自有高明之處，無孔不入，網管的銅牆鐵壁在駭客面前簡直是形同虛設。第一個馬甲粘的帖子主題是：國企貪官再次被抓，是放是查？烤問濱州市反腐力度。副標題是：濱州燃氣集團公司總經理葉揚侵吞公款涉嫌貪汙被反貪局立案查辦。帖子已發布，跟帖的、灌水的、一時間就達幾千條之多。緊接著第二個馬甲、第三個馬甲出來粘帖子，其中第三個馬甲所粘帖子的主題更是把矛頭直接對準了市委唐天明書記。帖子題目是：是徇私枉法偏護私情？還是大義滅親維護法律尊嚴順應民意？副標題是：濱州市人民為市委書記唐天明專門出的一道選擇題。

古人云：「大隱隱於朝，中隱隱於市，小隱隱於野。」但是，資訊化的時代，人們又加一句：「超隱隱於網。」人類已經進入了網路時代，所以在那些網路超隱們的文字下面，必然隱藏著一個又一個讓你難以琢磨的人。網路中看似陌生但可以熟悉，看似走近了但是距離又拉遠了，這就是網路的真實面孔。所以，王若歆自從當了市委書記的秘書之後，便養成了個習慣，提前一個小時上班，專門上網搜集和瞭解與唐書記及市委、市政府有關的資訊和言論，當然也注意在平時通過其他管道搜集相關資訊，為的是爭取主動，服務到位。

當王若歆看到葉揚被抓的帖子之後，一邊把相關內容列印出來，一邊給任信良通了個電話。任信良聽了葉揚被抓的消息，也覺得突然，所有內容不得而知，那就等任信良找王超凡瞭解情況了。王若歆看著電腦螢幕上陸陸續續在增加的跟帖，心裡著急：「現在還沒到上班的時間，再過半個小時，機關的人到齊了，上網一看，那時將會造成什麼影響和衝擊波，就難說了。」想到這裡，王若歆就給市委宣傳部資訊中心主任打手機。

資訊中心主任聽了這事開始推皮球，電話裡說話帶著情緒：「王秘書，這濱州線上表面看是市委宣傳部資訊中心主辦的，實際是與市政府資訊中心聯辦的，而且牽頭方是市政府資訊中心，資金設備都是市政府資訊中心說了算，你說是不是該市政府資訊中心處理呀？」

王若歆一聽頓時火了，第一次對比自己大十多歲的資訊中心主任發了火：「這都啥時候了，你老糊塗了？還有功夫講自己部門的利益！火燒眉毛了，還市委宣傳部資訊中心哪，有點政治頭腦沒有？我現在以市委辦公廳的名義通知你，市委宣傳部資訊中心自接到市委辦公廳本通知起，立刻清理《強市論壇》上不利於市委、市政府、市委領導形象，誤導輿論，煽動人民群眾不滿情緒，增加不穩定因素的亂帖子和評論，通知完畢，你落不落實是你的事，出了事你負責！」說完把電話使勁掛斷，準備把下載列印的帖子給唐書記送過去。

剛到門口，電話又響了，王若歆趕回來一接，是資訊中心主任賠不

是：「王秘書，我沒把話說完呀，你別往心裡去，我只是隨口一說，我馬上清理，馬上，你讓領導放心好了！」

「好了。抓緊吧，我有事。」

王若歆把電話掛了，心裡說：「什麼素質，難怪五十多歲了，才混個資訊中心主任，不長眼睛，真差勁，幸虧還知道趕緊改，否則，這一本奏上去，官位不保，官帽飛走，何苦呢？」想到這裡，心裡的優越感陡然增強起來。看看手裡的材料，想了想，又跑到複印室，把材料複印了一套，裝到一個文件袋裡封好。然後，和李田野部長通了話，如此這般彙報了一番。

李田野聽了報告說：「我立刻按排人去取材料，你即時去唐書記那裡報告，你要表現出焦慮和憂鬱，並把相關的處置情況的細節告訴唐書記。」

王若歆答應著，電話中李田野沉默了一會兒，低沉的聲音傳過來：「若歆，看來咱這濱州市要換馬了，眼下要把握機會，說話辦事一定小心再小心，謹慎再謹慎！」

王若歆在說「明白、明白」的同時，感覺到遠在電話另一端的李部長此時表情陰冷，目光的深邃與犀利，感覺到有一股涼氣向自己身上逼來。

三

葉揚的愛人是在週六的一大早，接到檢察院反貪局的電話通知的。電話中告知：「葉揚已被立案偵查了。」

葉揚的愛人幾乎有些發瘋，苦等了一夜，電話打不通，找人找不到，最後得到這個消息，葉揚的愛人在發瘋的同時有些崩潰。幾年前的經歷，已經讓她嘗到了厲害，幸虧託人找關係幹旋活動，才僥倖躲過一劫，這次無論如何更不敢大意。週六、週日是休息日，找不到人，要不就是電話沒人接。葉揚的愛人只好以淚洗面地等到週一，一大早便趕到了創億能源控股集團公司的辦公大樓。

　　張永亮在電話與保安溝通之後，把葉揚的愛人領到辦公室。此時張永亮已和王超凡報告完畢，便熱情地領著葉揚的愛人來到王超凡的辦公室。

　　葉揚的愛人一進門說了一句：「您是王總吧？」便嗚嗚直哭起來。

　　王超凡離開座位，非常熱情親切地拉住葉揚愛人的手說：「弟妹別急，有大哥呢！我這剛才接到任秘書長電話，我們週五還納悶呢，原本說好了的一塊兒宴請客戶，忽然就不參加了，你問張主任，是不是這麼回事？」

　　「嫂子！週五我們大家等著葉總一起宴請俄羅斯客人呢，讓我們大家找得挺辛苦，葉總電話不開機，短信也沒留。」張永亮一緊張，說話的時候舌頭就打捲兒。

　　「唉，不說那些了。王總，你說怎麼辦？怎麼辦呀？咱們公司能不能出面救救老葉？」

　　「弟妹，剛才我和任秘書長通話，說葉總的事兒時間跨度涉及十來年呢，都是在燃氣集團的事，創億能源成立還不到一年，這法律上的事兒它兒戲不得，不過，畢竟老葉現在是創億能源控股集團的常務副總，我這當總經理的，再無能也不能袖手旁觀不是？剛才還和任董事長通話呢，準備找國資委欒蔚然主任報告此事，由國資委出面協調協調。」

　　葉揚的愛人聽了這番話，心情放鬆了許多：「事情已經這樣了，就拜託王總了，需要打點啥的，人情方面我們辦！」

　　「這說啥話呢，自家兄弟，一個班子的，說啥打點？這是公事，可不是走後門違法的事兒嘛。」

　　讓張永亮送走了葉揚的愛人，王超凡坐在旋轉座椅上，悠悠然地晃蕩著。「開盤」行動有條不紊、有節有序、有理有力地推進著，更重要的是網路駭客的帖子像一枚枚延時起爆的碎甲彈、穿甲彈，不一定何時就爆炸。王超凡心裡佩服王澍嘉的指揮藝術太精彩了，心說：「真他媽的過癮，漂亮！不服不行，真是術業有專攻，不僅能把人拿住，並且還

能把人辦住，最後把案子辦牢靠了，這可是本事，可惜呀，一朝皇帝一朝臣，官場更迭，讓王澍嘉走了背運。」

早晨任信良的主動來電，正好又多了一個對外宣稱自己一直不知情身處局外的一個理由，現在主動和欒蔚然溝通溝通，說不準，還有新節目呢。

欒蔚然聽到葉揚被抓，愣了好一會兒，才對王超凡說道：「創億能源控股是市委、市政府樹立的一個國企新樣板，是臉面，生產經營要不受任何影響，股市導向不能出現問題，內部也要消除影響，加強警示教育。我聽你說，葉的問題只是局限在侵占獎金上，和軍轉幹部三方面人上訪問題上，不牽扯其他問題，這樣一來，相對簡單一些。你們集團對這事什麼意見？」

「初步呢，我們是這麼考慮的，今年是建國六十周年，北京要搞大閱兵，全國要高度抓穩定，侵占獎金的事兒，那是他自己和燃氣班子們之間的事兒，我們插不上嘴，也沒法替他解釋。軍轉幹部三方面人員問題，我們能源和創億集團都有一些，關係重大，涉及到穩定大局，我們集團倒是準備下決心把這件事穩住，燃氣集團涉及到這方面的，我們做一攬子處理，保證不給國資委和市政府添亂。」

「不錯，這個態度不錯！」

「欒主任，通過我們掌握的與市軍轉辦接觸的情況瞭解，和對有關文件的理解，這所謂解決軍轉幹部三方面人員的問題主要指（王超凡拿過桌上的一張列印材料唸道）：

1. 在企業工作並在企業退休的軍隊轉業幹部。主要解決其退休金偏低的問題，由國家財政每年實施安排；

2. 在企業工作，現已經從企業離崗辦理失業的人員。主要解決其失業後生活保障問題，通過政府行為，為其安排社會公益性崗位（主要是一些政策性破產、關停企業的併軌人員）；

3. 現仍在困難企業工作的在崗軍轉幹部。主要通過文件政策規定來解決其工資收入偏低的問題。」

「你不用給我唸文件,這些事兒是你們企業抓落實的去辦的,我這個國資委主任只管抓原則!」

「欒主任,我不是給你唸文件,你聽我說完你就知道了。燃氣集團方面的軍轉幹部三方面人員的問題可不那麼簡單,去年成立創億能源控股前夕,燃氣集團的一位下崗軍轉幹部到齡退休了,辦完手續,領到二千多元的獨生子女費,葉揚事先吩咐人力資源部要代扣六年欠繳的黨費,這位老轉火了,直接跑到葉揚的辦公室,對著葉揚大聲質問:『我問你,葉揚,你是黨員嗎?』葉揚說:『我當然是黨員!』這老轉說:『你是黨員,你還是黨委書記是不是?可是,你什麼時候組織過我們的組織活動!黨章明文規定,黨員要積極主動參加組織活動,你不組織活動,請問,你算什麼共產黨?憑什麼扣我的黨費?有道理嗎?我告訴你,怎麼扣的,怎麼還回來!』蔚然主任,這下你明白了吧?燃氣集團就是軍轉幹部三方面人員們對葉揚的意見也很大,矛盾很深,冰凍三尺非一日之寒呀。因此,在協調葉揚的問題上,我們覺得還是聽國資委的統一調遣和命令為好,畢竟國資委的意見比我們有高度、有力度嘛!」王超凡不緊不慢、熱中有冷的一番話把欒蔚然吩咐要辦的事兒又給推了回去。

「啥高度、力度的,話也不能這麼說。」

「當然了領導,我們一定做好各方面的配合,要錢出錢,要人出人,要車出車,反正,聽你欒主任的命令。」

「行,我知道了,回頭我找檢察院協調一下。嗨,你看你們創億能源,黨委換屆的笑話剛出,這又出了這檔子爛事。」

「領導受累了,欒主任我是非常理解你的,你放心,我們創億能源積極配合。」

<h2 style="text-align:center">四</h2>

「五一」節的前夕,葉揚把周建貴叫到辦公室。

「葉總,你找我有啥子事?」

「來來！建貴小老弟，你坐！」

葉揚從自己辦公桌前的位置站起來，走到桌前，扶著周建貴的肩膀，把周建貴讓到椅子上。葉揚往沙發上一坐，態度和藹地說道：

「『五一』節這不要到了嘛，這不，有個朋友送了幾張購物卡，送你一張！也算貼補貼補！」

「哎呀，葉總，這多不好意思哈，春節，送的卡還沒花完。」

「沒花完還不好？慢慢用。你一個人離家在外打工，工資又不高，這又出了一檔子晦氣事，老大哥理解你，也幫不上你什麼忙，好自為之！拿著，別客氣！」說著把購物卡塞到周建貴的手裡。

周建貴從葉揚辦公室出來，轉身進了洗手間，拿出購物卡，對著窗外的光亮，翻正看了一下，看清上面印著的金額數是一千元正，不由得心裡一陣熱流湧動。心想：「這葉總，人家可是堂堂的集團常務副總經理，接人待物和和氣氣，與人交談，說的話也是那麼通情達理、人情味十足的，絲毫沒有官架子。自己犯了噁心事，人家領導不僅沒有落井下石，還雪中送炭，這領導和領導就是不一樣呀！」再想想王超凡，看似非常大度，豪氣十足，實際上錙銖必較，自己這個保鏢兼替班司機，兼打雜的，在王超凡眼裡簡直就是一個要飯的乞丐。王超凡晚上應酬從酒店裡酒足飯飽地出來，偶爾還會把酒宴的剩菜剩飯打包扔給周建貴，拖著長腔：「拿回去吃吧！一個人兒，省得做飯了！」周建貴連聲地說著「謝謝」。

最令周建貴永記心頭而感到憤恨的是，有一次，王超凡又拎著打包的剩菜剩飯，上車後照例拖著長音兒對周建貴說：

「今天的無錫蜜製蒜香排骨很不錯，外焦裡嫩，香而不膩，蒜香十足，你一個人兒，拿回去吃吧！」

周建貴被王超凡這一番形容，嘴裡滿是口水，一邊嚥著口水，一邊說：「謝謝！王總！」一邊想著晚上回去，喝點小酒，好好品嘗一下這外焦裡嫩、香而不膩、蒜香十足的無錫蜜製蒜香排骨。

　　但是，讓周建貴沒想到的是，他在吃排骨的時候，意外地發現其中有兩塊排骨的肉已經被啃光，僅帶著一絲肉筋，更讓周建貴感到心裡受到侮辱和嘲弄的是有一塊兒排骨上的肉被咬去了一大口，肉的缺口上留著一排明顯的牙齒印兒！

　　「王超凡，你個龜兒子，我日你先人板板！啷個要笑老子！」

　　周建貴一把將裝著無錫蜜製蒜香排骨的環保飯盒塞回塑膠袋，轉身扔進了垃圾桶裡。

　　也就是從那天以後，再遇到王超凡拎著打包的口袋，拖著長腔：「拿回去吃吧！一個人兒，省得做飯了！」時，周建貴便忍著心裡的憤怒，臉上裝出一副十分感激的樣子：「好、好、好！謝謝王總！」但是，等王超凡一下了車，周建貴便找個沒人處，抓起打包的塑膠袋，使勁地甩出車外。

　　周建貴看著葉揚給的購物卡，心裡越發感激葉揚。心裡越想著葉揚葉總的小恩小惠，周建貴越覺得葉揚葉總可愛可親；葉揚葉總越可愛可親，王超凡王總越讓他覺得面目可憎，其肉可食。周建貴自從春節前因為嫖娼被罰款五千元，遭到王超凡肏爹肏娘的一頓臭罵之後，每次給王超凡出車，看著王超凡的背影心裡就恨得牙根兒癢癢。「五一」黃金週，周建貴節日閒著沒事逛地攤，花了五塊錢，買了一本很新的二手書，是一本長篇文言白話小說《天廷祕傳》。回到出租屋，看著《天廷祕傳》打發時間，一連幾天給看完了。書裡一個又一個的讖詞把周建貴這個四川人素有的那種神祕和揣測心理給喚醒了。周建貴對照現實揣摩著，甚至用了將近一個星期的時間，在網上搜集自然災害發生與預言出現的對應性和準確性。《天廷祕傳》第三十六回中有這樣一段描述：

　　　　輪回大道，仙神惆悵；墜離天闕，身入凡間。看那塵囂，亂邪惡多；無道世界，殺戮饕殘。真假不分惡壓善，罪業深重惡貫盈，貪婪之人弄權術，無德君子貴為尊。那真的、善的、好

的、孝的是窮人；那假的、惡的、壞的邪的是富翁；那有錢
的、有勢的乃豬卑狗險；那有情的、有義的皆人微言賤。這凡
間有多少人不忠不孝；這凡間有多少人不敬鬼神；這凡間真是
狗苟蠅營腐臭；這凡間真是惡紫奪朱爛透。

　　周建貴覺得這段話太深刻，太現實，簡直是驚世駭俗，振聾發聵。尤其是書中那聯充滿神祕恐怖涵義的預見和警示意味的讖詞：「庚寅之變，己酉始患，甲子橫禍，壬午漸過。」更讓來自巴蜀之地，從小浸潤在根深柢固的宗教氣氛中的周建貴興奮躁動，讓周建貴的心裡如同一鍋放滿了辣椒和麻椒的紅彤彤的熱油被燒得滾開翻滾冒著濃煙即將燃燒一般。他覺得這個材料應該廣泛傳誦，廣而告之，要像傳福音一樣，告訴給所有人。在他覺得只要大家看了這些話，聽了這聯讖詞的話，人們就能夠覺醒，甚至就能起來發動一場改天換地的革命。周建貴將這一段話列印出來後，那勁頭兒就像古代先知的使者一般，分發起他自製的傳單來，發完了再複印，複印了接著送，周建貴甚至在傳送這段話的同時，感受到一種從未有過的快感和激動。

　　曾有一個週末下午，周建貴開車拉著王超凡來到濱州西海頭的野貓嶺海邊大壩。遠遠地看著王超凡站在大壩邊上垂釣，腦子裡忽然想起王超凡說過，到濱州二十來年了，靠著海邊竟沒學會游泳的話，坐在車裡，扭著頭，看著遠處垂釣的王超凡，在自己腦子裡拍起好萊塢大片來，於是浮現出一幅幅連續的電影分鏡頭畫面來。
　　場景一：
　　野貓嶺海邊大壩上，除了王超凡，再沒有其他人，「嘩嘩」的海浪聲使得周圍顯得格外的空蕩，王超凡那五短粗胖的身體站立著，手裡拿著垂釣的釣魚竿，面朝海面。周建貴腳穿光亮的皮鞋，悄無聲息地走進王超凡的身後，然後快速起腳，一腳踹在王超凡的後背上，王超凡「啊——」的大叫一聲，便一頭栽進了大壩下面深深的海水裡。周建貴向前

幾步，低頭看著翻動著浪湧的海水，兩腳踩了踩地面，王超凡張牙舞爪地露出水面一起一伏地掙扎著，「救命！喔！——救命！喔！」周建貴甜蜜地微笑著，看著浪湧不時地吞沒著王超凡，最後，大壩下的海面只有海浪拍岸的聲音，王超凡沉沒了。

場景二：

周建貴一邊開車往市內跑，一邊打110報警，一邊巡視著左右，看到前方的交通崗門口站著個交警。

周建貴下車，緊跑幾步，抓住警察的手大喊：「警察同志趕緊救人！」

「別急！說簡要的！」

「不好了！我們老總釣魚掉海裡了！」

「在什麼位置？咱們趕緊去！」

「在野貓嶺大壩！」

「好的！別著急！」一邊說，一邊用對講機呼喊：「指揮中心，0345呼號，野貓嶺海邊大壩，有人落水，請支援！」

周建貴開車拉著民警一路返回大壩，但是，大壩邊上是平靜的，海面空無人影。一會兒的工夫，110警車也趕到。

先來的交警和趕來的兩名巡警到警車裡交談了一下，一位巡警朝周建貴走來：「同志，你是經理的司機是吧？」

周建貴點點頭。

「人命關天，事關重大，你需要和我回局裡協助調查做一下筆錄。」

周建貴接著又點了點頭。此時，周建貴看著巡警的眼睛有些膽怯。

周建貴到公安局做了筆錄，王超凡落水，下落不明，生死待定。周建貴心裡說：「長得肉鼻子、肉臉的王超凡，沒準給沖到北朝鮮去了。他太像朝鮮人了，沒準能被當作遇難的朝鮮漁民，被當地打撈上來，埋在朝鮮的土地上呢。」

場景三：

時間：二天之後。

地點：創億能源集團公司大樓，總經理王超凡的豪華辦公室。

周建貴忽然被張永亮叫到王超凡的豪華辦公室談話。當周建貴推開王超凡的辦公室的門，看到王超凡正坐在沙發上喝著茶，沙發兩邊坐著兩位三十五六歲左右的男子，其中一個，周建貴一下子就認出是前天出警的110巡警，當時就如同一個蠟像立在那，一動也不動了。

「啪！」王超凡使勁一放杯子，騰地站起來：「周建貴，你這個王八蛋子，你想害我，你想要我的命，沒門兒！告訴你，我們老王家人兒命大，你這個白眼兒狼，你就等著蹲笆籬子，挨槍子兒吧！」

兩位警察隨之站起來，走過來，「咔」的一聲，給周建貴戴上了手銬。

隨著「咔」的一聲手銬加鎖，讓周建貴一瞬間，時空穿越，從好萊塢電影大片的畫面鏡頭中回到了現實。周建貴腦子裡一片空白，一身的冷汗，好久才緩過神兒來。望著遠處優哉游哉垂釣的王超凡，周建貴無奈地扭過頭來，閉上了眼睛，他心裡焦躁地問著：「什麼時候才能一解心中的那份仇恨和怨氣呢。」

王超凡「五一」節前玩起打獵來了，原因是王超凡的一位戰友，曾經在王超凡的手下當過班長，後來考上軍校，一路幹下來，如今調到濱州市的預備役師當後勤部長了。這位後勤部長一上任能帶給老連長王超凡的除了通常的酒肉宴請之外，還增添了一項新的節目：郊外打獵。這郊外打獵的節目讓王超凡覺得優越，與眾不同，彷彿又重新回到部隊一樣。首先，這郊外打獵可不是隨便什麼人便可以參與的，因為槍支和子彈是受法律和軍事嚴格管制的。

王超凡的這位曾經的部下，之所以如此大膽超規格地討好老領導，還有另外一層意思：因為，這位後勤部長的大姨姐的女兒嫁了個當兵的，如今，小姨夫當了後勤部長，事業上正是鼓足馬力揚帆風正之時，

所以，外甥女便一趟趟地跑來，鼻涕一把、淚一把地訴說軍嫂從軍之苦。於是，後勤部長在強大的眼淚與親情攻勢下，施展三頭六臂的本事，把外甥女婿調回濱州市軍分區了。這男的工作崗位算是落實了，可外甥女的工作還沒著落呢，後勤部長想到了老連長王超凡。戰友歸戰友，感情歸感情，分離這麼多年，一見面沒別的，先讓老連長辦事，這顯然不妥。時代在變，人與人之間的處事方式也在變。過去的老連長，今天的國有上市公司老總，論規模是濱州國企第一號，論官位是正局級幹部，後勤部長想著與時俱進，決定先潤滑一下久違的感情和關係，等待恰好的時機和火候，話趕話地自然地把要求說出來，在不經意間求得老連長的援手相助。即便是創億能源集團公司範圍內不好安排，也不至於落個尷尬，反而，可以藉機發力，借助王超凡在濱州市的深厚關係，不怕辦不成此事。所以，對於王超凡的招呼，後勤部長是有求必應。

王超凡對自己這位調回到濱州軍分區工作，手握重權的老部下的表現很高興，心裡有一種說不出的優越感。更令王超凡興奮的還在於，他只要一聲招呼，他的這位老部下，不僅把槍彈給準備好，而且，迷彩服、望遠鏡，指南針、軍車牌照等軍用品也都給準備上，這讓王超凡覺得每次的郊外打獵是在參加一次正規的軍事行動。王超凡每次打獵選擇在早晨，起個大早，讓周建貴開車直奔濱州郊外沒有人煙的大山裡。王超凡踩著露珠，呼吸著新鮮的空氣，在滿目青綠、一派生機盎然的山野之中，舉著望遠鏡，有一搭無一搭地觀察著，那一股豪氣和感覺就像是在指揮大兵團作戰之前勘察地形一般。這些日子，為了王超凡打獵過槍癮，自打「五一」節開始，周建貴就沒再休息好過，他要比往常早起三個多小時。睡眠的缺乏，生物鐘的紊亂，讓周建貴渾身上下地難受，心裡空落落的，白天幹什麼事都發急，見什麼人都煩。

這天仍是大清早，微風習習，空氣濕潤，太陽剛剛露出半張臉來。周建貴照例拉著王超凡來到濱州東郊的碧山水庫的山上打獵。王超凡東一槍、西一槍，經過一個多小時的走走停停，停停走走，打獵終於結

束。王超凡把一支五六式半自動步槍遞給周建貴，戴著白手套的手，使勁一揮說道：「撤！」便大步流星地走在前面。看著雄赳赳、氣昂昂地向前方走去的王超凡，周建貴的腦子裡忽然接到一個命令：「機會終於來了。」周建貴輕輕地拉開槍栓，槍膛裡有彈，周建貴一手撥開保險，向前邁左步，兩隻腳前丁後八，略比肩寬，穩穩地站定，雙手舉槍，這是一個標準的軍人立姿據槍射擊姿勢。作為曾經的西北狼特種突擊隊隊員，周建貴僅射擊一項，就拿過大隊的四次嘉獎。他穩穩地瞄準，前方二十多米開外的王超凡正在得意洋洋地哼著打靶歸來的歌，手裡拿著望遠鏡時不時地端起來望一下。此時的王超凡墨綠色的迷彩服在半自動步槍的準星護圈裡就如同射擊場上的半身靶子一樣。準星在缺口處均勻地晃動、晃動著，最後準星與缺口平合在一起。前方的王超凡是模糊的，他的眼裡只有準星與缺口重合後的平、穩、正、直。

這時，王超凡忽然轉過身來，他似乎意識到即將發生的一切，立刻驚恐地舉起手來：「建貴兄弟，有話好說，你要幹什麼？千萬別胡來，有事好商量！」

當「有事好商量！」的大聲呼喊的尾音兒傳入周建貴的耳鼓時，周建貴的眼睛注意力仍然高度地放在準星與缺口的重合面上，他穩穩地摟動了扳機，如真空一般的寂靜中響起一聲清脆的槍聲，打破了周建貴瞄準瞬間內心的平靜。

周建貴站著一動不動，感覺時間過去了好幾分鐘，周建貴回了一下神兒，快速地走到王超凡的身邊。王超凡此時仰面朝天地攤在地上，眼睛閉著，臉上的表情是平靜的，像是在睡覺一樣，一條腿因為被石頭擋住了，沒有伸直。一陣風吹過，周建貴攏了一下吹亂的頭髮，蹲下身來，用手摸了摸王超凡已經沒有跳動的頸動脈，一屁股坐在地上，眼睛盯著王超凡胸口的彈孔，久久地注視著。周建貴腦子裡的畫面一閃一閃的，他忽而覺得自己是在戰爭年代的戰場上，硝煙瀰漫之中，他是一名狙擊手，一槍擊中了一名國民黨反動派高級軍官；忽而他又覺得自己是在演電視連續劇，他是一名機敏勇敢的警察，在追擊逃犯中，一

槍打倒負隅頑抗的罪犯；忽而他又回到現實中，說是現實又不是現實之中，因為，王超凡拍著自己的胸口在說：「來！往這裡打！」一會兒王超凡又說：「快呀！快開槍呀！等著上菜是咋的？俺都等不得了！快開槍呀！」但是，當所有的畫面快速過去之後，周建貴的大腦冷靜和清醒了：他這個身為老總司機的人有意識地主動地把自己的老總王超凡給槍斃了！他周建貴殺人了！

　　曾經的青春年少，早已蕩然無存；曾經的英武年華，早已悄然而逝。有的只是一個八十年出生的被溫水煮青蛙的方式荒廢掉的七尺男兒周建貴，已經踩在二十來歲的尾巴上了。遠離家鄉，外出打工，一晃三十而立，現實是不被這個他日夜為之服務的國有企業所接納，不被這個日夜生活的城市所接納。這是悖論，還是人為的故意？究竟是誰在消耗著自己的青春，究竟是誰在以一種廉價和便宜的方式，使用著自己？為什麼自己好端端地就被披上了農民工身份的外衣，唯一的福利是醫療工傷保險，而且，就連這個也是王超凡迫於人事管理方面的無奈才答應給辦的。農民怎麼就該下賤，低人一等，難道一個農民的後背上天生就烙著無法清洗的廉價和卑賤的印記？究竟是誰讓自己不能享有與城裡人一樣的平等，本身是正式合同工，但是卻不享有正式職工應享有的「五險一金」，沒有冬季取暖費補貼，不享受每年十三個月工資待遇，沒有帶薪年休假？正式職工統統應該有的一切都與自己不掛邊。哈哈！現在可以說了，造成自己這一切的就是躺在地上已經被槍斃的自以為是的所謂成功人士──王超凡。王超凡，你可以剝削我，我願意！但是，絕不可欺騙地壓榨我！絕不可以侮辱我們農民的智商和尊嚴，因為我周建貴也會仇恨！這就是我周建貴的人生信條，因為，我雖然出身貧窮，但是，我的人格並不卑賤，我也有做人應有的虛榮，我也有人格和面子，我是人，我也懂得尊嚴！我們沒有區別，正如你王超凡冒充離休老幹部的後代，其實就是個治牛皮癬的鄉村醫生的兒子一樣！

五

任信良是第一個得知王超凡遇難的消息的。周建貴最先打的電話是給任信良的。

任信良在電話裡聽了情況後，非常冷靜地對周建貴說：「小周，你不要離開現場，你立刻打電話報警自首，一切事情或許會有比較好的結局！」

「任董！我開槍走火闖禍了！我開槍走火闖禍了！」電話裡傳來周建貴語無倫次的聲音。

「小周，你聽我的勸，你打電話和別人打電話性質完全不一樣！快打電話！報完警，再給我回個電話！」

任信良放下電話，心裡替小周著急，他不知道打獵的現場究竟當時發生了什麼？是真的像周建貴所說：槍走火？如果不是，那就是周建貴故意殺人！任信良想，事情已經出了，不論什麼原因，如果周建貴主動自首，這對周建貴來說都是減輕刑罰的先決條件。他要把這個受寬大處理的機會留給他，因為任信良無論如何也不相信，作為天天開車服務於王超凡左右的周建貴會主動向自己的老總王超凡開槍射擊，這主動開槍殺人的動機不符合常情常理，王超凡和周建貴沒有直接的因果恩怨關係和深仇大債。任信良看著錶，焦急地一分鐘、一分鐘地等待著。電話響了，是周建貴打進的電話。

「任董，我已經打了110，110讓我原地不動！」

「這樣好！這樣最好！周建貴，我也會馬上過去！」

任信良放下電話，覺得有些不放心，就給110指揮中心又打了個電話，得知周建貴確實通過手機向110指揮中心報警並自首。任信良趕緊召集在家的幾位班子成員，並讓集團公司辦公室主任張永亮親自通知王超凡的愛人，然後和幾位班子成員一道趕赴王超凡中槍斃命的現場。

雖然周建貴主動報案自首，並說是槍支走火。但是，濱州市的預審

刑偵人員可不是吃素的,由省公安廳的彈道專家、痕跡鑑定專家參與組成的案件偵破組,很快給出結論:王超凡死於故意槍殺。在證據面前,周建貴也很快交代了事情的經過以及內心仇恨殺人的動機與過程。至此,王超凡被槍殺一案很快告破。等待周建貴的是嚴厲的法律審判。軍分區預備役師的後勤部長因違反規定和紀律,外借軍用車牌照、私自動用槍支,並外借槍支供他人使用釀成了槍殺案件,在軍內外造成惡劣的影響和嚴重後果,性質嚴重,被依法逮捕,追究刑事責任,提交軍事檢察院提起公訴。

王超凡打獵中槍死亡、開槍者是自己的司機周建貴的消息,先是在創億能源控股有限公司裡傳開,緊接著隨著案件的告破終結,司機槍殺老總的事件在《濱州日報》登載了,網路上也發布這個消息,一時間,不僅濱州市家喻戶曉,這一奇聞怪事還傳遍了全國。作為上市公司的創億能源股份公司,公司的重大事件必須即時披露,這是證監會的規定,所以,任信良指示經營規劃部在網站上做了企業重大資訊的即時披露。

王超凡死得實在是太不是時候了,當然,即便是死得是時候,王超凡也是絕對不應該死呀,更何況王超凡還是死在一個公司聘用的農民工司機兼保鏢的槍口下,這讓人無法理解。低級、恥辱、惡搞、窩囊、愚蠢、離奇、極端、反常、仇富,這些詞都和王超凡的不幸遇難事件聯繫在了一起,這也讓所有瞭解王超凡的人無法解釋,因為無論從情理法、仁義道德哪一方面都不能找出通順的自圓其說的解釋。而對於創億能源控股公司的人們來說,人們更無法相信周建貴能開槍射殺王超凡,大家都無法接受這個現實。在能源公司的員工心目中,王超凡就是個奇人,能源公司在他手中歷經十年做得風生水起,幾乎每一個員工都得到了實惠,員工視王超凡為能源公司這個無疆之國的皇帝,王超凡是能源公司的紅太陽,可以說員工對王超凡的感情不是簡單用愛戴來表達的,而是臣服和安撫於王超凡的威嚴、威信和王超凡特有的外粗內細的行事風格之中。而在公司機關中,大家對於周建貴這個來自四川的復員兵、外來打工者的印象也不錯,周建貴年輕幹練、熱情開朗,喜歡開玩笑,

手腳挺勤快的，也不參與公司機關的是是非非，可怎麼就出了槍殺老總的事件了呢？一時間議論紛紛，有的說：「真是2012年世界末日快來了，這樣的怪事自然多了。」有的說：「這做人真難，行好不得好，越是看著可憐的人越不能憐憫，沒啥好報，這人心都壞透了。」有的說：「越是有錢有勢的人越要算大不算小，算小沒有好結果。相反，沒錢沒勢的人，如果也能算大不算小，那就是處處積功德，沒準哪天好運臨頭呢。」人們在不解和詫異之餘，懷著困惑的心理發著感慨。

　　王超凡中槍了，這一槍就如同狠狠地打在任信良自己的身上。事發那天，當任信良一行，趕到現場時，周建貴已被帶走了，王超凡的屍體被拉到市公安局法醫中心準備進行屍檢。於是，他們又急急地趕到法醫中心。當任信良看到躺在太平間裡的王超凡時，心裡除了悲傷外，還有心中壓抑的無法釋放的對周建貴的憎惡，尤其是想起周建貴的那副樣子，更是氣不打一處來！儘管王超凡行事上有些算大帳不算小帳，有些做法任信良還不太喜歡和接受，但是，不到一年的合作，讓任信良和王超凡之間有了某種默契，任信良時常覺得能和這樣的一把手合作算是自己的幸運。正值創億能源開盤順利，企業經營一切正沿著軌道步入正軌的時候，王超凡突然遇難，這讓任信良覺得自己四十歲之後就沒有順當過，命運太坎坷。周建貴的極端行徑讓任信良想到瘋狂的連殺四人被處決的大學生馬加爵、瘋狂殺害四名警察的殺人犯楊佳。這兩個殺人犯在瘋狂殺人的時候，他們都想到了什麼？所有這些過激的行為說明了什麼？

　　常務副總葉楊被抓了，王超凡又突然遇難，這勢必導致創億能源的所有問題都要留給他來扛著了。不是有句話說，這年頭不主動引火焚身，還被燒烤得如同乳豬一樣，更何況接下來的方方面面的火都得朝著他燒過來，那時他任信良必定會外焦裡嫩、脫骨酥脆不可。任信良想著，想著，不由得不寒而慄，後背上滲出了一層冷汗。

　　創億能源重新開盤還不到十天的時間，王超凡就意外被殺槍。這個事件的發生來得太突然了，一個上市國企的總經理被意外槍殺，常務副

總被批捕，這對於一個重新開盤的國有上市企業在股市及其經營方面的影響意味著什麼？這是一個不言而喻的問題。任信良這個光桿兒司令，這個歷經了特殊的磨難和挫折的國有企業領導人員，此時也慌得沒了主意。多年來，經歷了這麼多的一個又一個驚心動魄的事件和變故，任信良的心裡變得冷靜和清醒，實際上，對於如今的任信良來說，再大的榮譽、再大的權力、再多的利益已不能喚起他的任何興趣，也就更不要談什麼衝動了。國企這艘大船是屬於國家的，自己有多少本事，多粗多細，他的心裡非常清楚，體制和機制也不允許他有任何的衝動，眼下的他，唯一的心願是獨善其身地安穩自然地活著。身為創億能源控股集團的法人代表董事長，應該責無旁貸地要主持工作，但是，這並是長遠之計，畢竟一下子缺了兩個經營方面的主要領導，他已經在心裡設定了底線，他不能接王超凡這個擔子，即使是組織上決定，他也不接受，哪怕是接受處分，也不接王超凡這個擔子。任信良懷著僥倖的心理等待著市委、市政府對創億能源控股集團做出新的人事安排與調整。

身為創億能源的總經理被司機出人意料地槍殺，常務副總兼存續公司燃氣集團公司總經理被批捕了，出了這麼大的事，市領導們自然坐不住了。首先是市國資委主任欒蔚然，接著常務副市長鞠勇、市長何玉亮、市委副書記王曉航，先後找任信良談話，每次的談話幾乎都超過兩個鐘頭。前兩輪談話，欒蔚然主任和鞠勇副市長分別從不同的側面、不同的高度，提醒和教育任信良，中心意思是要求任信良義無反顧地把擔子兼起來，選配一個常務副總配合工作。任信良的態度很明確也很堅決，請求市裡儘快配齊創億能源的總經理和副總經理。副總經理的位置好配，總經理由誰來出任呢，這成了一個難題，幾位領導給任信良戴著高帽子：「能者多勞嘛，乾脆顧全大局把擔子挑起來。」任信良心裡明白，領導們嘴裡喊著責任，心裡邊都揣著官僚主義，實際上都是得過且過，只要不出事，沒麻煩，自己的臉上有光，有啥事兒也不帶著急的。任信良可不想再犯傻了，他反覆地重複著一個要求，自己不能又當裁判員又當運動員，自己沒能力，沒多少水準，負責一個企業的資本運作

已經使出吃奶的勁兒了，堅決幹不了創億能源控股集團公司總經理這個差事。任信良把自己腦子裡想到的能夠用得上的貶低自己、作踐自己的中國漢語詞彙幾乎都運用上了。為了說服任信良，市國資委主任欒蔚然還在談話中還專門講了三條原因：一、創億能源是個正在成功的企業；二、創億能源是任信良蓄勢待發的新起點；三、創億能源事業能真正圓了任信良的國企強盛之夢。任信良對於這欒三條，心裡暗自冷笑地、很不以為然地一一地予以了回答：成功的企業不是自己出任法人代表董事長的先決條件；創億能源不能算是蓄勢待發的新起點；國企強盛之夢也並不體現在讓自己出任一個上市企業的法人代表董事長和是否接任總經理這方面上。前兩次的談話以局面僵持而不得不暫時結束。

與何市長的談話效果要好很多，何市長看來也不想直接就任信良兼任創億能源總經理的事直接交底，他或許已經知道了任信良在前兩次談話中的態度和想法，所以，他把任信良找來，臉上帶著微笑，話裡帶著關心和理解，並不急著拋出談話的觀點，而是和任信良轉著一些經濟、政治、生活方面的話題。自從與何市長第一次談話那次開始，任信良就對何市長懷著一種好感。但是，他也感到了何市長對國有企業工作方面經驗的不足和空白之處，尤其是在濱州市大能源格局的建設問題上，任信良覺得何市長更多的是在為唐天明書記的主張和思路在造勢，在搖旗吶喊！實際上他對此並沒有進行深入的研究和推動，任信良心裡不住地揣摩：或許這是政治的需要？是何市長在故意裝著糊塗？與何市長的談話以打太極拳的輕鬆方式而結束。

市委副書記王曉航當副書記了，脾氣見長，又仗著與任信良的私交，所以，和任信良見了面，毫不見外地什麼不識抬舉、不知好歹、沒有政治頭腦地一頓臭罵，罵完之後，嚴肅地以組織的口吻直接對任信良下了三點指示：「一、無條件地服從組織安排！二、無代價地服從組織調動！三、無任何牢騷和不滿地愉快接受工作！」

任信良對於王三條產生了極大的反感，他覺得這是一種對人的心靈的強姦行為，而且野蠻和無理地達到了法西斯占領者和殖民統治者才有

的地步，這種強姦行為的強加和強迫之後還要讓被壓迫者露出甜美的微笑，這簡直是一種流氓的行徑。論關係，論私交，論官場，他都沒有任何的理由和必要去反駁王曉航書記，換了別人，任信良會不吃這一套，但是，王曉航不同。任信良以一種少有的平靜，微微地苦笑著，他保持著沉默。他心裡默唸著明朝《聽松堂語鑑》中的六然法則：「自處超然，處人藹然，有事斬然，無事澄然，得意淡然，失意泰然。」穩穩地坐著，樣子很認真地看著王曉航，專注地聽著王曉航的獨白。兩個多小時的獨白，讓王曉航口乾舌燥之後嗓音嘶啞，體力不支，頗顯疲憊。

分手時，王曉航把任信良送到辦公室門口，握著任信良的手，嗓子沙啞地說道：「信良呀！話我已經說透，就不再說了，老哥我實在是累了，道理、利害關係、客觀形勢都明擺著，不用我再囉嗦了，你再回去好好考慮考慮。我們是有組織的人，凡事由不得自己，不要想得太多，只要是為公為民，只管往前走，成敗自有公論。江湖中人還常說『身在江湖身不由己』呢，何況你一個堂堂的政府副秘書長，上市集團的法人代表董事長，責無旁貸呀！你推不開的！兄弟，大夥都看著你哪！」

王曉航的聲音嘶啞，握著任信良的手使勁搖了搖。

第十章
秘書要成功就要掩護領導優雅轉身

一

　　濱州公安機關對王超凡的死給出了結論：王超凡死於他人故意槍殺，是一起典型的仇富心理造成的惡意殺人案件。如果是一起普通的故意殺人刑事案件，社會影響和後續處理會簡單許多，但是，這起案件的受害者是一個市直國有上市企業的總經理，濱州的正局級幹部，這樣一來，就帶來好多事情和問題等待著後人去處理。首先，王超凡動用私人關係和職務之便在非辦公時間私自打獵而被槍擊身亡，因此，不能被定為因公殉職。市委組織部只給創億能源集團公司方面發來了一張王超凡的生平簡歷，對於王超凡的貢獻和評價隻字未提。這為王超凡的追悼會及後事的辦理帶來了難題。任信良看著與傅彬彬年齡相當的厲穎穎，此時坐在辦公室沙發上哭得成了一個淚人，心裡不由得一陣難過。

　　「嫂子，你節哀珍重，你是知道的，我這也是意外失去了愛人還不到二十天，我們的心情都是同樣的。你放心嫂子，我們一定會把追悼會辦好，把超凡兄的後事辦好！超凡兄的後事，我任信良一手操辦，你放心好了！」

　　這樣的話，厲穎穎不停地哭訴中，任信良已經不知說過多少遍。

　　「任董事長，我和你說，當初我說過超凡多少次，能源集團又不是沒人，幹嘛非得用個農民工呢？千刀萬剮的周建貴，我們家王超凡哪個地方對不住他，讓他有這麼大的深仇大恨！嗚嗚嗚！」厲穎穎哭著罵道。

　　「是啊，周建貴的行為太缺德了，太不可思議了，這種極端行為的影響和危害實在太大。嫂子，我們治喪小組有個初步考慮和打算，市委

組織部不給評價，員工有評價，百姓的口碑就是評價，我已經安排黨委工作部立足於能源集團的發展和壯大以及超凡兄顧全大局，響應市委、市政府的號召和決議，全力打造和促進濱州能源系的成立這方面的貢獻，專門寫好超凡兄的生平事蹟，讓你過目！」

「我不看！我不看！寫得再好也沒用，人沒了，寫得好有啥用？」

「嫂子，那不一樣。雖說，評價的程度有高低，但是，我們要讓死者安息，告慰亡者，總不能讓超凡兄背負著窩窩囊囊的名份不是嗎？聽我一句勸，咱們當務之急先讓超凡兄入土為安，其他的事咱們再慢慢計議。」

好說歹說地勸走屬穎穎，任信良便忙著操辦王超凡的後事辦理，所有一應的事務與環節，任信良都親自過問。

對於王超凡的追悼會，任信良要求創億能源集團控股集團中層以上幹部在家的必須參加，原能源集團職工按照自願的方式，這樣一來，加上王超凡的生前親戚朋友，參加追悼會的人達到四百多人。市委組織部李田野部長和市國資委欒蔚然主任各自帶著本機關的代表前來參加追悼會，這是任信良做了很大工作之後才換來的結果。儘管如此，任信良還是違背了承諾，頂著市委組織部的壓力，親自主持了王超凡的追悼會，並致了內容豐富、樸實感人悼詞。悼詞用「正當王超凡同志鼓足幹勁，在市委、市政府的領導下，在市國資委的監督指導下，率領廣大員工開拓進取，為新的創億能源控股集團創造輝煌的時候，因意外事件的發生，不幸逝世，享年五十五歲」把王超凡的死因一句帶過。

追悼會結束後，王澍嘉來到任信良的面前，握著任信良的手小聲說道：「待會兒我坐你的車，我有話和你說！」

任信良看著王澍嘉凝重的表情，點點頭。

送走了組織部和國資委等政府機關前來參加追悼會的人，王澍嘉讓自己的車在後面跟著，自己上了任信良的車。

「老弟，以你和王超凡之間的短暫交往，夠情份！夠意思！」

「應該的，我們倆搭伴兒，理應這麼辦！」

「話是這麼說的，但是，真要是辦起來，卻不一樣。超凡的後事讓你頂了很大的壓力，你在前邊唸悼詞，我旁邊的欒蔚然、李田野的臉色都不太對勁兒。」

「對不對勁兒能咋地？王超凡是死得窩囊，死得不太正規，但是，王超凡是故意願意這麼死的嗎？」

「說得也是，要說誰也不想死，誰他媽的能想到出來個精神病的司機？如果周建貴這個混蛋在辦公室開槍，情況不一樣，那也算是成全王超凡因公殉職了！」

「澍嘉兄，即便是辦公室也不該開槍呀！王超凡他就不該死！」

「嘿嘿！說得是，我只是做個假設！」

「對了，澍嘉兄，有事吧？」

「是有事，我聽說，欒蔚然正在積極協調，準備把葉揚保釋出來，有這事吧？」

「我聽超凡兄說過，事情出來後，欒蔚然專門給王超凡打過電話。怎麼？」

「事情不是那麼簡單，信良，你要多考慮考慮，你們這個創億能源複雜得很呀！」

「澍嘉兄，你是說，葉揚的事難度挺大？」

「事情大不大的，另說，我是想問你，你也主張葉揚保釋？」

「我和你說澍嘉兄，市裡幾位領導都找我談了，讓我把這個攤子全面地撐起來。眼下沒有合適的人選，我是幹不好的，所以，我也不想幹。但是，上頭又在這硬壓著我，我也沒有好辦法。如果葉揚出來幫我頂著經營，我沒意見。」

「嗨！這樣一來，王超凡可就死不瞑目了！」

「怎麼？這話咋講？」

「這話怎講？你自己琢磨吧！」王澍嘉一臉的怪笑。

任信良忽然想起春節過後的那頓日本料理，當時王超凡和王澍嘉碰杯時，有意交換的眼神和意味深長話語：「不查發現不了朋友的真偽，

不查發現不了壞蛋的蹤跡，再狡猾的狐狸也躲不過我們獵人的槍口。」

「澍嘉兄，我可沒那個閒心思琢磨這些事，誰能幫我接這個亂攤子，我叫誰爺爺！嘿嘿！」任信良嘴上說著，心裡卻說：「還用琢磨，葉揚的事就是你和超凡運作的，還用得著問？」

「老弟，我別的不說了，企業裡的事，你是一把手，你做主，但是，有一點老哥要提醒你，你還記得超凡被打這件事吧？」

「當然，這事怎麼能忘？到現在公安局還沒下文呢？」

「有沒有下文不重要，重要的是王超凡告訴我，這是葉揚找人幹的！」

「葉揚是這種人？」

「所以，我才單獨和你說這件事，你自己掂量，小心葉揚出來，不僅不領你的情，將來工作起來，難免不發生分歧，葉揚大權獨攬，又和欒蔚然、劉時雨關係微妙，我擔心你呀！」

「明白，澍嘉兄，謝謝，還是老哥關心我，我會當心的。」

接連的變故和操勞化作一股邪火兒，讓任信良渾身忽然發冷打起擺子來，先打冷擺子，接著便是持續地發高燒。任信良住進了醫院，一瓶接一瓶地打起了點滴。

任信良躺在床上，心卻四處遊逛。王超凡死了，葉揚被抓了，自己成了烤爐上的乳豬，該怎麼辦呢？無助無奈的任信良緊閉雙眼，躺在病床上，渾身上下像針扎一般地疼痛，任信良咬著牙忍著。他又想到了老師張世陽道長，這一想，任信良忽然想起，再過三天就是老師世陽道長的七七祭日，這說好了要大辦一場法事的。可是自己眼下這身體，任信良越想越著急，越想越痛苦。正當任信良在身心的痛苦中煎熬的時候，手機響了。

任信良看也沒看，抓起身邊的電話就放到耳邊：「喂，您好，哪位？」

「信良師兄，是我，景玄呀！」

「噢！景玄師弟，你好！」

「師兄，忙啥哪？怎麼有氣無力的？」

「嗨！真叫你說對了，我這忽然就病了，莫名其妙的，先打擺子，後發高燒，正住院打點滴哪！」任信良躺著說話，一口氣沒接順，便劇烈地咳嗽起來，喘了喘氣，任信良覺得肺部像裂開一般疼痛，強忍繼續小聲地說道：「景玄師弟，實在不好意思。」剛說到這，任信良又劇烈地咳嗽起來。

等咳嗽平息了，電話裡傳來李景玄焦急的聲音：「師兄，我這就過去看你，你把電話給護士！」

任信良把電話交給身邊的徐姐，有氣無力地聽著徐姐和李景玄說著話。

「信良，我已經把醫院的病房號告訴李景玄了，你放心吧，他讓你安心靜養，他今天會過來看你。」徐姐和李景玄通過電話後，湊近任信良的身邊，小聲地說道。

任信良點點頭。想到兩個月來，彬彬的死、老師的遇難、王超凡被意外槍殺，一連串橫禍的發生，讓任信良感到越發地孤獨，心裡不由得酸楚起來，淚水匯成淚珠不由自主地便從眼裡接二連三地滾落下來。

「信良，你哪不舒服？我喊醫生？」徐姐和藹地問道。

任信良搖搖頭，接過毛巾，擦了一下臉上的淚水。這一瞬間，他一下子想到了妻子石美珍。對！是徐姐和藹親切的話語，提醒了任信良。但是，這段時間以來，為什麼單單沒有想起妻子美珍呢？就連自己想到死，如何設計死的方案，以及後事的安排上，為什麼就沒想起石美珍呢？當美珍去世後，曾經多少關鍵重大的事情來臨的時候，自己不是首先想到妻子石美珍嗎？自己的軟弱、消沉、無奈，如果美珍在世，一定會把自己責叱得無地自容。但是，這麼耗著也不是個辦法不是？實在不行，出家總行吧？對！和景玄師弟說說，商量商量，出家算了，免得這麼多的俗事糾纏，落得個清靜，也很不錯。過五十歲的人，已經是土埋大半截了，還有什麼可掛念、放不下的？

　　李景玄來了，穿著一件藏藍色的休閒夾克衫，裡面是白襯衣，短短的頭髮，給人以乾淨俐落、精神清爽的感覺，一打照面，不相識的準會以為李景玄是在政府裡就職的公務人員。

　　「師兄，好點嗎？」

　　「還好，下午退燒了，醫生說晚上還有兩個點滴。」

　　「吃飯了沒有？」

　　「信良，一天沒吃飯了，他不喜歡吃醫院的飯菜，你們聊著，我回去給他熬點綠豆粥！」徐姐插了一句，對李景玄微笑著點頭，拿著包準備往外走。

　　「這位是徐姐！一直照顧我和美珍。」

　　「您好徐姐，我叫李景玄，是信良的師弟。」

　　「你好，景玄兄弟，你陪著信良坐著，我回了！」

　　「那好！我陪著信良。」

　　看著徐姐走了，李景玄和任信良兩個人對視著，都沒有說話，屋子裡一下子靜靜的。

　　還是李景玄打破了沉寂：「師兄啊，這半年多的工夫，事情沒少出吧？看來你這鹹魚大翻身真的不是件好事呀。」

　　「鹹魚翻身？我任信良鹹魚翻身也是一條鹹魚呀！」

　　任信良用雙手使勁兒揉搓了一下自己的臉，深深地歎了一口氣，轉了臉，眼睛望著窗外正在下沉的太陽。太陽在沉落下去之前，放射的光線卻彷彿強烈了似地，把正處於西向的病房，照得格外明亮。他有意迴避了李景玄的目光，在剛才兩人的注視過程中，任信良覺得從未有過的失落、沒底氣和茫然，所以，當聽到李景玄「鹹魚翻身不是好事」的話之後，他不敢正視李景玄的目光。

　　「劫數，無法破解、無法逃避的劫數。我倒想起了當初我在『紫雲萱』茶道館給你起卦時，你曾說過：『善易者不卜。』近來我常常想到這句話，所以，深感天命不可違！」

　　「是啊！人活著，即便真的全如你說的那樣，未卜先知了，又能怎

樣？結局？下場？又有誰能夠做得了自己的主，又有誰能隨意地設計結局，改變下場？」

　　任信良找到了回應的突破口，他把眼睛轉向了李景玄。李景玄的臉是國字形的，面目表情是親善平和的。任信良看著李景玄的面容，忽然覺得如今李景玄身上一種說不出的氣質和說不清哪個部位，隱約地像老師張世陽道長。

　　「師兄，你也別較勁，道家修為之三大哲：『主宰者神，流行者氣，對待者數。』凡事不能著相，鑽牛角尖，卜卦也就是個預測，僅僅是個參考，最後關鍵還在於我們自己具體把握。」

　　「師弟，你說，我現在這倒楣難堪的境地，多麼尷尬，我真成了倒楣蛋兒了，死活不讓退，硬把我當乳豬一樣擱在爐子上烤，你說我該怎麼辦？」

　　「那師兄你心裡是怎麼想的？」李景玄停頓了一下問道。

　　「我能怎麼想？實話和你說，我都想到了出家！」

　　「哎！快別瞎說，趕緊打消這種愚蠢、低級、軟弱的想法，你會讓所有認識你或者後來知道你的人，都嘲笑你，把你當解悶開心的話由。」

　　「還有，這幾個領導我都談了，除了唐天明，市委唐書記我見不上。總之，現在幾位領導的意見很統一，必須堅持幹下去！今天我躺在床上還想呢，實在不行，上清風觀出家算了。怎麼樣？師弟，幫我辦一下手續！」

　　「得了吧！道協不會招惹那個麻煩。你是政府官員，清風觀是濱州市的清風觀，影響該有多大？先不說這影響是好還是壞，這絕對行不通，你就死了出家的念頭吧。師兄塵緣未了，良緣未斷，你就好好地過日子吧！千萬別瞎折騰。不折騰，可是黨中央提出來的，你敢不貫徹？」李景玄說到這裡，臉上笑呵呵地。

　　「師弟，你是不是以為我特可笑？特可憐？」

　　「那倒沒有。」

　　「我告訴你景玄，你沒有身在其中，你根本無法理解我的感受。能源、燃氣、創億三家企業合併，就為了打造一個上市企業──創億能源，結果剛上市就出了這麼多的事。創億能源總經理遭到自己的司機的槍擊身亡，常務副總又被反貪局弄進檢察院，批捕進了看守所，我自己呢，老婆剛登記就被車撞死，而且還帶著身孕，幾天的工夫，加上老師又遇害，讓我怎麼幹？師弟你說，我怎麼就這麼倒楣呢？」

　　「我的師兄，你大可不必為這些事操心著想。說句難聽的，包括自己親人的故去，你都不必再去考慮。因為，已經發生的事情不可能像錄放影機一樣，可以再重播到原來的位置。過去的就讓它過去，發生的就讓它發生好了，一切順其自然，我們要做的是對自己操心、關心，一個人有一個人的命運。說到王超凡，師兄你可能不知道，玉佛苑的玉彌勒佛就是王超凡捐獻供養的，這個你不知道吧？」

　　任信良目光有些詫異地點點頭說道：「玉佛是王超凡捐的？嗨嗨！手筆挺大呀！」

　　「是啊！是手筆挺大。按說是不是應該福星高照？鴻運當頭？諸事吉祥？萬事圓滿了？可結果呢，這是我們都不願意看到的。你看彌勒佛，有一個很大的肚子，笑哈哈的，手裡拿一個布袋，自云：『坐也布袋，走也布袋，放下布袋，何等自在。』師兄，你知道彌勒佛說的這是什麼意思嗎？這就是說：『人不但自己是個布袋，甚至於兒女、妻子、功名利祿，一切的一切，無一不是布袋，但是，尤其自己這個布袋是最難放下的。』所以，我們常講：『放下屠刀，立地成佛。』什麼『一朝頓悟可以成佛』等等，『放下』這兩個字，多簡單，多誘人，多迷惑人心。我們勸人放下，勸自己放下，但又有誰真正放下？在這個世界上，我們不捨的東西實在太多。放下，不是刻意是隨緣；放下，不是拋卻是簡單；放下，不是今天是昨天；放下，不是未來是過往；說到底都是講放下自己最難，談何容易呀！」

　　任信良點點頭：「師弟你說得有道理。儘管王超凡面上好像做得挺大，但是，先別說自己，就是自己身邊的人他也沒放下，讓自己的司機

成了冤家仇人，這很成問題。」

「對呀！所以說，有些事情不能看表面大小，忽略小事會誤了大事，小處計較吃大虧。我們常說：『吃小虧，占大便宜。』就是這個道理。沒辦法，有人算大，有人算小。凡事都是有原因的，一個巴掌拍不響。一個企業老總被自己的司機射殺了，說是不可思議，實則有可思議。唉！功德抵不過業力呀！」李景玄感慨地搖搖頭，歎了一口粗氣。低頭看著任信良的手忽然說道：「師兄，你看你這手，唉！」李景玄兩隻手握著任信良的右手，不停地摸動著，嘴裡發著感慨。

「我這手怎麼了？有啥特別？」

「多好的一雙手呀！不懂吧？古人云：『這小指過三關，人逢絕處也生還。』師兄，我問你，你眼下是因為困難大、困難多，而感覺自己幹不動了，還是下了決心，徹底就不打算幹了？」

「我是徹底不打算幹了！」

任信良一邊回答道，一邊舉起右手看著幾乎與自己的無名指一樣齊長的小手指，心裡也有一種怪怪的感覺。

「景玄師弟，我以前只是覺得自己的小手指確實長些，哎！我說，真的有這種講究？」

「古時相書上是這麼說的。這種長長的小手指很少見，明白嗎？」

「這麼說，我任信良天生的命不該絕，自有峰迴路轉的運氣？師弟，我都被你弄得迷信兮兮的了。可是，但是，他媽的領導們不讓我退呀！非讓我頂住，你說讓我怎麼辦呀？」

任信良一臉的苦笑，那難堪的神情，如同一個手無縛雞之力的啞巴，受到了莫大的侮辱，而無法表達出來一般。

「哈哈！哈哈！師兄啊，師兄！虧你還是曾經輝煌一時的上市企業老總任信良，也真夠可憐的。領導們是不允許你退，但是，師兄，你可別忘了，領導們可堅決沒說過不允許你病呀！你說呢？」

任信良看著李景玄，一瞬間，覺得自己這個小師弟簡直就是個小諸葛，太有智慧，太有計謀了。

　　「高！」任信良不由得拍了李景玄的肩膀一下。「師弟，你讓師兄不得不佩服你，這個策略高妙，當官的不使病差，這可是自古以來的常理和人情，我還不退了呢！我憑什麼退？我為什麼要退？沒道理呀！我一定服從組織決定，帶病堅持工作，然後，然後帶著工作忽然病了過去！」

　　「這就對了嘛！這樣想，不就是柳暗花明又一春嗎？」

　　「這計謀，妙是妙，不過──，得個什麼病才好呢？」

　　「這還不簡單？學學世陽老師嘛！」

　　「怎麼？師弟，你說世陽老師的眼病是假裝的？」

　　「咱這做弟子的說先師的眼病是假的，這話有些不恭，不過──，假作真時假亦真，真真假假有似無，要緊的，是看時間場合？」

　　「師弟，後天是老師的七七祭日，清風觀裡一早做法事，我去給老師上香之後，我就按機行事。」

　　「這樣也好！看來師兄有辦法了？」

　　「有了！世陽老師當初是黑視病，看什麼都是黑濛濛的一片，那我就來個看什麼都是白晃晃、白花花的一片，我怕光！我見不得一點光！」任信良看著李景玄「嘿嘿」地發出壞笑。

　　「對！這病難治，怕光！這人間世界是太光芒萬丈了！嘿嘿！哈哈！」李景玄也看著任信良會心地笑起來。

　　「師弟呀！你可得來看我，否則我和你急啊！」

　　「放心吧！你的身邊少不了我的！」

二

　　任信良沒法上班了，他的病疑難得出奇，眼睛畏光到了見不得一點光的程度。伴隨著畏光，任信良頭疼，流淚，眩暈。任信良住進了醫院，張永亮作為辦公室主任跑前跑後的，並安排了專門的護工全面護理。

　　濱州市醫大附屬醫院是濱州市醫院系統中規模最大、技術水準和醫療設備先進程度最高的醫院，醫院首先對任信良進行了頭部核磁共振

等一系列認真繁瑣的檢查，並組織召集了有外地專家參加的幾輪病情會診，重視程度超出了常規。專家們一致認為：任信良的眼病發作屬於臨床上畏光症中非常罕見的一起病例，因為通常情況下，眼睛怕光的原因是眼睛前段的炎症反應，其中包括了：結膜炎、角膜炎、角膜異物、角膜破皮、角膜潰瘍、虹膜炎及虹膜睫狀體炎等，這類炎症的眼疾在迅速及時地求診，經過適度的治療休養之後，也都可較好地改善眼睛畏光的情形。其次是有些全身性疾病也會引起眼睛畏光的情形，如偏頭痛、三叉神經痛、腦膜炎、蜘蛛膜下腔出血、甲狀線機能亢進、頭部外傷者，也都會有畏光的情形。先天性的青光眼或本身的虹膜顏色較淡者，對於光線的反應也較難阻擋。這些疾病所造成的眼睛畏光經開刀或藥物治療後，皆可獲得相當程度的緩解及改善。但是，如任信良這種非炎症性的眼睛疾病也會引起怕光，發病症狀和病源很可能是由白化症、無虹彩症、自體遺傳造成的全盲症等造成的。此類疾病造成的眼睛畏光，國內醫學界目前尚無可以根治或緩解的直接有效方法，通常還是採取消極的治療方式，如：出外時佩帶墨鏡或帽子等遮陽的東西，室內的光線不宜過強，室溫不宜過高等。這個會診結論的出臺，引起了市領導們的重視。

常務副市長鞠勇帶著何玉亮市長的指示，在市國資委主任欒蔚然的陪同下，作為第一波次的探視領導來到醫院。

「信良秘書長，玉亮市長讓我代表市府班子過來看望你，千萬別著急！千萬別上火！」鞠勇握著任信良的手，面對著眼上纏著紗布的任信良滿懷深情地說道。

「謝謝！謝謝！鞠市長，請向玉亮市長和各位領導轉達我的謝意，謝謝！」任信良嘴上說著。

「信良秘書長，你病了之後，玉亮市長、鞠勇市長等市領導，心情都是很沉重。」欒蔚然在一旁說道。

任信良嘴上說：「讓領導掛念了！」心裡卻覺得鞠勇和欒蔚然說話的腔調實在太虛假：「職業病，媽的！還心情沉重，這當領導的，來

不來的說句話就被說成是滿懷深情，太虛假了，千萬別著急上火！可能嗎，說的叫人話嗎？老百姓聽你領導指揮擺布，這疾病也聽你領導幹部的指揮？」雖然心裡煩悶地這樣想著，臉上還要克制著，好在眼睛這兩扇心靈的窗戶擋上了。

「現在是什麼感覺？」

「不敢睜開眼睛，怕光，眼睛漲疼流淚，太陽穴開裂一般疼痛！」

「任秘書長，病嘛，既來之則安之，積極治療，放鬆心態，還是那句話，千萬別著急！千萬別上火！越上火，越著急，病情越嚴重。俗話不是說，百病都是火攻的嘛！」

「可是鞠市長，不著急不行呀，創億能源公司這一大攤子的事兒，我這眼睛病得偏偏又不是時候，請你向玉亮市長彙報，就說是我的想法，建議市裡協調一下，做做工作，讓葉總能儘快回來，面上工作離不開協調呀！我的眼睛這樣，正常的文件都不能看，還談什麼重要合同文件簽字之類的事情。」任信良歎了一口氣，無奈地往床頭的被子上一靠，再不言語。

「信良秘書長，你說這情況，確實是個實際問題，我回去就彙報，抓緊想辦法。欒主任，任秘書長得了這麼個特殊的病，還讓他堅持工作，不現實嘛！你們國資委有沒有什麼應急預案？」

「鞠市長，回頭我和你單獨彙報，咱們就別在這裡讓任董著急上火了！」

採取取保候審的辦法，把葉揚釋放出來，讓葉揚來負責收拾創億能源局面的方案，欒蔚然其實想得比任信良還要具體和細緻。在從醫院返回市府的途中，欒蔚然把心裡的想法向鞠勇副市長和盤托出。

「老欒呀，葉揚的事這可是上了軌道的，你準備如何推進？」

「就眼下這件事，我覺得需要市委方面的意見，畢竟──」

「畢竟什麼？是不是檢察院那邊有啥想法？」

「也不能這麼說，人家市檢察院檢察長說得好，只要有領導意見就

給辦。我就問：『找哪個領導說話才行？』檢察長說：『那當然是市政法委領導了。』我聽了也覺得有道理。於是，我就去找了市政法委蕭建忠書記。這政法委蕭書記和我打官腔，說自己來濱州才幾個月的時間，對葉揚和燃氣集團的情況不瞭解，而且這事太特殊，自己不發表意見，讓我直接找市委唐書記。我心裡正鬱悶呢！」

「是啊！這一個檢察長、一個政法委書記，這兩位都是從省裡下來的，當然要謹小慎微的，人家憑啥來擔這個事，換了我，我也會給你推出去。」

「說得是，可人家唐書記怎麼能直接接見我呀！一句話把我再支回何市長這邊，可就難堪了！」

「是這麼回事，你昨天電話裡跟我說，這葉揚的事好像還牽扯到了唐書記的愛人，有這事吧？」

「唉，我現在一想起這事，我就罵葉揚：『糊塗了？還是嚇傻了？人家沒讓你交代的也主動交代？』這個沒腦子的東西，簡直是個軟骨頭，看著平時挺精明的，實際上是個狗屁豬。你說，這事兒多被動？讓我們怎麼協調？」欒蔚然有些失態地罵道。

「是啊，這樣一來事情複雜、難度加大了，就更不能輕易找唐書記了，這等於把唐書記擠對到牆根兒底下靠牆了嘛！弄不好啊，這事可就將上軍了。」

「那你說該怎麼辦？」

「我的意思，不妨找一下曉航書記，他畢竟兼著市紀委書記呢，他發表意見比較順，這中間緩衝一下，即使需要唐書記說句話，事情也好辦一些。」

「還是鞠市長想得周全，那我就直接去找王曉航書記彙報，看他什麼意見。」

欒蔚然見到王曉航，說明了來意，把國資委徵求創億能源的意見，並經過研究出具的關於對葉揚通過組織出面取保的請示報告交給王曉

航。王曉航看了看報告內容，並問了一下檢察院和政法委的相關意見。聽完欒蔚然的介紹，王曉航的眼睛笑瞇瞇地但是轉而變得冷冰冰的，臉上沒有了絲毫的表情，一言不發地看著欒蔚然。欒蔚然坐在王曉航班臺的對面，在王曉航冰冷目光的注視下，渾身緊張，有些不自在起來。

「曉航書記，你看，你看，這創億能源控股集團剛成立，就出了這麼一大攤子的事，王超凡讓司機射殺，葉揚這被檢察院查了，任信良的眼睛又出了問題，無法正常工作，所以，所以，我們這也是沒辦法的辦法呀。」欒蔚然把頭略低了一下，說話像是自言自語。

「創億能源這幾個月來發生的事情，我都知道，對於你剛才的意見，我都理解，也沒有任何異議，只是我覺得這案子不歸市紀委查辦，所以，我這個紀委書記發表意見不合適。」

「是，我也覺得這事是給曉航書記添亂，但是，檢察院和政法委這位老兄推來推去的和我打太極，這不誤事嗎？救人如救火呀，所以，我和鞠市長才商量來找您曉航書記。」欒蔚然抬起頭，眼睛中充滿了期盼和無奈。

「蔚然主任，這件事現在太複雜了，甚至有些敏感。所以，我的意思嘛，這件事也不能直接讓唐書記一個人拿意見，那樣不妥，最好是上會研究。書記擴大會上議一下，那樣我這一票的意見才能發揮好作用，明白嗎？」王曉航此時的目光變得柔和起來。

「那曉航書記的意思是？」

「這樣，你把這份請示報告直接交給王若歆，由王秘書轉交唐書記，別的啥也不用說，明白嗎？」

「明白！我這就去辦。謝謝了，曉航書記，改日約上鞠市長咱們一塊兒坐坐。」

「行，找機會吧，你抓緊辦事！」

欒蔚然聽王曉航書記說找王若歆轉交報告，心裡忽然有一種這事兒有譜的感覺，告別了王曉航直奔王若歆的辦公室。欒蔚然和王若歆半年

多沒單獨在一起坐坐，見了面自然話多一些，藉著葉揚的話題，兩個人在辦公室裡嘮了近一個小時，欒蔚然才起身告辭。看著近在眼前的唐天明書記的辦公室，想起以往在省發改委工作時，多次和唐天明單獨打交道，而眼下明明是公事，自己卻不能直接地進入，欒蔚然心裡有一種說不出的感覺。

在走廊上，欒蔚然握著王若歆的手說道：「王秘書，若歆老弟，這事太急，你用點心，幫著推進一下，我代表國資委和創億能源集團感謝你了！」

「這是份內工作，感謝我幹啥？我會抓緊呈遞的，你放心吧！」

送走了欒蔚然，王若歆關上房門，心裡一邊不住地罵著葉揚，一邊趕緊和唐愛玲通了電話。

電話那邊的唐愛玲聽完王若歆的話，沉默了好一會兒，底氣十足地說道：「這事兒看來有比咱們著急的。這就好，國資委出面，市委再有個意見，葉揚就能取保候審。能取保候審，事兒就可以慢慢地候著，沒啥大不了的。若歆，放心好了！」

看著眼前這份如同燙手山芋的報告，王若歆心裡明白，這是檢察院、政法委、紀委之間打太極拳的結果，他在琢磨著以何種方式呈遞這份報告。仔細想了想，王若歆在電腦上給唐天明書記寫了一份國資委主任欒蔚然轉交國資委請示報告的說明。

唐書記臺鑑：

國資委主任欒蔚然今日前來送交了一份市國資委要求以組織的名義出具取保申請函，請求市檢察院對創億能源控股集團公司常務副總經理葉揚予以取保候審。我留欒主任坐了坐，瞭解了這份取保候審函出臺的經過。經過交談得知，這個意見是經過市國資委主任辦公會專門研究的，也得到了鞠勇常務副市長的支持。欒主任送報告之前，專門找了王曉航書記

做了彙報。曉航書記瞭解了情況後說，儘管這事涉及到國企領導人員違法違紀的問題，是紀委工作管轄範圍，但是，葉揚的事畢竟已經檢察機關查辦中，紀委如果再過問，就屬於違反程序了。但是，曉航書記說，他對國資委的請示報告，持理解支持態度，並表示即便此請示報告轉交唐書記，責任也不宜由唐書記一個人來擔。但是，在閒談中，樂主任還提到一個情況，是葉揚主動交代了一些問題，其中涉及到與唐大姐和李官火聯手東港家屬樓區的開發動遷問題，這樣一來，這就使相對簡單的事情變得複雜敏感起來。我覺得這一情況，目前，何市長、王書記、鞠勇等領導很可能也都已經知道，鑑於此事的複雜和敏感特殊，我覺得應該通過市委書記辦公會的形式予以批覆比較妥當。

王若歆　書上

　　昨天半夜，唐天明接到唐愛玲的電話，說喬麗麗從美國來電話，讓這邊想想辦法讓任信良退下來。今天，這國資委就交來請示報告，提出對葉揚取保，按理說正是送順水人情的事兒，但是，忽然冒出來的牽扯到唐愛玲和李官火與葉揚之間的事，卻讓他感到突然和難堪。多年的從政閱歷，讓唐天明這樣一位副省級高級領導幹部養成了十分自然而敏銳的政治嗅覺。近一年來，他和何玉亮市長之間的分歧逐漸明顯，他聽到了許多來自市政府方面的議論和反映，主要是說，市委書記管得太寬，事無巨細，權力把得太緊等。葉揚主動交代的唐愛玲和李官火之間的事，他絲毫不知，但是，以他對唐愛玲的瞭解，他的心裡有一種預感，這些事肯定與唐愛玲有關，而這件事對於潛在的對立面而言都是借題發揮、大做文章對自己進行抹黑的好機會。

　　唐天明趕緊和唐愛玲通了電話。

　　唐愛玲聽完，根本不當回事兒，反而說：「老唐呀！這不正好嘛，兩件事兒可以一塊兒辦了，也省得你名睜眼露地去過問此事，抓緊辦

吧！」一句話給唐天明噎了回來。

唐天明心裡矛盾著，他十分清楚為了寶貝女兒唐旖旎，自己違心地欠了喬麗麗的人情，他已經從唐愛玲那裡獲知旖旎在美國就業就職的全過程，所以，明知道其中的利益交換，他也違心地按照唐愛玲的意見和要求辦了。

「老唐呀！有啥可顧慮的，咱們又沒直接拿喬麗麗一分錢，喬麗麗也沒有直接從咱們手裡撈好處，有啥可擔心的？李官火搞開發那是經過投標競標的，程序合法。我又沒直接和葉揚打過什麼交道，他願意說就說吧，檢察院願意查就讓他們查去，你怕啥？另外，我看呀，如果葉揚被取保，這事兒也就拖上了不是？這樣的事兒你還不明白？虧你還是濱州市的一把手呢！」

聽著唐愛玲大不以為然的話，唐天明一肚子的火，想對著電話立刻吼出來。

但是，唐天明隱忍了下來，只對唐愛玲說了一句：「我對你真是無語了！你好自為之吧！」說完無奈地放下電話，心裡罵道：「這個不長腦子的豬狗娘們！」

唐天明看著王若歆寫的情況說明，心情忽然好了許多，他如今是越發地喜歡自己這個第三任秘書。他時常覺得王若歆這個秘書選得準，配得好，有忠心，善用腦，有計謀，善擺布，真是人才難得。有了這麼個秘書，工作真是省心省力了很多。對於葉揚主動交代出來的情況，王若歆的看法和自己的感覺不謀而合，說明王若歆看問題很有深度。自己來濱州市主政三年，可以說是業績巨大明顯，市委、市政府領導班子隊伍建設也可以說是有聲有色，生動紮實。不用特別說，這些方面的成績也是自己臉上的金箔，貼不到別人的臉上去。但是，政治的終極法則，決定了為政的規律：有進有退，誰進誰退。目前市委常委中，李田野、王曉航都是後提拔的，市長何玉亮提拔的稍早一年多，一直是幹勁十足，要求進步的勢頭很猛，這是人所皆知的。但是，年齡是金，時間不等人，何玉亮儘管比自己年輕兩歲，可是，一旦過兩年，再考慮進入副

省級困難可就大了。所以，如果做假設的話，客觀上，自己眼下正是何玉亮仕途進步的障礙，而牽扯到唐愛玲的事難道不會被用來當作搬掉自己的槓桿和藉口嗎？想到這裡，唐天明感覺自己的後背冒出的汗水粘粘的、冷冷的、濕漉漉的。王若歆的提議很不錯，書記辦公會集體研究，責任分攤，可以把一把手的意圖化整為零而不露痕跡，這符合為政、施政的規則。但是，這件事畢竟又不同於一般，唐天明想了又想，他在心裡一方面責備著唐愛玲，一方面又不得不考慮辦好葉揚取保候審這件事。唐天明最後想了一個折中的辦法，他給何玉亮、王曉航、市政法委書記蕭建忠手寫了一個便函：

玉亮、曉航、建忠：

　　創億能源控股集團是咱們濱州市新班子打造的市直國有企業的旗艦，從醞釀到出臺，玉亮做了大量的工作。但是，天有不測之風雲，我們都沒有想到，先是常務副總葉揚因多年隱匿燃氣集團班子成員年薪指標，貪汙私吞侵占公款被檢察院查辦。緊接其後，便出了創億能源的總經理王超凡被自己的司機射殺這樣的咄咄怪事。主管經營的一、二把手都不在位，作為一個企業當然不能正常運營。臨時主持工作的任信良副秘書長忽然又得了眼病，不能正常工作。一個特大型國有企業除了自身的國有資產保值、增值的使命外，還承擔著巨大的社會穩定的職責。市國資委向市委提交了請示報告，表明了他們的意見，說明國資委在創億能源的問題上，是把控制局面、穩定職工隊伍放在第一位的，體現了紮實踐行科學發展觀的積極態度，不唯上、不唯書、不教條的實事求是作風。大家工作都比較忙，立會座談研究此事，費時而不便，所以，擬用便函的形式，由王秘書送便函至各位，由三位書記簽上相關意見，我最後彙總後批覆辦理。

唐天明

整個過程很順很快，王若歆拿著何玉亮、王曉航、蕭建忠三位的意見回來了。聽著王若歆的彙報，唐天明知道事情果然和事先推演的那樣，何玉亮、王曉航、蕭建忠這三位都在便函上簽上：同意市國資委主任辦公會議決定意見。

而且，這三位領導在拿到便函後幾乎都是一個腔調地問王若歆：「唐書記究竟什麼意見？」

王若歆的回答很有技巧，唐天明聽了很滿意：「唐書記沒和我多說，但是，我覺得唐書記的這個便函寫得很清楚，是充分肯定市國資委在葉揚這個問題上所持的態度。問題歸問題，案件歸案件，既考慮到創億能源穩定的大局和職工隊伍對社會安定的影響，也尊重法律的嚴肅性。」

唐天明對王若歆說：「若歆，你對我這個便函的詮釋很有藝術性。現在相當一些副職領導，官僚主義嚴重，總是善於過分地揣摩一把手的意見，自己沒主意，沒見解，習慣和喜歡說下句，凡事不想擔一點責任和風險，遇事總是那句話：『唐書記說得有道理。』我說話有沒有道理，還用得著這些拍馬溜鬚的人表揚？」

「唐書記，你的話切中官場要害，都想當太平官，一點責任也不想承擔，一個個弄得像鰻魚一樣滑，實在讓人看不慣，情況就是這麼個情況，多簡單呀，看著都累！」

「嘿嘿，我們王秘書也感到官場累了？」

王若歆沒有回答，只是點點頭，他知道唐書記接下來還有話說。

「千萬不能有這種情緒和思想。看到有這種問題存在，我們就要仔細找原因，看看究竟是什麼原因，讓我們的領導幹部們如此這般怕擔責任。累的思想要不得，心態要積極。如果產生了累的思想和情緒，我們的政治智慧便會萎縮，從而導致自己裹足不前，縮手縮腳，『怕』字當頭，幹不好工作！」

「明白！您的話我記住了！」

「你把這個便函上的批覆意見，複印兩份加蓋市委公章，馬上送市國資委，讓欒蔚然親自去檢察院辦理此事。」唐天明說著，拿起筆，快速地在便函上簽上：「市檢察院：請充分考慮市國資委的意見，予以妥辦！唐天明。」

唐天明簽完字，忽然覺得一陣胸悶，他靠在椅子上，閉著眼睛。王若歆知道唐天明進藏工作落下了病根兒，心臟變大變形，時常胸悶、胸痛，尤其勞累、休息不佳或生氣的時候更是嚴重。

王若歆趕緊走到桌前，拉開中間的小抽屜，取出丹參滴丸，一手端著水杯，輕輕地說道：「書記，您吃藥！」

唐天明疲倦地睜開眼，用手揉了揉左胸口，緊緊地蹙了一下眉頭，接過水杯，對著王若歆感激地點點頭：「身體是工作的本錢和基礎呀！」接過藥，吃了下去。

「書記，您不能太累，要注意休息，中間抽空，我陪您散散步也好嘛！」

「你都看到了，難事、急事、爛事、撬頭事兒，哪樣不急等著辦？沒事兒，你不用操心我，我休息一下，你抓緊去辦事吧！」

王若歆不忍心地搖搖頭：「好吧！書記您自己躺躺，有事立刻喊人，我這就快去快回！」

唐天明苦笑了一下，擺擺手。

三

任雲飛得知任信良住院的消息後，即時從美國飛了回來。間隔了一年半多的時間，父子相見在醫院的病房裡，而且，任信良此時無法如常人般地看看思念中的兒子。任雲飛眼中的父親──任信良，好像一下子蒼老了十多歲。頭髮凌亂，參雜了許多的白髮，面色暗黃，身體消瘦，兩隻眼睛纏著白色的紗布，身上穿著藍色條格的休養服，依靠在病床上，毫無風采和精神可言。

任雲飛坐在病床邊上，握著任信良蠟黃而冰涼的手，說話聲音諤

啞了。

「爸，老爸！我回來看你了！」

「雲飛，你回來了，可惜，我眼睛怕光，不能看你。」任信良說完，伸手摸摸任雲飛的肩膀，又摸了摸兒子的頭和臉，「兒子，哭什麼？我這是上火了，讓工作上的事給急的，沒事兒的，嘿嘿！」任信良歪著嘴，微微地苦笑著，他心裡在想，此時自己的表情一定非常的特別，耐人尋味：端著一個為人父的架子，苦笑著，而且只能是微微的。

「爸，創億能源發生的事，我都知道。爸，別幹了，咱們去美國吧！」

「去美國？你讓我背井離鄉？」

「說什麼哪？老爸，什麼叫權宜之計，況且，傅阿姨也不在了。」

「不！我這麼一走了之算什麼？不！絕對不行！」任信良擺了擺手。

任信良停頓了好一會兒，語氣低緩地說道：「雲飛，你現在是成年人了，是一個令我驕傲的男子漢了。如今，你媽不在了，你傅阿姨又意外身亡，你是我唯一最親、最親的人了，作為父親，有些事情真的不好和你直說，但是，做父親的又不能欺騙你，我只想告訴你，你的父親任信良是一個有責任心的男人，絕對不是一個胡來的人。十四年前我和你喬麗麗阿姨在藍島別墅賓館，我們出於無奈，確實發生過一次身不由己、不得已而為之的荒唐的事情，但是，令我沒想到的事，這件令我後悔、無奈的荒唐事兒竟然還能夠有了一個結果，我們的女兒Renna，已經十四歲了，你知道嗎？雲飛，你還有個同父異母的妹妹。」

「爸，你是說喬阿姨的女兒Renna是我的妹妹？」

「沒錯！」

「Oh my god！哈哈，老爸，怪不得，有兩次見面，喬阿姨讓Renna喊我『大哥哥』，故意加個『大』字，還跟我說：『雲飛，擁抱一下小妹妹！』當時我就覺得喬阿姨的話有點個別。」

「今年春節前，喬麗麗給我寄來一封信和一件小禮物，告訴了我後來的一切。說真的雲飛，我是真有些不太相信，但是，直覺又讓我確

信無疑，喬麗麗沒必要扯出這麼個謊來。」任信良停了一下問道：「雲飛，你在聽嗎？這就是大致的經過，不過喬麗麗寄來的小禮物，卻別有深意，讓我不由得增加了幾分相信。」

「爸，你是說喬阿姨送給您的手機掛件兒——麥比烏斯怪圈與螞蟻？」

任信良點點頭：「對，就是它。」任信良說著從身後的枕頭下面拿出手機，遞給任雲飛。

「喬阿姨送你這個小禮物，我知道的，當時，我還和喬阿姨開玩笑，說喬阿姨把老爸當小孩兒哄呢！」

「不，兒子，這件禮物大有深意，遠不是一件小禮物這麼簡單。」

「難道——還有別的什麼事情？」任雲飛不解地問道。

「雲飛，你這學理工的可能更明白所謂麥比烏斯怪圈，也就是麥比烏斯紙環的來歷，我說對不對？」任雲飛聽著點了點頭，任信良停頓了片刻，繼續說道：「我專門查閱了有關麥比烏斯圈方面的一些常識和掌故：19世紀中期，德國有一位名叫麥比烏斯的數學家，有一天，麥比烏斯一個人靜靜地坐在桌前，獨自沐浴著美好的午後陽光，手裡纏繞著一根長長的紙帶，他不經意間把紙帶半扭轉一百八十度再對接粘連上形成了一個紙環。正好在這時，他發現有一隻小螞蟻在他的桌面上轉悠，於是麥比烏斯微笑著對螞蟻說：『嘿！小夥計，請到我的新建築上瞧瞧吧。』說著，移動紙環的位置，小心翼翼地把螞蟻請到了紙環上。通常情況下，一隻螞蟻在紙環外表爬行，牠如果想進入紙環的另一面，需要採取兩個辦法：一是爬過紙帶邊緣；一是在紙帶上打個洞，這樣才能到達紙環的另一面。然而，現在的情況是，他發現這隻黑色的小傢伙雖然沒有翻越紙環的邊沿，卻能爬過紙環表面的每一個地方。麥比烏斯非常高興地發現，經他剛才的一百八十度扭接，本來是兩個面的紙條一下子變成了只有一條綾一個面的紙環。這個偉大的數學發現就這樣不經意間產生了：一個扭轉一百八十度接在一起的紙環，原則和形式上只有一個面。後來的人們以這位數學家的名字稱它為『麥比烏斯帶』，或『麥比

烏斯圈』，還有人管它叫『怪圈』。麥比烏斯帶的發現其突出的貢獻是單面性質理論。它為數學的一個分支——拓撲學的發展做出了非常大的貢獻。」

「哈哈，老爸，你這學文科的都開始研究拓撲學（Topology）了。」

「嘿嘿！」任信良微微地苦笑著，「文理不分家嘛！其實我們經常在運用拓撲學的原理，只不過不知道專業的名詞罷了。就拿我們司空見慣的地鐵線路圖來說，我們這些乘地鐵的，拿著線路圖，找到我們的上車站和下車站，知道具體走哪條線路，中間有幾站就行了，至於地鐵圖上的那些線路，是在往東跑，還是往南開，或者站與站之間到底有多遠，我們根本不會去理會。」

「這能說明什麼？老爸，你越說還越玄乎了，很簡單的事，何必想得那麼複雜？理論只是一種假說，和我們的實際生活仍然有著很大的距離。就以你說的這個來說，就曾經有人用這個麥比烏斯紙環的理論來說明黑洞與反物質之間存在的通道。就是說，宇宙本身是一個大的整體，人類也能夠像麥比烏斯紙環上的螞蟻一樣輕鬆地進入另一面，也就是進入黑洞，進入反物質世界。但是，說歸說，時至今日，沒有人能夠進入到黑洞中去。老爸，我說的不是嗎？」

「雲飛，你說得不錯，很好，不愧是學理工的高材生。兒子，你應該繼續往深處思考，往人生社會，往我們每天為之忙碌的所謂事業工作的深層次方向去思考。你這個喬麗麗阿姨可不是一個簡單的女人，不是一個尋常的女人，這個女人有擔當，有掌控，心機很深，這是她在我心目中的形象，我無法把她放在你的母親和你傅彬彬阿姨之間進行比較，你知道嗎？」

「爸，你想得太多了，母親去世四年了，傅阿姨這又遭遇了不幸，依我看，這或許是天意，讓老爸晚年有個伴兒呢？我多了個同父異母的小妹妹，也是個好事呀！哈哈！」

「唉！雲飛，你還太年輕。五十而知天命，人過了五十，便意味著日薄西山，這是趨勢。我這折騰了三年，總算鹹魚翻身了，可是誰曾

想，如今，落得這個局面，我能不想得多一些嗎？有時候覺得人活著確實有無法解釋的劫數和宿命，每個人都在不由自己做主地生存、生活，尤其是官場之人，更是自己做不了自己的主，一切要聽從組織的，一切都靠那張紙來決定。所以，你喬阿姨的小禮物，一下子讓我感悟了許多。所以，我說這小禮物絕不簡單，大有深意。這小禮物裡邊也包含著喬麗麗這個女人內心深處對生活、對人生、對生命的感悟。雲飛，爸爸這樣說，你明白吧！」

屋子裡一片沉寂，任雲飛起身，走到窗前，打開一扇窗戶，風吹進了病房。

「爸，今天天空真藍！」

「兒子，你這話等於沒說，我看不見呀！」

「對不起，老爸，不好意思，您千萬別著急，我已經和管床的醫生交流過，他和我說了您的病情。您的眼病雖然是疑難急症，但是，只要休息好，心情好，恢復得就好，你會看到藍天白雲的。」

任信良沒有說話，依然是微微地苦笑著。

「爸，去美國治療、休養一段時間吧。我回國時，喬阿姨專門交代囑咐我，讓我動員你去美國。你如果決定了，喬阿姨的公司那邊立刻負責辦理手續，簽證會很快的！」

「雲飛，你是我的兒子，我這當父親的，有些話不太好聽，原本不該說給你這當兒子的聽，但是，你是一個留學美國、思想成熟的孩子，所以，我今天就跟你說。喬麗麗是在用她的行動在證明一個事實──我和她，我們所有的人不管彼此之間的距離有多遠，我們都生活在一個為了滿足快樂欲望的漩渦之中，我們所有的人都是麥比烏斯紙環上的螞蟻，不是嗎？人活在世上，這個快樂欲望漩渦的力量誰也躲不掉，誰也甩不掉。說實在的，雲飛，我到現在都無法接受我還有一個親生的女兒這個現實，我有時甚至在想，喬麗麗的行為就好比是一個地主老財，跟一個老農民借了一顆種子，最後，又盤算著連同這個農民和這個老農民的土地也要一起拿走一樣。」

「哈哈！老爸，你太有趣了，看你說得這麼深刻，這是我長這麼大，你給我講得最深刻、最生動的一課，哈哈！老爸，要怎麼說？人的歲數越大，煩惱也越多。喬阿姨不見得像你想的那樣，我倒覺得她的想法很自然，她在為自己的女兒著想，這是一個做母親的本能嘛，無可厚非！」

「雲飛，你能說這樣的話，說明你成熟了！爸爸心裡真的挺高興的。」

「對了，老爸，任娜妹妹的事，你告訴傅阿姨了嗎？」

任信良搖了搖頭，臉上的苦笑越發地難看：「我幸虧多了一分考量，藏著、掖著地一直拖著沒有告訴她，這讓她少了一分痛苦的折磨和遺憾，能始終對我懷著一種美好的感覺。」

任雲飛對任信良說道：「爸，真是怪事，這怪事兒還都讓老爹您給趕上了。我真想不通，一個堂堂的國有上市公司的總經理莫名其妙地被一個仇富的農民工一槍射殺，我怎麼感覺像是在拍電影，爸，這事讓我想到一個歷史事件。」

「什麼歷史事件？」

「安重根擊斃伊藤博文！唉，伊藤博文一個老實人被一個不懂政治的民族主義狂熱分子所擊斃，成就了一個愛國的民族英雄，結果是加速了朝鮮淪為殖民地而亡國的進程。」

「安重根擊斃伊藤博文，周建貴擊斃王超凡，農民工擊斃總經理，嘿嘿！無知成就了愚蠢，貧窮創造了野蠻，荒謬，無奈呀！」

任信良嘴裡小聲自言自語地嘟唸著，他的腦海裡忽然閃現出劉志恆當年的辦公室牆上的那幅字，那幅讓劉志恆引以為自豪的國民黨著名戰犯的書法：「進退無悔。」蒼勁古樸的筆法，飽經滄桑的神意，動盪一生的感悟，用「進退無悔」四字高度概括。每個人的一生，他們的內容過程其實就是「進退」兩個字，至於無悔還是有悔，那只能看每個人的修煉與造化了。

「進退無悔，進退無悔！」任信良唸叨著。

「進退無悔？」任雲飛不解地問道。

「我想起當年劉志恆辦公室牆上的一幅字，現在我明白為什麼劉志恆那麼喜歡那幅字了。不僅僅是為了炫耀，更重要的是劉志恆心裡對人處事的決心。我也終於明白了，為什麼這些人能狠下心來做事。無悔就無糾結，無悔就無牽掛，就能做到六親不認、不管不顧，媽的！豁出去了！什麼責任，什麼紀律組織原則都是上級教育下級的虛假把戲，統統見鬼去吧！自己身上的癢癢還得自己撓。」任信良發著狠大聲說道。

「爸，幹什麼豁出去了？」任雲飛望著坐在床上，被蒙著雙眼的任信良，臉上的表情因為咬牙而此時充滿了憤怒和仇恨。

「雲飛，你的話提醒了我，我決定去美國休養一段時間，你和你喬阿姨溝通吧！」

「太好了！老爸，我這就去和喬阿姨溝通，你就穩穩當當地等消息吧。」

任信良心裡此時非常想和自己的兒子說明真相，但是，為了能安全地無悔而退，他堅決地打消了這個念頭。

四

葉揚終於被保釋了，市國資委行文葉揚以創億能源控股集團常務副總經理的身份代行總經理職責。這樣一來，創億能源控股集團日常經營總算有人頂著了，於是在葉揚被保釋二十幾天之後的一個陰霾密布的早晨，任信良在任雲飛的攙扶下，一同到達了濱州機場。任信良直到此時也沒有告訴任雲飛自己裝病的真相，在飛機沒有離開中國上空之前，任信良打定了主意，小心謹慎堅守撤退計畫的祕密，因為，任何的粗心大意都會導致事情的圓滿結局的破滅與破產。果不然，葉揚帶領創億能源控股集團的班子成員們和市政府辦公廳的幾個處長以及國資委的幾位領導都提前到達了候機大廳，常務副市長鞠勇也忽然專程趕來，帶頭上前與任信良握手話別。

大家都握了一遍手之後，鞠勇再次握著任信良的手，用滿懷深情的常用語調說道：「信良秘書長，今天大家來送送你，就是讓你心裡知道，大家祝福你的祈願心情。美國醫療技術水準高，我們大家相信，你的病肯定會治癒，你要有信心。」

「鞠市長，請向何市長及其他市委、市政府領導、同志們轉達我的謝意，領導和同志們這麼關心我，我任信良實在擔當不起。謝謝大家！」任信良戴著眼罩舉起雙手不辨東西地抱拳示意著。

「任總，你就放寬心療養吧，創億能源的工作不會受耽誤的，你就放心吧！」欒蔚然在旁邊說道。

「欒主任，就辛苦大家了，我一定堅定信心，配合治療，早日康復，重返工作崗位，不辜負大家的期待！」

任信良再次舉起手示意著，他的心裡忽然想起過去看過的革命戰爭年代的影片中，時常出現的話：「要樹立為革命養好傷的思想。」自己的丹田部位就微微地顫動起來，但是，臉上依然保持著凝重。

葉揚最後使勁握著任信良的手俯在任信良的耳邊小聲地說道：「任董，你放心調理，經營上的事我會全力以赴。對於我的事，你沒少操心，來日方長，感謝的話我就不說了。」

「可別這麼說，工作需要嘛，我的觀點比較客觀。」

「任董，事情可不這麼簡單，我能擺脫麻煩，你的意見很關鍵，蔚然主任都和我說了。感激的話，今天暫時就不說了，您安心養病，工作上的情況，我隨時向你彙報，祝任董一路順風。」

「謝謝！謝謝大家！」任信良說著，雙手合十不分方向地點著頭，向大家告別。

更換登機牌、通關、安檢，任信良在任雲飛的攙扶下，步履平穩地進入登機大廳。

「爸，咱們到這邊坐著。」

任雲飛把任信良一步一步領到座位上坐下。任信良坐下來，放鬆

了一下腰身，深吸了一口氣。大廳裡空氣清新，隱約還帶著一點清新劑的香氣。《道德經》有云：「聾者善聽。」任信良發覺自從自己的眼睛蒙上之後的這一個多月裡，他的聽覺和記憶力有了超常的增強，一個細微的聲音，一句不經意的話語，都能如同電腦打字般一下子敲進腦子裡去，清清楚楚。這時，任信良的耳朵裡傳來的歌曲很好聽。

「雲飛，這是哪來的歌聲？」

「這是對面電視上播放的！」

「哦！不錯！」任信良自言自語道。

歌詞一句一句地如同電腦打字一般地敲進任信良腦子裡的記憶儲存部分：

> 我是誰？
> 多少人都在心裡問，
> 這個問題一問幾千年，
> 既然我是我自己，
> 為何萬般無奈受人擺布，
> 為何身不由己無法做主，
> 我究竟是誰？
>
> 做棋子，當走卒，
> 忙忙碌碌內心憔悴，
> 為飯碗，為名利，
> 勤懇勞作身心苦累，
> 我是世界一粒塵土
> 萬般無奈中我做不了主，
> 萬般無奈中我做不了主，

忽然有一天，
我無牽無掛無所求，
敢愛敢恨由我決定
能進能退歸我選擇
不再恐懼不再憂愁
不再無奈心不痛苦
快樂輕鬆身心幸福
因為都是自我做主
我仍是世界一粒塵土

我是誰？
我究竟是誰？
能夠自我做主，
才有自尊和自由
從此告別了可憐
從此遠離了無奈
從此我明明白白，
我知道了我是誰。

　　歌詞在任信良的腦海裡一遍一遍地重播著，一直到登機坐到自己的座位上，任信良心裡都難以平靜。他忽然想到正是三年前的這個時節，自己獲得消息，當時在傅彬彬的催促下，倉惶而無目的地登上飛機，然而就在飛機起飛前的一分鐘，他被檢察院和紀委的同志帶走。此時想起當年自己在飛機上被帶走的那一刻，心裡便再次提醒自己，小心駛得萬年船，安全的退去比什麼都重要。想著，想著，任信良忽然被剛才那首歌曲的歌詞所感染，心裡竟然也詠出一首詩來，詩的題目：

〈假如你是〉

假如你是大地

我便是土中的岩石

假如你是山丘

我便是山丘上的樹林

假如你是大海

我便是海中翻飛的浪花

假如你是岩礁

我便是岩礁上的海藻

假如你是陷井

我便是樹枝和茂草

把機關巧妙地掩藏

　　詩中意象的「你」究竟是指誰？任信良心裡也搞不清是誰。有一點可以肯定，這個詩中意象的「你」絕不是指一個個體的自然人。這詩自然而然地從心裡流淌出來，任信良自己也覺得納悶：「我的問題解決了，你是誰呢？是權力的具象？還是利益的漩渦？還是人類社會的生存法則或者是所謂遊戲規則之類的抽象而神祕的客觀存在的能量？如果是權力的具象，那麼，這個『你』就包括自己身邊形形色色的手中握有權力的人；如果是利益的漩渦，那就當然包括喬麗麗等在內的各式各樣追逐利益的人；如果是人類社會的生存法則或者是所謂遊戲規則，那麼這個『你』的內涵更深邃，外延更寬泛。但是，所有這些對當下的我──任信良來說，已經毫無意義了。因為飛機轟鳴著，終於起飛了。」任信良聽著飛機發動機的轟鳴，心裡知道自己此時此刻已經離開了濱州市的土地，即將飛向北京，然後轉機再飛向美國。任信良終於微微地笑了，他說不清自己此時的笑是歡喜還是痛苦，不過有一點，他的心裡最清楚：放鬆！總之，他覺得他自己應該這樣笑，為的是笑一笑自己充滿了戲劇經歷的過往人生。此時此刻，任信良對過往苦苦思考的所謂人生成

功無悔的命題忽然有了一種新的理解和感受：人生能夠安全地退出才是成功無悔的境界。死去的劉志恆、周國臣，外逃的高原副市長，被捕判刑的創億集團的同僚：黃永利、曲成文，這些人哪一個不想得到一個好的結局，他們的算計和作為難道不是設計各自的退路？但是，他們的退路是一條不歸之路，根本就無退可言，他們只能選擇不停地瘋狂，因此這些人追求的所謂人生成功的理念，最後只能用沒有什麼遺憾來自圓其說，聊以自慰。任信良想到這裡釋然了：論真正的成功，我任信良總算趕上了飛機，雖然是末班機，但是這架飛機能搭載著自己飛離濱州市這個麥比烏斯怪圈。任信良想想在短短不到一年時間裡，新能源系就接連出現這麼多的波波折折，自己的命運真像是坐過山車一般，起伏變化，個人的身體無從把握。不怕沒好事，就怕沒好人，原本打算平平穩穩地幹到退休的，哪曾想，好端端的能源創億控股就被一個農民工給攪了，真是應驗了老百姓常說的那句話：「一個大好事往往就壞在那個冷不丁地橫插一槓子進來扯雞巴蛋的人身上。」誰能想到一個農民工司機仇富到開槍的程度？任信良迷迷糊糊地胡亂想著，想著、想著便進入了夢裡。

　　金色的夕陽沐浴著夏威夷群島白色的海灘，給沙灘披上了一層高貴的古銅色，就連沙灘上曬陽光浴的白種人，膚色也被染成了古銅色。任信良看著喬麗麗領著女兒Rerna快步跑過來，十四歲的Renna已經出落成帶著青澀的大姑娘了。Rerna，中文譯音是任娜，多好聽的名字。

　　「我的孩子，你好嗎？」任信良雙手捧著孩子的臉問道。

　　「快叫爸爸！」喬麗麗低頭親暱地為孩子整理著衣襟，一邊催促道。

　　「你就是我的爸爸！我的爸爸就是你！真的嗎？」任娜的聲音奶聲奶氣的。

　　「是真的！當然是真的！媽媽不會欺騙你，我的乖女兒！」任信良把任娜的手輕輕地握在手中。

任娜眨著一雙黑色的大眼睛，眼白清澈地和夏威夷島的天空一樣藍。任信良看著女兒那雙明亮的眸子，感覺身心在經歷一次淨化。

任娜肉呼呼的小嘴動著，聲音不大，既像是在自語又像是在探問：「爸爸，你是研究宇宙的嗎？」

孩子的話讓任信良和喬麗麗在對視之中，會心地笑了。

任信良親吻了一下女兒的臉蛋，用手輕輕撫摸著女兒的臉蛋，回答道：「哈哈，娜娜，我的乖女兒，爸爸不是研究宇宙的，爸爸是思考人生的。」

五

葉揚被取保候審後，以創億能源控股集團常務副總經理的身份代行總經理職責，但是，僅僅過了不到二十天的時間，葉揚的這種平靜狀態便被再次打破。原來就在葉揚送任信良赴美國養病的那天晚上，紫源茶舍的老闆大瘋狗馮愛東在茶館門前被人用刀刺傷，失血過多，搶救無效死亡。位於市委門前的紫源茶舍周圍監視攝像頭密布，事發時的經過記錄得清清楚楚。那個擁有櫻桃一樣的靚麗、荔枝一樣的飽滿、草莓一樣的鮮豔的特質女人，紫源茶舍的茶藝師宋菁小姐，在老闆遇害後，表現出了一種核桃一樣的堅硬，警犬一樣的機敏。這位漂亮的水果般的女人，原本是被馮愛東找來釣魚用的。開始的時候，瘋狗也有過非份之想，想著占點便宜，採摘一下這鮮嫩的水果女人。無奈，這位表面看似柔弱甜兮兮的廣西姑娘，心地卻非常縝密，處事主意也很堅定，心平如水，心懷寒冰，讓馮愛東每每想和宋菁近距離接觸一番時，便感到來自宋菁身體內部所發出的冰冷和威嚴，這與宋菁甜兮兮的熱情臉蛋形成了鮮明的對比，瘋狗只好暫時作罷。但是，隨著時間的流逝，工作的接觸，馮愛東漸漸地愛上這個女人了。他愛她接人待物的典雅莊重、和順甜蜜的氣質，他愛她與人交流的聰明睿智、善解人意的成熟。大瘋狗由肅然起敬，到心生愛意，又從心生愛意，到心生崇敬，於是，從宋菁內心傳遞給馮愛東的不再是冰冷和威嚴，而是平等的交流和關注。所以，

當馮愛東出事時，是宋菁第一時間報警，第一時間叫了救護車，並向警方提供她所掌握的三名罪犯的相關情況，積極地配合警方。因此，警方僅用了不到四十八個小時，便將負案在逃的三名犯罪嫌疑人抓捕歸案。到案後的三名犯罪嫌疑人在公安機關的突審之下很快交代了所犯罪行。原來大瘋狗私下裡因為一直從事動遷討債等活動，所以豢養了七八個刑滿釋放人員，社會上俗稱為「養鷹」，專門幹黑道行徑。犯下清風觀玉佛苑盜竊搶劫殺人案件的就有這三個人，另一名罪犯因為被世陽道長在防衛搏鬥時徒手制死，這三名歹徒被迫趕緊躲藏了起來。因為沒有搶到錢，手頭又太緊，三名歹徒就尋摸上大瘋狗馮愛東了。三個人商議，既然大瘋狗又開著茶館，又幹著動遷的項目，幹著討債的業務，能養活七八個刑滿釋放的，手裡肯定有大錢，於是決定向大瘋狗通融通融，準備要些錢遠走外逃。沒曾想，大瘋狗聽到這幾個傢伙竟敢私自行動，竟然犯下殺害世陽道長的血案，便氣不打一處來。不僅要錢的事免談，而且，對著三個人破口大罵起來。於是，雙方發生了爭吵，瘋狗罵人的話難聽，讓三個惡習不改的傢伙，惱羞成怒，獸性大發，雙方發展到動手，並且動了刀子。歹徒交代：之所以產生敢於主動和大瘋狗要錢的想法，原因在於他們覺得掌握著大瘋狗的違法的事。是大瘋狗專門安排四個人去燃氣集團家屬樓製造了煤氣洩漏爆炸，製造了「九一五」爆炸事件。爆炸事件導致三人死亡，六人重傷，留下終身殘疾。出於案件偵破的考慮，濱州市對外發布的事故原因是管道老化造成煤氣洩漏後遇明火爆炸，實際上，這個案件一直在秘密偵查之中。四名罪犯當時作案後私底下說大瘋狗在這個動遷項目中撈了大量的好處，賺了大錢。此外，四個人還接受了大瘋狗二萬元錢，受雇對王超凡突襲毆打，事後他們得知，二萬元是葉揚給的擺事兒的錢，所以，他們覺得僅憑著這兩次重大的行動業績，大瘋狗理所應當把他們當作有功之臣。但是，情況和他們想的根本一點譜都靠不上，瘋狗罵他們是給塊骨頭就咬人的野狗。由於「九一五」爆炸事件和清風觀玉佛苑盜竊搶劫殺人案件都是省廳掛號督辦的案件。所以，省公安廳、省檢察院全面介入，市公安局立即對葉揚

實施了抓捕。因為，葉揚屬於保釋人員，所以市檢察院反貪局所偵辦的葉揚貪汙等違法案件也一併恢復了偵辦。

　　葉揚被徹底查辦了，等待他的是法律嚴厲的審判。創億能源控股集團群龍無首，上下一片混亂，公司狀況極端惡化，即使是正常的運營也已經無法進行。鑑於濱州創億能源控股的情況特殊與複雜，經省國資委出面，由省國資委相關業務處室和省國資委監事會人員組成特別督導組進駐濱州市國資委，對創億能源控股問題的處理工作進行協調督導。很快，濱州市國資委出臺方案：濱州能源、濱州燃氣從創億能源控股集團中剝離退出，甩掉債務包袱輕裝上陣，獨立經營，以創億能源控股集團公司和上市企業創億能源股份作為殼公司承接燃氣集團、能源集團的債務和部分資產，一個上市企業發揮了它最後一次的泡沫作用。這樣一來，由創億能源控股引發的債務和穩定等一系列危機徹底被化解了，國慶日前，創億能源股價跌破發行價，到了谷底，被迫發出不定期停牌整頓公告，濱州市委、市政府一手打造的濱州新能源系徹底瓦解了。很快，隨著葉揚案件的深入偵辦，相關人員也受到了調查。所以，當省紀委對唐愛玲採取「雙指」措施時，事情儘管來得很突然，但唐天明並沒有感到意外，因為這種不祥的預感很久以前就在他的內心浮現過，所以，他有這個思想準備。

　　儘管事並不意外，但是，唐天明的內心還是複雜和焦躁不安的，他獨自一人坐在辦公室裡，謝絕了一切來人和電話。三年時間的濱州市主政，一幕幕浮現在腦海裡，濱州新能源系的構建與解體，整個過程中究竟誰是贏家？為什麼會出現如今這種極端弔詭的結局？唐天明腦子亂，心裡煩，他曾經幾次想到過死。

　　死很簡單，關鍵是死的方式要體現一個領導幹部個人水準和素質的高低。死也要死得有尊嚴，體面，就如同自己活著的時候做人做事一般。難道不是這樣嗎？從小時候的家庭生活困難，環境艱苦，到成年後，學習進步，工作進步，他所經歷的每一天都是奮鬥和努力，努力和

奮鬥，為的就是始終往前走。他進步了，成長了。他經歷了太多的艱苦和磨練，他有所成功，在同齡人中脫穎而出，出色地成長為一名優秀的省部級高級領導幹部，成為了正陽省濱州市四百萬人民的當家人，這一切來之不易呀！

　　死很簡單，服毒、觸電、吸煤氣這幾個方法不錯，不疼不癢倒是方便、省事、衛生，最重要的是形式隱蔽，低調，影響小，後續處理工作簡便，但是，形式上不夠壯烈。尤其是觸電：用剪刀剪開帶插頭的電線，先把電線分別纏在兩隻手上，然後，坐在辦公椅子上，心裡默唸「一二三」，然後猛然把插頭插在牆上的插座裡，電線接通了，一瞬間，全身一陣痙攣，還有一種愉悅的感覺，那種感覺是尿尿的感覺，再後來，一切感覺都消失了。這就是死亡。不過這種死亡方式，很可能導致便溺，太失風度了。割脈：平躺著，用壁紙刀直接切開手腕上的動脈，把手臂垂放在床前，讓體內的血液流在臉盆裡，儘管沒有流得滿地都是，但是，場面血腥，這個辦法不行。跳樓：從九層高的市委辦公大樓頂層一頭撞下去，身體在空中展開成一個「大」字，然後，身體頭部在前，兩腿在後，呈跳水狀衝向地面，沉悶地「咚」的一聲，他臉部貼著地面，身體變成了一個「才」字形，趴在地面上，白色的腦漿和黑紅的血混合在一起，似乎是在「才」字形的上部，加了一個寶蓋頭，從上面遠遠地看向地面，變成了一個「守」。這種死亡的方式不僅血腥氣太重，而且太慘烈，讓人接受不了。身為市委書記又不是對市委大樓有怨有恨的，犯不上招人噁心和謾罵，不行，那樣會遭後人一輩子的唾罵。看來，最好的方案就是吃藥：「心得安」、「心得寧」的大劑量服用，再加上一些大劑量的安定片，一次服下，在短暫的心跳加快之後，也會很快結束生命。這樣最好，事先可以穿戴整齊，表情從容，靜靜地躺著，這樣死得最莊嚴、最體面，身後事也好做文章。「對，就這樣辦！」唐天明想到這裡，想立刻付諸行動，但是，辦公桌上女兒旖旎的彩色照片，讓唐天明一下子打消了自殺的念頭。他改變主意了，他整頓精神，提筆給省委書記賀國慶暨各位省委常委寫了一封信。

尊敬的國慶書記暨各位省委常委：

　　在我提筆寫這封信時，我的心情沉重複雜，伴隨著連日來的徹夜難眠，我終於從自殺念頭的陰影中走了出來。來濱州這三年時間，我和濱州市四大班子同志一道，開拓創新，務實工作，濱州市的全面建設發展如今剛剛有了一個令市民稱道的局面，但是，卻發生了一連串令我十分尷尬和痛苦的問題：僅僅是我們精心打造的國有新上市公司──創億能源就出了：常務副總涉嫌貪汙腐敗被依法批捕、作為集團總經理的王超凡竟然被自己的司機射殺，而同樣是一把手的法人代表董事長又得了一時難以治癒的怪病。濱州經濟先導區的建築工程施工建設過程中牽扯到一系列違法違紀腐敗案件，尤其讓我被動的是，據說我的愛人、秘書都牽扯其中與違法違紀腐敗案件有關。雖然問題還都在核實調查過程中，看著我們市委、市政府精心打造的一個好端端的新型上市國有企業，一個初具規模並有著前瞻性遠景的城市能源體系就這樣半途而廢，身為濱州市委書記，我的心裡是非常地難過和痛苦。想想我們一手打造的新能源體系──創億能源，現在回頭總結一下，我們仍然感到新能源體系的構建方向是正確的，新能源體系的骨幹和員工普遍也是好的，公司經營管理的思路也是對的，公司發展的理念也是創新的，公司班子上下也是幹勁十足的，但是，結果卻是苦澀的。我們迷惑、不解，儘管一連串事情的發生太過突然，讓我們無法接受，但是，冷靜思考一下，新能源系的解體其深層次的原因讓我們不得不面對現實，深刻反思。

　　這些年來，我的心思一直放在工作上，與夫人的溝通和交流相對少些，夫妻之間的感情，說實在的也有些冷淡。如今，違法違紀腐敗案件涉及到我的愛人，俗話說瓜田李下之嫌，無法迴避，有口難辯。並且據我與唐愛玲談話，有些事情確實涉及到關係勾結，利益交換和以權謀私。所以，經過痛苦的思

考和折磨，此時此刻，我只能冷靜客觀地面對現實，認真深刻地反思圍繞著我和我的家人所發生的一切問題，以及產生這些問題的根源。我作為一名受黨教育培養多年的老黨員、一名黨的高級領導幹部，我很痛心、揪心，我在反腐敗、拒侵蝕的戰鬥中，忽視了親情這個軟肋，在這個問題上吃了虧，讓腐敗分子鑽了空子。在識人、用人方面，失於清醒，失於細察。身在濱州市委書記的位置上，三年下來，平心而論，我感覺我真的不是個做主官、當市委書記的材料。國慶書記，當初您親自點將，讓我來濱州的時候，臨行前，在車裡和我說過的話，今天，我還仍然清清楚楚地記得，想來，真的慚愧，我辜負了您和省委的期望，為此，我向組織提出如下申請：

一、本人辭去省委常委、濱州市市委常委、書記職務。

二、主動積極接受並配合上級紀委和相關部門機關的審查和調查

三、主動劃清與妻子唐愛玲的關係，做到實事求是，有一說一，絕不包庇袒護。

四、以此為契機，在離職前，組織一次市委班子民主生活，主動做一次深刻的檢查，以便起到警示作用。

唐天明具呈

2009年10月16日

　　唐天明在給省委書記暨省委常委寫信之後，召開了濱州市委常委班子民主生活會。唐天明在生活會上做了深刻的檢查，痛心疾首地表示：積極接受和配合組織和政府的調查，絕不隱瞞，絕不迴避，對於涉及到自己的問題，堅決承擔相應的紀律和法律責任。

六

　　王若歆也接受了省紀委調查組的詢問，調查組的同志對王若歆解

釋說，這個詢問不是「雙指」，主要是考慮到身為唐天明的秘書，涉及事情多些，而好多事情又都是王若歆牽線，情況複雜，所以有必要詢問調查。王若歆心裡明白，雖然省紀委的同志說這不是「雙指」，可是不讓回家，這算是什麼？媽的，算加班？算出公差？王若歆心裡嘀咕：「媽的，等到問出情況了，也就自然進入『雙指』了，這把戲傻逼都知道！」打定了主意，王若歆一上來，便平和地講述了擔任唐天明書記秘書以來的感受和提高，滔滔不絕中間不乏敬仰稱讚之詞，調查組對這些不感興趣。

「王秘書，我們是調查組，不是幹部考核組，咱們叫你來的目的就是就問題說問題，把情況弄清，把問題擺開，把心胸敞開，以事實為依據，以紀律和法律為準繩，我們和你以上介紹的問題和情況哪些是涉及唐書記的，哪些是屬於你本人，希望你配和！」

「好的，這點我明白。首先說一下我自己吧，我擔任唐書記的秘書，接觸的面廣些，事情雜些，這一點想必各位領導都知道。僅目前所說涉及的，我可以肯定地說，一是我本人沒收過這幾位老闆的錢和卡，煙酒、土特產倒有一點點，吃喝娛樂我參加過很多次，具體次數不好統計。不參加不行，具體事情和業務都是人家個別談的，與我無關。」

「據案中人交代，幾乎李官火每次到濱州市，都是你打電話負責召集這幾個相關的局長和副市長，有這事吧！」

「慚愧！慚愧！我一個秘書怎麼有能力召集什麼副市長和各局長之類的能力，這事咱們可得搞準！哦，情況是這樣的，李官火來了，想見誰，他人生地不熟，我幫他打打電話，這事倒有！李官火請客吃飯，我也就去了，反正沒讓市委掏錢招待不是？」

「李官火見誰，這一點，唐天明書記有沒有專門交代？」

「那沒有！」

「唐愛玲有沒有個別打招呼？」

「也沒有！只是第一次，唐大姐領李官火來濱州時，做過介紹，從那一次之後，都是李官火直接來濱州找我。」

王若歆心裡明白，李官火每次來濱州，唐愛玲都打電話問，看似漫不經心，實際上是聽王若歆彙報李官火的行動。

「你說的，和我們掌握的有出入！據我們掌握，唐愛玲多次和你過話。李官火也說，他每次來是事先和唐愛玲聯絡之後，再來找你的！」

王若歆心裡罵道：「可恨之人必有可恨之處，愚蠢的兩個笨蛋，胡說八道，非得害死幾個人不可？」

「這沒關係，咱們可以找幾個局長對對。我王若歆有沒有就工程什麼的，和他們說過一個字？我可以用我的人格擔保！李官火說，他每次來是事先和唐大姐聯絡過，那只是他一面之詞。李官火送過一次錢，五十萬現金，我當場拒絕了，這一點，組織上可以查證。」

「你既然談到退回五十萬現金的事，那麼，李官火辦公室保險櫃中行賄記帳名單上還清清楚楚地記著你的名字，這又如何解釋？」

「這如何解釋？讓我問誰去？是啊！我問誰去？我沒收，這個組織上可以抄我的家，查嘛！」

王若歆這下心裡明白了，原來真正的問題在那五十萬上，謝天謝地，自己沒有動心呀，否則，萬劫不復啊！

經過連軸轉的五天的拉練，王若歆的詢問和調查終於結束。吃過早飯，當調查組組長宣布，調查詢問工作結束，可以回家、回單位時，王若歆態度平和地站起來，慢悠悠地給桌子對面的幾位調查組成員鞠了一躬，而且是九十度的。調查組的人用車把王若歆送回家裡，王若歆渾身痠疼，腦子也像裂開一般疼痛，他想倒頭使勁睡一整天。忽然，他想起一次酒桌上，公安局的朋友說起審犯人，幾天幾夜，不讓受審犯人睡覺，直到精神恍惚，胡說八道為止。而且，這些經歷無睡眠連續審問的犯人，在接下來的半個多月中，將始終處於無法睡眠的極端痛苦狀態，而解決和改善這一狀況的辦法就是疲勞式恢復法。想到這裡，王若歆起身，換上一雙旅遊鞋，拿了一大瓶子礦泉水走出家門，開始了瘋狂的暴走。他沿著橫貫濱州的濱江一直往東走，走到市郊又往回奔向濱州的西郊，再從西郊走回家裡，整整六個多小時，中間沒有休息，沒有吃飯。

當王若歆汗流浹背地拖著疲憊的步子爬上樓,聽見門鈴響的武文娟拉開房門。

五天不見,武文娟跟著著急、擔心上火,嘴上一溜的水泡,沒等王若歆邁進門檻就問:「老公,你回來了?沒事了?」

王若歆卻顯得輕鬆地說:「老婆,你放心,啥事沒有!肯定沒事!」

王若歆回家後的第一個晚上,他沒有吃飯,沖洗過熱水澡之後,王若歆睡著了,睡得很沉,睡得很深。第二天晚上,武文娟下班回來,跟王若歆說,真該錄錄影,把王若歆睡覺的情景錄下來,那睡得像死狗,像死豬,鼾聲如雷。

事情的結果正如王若歆所預料的那樣,唐書記的愛人唐愛玲在接受省紀委調查組的詢問時,態度誠懇地交代了問題。調查結果也表明,洪鑫建築工程公司總經理李官火確實沒有給唐天明送錢,而且,李官火也沒有和唐天明見過一面。唐愛玲把責任攬了過去,王若歆五十萬退款的事,唐愛玲也做了說明,至於那準備送王若歆的五十萬元錢,李官火用在了別處,事先寫的帳目沒做修改。唐愛玲說早在二年前就向唐天明提出了離婚的要求,兩個人已經私下簽署了一份離婚協定,並找公證機關做了公證,只不過考慮到客觀影響,以及高級領導幹部婚姻和個人重大問題的報告制度,所以才沒有正式辦理手續並向上級報告。

濱州市的政壇終於換馬了,唐天明接到中組部調令,調到國務院直屬的部級單位任黨組副書記。出乎所有濱州市政界有頭有臉人士的預料,市委常委常務副書記王曉航接替唐天明出任了濱州市委書記,市委常委組織部長李田野擔任了常務副書記,常務副市長鞠勇任代理市長,何玉亮市長調省裡另有任用。有小範圍的消息傳出說,此次唐天明的愛人唐愛玲因為被舉報,受到省紀委查處的事與市長何玉亮有著直接的關係。中組部的任命下達之後,濱州市四大班子歡送唐天明書記的宴會,在濱州友誼賓館舉行,濱州市四大班子正副職二十幾個人參加歡送,秘

書和司機們在旁邊的大餐廳用餐。

　　王若歆在秘書和司機堆裡，顯然成了老大，秘書司機們都過來敬酒：「一秘，這下，唐書記安全進京，對你有何安排？聽說部級幹部可以帶秘書的！」

　　「哪裡的話？正部可以考慮，副部的必須交流。再說，唐書記去的是國務院直屬單位。」

　　「那不更好！跟哥哥進城，水漲船高嘛！」

　　「我是不想那麼多！進了北京才知道什麼叫官小！哈哈！咱這個正處級秘書，早就知足了！」王若歆打著哈哈。

　　唐書記領著四大班子的人過來敬酒，唐書記端著酒杯，臉上微笑著，緩緩地和司機秘書們碰杯，口上不停地說著：「辛苦同志們了！辛苦大家了！感謝各位司機師傅們的優質服務！」

　　走到王若歆的面前時，唐天明滿含深情地拍拍王若歆的肩膀：「王秘書，我敬你一杯！這幾年你辛苦了！我謝謝你！」

　　「唐書記客氣！服務於首長，讓領導滿意，是我們做秘書的終極目標！這都是應該的！」王若歆雙手一舉杯，一揚脖，把杯中的「捨得」酒一口飲盡，轉身大聲地對司機秘書們說：「各位秘書同仁，各位司機師傅，今天咱們藉歡送唐書記，歡聚一堂，咱們請唐書記為我們講話，好不好！」

　　大家都齊聲喊：「歡迎唐書記講話！」

　　唐天明清了一下嗓子，用厚重深沉的語氣說道：「同志們，今天大家熱情地歡送我，讓我唐天明很感動。幾年來，我在濱州工作期間，不知不覺地與大家的心結合在一起，與大家建立起了同志一般純潔、朋友一般真誠、親人一般體貼的感情，我感謝大家對我的關懷、幫助和配合，我衷心地祝願各位司機師傅、各位秘書、各位同仁，身體健康、工作進步、家庭幸福。」

　　大家再一次為唐天明的講話鼓掌歡呼。

　　唐天明調走進京後，過了一個月，市委任命王若歆為濱州市委辦公廳副主任（正縣局級）。公示期滿，正式任命的當天晚上，王若歆列席參加了王曉航書記召集的一個晚宴。

　　晚宴後，王若歆回到家裡，嘴裡冒著酒氣，對武文娟說：「老婆！咱家的好日子從今天晚上起，正式開始了！」

　　「喝大了？喝傻了？」

　　「NO！NO！老婆，你老公從今天起正式成為中共──濱州市委──辦公廳──副主任了！」

　　「哈哈！若歆，這下熬到頭了，老公總算不用再伺候人了！」

　　「哎──老婆，此言差矣！伺候與被伺候，這是一個永恆的話題，關鍵是看結果是否安全圓滿！有短信──」

　　王若歆說著，從褲兜裡掏出手機，武文娟趕緊擠坐在王若歆身邊沙發扶手上，伸著脖子，看王若歆手機上的短信。

　　「是李部長的！琢磨啥呢！」王若歆撇了武文娟一眼。短信確實是李田野發來的：

　　「中國國粹集錦：（1）象棋：中國政治的象徵，一切為了保帥。（2）麻將：中國國民的象徵，互相算計，只為自己成功。（3）京劇：中國社會的象徵，所有角色都已固化。（4）圍棋：中國思維的象徵，一切都是非白即黑，一切又都有可能。（5）軍棋：中國官場的象徵，官大一級壓死人。（6）雜技：中國現狀的象徵，折騰來折騰去，其實都是平衡和穩定。事事洞明皆學問，事事入心成文章，淡然處之，享受生活，尋找快樂！」

　　「呵呵！有意思。」武文娟話音剛落，李田野又一條短信發進來：「治政要言：要讓反對你的人理解你，讓理解你的人支持你，讓支持你的人忠於你。允許有人不喜歡你，但不能讓他恨你，萬一他要恨你，也要讓他怕你，即便不怕你，也讓他敬你三分。」

　　「老婆，看沒看見？這就是真正的良師益友，貴人，大人，不搞錦上添花，而是呵護忠告，雪中送炭呀！」王若歆說著，略加思索一邊

編輯短信起來，瞬間成稿：「人生如書，念念不忘；五年一覺，驚魂一夢；青山無墨，流水無弦；時光如畫，日月成曲；諄諄教誨，情深意長；學生謹記恩師教誨，深刻領會，認真貫徹並實踐之。弟子若歆敬書如上。」

回覆完短信，王若歆長長地舒了一口氣，說道：「咱得給李部長，不，是李書記，實實在在地辦點事兒才行呀！」

「辦呀！我沒意見，好好想想。」武文娟柔柔地輕輕地說道。

「要不再用用喬麗麗這張牌？」

「怎麼？你想讓喬麗麗幫忙聯繫李小艾出國？」

「嗨！真是奇了怪了，我想說什麼你怎麼全知道呢？」

「廢話！我是你老婆！你想什麼我能不知道？不過，李小艾的事兒，你想都別想。小艾沒事兒和我QQ聯繫呢，小艾在大學處了個男朋友，兩個人想一塊兒去澳洲呢，你可千萬別拍馬屁拍到馬腿上，出力不討好，知道嗎？」

「我只是這麼一說，想著辦點什麼事，你以為我真的要這麼辦嗎？喬麗麗身體不好，任信良又在那養病，唐旖旎的事辦得就夠意思了，我怎麼好再開口呀！」

「怎麼？喬麗麗病了？」

「乳腺癌晚期！」

「唉！你怎麼沒早和我說呢？」武文娟跟著歎了一口氣。

「跟你說這個幹啥噢！對了！老婆，咱們家還有多少錢？」

「定期的十萬吧！活期的也就一萬那樣子。怎麼？你又要玩什麼鬼點子？」

「沒有的事，我呀，琢磨著這些天咱倆買點東西一起到李書記家走走。」

「行！我看行！你想花多少錢？」

「你就擔心花錢，哈哈，咱們不撒花椒面。」

「那你打算幹啥？」

「這辦事關鍵是心情和節骨眼兒。小艾不是準備去澳洲嗎？咱去和書記大人嘮嘮，摻和摻和，到時候再花也不遲。」王若歆說著伸出手掌，晃動著五個指頭，

「五萬！五萬！你瘋了！」武文娟眼睛瞪得老大，聲音也變調升高了。

「噓！小點聲，別雞巴大驚小怪的！老婆，這錢嘛，這錢嘛，你一定要認識清楚，千萬別攢著，因為錢就像人身上的灰一樣，真要多了，身體就不舒服！這幾年，我們家活得滋潤吧？但是，如果我們把錢都存著，你老公我還有今天嗎？你得給人家一個延期付款的機會不是？嘿嘿！」

「行！老公我聽你的！」

「這就對了！我的武副校長，今後記住了：寧肯聰明點！也別富裕點！人怕出名，豬怕壯。濱州的幹部要提拔，誰給李部長送錢送禮誰遭殃，那些沒送的反而得到了提拔，我現在才算是把李部長琢磨透了！」

「師傅領進門，修行在個人，我看呀，若歆，主要還是你聰明，算大帳，不貪眼前利益，看得遠的結果。」

「雖然說是修行在個人，但是，沒有師傅領進門這一關鍵環節，再努力也白搭不是？」

武文娟聽著點點頭。

「今天，李部長席間敬酒，還順著曉航書記的話表揚我，說我是有志氣不牛氣，有才氣不傲氣，有勇氣不洩氣，有骨氣不媚氣，有能力不勢力。嗨！還是田野老師高深呀！」王若歆感慨道。

「既然知道李部長高深，那就好好學習學習！」

「雖說李部長很高深，是我的良師益友，真正的官場高手，但是，我心裡真正佩服的還是唐書記，那才叫真正的幹事業的領導幹部，令人佩服，格局大，底蘊深厚，我直到現在也沒完全弄懂唐書記兩口子間的關係。你知道嗎？全身而退，有驚而無險，不易呀！所以，咱們做每件事要長遠謀畫，一定要讓李部長和嫂子覺得，王若歆這兩口子做人實

在，重情義，真捨得！和王若歆打交道，那才叫一個安全放心！」王若歆邊說邊攏了攏武文娟的頭髮。

「對！給李部長送，咱就是拉饑荒也得送！」武文娟決心很大，態度也很爽。

「老婆，說到底還得看是誰送，像我這樣想幹事、會幹事、幹好事、還不出事的幹部，又是部長手把手帶出來的，我們給他送，送什麼部長都收，因為這是咱們的一片心不是，根本不存在敢不敢收的問題！你說是吧？老婆！」

「哈哈！說得是，要不怎麼說我老公是一品秘書呢！」武文娟甜甜地笑著說。說話那神情，好像一品秘書這光榮稱號是CCTV評比出來的一樣。

「可別瞎說啊！啥一品秘書、二品秘書的，千萬可別這麼說，哪天胡咧咧，說順嘴了，說出去，你就是把老公當乳豬擱在烤爐上了，那時，你老公可就徹底廢了。長點腦子好不好？有好多幹部都是這麼被傻逼家屬蠢豬老婆害慘的。」

武文娟聽著，眨巴著眼愣愣的，有些發懵。

「老婆，我告訴你，既然咱不想故意出人頭地，出風頭，說話辦事就得高度地講政治，高度地小心謹慎，低調再低調，你知道嗎？哪怕是家長里短的玩笑話，也得格外地注意，記住這條《毛主席語錄》：『一要抓緊，二要注意政策。』這是顛覆不破的革命真理。」

「還《毛主席語錄》呢！我是你老婆，累不累呀？」武文娟嘻嘻地打著哈哈。

「老婆，你千萬別給我打哈哈，我不和你開玩笑。累不累？想活得穩當，就得繃緊弦，咱們千萬不能放鬆警惕。你聽沒聽過官場能人這個段子？」王若歆見武文娟搖了搖頭，便接著說道：「誰是官場的能人？有以下九種：

一、貪了一輩子沒人敢告的。

二、吃了一輩子沒買過單的。

三、嫖了一輩子沒現過眼的。

四、賭了一輩子沒輸過錢的。

五、狂了一輩子沒人敢惹的。

六、閒了一輩子照樣升職的。

七、混了一輩子照樣挺好的。

八、說了一輩子謊沒穿幫的。

九、病了一輩子啥也不少的。

這九種人，才是真正的官場能人，明白嗎？我的武大校長？」

「哈哈！明白啦！你放心吧，我讓你笑死了。」武文娟說完，摟著王若歆的脖子，熱烈地親吻了起來。

王若歆也受到了感動，他一邊和武文娟熱烈地激吻，一邊在心裡回味和回顧，轉眼幾年間，生活中所發生的一系列的遊戲和故事。想到自己多年來隱忍，想到一個接著一個的機關算計，重重的利益陰謀和局中局，想著自己曾經近乎被強姦地和大母狼一樣的老女人上床的經歷，想到自己如今竟然還全身地安全苟存，而且還出人意料地官升了一級，從此不再做秘書了，想到這裡，心裡不由得一陣發熱，鼻子一酸，眼淚便湧了出來。鹹鹹的淚水流過王若歆的臉，流到武文娟的嘴裡。

武文娟抬起頭，睜開眼，伸了伸舌頭，吧嗒了一下嘴巴，不解地看看王若歆：「老公，你怎麼哭了？」

「嗨！沒──事！我在想，在官場上混飯吃，百分之九十五的人都是平平淡淡、沒沒無聞。但凡心裡存著想往上爬的僥倖念頭的人，無一不是在小心翼翼地提心吊膽地給別人做著嫁衣裳，忙忙碌碌一輩子，最終成了官場的炮灰和犧牲品。我就算是非常幸運的了，委屈儘管不少，但是，面子尊嚴也算掙回來了，咱們算是心理平衡吧！不過，這兩年可是讓你吃了不少苦啊，讓老婆你受累了。」

假話從王若歆的口中不經編輯加工便自然地脫口而出。

武文娟聽了，眼睛瞬間也紅了，她端詳著王若歆，停了好一會兒，說道：「行！老公，我沒白支持你，有你這句話，我就知足了！」

　　武文娟這句話可是百分之百的心裡話，是一個善良女人發自內心的不容絲毫質疑的一句真話。王若歆把頭歪到一邊，親了一下武文娟的臉頰，避開了武文娟的眼睛。

　　客廳牆上大螢幕液晶電視機裡此時正播放著薛聖東作詞的流行歌曲〈我究竟是誰？〉，演唱歌曲的男子，音色中帶著臺灣憂鬱王子姜育恆的演唱風格，憂鬱的曲調，彷彿飽蘸著一位歷經滄桑的男人的淚水，歌詞清晰地傳進王若歆的耳朵裡：

　　　我是誰？
　　　多少人都在心裡問
　　　這個問題一問幾千年
　　　既然我是我自己，
　　　為何萬般無奈受人擺布
　　　為何身不由己無法做主，
　　　我究竟是誰？

　　　做棋子，當走卒，
　　　忙忙碌碌內心憔悴，
　　　為飯碗，為名利，
　　　勤懇勞作身心苦累，
　　　我是世界一粒塵土
　　　萬般無奈中我做不了主，
　　　萬般無奈中我做不了主，

　　　忽然間，某一天，
　　　我無牽無掛無所求，
　　　敢愛敢恨由我決定
　　　能進能退歸我選擇

不再恐懼不再憂愁
不再無奈心不痛苦
快樂輕鬆身心幸福
因為都是自我做主
我仍是世界一粒塵土

我是誰？
我究竟是誰？
能夠自我做主，
才有自尊和自由
從此告別了可憐
從此遠離了無奈
從此我明明白白，
我知道了我是誰。

釀小說45　PG1115

 企業風雲
　　──官商陰謀

作　　者	薛聖東
責任編輯	林泰宏
圖文排版	詹凱倫
封面設計	秦禎翊

出版策劃	釀出版
製作發行	秀威資訊科技股份有限公司
	114 台北市內湖區瑞光路76巷65號1樓
	電話：+886-2-2796-3638　傳真：+886-2-2796-1377
	服務信箱：service@showwe.com.tw
	http://www.showwe.com.tw
郵政劃撥	19563868　戶名：秀威資訊科技股份有限公司
展售門市	國家書店【松江門市】
	104 台北市中山區松江路209號1樓
	電話：+886-2-2518-0207　傳真：+886-2-2518-0778
網路訂購	秀威網路書店：http://www.bodbooks.com.tw
	國家網路書店：http://www.govbooks.com.tw
法律顧問	毛國樑　律師
總 經 銷	聯合發行股份有限公司
	231新北市新店區寶橋路235巷6弄6號4F
	電話：+886-2-2917-8022　傳真：+886-2-2915-6275

出版日期	2014年5月　BOD一版
定　　價	500元

版權所有・翻印必究（本書如有缺頁、破損或裝訂錯誤，請寄回更換）
Copyright © 2014 by Showwe Information Co., Ltd.
All Rights Reserved

Printed in Taiwan

國家圖書館出版品預行編目

企業風雲：官商陰謀 / 薛聖東著. -- 一版. -- 臺北市：
釀出版, 2014.05
　　面；　公分. -- (釀小說；PG1115)
BOD版
ISBN 978-986-5696-07-8 (平裝)

857.7　　　　　　　　　　　　　　103005460

讀 者 回 函 卡

感謝您購買本書，為提升服務品質，請填妥以下資料，將讀者回函卡直接寄回或傳真本公司，收到您的寶貴意見後，我們會收藏記錄及檢討，謝謝！如您需要了解本公司最新出版書目、購書優惠或企劃活動，歡迎您上網查詢或下載相關資料：http:// www.showwe.com.tw

您購買的書名：＿＿＿＿＿＿＿＿＿＿＿＿＿＿＿＿＿＿＿＿＿＿＿＿＿

出生日期：＿＿＿＿＿年＿＿＿＿＿月＿＿＿＿日

學歷：□高中 (含) 以下　　□大專　　□研究所 (含) 以上

職業：□製造業　□金融業　□資訊業　□軍警　□傳播業　□自由業
　　　□服務業　□公務員　□教職　　□學生　□家管　□其它＿＿＿＿

購書地點：□網路書店　□實體書店　□書展　□郵購　□贈閱　□其他

您從何得知本書的消息？

　□網路書店　□實體書店　□網路搜尋　□電子報　□書訊　□雜誌
　□傳播媒體　□親友推薦　□網站推薦　□部落格　□其他＿＿＿＿＿＿

您對本書的評價：(請填代號　1.非常滿意　2.滿意　3.尚可　4.再改進)

　封面設計＿＿＿　版面編排＿＿＿　內容＿＿＿　文／譯筆＿＿＿　價格＿＿＿

讀完書後您覺得：

　□很有收穫　□有收穫　□收穫不多　□沒收穫

對我們的建議：＿＿＿＿＿＿＿＿＿＿＿＿＿＿＿＿＿＿＿＿＿＿＿＿＿

＿＿＿＿＿＿＿＿＿＿＿＿＿＿＿＿＿＿＿＿＿＿＿＿＿＿＿＿＿＿＿＿

＿＿＿＿＿＿＿＿＿＿＿＿＿＿＿＿＿＿＿＿＿＿＿＿＿＿＿＿＿＿＿＿

＿＿＿＿＿＿＿＿＿＿＿＿＿＿＿＿＿＿＿＿＿＿＿＿＿＿＿＿＿＿＿＿

11466
台北市內湖區瑞光路 76 巷 65 號 1 樓

秀威資訊科技股份有限公司 收

BOD 數位出版事業部

....

（請沿線對折寄回，謝謝！）

姓　　名：_____　年齡：_____　性別：□女　□男

郵遞區號：□□□□□

地　　址：_____

聯絡電話：(日)_____　(夜)_____

E - m a i l：_____